TREVOR SHANE

Der Aufstand

GOLDMANN
Lesen erleben

Buch

An seinem achtzehnten Geburtstag ändert sich Christophers Leben für immer. Man hat ihn gewarnt, dass sie kommen werden, wenn er volljährig ist. Sie hätten es auf sein Leben abgesehen und würden versuchen, ihn so schnell wie möglich zu töten. Christophers Vater hat nämlich vor fast zwanzig Jahren einen fatalen Fehler begangen und gegen »die Regeln« verstoßen. Christopher muss für die Fehler seiner Eltern nun büßen. Nachdem zwei Männer bereits versucht haben, ihn zu töten, ergreift er an seinem Geburtstag die Flucht. Mit einem Schlüssel zu einem Bankschließfach und einer Telefonnummer in Montreal, die ihm seine Eltern hinterlassen haben, macht er sich davon. Doch bevor er das Schließfach erreicht, spricht ihn ein fremder Mann an. Christopher ist misstrauisch, doch dann erfährt er, worum es wirklich geht…

Weitere Informationen zu Trevor Shane
sowie zu lieferbaren Titeln des Autors
finden Sie am Ende des Buches.

Trevor Shane

Der Aufstand

PARANOIA

Band 3

Roman

Ins Deutsche übertragen
von Thomas Bauer

GOLDMANN

Die Originalausgabe erschien 2013 unter dem Titel
»Children of the Uprising« bei New American Library,
a division of Penguin Group (USA) LLC, New York.

Dieses Buch ist auch als E-Book erhältlich.

MIX
Papier aus verantwortungsvollen Quellen
FSC® C014496
FSC
www.fsc.org

Verlagsgruppe Random House FSC® N001967
Das FSC®-zertifizierte Papier *Pamo House* für dieses Buch
liefert Arctic Paper Mochenwangen GmbH.

1. Auflage
Deutsche Erstveröffentlichung März 2015

Redaktion: Alexander Groß
Umschlaggestaltung: UNO Werbeagentur, München
Umschlagmotiv: Stephen Carroll / Trevillion Images;
FinePic®, München
NG · Herstellung: Str.
Satz: Uhl + Massopust, Aalen
Druck und Bindung: GGP Media GmbH, Pößneck
Printed in Germany
ISBN: 978-3-442-48165-1
www.goldmann-verlag.de

Besuchen Sie den Goldmann Verlag im Netz

Für meine Frau Carly
für ihre jahrelange Inspiration, Unterstützung und Liebe
und für ihre Geduld mit mir,
wenn ich während der Arbeit an einem Buch
mitten in der Nacht Selbstgespräche führe.

Und für meinen Sohn Van.
Du und Leo, ihr verleiht meinen Büchern eine Bedeutung.

PARANOIA
Drittes Buch

»Erzählst du mir irgendwann einmal, wie der Krieg begonnen hat?«, fragte das Mädchen die alte Frau ungeduldig.

»Hab Geduld«, entgegnete die alte Frau. »Die Geschichte ist noch lange nicht zu Ende.«

PARANOIA

DER AUFSTAND

ERSTES KAPITEL

Sie warteten, bis Christopher achtzehn wurde, ehe sie versuchten, ihn zu töten.

Christopher wusste seit seiner frühen Kindheit, dass er beobachtet wurde. Auch wenn er niemanden sah, spürte er, wie sich ihre Blicke in seine Haut brannten. Er spürte, dass sie in der Dunkelheit lauerten und jede seiner Bewegungen verfolgten. Sie warteten, doch Christopher wusste nicht, worauf sie warteten. Seinen Eltern hatte er nie erzählt, dass ihn jemand beobachtete, da er sie nicht in Gefahr bringen wollte. Sie wussten, dass er kein normales Kind war, nahmen jedoch an, dass das mit irgendeinem Erlebnis zu tun hatte, das Christopher als Baby gehabt hatte und an das er sich deshalb nicht erinnern konnte. Spät abends, wenn Christopher eigentlich hätte schlafen sollen, hörte er seine Eltern manchmal im Flüsterton darüber sprechen. Was auch immer ihm als Kleinkind zugestoßen war, spielte keine Rolle. Er hatte keine Angst vor seiner Vergangenheit. Er hatte Angst vor der Zukunft. Bevor Christopher irgendetwas anderes lernte, lernte er, paranoid zu sein. Das war sozusagen sein Geburtsrecht.

Da Christopher nicht wusste, wer ihn beschattete und weshalb, tat er, was er konnte, um sich auf das Ungewisse vorzubereiten. Er nahm Karateunterricht. Er lernte zu boxen und zu ringen. Er nahm Taekwondo-Stunden. Er erlernte jede Kampfsportart, die in dem kleinen Ort, in dem er aufwuchs, angeboten wurde, und später, als er einen Führerschein hatte, erlernte er jede Kampfsportart, die in den benachbarten Orten angeboten wurde. Allerdings blieb er nie lange bei der Sache, da er immer das Gefühl hatte, nicht rasch genug dazuzulernen. Er war schnell frustriert und gab auf und versuchte dann etwas Neues, weil er hoffte, dieses Mal schneller dazuzulernen. Doch obwohl er sich häufig umorientierte, lernte er dazu, indem er seine erworbenen Fähigkeiten kombinierte. Christopher war ein Sonderling, hatte jedoch keine Angst vor den Schulhofschlägern, den Sportfanatikern oder vor irgendwelchen anderen Jugendlichen aus seinem Ort. Es gab andere Dinge, vor denen er Angst haben musste. Christopher war selbst unter Außenseitern ein Außenseiter und hatte nur einen einzigen engen Freund. Evan war schon sein Freund gewesen, bevor Christopher gespürt hatte, dass ihn die Augen Fremder beobachteten. Die beiden waren völlig verschieden. Christopher war praktisch veranlagt, Evan dagegen war ein Träumer. Er sah etwas Größeres in ihrer Zukunft, erwartete mehr, als ihnen ihre kleine Heimatstadt bieten konnte. Andere Jugendliche hatten Angst vor Christopher, weil er anders war. Evan gefiel es, dass Christopher anders war. Genau aus diesem Grund hatte er sich ursprünglich zu ihm hingezogen gefühlt. Christopher war mehr als das Kleinstadt-Highschool-Leben voller Sportskanonen, Nerds und Cheerleader, und das war Evan bewusst.

Vielleicht wäre alles anders gekommen, wenn Christopher sich an den Schlüssel erinnert hätte, den er an seinem sechzehnten Geburtstag erhalten hatte, oder an die Nachricht, die mit dem Schlüssel gekommen war, die er jedoch nie gelesen hatte. Er hatte beides ganz unten in einer Schublade seiner Kommode versteckt und versucht, es zu vergessen. Genauso wenig wie Christopher daran zweifelte, dass er beobachtet wurde, zweifelte er daran, dass ihm der Schlüssel Antworten liefern würde, doch er war sich nicht sicher, ob er diese Antworten überhaupt haben wollte. Er hatte Angst vor den Leuten, die ihn beobachteten, aber noch mehr Angst davor, warum sie es taten. Manchmal versuchte er, sich einzureden, dass er sich alles nur einbildete. Vielleicht wäre es so besser gewesen. Vielleicht wäre es besser gewesen, wenn er verrückt war und der Rest der Welt normal. Doch er war nicht verrückt. Er wurde beobachtet. Sie beobachteten ihn und warteten auf seinen achtzehnten Geburtstag.

Am Abend seines achtzehnten Geburtstags fuhr Christopher von Evan nach Hause. Er war mit seinem eigenen Auto unterwegs, einem verbeulten, rostigen Schrotthaufen, den er noch am selben Tag, an dem er den Führerschein bekommen hatte, für dreitausend Dollar gekauft hatte. An diesem Abend war es bereits dunkel. Christopher hatte Evan besucht, um ihm das Geburtstagsgeschenk seiner Eltern zu zeigen: einen Baseballschläger mit dem Autogramm von David Ortiz. Big Papi. »Der Mann, der dem Fluch des Bambino ein Ende gesetzt hat«, hatte sein Vater, ein eingefleischter Fan der Red Sox, immer zu ihm gesagt, als er noch ein Kind war. Ihm bedeutete das jedoch nur wenig. Wie sehr ihn sein Vater auch anspornte, Christopher hatte einfach kein Interesse an Mannschaftssportarten. Sie erschienen ihm sinnlos. Er hatte andere Dinge im Kopf. Trotzdem unterstützte ihn sein Vater bei den Sportarten, die er ausübte, und sah bei seinen Ring- und seinen Karatekämpfen und bei allem anderen zu. Nach jedem Kampf, ob Christopher ihn gewonnen oder verloren hatte, sagte sein Vater jedes Mal dasselbe: »Toll gekämpft, mein Junge. Aber vergiss nicht, dabei Spaß zu haben, ja?«

Der Baseballschläger, den Christopher von seinen Eltern bekommen hatte, war am Knauf holzfarben und im vorderen

Bereich in einem glänzenden Schwarz lackiert. Sein Vater hatte ihm gesagt, er sei identisch mit den Schlägern, die Big Papi früher bei Spielen verwendet hatte. Christopher dankte seinem Vater aufrichtig, da er wusste, dass dieser ihm ein Stück von sich selbst geschenkt hatte. Er liebte seinen Vater. Er liebte seine beiden Eltern. Bevor sie seinen Geburtstagskuchen anschnitten, wollte Christopher zu Evan fahren und ihm den Baseballschläger zeigen, denn Evan war ein leidenschaftlicher Baseball-Fan. Ihm ging nicht so viel durch den Kopf wie Christopher, was ihn ablenkte. »Weißt du, was dieses Ding wahrscheinlich gekostet hat?«, fragte Evan, als Christopher ihm den Baseballschläger reichte.

Christopher zuckte mit den Schultern. Er hatte keine Ahnung. »Nein. Weißt du es?«

Evan hielt inne und strich mit den Fingern über das polierte Holz. Dann schüttelte er den Kopf. »Ich wette, der hat ein Vermögen gekostet.«

»Möchtest du ihn haben?«, fragte Christopher. Er wusste, dass Evan ihn haben wollte. Er sah das Verlangen in seinen Augen. Ihm selbst lag nichts an dem Schläger. Ihn zu besitzen, war ihm nicht wichtig – nicht so wichtig, wie seinen einzigen Freund glücklich zu machen.

Evan starrte das Autogramm auf dem holzfarbenen Teil des Griffes an. Er schüttelte den Kopf. »Dein Vater wäre bestimmt böse, wenn du ihn verschenken würdest.« Daran hatte Christopher noch keinen Gedanken verschwendet. Evan gab ihm den Baseballschläger zurück. »Möchtest du heute Abend ausgehen?«, fragte er Christopher. »Um zu feiern? Ich könnte Tracey wahrscheinlich überreden, dass sie eine von ihren Freundinnen mitbringt.«

Christopher dachte darüber nach. Vielleicht hätte er tatsächlich feiern sollen. Schließlich hatte er Geburtstag. Mit einigen von Traceys Freundinnen hatte er durchaus Spaß gehabt, wenn er sie nicht zu schnell vergrault hatte. Trotzdem schüttelte er den Kopf. Es war Dienstagabend, und er wollte niemandem zur Last fallen. Christopher sah zum Fenster hinaus. Es wurde immer dunkler. »Ich sollte nach Hause fahren. Meine Mutter hat einen Kuchen gebacken.«

»Okay«, sagte Evan. »Ich werde Tracey bitten, dass sie uns einen Gutschein gibt. Wie wär's mit Freitag?« Evan sah seinen Freund forschend an. Er war sich nie ganz sicher, was in Christophers Kopf vor sich ging.

»Freitag«, willigte Christopher ein, da er wusste, dass das der einfachste Weg war, um die Diskussion zu beenden.

»Also, dann noch mal alles Gute zum Geburtstag, Mann.« Evan erhob sich von seinem Stuhl, umarmte Christopher unbeholfen und tätschelte seinem Freund mit einer Hand den Rücken.

»Danke.«

»Wir sehen uns morgen in der Schule«, sagte Evan.

»Ja«, erwiderte Christopher und hatte keine Zweifel daran, als er es sagte.

Dann verließ Christopher das Haus. Als er zur Tür hinausging, winkte er Evans Eltern zum Abschied zu. Sie winkten zurück, nicht unglücklich darüber, den seltsamen besten Freund ihres Sohnes gehen zu sehen. Christopher lief über die Kiesauffahrt zu seinem Auto. Alles wirkte normal. Christopher war sogar entspannt. Er öffnete die Autotür und warf seinen Baseballschläger auf den Beifahrersitz. Dann setzte er sich hinters Steuer, ließ den Motor an und schaltete das Licht ein. So weit im Norden brach die Nacht schnell an.

Christopher blickte nach links, bevor er seinen Wagen auf die kurvige Landstraße lenkte. Auf diesem Streckenabschnitt gab es keine Straßenlaternen. Er würde die Scheinwerfer entgegenkommender Fahrzeuge schon aus meilenweiter Entfernung sehen, wenn ihr Licht zwischen den Bäumen hindurchhuschte. Auf dieser Strecke wurde nachts jedoch schnell gefahren. Christopher sah vor sich nichts als Meilen leerer Straße, gesäumt von Bäumen und immer dunkleren, leeren Flächen. Da kein Verkehr herrschte, trat er aufs Gaspedal. Hinter ihm schien die Straße genauso leer zu sein wie vor ihm. Seine Scheinwerfer durchschnitten die Dunkelheit und wurden von den gelben Streifen in der Mitte der Fahrbahn reflektiert, aber sonst vom dichten Wald um ihn herum verschluckt. Christopher blickte abermals in den Rückspiegel. Noch immer war nichts zu sehen. Dann senkte er den Blick, um das Radio einzuschalten. Er suchte einen anderen Sender als den, den er normalerweise hörte, einen Infosender, der Berichte über Ufos und Verschwörungstheorien brachte und bei dem Menschen aus dem ganzen Land anriefen und merkwürdige Geschichten über Geheimnisse zum Besten gaben, die sich vor den Augen aller verbargen. Heute war jedoch sein achtzehnter Geburtstag, und er wollte Musik hören, deshalb suchte er, bis er einen Sender fand, auf dem ein alter Bruce-Springsteen-Song lief. Evan machte sich immer über Christophers altmodischen Musikgeschmack lustig. Christopher drehte die Lautstärke höher und hob den Blick wieder. Die Straße vor ihm war noch immer leer. Dann blickte er abermals in den Rückspiegel und rechnete damit, Dunkelheit zu sehen. Stattdessen sah er sie. Sie waren letzten Endes gekommen, um ihn zu holen.

Die Scheinwerfer des Wagens, der ihm folgte, waren bereits groß im Rückspiegel zu sehen und wurden immer größer, je näher sie ihm kamen. Der Wagen war aus dem Nichts aufgetaucht. Er konnte unmöglich die ganze Zeit hinter ihm hergefahren sein. Christopher hätte seine Scheinwerfer gesehen – winzige Lichtpunkte in der Dunkelheit –, schon Meilen bevor sie ihm so nahe gekommen waren. Die einzige Erklärung dafür war die, dass das Auto im Wald geparkt gewesen war und gewartet hatte, bis er vorbeifuhr. Christopher hörte den Motor des Wagens hinter ihm aufheulen, als dieser die Lücke schloss und sich seiner Stoßstange näherte. Der Moment, vor dem sich Christopher seit seiner Kindheit gefürchtet hatte, war schließlich gekommen.

Für den Bruchteil einer Sekunde empfand Christopher nichts als Erleichterung: Erleichterung darüber, dass der Moment endlich da war, Erleichterung darüber, dass es sich bei seiner Paranoia nicht um Wahnsinn handelte, Erleichterung darüber, dass er nicht grundlos Paranoia gehabt hatte. Hätte Christopher seine leiblichen Eltern gekannt, hätten sie ihm sagen können, dass Paranoia nie grundlos war. Inzwischen wusste er das selbst. Seine Paranoia hatte einen Wert. Sie war eine Währung, mit der er sich – falls er Glück hatte – sein Leben erkaufen konnte. Seine Erleichterung hielt jedoch nur für den Bruchteil einer Sekunde an, ehe sie von einem plötzlichen Gefühl der Unzulänglichkeit verdrängt wurde. Christopher stellte jede Entscheidung infrage, die er in seinem Leben getroffen hatte. Warum war er nicht bei einer Kampfsportart geblieben? Warum hatte er nicht härter trainiert? Dann, als er zu dem Schluss kam, dass das Gefühl der Unzulänglichkeit Zeitverschwendung war, hatte er nur noch eine einzige Empfindung: Angst. Und diese Angst war so groß, dass sie alles andere überlagerte.

Christopher blickte auf die dunkle, leere Straße vor ihm und tat das Einzige, was ihm einfiel: Er trat das Gaspedal durch. Die Straße schlängelte sich durch den dichten Wald. Auch wenn Christopher die Straße gut kannte, konnte er nicht Vollgas geben, ohne Gefahr zu laufen, von der Fahrbahn abzukommen und gegen einen Baum zu prallen. Er konnte nur hoffen, dass diejenigen, die in dem Wagen hinter ihm saßen, die Straße nicht so gut kannten wie er und Schwierigkeiten haben würden, ihm auf den Fersen zu bleiben. Das Problem war, dass sie nicht der Straße zu folgen brauchten. Sie brauchten nur Christophers Rückleuchten zu folgen. Das Auto hinter ihm kam immer näher. Christopher spürte einen heftigen Stoß gegen seinen hinteren Kotflügel, der seinen Wagen nach vorne schob. Inzwischen lenkte er immer später ein, wenn er sich einer Kurve näherte, da er hoffte, seine Verfolger auf diese Weise abzuschütteln. Er wartete jedes Mal bis zur letztmöglichen Sekunde, dann riss er das Lenkrad herum und vermied es nur knapp, in den Wald zu fahren. Die Reifen von Christophers Wagen rutschten auf dem Asphalt, wenn er eine Kurve nahm. Er hielt das Lenkrad fest umklammert, um nicht die Kontrolle über sein Fahrzeug zu verlieren. Der Wagen hinter ihm blieb trotzdem dicht an seiner Stoßstange. Was auch immer seine Verfolger fuhren, es war schneller und hatte eine bessere Straßenlage als die Rostlaube, mit der er unterwegs war.

Christophers Verfolger scherten aus und tauchten neben ihm auf. Ihr Wagen war dunkel und hatte getönte Scheiben. Christopher konnte nicht ins Innere sehen. Dann rammten sie ihn plötzlich von der Seite, und er verlor beinahe die Kontrolle über sein Fahrzeug. Solange er sich auf der Straße befand, würde er den Kürzeren ziehen, dessen war sich Christopher bewusst. Er musste die Straße verlassen. Das war seine einzige Chance. Wenn es ihm gelang, noch ein paar Meilen auf der Straße weiterzufahren, würde er zu dem Wald in der Nähe seines Hauses gelangen, dem Wald, in dem er praktisch aufgewachsen war. Wenn er es so weit schaffte, hätte er eine Chance zu überleben.

Der dunkle Wagen rammte Christopher erneut, wich dieses Mal allerdings nicht wieder zurück, sondern versuchte, sein Auto von der Straße in den Wald abzudrängen. Inzwischen waren sie mit über sechzig Meilen in der Stunde unterwegs. Christopher umklammerte das Lenkrad und versuchte, die Spur zu halten und nicht von der Fahrbahn abzukommen. Er spürte seinen Puls in den Händen. Er spürte seine Reifen zur Seite rutschen. Dann machte die Straße plötzlich eine Kurve, und Christopher riss das Lenkrad herum, sodass sich die beiden Autos voneinander trennten. Er hörte erneut Reifen quietschen, doch dieses Mal handelte es sich nicht um seine. Der dunkle Wagen geriet ins Schleudern und kam in der Kurve beinahe von der Straße ab. Christopher trat das Gaspedal durch, bis es das Bodenblech berührte. Er musste nur noch ungefähr zwei Meilen schaffen. Binnen Sekunden befand sich das andere Auto wieder neben ihm und kam näher, um erneut zu versuchen, ihn von der Straße zu drängen. Dieses Mal hatte Christopher allerdings einen Plan. Kurz bevor der dunkle Wagen mit der Beifahrertür Christophers Fahrertür rammte, machte er eine Vollbremsung. Der dunkle Wagen schoss an ihm vorbei und legte noch mindestens fünfzig Meter zurück, bis er ebenfalls zum Stehen kam. Er geriet jedoch beim Bremsen ins Schleudern und drehte sich, sodass er die gesamte Fahrbahn blockierte. Der Wagen wurde von Christophers Scheinwerfern erleuchtet, als stünde er im Rampenlicht. Christopher wartete, da er sehen wollte, was die Insassen des Wagens vorhatten. Er hoffte insgeheim, dass aus der entgegengesetzten Richtung ein anderes Fahrzeug angerast kommen und sie rammen würde, wusste jedoch, dass das unwahrscheinlich war. Nachts war diese Straße kaum befahren. Er beobachtete den Wagen und hatte dabei das Gefühl, ein Tier zu beobachten, ein Raubtier. Es kam ihm vor, als könne er den

Wagen atmen sehen. Dann begann sich das ihm zugewandte Fenster der Beifahrertür zu senken. Christopher wartete nicht ab, welche Schrecken das geöffnete Fenster offenbaren würde. Stattdessen trat er abermals das Gaspedal durch.

Christopher war sich darüber im Klaren, dass er die Straße verlassen musste, um an seinen Verfolgern vorbeizukommen. Seine Reifen quietschten, ehe sie Halt fanden, dann schoss er über den unbefestigten Straßenrand. Er betete, dass er nicht auf ein Loch im Boden oder auf einen Baum stoßen würde, bevor er seine Verfolger hinter sich gelassen hatte. Sein Auto holperte über den unbefestigten Untergrund, schaffte es jedoch, an dem dunklen Wagen vorbeizukommen. Bei der ersten Gelegenheit fuhr Christopher wieder auf die Straße, ohne den Fuß vom Gas zu nehmen. Dann hörte er das Quietschen von Reifen, als der dunkle Wagen erneut die Verfolgung aufnahm. Christopher hatte nur ein paar Sekunden Vorsprung, doch mehr brauchte er nicht. Er wusste jetzt genau, wo er sich befand, und hielt den Blick auf die Bäume gerichtet, an denen er vorbeiraste. Das andere Auto holte abermals auf und fuhr bis an seine hintere Stoßstange heran. Dann entdeckte Christopher den Orientierungspunkt, nach dem er Ausschau gehalten hatte: einen alten umgestürzten Baum, dessen Wurzeln in die Luft ragten wie die Tentakel eines riesigen Meeresungeheuers. Er zählte die Sekunden. Eins. Zwei. Der Wagen hinter ihm würde ihn jeden Moment erneut rammen. Bei drei riss Christopher das Lenkrad abrupt nach links und schoss in die Dunkelheit. Er spürte, wie die Räder seines Wagens den Bodenkontakt verloren, als er sich von der asphaltierten Straße in die Wildnis katapultierte. Im Fliegen schaltete er das Licht aus, dann spürte er, wie er in die Dunkelheit stürzte.

Christophers Wagen schlug hart auf dem Boden auf, ohne

dabei zum Stillstand zu kommen. Er machte abermals eine Vollbremsung. Das Auto schlitterte weiter, da seine Reifen in der Erde und dem Laub auf dem Waldboden keinen Halt fanden. Die Bremsen waren nicht in der Lage, den Wagen zu stoppen; sie konnten ihn nur verlangsamen. Trotzdem verringerte sich seine Geschwindigkeit so weit, dass Christopher nur eine leichte Erschütterung spürte, als er gegen einen Baum prallte.

Da der Baum, mit dem Christopher kollidierte, die Fahrertür blockierte, kletterte er über die Mittelkonsole und öffnete die Beifahrertür. Beim Aussteigen schnappte er sich seinen Baseballschläger mit dem Autogramm von David Ortiz. Genau in dem Moment, als er sich neben seinem Auto aufrichtete, erfassten ihn die Scheinwerfer des Wagens seiner Verfolger in der Dunkelheit. Christopher hielt den Baseballschläger in der Mitte gepackt und rannte aus dem Lichtkegel. Nachdem er den Hügel vor sich erklommen hatte und sich wieder im Schutz der Dunkelheit befand, fasste er den Entschluss, dass er nicht mehr weit laufen würde. Er hatte nicht den Großteil seiner Jugend trainiert, um das Weite zu suchen. Er hatte trainiert, um zu kämpfen. Während er tiefer in den Wald rannte, hörte er hinter sich die Türen des dunklen Wagens zuschlagen. *Peng. Peng.* Christopher hoffte, das zweimalige Knallen bedeutete, dass seine Verfolger nur zu zweit waren.

Die beiden Männer, die den Auftrag hatten, Christopher zu töten, hätten ihn einfach in die Dunkelheit des Waldes verschwinden lassen und sich dann zu ihm nach Hause begeben sollen. Sie wussten, wo er wohnte, und sie wussten, dass er nicht weit kommen würde, nachdem sein Auto kaputt war. Sie hätten ihm nicht blindlings in den Wald zu folgen brauchen, sondern hätten einfach auf ihn warten können. Sie hätten ihn auch am nächsten Tag oder am übernächsten oder am überübernächsten töten können. Allein ihr Stolz trieb sie dazu, ihn zu verfolgen. Schließlich war Christopher nicht mehr als ein unausgebildeter, unbewaffneter Junge, der nur den Ruf hatte, eine Plage zu sein. Trotz Karate und Taekwondo war er nicht auf die gleiche Art und Weise ausgebildet worden wie alle anderen im Krieg. Ihm war noch nicht beigebracht worden zu hassen. Also folgten sie Christopher in den Wald, weil sie mehr Angst davor hatten, anderen erzählen zu müssen, dass der Junge entkommen war, als sie vor dem Jungen selbst Angst hatten. Sie hätten es besser wissen sollen. Sie kannten beide Christophers Geschichte. Sie wussten, dass er noch vor seinem ersten Geburtstag Zeuge der Ermordung zweier seiner Väter geworden war. Sie wussten, dass er den Armen zweier seiner Mütter entrissen worden war. Selbst wenn er sich nicht an diese Dinge erinnern konnte, blieb so etwas an einem Menschen hängen. Manchmal war Wut ebenso wirksam wie Hass. Sie mochte weniger zielgerichtet und unverblümter sein, doch sie erfüllte ihren Zweck. Außerdem wussten die beiden Männer, welche Art von Blut durch Christophers Adern floss. Sie wussten, dass sein Vater ein begabter Killer und seine Mutter im Alter von neunzehn Jahren die erste Person in der Geschichte des Krieges gewesen war, die in eine Informationszelle eingebrochen und lebendig wieder herausgekommen war. Sie wussten, dass es sich bei dem Blut, das durch die Adern des Jungen floss, um gefährliches Blut handelte. Trotzdem folgten sie ihm.

Christopher stand hinter einem Baum, und seine Brust hob und senkte sich lautlos, als er durch die Nase ein- und durch den Mund wieder ausatmete. Er spürte sein Herz rasen. Der Zeitpunkt war gekommen. Im Wald war es dunkel, und nur Splitter des Mondlichts drangen durch das Baumkronendach. Christopher wartete. Zwischen den Bäumen war genug Platz, um voll ausholen zu können. Er hielt den Baseballschläger mit beiden Händen nah an der Brust, während er dem Rascheln der Schritte seiner Verfolger auf dem Laub lauschte. Er war nicht sehr weit gelaufen, da er nicht versuchte zu entkommen. Seine beiden Verfolger hatten sich nicht getrennt, sondern durchkämmten in einem Abstand von gut fünf Metern den Wald, um sicherzustellen, dass sie nicht an ihm vorbeigingen, während er sich in einer Vertiefung im Boden oder hinter einem Baum versteckte. Sie wussten, dass sie ihn gehört hätten, wenn er weitergelaufen wäre. Sie wussten, dass er sich ganz in der Nähe befand. Ihr Fehler war, dass sie nicht damit rechneten, dass er auf sie wartete.

Die beiden Männer fingen im Gehen an zu rufen, um Christopher aus seinem Versteck zu scheuchen. Ihre Stimmen hallten von den Bäumen wider, was den Eindruck entstehen ließ, als wären sie nicht nur zu zweit, sondern eine ganze Armee. »Komm raus, Kleiner!«, rief der erste Mann. Christopher hörte, wie er sich in der Dunkelheit vorsichtig vorantastete, um nicht gegen einen Ast zu stoßen oder über einen Stein zu stolpern. »Wir wollen nur mit dir reden!«, rief der andere Mann, dessen Stimme höher war als die des ersten Mannes und näher. »Du brauchst keine Angst zu haben!«, rief der erste Mann, und noch bevor er zu Ende gesprochen hatte, hörte Christopher den anderen Mann leise lachen. Die beiden bewegten sich langsam voran, befanden sich aber inzwischen ganz in der Nähe. Christopher drehte die Hände am Griff des Schlägers, um sich zu vergewissern, dass er ihn fest umklammert hielt. Es kam auf das richtige Timing und auf Genauigkeit an. Er erinnerte sich an die Baseball-Lektionen, die er als Kind von seinem Vater bekommen hatte. Christopher rollte lautlos mit den Schultern, um seine Muskeln zu lockern.

»Hier, Kleiner!«, rief der Mann mit der höheren Stimme in die Nacht hinein. Er stand auf der anderen Seite des Baums, hinter dem sich Christopher versteckte. Der Mann mit der tieferen Stimme war ebenfalls nur gut fünf Meter entfernt, bei denen es sich allerdings um fünf Meter schützender Dunkelheit handelte.

»Wo steckst du, verdammt?«, schrie der Mann mit der tieferen Stimme in wütendem Tonfall.

»Vielleicht ist er doch nicht hier«, sagte der andere Mann zu seinem Partner. Christopher machte es sich zunutze, dass sich der Mann von ihm weggedreht hatte, und schlüpfte hinter dem Baum hervor. »Vielleicht sollten wir einfach warten …«, setzte der Mann an, der näher bei Christopher stand. Er konnte seinen Gedanken nicht zu Ende führen. Christopher schwang den Baseballschläger: Er mobilisierte seine ganze Kraft für den ersten Schlag, legte alle Wucht hinein, die er erzeugen konnte. Es war dunkel, doch Christopher sah genug. Er zielte mit dem Schläger auf die Kniescheiben des Mannes, der ihm näher war, und spürte, wie eines von dessen Knien nachgab und nach hinten einknickte, als der Schläger mit voller Wucht sein Ziel traf. Der Mann stieß vor Schmerz einen Schrei aus, einen Urschrei, der durch die Nacht hallte. Dann fiel er zu Boden auf seine nicht mehr brauchbaren Knie. Christopher warf einen Blick auf die Hände des Mannes. In seiner Rechten hielt er einen Gegenstand, der aussah wie ein Schlagstock. Christopher hob seinen Baseballschläger an und ließ ihn hart auf die rechte Schulter des Mannes hinabsausen. Er war entschlossen, ihn zu entwaffnen, wie viele Schläge dazu auch nötig waren. Der Mann ließ seine Waffe jedoch bereits nach zwei krachenden Hieben fallen, da sein rechter Arm jetzt genauso unbrauchbar war wie seine Knie.

Dann hörte Christopher Schritte hinter sich. Der andere

Mann kam auf ihn zu. Anstatt sich umzudrehen und zu kämpfen, rannte Christopher weg, rannte tiefer in den dunklen Wald. Er wusste, wo er auftreten musste. Er wusste, wann er springen musste und wo sich die Vertiefungen im Boden befanden, die es zu meiden galt. Nach nur ungefähr zwanzig Schritten ging Christopher erneut in Deckung, indem er sich hinter einem anderen Baum duckte. Er lauschte und hörte den verletzten Mann in der Dunkelheit stöhnen, doch das interessierte ihn nicht. Sein Interesse galt allein dem anderen Mann. Christopher war zu allem bereit. Er war bereit zu kämpfen, falls der Mann ihn angriff. Und falls dieser die Flucht ergriff, war er bereit, ihn zu verfolgen, ihn in der Dunkelheit zur Strecke zu bringen. Während der erste Mann stöhnte, hörte Christopher zu seiner Rechten einen Zweig abbrechen. Er hielt den Baseballschläger jetzt wie ein Schwert vor sich und fragte sich, wie der zweite Mann bewaffnet sein mochte. Was war, wenn er eine Pistole hatte? Christopher hörte einen weiteren Zweig abbrechen, dieses Mal näher bei ihm. Er wirbelte herum, sprang hinter dem Baum hervor und schwang dabei den Schläger vor sich. Da er sich diesmal nicht ganz sicher war, wo sich sein Ziel befand, schwang er ihn einfach auf Brusthöhe. Er führte den Schläger mit aller Kraft, doch der Mann stand im rechten Winkel zu ihm, sodass Christopher ihn nur am Arm traf. Der Mann stöhnte auf, als ihn der Baseballschläger traf, brach aber nicht zusammen. Er ging nicht zu Boden. Stattdessen drehte er sich zu Christopher und schwang die glänzend silberfarbene Axt, die er in der rechten Hand hielt. Christopher machte einen Schritt zur Seite und entkam knapp der scharfen Klinge. Dann schlug der Mann mit der linken Hand zu, und Christopher spürte kaltes Metall gegen seinen Wangenknochen prallen. Der Mann hatte eine Axt in der einen Hand und einen Schlagring in der anderen. Der

Schlag war jedoch kraftlos, da der linke Arm des Mannes nach dem Treffer von Christophers Baseballschläger geschwächt war. Wenn der Mann nicht verletzt gewesen wäre, hätte er Christopher den Wangenknochen zertrümmert, und Christopher hätte auf dem Boden gelegen und wäre von dem Psychopathen mit der Axt zerstückelt worden.

Christopher kämpfte damit, sein Sehvermögen zurückzuerlangen, nachdem er den metallenen Schlag gegen den Kiefer hatte einstecken müssen, als er ein surrendes Geräusch wahrnahm, das durch die Luft auf ihn zukam. Ohne nachzudenken, packte er den Baseballschläger mit beiden Händen und hielt ihn sich vors Gesicht. Im nächsten Moment spürte er, wie sich die Axt tief ins Holz grub. Noch immer leicht benommen, nahm Christopher zur Kenntnis, dass der Mann versuchte, seine Axt wieder aus dem Baseballschläger zu zerren. Er riss einmal daran, dann ein zweites Mal. Bevor der Mann ein weiteres Mal daran ziehen konnte, riss Christopher den Schläger mit einem Ruck an seine Brust und damit auch den Mann bis auf ein paar Zentimeter zu sich heran. Dann riss er das Knie hoch und rammte es dem Mann, so fest er konnte, in den Schritt. Er hörte sämtliche Luft aus der Lunge des Mannes entweichen. Christopher drückte den Baseballschläger von sich weg, um den Abstand zwischen sich und dem Mann zu vergrößern, drehte sich auf den Zehenballen seines linken Fußes und verpasste dem Mann mit dem rechten Fuß einen festen Tritt gegen die Brust. Dabei handelte es sich um eine Mischung aus Instinkt und Training. Der Mann flog von ihm weg und stürzte zu Boden, während seine Axt nach wie vor in dem Baseballschläger steckte, den Christopher in den Händen hielt. Christopher war nicht in der Stimmung für Spielchen. Mit dem Mann mit den kaputten Knien, den Christopher noch immer in der Dunkelheit stöhnen hörte, hatte er bereits den Informanten, den er brauchte. Er trat einen Schritt nach vorn, als der zweite Mann versuchte aufzustehen, und schwang den Baseballschläger abermals, dieses Mal mit der Axt, die noch im Holz steckte. Der Schläger traf den Mann hart seitlich am Kopf. Nicht nur das Gefühl, wie der Schädel des Mannes nachgab, sondern vor allem das knirschende Geräusch gab Christopher die Gewissheit, dass er nicht noch einmal auszuholen brauchte.

Der Mann fiel zu Boden und blieb regungslos liegen. Er zuckte nicht einmal. Christopher blieb einen Moment vor der Leiche stehen und betrachtete sie. Seine Brust hob und senkte sich. Den Griff des Baseballschlägers hielt er noch immer fest umklammert. Dann griff er nach oben und zog die Axt mit zwei festen Rucken aus dem Holz. Er hörte den anderen Mann noch immer stöhnen und wusste, dass er sich in Bewegung setzen musste. Dass er zu ihm musste, bevor die Kojoten bei ihm waren. Christopher warf einen letzten Blick auf die Leiche zu seinen Füßen, deren Kopf keine normale Form mehr besaß. Er brauchte sich keine Sorgen zu machen, dass ihm jemand in der Dunkelheit folgen würde. Mit dem Baseballschläger in der einen Hand und der Axt in der anderen bahnte er sich den Weg zurück zu dem Mann mit den kaputten Knien, indem er dessen Klagelauten folgte.

Der Mann hatte sich zu einem Baum geschleppt, an dem er sich im Sitzen mit unnatürlich gespreizten Beinen mit dem Rücken anlehnte. Sein rechter Arm hing schlaff herab. Er sah Christopher durch die Dunkelheit auf sich zukommen. Trotz der Finsternis erkannte Christopher die Angst im Gesicht des Mannes, als diesem bewusst wurde, dass nicht sein Partner, sondern Christopher zu ihm zurückkam. Christopher hatte sich den Baseballschläger über die Schulter gelegt und näherte sich dem verletzten Mann vorsichtig. Er war sich darüber im Klaren, dass auch von einem Verletzten Gefahr ausgehen konnte, und warf einen Blick auf die Hände des Mannes, um sich zu vergewissern, dass er unbewaffnet war. Zu seinem Leidwesen war er das.

Als Christopher sich dem Mann bis auf drei Meter genähert hatte, deutete er mit dem Baseballschläger auf ihn. »Was wollen Sie von mir?«, fragte er.

»Nichts«, erwiderte der Mann und schüttelte mit schmerzverzerrtem Gesicht den Kopf. »Das ist nur ein Spiel«, log er. Ihm war bewusst, dass Christopher nicht eingeweiht worden war. Und ihm war bewusst, dass er ihm das Ganze nicht würde erklären können, zumindest nicht auf eine Art und Weise, die Christopher dazu bewegen würde, ihn leben zu lassen.

»Sie beschatten mich seit zehn Jahren, weil das alles ein Spiel ist?«, fragte Christopher und trat näher an den Mann heran, bis das vordere Ende seines Baseballschlägers fast dessen Nase berührte.

»Wir haben dich nicht beschattet«, sagte der Mann, wobei es sich nicht um eine Lüge handelte. Die beiden waren nicht diejenigen, die ihn beschattet hatten. Das hatten andere getan.

»Lügen Sie mich nicht an!«, schrie Christopher in die Nachtluft. Er konnte sich nicht erinnern, jemals zuvor so laut geschrien zu haben. Hier im Wald spielte das jedoch keine Rolle. Dann holte Christopher mit dem Baseballschläger aus und verpasste dem verletzten Mann einen Schlag gegen den Kopf, der fest genug war, um wehzutun, aber nicht fest genug, um bleibenden Schaden anzurichten. Der Mann zuckte zusammen, bevor der Schläger ihn traf.

»Egal, was ich dir sage, du würdest es sowieso nicht verstehen«, erklärte der Mann.

»Testen Sie mich doch«, erwiderte Christopher.

Der Mann holte tief Luft und biss sich auf die Unterlippe. »Dein Vater war an einem Krieg beteiligt, von dem du nichts weißt. Deine Mutter war selbst noch ein Kind, als sie dich zur Welt gebracht hat.« Der Mann hielt einen Moment inne, um wieder zu Atem zu kommen. »Die beiden haben sich nicht an die Regeln gehalten, deshalb wirst jetzt du bestraft.«

»Dann sind Sie also hier, um mich zu bestrafen?« Fürs Erste war das das Einzige, was für Christopher einen Sinn ergab. Er verstand, dass er für seine Sünden bestraft werden sollte, auch wenn er nicht wusste, um welche Sünden es sich dabei handelte.

Der Mann schüttelte den Kopf. Sein Kopf und sein linker Arm waren die einzigen Körperteile, die er noch bewegen konnte. »Wir sind hier, um dich zu töten«, sagte er mit einem Anflug von ironischer Genugtuung in seinem Tonfall.

»Und was ist jetzt, nachdem Ihnen das misslungen ist?«, fragte Christopher mit bebender Stimme, als würde er die Antwort bereits kennen.

»Es werden andere kommen«, entgegnete der Mann. Christopher warf einen Blick auf die Uhr. Es war kurz vor zehn Uhr. Seine Eltern würden ihn bald vermissen und versuchen, ihn anzurufen. Sein Handy lag allerdings im Auto. Wenn sie ihn nicht erreichten, würden sie Evan anrufen. Dann würden sie sich auf die Suche nach ihm machen. Das durfte er nicht zulassen. Er musste verhindern, dass sie ihn so vorfanden.

Christopher ging zu dem verletzten Mann und warf die Axt etwa drei Meter weit weg auf den Boden. Dann kniete er sich hin, packte den Mann fest am Handgelenk seines unverletzten Arms, griff nach unten und tastete die Hosentaschen des Mannes ab. »Was soll das?«, wollte der Mann wissen.

Christopher spürte eine Ausbuchtung an der rechten Hosentasche des Mannes. Er griff hinein, holte ein Handy hervor und schaltete es ein, um nachzusehen, wann zum letzten Mal damit telefoniert worden war, da er sich vergewissern wollte, dass der verletzte Mann noch niemanden angerufen und Bescheid gegeben hatte, dass sie den Kürzeren gezogen hatten. Das letzte Gespräch lag Stunden zurück.

Christopher ging einen Schritt rückwärts, weg von dem Mann. »Was soll das?«, fragte der Mann erneut. Christopher warf das Telefon in die Luft und versetzte ihm einen Hieb mit dem Baseballschläger, der es in unzählige winzige Stücke zersplittern ließ. Dann entfernte er sich. »Was soll das?«, fragte der Mann ein weiteres Mal, wobei er dieses Mal beinahe schrie. »Was ist? Hast du etwa nicht den Mumm, die Sache zu Ende zu bringen?«, rief ihm der verletzte Mann hinterher.

Christopher deutete auf die Axt, die auf dem Boden lag. »An Ihrer Stelle würde ich versuchen, mir die zu holen. Schließlich müssen Sie sich irgendwie die Bären und Kojoten vom Leib halten, denn finden wird Sie hier niemand. Wenn Sie Glück haben, kommen zuerst die Bären. Die machen nämlich wesentlich kürzeren Prozess als die Kojoten.« Christopher drehte sich wieder um und ging weiter. Dieses Mal blickte er nicht mehr zurück.

Er ging noch ungefähr fünfzig Meter, dann begann er zu joggen. Schließlich fing er an zu rennen. Als er wieder bei seinem Auto ankam, öffnete er die Tür, griff hinein und nahm sein Handy heraus. Er rief Evan an.

Es ertönte zweimal das Freizeichen, bevor Evan abhob. »Hey, Mann, was gibt's? Hast du es dir anders überlegt wegen Tracey?«, fragte Evan ins Telefon, bevor Christopher auch nur ein Wort sagen konnte. Er hörte den Mann im Wald noch immer um Hilfe rufen, doch dabei handelte es sich um ein leises, entferntes Geräusch.

»Nein«, erwiderte Christopher und gab sich Mühe, die Panik

in seiner Stimme zu kontrollieren. »Du musst mir einen Gefallen tun.«

»Klar«, entgegnete Evan ein wenig verwirrt. Christopher bat nicht oft um einen Gefallen.

»Du musst meine Eltern anrufen und ihnen sagen, dass ich heute bei dir übernachte. Erzähl ihnen, dass du mit mir auf eine Überraschungsparty gehst oder so. Und ruf mich bitte zurück, nachdem du mit ihnen gesprochen hast.«

»Was ist denn los, Chris?«, wollte Evan wissen.

Ich habe im Wald gerade zwei Männer getötet, dachte Christopher, sagte es aber nicht. »Ich erkläre es dir später. Das hier ist wichtig. Kann ich auf dich zählen?«

»Warum rufst du denn deine Eltern nicht einfach selber an?«, fragte Evan. Doch das konnte Christopher nicht tun. Daran bestand für ihn kein Zweifel. Er wäre zusammengebrochen, wenn er mit ihnen telefoniert hätte.

»Ich weiß nicht«, erwiderte Christopher. »Das geht einfach nicht. Rufst du sie bitte an?«

»Also gut. Ich rufe dich gleich zurück.« Evan legte auf.

Während Christopher auf Evans Rückruf wartete, begutachtete er den Schaden an seinem Auto. Die Fahrerseite war noch immer gegen den Baum gedrückt, gegen den er geprallt war, und das Blech hatte sich um den Stamm gebogen. Er konnte den Wagen nicht mehr benutzen. Selbst wenn es ihm gelungen wäre, ihn wieder zum Laufen zu bringen, hätte er ebenso gut mit einer Leuchtreklame herumfahren können. Christopher hob den Kopf, warf einen Blick auf das andere Auto und ging darauf zu. Der Schlüssel steckte noch im Zündschloss. Der Wagen hatte ein paar Kratzer in der Tür, befand sich aber sonst in erstaunlich gutem Zustand. Christopher öffnete die Fahrertür und stieg ein. Dann läutete sein Telefon.

»Evan«, sagte Christopher, als er den Anruf entgegennahm, bevor das erste Klingeln zu Ende war.

»Mann«, entgegnete Evan, »stimmt irgendwas nicht?«

»Hast du mit meinen Eltern gesprochen?«, erkundigte sich Christopher.

»Ja«, erwiderte Evan. »Sie haben es mir abgekauft.«

»Dann ist also alles in Ordnung bei ihnen?«, fragte Christopher. Er atmete jetzt schwerer als zuvor, als er sich im Wald versteckt hatte.

»Ja, alles okay bei ihnen«, antwortete Evan, wobei leichte Verärgerung in seinem Tonfall mitschwang. »Erzählst du mir jetzt bitte, was eigentlich los ist?«

»Sobald ich kann«, sagte Christopher. »Versprochen. Aber nicht jetzt. Nicht heute Abend. Ich rufe dich morgen an, versprochen.«

»Okay«, sagte Evan. »Ich hoffe bloß, da steckt eine gute Geschichte dahinter.«

Das hoffe ich auch, dachte Christopher, ehe er auflegte. Dann drehte er den Schlüssel im Zündschloss. Der Motor stimmte ein tiefes Grollen an. Christopher lenkte den pechschwarzen Wagen auf die Straße und machte sich auf den Weg nach Hause.

Eine Meile vom Haus seiner Eltern entfernt parkte er und ging den restlichen Weg zu Fuß. Er wagte es nicht, sich mit dem Auto weiter zu nähern. Er wagte es nicht, seinen Eltern zu erzählen, was im Wald geschehen war. Insgeheim wusste er, dass er sie im Dunklen lassen musste, um sie zu schützen. Als er an der Grundstücksgrenze ankam, starrte er in das hell erleuchtete Haus und beobachtete, wie sich die Schatten seiner Eltern von einem Zimmer ins andere bewegten. Nur wenige Minuten später schalteten seine Eltern nach und nach das Licht in sämtlichen Zimmern aus. Zuerst wurde es im Wohnzimmer dunkel. Dann in der Küche. Anschließend im Badezimmer im ersten Stock. Das gedämpfte Licht in ihrem Schlafzimmer brannte am längsten, ging letzten Endes aber ebenfalls aus. Nachdem alle Lichter erloschen waren, wartete Christopher noch eine halbe Stunde, bevor er das letzte Stück zum Haus ging.

Der Geburtstagskuchen, den seine Mutter für ihn gebacken hatte, stand noch auf der Küchenarbeitsplatte, abgedeckt mit Frischhaltefolie. Es handelte sich um einen Schokoladenkuchen, Christophers Lieblingskuchen. Er war versucht, die Frischhaltefolie zu entfernen und sich ein Stück abzuschneiden – nur eines –, beherrschte sich jedoch, da er seinen Eltern nicht noch übler mitspielen wollte, als er es ohnehin tun würde. Christopher ging so leise wie möglich die Treppe zu seinem Zimmer hinauf. In der Dunkelheit im Haus bewegte er sich mit noch größerer Leichtigkeit als in der Dunkelheit im Wald. Er kannte jeden Quadratzentimeter des Hauses wie seine Westentasche. Er wusste, auf welche Bodendielen er nicht treten durfte, weil sie knarrten. Er wusste, dass er die Tür zu seinem Zimmer beim Öffnen anheben musste, damit ihre Scharniere nicht quietschten.

Christopher betrat sein Zimmer. Während die beiden Männer ihm gefolgt waren, hatte er sich an den Schlüssel und an die Nachricht erinnert. Er öffnete die oberste Schublade seines Schreibtischs und schob leise die Unterlagen beiseite, die sich darin befanden. Dann griff er in den hinteren Teil der Schublade. Seine Finger spürten den Umschlag, der ein gewisses Gewicht hatte. Christopher zog ihn heraus und war dabei noch vorsichtiger, kein Geräusch zu verursachen. Wenn seine Eltern ihn jetzt hörten, würde er nicht verbergen können, was er tat. Er öffnete den Umschlag, in dem er den Schlüssel und die Nachricht fand, die er nie gelesen hatte, und holte sein Handy hervor, um es als Taschenlampe zu verwenden. Er glaubte, dass ihm die Nachricht womöglich Antworten liefern würde. Zu seiner Bestürzung enthielt sie überhaupt keine Botschaft. Das Einzige, was auf dem Papier stand, waren eine Adresse in Montreal und eine Telefonnummer.

Christopher steckte den Schlüssel und die Nachricht in die Hosentasche. Dann suchte er ein paar Kleidungsstücke zum Wechseln zusammen und verstaute sie mit seinem Handy-Ladegerät in einem Rucksack. Auch wenn sich die Nachricht als Reinfall entpuppt hatte, vermutete er, dass ihm der Schlüssel Antworten liefern würde. Er blickte sich im Zimmer um, ob er noch irgendetwas anderes mitnehmen sollte, da er nicht wusste, wann er wieder die Gelegenheit haben würde, nach Hause zu kommen. Sein Atem ließ seine Lippen zittern. Ein plötzlicher Gefühlsausbruch überkam ihn, aber es gelang ihm, ihn zu unterdrücken. Er hatte sein ganzes Leben lang dafür trainiert, niemals die Fassung zu verlieren. Selbst als Kind hatte er nur selten geweint, wie ihm seine Eltern gesagt hatten.

Christopher holte tief Luft und ging aus seinem Zimmer. Als er am Schlafzimmer seiner Eltern vorbeikam, blieb er kurz stehen, um ihrem Atem zu lauschen. Dann stieg er lautlos die Treppe hinunter und ging zur Haustür hinaus.

ZWEITES KAPITEL

Christopher saß in dem Café gegenüber der Bank. Er aß sein Frühstück, musterte die anderen Gäste und lauschte dem Klappern von Gabeln und Messern auf billigem Porzellan. Er hatte den Eindruck, jeden Löffel zu hören, der gegen den Rand einer

Kaffeetasse stieß. Niemand schien ihn zur Kenntnis zu nehmen. Alle richteten den Blick auf ihren Teller, auf ihr Essen, auf die Bedienung oder unterhielten sich miteinander. Trotzdem spürte Christopher, dass ihn jemand beobachtete. Er wusste nur nicht, wer. Er hatte gehofft, das Gefühl, beobachtet zu werden, würde aufhören, nachdem er den Männern im Wald ins Gesicht geblickt hatte. Er hatte gehofft, dass er genug gesehen hatte und dass es jetzt vorbei war. Aber es war nicht vorbei. Darüber war sich Christopher im Klaren. Er stach mit der Gabel in sein Rührei und spürte Blicke. Die Typen im Wald waren nicht die Einzigen gewesen.

Christopher spürte sein Mobiltelefon in der Hosentasche vibrieren, holte es hervor und warf einen Blick auf die Nachricht auf dem Display. Sie stammte von Evan: »Wo steckst du, verdammt? Ich hoffe nur, du hast eine richtig krasse Geschichte auf Lager…« Christopher steckte sein Telefon wieder in die Hosentasche. »Krass« beschrieb das Ganze nicht einmal ansatzweise. »Erschreckend« wäre der Sache schon näher gekommen. Oder »verwirrend«. Christopher sah zum Fenster hinaus und zur Bank hinüber. Inzwischen bewegten sich darin Menschen. Es war kurz vor acht Uhr morgens. Christopher hatte nicht geschlafen, hatte es nicht einmal in Erwägung gezogen. Er war nicht müde. So wie er sich fühlte, zweifelte er daran, ob er überhaupt jemals wieder würde schlafen können.

Christopher aß die letzten beiden Bissen seines Frühstücks. Dann griff er abermals in seine Hosentasche, vorbei an seinem Handy, und strich mit den Fingern über das kühle Metall des Schlüssels. Ein echter Schlüssel zu einem Bankschließfach – das erschien ihm so altmodisch, als würde man versuchen, jemanden mit einer Axt zu töten. Christopher erhob sich. Bezahlt hatte er bereits. Bevor er ging, ließ er den Blick noch einmal durch den Raum schweifen, um sich zu vergewissern, dass niemand Anstalten machte, ihm zu folgen. Niemand bewegte sich. Das bedeutete allerdings nicht, dass ihn niemand beobachtete, darüber war sich Christopher im Klaren. Es bedeutete nur, dass die fragliche Person gut darin war. Sein Handy vibrierte erneut in seiner Hosentasche. Er ignorierte es. Noch hatte er nichts zu berichten, doch die Antworten waren nahe. Das spürte er. Er brauchte nur die nächste Stunde zu überleben.

Christopher machte sich auf den Weg zur Tür, um nach draußen zu gehen. Trotz des Lärms und der Unterhaltungen in dem Café wirkte alles ruhig. Als sich Christopher der Tür näherte, stand hinter ihm in einer Sitznische in der Nähe des Eingangs jemand auf. Der Fremde folgte ihm und war ihm so dicht auf den Fersen, dass er nur die Hand hätte auszustrecken brauchen, um ihn zu berühren. Christopher kam bei der Tür an und drückte sie mit einem Arm auf. Dann trat er zur Seite, hielt dem Fremden die Tür auf und gab ihm freundlich zu verstehen, dass er zuerst hinausgehen solle. Christopher hatte es noch nie gemocht, wenn jemand hinter ihm ging, und heute war ihm erst recht nicht danach zumute.

»Nach Ihnen«, sagte der Fremde zu Christopher in seltsam formellem Tonfall. Der Fremde war verhältnismäßig jung, nicht älter als siebenundzwanzig oder achtundzwanzig. Er war mindestens einen Meter dreiundachtzig groß, gut fünf Zentimeter größer als Christopher. Er hatte dunkles Haar und dunkle Augen und trug trotz der sommerlichen Temperaturen eine leichte Jacke.

»Nein, danke«, erwiderte Christopher. »Ich habe was an meinem Tisch liegen lassen«, log er.

Der Fremde holte tief Luft und schüttelte den Kopf. »Ich verbringe in meinem Job viel zu viel Zeit damit, in Cafés rumzusitzen.« Der Mann sah Christopher direkt an. »Was, denkst du, hast du denn vergessen, Christopher? Auf deinem Tisch liegt nichts.«

Christopher spürte sein Herz wieder schneller schlagen, wie am Abend zuvor, als er im Wald verfolgt worden war. »Ich gehe nicht mit Ihnen raus«, sagte Christopher zu dem Fremden. Er machte sich nicht einmal die Mühe, ihn zu fragen, woher er seinen Namen kannte. Christopher hatte fast damit gerechnet, dass er ihn kennen würde. Der Fremde machte Christopher Angst, vielleicht sogar noch mehr als die Männer im Wald. Die Art und Weise, wie der Fremde auftrat, erschreckte ihn. Der Mann wirkte gelassen. Was sich im Wald zugetragen hatte, war völlig verrückt gewesen, doch der Fremde wirkte wie die Vernunft in Person. Nach all dem Warten und all der Paranoia, nach dem, was Christopher mit den beiden Männern im Wald gemacht hatte, war für ihn nichts beängstigender als Vernunft. »Wenn Sie mich töten wollen, müssen Sie es direkt hier in diesem Café tun.«

»Ich werde dich nicht töten, Christopher«, sagte der Fremde, den es offenbar nicht überraschte, dass Christopher einen solchen Gedanken hatte.

»Wozu sind Sie dann hier?«, wollte Christopher wissen. Die Worte des Fremden sorgten nicht dafür, dass er sich besser fühlte.

»Ich bin hier, um dich davon abzuhalten, diese Bank zu betreten«, erwiderte der Fremde und deutete über seine Schulter auf die Bank auf der anderen Straßenseite.

»Warum?«

»Wenn du diese Bank betrittst, wirst du innerhalb einer halben Stunde tot sein, nachdem du wieder rausgekommen bist«, erklärte der Fremde ruhig. Die beiden schwiegen einen

Moment, als ein älteres Paar das Café verließ. Christopher stand da, wagte es kaum zu atmen und hielt die Tür mit ausgestrecktem Arm auf. Der alte Mann sah Christopher im Vorbeigehen an und tippte sich an den Hut.

»Ich verstehe das nicht«, sagte Christopher im Flüsterton zu dem Fremden, nachdem das ältere Paar außer Hörweite war. Seine Verwirrung war beinahe genauso schlimm wie seine Angst.

»Komm mit mir«, sagte der Fremde, »dann erzähle ich dir, so viel ich kann.«

»Warum sollte ich Ihnen trauen?«, fragte Christopher den Mann.

Der Fremde zuckte mit den Schultern. Er beugte sich zu Christopher vor und flüsterte: »Wenn ich dich tot sehen will, dann bist du tot, ob du mit mir mitkommst oder nicht. Und wenn ich die Wahrheit sage und dir tatsächlich helfen will, dann ist mit mir mitzukommen der einzig kluge Schachzug. Du musst mir nicht trauen. Du musst dir nur darüber klar werden, dass du der Sache nicht gewachsen bist und keine Alternative hast.« Der Fremde sah Christopher in die Augen. »So oder so war es mir eine Ehre, dich kennengelernt zu haben«, sagte er. Dann ging er an Christophers ausgestrecktem Arm vorbei durch die Tür nach draußen. Christopher wartete nur einen kurzen Moment, ehe der dem Fremden folgte.

Der Mann befand sich bereits am Ende des Häuserblocks, als Christopher aus dem Café auf den Bürgersteig trat. Er hatte sein Fortgehen so getimt, dass Christopher gerade noch einen Blick von ihm erhaschte, als er um die Ecke bog, und ihm folgen konnte. Christopher war klar, dass der Fremde Erfahrung damit hatte, Leute zu treffen, sie dazu zu überreden, ihm zu folgen, und sie dann wegzuführen. Der Mann hatte das tatsächlich schon Dutzende Male getan, allerdings nie bei jemandem wie Christopher. Schließlich war auch niemand so wie Christopher.

Christopher blickte die Montrealer Straße in beide Richtungen hinunter. Als er den Mann um die Ecke biegen sah, folgte er ihm. Christopher ging intuitiv im gleichen Tempo wie der Fremde und beeilte sich nicht, um diesen einzuholen. Stattdessen versuchte er, gelassen zu gehen, als bewege er sich nicht mit dem quälenden Gefühl voran, das er im Bauch spürte. Er gab sich alle Mühe, das Adrenalin, das durch seine Adern strömte, unter Kontrolle zu halten.

An jeder Ecke bog Christopher gerade noch rechtzeitig in die Richtung ab, in die der Fremde gegangen war, um diesen um die nächste Ecke biegen zu sehen. Gemeinsam entfernten sie sich immer weiter von der Bank. Christopher griff in die Hosentasche und strich abermals mit den Fingern über den Schlüssel. Er erinnerte sich an die Worte des Fremden: *Wenn du diese Bank betrittst, wirst du innerhalb einer halben Stunde tot sein, nachdem du wieder rausgekommen bist.* Er blickte sich um, ob ihn jemand beobachtete. Warf einen Blick über die Schulter, ob ihm jemand folgte. Nichts. Er sah niemanden, wusste jedoch, dass das nicht viel zu bedeuten hatte. Dann kam er bei der nächsten Ecke an und bog abermals ab, um dem Fremden zu folgen.

So ging es noch fünfzehn Minuten lang weiter, in denen sich die beiden Männer durch die Straßen der Stadt schlängelten. Schließlich sah Christopher den Mann ein Hotel in der Sherbrooke Street betreten. Vor ihm befanden sich die üppig grünen Hänge, die zum Mount Royal hinaufführten, und darunter die ausgedehnten Parkanlagen. Er ging immer noch nicht schneller. Einen Moment lang überlegte er, ob er dem Fremden tatsächlich in das Hotel folgen sollte. Was war, wenn es sich um eine

Falle handelte? Manchmal musste man einfach ein Risiko eingehen. Christopher ging weiter. Er durfte nicht jedes Mal auf seine Paranoia hören, wenn sie ihn warnte. Wenn er das immer getan hätte, hätte er in den vorangegangenen zehn Jahren keinen Schritt tun können.

Christopher betrat das Hotel. Im Foyer herrschte reger Betrieb. Er blickte sich nach dem Fremden um. Überall um ihn herum saßen Leute neben ihrem Gepäck auf luxuriösen Sitzmöbeln und warteten darauf, einzuchecken oder auszuchecken. Christophers Blick huschte von einem zum anderen. An der Rezeption hatte sich eine kleine Schlange gebildet. Dann wanderte Christophers Blick zu den Aufzügen. Er sah den Fremden allein in einer Aufzugskabine stehen, erhaschte jedoch nur einen flüchtigen Blick von ihm, bevor sich die Aufzugstür schloss. Der Fremde sah Christopher in die Augen und hielt vier Finger hoch.

Christopher ging schnell zur Rezeption hinüber und an der Warteschlange vorbei. »Können Sie mir bitte sagen, wo ich die Treppe finde?«, fragte er die Person an der Rezeption, die ihm am nächsten war, eine kleine Frau mit ordentlich frisiertem Haar.

»Die Aufzüge sind gleich da drüben«, sagte die Frau zu ihm, ehe sie sich wieder den wartenden Gästen zuwandte.

»Die Treppe«, wiederholte Christopher. Die Frau blickte verärgert zu ihm auf. »Ich habe was gegen Aufzüge«, fügte er hinzu.

»Gehen Sie an den Aufzügen vorbei«, erwiderte die Frau. »Die Treppe befindet sich rechts.«

»Danke«, sagte Christopher und ging rasch in Richtung Treppe.

Die ersten beiden Treppenläufe rannte Christopher hinauf und nahm dabei immer zwei Stufen auf einmal. Als er in der zweiten Etage ankam, verlangsamte er sein Tempo wieder und versuchte, sich zu beruhigen. In seinem Kopf drehte sich alles. Die Bank. Das mysteriöse Schließfach. Die Männer im Wald. Der Fremde. Er spürte abermals sein Handy in der Hosentasche vibrieren. Evan. Seine Eltern. Was würde er seinen Eltern erzählen? Er verdrängte alles und zählte die Stufen, während er sie erklomm. Dann versuchte er abzuwägen, ob er es mit dem Fremden würde aufnehmen können, falls es zu einem Kampf kommen sollte, kam jedoch zu keinem Ergebnis. Sonst konnte er andere ziemlich schnell taxieren. Bei dem Fremden dagegen war er sich völlig unsicher.

Der Fremde hatte ein Zimmer in der Nähe des Aufzugs ausgewählt, um es schnell betreten und verlassen zu können, ohne dabei gesehen zu werden. Christopher befand sich noch auf der Treppe, als der Fremde bei der Tür zu seinem Zimmer anlangte. Er sperrte sie mit seinem Schlüssel auf und trat ein, ohne Zeit zu verlieren. Als Erstes ging er ins Bad und zog den Duschvorhang zurück, hinter dem die leere Badewanne zum Vorschein kam. Dann machte er den Schrank unter dem Waschbecken auf und warf einen Blick hinein. Anschließend kehrte er ins Zimmer zurück, wo er die Schranktüren öffnete und in die dunklen Ecken des Schranks spähte. Dann ließ er sich auf alle viere nieder, hob den Bettrock an und blickte prüfend unter das Bett. Zum Schluss begab er sich zu den Fenstern und zog die dicken Vorhänge ganz auf. Tageslicht flutete das Zimmer. Der Fremde hob die gerafften Vorhänge unten an und strich mit der Hand in den Falten auf der Rückseite entlang. Er ertastete nichts. Dann ließ er die Vorhänge wieder zu Boden fallen, zog sie zu und sperrte das Tageslicht aus. Das Zimmer war sauber. Der Fremde ging zurück zur Tür, als er letzten Endes bereit war, seinen Gast zu empfangen.

Als Christopher in der vierten Etage ankam, drückte er langsam die Tür auf, die vom Treppenhaus in den Korridor führte. Es handelte sich um einen langen Flur. Der Teppich hatte einen hässlichen goldfarbenen Ton und war mit einem bordeauxroten Kreuzmuster versehen. Die Türen auf beiden Seiten des Korridors hatten alle denselben Abstand zueinander. Christopher sah kein Fenster, nur das matte Licht der Deckenbeleuchtung. Es gab so viele Türen. Christopher stand allein in dem Korridor. Der Fremde war nirgendwo zu sehen. Christopher war unschlüssig, was er tun sollte. Er zog in Erwägung, den Korridor entlangzugehen und das Ohr an jede Tür zu legen, um herauszufinden, welche die richtige war, doch das erschien absurd.

Als er im Begriff war, einen Schritt nach vorn zu machen, hörte er eine der Türen am anderen Ende des Korridors klicken. Sein erster Instinkt war, sich zu verstecken, doch das einzige Versteck war das Treppenhaus, und Christopher ging grundsätzlich niemals rückwärts. Stattdessen wappnete er sich und machte sich bereit, wie ein Stier loszustürmen. Die Tür schwang auf, und der Fremde trat aus dem Zimmer in den Korridor. Ohne ein Wort zu sagen, winkte er Christopher zu sich, der daraufhin schweigend auf ihn zuging. Während sich Christopher dem Fremden näherte, hielt dieser den Blick starr auf den Aufzug am anderen Ende des Korridors gerichtet. Als Christopher schließlich nur noch ein paar Schritte von dem Fremden entfernt war, sah dieser ihn wieder an. »Komm rein«, sagte er, seine Stimme kaum lauter als ein Flüstern, und hielt Christopher die Tür auf, der an ihm vorbeischlüpfte.

Im Zimmer standen sämtliche Schranktüren offen. Die Badezimmertür war ebenfalls auf, und der Duschvorhang war beiseitegeschoben. Das Zimmer schien leer zu sein. Die Vorhänge waren zugezogen. Die einzige Lichtquelle war eine kleine Lampe, die auf dem Schreibtisch stand. Der Fremde machte die Tür hinter sich zu. »Kann ich dir was anbieten?«, fragte er Christopher und ging an ihm vorbei zur Minibar.

»Nein, danke«, entgegnete Christopher.

»Bist du sicher?«, hakte der Fremde nach. »Wasser? Orangensaft?«

»Nein, wirklich nicht«, sagte Christopher. Er wollte nichts zu trinken. Er wollte Antworten.

Der Fremde nahm sich eine Flasche Wasser aus der Minibar. »Okay, dann fangen wir mal an. Setz dich.« Er deutete auf den Plüschsessel, der gegenüber vom Schreibtisch stand. Christopher nahm darin Platz. Der Fremde setzte sich an den Schreibtisch und trommelte mit den Fingern auf dem dunklen Holz der Tischplatte. »Wo soll ich anfangen?«, fragte er sich selbst. Er sah Christopher an und lächelte flüchtig. »Du musst wissen, das ist mein Job. Ich überrede Leute, mit mir mitzukommen und sich mit mir zu unterhalten, und dann sage ich ihnen, was ich für sie tun kann, was wir für sie tun können.« Der Fremde schüttelte den Kopf und lächelte. »Aber ich habe mich noch nie mit jemandem wie dir unterhalten.«

»Was soll das heißen, jemand wie ich? Was meinten Sie damit, als Sie sagten, es wäre Ihnen eine Ehre, mich kennenzulernen?«, fragte Christopher. Er hatte eine schier endlose Liste von Fragen, die ihm durch den Kopf gingen, doch er konnte mit diesen beiden ebenso gut anfangen wie mit irgendeiner anderen.

Der Fremde begann zu reden. Um nicht noch mehr Verwirrung zu stiften, sprach er jedes Wort deutlich aus. »Dein Vater war Soldat in einem Krieg, von dem du noch nie etwas gehört hast. Als er deine Mutter kennenlernte, war sie noch sehr jung. Deine Geburt verstieß gegen die Regeln des Krieges, in dem dein Vater kämpfte. Deshalb kam deine Mutter zu dem Schluss, dass sie dich nicht selbst großziehen konnte. Sie glaubte, es wäre sicherer, wenn sie dich woanders verstecken würde, aber es ist nicht einfach, sich vor dem Krieg zu verstecken – vor allem in deinem Fall.« Der Fremde sprach, als habe er seine Worte zuvor eingeübt.

Christopher starrte den Fremden mit ausdruckslosem Blick an, als hätte ihm dieser soeben erklärt, dass der Himmel nachts leuchtend rot sei. »Wovon sprechen Sie?«

Der Fremde hielt inne und fing wieder von vorne an. »Dein Vater war Soldat in einem Krieg, von dem du noch nie etwas gehört hast. Als er deine Mutter kennenlernte, war sie noch sehr jung. Deine Geburt verstieß gegen die Regeln des Krieges, in dem dein Vater kämpfte. Deshalb kam deine Mutter zu dem Schluss, dass sie dich nicht selbst großziehen konnte. Sie glaubte, es wäre sicherer, wenn sie dich woanders verstecken würde, aber es ist nicht einfach, sich vor dem Krieg zu verstecken – vor allem in deinem Fall«, wiederholte er Wort für Wort.

»Meine Mutter und mein Vater sind zu Hause in Maine«, sagte Christopher zu dem Fremden. Er wusste, dass das nur zum Teil der Wahrheit entsprach. Das wusste er schon sein ganzes Leben lang.

»Darüber werde ich mit dir nicht diskutieren«, sagte der Fremde. »Lass es mich stattdessen so formulieren: Bei deinen Eltern in Maine handelt es sich genau genommen um deine dritte Mutter und deinen dritten Vater. Dein leiblicher Vater wurde getötet, als du noch nicht einmal einen Monat alt warst. Sein bester Freund schoss ihm in die Brust. Du warst zu diesem Zeitpunkt bei ihm im Auto. Er hieß Joseph. Der Mann, der deinen leiblichen Vater tötete, nahm dich der Frau weg, die dich auf die Welt gebracht hatte, und übergab dich deinen zweiten Eltern. Du lebtest weniger als ein Jahr bei ihnen, als dich deine leibliche Mutter ausfindig machte. Sie holte dich zurück und händigte dich deinen jetzigen Eltern aus, weil sie Angst hatte.«

Christopher zwang sich, einen Lacher auszustoßen und so zu tun, als würde er der Geschichte des Fremden keinen Glauben schenken. Es war ein schlechter Bluff. »Wovor hatte sie denn Angst?«, fragte er.

»Vor wem«, erwiderte der Fremde barsch.

»Vor wem was?«

»Vor *wem* hatte sie Angst?«, korrigierte der Fremde Christopher.

»Also gut, vor wem hatte sie Angst?«, fragte Christopher auf dieses Stichwort.

Der Fremde beugte sich zu ihm vor. »Vor allen«, flüsterte er. Die Worte schwebten durch die Luft auf Christopher zu. »Als ich gesagt habe, ich hätte noch nie mit jemandem wie dir zu tun gehabt, habe ich das damit gemeint. Normalerweise habe ich mit Menschen zu tun, die auf der einen oder auf der anderen Seite des Krieges geboren wurden. Sie könnten im Krieg bleiben. Meine Aufgabe ist es, sie davon zu überzeugen, dass sich das nicht lohnt. Ich versuche, sie davon zu überzeugen, dass sie ein besseres Leben haben können, wenn sie davonlaufen.«

»Und ich?«, fragte Christopher.

Der Fremde schüttelte den Kopf. »Du hast keine Seite. Du bist nirgendwo in Sicherheit. Du bist genauso unschuldig und ahnungslos, wie deine Mutter es war, als sie deinen Vater kennenlernte. Allerdings...« Der Fremde verstummte und starrte Christopher an.

»Allerdings was?«

»Allerdings bist du das nicht«, führte der Fremde seinen Satz zu Ende.

»Soll irgendwas von dem für mich einen Sinn ergeben?«, fragte Christopher.

»Wir glauben zu wissen, was sich in dem Bankschließfach

befindet«, sagte der Fremde zu Christopher, ohne dessen Frage zu beantworten.

Christophers Hand zuckte beinahe zu seiner Hosentasche, zu dem Schlüssel, doch er behielt sie unter Kontrolle. »Woher wissen Sie so viel über mich?«, fragte er, doch der Fremde ignorierte seine Frage.

»Wir glauben, dass es sich um die Tagebücher handelt, die deine Mutter und dein Vater geführt haben. Ich kann sie für dich holen. Vielleicht helfen sie dir dabei zu verstehen.«

»Warum kann ich sie nicht einfach selber holen?«

»Das habe ich dir doch schon gesagt. Sie würden dich töten. Das Einzige, was ihnen noch wichtiger ist als der Inhalt dieses Schließfachs, worum auch immer es sich dabei handelt, ist dein Kopf auf einem Stock.«

»Sprechen Sie von den Leuten, die mich gestern Abend angegriffen haben?«

Der Fremde lächelte Christopher an. »Dieselbe Marke, aber ein besseres Modell. Sie haben dich für ein großes Problem gehalten, für das es eine einfache Lösung gibt. Sie haben dich unterschätzt und dir zwei zweitklassige Schlägertypen auf den Hals gehetzt. Sei nicht so dumm und glaub, dass sie dich noch mal unterschätzen werden.«

»Dann sind also hier in Montreal Leute auf der Suche nach mir?«

Der Fremde schüttelte den Kopf. »Sie warten auf dich wie ein Jäger, der eine Falle beobachtet. Beide Kriegsparteien sind hier. Aber es halten überall Leute nach dir Ausschau. Du bist in diesem Krieg der meistgesuchte Mann.«

»Und Sie sind da, um mir zu helfen?«

»Wenn ich dazu in der Lage bin. Ich glaube, ich kann in die Bank gehen. Nach mir halten sie nicht Ausschau, und sie wissen so gut wie nichts über das Schließfach, abgesehen davon, wo sich die Bank befindet.«

Christopher überlegte kurz, da er noch nicht gewillt war, sich von dem Schlüssel in seiner Hosentasche zu trennen. »Wenn Sie mir unbedingt helfen wollen, wie kommt es dann, dass mir gestern Abend niemand geholfen hat?«

»Das ist eine berechtigte Frage. Wir haben jemanden losgeschickt, aber wir dachten, dass es die Aufmerksamkeit auf dich lenken würde, wenn wir mehr als eine Person losschicken.«

»Was ist mit der Person passiert, die Sie geschickt haben?«

»Wir rechnen nicht damit, wieder von ihm zu hören. Die Männer, die sie dir auf den Hals gehetzt haben, waren Schlägertypen, aber sie waren nicht völlig inkompetent. Nicht jeder ist mit deinen Instinkten gesegnet.«

Christopher schluckte und wollte nicht glauben, dass jemand, dem er nie begegnet war, seinetwegen hatte sterben müssen. »Und warum möchten Sie mir helfen?«

»Das würdest du nicht verstehen, auch wenn ich versuchen würde, es dir zu erklären.« Der Fremde trommelte wieder mit den Fingern auf dem Schreibtisch. »Alle Antworten befinden sich in dem Schließfach. Gibst du mir den Schlüssel, der dir dabei helfen kann zu verstehen?«

Christopher griff in die Hosentasche und holte den Schlüssel hervor, der hell im schwachen Licht der Schreibtischlampe funkelte. Er legte ihn auf den Tisch, in die Mitte des kleinen Lichtkegels. »In dem Café sagten Sie, es wäre Ihnen eine Ehre, mich kennenzulernen. Warum?«

»Weil Schmeichelei mehr bewirkt, als man denkt«, erwiderte der Fremde und nahm den Schlüssel vom Schreibtisch. »Und weil du eine Legende bist«, fügte er hinzu. Christopher spürte, wie ihm ein Schauer den Rücken hinunterlief. Er fühlte sich nicht wie eine Legende. Er fühlte sich wie ein verängstigtes Kind.

Eine gute Stunde später kehrte der Fremde in das Hotelzimmer zurück. Christopher hatte diese Stunde mit dem Versuch zugebracht, all die neuen Informationen, die er bekommen hatte, in seinen Gedanken zu sortieren. Er warf einen Blick auf sein Handy und sah, dass er vier weitere SMS von Evan bekommen hatte. Die letzte lautete: »Wo steckst du? Deine Mom sucht nach dir. Ich brauche mehr Infos, wenn ich dich weiterhin decken soll.« Außerdem hatte Christophers Mutter ihm eine besorgte Nachricht auf seiner Mailbox hinterlassen. Er hatte keine Zeit, um darüber nachzudenken, dass der Fremde bereits sein Leben für ihn aufs Spiel setzte.

Als der Fremde zurückkam, hatte er zwei zerfledderte gebundene Bücher bei sich – wobei das obere stärker abgegriffen war als das untere. Die Bücher waren Seite für Seite mit handgeschriebenen Notizen gefüllt. Die Handschrift in den beiden Büchern war unterschiedlich: In dem stärker abgegriffenen Buch wirkte sie ein wenig schlampig, in dem anderen war sie ordentlich und geneigt, und die Zeilenabstände waren vollkommen gleichmäßig. Oben auf den beiden Büchern befand sich eine Nachricht. Christopher begann zu lesen und war dabei kaum in der Lage zu atmen.

Christopher,
du musst erfahren, wer du bist. Du musst erfahren, woher du kommst. Nur so kannst du gegen sie kämpfen, wenn sie hinter dir her sind.

In ewiger Liebe, deine Mutter

DRITTES KAPITEL

Addy drückte den Einschaltknopf an ihrem Computer, und das Licht des Bildschirms durchschnitt die Dunkelheit im Zimmer. Ihr Gesicht leuchtete in dem Licht, ihre Haut wirkte blass und weich, und ihr hellbraunes Haar schien beinahe zu glühen. Sie wusste, dass sie die E-Mail bekommen hatte. Sie hatte sie tagsüber auf ihrem Handy eintreffen sehen, aber nicht gewagt, auf den Link zu klicken, solange andere Leute in ihrer Nähe waren, die sie dabei hätten beobachten können. Sie konnte nicht riskieren, dass jemand sah, auf welche Seite der Link in der E-Mail führte. Deshalb war sie vorsichtig. Sie kannte das Spiel, das sie spielte. Es handelte sich um ein Spiel in einem Spiel in einem Spiel, doch es war noch mehr als das. Es ging dabei um Leben und Tod. Um Freiheit und Paranoia. Sie öffnete die E-Mail. Bevor sie auf dem Link klickte, holte sie tief Luft und lauschte. Sie wusste, dass sie allein in ihrer Wohnung war, aber sie wusste auch, dass man sich nie ganz sicher sein konnte. Da sie kein Geräusch hörte, klickte sie auf den Link.

Die Seite, die mit der E-Mail verlinkt war, baute sich fast sofort auf, da sie frei von Fotos, Grafiken, Videos, Animationen und anderem Schnickschnack war. Addy spürte, wie sich ihr Puls beschleunigte, als sich der Bildschirm ihres Computers mit Worten füllte, mit nichts als Worten. Sie riskierte beinahe täglich ihr Leben, indem sie nach Menschen suchte, die auf der Flucht vor Killern waren, und trotzdem beschleunigte sich ihr Puls immer nur dann so, wenn sie diese Website öffnete. Der Text auf der Seite war dunkelgrün. Der Hintergrund leuchtend gelb. Das waren die Farben des Aufstands. Die Seite war nicht passwortgeschützt. Jeder konnte sie aufrufen, wenn er wusste, wie er dorthin gelangte. Das war allerdings kein einfaches Unterfangen. Die Adresse änderte sich fast täglich, wie ein Code, und wechselte von einer willkürlichen Auswahl von zweiundzwanzig Zeichen zu einer anderen. Wie die Adresse am jeweiligen Tag lautete, erfuhr man nur, wenn man eine E-Mail mit dem entsprechenden Link zugesandt bekam. Addy erhielt diese E-Mails jetzt seit fast zwei Jahren. Jemand hatte sie ausfindig gemacht, nachdem sie sich mit anderen in einem Chatroom unterhalten hatte. Die Botschaft, die sie erhielt, war einfach: *Was du tust, ist gefährlich. Nichts ist sicher. Nur so ist es ungefährlich.* Von diesem Zeitpunkt an bekam sie E-Mails.

Jetzt war irgendetwas anders. In der ganzen Zeit, seit Addy an dieser Website arbeitete, war sie nie so stark frequentiert gewesen. Obwohl sich das, worüber auf der Seite berichtet wurde, für Addy schon immer echt angefühlt hatte, fühlte es sich jetzt *noch* echter an, auch wenn sie nicht wusste, woran das lag.

Addy scrollte nach unten. Die Mitte der Website war mit langen Nachrichten gefüllt, die von Besuchern der Seite dorthin gewählt worden waren. Am linken Rand erschienen neue Nachrichten, für die man abstimmen konnte, nachdem man sie gelesen hatte. Die meisten Nachrichten wurden nie in die Mitte der Seite gewählt. Bei einem großen Teil von ihnen handelte es sich um Blödsinn, Spekulationen, Gerüchte. Bei der Suche nach der Wahrheit konnte man sich nur auf seine Instinkte verlassen. Am rechten Rand der Seite befanden sich verschiedene Diskussionsforen. Addy überflog sie, um zu sehen, ob irgendjemand, dessen Benutzernamen sie kannte, in letzter Zeit etwas gepostet hatte. Diese Leute waren Addys Freunde. Manchmal hatte sie das Gefühl, dass sie ihre einzigen echten Freunde waren. Das lag daran, dass sie genauso waren wie sie: jung, frustriert und wütend auf die älteren Generationen, die es nicht geschafft hatten, die Welt zu verbessern, sondern sie noch schlechter gemacht hatten. Addy hatte den Eindruck, als habe sich in der Geschichte der Welt nie etwas geändert und, was noch schlimmer war, als habe nie jemand wirklich versucht, etwas zu ändern. Sie wusste es sehr wohl zu schätzen, was Reggie für sie getan hatte, als er sie aus dem Krieg geholt hatte, damit sie für den Untergrund arbeiten konnte. Trotzdem war sie der Ansicht, dass nicht genug getan wurde.

Die Website lebte. Addy sah, wie sie sich jedes Mal veränderte, wenn sie sie neu lud. Allerdings kannte sie niemanden in den Diskussionsforen. Sie übersprang die neuen Nachrichten, die in rascher Abfolge eintrafen: Alle paar Minuten wurde eine neue gepostet. Sie richtete den Blick auf die Mitte der Seite und sah, dass ganz oben eine neue Nachricht von Dutty angezeigt wurde. Seine Posts schafften es immer ganz nach oben und erschienen in immer kürzeren Abständen. Bei jeder seiner Nachrichten sträubten sich Addy die Nackenhaare.

Kinder der Paranoia,
fürchtet euch nicht. Angst ist das Mittel, mit dem sie euch kontrollieren. Sie bringen euch bei, dass Paranoia euer Freund ist, dass Paranoia das Einzige ist, was euch am Leben hält. Auch wenn diese Worte wahr klingen, solltet ihr euch fragen, ob das Überleben durch Paranoia eine lohnenswerte Form des Überlebens ist.

Sie wollen, dass ihr euch fürchtet, weil Furcht uns voneinander trennt. Furcht hält uns davon ab, miteinander zu sprechen und zu realisieren, dass der Kaiser, auch wenn er noch nicht ganz nackt ist, zerfetzte Roben trägt, die an den Rändern ausgefranst sind und deren Nähte sich auftrennen. An einem losen Faden zu ziehen, mag noch nichts bewirken, doch wenn wir alle einen Faden packen und gleichzeitig ziehen, werden sich diese Fäden lösen.

Ich weiß, dass einige von euch es kaum erwarten können, zum Handeln aufgerufen zu werden. Ich weiß, dass ihr unbedingt aufhören wollt, das zu tun, was ihr gerade tut, dass ihr aufhören wollt zu kämpfen, aufhören wollt davonzulaufen, aufhören wollt, euch zu verstecken, aufhören wollt, andere zu verstecken. Alles, was ich sagen kann, ist: »Bald.« Fürs Erste könnt ihr nur eines tun, um die Revolution zu unterstützen: aufhören, euch zu fürchten.

Wie immer ohne Furcht,

Dutty

Addy lief beim Lesen der Nachricht ein Schauer über den Rücken. Durch Duttys Äußerung, dass sich viele danach sehnen würden aufzuhören, andere zu verstecken, und handeln wollten, hatte sie das Gefühl, als spräche er sie direkt an – als wüsste er genau, wie ihre Arbeit beim Untergrund ausgesehen hatte. Addy hatte allerdings schon vor Jahren beschlossen, keine Furcht mehr zu haben. Jetzt wartete sie und versuchte herauszufinden, welche Rolle sie bei den bedeutenden Ereignissen spielen würde, an deren Eintreten sie nicht den geringsten Zweifel hatte. Sie studierte Duttys Worte und versuchte, eine bestimmte Bedeutung aus ihnen herauszulesen, versuchte, eine Anweisung in ihnen zu finden, obwohl sie wusste, dass sich in den Worten keine geheime Botschaft an sie verbarg. Sie fragte sich, was sie dem Aufstand überhaupt bieten konnte. Sie war erst zweiundzwanzig. Vor dem Krieg war sie mit neunzehn davongelaufen, als Reggie sie persönlich für den Untergrund rekrutiert hatte. Seit sie zwanzig war, half sie anderen dabei, sich zu verstecken, doch sie war nach wie vor unerfahren. Bevor

Addy davongelaufen war, hatte sie im Krieg einen Schreibtischjob gehabt, und dazu noch einen ziemlich unbedeutenden. Sie hatte eine Tötung auf ihrem Konto, die sie während einer verpfuschten Abholung für den Untergrund begangen hatte. Der Mann, den sie abholen wollten, war verfolgt worden, und sie konnte sich kaum noch daran erinnern, seinen Verfolger getötet zu haben. Gerüchten zufolge, die sie gelesen hatte, war Dutty erst sechsundzwanzig. Vielleicht war es die Sache junger Leute, die Welt zu verändern.

Es handelte sich um Duttys dritten Post in dieser Woche. In der Seitenleiste waren bereits mehrere Diskussionen darüber ausgebrochen, was Dutty mit »bald« meinte. Addy überflog einige der Diskussionsbeiträge. Die Seitenleisten waren immer so voller Gerüchte, dass sie nicht allzu viel Zeit darauf verwendete, sie zu lesen. Am heutigen Abend tauchten im Sekundenabstand neue Kommentare auf. Addy hatte die Foren noch nie so lebendig erlebt. Ihre Augen konnten nur mit Mühe mithalten. Sie überflog die Posts, in denen es fast ausschließlich um den Jungen ging. Es wurde heftig über *seinen* achtzehnten Geburtstag diskutiert. Addy wusste, dass viele seit Jahren auf diesen Tag warteten, wenngleich ihr nicht klar war, was sie sich erwarteten. Die Gerüchte grassierten vor ihren Augen. Es entbrannten Auseinandersetzungen darüber, was mit dem Jungen geschehen war. Ein Lager behauptete, beide Kriegsparteien hätten Leute ausgesandt, um ihn für ihre Seite zu rekrutieren. Teile dieses Lagers stritten sich darüber, welcher Seite er sich anschließen würde und warum. Andere formulierten die Gerüchte um und meinten, beide Kriegsparteien hätten Leute ausgesandt, die ihn töten sollten. Einige gingen sogar so weit zu behaupten, die beiden Seiten hätten sich verbündet, um den lästigen Jungen für immer loszuwerden. Dann diskutierten diejenigen, die glaubten, der Junge werde gejagt, ob er noch am Leben war oder bereits tot.

Addy hatte den Geschichten über den Jungen schon lange nicht mehr so viel Aufmerksamkeit geschenkt. Sie hatte ihnen gelauscht, als sie selbst noch ein Kind war, doch sie befürchtete, dass manche Leute zu große Hoffnung in Märchen setzen. Sie machte sich Sorgen, welche Auswirkungen es für den Aufstand haben würde, wenn sich der Junge – falls er überhaupt existierte – als große Enttäuschung entpuppen sollte. Die Fraktion in den Foren, die behauptete, er müsse bereits tot sein, wies auf die unanfechtbare Tatsache hin, dass es sich bei ihm im Grunde um einen Unschuldigen handelte, der im Kampf gegen echte Soldaten wenig Chancen hätte. Mehr als nur ein paar Leute vermuteten, dass er bereits tot sein würde, bevor er überhaupt wusste, warum. Addy wollte ihnen nicht zustimmen, musste es aber tun. Welche Chance hatte der Junge schon? Sie wünschte sich von ganzem Herzen, alle würden aufhören, nach einem Erlöser zu suchen, und sich stattdessen einfach erheben und kämpfen. Doch sie las weiter. Sie las Kommentare von Leuten, die allein aus dem Grund glaubten, Christopher wäre noch am Leben, weil sie es glauben wollten und weil ihnen dieser Glaube Hoffnung gab. Bald tauchten die neuen Kommentare schneller auf, als Addy sie lesen konnte, und sie fühlte sich überwältigt. Zum ersten Mal seit einer Stunde schweifte ihr Blick vom Computerbildschirm ab, und sie starrte in die Leere ihres Zimmers. Dann schloss sie ihren Internetbrowser.

Addy drückte eine Taste und löschte sämtliche potenziell persönlichen Tastenkombinationen und Cookies auf ihrer Festplatte. Es dauerte ein paar Minuten, bis der Computer bereinigt war. Sie bereinigte ihn jedes Mal, bevor sie ihn herunterfuhr.

Schließlich konnte man gar nicht vorsichtig genug sein. Dann schaltete sie ihn aus. Einen Augenblick später wurde der Bildschirm dunkel und mit ihm ihr Zimmer. Addy seufzte, erhob sich und machte sich fertig, um ins Bett zu gehen. Beim Einschlafen an diesem Abend versuchte sie, sich auf Duttys Botschaft zu konzentrieren. Das Problem war, wie sehr sie sich auch bemühte, ihre Gedanken kehrten immer wieder zu einer Frage zurück, die in einem der Threads über den Jungen gepostet worden war: *Wenn Christopher noch lebt, wo befindet er sich jetzt?*

VIERTES KAPITEL

Christopher saß auf dem Beifahrersitz eines Autos, das in Richtung Süden unterwegs war. Max, der Fremde, fuhr den Wagen. Das Einzige, was die beiden bremste, war der Regen. Christopher schlief, und sein Kopf stieß immer wieder leicht gegen die Scheibe der Beifahrertür. Er hatte zwei ganze Tage und Nächte in dem Hotelzimmer in Montreal verbracht und dort kaum geschlafen. Max war bei ihm geblieben und hatte das Zimmer nur gelegentlich verlassen, um etwas zu essen zu besorgen. Er hatte sich geweigert, den Zimmerservice kommen zu lassen, da er ihm nicht traute. Während Christopher sich mit Max in dem Zimmer versteckte, hatte er diesen schließlich gefragt: »Wer bist du?«

»Max«, antwortete Max, ohne noch etwas hinzuzufügen. Er wusste, dass es sich nicht lohnte, Christopher irgendetwas zu erzählen, bevor dieser die Tagebücher gelesen hatte. Also gab Max ihm die Tagebücher und saß zwei Tage lang still mit Christopher in dem Hotelzimmer, während dieser sie von der ersten bis zur letzten Seite las.

Als Christopher einmal allein war, weil Max gerade etwas zu essen besorgte, wagte er es, seine Mutter anzurufen. Noch während er ihre Nummer wählte, war er unschlüssig, was er ihr sagen würde. Er wollte nicht, dass sie sich Sorgen machte oder glaubte, er wäre davongelaufen. Er liebte seine Eltern. Er liebte sie sogar noch mehr, nachdem er über seine leiblichen Eltern gelesen hatte, nachdem er ein für alle Mal bestätigt bekommen hatte, dass ihn seine jetzigen Eltern nicht auf die Welt gebracht hatten. Wenn sie das getan hätten, hätte er ihnen das anlasten müssen. Aber nein, sie taten nichts weiter, als ihn zu lieben und zu versuchen, ihn zu beschützen. Lieben konnten sie ihn, doch von ihnen zu erwarten, dass sie ihn vor dem beschützen konnten, was ihm bevorstand, wäre nicht fair gewesen.

»Mom«, sagte Christopher, nachdem seine Mutter noch vor dem Ende des ersten Freizeichens abgehoben hatte.

»Christopher, wo bist du?« Die Stimme seiner Mutter bebte. Er erkannte an ihrem Tonfall, dass sie seit Tagen am Rande der Panik war. »Steckst du in Schwierigkeiten?«

»Mir geht's gut, Mom«, erwiderte Christopher. Er fing an zu stottern und brachte die Worte kaum über die Lippen. »Ich… kann dir nicht sagen, wo ich bin.«

»Hier wurden Leichen gefunden«, sagte Christophers Mutter. »Man hat drei Leichen gefunden, und du bist verschwunden. Wurdest du entführt?« Christopher hörte im Hintergrund seinen Vater irgendetwas zu seiner Mutter sagen, als hätten die beiden seit seinem Verschwinden nichts anderes getan, als in diesem Zimmer zu sitzen und gemeinsam auf seinen Anruf zu warten.

Er zog kurz in Betracht zu lügen. Es wäre eine nützliche Lüge gewesen. Er hätte ihnen sagen können, er sei entführt worden.

Schließlich war das nicht allzu weit von der Wahrheit entfernt. »Nein, Mom«, sagte er stattdessen. »Es sind nur ein paar Dinge am Laufen. Dinge, um die ich mich kümmern muss.«

Einen Moment lang herrschte Schweigen, während Christophers Mutter überlegte, ob sie das, was sie als Nächstes sagte, tatsächlich aussprechen sollte. »Hast du irgendwas mit dem Mord an diesen Männern zu tun?«, fragte sie ihn. »Wenn ja, kannst du es mir ruhig sagen, Christopher. Wir würden dich trotzdem noch genauso liebhaben.«

In Christophers Hals bildete sich ein Kloß. Er hatte jetzt ein noch größeres Bedürfnis als zuvor, seine Mutter anzulügen, war dazu aber einfach nicht imstande. »Es ist nicht so, wie es aussieht, Mom. Bitte vertrau mir.«

Seine Mutter fiel ihm ins Wort, ehe er noch etwas hinzufügen konnte. »Komm nach Hause, Christopher«, befahl sie ihm mit einer Bestimmtheit, die Christopher bei ihr seit seiner frühen Kindheit nicht mehr erlebt hatte. »Wir können dir helfen. Was auch immer los ist, wir können dir helfen. Wir haben dich lieb.«

»Ich hab dich auch lieb, Mom. Ich komme nach Hause, sobald ich kann. Mach dir keine Sorgen um mich. Ich rufe wieder an. Versprochen.«

Ein paar Sekunden lang ertönten am anderen Ende der Leitung gedämpfte Stimmen. »Dein Vater möchte mit dir sprechen«, sagte Christophers Mutter.

»Okay«, erwiderte Christopher und wartete dann darauf, dass seine Mutter das Telefon weitergab.

»Chris« – die Stimme seines Vaters klang heiser –, »welche Probleme du auch immer hast, wir können dir helfen.« *Nein, das könnt ihr nicht,* dachte Christopher. *Diesmal nicht.* »Was auch immer los ist, wir stehen dir bei.«

»Dad«, sagte Christopher. Er ließ seinen Tränen jetzt freien

Lauf, tat aber alles, was in seiner Macht stand, um ruhig zu klingen. »Ich muss das alleine schaffen. Ich verspreche, dass ich zurückkomme. Ich verspreche, dass alles gut wird.«

»Du bist doch noch ein Kind, Christopher. Ich weiß, dass du das anders siehst. Ich weiß, wie schlau du bist und wie unabhängig, aber du bist noch ein Kind. Komm nach Hause, bitte.« Christopher hatte sich schon seit Jahren nicht mehr wie ein Kind gefühlt, doch jetzt, als er mit seinem Vater am Telefon sprach, fühlte er sich wieder so.

»Tut mir leid, Dad. Noch nicht. Bald, aber noch nicht jetzt. Ich habe euch beide wahnsinnig lieb. Ich möchte, dass ihr wisst, wie sehr ich zu schätzen weiß, was ihr alles für mich getan habt.« Er hörte im Hintergrund die gedämpfte Stimme seiner Mutter, die etwas zu seinem Vater sagte. »Bitte sag nichts mehr. Ich muss jetzt Schluss machen.« Christopher wartete kurz, dann legte er auf.

Später am selben Tag, als Christopher mit dem Lesen der Tagebücher fertig war, hatte er unzählige Fragen – zu viele, um sie in seinem Kopf ordnen zu können. Deshalb stellte er Max nur eine: »Und was jetzt?«

»Wir müssen die Stadt verlassen. Ich muss dich von hier wegbringen. Wir sind schon zu lange hier. Es ist zu gefährlich, noch länger zu bleiben.«

»Wohin würden wir fahren, wenn ich mitkommen würde?«

»Nach Florida«, entgegnete Max. »Dort gibt es jemanden, der deine Mutter kannte, jemanden, der dir helfen will.«

»Und was dann?«, fragte Christopher.

»Wir glauben, dass wir dich reinwaschen können. Wir glauben, dass wir für deine Sicherheit sorgen können.«

»Was soll das heißen?«

»Wir glauben, dass wir dich vor all den Leuten verstecken können, die dich verfolgen.«

»Wie lange?«

Max brauchte diese Frage nicht zu beantworten. Christopher wusste, was Max' Schweigen bedeutete. Er hatte die Tagebücher gelesen. »Dann laufe ich also für den Rest meines Lebens davon und verstecke mich?«, fragte er.

Max legte Christopher in einer brüderlichen Geste die Hand auf die Schulter. »Das trifft zu, ob du mit mir kommst oder nicht«, erwiderte Max. »Das trifft für uns alle zu. Du kannst nicht zwischen Davonlaufen und Nichtdavonlaufen wählen. Du hast nur die Wahl, ob du mit uns davonlaufen willst oder allein.«

Christopher holte sein Handy aus der Hosentasche und warf einen Blick auf das Display. Er hatte inzwischen vierzehn unbeantwortete SMS von Evan. Die letzte lautete: »Ich habe mit deinen Eltern gesprochen. Jetzt mache ich mir auch Sorgen.«

»Okay«, sagte Christopher zu Max. »Fahren wir nach Florida.«

Regen prasselte auf die Windschutzscheibe, und das Licht der Scheinwerfer wurde vom nassen Asphalt des Highways reflektiert. Die Fahrt von Montreal nach Florida würde über vierundzwanzig Stunden dauern, doch Max hatte nicht vor, zwischendurch anzuhalten. Irgendwo in einem entlegenen Teil des Bundesstaats New York wachte Christopher kurz auf. »Weißt du, was aus Maria geworden ist?«, fragte er, obwohl er sich fast sicher war, dass er die Antwort bereits kannte.

»Du meinst deine Mutter?«, fragte Max.

»Du weißt schon, wen ich meine«, erwiderte Christopher.

»Sie war in Ohio im Gefängnis, weil sie irgendeinen Jugendlichen getötet hat. Ich habe gehört, sie hat sich gestellt, nachdem sie dich weggegeben hatte.« Max kniff die Augen zusammen und spähte durch den Regen, der auf die Windschutzscheibe prasselte.

»Und dann?«

Max sah zu Christopher hinüber und versuchte einzuschätzen, wie viel der Junge ertragen konnte. »Sie haben sie am Tag ihrer Entlassung getötet. Sie konnten sie nicht am Leben lassen«, sagte er. »Sie hat zu vielen Menschen zu viel bedeutet. Sie war eine zu große Belastung.«

»Warum denn?«

»Es lag an dem, was sie verkörpert hat. Für viele Leute war deine Mutter mehr als nur die Freundin eines Märtyrers und die Vertraute eines Verräters. Sie ist selbst eine Legende und die Mutter eines Helden.«

»Ich bin kein Held«, sagte Christopher.

»Ich weiß. Deshalb bringe ich dich nach Florida.«

Max ging davon aus, dass er Christopher die Wahrheit sagte, als er ihm erzählte, seine Mutter sei tot. Er hatte keinen Grund anzunehmen, dass Reggie ihn angelogen haben könnte. Christopher hatte ebenfalls keinen Grund anzunehmen, dass ihm Lügen aufgetischt wurden. Er lehnte den Kopf wieder gegen die Scheibe der Beifahrertür und schlief langsam ein.

Max fuhr weiter durch den Regen.

FÜNFTES KAPITEL

Addy spürte die Aufregung auf dem Stützpunkt, bevor sie auch nur die geringste Ahnung hatte, was los war. Sie wusste nur, dass irgendetwas im Busch war. Wie üblich fühlte sie sich übergangen. Alle anderen schienen miteinander zu tuscheln und sich verstohlene Blicke zuzuwerfen. Auch wenn Addy nicht verstand, was getuschelt wurde, hörte sie die Aufregung in den Stimmen der anderen. Sie vermutete, die Aufregung könnte etwas mit Max' Rückkehr zu tun haben. Bevor Max aufgebrochen war, hatte er Addy gesagt, er habe einen wichtigen Job zu erledigen, aber sie hatte geglaubt, er würde sie nur hänseln. Das tat Max ständig, doch Addy machte es nichts aus, von ihm gehänselt zu werden, weil es sie an ihren großen Bruder erinnerte, bevor dieser getötet worden war.

Addy ging durch den großen Raum auf ihren Schreibtisch zu und beobachtete dabei die anderen, wie sie im Flüsterton miteinander sprachen. Insgesamt arbeiteten etwa dreißig Leute auf dem Stützpunkt. Heute zählte sie dort mehr als zwanzig von ihnen. Sie hatte den Stützpunkt noch nie so voll erlebt. Addy blickte sich um, ob irgendjemand da war, bei dem sie den Mut hätte aufbringen können, ihn zu fragen, was eigentlich los war. Wenn Max da gewesen wäre, hätte sie ihn gefragt. Sie zog in Erwägung, Reggie zu fragen, traute sich jedoch nicht. Jedes Mal, wenn sie in letzter Zeit darüber nachdachte, zu Reggie zu gehen, machte sie sich Sorgen, er könnte irgendwie spüren, dass sie vom Aufstand gelesen hatte. Addy fragte sich, ob Reggie sie auffordern würde zu gehen, wenn er herausfand, dass sie Duttys Posts im Internet gelesen hatte. Da sie niemanden fand, den sie hätte fragen können, beschloss sie, einfach abzuwarten. Das Ereignis, über das alle tuschelten, würde eintreten, ob Addy eingeweiht war oder nicht.

SECHSTES KAPITEL

Evan stand im Korridor vor seinem offenen Kleiderspind. Seiner Englischlehrerin hatte er gesagt, er müsse auf die Toilette. Ihr war klar gewesen, dass er log. Trotzdem hatte sie geseufzt und gesagt, er solle sich beeilen. An der Schule war das Benutzen von Mobiltelefonen im Klassenzimmer strengstens verboten. Dass Schüler telefonierten, war nicht das Problem. Das Problem waren das Simsen, das Spicken und die Pornografie. Vielleicht hätte die Schulleitung ein Auge zugedrückt, wenn es nur das Simsen und das Spicken gewesen wäre, aber nachdem die dritte Lehrerin einen ihrer Schüler dabei erwischt hatte, wie er sich im Unterricht Pornografie auf seinem Telefon ansah, wurde das Verbot eingeführt. Die Schüler durften ihre Telefone in ihren Kleiderspinden aufbewahren, aber sie mit ins Klassenzimmer zu nehmen, hatte automatisch einen Schulverweis zur Folge. Evan hatte in Betracht gezogen, es trotzdem zu riskieren. Es machte ihn wahnsinnig, im Unterricht zu sitzen und nicht zu wissen, ob ihm Christopher schon zurückgesimst oder -gemailt hatte. Er musste unbedingt auf seinem Telefon nachsehen.

Anstatt auf die Toilette zu gehen, schlich sich Evan also zu seinem Spind, holte sein Telefon heraus und warf einen Blick darauf. Inzwischen war er bei sechzehn unbeantworteten SMS und vier unbeantworteten E-Mails angelangt. Langsam ging ihm Christopher auf die Nerven. Evan war nicht wütend auf ihn, weil er ihm nicht antwortete. Er war wütend auf ihn, weil er ihn wie einen Idioten dastehen ließ. Evan kam sich beinahe so vor, als würde er seinem besten Freund nachstellen. Wie war es möglich, dass er noch immer keine Nachricht von ihm erhalten hatte? Evan nahm sein Telefon und schlug damit gegen die Wand, um es mit Gewalt zum Funktionieren zu bringen. Dann schaltete er es aus und wieder an. Insgeheim hoffte er, dass es kaputt war, doch das verdammte Ding funktionierte einwandfrei. Von anderen Freunden hatte er SMS bekommen. Nur Christopher fehlte.

Evan wusste, dass Christopher seine Eltern angerufen hatte. Sie hatten Evan sofort Bescheid gesagt, nachdem sie aufgelegt hatten. Sie hatten Christophers Anruf benutzt, um mehr Informationen aus Evan herauszubekommen, da sie davon ausgegangen waren, er wüsste irgendetwas. Als Evan ihnen sagte, dass er noch weniger wusste als sie, glaubten sie ihm nicht. Er konnte es selbst kaum glauben. Noch mehr ärgerte ihn, dass Christopher sich zwar die Zeit genommen hatte, um seine Eltern anzurufen, aber nicht, um seinen besten Freund anzurufen… oder vielmehr seinen *einzigen* Freund.

Evan warf einen Blick auf die Wanduhr, die über den Kleiderspinden hing. Nur noch fünf Minuten bis zum Gongschlag. Er zog in Betracht, Christopher noch eine SMS zu schicken, um ihm ein schlechtes Gewissen zu machen, damit er antwortete, beherrschte sich aber. Ein bisschen von seinem Stolz musste er sich bewahren. Er wusste, Christopher würde sich schon irgendwann bei ihm melden. Und er wusste, wenn Christopher sich schließlich bei ihm meldete, würde er ihm etwas ganz Außergewöhnliches zu erzählen haben. Evan war sich darüber im Klaren, dass Christopher einige Geheimnisse vor ihm hatte, ging allerdings davon aus, dass er zu gegebener Zeit alles erfahren würde. Er war sich nicht einmal sicher, ob Christopher seine Geheimnisse überhaupt selbst kannte. Genau das machte alles besonders schmerzhaft: Evan wartete nicht erst seit drei Tagen auf Antworten, er wartete bereits seit Jahren.

Evan wusste auch von den Leichen im Wald, die in irgendeinem Zusammenhang mit Christophers Verschwinden stehen mussten. So etwas passierte nicht jeden Tag – jedenfalls nicht in dem kleinen Drecksnest, in dem sie wohnten. Trotz allem konnte sich Evan nicht vorstellen, dass Christopher zu so etwas in der Lage war, es sei denn, er war dazu gezwungen. Allerdings hatte er keine Ahnung, wozu Christopher imstande war, wenn er in die Ecke gedrängt wurde. Allein der Gedanke machte ihm ein wenig Angst.

Evan stand gedankenverloren vor seinem Spind und lauschte dem dröhnenden Geräusch des Gongs in der Uhr über seinem Kopf – dem Summen, das dem tatsächlichen Läuten voranging. Er starrte seit fünf Minuten sein Handy an und wartete auf eine Nachricht. »Verdammt, wie lange dauert das noch, Chris?«, murmelte er vor sich hin. Der Gong ertönte, und die anderen Schüler drängten in den Korridor. Er beobachtete, wie sie grinsend und lachend aus den Klassenzimmern strömten. »Scheiß drauf«, sagte Evan und steckte sein Telefon in die Hosentasche. »Ich habe schließlich nicht vor, im Geschichtsunterricht Pornos zu schauen.«

SIEBTES KAPITEL

Die Aufregung auf dem Stützpunkt ließ nicht nach, sondern wuchs immer weiter an wie ein Luftballon, der so lange aufgeblasen wird, bis er beinahe platzt. Dann trafen Max und Christopher ein. Addy saß an ihrem Schreibtisch, als die beiden hereinkamen. Sie arbeitete mit einem Kartierungsprogramm und prüfte neue Orte zur Abholung von Kriegsflüchtlingen. Zur Auswahl standen Palm Beach, Miami, Orlando und sogar

Tampa. Sie hatte gehört, dass die Nähe zu all diesen Städten einer der Gründe dafür war, weshalb Reggie beschlossen hatte, den Stützpunkt außerhalb von Port St. Lucie zu errichten. Allerdings hatte sie Schwierigkeiten, sich zu konzentrieren. Sie gab sich alle Mühe, das aufgeregte geheimniskrämerische Flüstern um sie herum zu ignorieren, scheiterte daran allerdings erbärmlich.

Als Max mit dem Fremden das Gebäude betrat, verstummte das Flüstern. Die Gespräche verstummten. Alles verstummte. Im Raum kehrte völlige Stille ein. Alle außer Max und dem Fremden hielten inne und starrten den Fremden an. Addy, die noch immer verwirrt war, starrte Max an. Max sah ihr kurz in die Augen und lächelte. Dann eskortierte er den Fremden wortlos durch das Gebäude zu Reggies Büro.

Addy hatte genug. Sie musste wissen, was vor sich ging, deshalb erhob sie sich von ihrem Schreibtischstuhl und ging auf eine Frau zu, die sich nach irgendeinem obskuren Bob-Dylan-Song »Angelina« nannte. Sie war nett, und obwohl Addy nicht behaupten konnte, dass sie miteinander befreundet waren, war sie ihr sympathisch. »Was ist denn los?«, fragte Addy Angelina im Flüsterton, nachdem Max mit dem Fremden an ihnen vorbeigegangen war. »Wer ist das?«, wollte sie wissen.

»Das ist der *Junge*«, erwiderte Angelina. Nicht einmal ihr Flüstern konnte die Aufregung in ihrer Stimme verbergen.

»Der Junge?«, fragte Addy verwirrt. »Für mich sieht er nicht wie ein Junge aus«, sagte sie und folgte dem Fremden mit ihrem Blick. Er war jung und nicht besonders groß, aber als Junge hätte sie ihn nicht bezeichnet. Er sah aus wie ein Mann. Er sah kräftig aus und hatte etwas Wildes an sich, und seine Augen funkelten.

»*Christopher*«, sagte Angelina. »*Das Kind der Eltern.*« Angelinas Worte ergaben wenig Sinn, doch Addy verstand schließlich. Sie konnte es kaum glauben. Er war hier. Max hatte sie nicht auf den Arm genommen, als er ihr gesagt hatte, er habe einen wichtigen Auftrag zu erledigen. Sie wünschte, sie hätte gewusst, was vor sich ging, bevor die beiden zur Tür hereingekommen waren. Dann hätte sie sich Christopher genauer angesehen. Hätte sich den anderen angeschlossen und ihn unverfroren angestarrt. Christopher. Das Kind der Eltern. Addy hätte in diesem Moment zehn Morde begangen, um die Gelegenheit zu bekommen, mit Max zu sprechen. Christopher war nicht nur echt und am Leben, sondern er war tatsächlich *da*. Addy hatte keine Ahnung, welche Bedeutung all das hatte oder noch haben würde. Sie wusste nur, dass sich ihr Leben plötzlich größer und wichtiger anfühlte als noch einen Moment zuvor.

Vielleicht war es gut, dass Addy sich nicht im Klaren darüber gewesen war, dass es sich bei dem Fremden, den Max auf den Stützpunkt gebracht hatte, um den Jungen handelte. Wenn Addy Christopher genauer in Augenschein genommen hätte, als er zur Tür hereingekommen war, hätte sie nicht den Menschen gesehen, über den sie seit ihrer Kindheit Geschichten hörte. Stattdessen hätte sie einen verwirrten und verängstigten achtzehnjährigen Jungen gesehen. Da sie jedoch nur einen flüchtigen Blick von ihm erhascht hatte, hatte sie die Realität nicht gesehen. Sie hatte nur die Legende gesehen.

ACHTES KAPITEL

Christopher fühlte sich unwohl, als er durch einen Raum voller Fremder geführt wurde. Wahrscheinlich hätte er sich aber auch unwohl gefühlt, wenn er durch einen Raum voller bekannter

Gesichter geführt worden wäre. Er hasste es, angeschaut zu werden. Er hasste es, beobachtet zu werden. Schon sein ganzes Leben lang versuchte er zu vermeiden, von Leuten beobachtet zu werden, die er nicht sehen konnte. Jetzt führte Max ihn an Leuten vorbei, die unmittelbar vor ihm standen und ihn anstarrten. Es musste noch einen anderen Weg geben. Er war sich sicher, dass das Gebäude einen Hintereingang besaß. Max und er hätten auch zu einem anderen Zeitpunkt ankommen können. Er fragte sich, ob Max das absichtlich tat, ob Max damit irgendetwas beweisen wollte. Aber worum konnte es sich dabei handeln, und wem wollte er etwas beweisen? Christopher wusste es nicht und hatte auch keine Idee. Max schien die Gaffer kaum zur Kenntnis zu nehmen. Oder zumindest schienen sie ihm egal zu sein. Er nahm nur mit einer Person Blickkontakt auf, mit einer verwirrt wirkenden jungen Frau mit hellbraunem Haar in der Ecke. Christopher hatte das Bedürfnis, vor all dem wegzulaufen, durch die Tür zu verschwinden, zu der sie gerade hereingekommen waren, und sich nie wieder umzublicken. Er lief jedoch nicht davon. In den paar Tagen, seit er Max kennengelernt hatte, hatte er Vertrauen zu ihm aufgebaut. Irgendjemandem musste er schließlich vertrauen.

Christopher hatte fast die ganze sechsundzwanzigstündige Fahrt von Montreal zu diesem seltsamen, in den Sümpfen Floridas verborgenen Gebäude geschlafen. Er hatte versucht, den Schlaf nachzuholen, der ihm in den zwei Tagen, nachdem er die Männer im Wald getötet hatte, entgangen war. Für Christopher hatte es den Anschein, als lägen jene Momente in der Dunkelheit im Wald bereits Monate zurück. Seine Erinnerung an jene Nacht war trübe und unpersönlich wie die Erinnerung an einen Spielfilm, den er als Kind gesehen hatte. Die zweitägige emotionale Achterbahnfahrt hatte ihn aus dem Lot gebracht. Er war noch nicht bereit gewesen, als Max das Auto vor dem Gebäude angehalten, den Motor abgestellt und Christopher gesagt hatte, sie wären »da«. Christopher wusste nicht einmal, wofür er noch nicht bereit war. Und wo, zum Teufel, war »da« überhaupt? Max spürte Christophers Unbehagen. In vieler Hinsicht war Christopher genauso wie die anderen, die Max in der Vergangenheit aufgegabelt und zu diesem Gebäude gebracht hatte, damit sie reingewaschen und anschließend wieder in die Welt hinausgeschickt werden konnten. Max war jedoch bewusst, dass die Punkte, in denen Christopher genauso war wie andere, nicht von Bedeutung waren. Das Einzige, was zählte, war, inwiefern Christopher sich von ihnen unterschied. »Alles okay, Christopher«, versicherte ihm Max. »Hier bist du in Sicherheit. Derjenige, den ich dir vorstellen werde, ist jemand, den du kennenlernen möchtest.«

Also folgte Christopher Max in den Stützpunkt und spürte, wie ihn alle anstarrten. Anstatt ihren Blicken zu begegnen, ging Christopher mit gesenktem Kopf. Niemand gab einen Laut von sich. Nachdem sie ein paar Schritte in dem Korridor auf der anderen Seite des überfüllten Raums gegangen waren, fragte Christopher Max im Flüsterton: »Ist es hier immer so still?«

Max sah Christopher an. Christopher hatte immer noch keine Ahnung, wer er war und was er verkörperte. »Nein«, erwiderte Max.

NEUNTES KAPITEL

Reggie hörte Christopher und Max den Korridor entlanggehen. Er hörte die Wand des Schweigens, die sie umgab. Reggie war nervös. Er konnte sich nicht erinnern, wann er das letzte Mal so nervös gewesen war. Angst hatte er oft gehabt, aber soweit er sich erinnern konnte, war er nicht mehr nervös gewesen, seit er sich mehr als achtzehn Jahre zuvor, als er zum ersten Mal vor dem Krieg davongelaufen war, mit einer Frau, die er nicht kannte, in einem winzigen Apartment in New York versteckt hatte. Das kam ihm vor wie eine Ewigkeit.

Max führte Christopher in Reggies Büro. Wie alle anderen starrte auch Reggie den Jungen an. Er hatte allerdings einen anderen Grund, ihn anzustarren. Obwohl Reggie Christopher noch nie gesehen hatte, hätte er ihn überall sofort erkannt. Das lag in erster Linie an der Form seiner Augen. Reggie hatte das Gefühl, das verschwommene Spiegelbild von jemandem zu betrachten, den er vor langer Zeit einmal gekannt hatte. Er versuchte, die Erscheinung des Jungen, der vor ihm stand, mit allem anderen in Einklang zu bringen, was er wusste. Er gab sich Mühe, den Menschen zu betrachten, der vor ihm stand, und dabei die Geschichte des Jungen zu vergessen, die Macht zu vergessen, die der Junge unwissentlich besaß, und was man mit dieser Macht hätte tun können, und sich nur an das Versprechen zu erinnern, das er vor langer Zeit gegeben hatte.

Reggie erhob sich von seinem Schreibtisch und ging ein paar Schritte auf Christopher zu, um ihn in der Mitte des Zimmers zu empfangen.

»Christopher«, sagte Max, als Reggie sich ihnen näherte, »das ist Reggie. Reggie, das ist Christopher.« Die beiden – einer ein großer, sechsunddreißigjähriger Schwarzer, dessen Haar bereits grau wurde, der andere ein kräftig gebauter, aber verschüchterter weißer Junge, dessen achtzehnter Geburtstag erst drei Tage zurücklag – schüttelten sich die Hand. »Ich glaube, Reggie kannte deine Mutter, Christopher«, sagte Max als Einführung.

Christopher erkannte Reggie anhand der Beschreibung in Marias Tagebuch, die dessen erstaunlich grüne Augen in den Mittelpunkt stellte. »Ich habe über Sie gelesen«, verkündete Christopher.

Reggie nickte. »Würde es dir was ausmachen, uns kurz allein zu lassen, Max?«, fragte Reggie den Mann, der bereits zum zweitbesten Freund geworden war, den Christopher auf der Welt hatte.

»Natürlich nicht«, erwiderte Max. Er verließ das Büro und schloss die Tür hinter sich.

»Und was hast du gelesen?«, fragte Reggie Christopher, sobald sie allein waren.

»Maria hat in ihrem Tagebuch über Sie geschrieben«, entgegnete Christopher.

»Dann weißt du also, dass mir deine Mutter das Leben gerettet hat. Genau genommen wäre keiner von uns beiden hier, wenn es sie nicht gäbe. Also haben wir zumindest eine Sache gemein.« Reggie lachte über seinen eigenen Scherz und gab sich Mühe, locker und autoritär zugleich zu wirken. Er wartete auf irgendeine Reaktion von Christopher, die jedoch ausblieb. »Weißt du, was wir hier tun?«, fragte Reggie Christopher schließlich.

Christopher nickte. »Max hat es mir erzählt.«

»Bevor du ins Auto gestiegen bist, um hierherzufahren, oder danach?«

»Davor.«

»Das ist gut.« Reggie ging zu einem Schrank, der an der hinteren Wand stand. »Ich hole mir etwas zu trinken«, sagte er, als er die Schranktür öffnete. Im Schrank befanden sich eine Flasche Whiskey und ein paar Gläser. »Möchtest du auch was trinken?« Reggie hielt zwei Gläser hoch.

Christopher schüttelte den Kopf. »Ich trinke keinen Alkohol.«

»Das ist wahrscheinlich schlau«, sagte Reggie und klang dabei väterlicher, als er wollte. »Stört es dich, wenn ich trotzdem etwas trinke?«

»Nein«, antwortete Christopher. »Ich lasse mich nicht so leicht aus der Ruhe bringen.«

Reggie schenkte sich ein halbes Glas Whiskey ein, trug es zu seinem Schreibtisch und setzte sich auf seinen Schreibtischstuhl. Christopher tat es Reggie gleich und ließ sich auf einem der anderen Stühle nieder. Reggie lehnte sich zurück und nahm einen großen Schluck aus seinem Glas. »Dann hast du also die Tagebücher deiner Eltern gelesen. Das ist gut. Denkst du, dir ist bewusst, wie gefährlich dieser Krieg ist, nachdem du sie gelesen hast? Wie groß dieser Krieg ist?«

Christopher dachte nach, ehe er darauf eine Antwort gab, und übte diese in Gedanken, bevor er etwas sagte. Er wusste, es wäre nicht angemessen gewesen, einfach nur mit »ja« oder »nein« zu antworten. »Ich habe jeden einzelnen Tag meines Lebens in Angst verbracht, ohne zu wissen, wovor ich mich fürchtete. Alles, was ich in meinem Leben getan habe, habe ich aus Angst getan. Vor kurzem haben zwei Männer versucht, mich in der Nähe des Hauses, in dem ich aufgewachsen bin, abends im Wald zu töten. Ich habe stattdessen sie getötet, aber mir ist bewusst, dass ich Glück hatte. Alles, was ich sonst weiß, habe ich in den Tagebüchern der beiden gelesen, die ihr als meinen Vater und meine Mutter bezeichnet, aber ich habe den Eindruck, dass sie auch nicht wussten, wie groß und gefährlich der Krieg ist. Wissen Sie, wie groß und gefährlich der Krieg ist?«

Reggie nahm sein Whiskeyglas in die Hand und leerte es mit zwei großen Schlucken. »Ich weiß nur, er ist zu groß und zu gefährlich, als dass irgendjemand allein darin kämpfen könnte.« Reggie hob den Blick über den Rand seines Glases und sah Christopher an. »Das gilt vor allem für dich.«

»Diesen Vortrag hat mir Max schon gehalten.«

»Ja, aber er kannte deine Mutter nicht. Deine Mutter wollte dich aus dem Krieg raushalten, und ich glaube, das könnte mir gelingen, wenn du es möchtest. Das bin ich ihr schuldig.« Reggie erhob sich und ging wieder zum Schrank, um sein Glas noch einmal zu füllen. So viel auf einmal hatte er seit Jahren nicht mehr getrunken. Eigentlich bewahrte er den Whiskey und die Gläser nur für feierliche Anlässe in seinem Büro auf. Heute brauchte er etwas zu trinken und goss sich weitere drei Fingerbreit Whiskey ins Glas. Er überlegte, ob er Christopher sagen sollte, dass der Krieg immer blutiger wurde, dass er immer mehr Menschenleben forderte, dass manche sogar schon von einer Revolution sprachen. Er überlegte, ob er Christopher von den Plänen erzählen sollte, von denen er bereits wusste. Er überlegte, ob er Christopher wissen lassen sollte, was diejenigen, die von Revolution sprachen, über ihn sagten. Reggie trank sein zweites Glas halb aus, ehe er zurück zum Schreibtisch ging. Er spürte bereits, wie der Alkohol durch seine Adern strömte. Reggie erkannte Maria in Christophers Gesicht. Er sah Christopher an und erinnerte sich daran, als er mit dessen Mutter und deren Freund Michael in dem New Yorker Apartment getrunken hatte. Inzwischen waren Maria und Michael berühmt. Berühmt und tot. »Lässt du dir von uns helfen?«

»Was ist, wenn ich gar nicht vor dem Krieg weglaufen will?«, fragte Christopher. Reggie hielt während der bedeutungsvollen Pause, die auf die Frage folgte, den Atem an, wartete ab, was Christopher als Nächstes sagen würde, und überlegte, wie er reagieren würde, wenn Christopher ihm sagte, er zöge es vor zu kämpfen, anstatt wegzulaufen. *Wenn er kämpfen möchte*, dachte Reggie, *muss ich dann trotzdem das Versprechen einlösen, das ich gegeben habe, oder kann ich dem Jungen sagen, wer er ist? Kann ich ihm sagen, dass allein er über die Macht verfügt, diesen Krieg zu beenden?* Doch das Dilemma, das sich Reggie beinahe herbeiwünschte, kristallisierte sich nicht heraus. »Was ist, wenn ich einfach nur nach Hause möchte?«, fragte der Junge, und Reggie erinnerte sich einmal mehr daran, dass Christopher trotz all der Macht, die er besaß, noch immer ein Junge war, und weshalb er selbst überhaupt ein Versprechen gegeben hatte.

»Das geht nicht. Entweder läufst du mit uns weg, oder du läufst alleine weg.«

Christopher wusste, was das bedeutete, er wusste allerdings nicht, was er darauf erwidern sollte. Er wusste ebenso wenig, welche Möglichkeiten er hatte, war jedoch nicht bereit, seine Eltern in Maine oder Evan im Stich zu lassen, ohne zuerst seine Optionen abzuwägen. »Ich muss darüber nachdenken«, sagte er schließlich.

Nachdenken ist gefährlich, dachte Reggie. »Okay«, sagte er. »Du kannst heute Nacht bei Max bleiben. Ich gebe ihm Bescheid. Aber du hast nicht viel Zeit. Sich länger an einem Ort aufzuhalten, ist gefährlich. Ich kann nicht garantieren, dass du hier in Sicherheit bist.«

»Verstanden.«

Reggie erhob sich und ging zur Tür. Seine Beine waren bereits leicht wackelig vom Whiskey. Er holte tief Luft und ging hinaus, um Max zu suchen. Christopher sah zu, wie Reggie die Tür hinter sich schloss, dann war er allein in dem schwach beleuchteten, fensterlosen Raum. Er verspürte das Bedürfnis, aufzustehen und sich aus Reggies Whiskeyflasche ein Glas einzuschenken, kämpfte jedoch erfolgreich dagegen an. Schließlich wusste er, es würde ihm nichts nützen. Ihm fiel nichts ein, was ihm etwas genützt hätte.

ZEHNTES KAPITEL

Alejandro hob am Strand eine Handvoll Sand auf und ließ sie langsam durch die Finger rieseln. Der Sand war fein und weiß wie Babypuder und noch kühl von der vergangenen Nacht. Die Sonne würde ihn bald aufheizen. Im Handumdrehen würde er so heiß sein, dass man kaum noch darauf würde gehen können.

Alejandro blickte den Strand hinunter, der sich vor ihm erstreckte und sich um das blaue Wasser des Pazifischen Ozeans krümmte. Wellen rollten heran und brachen sich krachend am Ufer, begruben es immer und immer wieder unter sich. Dutzende Palmen säumten den Strand, wo der weiße Sand rasch in Dschungel überging. Von dort, wo Alejandro kniete, konnte er den gesamten Strand überblicken, der eine Meile lang war. Er war allein. Später würde etwas mehr los sein, allerdings nicht viel mehr. Die Touristen hatten diesen Strand noch nicht entdeckt. Alejandro war bewusst, dass sie ihn irgendwann finden würden, doch das würde vermutlich noch ein paar Jahre dauern. Trotzdem wurden schon Pläne zur Verlegung des Informationszentrums geschmiedet. Ursprünglich hatten sie es hier im Dschungel von Costa Rica errichtet, weil dieser Ort so abgelegen war. Da die Welt immer weiter zu ihnen vordrang, mussten die Umzugspläne ernster genommen werden. Alejandro arbeitete bereits seit fünfzehn Jahren im Informationszentrum und hatte alles gehört, was geredet wurde. Er wusste auch, dass es sich erübrigen würde, das Informationszentrum zu verlegen, wenn alles nach Plan lief. Sie könnten dann einfach abwarten, bis der Dschungel es zurückeroberte.

So oder so würde in zweiundsiebzig Stunden alles vorbei sein. Was alles? Alejandro war sich nicht sicher. Er gab sich Mühe, positiv zu denken, konnte sich die Welt jedoch nicht ohne den Krieg vorstellen. Stattdessen konzentrierte er sich auf seine Aufgabe. Ihm war klar, dass er auf nichts anderes und niemand anderen Einfluss hatte. Er musste seine Rolle spielen und Vertrauen haben. Ob der Krieg endete oder nicht, es stand einiges bevor.

Alejandro erhob sich. An seinen Händen hing noch immer weißer Sand, deshalb wischte er sie an seinen Jeans ab. Er warf einen Blick aufs Meer. Bald würde ein Boot kommen – ein Boot voller Menschen und Waffen –, und Alejandro würde zur Stelle sein, um sie zu empfangen, um sie an Land zu ziehen und ihnen dann den Plan zu unterbreiten. Bevor es so weit war, sprach Alejandro ein stilles Gebet und hoffte, dass Christopher wusste, was er tat.

ELFTES KAPITEL

Als Christopher das Geräusch hörte, war es bereits weit nach Mitternacht. Er döste seit mehr als drei Stunden, fand aber keinen Schlaf. Seine Gedanken drehten sich nach wie vor um die Entscheidung, die er treffen musste. Er hörte Reggie immer und immer wieder sagen: *Sich länger an einem Ort aufzuhalten, ist gefährlich. Ich kann nicht garantieren, dass du hier in Sicherheit bist.* Deshalb war Christopher wach und lag mit geschlossenen Augen auf der Ausziehcouch, als er ein leises Klopfen an der Tür von Max' Wohnung hörte. Er öffnete die Augen und warf einen Blick auf die Uhr. Es war ein Uhr fünfzehn. Das Klopfen war nicht laut, doch deshalb fühlte sich Christopher keinen Deut besser. Solange er sich erinnern konnte, hatte ihm das Klopfen an einer Tür Furcht eingeflößt. Dabei handelte es sich um eine Angst, die an Phobie grenzte. Er blieb einen Moment regungslos liegen und versuchte, sich zu vergewissern, dass er tatsächlich wach war und nicht nur einen Albtraum hatte. Als er das leise klopfende Geräusch abermals hörte, war ihm klar, dass er nicht träumte. Sein Herz begann zu rasen, da sein Körper aufgeregt war, als er die Bestätigung bekam, dass er ihn zu Recht nicht hatte schlafen lassen. Christopher musste sich in Erinnerung rufen, dass er wirklich niemandem trauen konnte. Überall lauerten Gefahren, und jetzt klopfte eine davon an Max' Tür. Christopher stand so leise wie möglich auf und ging auf Zehenspitzen in Richtung Flur.

Max hatte das Klopfen ebenfalls gehört. Christopher spähte durch den Spalt in seiner Tür und sah Max bereits im Flur stehen. Max hatte ihm sein Bett angeboten, doch er hatte abgelehnt. Er war sich ziemlich sicher gewesen, dass er ohnehin nicht würde schlafen können, deshalb hatte er geglaubt, es sei Verschwendung, das Bett in Anspruch zu nehmen. In der Wohnung waren alle Lampen ausgeschaltet, aber durch die Fenster fiel genug Licht, dass Christopher Grautöne sehen konnte. Er warf einen Blick auf Max und betrat den Flur. Max wirkte verängstigt. Als Christopher die Furcht in Max' Gesicht erkannte, setzte sein Herzrasen abrupt wieder ein.

Max' Wohnung war in keiner Hinsicht außergewöhnlich. Sie befand sich am Rand der Siedlung. Um zu ihr zu gelangen, musste man mehrmals abbiegen. Man wäre nicht zufällig auf sie gestoßen, wenn man sich verlaufen hätte. Wer auch immer gerade an die Tür klopfte, hatte sie ausfindig gemacht. Es handelte sich um eine zweigeschossige Wohnung mit zwei Schlafzimmern in der oberen Etage. Max nutzte das zweite Schlafzimmer als Arbeitsraum, in dem eine Ausziehcouch stand. Das Arbeitszimmer, das Schlafzimmer und ein Badezimmer waren die einzigen Räume in der oberen Etage. Eine Treppe führte hinunter ins Wohnzimmer. Auf der unteren Ebene befanden sich das Wohnzimmer, das Esszimmer, die Küche und ein weiteres Badezimmer. Durch das Schlafzimmerfenster konnte man aufs Dach hinaussteigen.

Max ging auf Christopher zu. Seine Schritte waren lautlos. »Geh in mein Schlafzimmer«, flüsterte er. »Wenn du irgendwas Verdächtiges hörst, dann klettere durchs Fenster raus. Ruf Reggie an, sobald du in Sicherheit bist. Hier ist seine Telefonnummer«, sagte Max und steckte Christopher ein Stück Papier zu. »Niemand hat sie. Niemand bekommt sie. Stirb, bevor sie irgendjemand zu Gesicht bekommt.«

»Wer, glaubst du, klopft da?«

»Wahrscheinlich ist nichts dahinter«, erwiderte Max, »aber dass sie anklopfen, bedeutet nicht, dass sie auf eine Einladung hereinzukommen warten werden.«

Max machte sich auf den Weg die Treppe hinunter. Christopher ging zur Tür von Max' Schlafzimmer und blieb dann stehen. Wenn sie ihn hier ausfindig gemacht hatten, wenn sie seinetwegen gekommen waren, würde er nicht durchs Schlafzimmerfenster flüchten können. Wenn sie ihn hier ausfindig gemacht hatten, würde es kein Entkommen geben. Er konnte höchstens dann entkommen, wenn sie nicht wussten, dass er sich hier aufhielt, wenn sie wegen Max gekommen waren. *Wenn ich versuchen würde zu fliehen*, dachte Christopher, *würde das also nur bedeuten, dass ich zu feige bin, um meinem neuen Freund zu helfen.* Anstatt das Schlafzimmer zu betreten, wartete Christopher deshalb, bis Max die Treppe ganz hinuntergegangen war, und folgte ihm dann, wobei er jeden Schritt im Voraus plante, um lockere oder knarrende Bodendielen zu meiden. Als er halb unten war, hielt er inne und lauschte.

Er hörte Max die Eingangstür aufmachen und nahm an, dass er einen Blick nach draußen geworfen hatte, um nachzusehen, wer vor der Tür stand, bevor er sie öffnete. Trotzdem spannte sich jeder Muskel in Christophers Körper an, als er das Quietschen der Scharniere beim Aufgehen der Tür hörte. Seine Paranoia hatte nicht aufgehört, seit er wusste, wer ihn beschattete. Sie war sogar noch schlimmer geworden.

Dann hörte Christopher Max sprechen. »Was machst du denn hier?«, fragte er im Flüsterton die Person, die vor der Tür stand.

»Warum hast du mir nichts davon gesagt?«, hörte Christopher eine Frauenstimme erwidern.

»Warum habe ich dir wovon nichts gesagt?«, fragte Max.

»Stell dich doch nicht dumm.« Christopher stand um die Ecke in der Dunkelheit und konnte die Frau nicht sehen, erkannte jedoch die Verärgerung in ihrer Stimme. »Warum hast du mir nicht gesagt, dass du *ihn* abholst?«

»Reggie hat es mir verboten. Ich durfte es niemandem erzählen. Er wollte kein Risiko eingehen.« Max klang, als würde er sich rechtfertigen.

»Weil du der Einzige bist, dem Reggie wirklich vertraut«, sagte die Frau.

Max erwiderte nichts darauf, sodass Christopher sich fragte, ob das, was die Frau gesagt hatte, womöglich stimmte.

»Warum benimmst du dich so komisch?«, wollte die Frau von Max wissen, unmittelbar gefolgt von: »Willst du mich nicht reinlassen?« Als Max immer noch keine Antwort gab, ging ihr schließlich ein Licht auf. »Er ist hier, oder?«

»Tut mir leid, Addy«, erwiderte Max. »Sobald ich kann, erzähle ich dir alles, aber jetzt solltest du wirklich gehen. Es ist zu riskant.«

»Weißt du, was riskant ist, Max? Dass du mich nicht in deine verdammte Wohnung lässt. Das ist riskant.« Und das war es dann. Christopher hörte die Frau hereinkommen und erkannte an dem Schweigen, dass Max nichts unternommen hatte, um sie daran zu hindern.

Christopher rührte sich nicht von der Stelle. Er blieb in der Dunkelheit auf der Treppe stehen, da er nicht wusste, was er sonst hätte tun sollen. Ihm fiel auf, dass weder Max noch die Frau beim Gehen irgendein Geräusch verursachten. Die beiden bewegten sich wie Gespenster, als würden sie gar nicht existieren. Christopher sah sie, bevor er sie hörte. Sie gingen unter ihm an der Treppe vorbei zum Wohnzimmer und setzten sich im Dunkeln hin. Max ließ sich mit dem Rücken zu Christopher auf einem Sessel nieder, die Frau Christopher zugewandt, aber mit dem Gesicht zu Max gedreht auf dem Sofa. Christopher erkannte sie trotz der Dunkelheit wieder: Es handelte sich bei ihr um die etwas verwirrt wirkende Frau vom Stützpunkt, mit der Max Blickkontakt aufgenommen hatte.

»Erzähl mir, wie er ist«, sagte die Frau, sobald sie Platz genommen hatten.

Max zögerte nicht, ehe er antwortete. »Er ist genauso wie wir alle waren, als wir mit sechzehn zum ersten Mal vom Krieg erfuhren, nur dass er zwei Jahre älter, doppelt so schlau und dreimal so paranoid ist. Oh, und er ist der Einzige, von dem ich jemals gehört habe, der bereits am Tag seines achtzehnten Geburtstags zwei Menschen getötet hat.«

»Er hat was?«, fragte Addy. Max antwortete mit einem Nicken. »Zwei Menschen getötet?« Addy wirkte ungläubig.

»Ja. Sie haben ihn angegriffen. Er hat überlebt. Sie nicht.«

»Und was habt ihr mit ihm vor?«, erkundigte sich Addy.

»Reggie möchte, dass wir ihn reinwaschen.«

Addy war sich nicht sicher, ob sie das überraschte. Sie verstand es. Schließlich war er noch ein Junge, doch es schien eine solche Verschwendung zu sein. »Was weiß er denn über den Krieg?«, fragte Addy. Jeder wollte wissen, was Christopher wusste.

»Seine Eltern haben ihm Tagebücher hinterlassen. Ich habe ihm ein bisschen was erzählt. Was Reggie ihm gesagt hat, weiß ich nicht.«

»Er hat also die meisten Informationen aus den Tagebüchern?« Max nickte. »Dann ist der Großteil davon achtzehn Jahre alt?«, fragte Addy. Christopher war überhaupt nicht auf die Idee gekommen, dass sich vielleicht einiges geändert hatte, seit Maria ihren letzten Tagebucheintrag verfasst hatte. Er war zu sehr davon gefangen gewesen, wie verrückt die Welt in den Tagebüchern war, um auf den Gedanken zu kommen, dass sie inzwischen womöglich noch verrückter geworden war. »Sollte ihm nicht irgendjemand erzählen, was sich in den letzten achtzehn Jahren getan hat? Sollte ihm nicht irgendjemand erzählen, was alles passiert ist?«

Christopher lauschte Addys Frage, und seine Nerven ließen seinen Körper zusammenzucken. Es handelte sich nur um ein leichtes Zucken, doch die Bewegung genügte. Addy erspähte ihn aus dem Augenwinkel und richtete den Blick durch die Dunkelheit auf die Treppe. Christopher sah Addys ganzes Gesicht, ihre markanten Züge, ihre schmalen Lippen, ihre in der Dunkelheit geweiteten Pupillen. »Vielleicht solltest du es ihm erzählen«, sagte Addy zu Max und deutete auf die Treppe. Max drehte sich um, bis sie beide durch das matte Licht Christopher anstarrten.

»Chris, warum kommst du nicht einfach runter, damit ich euch einander vorstellen kann?« Max erhob sich und ging ein paar Schritte auf Christopher zu. Die Zimmerbeleuchtung ließ sich über einen Dimmer regulieren. Er schaltete sie gerade so weit ein, bis sie in Farbe sehen konnten, ohne dass draußen jemand darauf aufmerksam werden würde.

Addy stand auf. Max führte Christopher zu ihr. Sie streckte ihm die Hand hin, und Christopher schüttelte sie.

»Christopher, das ist meine Freundin Addy. Addy«, sagte Max, der jetzt jedes Wort in die Länge zog, als müsse er sich jedes einzelne davon abringen, »das ist Christopher.«

Addy stand sprachlos da. »Freut mich, dich kennenzulernen«, sagte Christopher, bevor sie die richtigen Worte fand.

»Freut mich auch, dich kennenzulernen«, echote Addy.

Die drei setzten sich. Max nahm dieses Mal neben Addy auf der Couch Platz, Christopher setzte sich auf den Ledersessel. »Ich wollte euch nicht belauschen«, entschuldigte sich Christopher bei Max.

Max tat Christophers Entschuldigung mit einer Handbewegung ab. »Es ist nicht meine Aufgabe, Geheimnisse vor dir zu haben, Chris.«

»Er muss es wissen«, sagte Addy in strengem Tonfall zu Max.

»Was muss ich wissen?«, fragte Christopher die beiden. Ihm war egal, wer von ihnen antwortete.

»Addy glaubt, dass der Krieg schlimmer geworden ist, seit deine Eltern ihre Tagebücher geschrieben haben«, sagte Max.

»Da bin ich nicht die Einzige«, behauptete Addy.

»Was soll das heißen, ›schlimmer‹?«, fragte Christopher.

Addy antwortete, bevor Max etwas erwidern konnte, bevor er zensieren konnte, was sie sagte. »Mehr Menschen werden getötet. Jüngere Menschen werden getötet.« Addy sah Max an.

»Mehr Menschen sind auf der Flucht«, sagte sie. »Du *weißt*, dass das stimmt, Max. Du kannst das nicht leugnen.«

Max nickte. »Ja. Mehr Menschen sind auf der Flucht«, stimmte er zu. »Aber dafür gibt es eine Menge Gründe.« Max warf Christopher einen Blick zu, als er das sagte.

Addy sprach weiter. Das war ihre Chance, etwas Beachtenswertes zu tun, etwas, das einen Post auf einer Website wert war. »Und je mehr Menschen auf der Flucht sind, desto wütender und brutaler werden beide Seiten. Und je wütender und brutaler beide Seiten werden, desto mehr Menschen bekommen Angst und laufen vor dem Krieg davon.« Addy warf Max einen Blick zu. »Erzähl ihm von der Englishman's Bay.«

Christopher sah die beiden an und hatte Angst, ihnen nicht folgen zu können. »Was ist die Englishman's Bay?«, fragte er.

»Ich bin mir nicht sicher, ob das wirklich eine Rolle spielt«, sagte Max. »Eigentlich ist das in erster Linie eine Geschichte über schlechte Planung.« Aber es war bereits zu spät. Addy hatte Christopher neugierig gemacht, und jetzt wollte er es unbedingt wissen. Das erkannte Max an Christophers Gesichtsausdruck. »Die Englishman's Bay ist eine kleine Bucht auf der Insel Tobago unmittelbar vor der Küste Südamerikas. Sie umgibt einen steilen, halbmondförmigen Strand. Um auf irgendeine andere Weise als mit dem Boot dorthin zu gelangen, müsste man sich meilenweit durch den Dschungel schlagen.« Christopher lauschte, ohne auch nur die geringste Ahnung zu haben, wohin all das führen würde. »Auf jeden Fall haben ein paar verschiedene Gruppierungen im Untergrund beschlossen, bestimmte Leute nicht mehr reinzuwaschen, indem sie ihnen eine neue Identität gaben und sie in der normalen Gesellschaft versteckten, sondern sie in die Englishman's Bay ins Exil zu schicken, damit sie dort landeinwärts, wo sie niemand finden würde, ihre eigene Gemeinde gründen konnten. Die Idee war, eine Gesellschaft ins Leben zu rufen, von der keine der beiden Seiten im Krieg etwas wusste, einen Ort, an dem man angstfrei leben konnte.«

»So eine Art Utopia?«

»Nein.« Max schüttelte den Kopf. »Nur ein weniger Furcht einflößender Ort. In Wahrheit suchten sie nach Alternativen, weil es so viele Kriegsflüchtlinge gab, dass es fast nicht mehr möglich war, sie alle zu verstecken. Deshalb wuchs die Englishman's-Bay-Gemeinde auf etwa fünfunddreißig Personen an. Zunächst ging alles gut. Sie errichteten Gebäude, gruben einen Brunnen. Alles lief genau nach Plan: eine neue Welt, verborgen vor der Paranoia des Krieges.« Max hielt inne, da es ihm widerstrebte, den Rest der Geschichte zu erzählen. Christopher sah ihn gebannt an und wollte nicht, dass er aufhörte. »Aber wie sich gezeigt hat, lässt sich ein solches Geheimnis nicht hüten. Eines Nachts, nachdem sie sich schon ungefähr fünf Monate dort befanden, kamen die Jäger. Sie kamen mit dem Boot, ankerten in Ufernähe und wateten durchs Wasser zum Strand. Sie waren ausgebildet. Sie waren mit Maschinengewehren und Flammenwerfern bewaffnet und trugen Nachtsichtbrillen. Die Gemeinde hatte eine Nachtwache postiert, aber die Jäger waren zu schnell. Der Nachtwächter war einfach der Erste, den sie töteten. Als sie in dem kleinen Dorf ankamen, das die Leute errichtet hatten, legten sie es mit ihren Flammenwerfern in Schutt und Asche. Einige behaupten, dass manche Häuser in Brand gesteckt wurden, obwohl sich noch Menschen darin aufhielten. Weitere Mitglieder der Gemeinde wurden getötet, als sie sich gegen die Jäger zu Wehr setzten, von denen immer mehr eintrafen. Es dauerte nicht lange, bis die Jäger gegenüber den verbliebenen Dorfbewohnern in der Überzahl waren. Diejenigen, die bei dem

Überfall nicht ums Leben kamen, wurden mitgenommen und nie wieder gesehen. Die Einzigen, die es geschafft haben, sich in Sicherheit zu bringen, waren zwei Jugendliche unter achtzehn Jahren. Ihre Eltern waren mit ihnen geflüchtet, um sie vor dem Krieg zu bewahren.« Max warf Christopher einen wissenden Blick zu. »Nach dem Überfall durften die Jugendlichen wieder in den Krieg eintreten. Sie bekamen ein neues Zuhause und einen neuen Namen, doch sie vergaßen nicht, was geschehen war. Und sie erzählten die Geschichte weiter, genau wie die Jäger es wollten.«

»Und die Jäger kamen von beiden Seiten des Krieges? Sie haben zusammengearbeitet?«, erkundigte sich Christopher, als er sich daran erinnerte, dass Max ihm erzählt hatte, die beiden Kriegsparteien würden gemeinsame Sache machen, um ihn zu töten.

»Das wissen wir nicht«, erwiderte Max.

»Kanntet ihr jemanden von denen, die dorthin geschickt worden waren? War jemand dabei, den ihr gerettet hattet?«

Max schüttelte entschieden den Kopf. »Nein«, sagte er. »Reggie hat nie jemanden dorthin geschickt. Er hielt das immer für zu riskant.«

»Und wohin schickt Reggie seine Leute?«, fragte Christopher, doch alle im Raum wussten, was er eigentlich meinte. Er wollte wissen, wohin Reggie ihn womöglich schicken würde.

»Wohin sie geschickt werden, spielt keine Rolle«, beantwortete Addy seine Frage. »Sie bleiben einfach auf der Flucht – für immer.«

Sie unterhielten sich, bis Addy nach etwa einer Stunde wieder ging. Max schlug vor, Christopher solle versuchen, ein wenig zu schlafen, als wäre er dazu auch nur annähernd in der Lage gewesen. Stattdessen wartete Christopher, bis Max ins Bett ging, und holte dann sein Telefon hervor. »Bist du da?«, simste er Evan.

Er erhielt binnen Sekunden eine Antwort: »Ja«, war alles, was darin stand. Christopher machte die Tür des Arbeitszimmers zu und wählte Evans Nummer.

»Was soll die Scheiße, Mann? So behandelt man keinen Freund«, hörte Christopher Evan sagen, bevor überhaupt ein Freizeichen ertönt war.

»Tut mir leid«, erwiderte Christopher. Er freute sich, Evans Stimme zu hören, auch wenn dieser wütend war.

»Was ist eigentlich los, verdammt?«, wollte Evan wissen, wobei die Verärgerung in seinem Tonfall bereits verebbte.

»Du würdest mir niemals glauben, wenn ich es dir erzählen würde«, sagte Christopher und starrte die leeren Wände an, die ihn umgaben.

»Erzähl mir nicht so einen Blödsinn«, fuhr Evan ihn an.

»Ich kann jetzt nicht richtig reden«, sagte Christopher zu Evan. »Ich wollte mich nur bei dir melden, damit du weißt, dass ich dich nicht einfach so ignoriert habe. Momentan ist alles ein bisschen verrückt.«

»Du kannst mich nicht derart im Ungewissen lassen«, erwiderte Evan, und aus seiner Stimme war Nervosität herauszuhören. »Sag mir wenigstens eines: Hast du diese Typen im Wald getötet?«

Christopher überlegte kurz, wie er antworten solle. Er wusste, er würde Evan letzten Endes ohnehin alles erzählen müssen, sobald er herausgefunden hatte, wie. Vielleicht war das ein guter Zeitpunkt, um damit anzufangen. »Ja«, sagte Christopher, »aber nur, weil sie zuerst versucht haben, mich zu töten.«

»Ach, du Scheiße.« Evan sprach halb ins Telefon, halb ins Leere.

»Hör zu, Evan, ich werde versuchen, dich bald wieder anzurufen. Schau bitte mal für mich nach meinen Eltern. Sag ihnen nicht, dass du mit mir gesprochen hast, aber vergewissere dich, dass bei ihnen alles in Ordnung ist.« Christopher legte auf, ohne auf eine Antwort zu warten. Auf welche Antwort konnte er denn schon hoffen? Dann ließ er sich wieder auf der Ausziehcouch nieder und legte den Kopf aufs Kissen. Da er nicht so schnell würde einschlafen können, starrte er an die Decke und fing an, jeden Tag seines Lebens zu zählen, an den er mindestens eine deutliche Erinnerung hatte. Er lebte seit ungefähr sechstausendfünfhundert Tagen. Als er damit fertig war, diejenigen zu zählen, an die er sich tatsächlich erinnern konnte, war er noch immer weit davon entfernt einzuschlafen.

ZWÖLFTES KAPITEL

Nachdem Addy in Max' Wohnung Christopher kennengelernt hatte, marschierte sie am nächsten Morgen geradewegs in Reggies Büro. Sie war nicht eingeladen, geschweige denn herbeizitiert worden. Dieses Mal hatte sie nicht vor, herumzusitzen und auf eine Einladung zu warten. Reggie war überrascht, als er sie zur Tür hereinkommen sah. Er behauptete immer von sich, eine Politik der offenen Tür zu betreiben, doch niemand hatte ihn jemals beim Wort genommen – bis Addy es an diesem Tag tat. »Addy?«, sagte Reggie, als sie die Tür zu seinem Büro hinter sich schloss.

Addy kam sofort zur Sache. »Wenn er einverstanden ist, dass wir ihn verstecken, möchte ich dabei sein. Dann möchte ich beteiligt sein«, lauteten ihre ersten Worte.

Reggie war für einen Moment überrumpelt, aber nur für einen Moment. »Christopher?«, mutmaßte er.

»Natürlich Christopher«, erwiderte sie. »Von wem sollte ich denn sonst sprechen?«

»Du weißt schon, dass er noch nicht mal zugestimmt hat, sich von uns helfen zu lassen, oder?«, fragte Reggie.

»Das weiß ich. Aber wenn er zustimmt, möchte ich dem Team angehören, das ihn versteckt.«

»Und was ist, wenn er nicht einwilligt, sich von uns reinwaschen zu lassen?«, fragte Reggie. Addy hätte schwören können, dass Reggie sie mehr als nur anstarrte – er starrte in sie *hinein*. Reggie wusste bereits seit einiger Zeit, dass Addy nicht glücklich war. Er gab sich alle Mühe, sie glücklich zu machen. Sie war gut in dem, was sie tat, aber sie war auch sehr jung und sehr hungrig. Addy war sich darüber im Klaren, was Reggie von ihr wissen wollte. Reggie wollte von ihr wissen, ob sie vorhatte, Christopher auch dann zu begleiten, wenn er sich weigerte, sich von ihnen verstecken zu lassen.

»Ich hoffe, ich muss diese Frage nicht beantworten.«

»Das hoffe ich auch.«

DREIZEHNTES KAPITEL

Noch am selben Nachmittag fuhren die drei mit dem Auto vom Stützpunkt los. Max saß am Steuer. Addy hatte auf dem Beifahrersitz Platz genommen, und Christopher saß allein auf der Rückbank. Sie fuhren weiter nach Süden. Ihr erstes Ziel hieß Palm Beach. Die Fahrt dauerte etwa anderthalb Stunden von Tür zu Tür: vom Stützpunkt zu dem Haus, in dem sie die Nacht verbringen würden. Wie ihr nächstes Ziel heißen würde, wussten sie noch nicht. Reggie wollte keine Zeit verlieren. Sofort nachdem Christopher ihm gesagt hatte, er sei bereit, sich reinwaschen zu lassen, hatte Reggie zum Telefon gegriffen und Vereinbarungen getroffen.

Christopher war sich nicht sicher, wann er seine Entscheidung tatsächlich getroffen hatte. Er war sich nicht einmal sicher, ob er überhaupt eine Entscheidung getroffen hatte. Er hatte einfach keine Alternative gesehen. Einen Punkt hatte er allerdings verhandelt. Er hatte Reggie gesagt, er sei nur dann bereit, sich reinwaschen zu lassen, wenn Max ihn begleitete. Christopher war überrascht, als er erfuhr, dass die junge Frau vom Vorabend, Addy, ebenfalls mitkommen würde. Er war darüber aber nicht verärgert, sondern nur überrascht.

Max fuhr trotz der Hitze mit offenen Fenstern und ausgeschalteter Klimaanlage. Auf diese Idee wäre Christopher selbst niemals gekommen, doch der Fahrtwind fühlte sich gut auf seiner Haut an. Ohne ein Wort zu Max zu sagen, beugte sich Addy vor und schaltete das Radio ein. Sie musste die Lautstärke weit aufdrehen, damit sie trotz der Windgeräusche etwas hören konnten.

Etwa zehn Songs später hielten sie vor dem Haus an, in dem sie übernachten würden. Keiner von ihnen hatte jemals ein so großes Haus gesehen. »Siehst du, Chris«, sagte Max, als sie aus ihrem Wagen stiegen, »vor dem Krieg davonzulaufen, ist gar nicht so übel.« Doch Christopher konnte die Überraschung aus Max' Stimme heraushören.

»Heilige Scheiße«, flüsterte Addy, als sie das Anwesen vor ihnen anstarrte. Es war ein Stück von der Straße zurückgesetzt und auf allen Seiten von drei Meter hohen Büschen umgeben. Wie groß das Haus wirklich war, sah man erst, wenn man in die

U-förmige Zufahrt einbog. Es hatte drei Geschosse und wirkte so breit wie ein ganzer Häuserblock. Von den beiden oberen Etagen hatte man trotz des hohen Buschwerks Ausblick auf die Weiten des Atlantischen Ozeans.

»Willkommen!«, rief eine Stimme von der Eingangstür. »Willkommen, willkommen, willkommen.« Ein großer gebräunter Mann trat aus dem Haus. Er trug eine weite Leinenhose und ein langärmliges weißes Hemd, dessen Ärmel er hochgekrempelt hatte. Sein Haar war silbergrau und mit Gel nach hinten gekämmt, an den Seiten hing es dagegen herab. Der Mann ging zuerst auf Addy zu. Christopher rechnete beinahe damit, dass er sich verneigen und Addy die Hand küssen würde, aber er schüttelte sie stattdessen. »Freut mich«, sagte er zu Addy. Dann wandte er sich Max zu. »Ich heiße Jay«, sagte der Mann, als er Max die Hand schüttelte. Er wartete nicht auf eine Antwort von Addy oder Max, ehe er sich an Christopher wandte. Er nahm Christophers Hand in seine. »Und du musst Christopher sein«, sagte er langsam und sah Christopher dabei forschend an, der in Erwiderung darauf nickte. »Wo ist euer Gepäck?«, fragte Jay die drei, ohne den Blick von Christopher zu lösen. »Ich kann einen von meinen Männern holen, damit er es ins Haus bringt.«

Max öffnete den Kofferraum des Wagens und holte ihre drei Reisetaschen heraus. »Ich denke, das schaffen wir schon selber«, sagte er, warf sich die Taschen über die Schulter und ging auf die geöffnete Eingangstür zu.

»Barry«, rief Jay ins Haus, ohne sich von der Stelle zu rühren, »kannst du bitte mal kommen und den Leuten hier ihre Zimmer zeigen?« Daraufhin erschien ein großer Mann in einem blauen Polohemd und Khakihose in der Türöffnung und versperrte Max den Weg.

»Klar, Boss«, dröhnte Barry mit tiefer, klangvoller Stimme und nahm Max die Taschen ab, der nicht dagegen protestierte.

»In einer Stunde ist das Abendessen fertig«, teilte Jay ihnen mit. Dann nickte er Barry zu, und dieser brachte Max, Addy und Christopher zu ihren Zimmern.

Die Zimmer befanden sich auf derselben Etage und führten alle von einem langen Korridor weg. Zwischen den Gästezimmern befanden sich Wohnzimmer, Arbeitszimmer und ein Zimmer mit Billardtisch. Addy wurde als Erste untergebracht, dann Max und als Letztes Christopher. »Du bist also der Junge«, sagte Barry zu Christopher, als er ihn in sein Zimmer führte, das sich ganz am Ende des Korridors befand, in einer Ecke des Hauses, und größer war als das gesamte Erdgeschoss seines Elternhauses. Christopher ging zu einem der Fenster, von dem man einen Ausblick auf das Meer hatte. Der Himmel verfärbte sich rosarot, und er sah Schaumkronen auf dem Wasser.

»Sieht ganz so aus«, erwiderte Christopher. Barry lächelte und nickte, dann ging er aus dem Zimmer und ließ Christopher allein.

Die plötzliche Abneigung gegen das Alleinsein war für Christopher eine neue Erfahrung. Fast sein ganzes Leben lang hatte er sich nichts anderes gewünscht, als in Ruhe gelassen zu werden. Die Umstände hatten sich jedoch geändert. Christopher wartete, bis Barrys Schritte im Korridor nicht mehr zu hören waren, dann ging er zur Tür seines Zimmers und spähte hinaus. Er blickte den Korridor in Richtung der Zimmer von Addy und Max entlang, wenngleich er sich nicht mehr erinnern konnte, hinter welchen Türen sie sich verbargen. Er hoffte insgeheim, sie würden wie er ihre Türen öffnen und einander ansehen, um sich gegenseitig Mut zu machen. Christopher wartete eine Zeit lang, doch weder Max noch Addy öffneten die Tür, deshalb ging Christopher wieder in sein Zimmer zurück. Das Zimmer war groß, aber kalt. An den Wänden hingen Bilder, bei denen es sich um abstrakte Gemälde handelte, und es gab nirgendwo Fotos von Angehörigen oder Freunden. Christopher vermutete, dass reiche Leute es womöglich als unhöflich empfanden, in ihren Gästezimmern persönliche Fotos aufzuhängen oder aufzustellen. Er ging zu den Fenstern auf der Nordseite. Von dort konnte er die Straße sehen, auf der sie gekommen waren. Sie schlängelte sich an der Küste entlang nach Norden, bis sie aus dem Blickfeld verschwand. Dann ging Christopher ins Bad, das sich an sein Zimmer anschloss, um sich die Hände und das Gesicht zu waschen. Er fragte sich, ob die nächste Stunde jemals vergehen oder ob er für immer allein in diesem Zimmer bleiben würde.

Während Christopher zum Fenster hinausstarrte und darauf wartete, dass die Zeit verging, stieg Addy, die noch nie ein Badezimmer gesehen hatte, das so groß und luxuriös war wie das ihrem Zimmer angeschlossene, in die Badewanne. Max verbrachte die Zeit damit, sein Zimmer zu durchsuchen, ohne sich dabei sicher zu sein, wonach er eigentlich suchte und ob er es überhaupt erkennen würde, wenn er es fand.

Als es Zeit fürs Abendessen wurde, kam Barry sie holen. Eine Frau namens Alice, die ebenfalls zu Jays Personal gehörte, bediente sie beim Essen. Keiner der Bediensteten sprach bei der Arbeit, doch Christopher ertappte sie alle dabei, wie sie ihn anstarrten, wenn sie sich unbeobachtet fühlten. Christopher, Addy, Max und Jay nahmen an einem rechteckigen Tisch Platz, der in einem großen Esszimmer im Erdgeschoss mit Blick auf den Brunnen im Hinterhof stand. Jay und Christopher saßen an den Stirnseiten des Tisches, Addy und Max saßen sich seitlich gegenüber.

»Tja, ich hoffe, euch allen gefällt eure Unterkunft«, sagte Jay zu ihnen, als ihnen der erste Gang serviert wurde.

»Ihr Haus ist wunderschön«, erklärte Addy.

Christopher konnte Addy aus einiger Entfernung riechen. Ihr Duft war nicht aufdringlich, aber durchaus wahrnehmbar. Sie roch nach Rosenblütenblättern.

»Es ist sagenhaft«, stimmte Max ihr zu und blickte sich um.

Jay sah Christopher an und wartete auf seine Anerkennung. »Es ist riesig«, sagte Christopher.

»Ja«, stimmte Max ihm zu. »Wie sind Sie denn zu Ihrem Geld gekommen?«

»Mit Spekulation«, erwiderte Jay stolz. »Es ist schon erstaunlich, wie simpel einem der Rest der Welt vorkommt, wenn man in einem System aufwächst, das so beschissen ist wie das unsere. Noch Wein?« Max, Addy und auch Christopher nickten. Alice kam aus der Küche und schenkte ihnen nach. »Allerdings war Wohlstand nie mein erklärtes Ziel. Er ist nur ein notwendiges Mittel zum Zweck.«

»Und was war dann Ihr Ziel?«, fragte Christopher und sah Jay über den langen, glänzenden Tisch hinweg an.

»Zu vermeiden, im Krieg kämpfen zu müssen.« Jay ließ den Wein in seinem Glas kreisen, bevor er einen weiteren Schluck trank. »Das hat mein Vater mir beigebracht. Wenn man sich in anderen Bereichen nützlich macht, verlangen sie nicht von einem, dass man kämpft.«

»Wie funktioniert das denn?«, fragte Max.

»Soll das ein Witz sein?« Jay lachte. »Ich zahle mehr Kriegsabgaben, als ich Steuern zahle, und trotzdem kommt nie jemand, der mit dem Krieg zu tun hat, und bessert die Schlaglöcher in meiner Straße aus.«

»Was tun die dann für Sie im Gegenzug für das ganze Geld?«,

wollte Addy wissen. Das war für sie alle neu. Max und Addy waren zwar mit dem Prinzip der Verzehntung vertraut, doch hier handelte es sich um etwas anderes.

»Sie lassen mich in Ruhe und versuchen zu verhindern, dass die andere Seite mich ausfindig macht und ihnen das Geschäft verdirbt.«

»Sind Sie verheiratet?«, fragte Christopher Jay aus heiterem Himmel.

»Geschieden«, erwiderte Jay.

»Und warum haben Sie sich scheiden lassen?«, erkundigte sich Addy, deren Zunge der Wein gelockert hatte.

»Meine Ex wollte Kinder«, entgegnete Jay.

»Und Sie?«, fragte Christopher.

Jay schüttelte den Kopf. »Ich wollte nicht noch jemanden in diesen Krieg schicken.«

»Sie haben ziemlich feste Überzeugungen, was den Krieg anbelangt«, stellte Max fest.

»Ich hasse ihn. Warum, glaubt ihr, seid ihr drei hier?« Der nächste Gang wurde serviert. Als Alice die Küchentür aufdrückte, um den Gästen dunkle Fleischscheiben zu bringen, warf der Koch Christopher aus der Küche abermals über dampfende Töpfe und rauchende Kochplatten hinweg einen Blick zu.

»Sie sind eine Zwischenstation. Der erste Halt auf dem Weg zu Christophers Reinwaschung«, entgegnete Addy mit ihrer mit Essen beladenen Gabel in der Hand.

»Sicher«, sagte Jay. »Ich zahle auch für eure Flucht. Für eure Hotels, euer Benzin, euer Essen, eure Flugtickets, falls ihr welche braucht. Ich bezahle für alles. Der Untergrund braucht ebenfalls Geld.«

»Und was springt für Sie dabei raus?«, fragte Christopher den silberhaarigen Mann.

»Du zum Beispiel«, erwiderte Jay, wobei jegliche Ungezwungenheit aus seiner Stimme verschwand. »Ich wollte einfach dabei helfen, dich am Leben zu erhalten.« Er sah Christopher unverwandt an. »Die einzige Bedingung, die ich hatte, bevor ich Reggie zugesagt habe, für deine kleine Eskapade zu bezahlen, war die, dass du zuerst hier vorbeischaust, damit ich dich kennenlernen kann.«

»Und, bin ich Ihren Erwartungen gerecht geworden?«, fragte Christopher mit versteinerter Miene.

»Trink noch ein Glas Wein«, sagte Jay zu Christopher. »Du musst dir darüber klar werden, dass du einer Menge Menschen allein dadurch sehr viel bedeutest, dass du am Leben bist. Dein Leben ist der Beweis dafür, dass diese Mistkerle nicht allmächtig sind.«

»Mir bedeutet mein Leben weit mehr als das«, sagte Christopher.

»Merk dir, mein Junge, dass nur die wirklich Verrückten den Krieg mögen, diejenigen, die Helden sein wollen und ihr Blut für eine Sache geben möchten. Der Rest von uns toleriert ihn einfach nur, weil wir nicht getötet werden wollen. Möchte jemand Nachtisch?«

Nach dem Essen war sie alle vier betrunken. Sie hatten zusammen fünf Flaschen Wein geleert. »Ich gehe jetzt ins Bett«, verkündete Jay mit einigem Elan, warf seine Serviette auf den Tisch und schwankte nur leicht, als er sich erhob. »Es war mir eine Ehre, euch alle kennenzulernen. Und dich«, sagte Jay und sah Christopher in die Augen. »Ich habe mir dieses Haus nicht verdient, indem ich schlechte Investitionen getätigt habe.« Und damit ging er aus dem Zimmer, als würde er von einer Bühne abtreten.

Barry brachte Addy, Max und Christopher zurück zu ihren

Zimmern, und als Christopher dieses Mal zur Tür hinausblickte, spähten Addy und Max ebenfalls aus ihren Zimmern. »Es ist sicherer, wenn wir alle in einem Zimmer übernachten«, erklärte Max leicht lallend. Sie wussten alle, dass das nur eine Ausrede war, damit sie zusammenbleiben konnten. Da Christophers Zimmer das größte war, versammelten sie sich dort, wobei Addy und Max Kissen und Decken von ihren Betten mitbrachten.

Als sie sich alle im Zimmer befanden, schloss Christopher die Tür. Er konnte sich nicht erinnern, jemals ein solches Schwindelgefühl verspürt zu haben. »Was haltet ihr von unserem Gastgeber?«, fragte er. Er war sich nicht sicher, wer der größere Sonderling war: Jay oder er selbst.

»Der Typ hat nicht alle Tassen im Schrank«, sagte Addy. Dann breitete sie ihre Decke am anderen Ende des Zimmers auf dem Fußboden aus.

»Ich schlafe auf dem Boden«, sagte Christopher zu Addy. »Du kannst das Bett haben.«

Addy lachte. »Ich lege keinen Wert auf Ritterlichkeit«, erwiderte sie.

Während sie sich einrichteten, kam Max plötzlich eine Idee. »Ich weiß, was wir tun sollten, Addy.«

»Was denn?«, fragte Addy. Sie saß bei einem der Fenster mit Ausblick aufs Meer. Christopher sah die Wellen zwar nicht, konnte sie jedoch hören.

»Geben wir ihm einen Namen«, schlug Max vor.

»Wem? Christopher?«, fragte Addy.

»Ja. Jeder braucht einen Namen.«

»Was meint ihr damit?«, wollte Christopher wissen.

»Deinen Namen. Wenn du dem Untergrund angehören möchtest, brauchst du einen neuen Namen.«

Obwohl Christopher im Tagebuch seiner Mutter darüber gelesen hatte, war ihm nicht klar gewesen, dass es sich bei Max und Addy nicht um die echten Namen seiner neuen Freunde handelte. »Dann habt ihr euch also selbst einen neuen Namen ausgesucht und euren alten einfach vergessen?«

»Genau«, erwiderte Max. »Oder zumindest versucht, ihn zu vergessen. Ich werde seit fast zehn Jahren nur noch Max genannt.« Dann lachte er und forderte Christopher auf: »Frag doch mal Addy, woher sie ihren Namen hat.«

»Halt den Mund!«, fuhr Addy ihn von der anderen Seite des Zimmers an. Christopher hatte das Gefühl, bei einem Insiderwitz außen vor gelassen zu werden.

»Warum, woher hast du denn deinen Namen?«, erkundigte sich Christopher behutsam in der Hoffnung, niemanden zu verärgern.

»Nicht der Rede wert«, sagte Addy. »Er ist die Kurzform von Adelaide. Die heilige Adelheid war eine Prinzessin, die Tochter eines Königs, und ihr Vater hat ihre Hochzeit mit einem Mann arrangiert, den sie nicht heiraten wollte. Als sie sich weigerte, wurde sie auf der Burg von Garda in einem Verlies eingekerkert. Schließlich wurde sie aber von einem Priester gerettet, der unter der Burg einen Tunnel grub und sie heimlich befreite.«

Im Zimmer kehrte einen Moment lang Stille ein, dann unterdrückte Max ein Lachen. »Mann, du nimmst dich schon verdammt wichtig, Addy.«

»Immer noch besser als dein Name«, fuhr Addy Max an. »Wenigstens habe ich mich nicht nach einem Kinderbuch benannt.«

Christopher sah Max an und versuchte, sich an die Lieblingsbücher seiner Kindheit zu erinnern. Eigentlich hatte er nur ein Lieblingsbuch gehabt. »*Wo die wilden Kerle wohnen*?«, fragte er Max.

Max nickte. »Klar.«

»Aber warum?«

Max grinste auf eine Art und Weise, die dafür gesorgt hätte, dass sich selbst sein ärgster Feind in ihn verliebt hätte. »Weil ich der König aller wilden Kerle bin.«

»Idiot«, murmelte Addy, doch das Wort war voller Wärme.

»Also, welchen Namen sollen wir Christopher geben?«, fragte Max und sah ihn dabei eindringlich an.

Und einen Moment lang wünschte sich Christopher nichts auf der Welt mehr, als dass ihn diese beiden Menschen, die er kaum kannte, auf einen neuen Namen tauften.

»Ich finde nicht, dass er einen neuen Namen bekommen sollte«, sagte Addy. Sie sah Christopher ebenfalls gebannt an. »Ich finde, Christopher sollte Christopher bleiben.«

»Aber jeder bekommt einen neuen Namen«, protestierte Max.

Christopher setzte sich im Bett auf und ließ den Blick von Max zu Addy wandern und wieder zurück, ohne etwas zu sagen. Die Wirkung des Weins ließ langsam nach, und er wurde müde.

»Ja, aber er ist nicht jeder«, stellte Addy fest. »Er ist anders als wir alle. Für die Welt muss er Christopher sein.«

Christopher fühlte sich unter den Blicken der beiden zunehmend unwohl, vor allem unter Addys Blick. »Ich bin müde, Leute«, sagte er in dem Versuch, die Unterhaltung zu beenden.

»Gut«, entgegnete Max. »Wir haben noch genug Zeit, um das zu besprechen.« Dann erhob er sich und schaltete das Licht aus. Im Zimmer wurde es dunkel bis auf das Mondlicht, das von draußen hereindrang. »Gute Nacht, ihr beiden«, sagte Max und legte sich auf sein provisorisches Bett.

»Gute Nacht«, erwiderte Addy.

»Gute Nacht«, sagte Christopher als Letzter. Dann lagen alle drei schweigend da und warteten darauf, vom Schlaf übermannt zu werden. Christopher blieb am längsten wach.

VIERZEHNTES KAPITEL

»Hier sind Leute, die sich nach dir erkundigen.«

»Wer?«

»Das weiß ich nicht. Ich meine, die Polizei hat allen Fragen gestellt, aber da sind auch noch andere Leute. Keine Ahnung, wer diese Leute sind.«

»Was haben sie denn gefragt?«

»Sie haben gefragt, ob jemand weiß, wie man mit dir Kontakt aufnehmen kann, oder ob sich jemand vorstellen kann, wo du dich aufhältst oder wohin du gegangen sein könntest.«

»Und wen haben sie gefragt?«

»Jeden. Du würdest lachen, wenn du sehen würdest, wen sie befragt haben – Leute, mit denen du dich nie im Leben unterhalten hättest. Aber in erster Linie haben sie sich auf deine Eltern, auf deine Lehrer und auf mich konzentriert. Ich habe das Gefühl, dass mir nachspioniert wird. Hier wird es immer merkwürdiger.« *Sie können dir nichts antun*, hätte Christopher Evan beinahe versichert, als er sich an die Regeln erinnerte, von denen er in den Tagebüchern seiner leiblichen Eltern gelesen hatte; er beherrschte sich jedoch, da er kein Vertrauen in diese Regeln hatte. Sie erschienen ihm lächerlich. Er fragte sich, ob er Evan schon allein dadurch, dass er mit ihm sprach, in Gefahr brachte. Sie hatten ein System entwickelt: Evan schickte Christopher eine verschlüsselte SMS, deren Bedeutung sich nur den beiden erschloss. Sobald sich Christopher dann die Gelegenheit bot, sich von Addy und Max wegzuschleichen, rief er Evan an. Christopher hatte sein Telefon lautlos gestellt, da er zu viele seltsame Anrufe bekam. Er hatte Bedenken, dass man ihn mithilfe seines Handys würde ausfindig machen können, war aber noch nicht bereit, völlig darauf zu verzichten. Es stellte seine letzte Verbindung mit zu Hause dar.

»Wann hat das angefangen?«, erkundigte sich Christopher bei Evan.

»Die Polizei stellt schon seit dem Tag, an dem du verschwunden bist, Fragen. Die anderen sind vor ungefähr drei Tagen aufgetaucht, zwei Tage nach der Polizei.«

»Und wie lange folgen sie dir schon?«

»Seit sie hier sind, glaube ich. Vielleicht haben sie mich auch bereits beschattet, bevor ich überhaupt wusste, dass sie hier sind.«

»Hat dir jemand gedroht?«

»Nein. Sie waren freundlich, nur verdammt unheimlich. Wann erzählst du mir endlich, was eigentlich los ist?«

»Im Moment geht das nicht, nicht solange dir Leute Fragen stellen. Das wäre einfach zu gefährlich. Wie geht's meinen Eltern?«

»Unverändert.« Christopher spürte, wie es ihm die Brust zuschnürte. Unverändert war nicht gut. Er nahm allerdings an, es hätte noch schlechter sein können. Schließlich hatte er seine Eltern nicht mehr angerufen, seit Max und er sich in Montreal in dem Hotelzimmer verschanzt hatten. Das war vor mehr als fünf Tagen gewesen. Nachdem Christopher jetzt wusste, dass sie befragt worden waren, war er sich sicher, die richtige Entscheidung getroffen zu haben. Er konnte nur erahnen, was man ihnen womöglich antun würde, wenn es den Anschein hätte, dass sie etwas wussten. Er musste warten, wusste aber nicht, wie lange.

»Sag ihnen, du bist dir sicher, dass es mir gut geht.«

»Mache ich«, versprach Evan. Er hielt inne und fragte dann: »Geht's dir gut?«

»Vielleicht sollten wir eine Zeit lang nicht miteinander reden«, erwiderte Christopher. »Vielleicht ist das einfach zu riskant.«

»Du kannst mich mal«, entgegnete Evan zu Christophers Erleichterung. »Ich schreibe dir eine SMS, wenn sich irgendwas tut.«

»Okay.«

Evan legte als Erster auf. Christopher lauschte einen Moment lang der toten Leitung, dann ging er zurück zu Addy und Max.

FÜNFZEHNTES KAPITEL

Sie erhielten die Anweisung, alle ihr Äußeres zu verändern. Addy beschloss, sich das Haar rot zu färben. Sie entschied sich jedoch nicht für irgendein Rot: Ihr Haar bekam die Farbe glühender Asche. Ihr Kopf schien zu leuchten wie eine brennende Kerze. Christopher und Max waren wie versteinert, als sie Addy aus dem Badezimmer kommen sahen. Nicht nur ihre Haarfarbe hatte sich verändert; auch anderes schien sich mit ihr verändert zu haben. Sie wirkte kräftiger und gefährlicher – weitere Gedanken gestattete sich Christopher vorerst nicht.

»Meine Güte, Addy«, stieß Max hervor, als er wieder sprechen konnte. »Sie haben uns doch gesagt, wir sollen versuchen, unauffällig auszusehen.«

»Nein, das haben sie nicht«, erwiderte Addy. »Sie haben uns gesagt, wir sollen anders aussehen. Vorher habe ich unauffällig ausgesehen. Das sollte ich ändern.«

Die Anweisung war am Tag zuvor eingetroffen. Die drei hatten gerade ihren vierten Zwischenstopp eingelegt, wenn man die Nacht in Palm Beach mitrechnete. Sie hatten bei allen möglichen Leuten übernachtet. Sobald Max ihr nächstes Ziel mitgeteilt bekam, machten sie sich auf den Weg. Jeder ihrer Gastgeber behandelte Christopher wie ein exotisches Tier, als sei er entweder das erste oder das letzte Exemplar seiner Art. Deshalb war er aufgeregt, als sie schließlich die Anweisung bekamen, einen Zwischenstopp ohne Gastgeber einzulegen. Dann erhielten sie zusätzlich die Anweisung, ihr Äußeres zu verändern, und Christopher war nicht mehr aufgeregt, sondern beunruhigt. Er nahm an, das bedeutete, dass sie jemand entdeckt hatte oder dass einer ihrer Gastgeber sie verraten hatte.

Max war als Erster an der Reihe gewesen. Sie hatten bereits darüber gesprochen, welche Maßnahmen jeder von ihnen ergreifen sollte, bevor Addy aufbrach, um die erforderlichen Utensilien zu besorgen. Sie kam mit einem Haarschneider, Bleich- und Haarfärbemittel in zwei verschiedenen Farbtönen zurück, einem für Frauen und einem für Männer. Sie drückte Max den Haarschneider und Christopher das Haarfärbemittel für Männer in die Hand. Auf der Verpackung stand »dunkelblond«. Christopher hatte Probleme, sich darunter etwas vorzustellen.

»Wir müssen uns zuerst die Haare bleichen«, erklärte Addy, als Christopher die Verpackung betrachtete. »Man muss seinen natürlichen, dunkleren Farbton entfernen, bevor man sie in einem neuen Ton färben kann.«

Christopher erwiderte nichts darauf, sondern starrte nur das Foto eines lachenden Mannes auf der Verpackung an.

»Wer macht den Anfang?«, fragte Addy in die Runde.

»Ich fange an«, sagte Max und nahm den Haarschneider aus seiner Schachtel. Er hatte sich nicht mehr rasiert, seit sie in Palm Beach aufgebrochen waren. Der Haarschneider war jedoch nicht für seinen Bart gedacht.

Max ging ins Badezimmer. Sie befanden sich irgendwo in Kentucky und teilten sich zu dritt ein Zimmer in einem seltsamen, mittelalterlich gestalteten Hotel in der Nähe des Flughafens von Cincinnati. Max ließ die Badezimmertür offen, damit Addy und Christopher sehen konnten, wie er sein Haar für die Sache opferte. Max steckte das Kabel des Haarschneiders in eine Wandsteckdose und schaltete ihn versuchsweise ein. Das Gerät summte bereitwillig. Als Max sich die Haare auf dem Kopf schor, bis von ihnen wenig mehr als Stoppeln übrig blieb, klang der Haarschneider beinahe wie ein Rasenmäher.

Christopher und Addy sahen wortlos zu. Christopher ging Marias Tagebuch nicht aus dem Kopf. Er erinnerte sich an die detaillierte Schilderung, wie sie sich mit einem Messer eine Haarsträhne nach der anderen abgeschnitten hatte, dass sie noch zwei oder drei Mal wieder von vorn angefangen hatte, um sich das Haar noch weiter zu kürzen, dass es ihr vorne leichter gefallen war als am Hinterkopf und wie sehr sie sich durch ihren neuen Haarschnitt verändert zu haben schien. Wie sehr sie sich verändert zu haben schien, war Christopher am deutlichsten in Erinnerung geblieben.

Max brauchte nicht lange, um sich den Kopf zu rasieren. Nach sieben schnellen Bahnen mit dem Haarschneider musste er nur noch ein paar Reste entfernen. Am Schluss bat er Addy um Hilfe, um sicherzugehen, dass er nichts übersehen hatte.

Seine Haarbüschel lagen auf dem Badezimmer-Fußboden wie das Fell eines kleinen toten Tieres. Max sah Christopher an. »Was meinst du?« Auf Max' Kopf befanden sich nur noch kurze schwarze Stoppeln. Die Haare in seinem Gesicht waren jetzt länger als die Haare auf seinem Kopf, und Christopher fiel zum ersten Mal das Grau in seinem Bart auf. Christopher ging davon aus, dass das Grau neu war. »Und, wie sehe ich aus?«, fragte Max noch einmal.

Addy erwiderte: »Kahlköpfig.«

»Ihr könnt mich mal, Leute«, sagte Max und starrte sein Spiegelbild an. »Ich finde, ich sehe aus wie ein Pirat.«

»Möchtest du wie ein Pirat aussehen?«, erkundigte sich Addy.

»Wer würde denn nicht wie ein Pirat aussehen wollen?« Max drehte sich wieder zu Christopher. »Würdest du nicht wie ein Pirat aussehen wollen?«

Christopher gab keine Antwort, da er den Blick nicht von dem lächerlichen Foto auf der Schachtel mit Haarfärbemittel lösen konnte. Er wollte nicht so aussehen. Er wollte überhaupt nicht irgendwie aussehen.

»Ich bin als Nächstes dran«, sagte Addy, nahm ihr Haarfärbemittel und ging ins Badezimmer. »Du kannst dich jetzt verziehen«, sagte sie zu Max und schob ihn zur Badezimmertür hinaus.

Während Max' Verwandlung nur wenige Minuten gedauert hatte, brauchte Addy über eine Stunde. »Ich glaube, ich bringe das nicht übers Herz«, sagte Christopher zu Max, während die beiden warteten. Er hielt sein Haarfärbemittel für Männer hoch und zeigte Max das lächelnde Gesicht auf der Verpackung.

»Was soll das heißen, du ›bringst das nicht übers Herz‹?«, fragte Max.

»Ich weiß, sie haben uns gesagt, wir sollen unser Äußeres verändern, aber – ich weiß nicht – das geht mir irgendwie gegen den Strich.«

Max schüttelte seinen frisch rasierten Kopf. »Ich habe mir meinen verdammten Kopf geschoren, und du schaffst es nicht, dir die Haare ein bisschen heller zu tönen?«

»Tut mir leid«, sagte Christopher zu Max. Und es tat ihm tatsächlich leid. Er wünschte, er hätte die Sache durchziehen können, wusste jedoch, dass er dazu einfach nicht imstande war.

»Erst willst du deinen Namen nicht ändern, und jetzt das«, sagte Max mit einem Kopfschütteln. »Pass mal auf, Kleiner, ich verstehe schon. Du glaubst, das wäre nicht dein Krieg, deshalb möchtest du dich nicht seinetwegen verändern. Aber er wird dich verändern. Er wird dich stärker verändern, als du dir vorstellen kannst. Deine Haare? Dein Name? Das ist nichts im Vergleich zu dem, was noch auf dich zukommt. Ich werde versuchen, dich vor dem Krieg zu schützen, aber ich bin nicht in der Lage, ihn zu stoppen.«

»Okay«, sagte Christopher. »Aber ich will mir trotzdem nicht die Haare färben.«

»Warten wir mal ab, wie Addy aussieht. Wenn sie sich stark genug verändert hat, ist es vielleicht gar nicht nötig, dass du dir die Haare färbst.» Also warteten sie, bis Addy wieder aus dem Badezimmer auftauchte. Als sie herauskam, erkannten Max und Christopher sie kaum wieder. Sie waren sich alle einig, dass das womöglich genügte. Nachdem sich Addy und Max so stark verändert hatten, würde vermutlich niemand auf Christopher aufmerksam werden.

»Aber was denkt ihr wirklich?«, fragte Addy Max und Christopher, nachdem sie über ihre Pläne diskutiert hatten.

»Ich finde, du hättest dir deine Haare schon vor langer Zeit so färben sollen«, sagte Max zu Addy. Christopher, der ohnehin nicht besonders wortgewandt war, fehlten die Worte. Addy nahm Christophers Sprachlosigkeit als das Kompliment, das es bedeutete. Sie hatte jetzt etwas Wildes an sich.

Die drei hatten noch den ganzen Rest der Nacht, um sich auszuruhen. Addy und Max blieb eine Nacht, um zu den neuen Personen zu werden, in die sie sich verwandelt hatten. Christopher blieb eine Nacht, um den Wahnsinn zu ignorieren, von dem er umgeben war, und um zu versuchen, sich nicht zu verändern. Am nächsten Morgen würden sie wieder unterwegs sein, scheinbar nach nirgendwo.

SECHZEHNTES KAPITEL

Katsu blickte sich um und vergewisserte sich, dass ihm niemand folgte. Auf der Tokioer Straße hinter ihm herrschte reger Betrieb. In den wenigen Sekunden, in denen Katsu den Verkehr betrachtete, der am Ende der Gasse vorbeiströmte, zählte er acht Motorroller, vier Fahrräder und fünf Autos. Katsu glaubte nicht, dass ihm jemand gefolgt war, er wusste jedoch, dass jedes Geheimnis ruiniert sein konnte, wenn die falsche Person auch nur ein einziges Flüstern hörte oder nur einen einzigen Fehltritt beobachtete. Er blieb einen Moment lang regungslos stehen. Weitere Motorroller, Fahrräder und Autos fuhren an der Einfahrt zu der Gasse vorbei, aber Katsu fiel nichts Verdächtiges auf. Die Stadt war voller Menschen, doch die meisten von ihnen wussten nichts vom Krieg. Dann griff er tief in die Hosentasche, um die Schlüssel hervorzuholen.

Katsus Hand zitterte leicht, als er in seiner Hosentasche herumwühlte. Er hatte ein hartes und gewalttätiges Leben, konnte sich aber nicht erinnern, jemals so nervös und verängstigt gewesen zu sein. Dieses Mal wusste er, dass das Ende so oder so unmittelbar bevorstand. Er hörte die Schlüssel in seiner Hosentasche klimpern, bevor er das Metall mit den Fingern ertastete. Dann blickte er sich ein letztes Mal um, und als er niemanden sah, nahm er die Schlüssel aus der Tasche. Die Tür, vor der Katsu stand, sah völlig nichtssagend aus. Es handelte sich um eine rostige Stahltür, die sich etwa in der Mitte einer schmalen, feuchtkalten Sackgasse in der Wand befand. Trotzdem schob Katsu den Schlüssel ins Schloss und sperrte sie auf.

Katsu trat schnell durch die geöffnete Tür in einen fensterlosen Raum. Dann zog er sie hinter sich zu und schloss sie ab. In dem Raum brannte kein Licht. Abgesehen von einer Treppe, die in einen Keller hinunterführte, war er völlig leer. Katsu machte sich nicht die Mühe, das Licht einzuschalten, da er den Weg auch in der Dunkelheit fand. Er begab sich zur Treppe und ging die Stufen hinunter. Als er unten angekommen war, versperrte ihm eine weitere Tür den Weg. Katsu holte einen weiteren Schlüssel hervor und sperrte auch die zweite Tür auf.

»Katsu?«, rief eine Stimme, nachdem er die Tür geöffnet hatte – ein Test für den Besucher.

»Takeshi«, erwiderte Katsu. »Wie läuft's?« In dem Raum am unteren Ende der Treppe war es still. Der Lärm der Stadt war hier nicht mehr zu hören. Katsu schloss die zweite Tür hinter sich und sperrte sie ebenfalls ab.

»Perfekt«, entgegnete Takeshi. »Alles ist in bester Ordnung. Wie ist es bei dir gelaufen?«

Katsu ging auf Takeshi zu. Auf dem Fußboden lagen fünfundzwanzig hochmoderne Maschinenpistolen, zehn Gewehre mit großer Reichweite, acht Flammenwerfer und vier schultergestützte Mehrzweck-Sturmwaffen. Katsu hatte noch nie so viel Feuerkraft auf einem Fleck gesehen: eine Waffe für jeden seiner Männer. Das gefiel ihm, machte ihm aber gleichzeitig Angst. Er hoffte, Verluste bei der Zivilbevölkerung vermeiden oder zumindest so gering wie möglich halten zu können. Seine acht besten Männer würden die Flammenwerfer tragen. Sie würden schnell handeln müssen. Katsu war sich darüber im Klaren, dass es trotz der ganzen Feuerkraft nicht lange dauern würde, bis sie sowohl zahlenmäßig als auch waffentechnisch ins Hintertreffen geraten würden. Sie mussten ihr Ziel einfach schnell erreichen. Selbst in diesem Fall könnten sie von Glück reden, wenn der eine oder andere von ihnen lebend wieder herauskam.

»Wie ist es gelaufen?«, fragte Takeshi noch einmal.

»Gut«, erwiderte Katsu. Am Morgen hatte er das Geld für sämtliche Waffen überbracht, Geld, das über Jahre hinweg gesammelt worden war. »Es gab keine Probleme.« Katsu musterte Takeshi. »Hast du die Waffen überprüft?«

»Jede einzelne«, bestätigte Takeshi.

»Wann kommen die Männer hierher?«, erkundigte sich Katsu. Er kannte die Antwort auf seine Frage, wollte jedoch sicherstellen, dass Takeshi sie ebenfalls kannte, dass jeder Einzelne jedes Detail des Plans auswendig kannte.

»Morgen früh vor Sonnenaufgang«, antwortete Takeshi.

»Und sind sie bereit?«

»Wir sind alle bereit, Katsu. Wir sind schon lange bereit. Wir warten nur noch.«

»Wir müssen warten. Alle brauchen Zeit. Hier geht es nicht nur um uns.« Den nächsten Tag würden sie noch einmal warten müssen. Sie würden erst am frühen Nachmittag in Aktion treten.

»Ich weiß«, versicherte Takeshi Katsu. »Denkst du, dass alle ihre Rolle spielen werden?«

»Das müssen sie. Also hat es keinen Sinn, etwas anderes zu denken.«

»Das ist eine Menge Hoffnung, die auf einen Jungen gesetzt wird«, stellte Takeshi fest.

»Ich habe ihn kennengelernt, Takeshi. Christopher ist nicht irgendein Junge. Er ist der Einzige, der uns alle zusammenbringen kann.« Er senkte den Blick auf die Waffen, die auf dem Fußboden lagen. »Welche möchtest du tragen?«, fragte er Takeshi.

»Wir möchten alle die Flammenwerfer tragen, Katsu sama, aber wir vertrauen darauf, dass du die Waffen für uns weise auswählst. Welche wirst du tragen?«

»Gib mir eine von den Maschinenpistolen«, sagte Katsu zu Takeshi, der daraufhin über die Gewehre stieg, eine der Maschinenpistolen aufhob und sie Katsu reichte. Katsu hielt sie in den Händen. Er hatte seinerzeit viele Menschen getötet, doch eine Waffe wie diese hatte er noch nie in den Händen gehalten. Er war sich ziemlich sicher, dass das auch für alle seiner Männer galt. Doch das Spiel hatte sich verändert. Katsu wünschte, seine Männer hätten die Zeit gefunden, um zu trainieren, aber es war einfacher gewesen, die Waffen zu beschaffen, als mehr Zeit zu finden. Sie mussten auf den Plan vertrauen. »Ich trage die hier«, sagte Katsu und hielt die Maschinenpistole hoch, »und hoffe, dass ich sie nicht abfeuern muss.«

»Bald ist alles vorbei, mein Freund«, sagte Takeshi und sprach damit Katsus Gedanken aus.

»Ich gehe jetzt nach Hause und versuche, ein wenig zu schlafen«, sagte Katsu.

»Ich bleibe heute Abend hier, um sicherzugehen, dass nichts passiert.«

»Dann bis morgen früh.«

»Ja, bis dann.«

Die beiden Männer verbeugten sich voreinander. Dann ging Katsu auf demselben Weg zurück, auf dem er gekommen war: die

Treppe hinauf, durch die beiden verschlossenen Türen und hinaus in die Gasse, wo die Welt – zumindest noch für eine Weile – unverändert zu sein schien.

SIEBZEHNTES KAPITEL

»Sollten wir nicht besser das Licht ausschalten, damit niemand merkt, dass wir hier sind?«, fragte Addy Max. Inzwischen hätten sie eigentlich vollständig vom Radar verschwunden sein sollen. Sie hatten bei niemandem mehr übernachtet, seit Addy sich das Haar gefärbt und Max sich den Kopf rasiert hatte. Das war vor fünf Tagen gewesen. Seitdem waren sie ständig in Bewegung gewesen, allerdings nicht in einer geraden Linie. Drei der fünf Nächte hatten sie in Motels an der Straße verbracht, in den anderen beiden hatten sie im Wald neben ihrem Auto geschlafen. Diese Übernachtung sollte die letzte einzelne werden. Am nächsten Tag sollten sie alle drei in ein Flugzeug steigen, das sie um die halbe Welt nach Sidney in Australien bringen würde. Keiner von ihnen wusste, was anschließend passieren würde. Christopher war nervös. Er war noch nie in seinem Leben geflogen. Addy wirkte ebenfalls nervös, allerdings aus anderen Gründen. Sie schien nicht erpicht darauf zu verreisen.

»Das Licht ist schon in Ordnung«, sagte Max zu Addy. Er verlor langsam die Geduld mit ihr. »Du weißt, dass du uns nicht zu begleiten brauchst, Addy. Du hast deine Aufgaben erledigt. Du kannst auch zu Reggie zurückkehren.«

»Denkst du wirklich, dass ich das möchte, Max? Denkst du wirklich, ich könnte nach allem, was passiert ist, einfach genauso weitermachen wie zuvor?« Addy warf Christopher einen flüchtigen Blick zu. Christopher hatte sich noch immer nicht daran gewöhnt, wie Addy mit ihrem gefärbten Haar aussah. Er spürte jedes Mal, wenn sich ihre Blicke trafen, ein Kribbeln auf der Haut. Sie sahen einander mit einem Verlangen an, das an Hunger grenzte, wobei sich Christopher nicht sicher war, ob sie sich beide nach demselben sehnten.

Sie befanden sich in einer Hütte in den Bergen, nur ein paar Stunden von Vancouver entfernt. Ihr Flug ging um ein Uhr mittags am nächsten Tag. Sie hatten vor, sich gegen acht Uhr am nächsten Morgen auf den Weg zum Flughafen zu machen, um sicherzugehen, dass sie auf jeden Fall rechtzeitig ankamen.

»Wenn du nicht zurück zu Reggie möchtest und uns lieber begleitest, warum benimmst du dich dann so komisch?«, wollte Max von Addy wissen. Christopher schwieg. Seine Rolle in der Unterhaltung war auf die eines Beobachters beschränkt. Ihm war bewusst, dass er keine echte Rolle spielte.

»Ich benehme mich nicht komisch«, erwiderte Addy, doch sie wussten alle drei, dass das nicht stimmte. Einen Moment später zog sie sich in ein anderes Zimmer zurück.

Christopher sah ihr hinterher und wünschte sich, er würde sie verstehen. Sein Blick wanderte ihren Rücken hinunter, wobei er bei ihrem roten Haar begann und sich langsam den Weg zu ihren nackten Fußsohlen bahnte. Addy trug in Max' Gegenwart nie Socken, da sie wusste, dass er ein Faible für Socken hatte.

Max und Christopher blieben allein im Hauptraum der Hütte zurück. Die beiden saßen sich auf Sesseln gegenüber. Im Holzofen brannte ein Feuer, das dafür sorgte, dass es in der Hütte nach Kiefer roch und man sich beinahe behaglich fühlte. Christopher war überrascht, wie gut Max und er nach all der Zeit immer noch miteinander auskamen. Bevor er Max kennengelernt hatte, hatte er nur eine Freundschaft aufrechterhalten können, und zwar die mit Evan. Dass seine Freundschaft mit Max funktionierte, schrieb Christopher eher dessen Geduld zu als irgendeinem Beitrag, den er selbst einbrachte.

»Was hat es eigentlich mit dir und Socken auf sich?«, fragte Christopher Max.

Max lachte. »Nichts ist so sexy wie eine attraktive Frau in Socken.« Er lehnte sich in seinem Sessel zurück und legte die Füße auf den Couchtisch, der zwischen ihnen stand. »Und damit meine ich nicht Nylonstrümpfe. Ganz normale Socken oder Strümpfe aus Wolle oder Baumwolle, und je länger sie sind, desto besser. Ich meine, ich gebe mich auch mit so niedlichen kleinen Knöchelsocken zufrieden, mit solchen, die am oberen Rand Rüschen haben, aber ganz ehrlich, je länger, desto besser.«

»Woher kommt das denn?«

»Wenn ich das wüsste. Und wühl bloß nicht in meinem Kopf herum, um es rauszufinden. Falls ich jemals draufkommen sollte, dass es daran liegt, dass meine Mom beim Stillen immer Kniestrümpfe getragen hat, oder an irgendeinem anderen kranken Mist, würde das für mich alles ruinieren. Das ist nämlich eine Freude, auf die ich nicht verzichten möchte.« Er hielt inne. »Ich habe sowieso schon zu wenig Freuden.«

»Ich werde nirgendwo rumwühlen«, versprach Christopher.

Max sah ihn mit einem schiefen Grinsen an. »Bist du eigentlich noch Jungfrau?«, fragte er. Max stellte Christopher nur selten persönliche Fragen, und Christopher wusste das zu schätzen, doch jetzt war es so weit. Allerdings hatte Christopher selber mit dem Ganzen angefangen.

»Nein«, erwiderte Christopher. Er dachte an die beiden Male zurück, als er Sex gehabt hatte – mit zwei verschiedenen jungen Frauen, von denen keine auch nur angedeutet hatte, dass irgendeine Chance auf eine Wiederholung bestand. Beim ersten

Mal hatten Evan und er mit zwei jungen Frauen zu Hause bei Evan herumgehangen, während dessen Eltern unterwegs waren. Evan war mit einer der beiden in seinem Zimmer verschwunden und hatte Christopher mit der anderen allein im Wohnzimmer zurückgelassen. Alles, was passierte, war unnatürlich und peinlich gewesen, und Christopher war sich ziemlich sicher, dass es überhaupt nur passiert war, weil die junge Frau das Schweigen nicht ertragen hatte. Das zweite Mal war mit einem Mädchen gewesen, dessen einzige Motivation zweifellos darin bestanden hatte zu rebellieren, indem es mit dem merkwürdigen Typen aus der Schule schlief. Christopher zweifelte nicht daran, dass sie es sofort bereut hatte, nachdem es vorbei war. Er war zu beiden Mädchen nett gewesen, zumindest glaubte er das.

»Das ist gut«, sagte Max. In seinem Tonfall schwang eher Erleichterung als Freude mit. Er nahm die Füße vom Couchtisch, beugte sich zu Christopher vor und senkte die Stimme. »Ich war mal mit einer Frau zusammen, die meinen Socken-Fetisch kannte. Also hat sie sich regenbogenfarbene Baumwollstrümpfe gekauft, die bis zum oberen Ende der Oberschenkel hinaufreichten. Heilige Scheiße.« Max betonte das Wort »heilige«, als handle es sich dabei um drei Wörter. Er erzählte die Geschichte voller Begeisterung, als wäre es ein Geschenk für Christopher, sie zu hören. »Ich ließ sie diese Strümpfe überhaupt nicht mehr ausziehen. Sie zog alles andere aus, aber nicht die Strümpfe. Ich bin total drauf abgefahren, und sie hat mitgespielt. Sie hat die ganze Zeit gekichert, aber es hat ihr echt gefallen.«

Max' Geschichte *war* ein Geschenk. Sie machte Christopher gute Laune.

Doch dann brach plötzlich alles in sich zusammen. Die Tür zu Addys Zimmer flog mit solcher Wucht auf, dass sie gegen die Wand schlug. Addy stand mit gerötetem Gesicht da. Im ersten

Moment fragte sich Christopher, ob sie Max' Geschichte gehört hatte und sich durch sie irgendwie angegriffen fühlte, doch ihm war bewusst, wie lächerlich dieser Gedanke war. Irgendetwas anderes ging vor sich. »Da draußen sind Leute«, stieß Addy hervor. Ihre Brust hob und senkte sich. »Ich habe sie gesehen. Sie sind unterwegs hierher.«

Max war sofort auf den Beinen. »Wie viele sind es?«

»Das kann ich nicht sagen«, erwiderte Addy. »Mindestens fünf Taschenlampen, aber wer weiß, wie viele Leute.«

Christopher folgte Max' Beispiel und sprang ebenfalls auf. In Maine hatte er kein Problem damit gehabt, gegen die Männer im Wald zu kämpfen, doch inzwischen hatte er sich so weit von zu Hause entfernt, dass er sich verloren vorkam. Außerdem ging ihm immer wieder durch den Kopf, was Max bei ihrer ersten Begegnung zu ihm gesagt hatte: *Sei nicht so dumm und glaub, dass sie dich noch mal unterschätzen werden.*

»Was sollen wir tun?«, fragte Addy Max. Max war der Ältere der beiden, der natürliche Anführer, und Addy hatte Angst – wenn auch nicht halb so viel Angst wie Christopher.

»Gibt es irgendeinen Grund, warum eine Gruppe von Leuten nachts um diese Uhrzeit hier hochkommen sollte?«, fragte Max.

»Außer dem, dass sie es auf uns abgesehen haben? Nein«, entgegnete Addy. »Und inzwischen haben sie bestimmt auch das Licht und den Rauch des Holzofens gesehen.«

»Dann bleibt uns nur der Wald«, sagte Max. »Wir verschwinden in den Wald.« Christopher und Addy warfen sich einen kurzen Blick zu. Christopher hatte schon einmal im Wald Schutz gesucht, doch diesen Wald kannte er nicht. »Und zwar jetzt«, fügte Max energisch hinzu. Es funktionierte. Die beiden setzten sich in Bewegung.

Addy hatte recht gehabt: Die Leute kamen auf sie zu. Christopher und Addy sahen die Lichtkegel ihrer Taschenlampen auf den Blättern der Bäume tanzen. Sie näherten sich rasch, aber lautlos. Christopher und Addy, die glaubten, sie wären noch nicht entdeckt worden, rannten los, um in der Dunkelheit Schutz zu suchen. Addy hatte sich nicht einmal die Zeit genommen, sich Schuhe anzuziehen. Erst als sie bereits ein paar hundert Meter von der Hütte entfernt waren, fiel ihnen auf, dass Max nicht bei ihnen war.

Während Addy und Christopher aus der Hütte hinausrannten, ging Max in sein Zimmer, um seine Pistole zu holen. Er hatte sich vor Jahren geschworen, sie nie wieder zu benutzen. Nachdem er sie gefunden hatte, hielt er inne und lauschte. Ihm war bewusst, dass er nicht viel Zeit hatte. Das war ihm schon bewusst gewesen, bevor er noch einmal umgekehrt war, um die Pistole zu holen. Jetzt konnte er sie hören. Sie waren leise, aber nicht vollkommen lautlos. Max hörte Zweige brechen und Blätter rascheln, als sich ihre Verfolger der Hütte näherten. Da die Eingangstür keine Option mehr darstellte, rannte Max zum Fenster seines Zimmers, das zum Berg hinausging. Ihre Verfolger kamen aus der entgegengesetzten Richtung. Max zog an der Verriegelung des Fensters. Der alte Metallverschluss war jedoch so verrostet, dass er sich nicht bewegen ließ. Max zog in Erwägung, die Scheibe einzuschlagen, konnte aber nicht riskieren, Lärm zu verursachen. Die Schritte ihrer Verfolger kamen näher, ein anderes Geräusch war nicht zu hören. Sie sprachen kein Wort miteinander, sondern bewegten sich schweigend als Gruppe durch die Dunkelheit. Max zerrte noch einmal an der Verriegelung. Das rostige Metall bohrte sich in seine Haut und riss sie auf, sodass Blut daran zurückblieb, doch die Verriegelung gab nach und ließ sich schließlich öffnen. Max hörte Geräusche ganz in der Nähe der Eingangstür und war sich darüber im Klaren, dass sie die Hütte vermutlich zuerst umstellen würden, bevor sie sie betraten. Ihm blieben nur noch Sekunden. Er drückte das Fenster auf, das nicht besonders groß war und sich knapp zwei Meter über dem Boden befand. Dann zwängte er sich durch die winzige Öffnung und ließ sich fallen. Über den Schmerz bei der Landung machte er sich keine Gedanken. Das Einzige, worüber er sich Gedanken machte, war der Lärm. Er schlug hart auf dem Boden auf, machte eine Rolle vorwärts und kam in eine sitzende Position, wobei er seine Pistole ins Leere richtete. Dann hörte er um eine Ecke der Hütte Schritte auf sich zukommen und sah den Lichtstrahl einer Taschenlampe an der Außenwand. Er stand auf und rannte los.

Christopher und Addy hörten erst dann auf zu laufen, als sie die Schreie hörten, die von der Rückseite der Hütte kamen. Sie blickten sich um. Aus der Ferne war die Hütte nicht mehr als ein Farbklecks zwischen den Bäumen des Waldes. Sie waren von der Hütte weggelaufen, den Hang hinauf zu der Felswand. Dann hörten sie jemanden rufen: »Ich habe einen!«

»Ist er es?«, rief jemand anders.

»Nein! Es ist der Mann!«, rief der Erste zurück.

»Bring ihn her! Er weiß bestimmt was!«

Addy und Christopher hörten auf zu laufen, und die Rufe verstummten. Im Wald kehrte Stille ein. Sie waren zu weit von der Hütte entfernt, um Schritte hören zu können. Und sie waren zu weit entfernt, um ihre Verfolger die Hütte betreten zu hören. »Wo ist Max?«, fragte Addy panisch. Christopher blickte sich um. Es war dunkel, aber nicht so dunkel, dass sie Max übersehen hätten, wenn er sich in ihrer Nähe befunden hätte. »Glaubst du, sie haben ihn geschnappt?«, fragte Addy.

»Keine Ahnung«, erwiderte Christopher. Er hatte das Gefühl, in dem Meer dessen zu ertrinken, was er nicht wusste.

»Ich gehe zurück und sehe nach ihm«, verkündete Addy ohne das geringste Zögern in der Stimme.

Christopher hätte ihr am liebsten gesagt, wie verrückt das war. Sie waren deutlich in der Unterzahl. Sie waren unbewaffnet. Verdammt, Addy trug nicht einmal Schuhe. Stattdessen sagte er jedoch: »Ich komme mit.«

»Nein«, protestierte Addy. »Der Sinn des Ganzen war, dich in Sicherheit zu bringen. Mach uns da bloß keinen Strich durch die Rechnung. Lauf einfach weiter. Ich hole dich schon ein.« Christopher warf Addy einen Blick zu, einen flehenden, verzweifelten Blick. »Mach dir keine Sorgen«, sagte sie. »Ich habe nicht vor, heute zu sterben.«

Diesmal nickte Christopher. Ganz egal, was noch passieren würde, er hatte genauso wenig vor zu sterben. Dann drehte sich Addy um und rannte zurück zur Hütte. Sie flog förmlich über den Boden, wobei ihre nackten Füße nicht mehr Lärm verursachten als eine Windböe. Christopher sah sie zwischen den Bäumen verschwinden, dann drehte er sich um und trottete in die andere Richtung los, weiter den Berg hinauf.

Addy eilte zurück zur Hütte und wich dabei in der Dunkelheit den Bäumen aus. Sie wusste nicht, was sie tun würde, wenn sie dort ankam. Sie fühlte sich hilflos. Es gab nichts auf der Welt, was Addy mehr hasste, als sich hilflos zu fühlen.

Christopher drehte sich abermals um, als er ein leises und unnatürliches Pfeifen hörte. Es war ihm gelungen, an einem riesigen Felsbrocken hinaufzuklettern. Da er nicht genau wusste, welchen Weg er einschlagen sollte, beschloss er, so lange bergauf zu gehen, bis es nicht mehr höher ging. Anschließend wollte er wieder bergab gehen. Doch das seltsame Pfeifen ließ ihn innehalten. Christopher drehte sich gerade noch rechtzeitig um, um einen Lichtblitz zu sehen, der ihn zurückzucken ließ. Nur dieses Blitzen, als das Mondlicht mitten in der Luft von Metall reflektiert wurde, und die Tatsache, dass Christopher daraufhin zurückzuckte, verhinderten, dass sich der Pfeil in seine Brust bohrte. Stattdessen traf er neben ihm klirrend den Fels. Funken flogen, als die Metallspitze des Pfeils gegen den Fels prallte.

Christopher blickte den Berghang hinunter. Unterhalb von ihm befanden sich drei Personen, die alle schwarz gekleidet waren. Alle drei waren mit Pfeil und Bogen bewaffnet. Das Ganze wirkte surreal. Von seiner Warte erkannte Christopher, dass es sich um zwei Männer und eine Frau handelte. Ihre schwarze Bekleidung schien eine Art Uniform zu sein. Christopher rührte sich einen Moment lang nicht von der Stelle, da er vom schieren Aberwitz der Situation wie gelähmt war. Dann zog die Frau einen Pfeil hervor und legte ihn blitzschnell in ihren Bogen ein. Sie zog die Sehne zurück, und der Bogen krümmte sich wie eine Schlange, die zum Angriff übergeht. Christopher setzte sich wieder in Bewegung. Bergauf. Der Pfeil der Frau kam pfeifend auf Höhe seiner Füße angeflogen. Er erklomm einen weiteren Felsen und rannte.

Dieses Mal hörte Christopher sie – nicht nur das Geräusch ihrer Pfeile, die pfeifend durch die Nacht sausten, sondern auch das ihrer Füße, die über den Waldboden trampelten. Er hörte den Untergrund bei jedem ihrer Schritte knirschen, konnte sich aber nicht umblicken. Sie hielten mit ihm Schritt, wenn sie nicht sogar aufholten. Ein Pfeil sauste an seinem Ohr vorbei und schlug einen halben Meter vor ihm in einen Baumstamm. Einen Augenblick später passierte er den getroffenen Baum. Christopher lief im Zickzack, um ein schwierigeres Ziel abzugeben. Zu seiner Linken leuchteten weiße Felsen im hellen

Mondlicht. Vielleicht fand er eine Felsspalte, in der er sich verstecken konnte. Er drehte nach links ab, ohne dabei sein Tempo zu verringern.

Als Christopher plötzlich verschwand, teilten sie sich auf, um sicherzustellen, dass sie jeden Fluchtweg abgedeckt hatten. Ihnen war bewusst, sie konnten nicht zurückkehren, ohne den Job erledigt zu haben. Die anderen beiden brauchten sie nicht. Der Junge war ihr einziges Ziel, und er war irgendwo zwischen den Felsen verschwunden. Sonny rannte voraus, um die Felsen herum auf die andere Seite, um sämtliche Fluchtwege in diese Richtung abzuschneiden. Jesse blieb zurück, um dem Jungen aufzulauern, falls er wieder umkehrte. Damit blieb es Arnold überlassen, sich auf die Felsen zu wagen und zu versuchen, ihn aufzustöbern.

Auf den Felsen war es deutlich heller. Ohne Bäume schien der Mond frei herab und wurde von dem blanken Gestein reflektiert, wodurch der Eindruck entstand, als herrsche dauerhafte Dämmerung. Die Felsen waren steil. Pfade schlängelten sich durch Spalten im Fels. Arnold folgte ihnen, indem er vorsichtig einen Fuß vor den anderen setzte, als ginge er über einen Schwebebalken. Die Pfade waren so schmal, dass er den Arm ausstreckte und mit der Hand am Fels entlangfuhr, damit er sich festhalten konnte, falls er ausrutschte und das Gleichgewicht verlor. Damit wurde sein Bogen nutzlos, aufgrund seines Gewichts vielleicht sogar hinderlich, als er praktisch schutzlos an der nackten Felswand entlangging.

In den letzten Momenten seines Lebens fragte sich Arnold, warum er dort gelandet war, wo er sich befand. Er fragte sich, warum er nicht auf der anderen Seite stand und mit dem Jungen kämpfte, anstatt ihn in der Dunkelheit zu verfolgen. Er wusste, es lag nicht daran, dass er an den Krieg glaubte. An den Jungen glaubte er einfach noch weniger. Und Arnold war schlau genug, um sich darüber im Klaren zu sein, dass man nicht mehr tun konnte, als zu versuchen, den Gewinner zu ziehen, wenn man an gar nichts glaubte.

Ein hervorstehender Fels verengte den Pfad. Arnold konnte nicht einfach weitergehen wie zuvor. Er musste sich mit dem Bauch an den Fels schmiegen und die Füße voranschieben, vor allem dann, wenn er seinen Bogen nicht fallen lassen wollte. Der Höhenunterschied war nicht besonders groß, vielleicht zehn Meter, doch am Fuß der Felswand befanden sich etliche zerklüftete Felsen. Arnold blieb stehen und legte einen Pfeil an die Sehne. Mit einer flüssigen Bewegung schoss er den Pfeil wie eine Rakete auf einen Baum gegenüber von der Felswand und lauschte, ob ein Rascheln zu hören war. Er hoffte, der Junge habe den Pfeil womöglich gesehen und würde sich in Bewegung setzen, doch er hörte nichts, deshalb richtete er sich wieder auf und schob sich an dem hervorstehenden Fels vorbei.

Als er beinahe auf der anderen Seite angekommen war, spürte er, wie ihn eine Hand an der Schulter traf. Er drehte den Kopf. Es handelte sich nicht um eine Faust. Eine Faust war auch nicht nötig. Was Arnold spürte, war Christophers Handkante. Der Schlag tat nicht weh, doch Arnold spürte trotzdem die Kraft, die dahintersteckte. Seine Schulter wurde von der Felswand weggerissen, und er starrte Christopher, der auf der anderen Seite des hervorstehenden Felsens geduldig gewartet hatte, geradewegs in die Augen. Er fragte sich, welche Art von Spiel Christopher spielte, weshalb er ihn nicht fester geschlagen hatte, warum er ihn nicht getötet hatte, als sich ihm die Gelegenheit dazu bot. Dann wurde Arnold bewusst, dass sich seine Füße nicht mehr auf dem Felsvorsprung befanden. Und er fiel.

Christopher beobachtete, wie Arnold stürzte. Dann sah er

ihn auf den zerklüfteten Felsen aufschlagen. Arnold hätte den Sturz überleben können, wenn er anders gelandet wäre, doch das Glück war nicht auf seiner Seite. Nicht in dieser Nacht.

Arnold war es gelungen, auf dem Weg nach unten zu schreien, im Sterben einen letzten Klagelaut auszustoßen. Christopher war sich darüber im Klaren, dass sein Schrei die anderen alarmieren würde. Die einzige Versteckmöglichkeit an der Felswand hatte er bereits aufgebraucht, und selbst diese bot nur von einer Seite Schutz. Er ging nicht davon aus, dass die anderen den gleichen Fehler wie der Tote machen und ihm über die Felsen folgen würden. Stattdessen würden sie vermutlich am Fuß der Felswand Stellung beziehen und mit Pfeilen auf ihn schießen, bis einer davon sein Ziel traf. Deshalb tat Christopher das Einzige, was ihm einfiel: Er ging auf demselben Weg zurück, auf dem er gekommen war. Zumindest wusste er, dass er auf diese Weise wieder nach unten kommen würde.

Jesse wartete auf Christopher, als dieser von der Felswand herunterkletterte. Sie hatte Arnold im Fallen schreien hören, war dem Geräusch aber nicht gefolgt. Dafür war sie zu diszipliniert. Ihre Rolle bestand darin, diesen Fluchtweg zu versperren und sicherzustellen, dass Christopher nicht entkommen konnte – koste es, was es wolle. Also blieb sie halb hinter einem Baum verborgen stehen, ihren Bogen in der einen Hand, einen Pfeil mit Titanspitze in der anderen. Sie war in der Lage, in einer flüssigen Bewegung einen Pfeil anzulegen, die Bogensehne zu spannen und den Pfeil abzuschießen. Das Ganze dauerte nicht einmal zwei Sekunden, und sie traf trotzdem aus über sechzig Metern Entfernung ins Schwarze einer Zielscheibe. Pfeil und Bogen waren eine Waffe, die sich für diesen Krieg besonders gut eignete – nicht in Städten, aber im Wald war sie perfekt. Sie war effizient, und sie war leise. Deshalb hatte man sie geschickt:

wegen ihrer Effizienz und weil sie diskret waren. Jesse brachte ihre Atmung unter Kontrolle, presste sich mit dem Rücken gegen die kühle Baumrinde und wartete.

Zunächst nahm sie nur eine Bewegung wahr. Christopher war vorsichtig. Er gab sich alle Mühe, verborgen zu bleiben, und legte nur kurze Strecken zurück, ehe er sich in Spalten in der Felswand duckte. Jesse war beeindruckt. Zu beobachten, wie er sich an der riesigen Felswand entlangbewegte, war, als hätte man einen Schatten über den Fels tanzen sehen. Wenn Jesse irgendetwas anderes getan hätte, als zu warten und Ausschau zu halten, hätte sie Christopher womöglich gar nicht bemerkt. Doch sie sah ihn. Sie erhaschte einen einzigen Blick von einer Bewegung, und nachdem sie diesen Blick erhascht hatte, konnte sie ihr folgen. Jetzt gab es kein Entkommen mehr. Jetzt ging es nur noch darum, wann sie schießen sollte. Sie hatten Jesse und ihrem Team nicht die Anweisung gegeben, den Jungen lebend zu bringen. Sie hatten auch nicht nach seiner Leiche verlangt, sondern nur nach einem Beweis dafür, dass er tot war. Jesse nahm einen Pfeil und platzierte seine Nocke auf der Bogensehne. Dann zog sie die Bogensehne zwei bis drei Zentimeter zurück, gerade weit genug, um die Spannung spüren zu können.

Christopher rannte und wartete, rannte und wartete. Er hatte damit gerechnet, dass sie ihm hinterherlaufen würden, nachdem der Mann, den er von der Felswand gestoßen hatte, geschrien hatte, doch niemand kam. Insgeheim wünschte er, sie wären ihm gefolgt. Dann hätte er zumindest gewusst, womit er es zu tun hatte. Stattdessen rannte er und versteckte sich vor Schatten. Genau genommen wusste Christopher nicht einmal, wohin er laufen sollte, es sei denn, er fand Addy oder Max.

Jesse wartete, bis Christopher von der Felswand heruntergeklettert war. Sie wartete, bis er wieder den festen, geneigten Boden des steilen Berghangs unter den Füßen hatte. Er war nur etwa fünfzehn Meter von ihr entfernt, als sie hinter dem Baum hervortrat, die Bogensehne spannte und den Pfeil fliegen ließ.

Der Pfeil sauste an Christophers Kopf vorbei, verfehlte ihn nur um Zentimeter und blieb unmittelbar hinter ihm in einem Baumstamm stecken. Er hörte den Einschlag. Es handelte sich um ein dumpfes Geräusch, wie das einer Axt beim Holzhacken. Er versuchte, sich nicht vorzustellen, was dieser Pfeil mit seinem Schädel angerichtet hätte, wenn er von ihm getroffen worden wäre. Sein Instinkt war wegzulaufen, doch er beherrschte sich. Er beherrschte sich, weil er wusste, dass die Person, die den Pfeil abgeschossen hatte, ihn absichtlich verfehlt hatte. Er wusste, der nächste Pfeil würde ihn in den Hinterkopf treffen, wenn er wegrannte. Christopher wollte nicht sterben, und er wollte ganz sicher nicht auf diese Weise sterben. Deshalb rührte er sich nicht von der Stelle und starrte in die Richtung, aus der der Pfeil gekommen war.

Jesse hatte bereits einen neuen Pfeil an die Sehne gelegt, bevor ihr erster den Baum traf. Sie trat aus ihrem Versteck und zielte auf Christophers Brust. Sie hatte keinen Zweifel daran, dass sie den Pfeil abschießen würde, wollte Christopher jedoch zuerst aus geringerer Entfernung sehen. Sie wollte den Jungen sehen, solange er noch Luft in der Lunge hatte und auf eigenen Beinen stand. Er sah jung und verängstigt und trotzdem irgendwie gefährlich aus.

Christopher wollte etwas zu der Frau sagen, die mit einem Pfeil auf seine Brust zielte. Er wollte sagen, dass sie das nicht zu tun brauche. Er wollte ihr sagen, dass er es nicht wert war. Er wollte sie wissen lassen, dass er nicht das war, wofür ihn alle hielten. Er war nichts Besonderes. Obwohl der Wunsch vorhanden war, kamen die Worte nie. Zumindest nicht aus seinem Mund.

Über ihnen ertönte eine Stimme, tief und klangvoll wie die Stimme Gottes. »Lass den Bogen fallen«, befahl sie. Christopher wartete, bis die Frau den Blick in die Richtung wandern ließ, aus der die Stimme kam, bevor er ebenfalls hinsah. Über ihnen am Hang stand Max und richtete seine Pistole auf Jesse.

Christopher warf Max nur einen flüchtigen Blick zu, ehe er wieder die Frau ansah, die mit Pfeil und Bogen auf seine Brust zielte. Er glaubte, sie würde der Anweisung folgen, da er es für Wahnsinn hielt, nicht auf jemanden zu hören, der mit einer Pistole auf einen zielte. Doch Jesse ließ ihren Bogen nicht fallen. Sie machte keine Bewegung. Christopher fragte sich, was jemanden dazu brachte, sich so verrückt zu verhalten, wie es möglich war, dass es jemandem wichtiger war, einen fremden Menschen zu töten, als das eigene Leben zu retten. *Bitte lass den Bogen fallen*, dachte er, da er Angst hatte, die Worte auszusprechen. »Lass den Bogen fallen, dann lasse ich dich gehen«, sagte stattdessen Max zu der Frau. Er näherte sich ihr einen Schritt, ohne die Pistole sinken zu lassen. Christopher wusste, dass Max das ernst meinte. Ihm war klar, dass Max sie nicht erschießen wollte. Das war nicht Max' Art. Christopher sah wieder zu Jesse und überlegte, wie das Ganze wohl enden würde. Er konnte sich nur vorstellen, dass es kein gutes Ende nehmen würde.

Christopher starrte der Frau direkt in die Augen. Ihr Blick war kalt. Er sah sie nicht zucken. Er sah sie nicht einmal atmen, bevor der Schuss ertönte. Insgeheim hoffte er, dass Max etwas gesehen hatte, das ihm entgangen war. Christopher hörte einfach den Schuss und duckte sich auf den Boden, bevor er irgendetwas sah. Der Pfeil verfehlte ihn um nicht einmal drei

Zentimeter, aber er verfehlte ihn und verschwand hinter ihm in der Dunkelheit des Waldes. Christopher stand wieder auf und fragte sich, ob die Frau den Pfeil abgefeuert hatte, bevor oder nachdem Max auf sie geschossen hatte. Er fragte sich das, aber eigentlich wollte er es gar nicht wissen. Max stand bereits vor der Frau. Christopher ging zu ihm.

»Sie ist tot«, stellte Max fest.

Christopher erkannte an dem, was noch von dem Kopf der Frau übrig war, dass Max recht hatte. »Tut mir leid«, sagte er zu Max, als sie vor dem leblosen Körper der Frau standen.

»Was tut dir leid?«, fragte Max.

»Dass du sie meinetwegen töten musstest.«

»Entschuldige dich nicht für Dinge, die andere für dich tun«, sagte Max zu Christopher.

Dann hörten sie hinter sich einen Zweig brechen und drehten sich beide gleichzeitig um, wobei Max seine Pistole über Christophers geducktem Kopf herumschwang. Max feuerte einen weiteren Schuss ab, und eine weitere Person fiel zu Boden. Christopher wusste nicht, woher Max die Zeit genommen hatte, um zu zielen. Sonny kippte ohne großes Aufsehen nach hinten um.

»Scheiße«, flüsterte Max verärgert. Sonny lag regungslos da. Max und Christopher gingen zu ihm. Auch er atmete nicht mehr. »Weißt du, wo Addy steckt?«, fragte Max Christopher, während die beiden die zweite Leiche anstarrten.

»Sie ist dich suchen gegangen«, sagte Christopher.

»Ich habe sie nicht gesehen«, flüsterte Max.

»Zu wievielt waren sie denn?«

»Die beiden« – Max deutete mit seiner Pistole auf die beiden Toten – »und noch drei weitere.«

»Ich habe einen bei den Felsen getötet«, sagte Christopher und gab sich dabei Mühe, nicht stolz zu klingen.

»Okay, dann sind also noch zwei übrig. Möchtest du Addy suchen gehen?«

»Ich?«, fragte Christopher. Max' Frage verwunderte ihn.

»Ja, du«, entgegnete Max. »Du bist der Held. Du entscheidest.«

»Ich bin kein Held.«

»Das weiß ich schon«, sagte Max, »aber niemand glaubt mir, darum musst du trotzdem entscheiden.«

»Gut. Dann lass uns gemeinsam zurückgehen und Addy suchen.«

Zweiundzwanzig Schritte. Christopher hatte mitgezählt. So weit kamen sie, wobei Max hinter Christopher ging, bis Christopher abermals etwas in der Luft an sich vorbeizischen hörte. Er sah nichts, sondern hörte nur das Surren. Dann hörte er ein anderes Geräusch, das dem Geräusch glich, mit dem der Pfeil in den Baumstamm eingeschlagen war, nur weicher und feuchter. Christopher drehte sich zu dem Geräusch um. Der Pfeil ragte aus Max' Hals heraus. Seine Hand war nach oben zu dem Pfeil geschnellt und bereits blutverschmiert. Selbst im fahlen Mondlicht sah Christopher, wie rot Max' Blut war, und erstarrte. Er sah, wie Max die Lippen bewegte und versuchte, etwas zu sagen, doch das Loch in seinem Hals sorgte dafür, dass er keinen Ton herausbrachte. Stattdessen hob Max seine Pistole und zielte damit auf Christopher. Er betätigte den Abzug, und Christopher sah ein paar Zentimeter neben seinen Füßen Erde aufwirbeln. Dann wurde ihm bewusst, was Max ihm damit zu verstehen geben wollte: *Lauf weg*. Also rannte Christopher los.

Er lief vor den Pfeilen davon, denselben Weg zurück, auf dem sie gekommen waren. Als er an Max vorbeilief, traf diesen ein zweiter Pfeil in der Brust. Christopher lief schneller. Er hörte Schritte, die ihm folgten. Als er abbog, bogen die Schritte ebenfalls ab. Ihm war bewusst, dass es sich um die Schritte von zwei Personen handelte. Er hörte, wie sie sich trennten und einander wieder näherten, als sie Bäumen auswichen, und konzentrierte sich allein darauf, so schnell zu laufen, dass keiner seiner beiden Verfolger Zeit hatte, um stehen zu bleiben und einen weiteren Pfeil abzuschießen. Dieser Plan hatte jedoch kein Ziel. Es gab kein Entkommen. Nur Flucht.

Carl und Bill blieben Christopher auf den Fersen und gaben sich alle Mühe, ihn wie zwei Jagdhunde zu hetzen, bis er irgendwann ausrutschen würde und sie sich auf ihn stürzen konnten. Die beiden wussten, dass sie als Einzige übrig geblieben waren, dass sie die Einzigen waren, die diese Mission zu einem Erfolg machen konnten.

Christopher bog abermals ab, ohne sich sicher zu sein, wohin er lief, ohne sich sicher zu sein, ob er nicht im Kreis lief. Er konzentrierte sich allein darauf, nicht zu stolpern. Er flog durch die Dunkelheit, wie er es in den Wäldern zu Hause in Maine stundenlang trainiert hatte. Dann hörte er plötzlich die Schritte einer dritten Person, obwohl eigentlich nur noch zwei hätten übrig sein dürfen. Zuerst glaubte er, Max habe sich getäuscht, was die Zahl ihrer Verfolger anbelangte. Dann hörte er ein Krachen und das Geräusch von Körpern, die durch Blätterwerk preschten und Zweige abbrachen.

Anschließend hörte Christopher nur noch die Schritte einer Person, die ihm folgte. Er überlegte, was er als Nächstes tun sollte, und lief absichtlich in einem großen Bogen. Die Schritte blieben hinter ihm. Es dauerte fast fünf Minuten, bis er wieder an der Stelle ankam, wo er das Krachen gehört hatte. Sein Herz schien explodieren zu wollen. Er wusste nicht, wie lange er schon rannte, aber es kam ihm vor wie eine Ewigkeit. Seine Kraft war fast aufgebraucht, doch glücklicherweise brauchte er nicht mehr viel.

Christopher sah ihr Haar – ihr neues Haar – wie eine Flamme in der Dunkelheit leuchten. Sie sprang hinter einem Baum hervor, als er vorbeilief. Sie hielt etwas in den Händen. Christopher drehte sich um und sah zu, wie Addy den Pfeil nahm, den sie aus einem Baumstamm gezogen hatte, und Carl damit aufspießte, wobei sie dessen Wucht und Geschwindigkeit gegen ihn verwendete. Es handelte sich um denselben Pfeil mit Titanspitze, den sie auch benutzt hatte, um Bill die Kehle aufzuschlitzen, nachdem sie sich von einem Felsvorsprung auf ihn gestürzt hatte. Der Pfeil drang unter dem Brustbein in Carl ein, durchbohrte ihn und kam an seinem Rücken wieder heraus. Christopher wandte den Blick ab und versuchte, wieder zu Atem zu kommen. Es dauerte ein paar Minuten, bis Carl tot war. Christopher und Addy warteten. Aus irgendeinem Grund hatte Christopher bei Addy ein weniger schlechtes Gewissen, dass er sie dazu gebracht hatte, jemanden zu töten, als er es bei Max gehabt hatte. Auch Addy selbst hatte kein schlechtes Gewissen.

Als Carl tot war, gingen Christopher und Addy zurück zu Max' Leiche, in der drei Pfeile steckten. Addy bückte sich, hob Max' Pistole auf und wischte sie ab. Dann steckte sie sie in die Hosentasche.

»Was nun?«, fragte Christopher Addy, während er die Leiche des zweitbesten Freundes anstarrte, den er jemals gehabt hatte.

»Es wird Zeit, damit aufzuhören davonzulaufen«, sagte Addy. Ihre Worte klangen bestimmt, doch ihr Gesichtsausdruck wirkte traurig.

»Was ist denn die Alternative?«, fragte Christopher. Er wusste, dass nach Hause zurückzukehren keine war.

Addys Gesicht und Schultern waren mit dem Blut der Männer gesprenkelt, die sie getötet hatte. Ihre Schultern hoben sich bei jedem Atemzug. »Kämpfen«, sagte sie.

ACHTZEHNTES KAPITEL

»Ich wollte das alles nicht«, sagte Christopher zu Addy. Er bekam das Bild nicht aus dem Kopf, wie Max blutüberströmt im Wald stand und ein Pfeil aus seinem Hals ragte. »Ich wollte nicht, dass jemand für mich stirbt. Ich möchte nur ein normales Leben führen.«

»Erstens: Ein normales Leben gibt es nicht, also vergiss es«, erwiderte Addy. Die beiden standen irgendwo in den Bergen des Bundesstaats Washington am Straßenrand. Addy hatte ihr Telefon in der Hand. Sie waren einige Zeit gefahren und hatten versucht, eine Stelle zu finden, an der sie genügend Empfang hatte, um im Internet etwas nachzusehen. Sie hielt das Telefon über ihren Kopf, dann warf sie abermals einen Blick auf das Display und war sichtlich verärgert. »Außerdem bekommt niemand, was er will, und diejenigen, die es bekommen, wollen sofort etwas anderes.« Addy schlug mit ihrem Telefon dreimal in ihre freie Hand, als könnte sie es mit Gewalt dazu bewegen, Empfang zu haben. »Wir müssen näher an eine Stadt ran – oder zumindest an einen Sendemasten.«

»War es das, was du immer gemacht hast, wenn Max und ich nicht wussten, wo du steckst? Hast du auf deinem Telefon irgendwas im Internet nachgesehen?«

»Das ist nicht nur irgendwas im Internet.«

»Was ist es dann?«

»Das ist die Website der Aufstands.«

»Ich habe keine Ahnung, was es damit auf sich hat«, entgegnete Christopher.

»Manche von uns haben es einfach satt, ständig davonzulaufen und sich zu verstecken. Uns ist klar, dass die Welt für diesen

Krieg zu klein geworden ist. Entweder das, oder der Krieg ist zu groß geworden. Man kann sich nirgends mehr verstecken.«

»Und was habt ihr dann vor? Kämpfen, um einen Krieg zu stoppen? Das ergibt doch keinen Sinn. Und überhaupt, was hat irgendwas von alledem mit mir zu tun?«

Addy sah Christopher an. Er erkannte, dass ihr langsam Zweifel kamen, ob er tatsächlich etwas so Besonderes war, wie sie – aus welchen Gründen auch immer – geglaubt hatte. Max' Tod hatte einiges verändert. »Wir haben es auf Max' Art versucht, und das hat ihn das Leben gekostet. Jetzt versuchen wir es auf eine andere Art. Was der Aufstand damit zu tun hat? Du gibst den Anhängern des Aufstands den Mut zu kämpfen. Du darfst sie nicht enttäuschen.«

»Ihr seid doch alle bescheuert«, sagte Christopher. »Ich werde nicht zulassen, dass meinetwegen noch jemand stirbt.«

Addy steckte ihr Telefon wieder in die Hosentasche, ging zu Christopher und deutete mit einem Finger auf sein Gesicht. »Lass uns eine Sache klarstellen«, sagte sie zu ihm. »Max ist nicht deinetwegen gestorben. Er war kein Märtyrer. Er ist für dich ein Risiko eingegangen, aber er ist gestorben, weil er ein bisschen zu langsam war und ein klein wenig Pech hatte.« Addys Fingerspitze war nur wenige Zentimeter von Christophers Nase entfernt. »Menschen werden kämpfen, und Menschen werden sterben, ob du mich begleitest oder nicht. Die einzige Frage ist, ob sie mit ein wenig Hoffnung kämpfen und sterben oder nicht.«

»Ich bin nicht derjenige, für den du mich hältst«, protestierte Christopher und wünschte sich, Max wäre noch da gewesen, um ihm zustimmen zu können.

»Doch, der bist du«, sagte Addy. Sie entfernte sich von Christopher und ging zurück zum Wagen. »Du weißt es nur noch nicht.«

»Was hast du vor, wenn du diese Website irgendwann aufrufen kannst?«, rief ihr Christopher hinterher.

Addy ging zur Fahrertür des Wagens. »Ich werde alle Unterstützer des Aufstands wissen lassen, dass du am Leben bist und dass du genau so bist, wie es sich jeder Einzelne von ihnen erträumt hat. Und jetzt steig in das verdammte Auto«, befahl sie Christopher.

NEUNZEHNTES KAPITEL

»Du bist wo?«, fragte Evan. Er schob die Jalousie beiseite und warf einen Blick aus dem Fenster, um nachzusehen, ob die Fremden noch immer da draußen waren und ihn beschatteten. Er sah sie nicht, was allerdings kein Trost für ihn war. Manchmal wollten sie gesehen werden, manchmal nicht.

»Ich bin mir nicht ganz sicher. In Oregon, glaube ich.« Christopher hatte den Überblick verloren. Sie hatten eine Menge Zeit damit verbracht, sich voranzubewegen und dann wieder auf demselben Weg zurückzufahren. Er wusste nicht genau, ob es sich dabei um eine Vorsichtsmaßnahme von Addy handelte oder um eine Verzögerungstaktik.

»Das ist ja verrückt«, sagte Evan und ließ die Jalousie wieder los.

»Ich weiß«, flüsterte Christopher in sein Telefon. Addy schlief. Christopher wollte vor ihr geheim halten, dass er Evan angerufen hatte. »Anscheinend halten mich diese Leute für eine Art Helden.«

»Dann sei ein Held«, sagte Evan zu Christopher, der darauf nichts erwiderte. Er erzählte Evan nichts von Max. Er erzählte

Evan nichts von den Pfeilen und dem Blut. »Wohin fahrt ihr denn? Ich würde auch gern hinkommen. Ich würde mich gerne mit euch treffen. Nach allem, was wir zusammen durchgemacht haben, kannst du das jetzt doch nicht alleine durchziehen.«

Christopher zögerte, da er wusste, dass er im Begriff war, einen Fehler zu begehen, doch dann beging er ihn trotzdem. »Ich glaube, wir fahren nach Los Angeles, aber ich bin mir nicht sicher. Ich werde versuchen, es rauszufinden, dann gebe ich dir Bescheid.«

ZWANZIGSTES KAPITEL

Evan befand sich im Flughafen-Terminal und wartete darauf, dass die Passagiere seines Flugs aufgefordert wurden, an Bord zu gehen. Er gab sich alle Mühe, sich im Hintergrund zu halten, ohne dabei Verdacht zu erregen. Die meiste Zeit stand er in der Nähe des Fensters, starrte hinaus auf die Flugzeuge und verbarg sein Gesicht vor allen anderen, die sich am Flughafen aufhielten. Trotzdem löste er hin und wieder den Blick vom Fenster und sah sich im Terminal um, ob ihn jemand beobachtete. Er war sich ziemlich sicher, dass ihm niemand gefolgt war. Selbst wenn sie ihm von Maine aus gefolgt waren, hätte er sie inzwischen höchstwahrscheinlich abgeschüttelt gehabt. Er hatte jeden Trick angewendet, den er und Christopher als Jugendliche eingeübt hatten. Er war mit dem Auto gefahren. Er hatte den Zug genommen. Er war wesentlich weiter als nötig zu Fuß gegangen. Potenzielle Verfolger hatte er fehlgeleitet, indem er mehr als einmal die falsche Richtung eingeschlagen hatte und dann heimlich umgekehrt und auf demselben Weg zurückgegangen war. Dabei hatte er niemals jemanden hinter sich bemerkt. Keine einzige Person.

Er hatte Christophers Anweisungen befolgt, hatte alles getan, was Christopher ihm aufgetragen hatte, und trotzdem war er nervös. Das Flugticket hatte er mit der Kreditkarte gekauft, die Christopher von unten an den Schreibtisch in seinem Zimmer geklebt hatte. Evan hatte dort sogar zwei Karten gefunden und die Klebereste gespürt, wo sich eine dritte, bereits entfernte, befunden hatte. Er hatte geglaubt, fast alles über Christopher zu wissen, doch von den Kreditkarten hatte er nichts gewusst. Die beiden Kreditkarten, die Evan fand, waren auf zwei verschiedene Namen ausgestellt, keiner davon Christophers Name. Er hatte keine Ahnung, ob sie gestohlen oder gefälscht waren. Solange sie funktionierten, war ihm das allerdings auch egal.

Evans Flug wurde aufgerufen. Er blickte sich ein letztes Mal um und vergewisserte sich erneut, dass er unbeobachtet war. Ihm war bewusst, dass das seine letzte Chance war, um einen Rückzieher zu machen. Er ging auf die Frau zu, die die Tickets einsammelte, und reichte ihr seines. Dabei gab er sich Mühe, ruhig zu wirken. Er gab sich Mühe, den Anschein zu erwecken, als täte er das nicht zum ersten Mal, obwohl es das erste Mal war. Nicht nur das Davonlaufen und die gestohlenen oder gefälschten Kreditkarten waren neu für Evan – er stieg auch zum ersten Mal in seinem Leben in ein Flugzeug.

Evan trat durch das Gate und ging den kurzen Gang zum Flugzeug entlang. Es handelte sich um einen Direktflug von Boston nach Los Angeles. Christopher hatte ihm noch einmal bestätigt, dass er tatsächlich nach L.A. unterwegs war. Er wusste zwar nicht, wohin genau, doch er und Evan gingen davon aus, dass sie miteinander in Kontakt treten konnten, sobald sie beide den Boden derselben Stadt unter den Füßen hatten.

Christopher protestierte, doch Evan wusste, Christopher wollte, dass er kam. Er wusste, sie beide hatten seit ihrer Kindheit für den Krieg trainiert, von dem Christopher ständig sprach, worum auch immer es dabei gehen mochte. Evan wollte sich von Christopher nicht genau zu dem Zeitpunkt abservieren lassen, wenn es anfing, interessant zu werden. Nicht nach allem, was sie in den vergangenen siebzehn Jahren gemeinsam erlebt hatten.

Evan fand seinen Sitzplatz, einen Fensterplatz im hinteren Bereich des Flugzeugs, und warf einen letzten Blick auf sein Telefon, ehe er es für die Dauer des Fluges ausschaltete. Nichts. Keine neue Nachricht von Christopher. Evan spürte seinen Magen durchsacken, als die Maschine die Startbahn entlangraste und vom Boden abhob. Er starrte zum Fenster hinaus, während die Stadt Boston unter ihm immer kleiner und kleiner wurde. Das Flugzeug kreiste einmal, bevor es sich horizontal ausrichtete und Evan freie Sicht nach Maine im Norden hatte. Von so weit oben in der Luft sah er nur dichten Wald, durch den sich wie Adern einige Straßen zogen.

Evan schlief nicht während des Fluges. Er sah sich auch keinen Spielfilm an. Er tat nichts anderes, als durchs Fenster die Wolken anzustarren.

EINUNDZWANZIGSTES KAPITEL

Christopher und Addy befanden sich in einem Motelzimmer außerhalb von Fresno. Ihr Wagen war fast unmittelbar vor der Tür zu ihrem Zimmer geparkt. Das Neonlicht des Motelschilds fiel durchs Fenster und tauchte alles in ein sattes Rot.

Am nächsten Tag wollten sie endlich in Los Angeles ankommen. Addy hatte bei Christopher eine Veränderung wahrgenommen, seit sie ihm ihr Ziel verraten hatte. Ihr gefiel, was sie sah. Sie war sich nicht ganz sicher, glaubte jedoch, dass Christopher langsam akzeptierte, wer er war.

Christopher hatte Addy noch immer nicht von Evan erzählt, da er nicht wusste, wie er es tun sollte. Er hielt es nicht für besonders sinnvoll, es ihr zu sagen, solange Evan noch nicht in L.A. angekommen war. Christopher freute sich darauf, seinen Freund zu sehen. Er vermisste Max. Addy mochte er, doch irgendetwas verhinderte jede Art von Freundschaft zwischen ihnen. Das spürte er jedes Mal, wenn Addy ihn ansah. Sie sah nie ihn. Sie sah immer etwas anderes, etwas, was er nicht war. Wenn Christopher Addy ansah, sah er nur das Feuer ihres Haars und ihr Gesicht, das mit dem Blut anderer Menschen gesprenkelt war. Sie hatte ihm das Leben gerettet, aber selbst das hatte sie einander nicht nähergebracht.

»Du und Max, wart ihr jemals ein Paar?«, wollte Christopher von Addy wissen. Er lag auf einem der Betten. Sie stand hinter einer Schranktür, und zog sich vorm Schlafengehen um. Die Kleidungsstücke, in denen Addy schlief, unterschieden sich kaum von denen, die sie untertags trug. Sie schlief in einer schwarzen Stretch-Hose und einem grauen T-Shirt. *Du musst immer auf sie gefasst sein*, hatte sie Christopher erklärt, *selbst wenn du schläfst.*

»Nein«, entgegnete Addy und fügte mit mehr als nur einem Anflug von Traurigkeit in der Stimme hinzu: »Max und ich waren immer nur Freunde.«

»Ich vermisse ihn«, gestand Christopher.

»In meinem Leben ist nie jemand lange geblieben«, sagte Addy, anstatt ihm zuzustimmen.

»Aber du glaubst, wir können das ändern?«, fragte Christopher, dem noch immer nicht klar war, worum genau es beim Aufstand ging.

Addy trat hinter der Schranktür hervor. Dieses Mal trug sie ein weißes Unterhemd anstelle ihres üblichen T-Shirts. In dem roten Schein, der durchs Fenster hereinfiel, sah Christopher, wie sich ihre Brustwarzen durch den Stoff abzeichneten. »Steh auf«, befahl ihm Addy.

Christopher erhob sich. Als er stand, kam sie auf ihn zu, nahm sein Gesicht in die Hände und zog es näher an ihres heran. Dann küsste sie ihn sanft auf die Lippen. Der erste Kuss dauerte nur eine Sekunde. Dann zog sie ihn abermals zu sich und küsste ihn fester. Als sich ihre Lippen voneinander lösten, standen beide da und sahen sich in die Augen. Doch dort war nichts, und dessen waren sie sich bewusst. Aus egoistischen Gründen wünschten sie sich beide, es hätte dort etwas gegeben, doch der Wunsch allein genügte nicht, um es herbeizuführen.

»Ja«, sagte Addy zu Christopher und gab sich dabei große Mühe, zumindest einen kleinen Funken Hoffnung in ihren Tonfall zu legen. »Ich glaube, das werden wir ändern.«

ZWEIUNDZWANZIGSTES KAPITEL

Umut saß vor dem Café und trank in kleinen Schlucken seinen Tee, der heiß und süß war. Er rührte in seinem Glas und sah zu, wie sich die letzten Stückchen Zucker im Kreis drehten, bevor sie sich in der Hitze auflösten. Die Männer, die hinter Umut saßen, begleiteten ihre Backgammon-Partie mit Geschrei und Gelächter. Umut lauschte nicht ihrer Unterhaltung. Ihm gefielen die Geräusche des Spiels: das

Rasseln der Würfel, wenn sie im Becher geschüttelt und anschließend auf das Spielbrett geworfen wurden, das Klicken der Steine, wenn sie bewegt wurden, die Stimmen der Spieler, wenn sie sich gegenseitig verspotteten, und natürlich das Lachen.

Umut rollte die Schultern. Seine Rückenmuskulatur war verspannt. Sein Ausflug ins Badehaus an diesem Morgen – der erste seit Monaten – hatte nichts dazu beigetragen, die Spannung in seinem Körper zu lösen. Er beobachtete, wie eine weitere Fähre ablegte. Diese fuhr den Bosporus weiter hinauf, ehe sie auf die asiatische Seite von Istanbul übersetzte. Auf der Fähre wimmelte es von Menschen. Die Passagiere füllten den Innenbereich und strömten nach draußen zu den Bänken, die sich an beiden Seiten der Fähre aneinanderreihten. Umut zählte nur drei Frauen in Burkas. Die große Mehrheit trug modische Kleidung, wie man sie aus amerikanischen Fernsehsendungen kannte. Umut fragte sich, wie viele von den Frauen in Burkas wohl in Üsküdar von Bord gehen würden. Er fragte sich, ob er und die anderen herausstechen würden, wenn sie später am selben Tag ebenfalls in Üsküdar von Bord der Fähre gehen würden. Jeder der fünfzehn von ihnen würde mit einer anderen Fähre ankommen, doch sie würden alle Burkas tragen, um ihr Gesicht zu verbergen sowie die Tatsache, dass es sich bei elf von ihnen um Männer handelte. Umut hatte seine Burka am Vormittag anprobiert. Er hatte sich vor den Spiegel gestellt und sich darin betrachtet. Er war am Spiegel vorbeigegangen, leicht gebeugt, um seine Größe zu vertuschen, und hatte festgestellt, wie effektiv die Verkleidung war. Dann hatte er sich die Pistolen und die Messer umgeschnallt, die er später an der Brust und an den Beinen tragen würde. Die Burka bot reichlich Platz zum Verbergen von Waffen, sogar für Umut, der sich angeboten hatte, die doppelte Anzahl an Waffen zu tragen, damit er sich in Üsküdar mit Tor Baz, dem Afghanen, treffen und diesen ebenfalls mit Waffen ausstatten konnte. Tor Baz war zu groß, um sich als Frau verkleiden zu können, doch er war ein tapferer Kämpfer, der in dieser Schlacht unverzichtbar war.

Bei der Burka-Verkleidung handelte es sich um einen alten Trick, der in einer verwestlichten Stadt wie Istanbul jedoch im Begriff war, seinen Nutzen zu verlieren. Je weniger Burkas getragen wurden, desto größer war die Wahrscheinlichkeit, dass einem jemand in die Augen sah und zu früh erkannte, dass er Angst haben sollte. Trotzdem zählten Umut und seine Kämpfer darauf, dass die Finte noch einmal funktionierte. Wenn alles nach Plan lief, würden sie alle unabhängig voneinander die Meerenge überqueren und dann gemeinsam das Informationszentrum attackieren, alle in Schwarz gehüllt wie rachsüchtige Geister und bis an die Zähne bewaffnet, und nur ihre Augen würden ihre Furchtlosigkeit erkennen lassen.

Umut beobachtete, wie eine weitere Fähre anlegte. Die Passagiere gingen von Bord, und ihre Blicke richteten sich vorbei an Umut auf die Brunnen und die Türme um die Hagia Sophia. Umut liebte diese Stadt. Wie schade, dass sie es tun mussten. Als Umut einen weiteren Schluck von seinem Tee trank, ging zufällig ein Freund an ihm vorbei. »Umut«, sagte der Freund. Umut erhob sich, um ihn zu umarmen. »Darf ich mich zu dir setzen?«, fragte der Freund.

»Natürlich«, entgegnete Umut und bestellte beim Besitzer des Cafés mit einem Handzeichen einen weiteren Tee. Bei Umuts Freund handelte es sich um einen Unschuldigen, zumindest soweit Umut wusste. Er war einer der wenigen Unschuldigen, mit denen Umut jemals Freundschaft geschlossen hatte. Die beiden hatten sich beim Feilschen um Lebensmittel kennengelernt. Umut freute sich, seinen Freund zu sehen. Er wollte den Krieg für ein paar Stunden vergessen und die Zeit genießen. Dann musste er nach Hause gehen und sich vorbereiten.

»Was führt dich hierher, Umut?«, erkundigte sich sein Freund, während er Zuckerwürfel in seinen Tee fallen ließ.

»Ich beobachte gern die Fähren«, entgegnete Umut und deutete aufs Wasser. Umuts Freund lachte über diesen kindlichen Zeitvertreib, doch Umut schämte sich nicht dafür.

Umut hatte jegliches Zeitgefühl verloren, als der Ruf zum Mittagsgebet ertönte. Er erhob sich nicht von seinem Stuhl, sondern sang lautlos die Worte mit, die in der ganzen Stadt aus Lautsprechern erklangen. Falls er den Tag überleben sollte, würde er sich die Füße waschen, eine Moschee betreten und beten. Bis dahin setzte Umut seine ganze Hoffnung in den Jungen und war fest entschlossen, ihm entweder in den Himmel oder in die Hölle zu folgen, falls zwischen den beiden überhaupt ein Unterschied bestand.

DREIUNDZWANZIGSTES KAPITEL

Sie skandierten seinen Namen, mindestens fünfzig Personen. Christopher hatte noch nie in seinem Leben etwas Vergleichbares gehört. Es faszinierte ihn, machte ihm aber gleichzeitig Angst. »Wenn sie einen einzelnen Jungen nicht aufhalten können«, rief Dutty in die Menge, die an seinen Lippen hing, »wie wollen sie dann eine ganze Bewegung aufhalten?« Das Gebäude bebte beinahe, als die Anwesenden mit den Füßen aufstampften und Duttys Rufe erwiderten. Dutty hatte über zwanzig Minuten lang gesprochen. Christopher stand vor den Blicken der Anwesenden verborgen da, konnte Dutty aber sehen, während dieser sprach. Er fragte sich, wie jemand so lange reden und seine Zuhörer allein mit Worten derart in Ekstase versetzen konnte. Nur zu gern hätte er einen Blick in die Menge geworfen, die sich jedoch nicht in seinem Blickfeld befand. Er sah nur Dutty, Addy und Evan. Hören konnte er die Menge allerdings. Er hörte sie seinen Namen rufen. Christopher war von der lautstarken Begeisterung so fasziniert, dass er sich kaum mehr als ein paar Sätze von dem merken konnte, was Dutty sagte, doch das war nicht weiter schlimm. Seine Rede war ohnehin nicht an Christopher gerichtet. Sie war an die Menge gerichtet. Es ging darin *um* Christopher.

Die einzige Person im Raum, die über Duttys Rede und die Reaktion der Zuhörer womöglich noch mehr schockiert war als Christopher, war Evan. Alles, was Christopher ihm erzählt hatte, erwies sich als wahr. Evan hatte sich nie eingestanden, dass er Christophers Geschichte nicht glaubte, doch in seinem tiefsten Inneren war ihm alles viel zu verrückt erschienen, um wahr zu sein. Dann war Christopher mit der attraktiven Rothaarigen am Flughafen aufgetaucht, und der Irrsinn war ihm nach und nach weniger verrückt vorgekommen. Evan hatte unzählige Fragen an seinen alten Freund, doch die mussten warten. Fürs Erste versuchte Evan nur, alles zu verarbeiten. Er lauschte Dutty. Er lauschte den Worten, die Dutty der Menge entgegenrief, und obwohl Evan an diesem Kampf nicht beteiligt war, gefiel ihm, was er hörte. Ihm gefiel die Botschaft, man solle sein Schicksal selbst in die Hand nehmen. Ihm gefiel die Botschaft, man solle keine Angst haben. Und er hörte, wie sein Freund – sein verrückter, besessener, einzelgängerischer, erfolgloser Freund – letzten Endes allen zeigte, wo es langging. Für Evan fühlte es sich richtig an. Er verstand kaum etwas davon, doch es fühlte sich alles richtig an. Mit einem Mal erschien all die Zeit gerechtfertigt, die Christopher und er gemeinsam damit verbracht hatten, den Kampf gegen unbekannte Feinde zu trainieren. Es hatte den Anschein, als würde sich all das Vertrauen auszahlen, das Evan in Christopher gesetzt hatte, als niemand in seinem Umfeld der Meinung gewesen war, Christopher habe überhaupt Vertrauen verdient. Verdammt noch mal, sie skandierten Christophers Namen! Sie ließen Christopher hochleben, und Evan nahm seinen natürlichen Platz neben seinem Freund ein.

»Soll ich ihn holen?«, rief Dutty in die Menge, die daraufhin in Jubel ausbrach. Fünfzig Personen klangen wie tausend.

Für Christopher war es nicht einfach gewesen, Addy dazu zu bringen zuzustimmen, dass er Evan mit ins Boot holte. Sie sagte ihm, Evan gehöre nicht dazu, sei kein Teil des Krieges, und Christopher würde das Leben seines Freundes unnötig gefährden. Christopher bestritt nichts von alledem, drohte jedoch damit, das Weite zu suchen, falls Addy nicht nachgab. Addy wusste, dass er nicht bluffte. Sie wusste außerdem, dass er keine zwei Wochen überleben würde, wenn er allein das Weite suchte. Also trafen sie sich mit Evan in Venice Beach, wo sich dieser bereits seit zwei Tagen aufhielt. Eine Nacht hatte er am Strand geschlafen, die andere in einem billigen Motelzimmer. Er hätte beinahe den Glauben verloren. Beinahe.

»Wollt ihr den Beweis für euren bevorstehenden Sieg kennenlernen?«, rief Dutty der Menge zu. Addy erinnerte sich, einmal gelesen zu haben, dass Rockbands warteten, bis die Zuschauer am Rande einer Massenrebellion waren, bevor sie die Bühne betraten, da Menschen angeblich zu keinem anderen Zeitpunkt begeisterungsfähiger sind. Duttys Frage löste absolute Hysterie aus. Der Lärm war so groß, dass Addy befürchtete, er könne aus dem Gebäude hinaus- und die Straße hinunterwandern, bis irgendjemand darauf aufmerksam wurde und sich fragte, was da vor sich ging.

Dutty blickte von der Bühne zu Christopher hinüber. Dutty war ein kräftig gebauter Mann. Er war groß und breitschultrig, seine Haut war braungebrannt, und sein schwarzes Haar wuchs in Wellen nach hinten. Er winkte Christopher und signalisierte ihm, er solle aus seiner dunklen Nische hervortreten und sich der Menge stellen. Christopher zögerte einen Augenblick. Er hatte das Gefühl, jeden Moment in einen Abgrund zu stürzen, aus dem er sich nie wieder würde befreien können. Dutty gab Christopher abermals ein Zeichen und nickte ihm zu, als wolle er ihm sagen, dass das seine Bestimmung war, dass das seine Aufgabe war. Christopher brachte jedoch noch immer nicht den Mut auf, um aus eigenen Stücken vorzutreten. Das war allerdings auch gar nicht nötig: Ohne sich auch nur anzusehen, streckten Addy und Evan gleichzeitig den Arm aus und schoben ihn sanft in Duttys Richtung. Dabei berührten sich ihre Finger.

Christopher stolperte beinahe, als er auf Dutty zuging, schaffte es jedoch, das Gleichgewicht zurückzuerlangen, bevor er stürzte. Er machte zwei zögerliche Schritte vorwärts, dann blieb er auf halbem Weg zu Dutty stehen. Ehe er sich weiter näherte, drehte er den Kopf und warf einen Blick in die Menge. Als die Anwesenden Christopher sahen, begannen sie zu grölen, und Fäuste wurden gereckt. Was ihnen an zahlenmäßiger Stärke fehlte, machten sie durch Begeisterung wett. Die Menge war bunt gemischt, wobei überproportional viele der Anwesenden jung zu sein schienen, die meisten von ihnen ungefähr in Addys Alter. Ein paar ältere stachen heraus. Abgesehen von ihrem Alter repräsentierten die Anwesenden einen beinahe perfekten Querschnitt der Menschen draußen auf der Straße.

»Du hast es fast geschafft«, flüsterte Dutty Christopher zu, um ihn dazu zu bewegen, näher zu kommen. Als Christopher nahe genug war, streckte Dutty den Arm aus und packte ihn fest am Handgelenk. Dann hob er den Arm über den Kopf, wodurch er Christopher näher zu sich zog. Christopher löste den

Blick nicht von der Menge, die jeden Schritt bejubelte, den er auf Dutty zuging.

»Sprich zu uns!«, rief jemand aus der Menge, als Christopher und Dutty nebeneinander standen. »Sprich zu uns!«, echote ein anderer. Im Raum kehrte Stille ein, da alle darauf warteten, dass Christopher etwas sagte. Sie verlangten nicht nach einer Rede, sondern wollten ihn nur sprechen hören.

»Mach schon«, sagte Dutty zu ihm. Christopher trat einen Schritt auf die Menge zu, unschlüssig, was er sagen sollte, unschlüssig, ob er überhaupt in der Lage war, etwas zu sagen. Die Stille dauerte an. Christopher fragte sich, wann sie enden würde. Er fragte sich, wann sie merken würden, dass er nichts von Bedeutung zu sagen hatte. Dutty trat von hinten näher an ihn heran. Christopher spürte seine Präsenz. Die beiden hatten früher am Tag miteinander gesprochen, allerdings nur ganz kurz. Dutty wollte keine Zeit verlieren. Er wollte Christopher seinen Leuten so schnell wie möglich präsentieren. Er sagte Christopher, sie hätten später die Gelegenheit, sich zu unterhalten. Dann wandte sich Dutty an Addy und sagte: »Mir war sofort klar, dass du etwas Besonderes bist, als sie mir von dir erzählten, Addy. Mir war klar, dass du etwas Besonderes für uns tun würdest.«

Bei Christopher machte sich Nervosität breit, dass sich die Menge möglicherweise gegen ihn wenden würde, wenn er nicht das Richtige sagte. Dann flüsterte ihm Dutty ins Ohr: »Sag ihnen einfach, dass du einer von ihnen bist. Mehr wollen sie gar nicht hören.«

Die Stille dauerte an. Die Menge wartete noch immer darauf, dass Christopher etwas sagte. Alle hatten das Gefühl, lange Zeit auf diesen Moment gewartet zu haben – genau genommen ihr ganzes Leben. Deshalb waren sie auch bereit, noch ein paar Minuten länger zu warten. Christopher hustete und räusperte sich. Er warf einen Blick auf die Anwesenden, sah in ihre Gesichter. Ihre Blicke trafen sich mit seinem. »Achtzehn Jahre lang…«, sagte Christopher schließlich. Ihm fehlte der Mut, so laut zu sprechen, wie Dutty es getan hatte, doch das war auch gar nicht nötig. Die Stille, die herrschte, wirkte wie ein Verstärker. »Achtzehn Jahre lang hatte ich keine Ahnung, wer ich bin. Aber jetzt weiß ich es.« Christopher wollte den Anwesenden eigentlich noch sagen, dass er einer von ihnen sei, wie Dutty es ihm nahegelegt hatte, doch dazu hatte er keine Gelegenheit mehr. Der Jubel, in den die Anwesenden ausbrachen, nachdem Christopher ihnen einfach nur gesagt hatte, er wisse jetzt, wer er sei, übertönte jedes weitere Wort.

Dutty trat neben Christopher, nahm seine Hand und zog sie abermals siegesbewusst und trotzig nach oben. »Und jetzt geh und lern sie kennen«, sagte Dutty zu Christopher. Inzwischen flüsterte er nicht mehr, doch Christopher wusste, dass bei dem Getöse der Menge ohnehin niemand anders hören konnte, was er sagte. »Das sind deine Leute.« Dann zog Dutty Christopher zur Menge. Als sie sich näherten, teilte sich die Menge und bildete in der Mitte eine Gasse für sie. Sobald sie in die Menge traten, schloss sich diese wieder um sie. Einige streckten die Hände aus, um Christopher zu berühren. Sie drängten nicht nach vorne. Sie bedrängten ihn nicht. Sie streckten einfach die Hände aus, um mit den Fingern über seine Haut zu streichen, um ihn an den Schultern zu berühren. Im Raum wurde es wieder still, beinahe unheimlich still. Christopher gab sich Mühe, jedem in die Augen zu sehen. Er wollte sich jedes Gesicht einprägen, doch es waren einfach zu viele. Dann meldete sich einer aus der Menge zu Wort: »Ich bin Ryan.« Christopher sah den Mann an. Er war klein, blond und etwa dreißig Jahre alt und hatte auffallend blaue Augen. Als Christopher ihn ansah, lächelte er. »Ich heiße Sarah«, rief eine andere Stimme, und als Christopher den Kopf drehte, sah er eine Frau Anfang vierzig mit dunklem Teint und dunklem lockigem Haar. »Ich bin Patrick«, rief ein großer Mann mit rötlichem Haar und Sommersprossen. Die Älteren stellten sich zuerst vor, als hätten sie ein Vorrecht zu sprechen, doch die Jüngeren taten es ihnen gleich. »Ich heiße Jennifer«, rief eine schwarze Frau mit kurzgeschorenem Haar. Als Christopher Blickkontakt mit ihr aufnahm, liefen ihr Tränen über die Wangen. »Ich bin Michelle«, verkündete eine andere Frau. »Ich bin Steve.« Christopher blieb stehen. Er stand in der Mitte der Menge, umringt von Menschen, von denen ihm einer nach dem anderen seinen Namen zurief. Christopher sah ihnen dabei ins Gesicht, ohne ein Wort zu sagen. Mehrere weinten, als Christopher sie ansah. »Warum weinen sie denn?«, fragte er Dutty flüsternd, während sein Blick von Gesicht zu Gesicht wanderte.

»Weil das ihre echten Namen sind«, flüsterte Dutty zurück. »Die meisten von ihnen haben ihren echten Namen seit Jahren nicht mehr benutzt.«

Es dauerte fast zwanzig Minuten, bis alle Christopher ihren Namen zugerufen hatten. Ein paar streckten abermals die Hand aus und streiften ihn sanft mit den Fingerspitzen. Ein Schwarzer, der auf die fünfzig zuging und die mit Abstand älteste Person im Raum war, trat einen Schritt vor, um Christopher die Hand zu schütteln. Er stellte sich als Brian vor, und als die beiden sich die Hand gaben, streckte er seine freie Hand ebenfalls aus und legte sie über die von Christopher. »Ich kannte deinen Vater«, sagte Brian. Christopher wollte darauf etwas erwidern, doch Dutty schob ihn stetig durch die Menge voran, bis jeder die Gelegenheit gehabt hatte, ihn zu begrüßen.

Anschließend stieß Christopher wieder zu Addy und Evan. Dutty führte die drei aus dem Gebäude. Er kannte die Geheimnisse und wusste, dass man der Menge nicht zu viel von Christopher präsentieren durfte, noch nicht. »Das war echt irre«, flüsterte Evan Christopher zu, als sie hinter Dutty die menschenleere Straße in L.A. entlanggingen. Addy ging neben Dutty ein kurzes Stück vor ihnen.

In all den Jahren, seit sie sich kannten, war Christopher nie so froh gewesen, Evan an seiner Seite zu haben. Max hatte sich alle Mühe gegeben, dafür zu sorgen, dass Christopher auf dem Boden der Tatsachen blieb, doch nur Evan konnte ihm dabei helfen, inmitten des Wahnsinns die Ruhe zu bewahren. »Total verrückt«, entgegnete Christopher. Er fühlte sich schon allein deshalb besser, weil jemand bei ihm war, der ihm bestätigte, dass es sich bei dem Wahnsinn tatsächlich um Wahnsinn handelte.

»Du bist für diese Leute wie ein Gott«, stellte Evan fest. In seiner Stimme schwangen Verwirrung und Ehrfurcht mit.

Christopher warf Addy und Dutty einen Blick zu und hoffte, dass sie Evan nicht gehört hatten. Entweder hatten sie ihn tatsächlich nicht gehört, oder sie ignorierten ihn einfach. »Wie du gesagt hast«, erwiderte Christopher, »das war echt irre.«

VIERUNDZWANZIGSTES KAPITEL

Letzten Endes stiegen sie zu viert in einen Bus und fuhren zu einem Apartment in Santa Monica, das nur fünf oder sechs Häuserblocks vom Strand entfernt war. »Ihr drei übernachtet heute hier«, teilte Dutty ihnen mit. Das kleine Apartment befand sich in der ersten Etage eines zweistöckigen Gebäudes. Im hinteren Teil der Wohnung gab es ein Schlafzimmer mit einem Fenster, das zur Straße hinausführte. Das vordere Zimmer war mit einer kleinen Kochnische, einer Ausziehcouch und einem Fernseher ausgestattet. »Der Fernseher funktioniert nicht, aber ihr solltet hier in Sicherheit sein, solange ihr dafür sorgt, dass Christopher das Apartment nicht verlässt.«

»Ist das deine Wohnung?«, erkundigte sich Addy.

»Ich halte mich hier manchmal auf«, entgegnete Dutty, »aber heute kann ich woanders übernachten. Zu viert würde es hier drin ganz schön eng werden. Sobald sich die Wogen geglättet haben, bringe ich euch in eines von unseren Gebäuden. Ich glaube nicht, dass sie dort jetzt schon dafür bereit sind. Wenn wir Christopher jetzt hinbringen, bekommen wir nie was zustande.«

»Was wollen wir denn zustande bringen?«, fragte Christopher.

»Besorgen wir uns erst mal was zu essen, dann können wir uns drüber unterhalten«, schlug Dutty vor und sah Christopher in die Augen. Christopher bemerkte den Unterschied zwischen Duttys Blick und den Blicken der anderen. Dutty hatte im Gegensatz zu den anderen keine Ehrfurcht vor Christopher.

»Ist Dutty eigentlich dein wirklicher Name?«, fragte Christopher.

Dutty lächelte. »Ich habe mich nach dem haitianischen Priester, der den ersten Sklavenaufstand in der Neuen Welt prophezeit hat, Dutty genannt und werde nie wieder auf einen anderen Namen hören. Und jetzt gehe ich mal los und besorge uns was zu essen.«

»Also, wie sieht der Plan aus?«, wollte Addy von Dutty wissen, als sie mit dem Essen fertig waren. Dutty und Evan hatten ihre

Burritos hinuntergeschlungen. Addy hatte die Hälfte von ihren gegessen. Christopher hatte seine kaum angerührt.

»Wir sollten bald zuschlagen, solange die Begeisterung noch groß ist. Alle müssen erfahren, dass Christopher nicht nur am Leben ist, sondern dass er Dinge verändert hat.« Dutty sah Christopher an. »Die Leute, die du heute kennengelernt hast, sind nur eine kleine Auswahl. Überall auf der Welt warten noch viel mehr Menschen gespannt darauf, was du tun wirst. Also werde ich dir sagen, was du meiner Ansicht nach tun solltest.«

»Okay«, entgegnete Christopher. Er war sich nicht sicher, ob er dazu überhaupt eine Meinung hatte.

»In Nevada, unmittelbar außerhalb des Death Valley, gibt es eine Informationszelle. Wir wissen, wo sie sich befindet. Einer von den Leuten, die du heute kennengelernt hast, hat früher dort gearbeitet. Sie liegt im Niemandsland. In der Umgebung gibt es fast gar nichts.«

»Und?«

»Ich denke, wir sollten sie zerstören.«

»Was soll das heißen, ›zerstören‹?«

»Ich denke, wir sollten sie angreifen. Ich denke, wir sollten ihnen zeigen, dass wir kämpfen können. Dass wir mehr draufhaben als Gerede. Es ist Zeit zu handeln. Stimmt's, Addy?« Dutty sah die Person im Zimmer an, die er für seine Verbündete hielt.

»Und womit sollen wir sie angreifen? Mit Pistolen? Mit Panzern? Wie soll das funktionieren?« Christopher blickte sich um, ob außer ihm noch jemand verwirrt war.

»Er hat recht, Christopher. Du bist hierhergekommen, um nicht mehr davonlaufen zu müssen, richtig? Tja, die einzige Alternative zum Davonlaufen ist zu kämpfen«, erklärte Addy.

»Und wenn du dabei wärst, um uns anzuführen«, sagte

Dutty zu Christopher, »überleg dir mal, welche Botschaft das in alle Welt aussenden würde. Wir verfügen über die Feuerkraft. Wir können die Pläne schmieden. Du brauchst nur das Kommando zu übernehmen. Die Zelle befindet sich mitten im Nirgendwo. Uns bleibt mindestens eine Stunde, bevor ihre Verstärkung eintrifft. Wir müssen nur ein Zeichen setzen, also kämpfen wir eine Stunde lang und machen uns dann aus dem Staub.«

»Und die Leute, die dort arbeiten?«, fragte Christopher. Er warf Evan einen Blick zu, der schweigend dasaß, mit offenem Mund zuhörte und zu begreifen versuchte, was sich vor seinen Augen abspielte.

»Wenn sie abhauen, dann lassen wir sie abhauen. Wenn sie bleiben und kämpfen wollen, dann kämpfen wir gegen sie. Wir sind alle Kinder dieses Krieges, Christopher. Wir wissen, wie man kämpft.«

»Wenn du derjenige bist, der die Idee und den Plan hat, wie kann ich dann der Anführer sein?« Christopher sah Dutty fragend an, doch Addy antwortete an seiner Stelle.

»Weil der Anführer nicht die Person mit der Idee und dem Plan ist. Der Anführer ist derjenige, dem die anderen folgen.«

Dutty lachte kurz auf, dann verstummte er. »Und, bist du dabei?«, wollte er von Christopher wissen.

»Ich bin dabei«, sagte Evan zur Überraschung aller. Christopher sah ihn an. Er wollte Evan nicht in das Ganze mit hineinziehen, war sich jedoch bewusst, dass er Evan selbst entscheiden lassen musste. Außerdem wollte er Evan gerne an seiner Seite haben, wenn er kämpfte.

»Also wenn das so ist…«, begann Christopher und verstummte dann.

»Zwei Tage«, sagte Dutty und hielt zwei Finger hoch. »Ich

brauche zwei Tage, um alles zu arrangieren. Dann treten wir in Aktion.«

Christopher fühlte sich müde. Alles passierte so schnell. Er betrachtete die Gesichter der Leute im Zimmer. Dutty wirkte zufrieden. Addy wirkte enthusiastisch. Evan wirkte verängstigt. Christopher selbst wirkte einfach nur müde.

»Ich lasse euch drei jetzt allein, damit ihr euch ein bisschen ausruhen könnt«, sagte Dutty und brach dann auf.

FÜNFUNDZWANZIGSTES KAPITEL

Als Addy Evan zum ersten Mal küsste, tat sie das nur, um herauszufinden, ob es sich bei ihm anders anfühlte als bei Christopher. Sie wollte wissen, ob das leere Gefühl, das sie empfunden hatte, als sie Christopher küsste, an ihm oder an ihr selbst lag. Sie hatte es nicht geplant. Es passierte einfach. Sie und Evan machten einen Spaziergang auf dem Santa Monica Pier. Christopher hatte das mehr oder weniger von ihnen verlangt. Er fühlte sich schuldig und meinte, nur weil es gefährlich sei, wenn er nach draußen ginge, bräuchten sie beide nicht in dem kleinen Apartment eingepfercht bleiben. Sie waren erst einen Tag da, doch es fühlte sich bereits viel länger an, und sie gingen vor nervöser Energie beinahe an die Decke. Einige hätten behauptet, der Plan sei bereits seit Jahren, vielleicht sogar seit Jahrzehnten im Entstehen, doch für die drei würde alles in einem Tag losgehen – was auch immer dieses alles war.

Die Nacht war dunkel, doch der Pier wurde von den Lampen der Verkaufsstände erleuchtet. Addy und Evan kauften sich ein Eis. Das Riesenrad warf verrückte, wirbelnde Lichtmuster in den Himmel. Auf dem Pier herrschte reges Treiben. Evan und Addy kamen an spielenden Bands und tanzenden Menschen vorbei, von denen manche für Trinkgeld tanzten, andere zur Musik. Die Musik wurde vom Geräusch des Meeres untermalt, das auf der anderen Seite des weißen Sandstrands brandete und schäumte. Und von dem Gelächter, den Freudenschreien der Leute in den Fahrgeschäften. All das sorgte dafür, dass Addy sich jung fühlte, als sei sie die Sechzehnjährige, die sie in Wirklichkeit nie sein durfte, da sie zwei Wochen vor ihrem sechzehnten Geburtstag gesagt bekam, dass die Welt ein schrecklicher Ort und niemand jemals in Sicherheit sei. Doch an diesem Abend hatte sie Evan bei sich, und Evan war so jung und unschuldig, dass sie sich jünger und freier fühlte, als sie sich seit langem gefühlt hatte. Ihr war wie bei einem ersten Date.

»Komm, lass uns mal die Wassertemperatur testen«, sagte Addy zu Evan, nachdem sie ihr Eis gegessen hatten. Sie gingen gerade an einer Bauchtänzerin vorbei, die mit den Hüften wackelte und die Rasseln schüttelte, die sie sich um den Bauch gebunden hatte.

»Hm?«, machte Evan. In dem ganzen Getöse konnte er Addy kaum hören.

»Lass uns die Schuhe ausziehen, zum Strand runtergehen und die Füße ins Wasser halten, um zu testen, wie kalt es ist.« Addys Stimme war voller Feuer.

Evan war ganz schwindelig. Er fragte sich, wie er mit dieser seltsamen Frau an diesem seltsamen Ort gelandet war. Er fragte sich, ob Christopher Addy mochte, ob zwischen den beiden etwas gewesen war. Christopher hatte Evan gegenüber nichts erwähnt, doch er erzählte generell selten etwas. Evan überlegte, ob er Addy begleiten sollte, ob er seine Schuhe ausziehen und mit ihr ins Wasser gehen sollte, doch er hätte gar nicht nein sagen können, auch wenn er gewollt hätte. »Okay«, entgegnete er.

Also folgten sie dem Geräusch des Ozeans, zogen die Schuhe aus und betraten den Strand. Addy spürte den kühlen Sand zwischen den Zehen, als ihre Füße darin einsanken. Dann rannte sie los. Sie rannte zum Wasser. Evan brauchte einen Augenblick, um zu begreifen, was vor sich ging. Dann rannte er ebenfalls los. Er holte Addy genau in dem Moment ein, als ihre Füße in eine kleine heranrollende Welle platschten. Sie drehte den Kopf zu Evan. Er wirkte ängstlich und unschuldig. Das spielte ebenfalls eine Rolle. Hätte er nicht so ängstlich gewirkt, hätte sie es vielleicht gar nicht getan. Doch das war der Grund, warum sie beschloss, dass sie es wissen musste. Lag es an ihr oder an Christopher? War sie für immer verloren, oder hatte sie noch eine Chance? Also ging sie auf Evan zu und küsste ihn. Es war ein langer Kuss, lang genug, um den Moment auszufüllen. Als er zu Ende war, wusste Addy, es lag nicht an ihr. Sie war noch immer in der Lage, das zu empfinden, was man empfinden sollte, wenn man jemanden zum ersten Mal küsste, was auch immer das war – Erregung gemischt mit Schwindel gemischt mit Verzweiflung. Sie sah Evan an. Sie wusste, es lag nicht an ihr, und sie wusste, sie wollte mehr.

Evan war immer noch ängstlich, als sie zurück zu dem Apartment stolperten. Er fürchtete sich vor dem, was als Nächstes passieren würde, und noch mehr vor dem, was aufgrund dessen danach passieren würde. Am meisten fürchtete sich Evan jedoch vor der verrückten rothaarigen Frau, die in Kriegen kämpfte, sich Rebellionen anschloss und Fremde verführte. Er hatte zu große Angst, um auch nur zu versuchen, sie zu stoppen. Das hieß allerdings nicht, dass er sie stoppen wollte. Das wollte er nicht.

Die beiden schlichen sich an Christopher vorbei, der auf der Couch eingeschlafen war, und blieben einen Moment stehen, um zu sehen, ob ihn das Geräusch der Tür wecken würde. Als er sich nicht bewegte, schlüpften sie ins Schlafzimmer wie junge Eltern auf der Suche nach einer Gelegenheit für einen intimen Moment, ohne dabei ihre schlafenden Kinder zu wecken. Evan war keine Jungfrau mehr. Er hatte mehrere Freundinnen und ein paar One-Night-Stands gehabt, doch dieses Mal war es etwas anderes. Er hatte sich noch nie so überwältigt gefühlt.

Sie waren leise, so leise, wie es ging. Trotz ihrer Bemühungen wachte Christopher auf, bevor sie fertig waren. Er hörte sie durch die dünne Schlafzimmertür, sagte jedoch nichts und unterbrach die beiden nicht. Ihm war bewusst, er hätte ins Zimmer stürmen und schreien und seinen besten Freund und die Frau bloßstellen können, die ihn verehrte, aber gleichzeitig dafür hasste, dass er nicht derjenige war, den sie verehrte. Ihm war bewusst, dass er die Macht besaß, doch er wollte sie nicht benutzen. Er hatte keine Ahnung, was er wollte. Deshalb drehte er den Lauten, die durch die Schlafzimmertür drangen, den Rücken zu und versuchte einzuschlafen.

Dutty tauchte am nächsten Tag wieder auf. Niemand verlor ein Wort darüber, was in der vergangenen Nacht geschehen war. Nicht einmal Addy und Evan sprachen miteinander darüber. Der Bann, unter dem Addy sich befunden zu haben schien, löste sich mit Sonnenaufgang.

»Und, seid ihr bereit?«, fragte Dutty die drei, wenngleich für ihn nur Christophers Antwort eine Rolle spielte. »Wir treten heute Abend in Aktion.«

»Meine Bereitschaft wird nicht größer, wenn ich noch länger hier rumsitze«, erwiderte Christopher.

SECHSUNDZWANZIGSTES KAPITEL

Maschinengewehrfeuer hallte durch die Wüstennacht. Die Wüste ließ Dunkelheit nicht zu. In der Wüste gab es keine Schatten, die nötig waren, um Licht zu verschlucken. Deshalb sah Christopher alles, selbst die Dinge, die er lieber nicht gesehen hätte.

An dem Überfall waren dreißig Leute beteiligt. Fast alle von ihnen trugen Schusswaffen – ein Durcheinander aus halbautomatischen Waffen und Jagdgewehren. »Gott schütze Amerika«, sagte Dutty, als er die Waffen austeilte. Letzten Endes bekamen nur die Fahrer keine Waffe. Zu dreißigst zwängten sie sich in fünf Fahrzeuge. Vom ramponierten, fensterlosen Lieferwagen bis zum hochmodernen Geländewagen war alles dabei. Gemeinsam fuhren sie von Los Angeles los, doch laut Plan wollten sie sich nach dem Überfall in drei Gruppen aufteilen. Christopher, Addy und Evan würden mit Dutty und ungefähr zehn anderen nach L.A. zurückkehren. Die eine Hälfte der übrigen wollte sich auf den Weg nach Las Vegas machen, die andere Hälfte würde nach Texas fahren.

Christopher, Addy, Evan und Dutty fuhren in einem der Geländewagen mit, zusammen mit dem Fahrer und einer Frau spanischer Herkunft, die etwa in Addys Alter war. Die Fahrt dauerte über sechs Stunden. Während der ersten paar Stunden sagte niemand etwas. Addy und Evan saßen nebeneinander, wobei sich ihre Schultern berührten. Christopher fiel auf, dass sich die beiden näher waren als nötig, er glaubte aber nicht, dass das außer ihm noch jemandem aufgefallen war. Er war sich nicht einmal sicher, ob es Addy und Evan überhaupt selbst bemerkten. Es wirkte völlig natürlich. Der Fahrer und die spanischstämmige Frau warfen Christopher immer wieder verstohlene

Blicke zu und sahen dann schnell wieder weg, wenn er sie dabei ertappte. In den ersten zwei Stunden gaben sie sich alle Mühe, irgendwohin zu blicken und nur nicht zu Christopher, was ihnen allerdings nicht gelang. Das war besonders peinlich, da die spanischstämmige Frau unmittelbar neben Christopher saß. Der Fahrer warf ihm im Rückspiegel so häufig einen Blick zu, dass Christopher sich Sorgen machte, er könnte die Straße aus den Augen verlieren.

»Wie heißt ihr beiden denn?«, fragte Evan schließlich den Fahrer und die spanischstämmige Frau, nachdem das Schweigen längst in die Absurdität abgedriftet war.

»Ich heiße Kevin«, entgegnete der Fahrer und winkte schüchtern in den hinteren Bereich des Wagens.

»Ich bin Soledad«, antwortete die Frau.

»Ich bin Evan«, erklärte Evan den beiden. Kevin und Soledad fingen an zu lachen. »Was ist denn so witzig?«, fragte Evan und errötete leicht.

»Wir wissen, wer du bist«, sagte Soledad. »Wir wissen, wer ihr alle seid.« Sie warf Christopher abermals einen verstohlenen Blick zu, als sie das sagte.

»Habt ihr das gehört, Leute?«, fragte Evan laut. »Wir sind berühmt!« Diesmal lachten alle, auch Christopher.

»Auf der Website habe ich manchmal mit einer Soledad gechattet«, sagte Addy. Das war zwar nicht als Frage formuliert, verlangte aber trotzdem nach einer Antwort.

»Das war ich«, erwiderte Soledad mit einem breiten Lächeln. »Ich wollte nichts sagen, falls du dich nicht mehr an mich erinnerst.«

»Ich erinnere mich«, sagte Addy. »Ich erinnere mich an alle, die auf dieser Seite mit mir gechattet haben. Ihr habt mir alle Hoffnung gemacht. Danke.«

»Nichts zu danken«, erwiderte Soledad. »Ich hoffe, ich kann genauso viel für die Bewegung tun, wie du getan hast.« Sie warf Christopher einen weiteren verstohlenen Blick zu. Er schenkte ihr ein mattes Lächeln, dann drehte er sich weg und starrte zum Fenster hinaus, während sie fuhren. Jeder von ihnen hatte eine Pistole auf dem Schoß oder zwischen den Füßen auf dem Boden liegen.

Die Mitarbeiter der Informationszelle in der Wüste setzten sich zur Wehr. Sie verfügten selbst über ein Waffenarsenal. Ihre Waffen waren größer und besser als die der Revolutionäre. Genau das tat man, wenn man mitten in der Wüste abgekapselt war – man besorgte sich große Schusswaffen; man besorgte sich Handgranaten; man bereitete sich auf einen Angriff vor. Die Revolutionäre besaßen nur ihre provisorische Mischung aus Schusswaffen und Molotowcocktails. Doch die Revolutionäre verfügten über zahlenmäßige Stärke. Am Anfang hieß es dreißig gegen sieben.

Bei der Informationszelle handelte es sich um das einzige Gebäude weit und breit in der Wüste, umgeben von nichts als Sand und Felsen. Sie hielten mit ihren fünf Fahrzeugen darauf zu und teilten sich dann auf, indem sie auf dem festgedrückten Boden um das Gebäude herumfuhren. Dann blieben sie stehen wie die fünf Spitzen eines Sterns mit dem Gebäude in der Mitte. Der Geländewagen, in dem Christopher, Evan, Addy, Dutty, Soledad und Kevin saßen, hielt an der Vorderseite des Gebäudes. Kevin ließ den Motor des Wagens laufen und den Gang eingelegt, damit er schnell reagieren konnte, falls sie sich überraschend in Bewegung setzen mussten. Er tat das offenbar nicht zum ersten Mal, dachte Christopher, als er ihn beobachtete und sich fragte, welchen Job er im Krieg wohl hatte und warum Dutty ausgerechnet ihn als seinen Fahrer ausgewählt hatte, als Christophers

Fahrer. Sobald der Wagen stand und im Leerlauf lief, öffnete Kevin das Schiebedach. Christopher warf einen Blick auf die anderen beiden Fahrzeuge, die nicht von dem Gebäude verdeckt waren. In einem der Fahrzeuge richtete sich eine Person durch das geöffnete Schiebedach auf und nahm ihr Gewehr in Anschlag. Aus dem anderen Fahrzeug, einem Lieferwagen, stiegen zwei Personen aus und positionierten sich mit ihren Gewehren auf beiden Seiten des Wagens. Christopher vermutete, dass dieser nicht über ein funktionierendes Schiebedach verfügte. Dutty stellte sich in ihrem Wagen in das offene Schiebedach. Als Erstes legte er sein Gewehr aufs Autodach, dann beugte er sich noch einmal ins Wageninnere und griff nach einem batteriebetriebenen Megafon.

Die Sekunden vor dem ersten Kommando schienen sich ewig hinzuziehen. Christopher warf einen Blick auf die anderen Insassen des Geländewagens und fragte sich, was in aller Welt sie hier eigentlich taten. Die Unternehmung war blanker Wahnsinn. Soledad und Kevin. Er kannte die beiden kaum, wusste aber, dass sie ihre Gründe hatten. Sie waren nicht nur seinetwegen hier. Dann fiel sein Blick auf Evan. Sein Freund hatte eine Pistole in der Hand, und Christopher war sich sicher, dass Evan wusste, wie man diese benutzte; sie hatten zusammen Schießen trainiert, da Christopher Evan dazu überredet hatte. Ihn überkam plötzlich das Bedürfnis, Evan nach Hause zu schicken. Er wollte nicht mit ansehen müssen, wie Evan einen Pfeil umklammerte, der aus seinem Hals ragte. Obwohl Christopher wusste, dass es zu spät war, war er drauf und dran, etwas zu sagen. Bevor er jedoch die Gelegenheit dazu hatte, ertönten das Kreischen des Megafons und ein einzelnes Kommando: »Jetzt!«

Die Eröffnung bestand nur aus eine Reihe von Gewehrschüssen, die das Gebäude von der Seite treffen sollten. Sie wurden von allen fünf Fahrzeugen auf die Außenwände abgegeben. In dem Moment, in dem die Schüsse fielen, startete jeder der Fahrer seine Stoppuhr. Eine Stunde. Sie hatten eine Stunde, bevor sie in die Nacht davonrasen würden. Wie lange eine einzige Stunde dauern kann, wenn jede Sekunde eine Ewigkeit dauert, lässt sich nur schwer beschreiben.

Nach der ersten Salve hörte Christopher das Megafon abermals knistern. »Wir haben es nur auf das Gebäude und den Inhalt des Gebäudes abgesehen. Niemand muss verletzt werden. Das ist keine leere Drohung. Das ist kein Spiel. Christopher führt uns an. Und wir sind darauf vorbereitet zu kämpfen.« Keiner von ihnen wusste, mit welcher Art von Antwort sie zu rechnen hatten, doch die Antwort, die sie bekamen, überraschte sie. Aus dem Gebäude kam etwas herausgeflogen und landete rechts von Christopher nur ein kleines Stück neben dem Lieferwagen. Dann explodierte der Gegenstand. Blut spritzte auf die Seitenwand des Lieferwagens, als einer der beiden Männer, die ihn flankierten, zu Boden sackte. Christopher war sich nicht sicher, aber es hatte den Anschein, als würde sich die Person auf dem Fahrersitz des Lieferwagens ebenfalls nicht mehr bewegen. Die Granatsplitter durchsiebten die Seitenwand des Lieferwagens, doch es ließ sich nicht beurteilen, ob die Personen darin zu Schaden gekommen waren. Dann ertönten Schüsse. Sie schossen nicht, um eine Botschaft zu übermitteln, sondern ganz gezielt.

Kevin stieg sofort aufs Gaspedal, als Maschinengewehrfeuer neben ihrem Geländewagen den Sand aufwirbeln ließ. Er ergriff allerdings nicht die Flucht, sondern fuhr auf das Gebäude zu. Dutty ließ sein Megafon fallen und nahm stattdessen sein Gewehr in die Hand. Sein Oberkörper ragte noch immer aus dem

Schiebedach heraus, und er feuerte wahllos auf das Gebäude, während der Geländewagen schlingernd darauf zufuhr.

»Wir müssen rausfinden, von wo aus sie schießen und wo sich der Granatwerfer befindet!«, rief Soledad mit beinahe unheimlicher Gelassenheit. »Und wir müssen aus dem Auto raus! Hier drin geben wir ein zu großes Ziel ab!« Die anderen fünf Fahrzeuge verloren sie schnell aus den Augen. Sie wussten nicht einmal, ob der Lieferwagen, der beinahe von einer Granate getroffen worden wäre, überhaupt noch fahrbereit war.

Dutty stellte das Feuer ein und duckte sich in den Geländewagen. »Wenn Kevin anhält, müssen wir uns alles schnappen, was hinten drin ist, und uns sofort in Bewegung setzen!«, schrie er. Die Molotowcocktails. Jedes der Fahrzeuge hatte Dutzende davon geladen. Verglichen mit einem echten Granatwerfer wirkten sie jetzt allerdings beinahe lächerlich. Kevin stieg plötzlich aufs Bremspedal, und der Geländewagen kam mit blockierenden Rädern zum Stehen. Sie öffneten die Türen und kletterten geduckt aus dem Wagen. Christopher hörte Gewehrfeuer, konnte jedoch nicht beurteilen, woher es kam. Es hatte den Anschein, als käme es aus allen Himmelsrichtungen. Soledad und Dutty rannten hinter den Geländewagen, öffneten die Heckklappe und luden zwei Kisten mit Molotowcocktails aus. Als die Kisten draußen waren, trat Kevin sofort wieder aufs Gaspedal und fuhr davon.

»Wo fährt er hin, verdammt?«, rief Christopher Dutty zu.

»Wir können nicht riskieren, den Wagen zu verlieren«, rief Dutty zurück. »Wir haben nur eine Stunde Zeit. Wenn die Stunde um ist, brauchen wir ein Auto, um von hier zu verschwinden, oder wir sind alle erledigt.« Dutty zündete den Lappen an, der aus einer der alten Whiskeyflasche heraushing, und schleuderte die Flasche auf das Gebäude. Sie explodierte, bevor sie überhaupt gegen das Gebäude prallte, wobei Benzin auf eine Außenwand spritzte. Binnen Sekunden stand diese Seite des Gebäudes in Flammen. Das Feuer erlosch bald wieder, doch die Molotowcocktails wirkten plötzlich nicht mehr so lächerlich. Dutty reichte Christopher einen und zündete ihn an. Christopher warf ihn hoch in die Luft, und er fiel auf das Dach des Gebäudes. Flammen schossen in den Himmel.

Christopher hörte abermals Gewehrfeuer, und zwar nicht nur das Krachen eines Gewehrs, das abgefeuert wurde, sondern auch das dumpfe Geräusch von Kugeln, die um ihn in den Boden einschlugen. Er blickte gerade noch rechtzeitig auf, um zu sehen, wie eine Linie von Staubexplosionen geradewegs auf Evan zulief, der mit Addy und Soledad bei der anderen Kiste mit Molotowcocktails stand. Christopher hob den Kopf und sah für den Bruchteil einer Sekunde das Mündungsfeuer des Gewehrs eines Mannes, der hinter einem der obersten Fenster der Informationszelle stand. Der Mann betätigte den Abzug seiner automatischen Waffe, und die Kugeln kamen Evan immer näher. Christopher hob instinktiv seine Pistole und zielte auf das Mündungsfeuer. Dann drückte er ab. Die Schüsse verstummten. Evan drehte sich nicht einmal zu Christopher um. Niemand – weder Addy noch Soledad noch sonst irgendjemand – schien bemerkt zu haben, was passiert war. Oder vielleicht war allen klar, dass sie keine Zeit hatten, sich darum zu kümmern. Christopher holte tief Luft, bückte sich und nahm eine weitere mit Benzin gefüllte Whiskeyflasche in die Hand.

Bald stellte sich heraus, dass zumindest ein paar von den anderen Fahrzeugen ebenfalls Erfolg hatten. Es dauerte nicht lange, bis das gesamte Gebäude in Flammen zu stehen schien. Dann ging die Haupttür an der Vorderseite des Gebäudes auf, und ein Mann kam herausgelaufen. Christopher wartete, bis er sehen konnte, ob der Mann bewaffnet war oder ob er sich ergab. Doch der Mann rannte und hielt irgendetwas in der Hand. Er kam nur ungefähr zwanzig Schritte weit, bis er niedergestreckt wurde. Christophers Blick folgte der Schusslinie, und er fürchtete, Evan mit einer rauchenden Pistole in der Hand zu sehen, doch sein Blick fiel stattdessen auf Soledad, die neben Evan stand, ihre Pistole in Schulternähe. Einen Sekundenbruchteil zuvor hatte sie den Abzug betätigt. *So viel dazu, dass wir sie abhauen lassen*, dachte Christopher.

Die Eingangstür stand jetzt offen, und sie gingen zu fünft – Dutty, Christopher, Addy, Evan und Soledad – vorsichtig darauf zu. Sie waren nicht einmal die ersten Rebellen, die in das Gebäude eindrangen; Mitfahrer anderer Fahrzeuge waren ihnen zuvorgekommen. Sie mussten einen anderen Eingang entdeckt haben, denn kurz nachdem Christopher das Gebäude betreten hatte, sah er jemanden aus seinen eigenen Reihen leblos auf dem Boden liegen, die Brust blutüberströmt. Der Lärm legte sich. Die Explosionen hörten auf. Jemand musste den Granatwerfer außer Gefecht gesetzt haben.

Im Inneren des Gebäudes war es heiß. Das Feuer hatte sich ausgebreitet. Eine Etage über ihnen ertönte eine weitere Salve Gewehrschüsse. »Wir sollten verschwinden«, flüsterte Soledad, als sie die Hölle betraten, die sie selbst erschaffen hatten. »Das Gebäude wird einstürzen, und das kann niemand verhindern.«

»Uns bleiben noch zehn Minuten«, entgegnete Dutty. »Vergewissern wir uns, dass niemand mehr hier ist, den wir rausholen könnten.« Also gingen sie weiter.

Sie stießen auf drei weitere Leichen – ein Toter aus ihren eigenen Reihen und zwei Feinde. Die Geräusche waren inzwischen fast ganz verstummt. Sie hörten nur das Prasseln und Zischen der Flammen, die das Gebäude langsam auffraßen. »Dutty«, sagte Soledad, streckte die Hand aus und berührte ihn an der Schulter, »es wird Zeit, dass wir von hier verschwinden. Vergiss unsere Fracht nicht.« Sie deutete mit einem Nicken auf Christopher.

Sie hatten keinen Grund zu der Annahme, dass in dem Gebäude noch jemand am Leben war, doch eine Person lebte tatsächlich noch. Ein letzter Überlebender war noch da, versteckte sich in der Nähe einer der Türen und wartete auf Verstärkung. Er hatte bereits eigenhändig vier Rebellen getötet, erkannte jedoch eine aussichtslose Situation, wenn er eine sah. Am Anfang hatte es sieben zu dreißig gestanden, aber inzwischen stand er allein etwa neunzehn oder zwanzig Feinden gegenüber – genau wusste er es nicht. Er würde in seinem Versteck bleiben. Das war sein Plan, allerdings hatte er nicht mit dem gerechnet, was er als Nächstes sah. Eine Gruppe von Rebellen verließ das Gebäude. Die ersten drei hätte er töten können, bevor die übrigen auch nur eine Chance gehabt hätten zu reagieren. Oder er konnte sich in der Dunkelheit verstecken, hoffen, dass Verstärkung eintraf, bevor das Feuer ihn erreichte, und versuchen zu überleben. Niemand würde ihm das übel nehmen. Er hatte tapfer gekämpft. Er hatte versucht, Informationen zu schützen. Was für eine Rolle spielte es schon? Sämtliche Informationen in der Zelle wurden in einer anderen Informationszelle als Duplikat aufbewahrt. Es würde nur ein paar Wochen dauern, alles mithilfe der in den Informationszentren aufbewahrten Schlüssel zu reduplizieren. Solange die Informationszentren standen, würden sie nichts verlieren außer dem erbärmlichen Leben der Wachleute. Wenn sie die Informationszentren verloren, wären die Informationen in den Informationszellen ohnehin nutzlos. Es wäre dasselbe, wie einen Zugfahrplan zu besitzen, aber nicht in der Lage zu sein, den Bahnhof zu finden.

Also beschloss er, in seinem Versteck zu bleiben. Vermutlich hätte es funktioniert. Vermutlich hätte er sogar überlebt, wenn er nicht etwas gesehen hätte, was ihn zurückweichen, gegen die inzwischen schwelende Wand stoßen und vor Schmerz aufschreien ließ. Was er sah, war der Junge. Der Junge war tatsächlich bei ihnen. Er konnte es nicht fassen. Er hatte zwar bereits Fotos gesehen, diese jedoch insgeheim für Fälschungen gehalten. Deshalb wich er zurück, entfernte sich von dem, was eine Halluzination sein musste. *Ich könnte ihn einfach erschießen*, dachte er, wusste allerdings, dass das Selbstmord gewesen wäre. Deshalb trat er einen weiteren Schritt zurück und stieß mit der Hand gegen ein Stück Metall, das heißer war als die Flammen selbst. Seine Haut zischte, er schnappte nach Luft, und sie hörten ihn. Die Frau war es, diejenige mit dem feuerroten Haar, die als Erste ihre Pistole auf ihn richtete. Für einen Augenblick erstarrten alle. »Du bist es tatsächlich«, sagte der Mann in der Dunkelheit zu Christopher.

»Ja«, erwiderte Christopher, dann betätigte Addy den Abzug.

Was mit dreißig gegen sieben begonnen hatte, endete mit zwanzig gegen null, obwohl sich keiner von ihnen jemals sicher war, wie viele aus ihren eigenen Reihen sie verloren, da die Evakuierung etwas nachlässig vonstattenging und etliche Leute wahllos in Fahrzeuge sprangen. Sie wussten nur, dass ihr Sieg seinen Tribut gefordert hatte. Als Dutty, Christopher, Evan, Addy und Soledad aus dem Gebäude traten, wartete Kevin bereits mit seinem Geländewagen auf sie. Er hatte einen weiteren Passagier aus dem nicht mehr fahrbereiten Lieferwagen aufgenommen, der von der Granate getroffen worden war. Es fehlte die Zeit, um die Überlebenden gleichmäßig aufzuteilen. »Wir haben drei Minuten!«, rief Kevin ihnen zu, als sie ins Freie traten. Christopher sah, wie sich das Feuer in der Windschutzscheibe des Geländewagens spiegelte, und zählte sechs Einschusslöcher in der Seite des Fahrzeugs.

Nachdem sie sich alle in den Geländewagen gezwängt hatten, trat Kevin das Gaspedal durch. Dieses Mal hatten alle Freunde von Christopher überlebt. Er nahm an, das war ein Fortschritt. Möglicherweise hatten sie einfach Glück gehabt. *Besser Glück haben, als tot zu sein*, dachte er und unternahm den erbärmlichen Versuch, sich ein Kichern abzuringen. Der zusätzliche Passagier, den sie aufgenommen hatten, war mit dem Blut von jemand anderem besprenkelt. Er sagte während der gesamten Rückfahrt nach L.A. kein Wort und sah Christopher nicht an, wie ihn alle anderen angesehen hatten. Stattdessen starrte er benommen zum Fenster hinaus.

SIEBENUNDZWANZIGSTES KAPITEL

Sie schafften es, vor Sonnenaufgang wieder in ihrer Basis in Los Angeles zu sein – das heißt, diejenigen, die mit dem Leben davongekommen waren. Für Christopher, Addy und Evan fühlte es sich merkwürdig an, nach ihrer Rückkehr von dem Überfall auf dem Stützpunkt herumzumarschieren, da sie niemanden kannten und deshalb nicht wussten, wer fehlte. Sie wussten nicht, wo Lücken entstanden waren, und sie konnten unmöglich wissen, wer trauerte und wer einfach nur müde war oder unter Schock stand. Jeder Tod bedeutet für manche mehr als für andere. Nicht jeder Tod bedeutet allen etwas. Dafür gibt es weder genug Zeit noch genug Tränen.

Dutty zeigte den dreien ihre Unterkunft und merkte an, dass sie wahrscheinlich nur noch ein paar Tage hier sein würden.

Er rechnete damit, dass es ein paar gute Tage werden würden. Christopher hatte sie zu ihrem ersten Sieg geführt, und diese Neuigkeit würde die Website binnen Stunden in Aufruhr versetzen. Dafür würde Dutty schon sorgen. Es würde nicht lange dauern, bis die Leute allerorts – unabhängig davon, auf welcher Seite sie standen – wussten, dass der Aufstand begonnen hatte.

Dutty hatte das Gebäude so aufgeteilt, dass die Frauen auf der einen Seite schliefen und die Männer auf der anderen. Als Erstes zeigte er Evan und Christopher das Zimmer, das sie sich teilen sollten. Es befand sich im hintersten Bereich des Stützpunkts und war mit zwei Betten ausgestattet, zwischen denen ein einzelner Nachttisch stand. Nur eine Wand verfügte über ein Fenster, das auf einen trostlosen Erdhügel neben dem Highway hinausblickte. »Ihr beiden müsst euch ausruhen«, sagte Dutty zu Evan und Christopher. »Lasst euch von niemandem stören. Ich gehe zurück in das Apartment und hole eure Sachen. Ihr habt sie, bevor ihr aufwacht.« Christopher nahm das Bett an der fensterlosen Wand und überließ Evan das wenige natürliche Licht, das ins Zimmer fiel. »Heute Abend feiern wir«, verkündete Dutty. Dann führte er Addy den Korridor entlang zu dem Zimmer, das sie sich mit Soledad und zwei anderen Frauen teilen würde, die sie noch gar nicht kennengelernt hatte.

Evan und Christopher unterhielten sich nicht, als sie die Decken ihrer Betten zurückschlugen. Bevor Christopher ins Bett stieg, ging er gewohnheitsgemäß zum Fenster. »Stört's dich?«, fragte er Evan, als er an dessen Bett vorbeiging.

»Mach ruhig«, erwiderte Evan. Er wusste, was Christopher vorhatte, wusste, dass Christopher es tun musste. Christopher konnte nicht ins Bett gehen, ohne zuerst zum Fenster hinauszusehen und sich zu vergewissern, dass draußen niemand lauerte. »Früher fand ich es total seltsam, wenn du das gemacht hast«, sagte Evan. »Das war, als würde der zäheste Junge, der mir je begegnet ist, vor dem Schlafengehen unter seinem Bett nach Ungeheuern Ausschau halten.«

»Und was denkst du jetzt?«

»Ich denke, dass ich es tun würde, wenn du es nicht tun würdest. Wie sieht's aus?«, fragte Evan, als Christopher hinaus in die langsam anbrechende Dämmerung spähte.

»Wie in der Hölle«, entgegnete Christopher. »Da draußen sieht's nicht aus wie in L.A. Es sieht aus wie in einer Szene aus einem *Mad Max*-Film.«

»Aber keine Leute?«, erkundigte sich Evan, ohne dabei auch nur zu versuchen, den Anflug von Angst in seiner Stimme zu verbergen.

»Keine Leute«, bestätigte Christopher. Er sah seinen Freund an. »Dir ist schon klar, dass du das nicht zu tun brauchst«, sagte er zu Evan. »Du kannst auch nach Hause gehen.«

»Was ist mit dir?«

»Du weißt doch, dass ich nicht zurückkann.« Christopher starrte auf das Ödland vor dem Fenster und dachte an die Gesichter seiner Eltern – seiner echten Mutter und seines echten Vaters, die ihn großgezogen hatten. »Vielleicht ist für mich nicht mehr drin als diese Müllhalde.«

»Wenn du nicht zurückgehst, gehe ich auch nicht zurück«, sagte Evan. Die Angst in seiner Stimme war verschwunden. »Also lassen wir das Thema, okay?«

»Okay«, erwiderte Christopher. Was Evan Christopher nicht sagte, war, dass er gar nicht nach Hause wollte. Nicht nur wegen Christopher, sondern auch wegen Addy und dem ganzen Abenteuer. Sein Leben war jetzt größer, und er hatte sich immer ein größeres Leben gewünscht. Außerdem war es für Evan hier einfacher als für Christopher. Niemand sah Evan komisch an.

Diese Leute akzeptierten ihn bereits mehr, als sie Christopher jemals akzeptieren würden, akzeptieren konnten.

»Ich bin froh, dass du hier bist«, sagte Christopher.

Dann schlief er irgendwie ein.

Christopher hörte Musik, als er aufwachte. Nicht laut, aber er hörte sie aus einem der anderen Zimmer im Gebäude kommen. Draußen war es noch immer hell, doch die Schatten wurden bereits länger. Christopher sah auf die Uhr. Er hatte fast zwölf Stunden im Bett gelegen. Das Bett neben ihm war ungemacht, aber leer. Evan musste bereits aufgestanden sein.

Christopher setzte sich im Bett auf, stellte die Füße auf den Boden und legte die Hände neben sich auf die Matratze. Dann lauschte er. Außer der Musik hörte er, wie sich Leute unterhielten. Er hörte sporadisches Lachen und hatte keine Lust, das Zimmer zu verlassen.

Die Tasche mit seinen wenigen Habseligkeiten stand am Fußende des Bettes. Dutty musste sie dort abgestellt haben, während Christopher geschlafen hatte. Christopher rutschte zum Fußende und durchwühlte die Tasche. Er fand seine Jeans und ein sauberes T-Shirt. Beim Anziehen ließ er sich Zeit. Im Zimmer gab es keinen Spiegel, deshalb fuhr er sich einfach ein paar Mal mit den Fingern durchs Haar, um sicherzugehen, dass es nicht zu unordentlich oder verheddert war und dass sich kein Ruß oder Blut darin befand. Als ihm bewusst wurde, dass es keine Gründe mehr gab, das Unvermeidliche noch länger hinauszuschieben, ging er aus dem Zimmer.

Für ein paar Sekunden gelang es Christopher, unbemerkt dazustehen und die anderen zu beobachten. Einige von ihnen hatten Bierflaschen in der Hand. Die Musik kam von einem Laptop-Computer, den jemand vor der Küche auf einen Tisch gestellt hatte. Evan stand in einer Ecke des Raums, trank Bier und unterhielt sich mit zwei Männern, die Christopher nur mit Mühe von dem Abend wiedererkannte, als sich ihm alle vorgestellt hatten. Er fühlte sich mehr als nur ein bisschen schuldig, dass er sich nicht besser an alle erinnerte, dass er sich nicht an jeden ihrer Namen erinnerte.

Addy entdeckte Christopher als Erste. Sie stand in der Nähe des Tisches mit dem Computer. Die Blicke der beiden trafen sich, und nach kurzem Zögern ging Addy auf ihn zu. Er stand da wie versteinert, da er unschlüssig war, wohin er gehen und mit wem er sich unterhalten sollte. Als er Addy auf sich zukommen sah, war er erleichtert. Er steckte unbeholfen die Hände in die Hosentaschen seiner Jeans.

»Ich muss dir was zeigen«, sagte Addy, bevor sie ihn zu dem Computer führte. Als sie dort ankamen, war die Musik so laut, dass sie sämtliche anderen Geräusche des Abends übertönte und die beiden nichts außer der Musik und sich selbst hören konnten. »Sieh dir das mal an«, sagte Addy. Auf ihrem Gesicht zeichnete sich ein unbezähmbares Lächeln ab. Sie öffnete einen Browser und fügte die aktuelle URL der Website des Aufstands ein. Die Seite wurde schnell geladen, doch Addy stellte zufrieden fest, dass es etwas länger dauerte als sonst, da so viele Menschen sie besuchten. Während Addy die Farben sofort erkannte, den leuchtend gelben Hintergrund und die dunkelgrüne Schrift, war für Christopher alles völlig neu.

»Was willst du mir denn zeigen?«, fragte Christopher.

»Moment«, sagte sie. Als die Seite fertig geladen war, scrollte Addy nach unten, bis der Bildschirm fast vollständig von einem Foto ausgefüllt wurde. Es handelte sich um das erste Foto, das jemals auf der Seite gepostet worden war. Die Aufnahme war nachts entstanden, aber es hatte genug Licht geherrscht, dass man jedes Detail erkennen konnte. Sie zeigte Christopher, wie er mit einer Pistole in der Hand auf einen Mann zielte, der im offenen Fenster eines dunklen Gebäudes am Rand der Wüste stand. Entstanden war das Foto unmittelbar bevor Christopher den Mann erschossen hatte, der beinahe Evan erschossen hätte. Jemand hatte irgendwie über Christophers Schulter fotografiert, sodass man von dem Mann im Fenster außer seinem Gewehr und seiner Silhouette nicht viel erkennen konnte. Doch man sah Christopher. Eine Seite von Christophers Gesicht nahm fast die Hälfte des Fotos ein. Man sah seine Poren. Man sah die Schweißtropfen, die ihm die Stirn hinunterliefen. Man sah bereits Schmutzstreifen in seinem Gesicht. Und man sah ihm an, dass er jeden Moment den Abzug betätigen würde.

»Wie zum Teufel …?«, setzte Christopher an.

»Kevin hat es vom Auto aus gemacht«, erklärte Addy. »Er hat ein richtig gutes Teleobjektiv. Super, oder?«

»Scroll mal weiter runter«, forderte Christopher sie auf.

Sie scrollte hinunter, sodass Christopher die Bildunterschrift sehen konnte, die Dutty unter das Foto gesetzt hatte. Sie lautete: OB IHR WOLF ODER LAMM SEID, *DER JUNGE* WIRD UNS ALLE ANFÜHREN. »Möchtest du lesen, was Dutty geschrieben hat?«, fragte Addy.

»Nein«, erwiderte Christopher zu ihrer Überraschung. »Ist das im Internet? Werden das nicht auch andere Leute sehen? Was passiert, wenn andere das sehen?«

Addy verstand Christophers Reaktion nicht. Sie dachte, er hätte seine Meinung geändert. »Deshalb feiern wir. Wir wollen, dass andere das sehen. Wir feiern nicht, was gestern Abend passiert ist. Wir feiern die Tatsache, dass alle wissen, was gestern Abend passiert ist und dass du daran beteiligt warst. Das war Duttys Plan. So soll alles beginnen.«

»Aber was ist mit ganz normalen Leuten? Was ist mit meinen Eltern? Was ist mit der Polizei?«

»Eine Revolution kann man nicht im Dunklen verstecken. Wenn man das versucht, stirbt sie wie eine Flamme ohne Sauerstoff«, ertönte eine tiefe Stimme. Christopher drehte sich um und sah Dutty hinter ihnen stehen. Dutty legte ihm die Hand auf die Schulter. »So haben sie uns über Generationen, über Jahrhunderte klein gehalten: Sie haben dafür gesorgt, dass wir Angst haben – nicht nur voreinander, sondern vor der ganzen Welt.«

»Und das soll dagegen helfen?«, fragte Christopher und betrachtete abermals sein Foto auf dem Bildschirm. Er erkannte sich selbst kaum wieder.

»Die Leute brauchen einen Lichtpunkt, dem sie folgen können«, sagte Dutty. »Du bist dieser Lichtpunkt. Aber sie können dir nicht folgen, wenn sie dich nicht sehen können.«

»Ja, aber die Leute, die mich töten wollen, können mich nicht finden, wenn sie mich nicht sehen können.«

»Trink ein Bier«, forderte Dutty ihn auf. »Sprich mit deinen Leuten. Wir können uns darüber ein andermal unterhalten.« Christopher war zu verwirrt, um darauf etwas zu erwidern. Also ging er in die Küche und holte sich ein Bier. Dann wandte er sich mit dem Bier in der Hand wieder dem Raum zu. Er zog in Erwägung, zu Evan zu gehen, doch dieser schien sich schon so gut integriert zu haben, dass Christopher das nicht ruinieren wollte. Stattdessen machte er allein einen Rundgang durch die Räume des Gebäudes. Alle Zimmer sahen gleich aus, und die Leute, die in kleinen Gruppen herumstanden, gaben sich alle Mühe, glücklich und furchtlos zu wirken. Ein paar von ihnen lächelten Christopher an, doch niemand sprach mit ihm. Ihre Gesichten verschwammen miteinander. Christopher glaubte, ein paar von den Gesichtern zu kennen – ob vom Überfall oder von dem ersten Abend, als er Dutty kennengelernt hatte, konnte er allerdings nicht mit Gewissheit sagen. Dann entdeckte er ein Gesicht, bei dem er keine Zweifel hatte, dass er sich daran erinnerte: das Gesicht des älteren Schwarzen, dem er an jenem ersten Abend die Hand geschüttelt hatte. Er konnte sich zwar nicht mehr an seinen Namen erinnern, wusste aber noch, was der Mann zu ihm gesagt hatte.

Christopher ging zu ihm. Er saß allein in einem Sessel in der Ecke des Raums und lächelte, als Christopher sich ihm näherte. »Sie sagten, Sie kannten meinen Vater.«

Der Mann nickte. »Das habe ich gesagt, und das entspricht auch der Wahrheit.«

»Ich habe Ihren Namen vergessen«, gestand Christopher.

»Du hast an dem Abend eine Menge Namen gehört«, sagte der ältere Mann zu Christophers Verteidigung. »Ich heiße Brian.«

Christopher dachte an das Tagebuch seines Vaters und versuchte, sich an all die Namen zu erinnern, die sein Vater darin erwähnt hatte. Seit es ihm in die Hände gefallen war, hatte er es mindestens dreimal von der ersten bis zur letzten Seite gelesen. Dann dämmerte es ihm. »Sie waren seine Kontaktperson beim Geheimdienst.«

Brian nickte und lachte beiläufig. »Bis sie ihn mir weggenommen haben. Ich mochte deinen Vater. Er hat sich bemüht, ein guter Mensch zu sein. Er hätte dich aus all dem ganz bestimmt raushalten wollen.«

»Tja, ich nehme an, er hatte in der Angelegenheit nicht viel zu sagen.«

»Möchtest du mehr über ihn erfahren?«, fragte Brian.

Christopher schüttelte den Kopf. »Eigentlich nicht«, entgegnete er. Er war nicht in der Stimmung, um sich alte Geschichten über den Krieg anzuhören. »Nicht jetzt.«

»Was interessiert dich dann?«, erkundigte sich Brian.

Irgendetwas in Brians Stimme vermittelte Christopher den Eindruck, dass der seltsame ältere Mann nicht zu Duttys Leuten passte. Er hatte eine Skepsis an sich, die ihn von allen anderen Anwesenden unterschied. »Was machen Sie hier?«, fragte Christopher.

Brian beugte sich näher zu Christopher, der immer noch vor ihm stand. Bevor er etwas sagte, blickte er sich um und vergewisserte sich, dass niemand ihrer Unterhaltung lauschte. »Reggie hat mich gebeten, dich im Auge zu behalten.«

ACHTUNDZWANZIGSTES KAPITEL

Sie setzten große Hoffnung in die Boten. Für den Fall, dass einer von ihnen gefasst wurde, hatten sie Ersatzleute, doch gefasst zu werden war nicht das einzige Risiko. Problematisch war auch, dass niemand wusste, was der betreffende Bote ausplaudern würde, wenn er gefasst wurde. Schließlich handelte es sich bei den Boten um Kinder – um Kinder, die vom Ausgang des Aufstands nicht einmal betroffen waren. Niemand konnte es ihnen übel nehmen, wenn sie sich erwischen ließen und alles verrieten. Alles, was ihnen in Aussicht gestellt wurde, waren warme Mahlzeiten und eine sichere Unterkunft für ein paar Wochen. Dieses Versprechen genügte jedoch, um sie loyaler zu machen als die meisten Erwachsenen. Die Rebellen waren auf sie angewiesen, da Funk- und Telefonverbindungen nicht mehr sicher waren, seit Zé Carlos die Nerven verloren hatte. Er hatte alles ausgeplaudert, was er über den Aufstand wusste. Zum

Glück wusste er nicht so viel, wie er geglaubt hatte. Trotzdem mussten sie anschließend wieder ganz von vorne beginnen. Sie mussten einen völlig neuen Plan schmieden – einen besseren Plan –, doch Zé hatte keine Ahnung, dass sie sich mit den anderen abstimmten. Er wusste nicht, dass Rio nur eine Stadt in dem Gesamtplan war, in einer Nacht die ganze Welt in ihre Gewalt zu bringen. Er wusste nicht, dass der Junge hinter allem steckte. Hätte er all das gewusst, hätte er den Aufstand zerschlagen können. So zerbrechlich war die ganze Angelegenheit. Glücklicherweise hatte von Anfang an niemand Zé so recht getraut. Loyalität kann man nicht mit Geld kaufen. Doch bei den Straßenkindern – den Boten – ließ sich Loyalität mit einem warmen Bett, warmem Essen und ein paar freundlichen Worten kaufen. Die Kinder wollten loyal sein. Sie hatten nur außer sich selbst nie jemanden gehabt, dem gegenüber sie sich loyal hätten verhalten können.

Simone lehnte sich in ihrer kleinen Schachtel von einem Zuhause zurück und starrte zum offenen Fenster hinaus. Wer zum Fenster hineinblickte, konnte Simones Gesicht sehen, ihr Gewehr hielt sie allerdings so, dass es nicht zu erkennen war. Sie hatte keine Angst davor, gesehen zu werden. Sie verschmolz zu jedem beliebigen Zeitpunkt mit den zehntausenden anderen Gesichtern hinter den Fenstern des Elendsviertels. Simones Zuhause befand sich auf halber Höhe des Hügels, mitten im Herzen des Slums. Sie war der sprichwörtlichen Nadel im Heuhaufen so ähnlich, wie ein Mensch es nur sein konnte. Ihre armselige Unterkunft hatte sie einiges gekostet, doch sie war es wert. Sie befand sich im ersten Obergeschoss eines vierstöckigen Gebäudes, das aus Beton bestand und nicht aus Wellblech und Holz wie die Hütten am Rand des Elendsviertels. In ihrem Haus gab es im Erdgeschoss fließendes Wasser und eine funktionierende Toilette. Ein paar von Simones Nachbarn hatten sogar Strom. Simone selbst nicht, doch sie brauchte auch keinen. Sie hatte kein Problem damit, in der Dunkelheit zu warten. Nachts beobachtete sie, wie die unzähligen Menschen, die von ihrem Fenster aus zu sehen waren, ihrem Leben nachgingen. Sie verglich den Krieg oft mit den ständigen Kämpfen zwischen rivalisierenden Drogenbanden in Rio. Soweit Simone es beurteilen konnte, bestand der einzige Unterschied darin, dass es bei den sich bekriegenden Drogenbanden um etwas Materielles ging.

Simone hörte ein Klopfen an ihrer Tür. »Wer ist da?«, rief sie. Falls derjenige, der geklopft hatte, die falsche Antwort gab, würde sie ihn nicht davon abhalten können hereinzukommen, doch ihr bliebe eine Sekunde, um aus dem Fenster zu springen und davonzurennen.

»Han Solo«, rief eine Kinderstimme von der anderen Seite der Tür. Der Junge hatte die Anweisung, als Signal für Simone »Boba Fett« zu rufen, wenn irgendetwas nicht stimmte. Simone hatte ihm alles über *Krieg der Sterne* erzählt. Sie hatte aus dem Inhalt eine epische Gutenachtgeschichte gemacht und ihm sogar versprochen, ihn die Filme ansehen zu lassen, wenn alles klappte. Die Begeisterung des Jungen war noch immer zu hören, wenn er den Namen »Han Solo« sagte. Simone glaubte, dass die Aussicht darauf, *Krieg der Sterne* ansehen zu dürfen, bei ihm größere Begeisterung auslöste als das Essen. Allerdings war sie sich nicht sicher, ob sie ihr Versprechen würde halten können. Selbst wenn sie mit dem Leben davonkam, hatte sie keine Ahnung, was mit dem Slum nach dem Aufstand passieren würde, geschweige denn, was mit den elternlosen Kindern des Slums passieren würde. Ein Informationszentrum in einem Elendsviertel zu verstecken, erschien Simone wie ein grausamer Scherz. Sie mussten gewusst haben, dass bei seiner Zerstörung noch viel mehr zerstört werden würde. Das war für Simone noch mehr Grund, sie zu hassen.

Sie schob ihr Gewehr unter einen ausgefransten Läufer, den sie in der Nähe des Fensters liegen hatte, und ging zur Tür. Als sie sie öffnete, stand Bené allein davor. »Komm schnell rein«, sagte sie zu ihm und führte ihn herein. Bené lächelte. Er schien immer zu lächeln. Simone wusste nicht, ob er wirklich unentwegt lächelte oder ob er es nur tat, wenn er bei ihr war. »Was hast du denn für mich?« Bené griff unter sein T-Shirt und holte einen Brustbeutel hervor, den ihm Simone geschenkt hatte. Er bestand aus braunem Segeltuch, das fast genau die gleiche Farbe hatte wie Benés Haut, und war durch sein T-Shirt nicht zu erkennen. Er fasste hinein und fischte eine handgeschriebene Nachricht heraus. »Von wem ist die?«, fragte Simone, als Bené ihr die Nachricht gab.

»Von Mr Costa«, erwiderte Bené.

»Gut«, sagte sie. »Das hast du gut gemacht.« Simone hörte das knatternde Geräusch eines Helikopters, der draußen vorbeiflog. Das war kein Grund zur Beunruhigung. Es flogen ziemlich häufig Helikopter vorbei. Sie sollten die Drogenbosse einschüchtern und dazu bewegen, ihre Machenschaften im Verborgenen abzuwickeln. Die Drogenbosse waren ihnen egal, solange die Gewalt nicht über die Grenzen der Slums schwappte. Trotzdem fragte sich Simone, ob die Helikopter sich auf eine Seite schlagen würden, wenn alles im Chaos versank.

»Was steht denn drin?«, fragte Bené, als sie den Brief auseinanderfaltete.

Simone lächelte ihn an. »Hier steht, dass Bené der schnellste Junge in ganz Brasilien ist und dass alle Mädchen seufzen, wenn er an ihnen vorbeiläuft.« Bené errötete, während Simone im Stillen las, was tatsächlich in dem Brief stand. Der Angriff würde um drei Uhr in der kommenden Nacht beginnen. Simone warf einen Blick auf die Uhr. Es war acht Uhr abends. Sie musste nur noch sieben Stunden warten. Sie würde versuchen, vorher noch ein bisschen zu schlafen.

Wegen der verstärkten Überwachung nach Zés Verrat würden

die Rebellen von Norden angreifen. Die Boten sollten bei der Koordination des Angriffs helfen, damit alle synchron agierten. Sie hatten erfahren, dass die zusätzliche Überwachung den Süden und den Osten betraf, wo sich die Eingänge zum Informationszentrum befanden. Da im Norden keine Türen standen, gab es dort auch keine Wachmänner. Das Fehlen von Türen bedeutete allerdings, dass die Rebellen mithilfe von Dynamit Löcher in die Wand sprengen mussten. Simone sollte an ihrem Standort bleiben und von dort zuerst den Leuten Deckung geben, die das Dynamit deponierten, und dann denen, die durch die frisch gesprengten Öffnungen in der Wand in den Mahlstrom rannten. Falls es auch nur den Anschein hatte, als würde jemand versuchen, sie aufzuhalten, hatte sie die Anweisung zu schießen. Zwei weitere Scharfschützen, die an anderen Stellen im Elendsviertel positioniert waren, würden aus anderen Winkeln Deckung geben. Mr Costa war nicht näher darauf eingegangen, ob es sich bei ihren Schüssen um Warnschüsse, Schüsse zur Entwaffnung oder Schüsse zur Eliminierung handeln sollte. Das brauchte er auch nicht. Sie wusste es ohnehin. Und sie verfehlte ihr Ziel nie.

Sobald alle anderen in das Informationszentrum vorgedrungen waren, sollte sie ihren Posten verlassen und zu ihnen stoßen. Sie würden im Inneren sämtliche Leute brauchen, die ihnen zur Verfügung standen. Niemand wusste, was anschließend passieren würde. Niemand plante ihre Flucht. Nach dem Angriff würden vermutlich die Polizeikräfte hinzugezogen werden. Deshalb hatten sie das Informationszentrum überhaupt erst in dem Elendsviertel errichtet: aufgrund der zusätzlichen Sicherheit, die sie dadurch von der Regierung geboten bekamen. Es bestand durchaus die Chance, dass die Regierung auf die Gewalt aufmerksam werden und diese als Ausrede benutzen würde, um das gesamte Elendsviertel abzureißen. »Was steht denn wirklich drin?«, wollte Bené wissen.

»Hier steht, dass heute Nacht eine Razzia stattfindet, bei der sie

Kinder einfangen wollen«, log Simone. Sie war sich nicht einmal sicher, ob solche Razzien überhaupt jemals stattfanden, wusste allerdings, dass die Kinder darüber sprachen und sie fürchteten, als wären sie absolut real. »Du musst von hier verschwinden. Du kannst morgen wiederkommen, aber heute Nacht musst du dich irgendwo anders verstecken. Schaffst du das?«

Bené lächelte. »Ich bin der schnellste Junge in ganz Brasilien«, sagte er selbstbewusst. »Die erwischen mich nie.«

»Bitte, Bené, mir zuliebe.« Sie flehte den Jungen an, das Elendsviertel für eine Nacht zu verlassen.

»Okay«, sagte Bené. »Dir zuliebe.«

»Danke, Bené«, erwiderte Simone. Sie umarmte den Jungen, drückte ihn an ihre Brust und küsste ihn auf die Stirn. »Du warst eine große Hilfe, Bené. Das hast du wirklich gut gemacht.«

»Gut genug für *Krieg der Sterne*?«, wollte er von ihr wissen.

»Gut genug für *Krieg der Sterne*«, entgegnete Simone. Dann küsste sie ihn noch einmal auf die Stirn und ließ ihn gehen.

NEUNUNDZWANZIGSTES KAPITEL

»Vielleicht sollten wir rausgehen, um uns zu unterhalten«, schlug Brian vor, da Christopher wie vor den Kopf geschlagen war, als Reggies Name fiel. Christopher rührte sich nicht von der Stelle. Sein Kopf schmerzte. Er versuchte zu verarbeiten, was Brian ihm gerade gesagt hatte, doch die dumpfen Bässe, die hinter ihm aus dem Computer ertönten, pulsierten in seinem Kopf und wirbelten seine Gedanken durcheinander.

»Vielleicht sollten wir das tun«, stimmte Christopher schließlich zu.

Brian erhob sich langsam aus seinem Sessel. Aufgrund der Macht der Gewohnheit blickte er sich im Raum um, ob sie womöglich beobachtet wurden. Er hätte wissen müssen, wer sie beobachtete. Fast alle beobachteten sie. »Mach dir ihretwegen keine Gedanken«, flüsterte Brian Christopher zu. »Du hast ein Recht auf ein bisschen Ruhe.«

Brian führte Christopher an Dutty vorbei und steuerte auf die Tür zu. »Der Junge möchte ein bisschen Ruhe haben«, sagte Brian im Vorbeigehen zu Dutty.

»Okay«, entgegnete Dutty und nickte Christopher zu, als dieser an ihm vorbeiging.

Sie marschierten gemeinsam in das karge Ödland, das Christopher bereits vom Fenster aus gesehen hatte. Er hörte Autos auf dem Highway oberhalb des Stützpunkts vorbeirasen. Die Sonne war dabei unterzugehen und verlieh der braunen Erde unter ihren Füßen einen beinahe goldfarbenen Ton. »Du hast doch bestimmt einige Fragen an mich«, sagte Brian zu Christopher. Sie standen so dicht beisammen, dass sie sich trotz des Dröhnens des Verkehrs leise unterhalten konnten.

»War das Addy?«, fragte Christopher.

»War Addy was?«, entgegnete Brian.

»War Addy diejenige, die Reggie gesagt hat, dass ich hier bin?«

»Nein«, sagte Brian und schüttelte den Kopf. »Wenn Addy noch mit Reggie in Kontakt stünde, warum hätte er mich dann gebeten, dich im Auge zu behalten?«

»Das stimmt wahrscheinlich. Aber wieso hat Reggie überhaupt jemanden geschickt, der mich im Auge behalten soll?«

»Weil du achtzehn bist und nicht weißt, was du tust, und diese Leute dir nicht helfen.«

»Was soll das heißen?«, fragte Christopher und warf einen

Blick zurück zum Stützpunkt. Die Musik war gerade noch zu hören. »Diese Leute verehren mich. Außerdem möchte Reggie, dass ich abhaue, und ich habe beschlossen, dass ich nicht auf der Flucht sterben möchte.«

»Entscheidungen zu treffen, ist gut. Dann hast du dich also entschieden, eine Revolution anzuführen?«

»Ich führe überhaupt nichts an«, sagte Christopher.

»Ich weiß. Man ist kein wahrer Anführer, wenn einem alle folgen, aber man selbst nichts anderes tut, als jemand anderem zu folgen.« Das war eine einstudierte Phrase. Brian hatte sie geübt, das erkannte Christopher. Trotzdem traf sie ihn hart.

»Warum tun Sie das? Schließlich hatte ich nicht viele Wahlmöglichkeiten.«

»Ich weiß«, sagte Brian sanft. »Entweder weglaufen oder dich für jemanden ausgeben, der du nicht bist. Das immerhin sind mehr Optionen, als dein Vater hatte, aber ich möchte dich nicht mit deinem Vater vergleichen. Wie wär's, wenn ich dir stattdessen noch eine dritte Option geben würde?«

»Würde mir dabei erspart bleiben, für immer auf der Flucht zu sein und andere Leute in meinem Namen sterben zu sehen?«

Brian schüttelte den Kopf. »Nein. Es werden immer Leute in deinem Namen sterben, ganz egal, was du tust. Aber ich kann dir eine Option geben, bei der du nicht mehr davonlaufen und bei der du dich nicht mehr für jemanden ausgeben musst, der du nicht bist.«

Christopher blickte zurück zum Stützpunkt. Sie waren bereits lange weg. Ihm war klar, dass sie bald zurückgehen sollten, damit niemand Verdacht schöpfte. »Und was muss ich dann tun?«

»Ganz einfach. Du kommst mit mir mit und triffst dich mit Reggie.«

»Und was soll das bringen? Da war ich doch schon. Reggie wollte, dass ich davonlaufe.«

Brian nickte. »Reggie weiß, wie es ist, ein orientierungsloser achtzehnjähriger Junge zu sein. Als er selbst achtzehn war, war davonzulaufen das Beste, was er tun konnte. Deshalb hat er versucht, dich dazu zu überreden. Aber wenn du nicht davonlaufen möchtest, hat er auch noch andere Ideen. Er möchte, dass du dir deiner Macht bewusst wirst.«

»Und worin besteht die?«

»Die Leute misstrauen sich gegenseitig, aber sie vertrauen dir.«

»Inwiefern unterscheidet sich das von dem, worum Dutty mich bittet?«

»Wir bitten dich nicht, die Führungsrolle zu übernehmen. Wir bitten dich nicht einmal, so zu tun. Eine Führungsriege gibt es bereits – echte Anführer mit echter Macht.« Brian warf einen abschätzigen Blick auf den Stützpunkt. »Du brauchst nicht mehr zu tun, als sie zur Zusammenarbeit zu überreden.«

»Weil sie mir vertrauen«, führte Christopher den Satz für Brian zu Ende, ohne auch nur zu versuchen, seinen Sarkasmus zu verbergen.

»Dir ist nicht bewusst, wie tief der Hass verwurzelt ist. Dir mag er albern erscheinen, aber er reicht Generationen zurück. Du brauchst dich nicht sofort zu entscheiden. Denk drüber nach. Aber versuch, eine Entscheidung zu treffen, bevor Dutty dafür sorgt, dass dir der Schädel weggeschossen wird.« Und damit ging Brian zum Stützpunkt zurück.

»Was hätte mein Vater denn getan?«, rief ihm Christopher hinterher.

»Ich habe keinen blassen Schimmer«, erwiderte Brian. »Und vergiss nicht: Du bist nicht dein Vater.«

DREISSIGSTES KAPITEL

Christopher wartete auf Addy. Es war früh am Morgen. Die Luft im Freien war noch kühl, der Boden feucht. Er hatte bereits genug Zeit mit ihr verbracht, um zu wissen, wann sie aufwachen würde. Noch schien niemand anders wach zu sein. Selbst auf dem Highway, der oberhalb des Stützpunkts auf dem Hügel verlief, war es ruhig.

Addy zuckte zusammen, als sie ins Freie trat und Christopher sah. Er saß auf dem schmutzigen Boden, und seine Hände ruhten auf seinen Knien. Sie hatte nicht damit gerechnet, draußen jemanden anzutreffen, nicht zu so früher Stunde. Sie mochte es nicht, überrascht zu werden. Ihrer Erfahrung nach waren Überraschungen fast nie gut und viel zu oft endgültig. »Scheiße«, sagte Addy, nachdem sie wieder zu Atem gekommen war. »Du hast mich vielleicht erschreckt. Was machst du hier?«

»Ich dachte mir, ich begleite dich, wenn du laufen gehst«, erwiderte Christopher. »Falls das okay für dich ist.« Er wusste, sie würde laufen gehen. Jeden Morgen, wie ein Uhrwerk.

»Klar«, entgegnete Addy. Was hätte sie sonst sagen sollen? Christopher hatte sie noch nie zuvor gefragt, ob er mit ihr laufen gehen dürfe. Sie erinnerte sich, dass er ein paarmal mit Max gejoggt war, aber nie mit ihr. Sie konnte einfach nicht nein sagen. Nicht zu ihm. Nicht einmal, wenn sie gewollt hätte. »Klar«, wiederholte sie ohne zusätzliche Überzeugung.

»Wie weit läufst du denn?«, erkundigte sich Christopher.

»Eine Stunde.«

»Du rechnest also nach Zeit, nicht nach Entfernung?«

»Ja. Man läuft innerhalb einer bestimmten Zeit so weit man kann. An manchen Tagen schafft man es weiter als an anderen.«

»Tja, sobald ich anfange, dich zu bremsen, darfst du gern vorauslaufen.«

»Du kannst bestimmt mithalten«, vermutete Addy. Dann liefen sie ohne weitere Diskussion los. Sie pushten sich gegenseitig und liefen beide schneller, als sie allein gelaufen wären. Während der ersten halben Stunde wechselten sie kein Wort, sondern liefen einfach Schritt für Schritt nebeneinander her. Bei der Dreißig-Minuten-Marke drehten sie um und liefen wieder zurück. Auf dem Rückweg verlangsamte sich ihr Tempo merklich, sodass sie fast noch eine Meile vom Stützpunkt entfernt waren, als die Stunde vorbei war. Sie begannen zu gehen. Es war das erste Mal, dass sie alleine miteinander waren, seit sie auf Dutty gestoßen waren.

»Bist du zufrieden, wie der Überfall gelaufen ist?«, fragte Christopher Addy im Gehen. Sie verlangsamte ihre Schritte, um Christopher Zeit zu geben loszuwerden, was ihn belastete.

»Ich bin froh, dass wir endlich was unternommen haben«, erwiderte Addy.

»Aber glaubst du, es bringt irgendwas?«

Addy sah Christopher an. »Warum hast du eigentlich so wenig Selbstvertrauen? Nach allem, was geschehen ist, nach dem, wie alle auf dich reagiert haben, nachdem alle ihr Leben für dich aufs Spiel gesetzt haben, warum hast du da immer noch Zweifel?«

»Weil ich nicht derjenige bin, den du in mir siehst. Ich bin nicht der Auserwählte. Ich bin kein verdammter Harry Potter. Ich besitze keine magischen Kräfte. Max wusste das. Ich glaube, du weißt es auch, aber du hast Angst, es dir einzugestehen.«

Addy schüttelte den Kopf. »Nein«, protestierte sie. »Das Problem ist nicht, dass du nicht derjenige bist, den ich in dir sehe. Das Problem ist, dass du immer noch denkst, in dieser Geschichte würde es um dich gehen. Aber das wirst du schon noch lernen. Diese Geschichte ist größer als du. Sie hat vor deiner Geburt begonnen. Ich habe nie geglaubt, du würdest magische Kräfte besitzen, Christopher. Aber ich glaube genauso wenig, dass du deine Rolle in dieser Geschichte schon kennst.«

»Kennst du denn meine Rolle?«, fragte Christopher.

Addy schüttelte erneut den Kopf. »Ich bin mir nicht sicher. Ich weiß nur, dass deine Rolle wichtig ist – dass sie größer ist als ich und größer als du. Du und deine Eltern bedeuten zu vielen Leuten zu viel, als dass sie kleiner sein könnte.«

»Und was soll ich damit anfangen?«

»Erinnere dich einfach daran«, sagte Addy. »Erinnere dich daran, dass es nicht deine Geschichte ist. Es ist ihre Geschichte. Du bist darin nur eine Figur. Nimm dieses Wissen und gib dein Bestes und denk daran, dass wir für dich kämpfen werden, ganz egal, was passiert.« Die Morgenluft erwärmte sich langsam. Über den Hügel wehte eine steife Brise.

»Denkst du, du kennst deine Rolle?«, wollte Christopher von Addy wissen.

Addy zuckte mit den Schultern. »Ich finde, es ist manchmal einfacher, die Rollen anderer zu erkennen, als die eigene zu erkennen.«

»Weißt du wenigstens, was du tun würdest, wenn der Krieg tatsächlich zu Ende wäre?«

»Keine Ahnung«, entgegnete Addy. »So weit habe ich noch nie gedacht.«

Christopher glaubte, sie würde noch etwas hinzufügen, doch das tat sie nicht. »Ich renne den restlichen Weg zurück«, forderte er sie heraus. Addy lächelte ihn an, und Christopher hatte zum ersten Mal seit dem Tag, als sie ihn auf Reggies Stützpunkt hatte ankommen sehen, das Gefühl, dass sie tatsächlich *ihn* ansah. Seitdem hatte sich so viel verändert. Das wussten sie beide. Dann sprintete Addy Richtung Stützpunkt los, und Christopher rannte ihr hinterher.

EINUNDDREISSIGSTES KAPITEL

Der Angriff der Polizeikräfte auf den Stützpunkt der Rebellen hatte eine beinahe unheimliche Ähnlichkeit mit dem Angriff der Rebellen auf die Informationszelle. Sie kamen mitten in der Nacht und verkündeten ihre Gegenwart mit Gewehrfeuer. Doch sie waren besser bewaffnet und besser ausgebildet. Die Rebellen waren nicht darauf vorbereitet, sich zu verteidigen.

Die Polizeikräfte hatten genaue Anweisungen. Sie hatten zwar nicht den strikten Befehl zu töten, waren aber angehalten worden, keinerlei Risiko einzugehen. Nicht das geringste. Alle waren sich darüber im Klaren, was das bedeutete: Es bedeutete, dass niemand mit Konsequenzen für sein Handeln rechnen musste. Es bedeutete, dass niemand nachzudenken brauchte, bevor er den Abzug betätigte.

»Das ist das purste Schlachtfeld, auf das Sie jemals einen Fuß setzen werden, Gentlemen«, sagte der Leiter der Einsatzbesprechung. »Alle sind Feinde. Feindes des Staates. Feinde des Landes. Feinde menschlichen Anstands. Ich kenne ihre Gesinnung nicht, und offen gesagt ist sie mir auch scheißegal. Das sind Kriminelle, Mörder und Terroristen.« Der Leiter der Einsatzbesprechung klickte auf ein Symbol, und auf die Leinwand vor den Männern wurde ein Foto projiziert. Die unspektakuläre Aufnahme zeigte ein zweigeschossiges Lagerhaus am Rand einer Wüste. Davor war eine schmale Straße zu sehen. Es handelte sich um das Vorher-Foto. Der Einsatzleiter klickte ein anderes Symbol an, und die heitere, aber langweilige Aufnahme wurde von einem anderen Foto abgelöst, das die halb ausgebrannte Ruine eines Gebäudes zeigte. Man konnte geradewegs ins Innere des Gebäudes blicken, wo die Hitze des Feuers die Wände zum Einsturz gebracht hatte. Man sah, wie die Kugeln die Außenwand durchsiebt hatten. Die Leichen waren entfernt worden, bevor das Foto gemacht wurde. Das spielte allerdings keine Rolle. Es existierten auch Aufnahmen von den Leichen. »Sie haben sieben unschuldige Angestellte getötet.« *Klick. Klick. Klick. Klick. Klick. Klick. Klick.* Der Einsatzleiter ließ das letzte Foto auf der Leinwand. Man konnte erkennen, dass die Kugel unmittelbar über dem rechten Auge in den Schädel des Mannes eingedrungen war. Entweder war ein wirklich guter Schütze am Werk gewesen, oder der Schuss war aus nächster Nähe abgegeben worden.

»Was war das für ein Gebäude?«, fragte einer der Officers.

»Ein gewerbliches Lagerhaus«, erwiderte der Einsatzleiter. »Mehr brauchen Sie nicht zu wissen. Wir haben es hier nicht mit intelligenten Kriminellen zu tun. Wir haben es mit einer einheimischen Terroristengruppe zu tun.« Der Einsatzleiter fuhr fort, ohne das letzte Foto von dem Toten zu schließen. »Wir haben detaillierte Informationen über sie und glauben, wir kennen alle ihre drei Stützpunkte im Großraum Los Angeles. Wir werden uns in drei Teams aufteilen.« Drei Lieutenants standen auf und begannen, den Beamten ihre Aufgaben zuzuweisen. Alles wirkte ein wenig chaotisch, doch der Wahnsinn hatte Methode. Jede Gruppe verfügte über ihre eigenen Spezialisten: Scharfschützen, Pyrotechniker, Fahrer und Infanteristen.

Auch Donald bekam seine Aufgabe zugewiesen. Er wurde der Gruppe zugeteilt, die ein nicht mehr genutztes Gebäude in einem heruntergekommenen Stadtteil am westlichen Rand von Los Angeles attackieren sollte. Ihm kam alles seltsam vor: die »Zuerst schießen und keine Fragen stellen«-Anweisungen; die dürftigen Informationen über die Terroristengruppe; die riesige Menge an Ressourcen, die für diese Aufgabe bereitgestellt wurde, und, das vielleicht Merkwürdigste überhaupt, die einmalige Allianz zwischen dem Los Angeles Police Department und dem FBI.

»Wir werden Sie vorübergehend trennen, damit Ihr Teamleiter mit Ihrer Gruppe den Ablauf durchgehen kann«, sagte der Einsatzleiter, nachdem alle im Raum eine Aufgabe zugewiesen bekommen hatten. »Inoffiziell möchte ich noch ein Wort der Warnung aussprechen. Wir haben es mit einheimischen Terroristen zu tun. Mit amerikanischen Staatsbürgern. Sie werden nicht so aussehen, wie Sie sich jemanden vorstellen, den wir mit dem Begriff *Terrorist* bezeichnen. Sie werden aussehen wie jemand von Ihnen. Sie werden aussehen wie ganz normale Menschen. Ich würde Ihnen gerne mehr Details nennen, aber wir haben nur ein Foto.« Der Einsatzleiter klickte abermals mit seiner Maus ein Symbol an und ließ den Toten endlich in Frieden ruhen. Auf der Leinwand erschien ein neues Foto, das nachts aufgenommen worden war. Es handelte sich um eine Nahaufnahme vom Gesicht eines Jugendlichen, der mit einer Pistole auf einen Mann zielte, welcher in einem Fenster im ersten Stock des Gebäudes stand. Obwohl es draußen dunkel war, herrschte genug Licht, dass man die Details im Gesicht des Jungen ausmachen konnte. Wenn man die Augen ein wenig zusammenkniff, war es sogar möglich, die Gestalt im Fenster zu erkennen. Alle anwesenden Beamten wussten, was aus dem Mann im Fenster geworden war. Sie wussten alle, dass es keine Überlebenden gegeben hatte.

Donald wusste noch etwas anderes. Zunächst realisierte er es gar nicht. Ihm war nur bewusst, dass ihm irgendetwas auf dem Foto bekannt vorkam. Er warf noch einmal einen Blick auf das Gebäude und versuchte, sich zu erinnern, ob er es schon einmal gesehen hatte, doch es war nicht das Gebäude. Dann betrachtete er erneut das Gesicht des Jungen. Er hatte den Jungen schon einmal gesehen. Das hieß, er hatte den Jungen nicht persönlich gesehen, aber er hatte ein Foto von ihm gesehen. Dann fiel Donald wieder ein, wo er das Foto des Jungen gesehen hatte, und plötzlich ergab alles einen Sinn. Donald gab sich Mühe, sich seine Erleuchtung nicht anmerken zu lassen. Er gab sich Mühe, ruhig zu bleiben. Ihm war bewusst, dass er sein Leben nach diesem Abend weiterleben musste und dass dieses Leben nicht einfacher werden würde, wenn andere wüssten, dass er dem Krieg angehörte. Dabei blickte er sich um, ob noch jemand anders den Jungen auf dem Foto erkannt hatte. Er konnte unmöglich der Einzige sein. Wusste der Einsatzleiter Bescheid? War es das, worum es bei dem Ganzen ging? Wussten die Leute vom FBI Bescheid? Wie weit hinauf ging diese Angelegenheit? Donald wusste, dass er auf seine Fragen wahrscheinlich nie Antworten bekommen würde. Trotzdem war das seine Chance, zum Helden zu werden.

Donald ertappte zwar niemand anderen, der ebenfalls auf das Foto des Jungen reagierte, er war sich jedoch sicher, dass er nicht der Einzige im Raum war, der ihn erkannte. Ihm war bewusst, sie würden so viele Leute mit einem eigennützigen Interesse in diese Sache hineinziehen wie möglich. Donald hatte nichts gegen den Jungen. Genau genommen hatte er sogar Mitleid mit ihm, doch der Junge hatte seine Entscheidung getroffen. Jeder traf seine Entscheidung. Wenngleich ihm der Junge irgendwie leidtat, wusste Donald, dass er sich ärgern würde, wenn sich der Junge nicht an seinem Einsatzort, sondern am Einsatzort einer der beiden anderen Gruppen befand.

Im Lauf des Tages, an dem Christopher am Morgen mit Addy laufen gegangen war, suchte er Brian auf. Er hatte sich entschieden. Addy hatte ihm dabei geholfen, auch wenn sie sich dessen nicht bewusst war. Brian, der schon die ganze Zeit gehofft hatte, Christopher würde zu ihm kommen, sorgte dafür, dass er nicht allzu schwer zu finden war. »Und, hast du dich entschieden, was du machen willst?«, fragte er Christopher, nachdem die beiden sich außer Hörweite aller anderen befanden.

»Ja«, sagte Christopher mit beinahe bebender Stimme. »Ich bin dabei. Ich komme mit, um mich mit Reggie zu treffen, aber ich möchte, dass mich Addy und Evan begleiten.«

Brian sah Christopher an und senkte dann den Blick. »Wie kommst du darauf, dass dich die beiden überhaupt begleiten möchten? War Addy nicht diejenige, die dich hierhergeschleppt hat?«

»Addy hat mich nicht hierhergeschleppt. Ich bin aus freien Stücken hergekommen. Und Addy und Evan werden mich begleiten, wenn ich sie darum bitte. Das weiß ich.«

Brian schwieg einen Moment. Er zog die Augenbrauen hoch, und die Falten, die dadurch auf seiner Stirn entstanden, ließen seinen Gesichtsausdruck gequält wirken. »So funktioniert das nicht, mein Junge. Die beiden können nicht mitkommen. Du musst das allein erledigen.«

»Warum?«

»Weil es darum geht, andere dazu zu bringen, dir zu vertrauen, und dieses Vertrauen gewinnst du nicht, wenn du mit einer Feuer spuckenden Rebellin und einem Außenseiter unterwegs bist.« Brian legte Christopher die Hand auf die Schulter.

Es war eine brüderliche Geste. »Du musst allein mitkommen, Christopher. So ist das nun mal.«

Donald war noch nie in einem Fahrzeug des Sondereinsatzkommandos mitgefahren. Er hatte bereits Einsätze gehabt, bei denen welche benutzt worden waren, hatte aber noch nie selbst in einem gesessen. Er kam sich vor, als säße er in einem Panzer der Armee, obwohl er in einem solchen auch noch nie mitgefahren war. Nachdem die Einsatzbesprechung beendet war, teilten sich die Beamten in drei Gruppen auf und gingen nach draußen. Neben dem Revier waren neun Fahrzeuge des Sondereinsatzkommandos geparkt, die auf sie warteten. Donald fragte sich, wie sich das Ganze wohl für seine Beamtenkollegen anfühlte – zumindest für die Mehrheit seiner Beamtenkollegen, die überhaupt nichts vom Krieg wussten. Er fragte sich, wie verrückt ihnen das alles vorkommen musste. Donald hatte noch nie zuvor so viel Feuerkraft gesehen. Niemand hatte das Los Angeles Police Department jemals mit so viel Feuerkraft aufmarschieren sehen. Vielleicht sahen sie einen Sinn darin. Vielleicht sahen sie einen Sinn darin, dass sie mit dem FBI zusammenarbeiten würden, um eine Gruppe Jugendlicher zu schnappen, die sieben Menschen ermordet und ein Gebäude niedergebrannt hatten. Schließlich war solche Art von Gewalt nicht alltäglich – nicht einmal in Los Angeles –, zumindest nicht soweit sie wussten. Also gingen sie davon aus, sie wären alle zusammengetrommelt worden, um einer einheimischen Bande terroristischer Jugendlicher nachzustellen, bei denen es sich vermutlich um Anarchisten oder verrückte Umweltschützer handelte. Donald wusste es allerdings besser. Er war sich ziemlich sicher, dass der Einsatzleiter ebenfalls eingeweiht war. Man musste es schon ziemlich ernst meinen, wenn man all diese Ressourcen mobilisierte, nur um den Jungen zu töten. Oder vielmehr, um den Jungen zu töten und all den Idioten das Herz herauszureißen, die sich an die Hoffnung klammerten, einem Jungen könne gegen zwei Armeen gelingen, was keiner der beiden Armeen gegen die andere gelungen war. Donald hatte noch nie gehört, dass in einer Kriegsangelegenheit zivile Kräfte hinzugezogen worden waren. Es gefiel ihm nicht.

Sie saßen dicht gedrängt hinten in dem Fahrzeug des Sondereinsatzkommandos. Insgesamt waren sie zu zehnt im Fahrzeug: der Fahrer, der Typ auf dem Beifahrersitz und acht im hinteren Bereich. Sie saßen sich auf zwei Bänken gegenüber, vier auf jeder Bank. Vier von den Mitfahrern im hinteren Bereich gehörten dem Los Angeles Police Department an, die anderen vier dem FBI. Donald saß auf einem der beiden Plätze in der Mitte, Schulter an Schulter mit einem FBI-Agenten und einem LAPD-Polizisten, die er beide noch nie gesehen hatte. »Wie lange brauchen wir denn noch?«, rief einer der FBI-Agenten dem Fahrer zu. Donald spürte jede Unebenheit der Straße auf seinem Sitz.

»Sie sind nicht aus L.A., oder?«, erwiderte der Fahrer lachend.

Der verwirrte FBI-Agent sah Donald Hilfe suchend an. »Der Verkehr in L.A.«, erklärte ihm Donald. »Man kann nie sagen, wie lange man irgendwohin braucht.«

»Können wir nicht die Sirene einschalten?«, fragte ein anderer FBI-Agent.

»Nicht bei diesem Einsatz«, entgegnete der Typ auf dem Beifahrersitz. »Wir haben die Anweisung, uns unauffällig zu verhalten. Wir sollen keine Aufmerksamkeit auf uns lenken.«

»Deshalb fahren wir mit einem gepanzerten Fahrzeug des Sondereinsatzkommandos auf dem Highway«, sagte der Polizist, der neben Donald saß, und alle lachten.

»Was ist denn Ihre Aufgabe?«, erkundigte sich einer der FBI-Agenten bei Donald, nachdem das Lachen verstummt war.

»Brandbomben«, erwiderte Donald und dachte darüber nach, wie fortschrittlich seine Ausrüstung im Vergleich zu den Molotowcocktails war, welche die Rebellen bei ihrem Überfall benutzt hatten, und einen Moment lang war er wirklich beeindruckt. »Und Sie?«, fragte Donald den FBI-Agenten.

»Scharfschütze«, entgegnete der FBI-Agent. Es bestand keine Notwendigkeit, noch etwas zu sagen, keine Notwendigkeit, im Wagen herumzugehen und alle anderen nach ihrer Aufgabe zu fragen. Das war allen bewusst. Alles, was es über ihre Mission zu sagen gab, war bereits gesagt worden. Brandbomben. Scharfschützen. Aufstöbern. Eliminieren.

»Haben Sie schon mal jemanden erschossen?«, fragte Donald den FBI-Agenten.

»Ja«, entgegnete der Mann. »Für diese Mission haben sie nur Leute ausgewählt, die schon jemanden erschossen haben.«

Es war bereits spät, als sich Christopher auf die Suche nach Addy machte. Er wusste, dass ihm die Zeit davonlief. Den Großteil des Tages hatte er mit Evan verbracht, wenngleich er nicht den Mut aufgebracht hatte, ihm zu sagen, dass er aufbrechen würde. Stattdessen hatten sie darüber gesprochen… Worüber hatten sie eigentlich gesprochen? Nicht über die Zukunft. Sie hatten über die Vergangenheit gesprochen. Sie hatten in alten Zeiten geschwelgt, hatten darüber gesprochen, wie viel mehr Sinn diese alten Zeiten ergeben hätten, wenn sie damals gewusst hätten, was sie heute wussten. Sie hatten sich an die Tage erinnert, als sie noch unwissend gewesen waren. Dabei hatten sie versucht, kein Urteil darüber zu fällen, welche Zeiten besser waren. Sie hatten abwechselnd Satz um Satz begonnen mit *Erinnerst du dich … Erinnerst du dich*, als …? *Erinnerst du dich* an die Zeit …? *Erinnerst du dich, erinnerst du dich, erinnerst du dich?* Erinnere dich an die Vergangenheit, denn sie ist im Gegensatz zur Zukunft sicher.

Christopher wollte keine Zeit mehr damit verschwenden, Evan dazu aufzufordern zu gehen. Er würde ihm nicht mehr sagen, er solle nach Hause zurückkehren. Ihm war bewusst, dass es keinen Sinn hatte, und er wollte sich nicht an ihrem letzten gemeinsamen Tag mit seinem alten Freund über Dinge streiten, auf die keiner von ihnen auch nur den geringsten Einfluss hatte. Nach dem, was Evan gesehen hatte, würde er dem Krieg nicht den Rücken kehren. Er hatte sein ganzes Leben lang mit Christopher für so etwas trainiert. Jetzt auszusteigen, bevor irgendetwas geklärt war, würde er als Vergeudung betrachten. Trotzdem hätte Christopher Evan gerne gesagt, dass er vorhatte aufzubrechen. Er hätte sich gern wie ein wahrer Freund verabschiedet, tat es jedoch nicht. Deshalb musste er sich auf die Suche nach Addy machen, da er zumindest eine Person über seine Abreise in Kenntnis setzen wollte. Außerdem wollte er Addy bitten, Evan im Auge zu behalten. Was er sonst noch zu ihr sagen würde, wusste er allerdings nicht.

Christopher fand Addy bei Dutty. Die beiden unterhielten sich, schmiedeten Pläne für eine Zukunft, die niemals eintreten würde. Brian würde Christopher in zwanzig Minuten abholen. Christopher sollte oben auf dem Hügel, neben dem Highway, auf ihn warten. Dann würden sie die lange, beschwerliche Fahrt zurück nach Florida beginnen, wo ohnehin alles seinen Ursprung zu haben schien.

»Christopher«, rief Dutty erfreut, als er ihn auf sie zugehen sah.

»Ich muss mit Addy sprechen«, fiel Christopher Dutty ins

Wort, bevor dieser zu einer Erläuterung der Details ansetzen konnte, was den nächsten Überfall betraf, den er plante, oder die nächste Botschaft, die er an die Massen senden wollte. Christopher sagte die Worte mit mehr Selbstvertrauen als alles andere, was er zu Dutty gesagt hatte, seit sie sich kennengelernt hatten, und mit mehr Selbstvertrauen als alles, was er zu Addy gesagt hatte, seit sie sich das Haar feuerrot gefärbt hatte.

»Okay«, sagte Dutty zu Christopher und fügte sich, nicht weil er wollte, sondern weil er wusste, dass ihm nichts anderes übrig blieb, wenn Christopher Forderungen stellte. »Ich lasse euch beide allein.« Dann verließ er den Raum.

Christopher verlor keine Zeit. Er wusste, dass jegliches Zögern zu einer Lähmung führen könnte. »Ich gehe«, sagte er zu Addy.

»Was?« Etwas anderes fiel Addy darauf nicht ein. Sie hatte das Gefühl, als habe Christopher ihr einen unerwarteten Schlag versetzt.

»Ich gehe«, wiederholte Christopher. »Heute Abend. Ich möchte, dass du das weißt. Und ich möchte, dass du dich um Evan kümmerst.«

»Ich verstehe nicht ganz«, sagte Addy.

»Ich verstehe es auch nicht, aber du möchtest, dass ich eine Führungsrolle übernehme, also muss ich anfangen, hin und wieder selber Entscheidungen zu treffen, oder?«

»Zu gehen ist also deine eigene Entscheidung?«, fragte Addy und deutete damit an, dass sie mehr wusste, als sie eigentlich wissen konnte.

»Ich weiß nicht«, erwiderte Christopher. »Ich glaube schon – auf jeden Fall eher, als wenn ich bleiben würde.«

Addy stand schweigend da und schwankte hin und her, als liefe sie Gefahr umzukippen. Christopher hatte sie noch nie so gesehen. Er hatte ihr schlimmer zugesetzt, als hätte er ihr tatsächlich in die Magengrube geschlagen. Sie wirkte benommen und sah ihn mit tränenfeuchten Augen an. »Du darfst nicht gehen. Du darfst uns nicht im Stich lassen. Du darfst mich nicht im Stich lassen.«

»Versprich mir, dass du dich um Evan kümmerst.«

Addy presste die Lippen aufeinander. Sie fühlte sich verletzlich, wie ein Kind. Wenn sie es ihm nicht versprach, würde er vielleicht nicht gehen, dachte sie.

»Versprich es mir, Addy«, flehte Christopher, obwohl sie beide wussten, dass er um mehr bat, als seine Worte beinhalteten. Er bat sie auch um Vergebung.

»Du weißt doch, dass ich ihn im Auge behalte«, versprach Addy schließlich. »Gehst du etwa deshalb?«

»Nein.« Christopher gelang es, sich ein Lächeln abzuringen. »Ich freue mich für euch beide. Mir tut es nur leid, dass ich nicht derjenige bin, für den du mich gehalten hast.«

»Du solltest noch nicht aufgeben«, flüsterte Addy. »Keiner von uns ist derjenige, der er einmal werden wird.«

Christopher wunderte sich, dass Addy ihn nicht fragte, wohin er ging. Ihm war nicht bewusst, dass man diese Frage in Addys Welt niemandem stellte. Wohin man ging, ging niemanden etwas an, selbst wenn man Christopher hieß. »Bitte warte so lange wie möglich, bevor du irgendjemandem erzählst, dass ich weg bin.« Das war Christophers letzte Bitte an Addy. »Du bist die Einzige, die Bescheid weiß.« Dann drehte er sich um und ging davon. Als er bei der Tür angekommen war, die nach draußen führte, warf er noch einmal einen Blick zurück zu Addy. Sie hatte sich nicht von der Stelle gerührt. »Ich hoffe, wir sehen uns wieder«, sagte er zu ihr. Addy nickte darauf nur, da sie es nicht für möglich hielt. Dann war er verschwunden.

Möglicherweise kamen Brian und Christopher an den gepanzerten Fahrzeugen des Sondereinsatzkommandos vorbei, als ihr Wagen vom Stützpunkt wegraste und die gepanzerten Fahrzeuge darauf zurasten. Falls dem so war, nahm weder Brian noch Christopher es zur Kenntnis. Sie hatten Kalifornien bereits verlassen, als die ersten Rebellen zu Boden stürzten, niedergestreckt von einer gezielten Kugel beim Versuch, aus dem brennenden Gebäude zu fliehen.

Donald und seine Kollegen warteten in aller Stille, bis sie in dem alten baufälligen Gebäude keine Bewegung mehr wahrnahmen. Das Gebäude wirkte ziemlich unspektakulär. Es war eingeschossig und stand auf einem kahlen Stück brauner Erde. Die meisten Fenster waren noch vorhanden, aber schmutzverkrustet. Hätte Donald seine Mission nicht gekannt, hätte er das Gebäude für eine Zwischenstation für Hausbesetzer gehalten. Soweit er wusste, war es das auch. Soweit er wusste, handelte es sich bei der ganzen Geschichte über die einheimischen Terroristen um eine große Lüge, die sie dort hinlocken sollte, die dafür sorgen sollte, dass ihnen Unschuldige dabei halfen, den Jungen aufzuspüren, der sich in L.A. unter einem Haufen obdachloser Jugendlicher versteckte. Als Donald das unbefestigte, heruntergekommene Gebäude zu Gesicht bekam, fragte er sich, was den anderen Polizisten und Agenten durch den Kopf ging, denjenigen, die den wahren Grund nicht kannten, weshalb sie hier waren, denjenigen, die das Foto des Jungen gesehen und ihn für irgendeinen Halbstarken gehalten hatten, dem eine Lektion erteilt werden musste. Donald fragte sich, ob er an ihrer Stelle naiv genug gewesen wäre und geglaubt hätte, dass so viel Feuerkraft aufgefahren wurde, nur um einen kriminellen Jugendlichen dingfest zu machen.

Sie warteten auf der anderen Seite des Highways, bis in dem Gebäude Ruhe einkehrte, und kundschafteten die Situation mit Ferngläsern aus, um sicherzugehen, dass sie sich weit genug entfernt aufhielten, um in der Dunkelheit von niemandem im Gebäude entdeckt werden zu können. Es dauerte lange, bis endlich Ruhe einkehrte. Als ihr Einsatzbefehl kam, warteten sie bereits seit mehr als zwei Stunden neben dem Highway. Seit sie vom Highway abgefahren waren, aus ihren gepanzerten Fahrzeugen gestiegen waren und ihre Waffen kontrolliert hatten, war die Spannung immer weiter angestiegen. Inzwischen scharrten sie mit den Hufen, waren bereit, in Aktion zu treten, bereit anzugreifen. Wenn zuvor irgendjemand von ihnen Skrupel gehabt hatte, waren diese neben dem Highway einen stillen Tod gestorben. »Es wird Zeit, dass wir uns in Bewegung setzen, Männer«, sagte der Gruppenführer und signalisierte der ersten Welle, in Position zu gehen.

Donald gehörte mit den anderen beiden Pyrotechnikern der ersten Welle an. Vier Scharfschützen und zwei Infanteristen begleiteten sie. Zunächst bestand die Aufgabe der Scharfschützen und der Infanteristen nur darin, ihnen Deckung zu geben. Sie hatten die örtlichen Verhältnisse ziemlich genau ausgekundschaftet. Sie wussten, wo sich die Ein- und Ausgänge befanden. Sie wussten, wohin sich die drei Pyrotechniker begeben mussten, um das meiste aus ihrer Ausrüstung herauszuholen. Die beiden Infanteristen nahmen die ersten beiden Plätze in der Reihe ein. Sie rückten schnell vor, wie Vorblocker beim Football, und gingen in Position, um im Fall von Gegenangriffen auf dem Boden verteidigen zu können. Dann gingen die Scharfschützen in Position, in ungefähr gleichem Abstand zueinander, sodass sie die gesamte Vorderseite des Gebäudes abdeckten. Die Pyrotechniker rückten als Letztes vor und bezogen zwischen den Scharfschützen und den Infanteristen Stellung.

Donald nahm seinen Platz ganz rechts ein. Sobald er sich in Position befand, kniete er sich hin und holte vier Kanister aus seinem Rucksack. Ein weiterer befand sich bereits in seiner Abschussvorrichtung. Mit ihrer Ausrüstung hätte jeder von ihnen das Gebäude im Alleingang niederbrennen können. Gemeinsam hätten sie eine halbe Stadt in Schutt und Asche legen können. Allerdings ging es nicht allein darum, das Gebäude niederzubrennen. Worauf es ankam, war die Geschwindigkeit. Und darauf, Hitze, Angst und Panik auszulösen.

Donald kontrollierte noch einmal den vorgeladenen Kanister, um sich zu vergewissern, dass es keine Probleme gab. Er würde nach jedem Schuss manuell nachladen müssen, schaffte das jedoch in weniger als einer Minute. Er hatte die Anweisung, zwei Zimmer mit jeweils zwei Kanistern zu treffen. Der fünfte Kanister war Ersatz, falls er mit einem der ersten vier sein Ziel verfehlte, doch er verfehlte sein Ziel nie. Wenn die ersten vier Schüsse trafen, sollte er den fünften Kanister aufs Dach schießen. Die Kanister waren nicht darauf ausgelegt zu explodieren. Sie waren darauf ausgelegt, ein Feuer zu entfachen. Kurz nachdem sie abgeschossen wurden, versprühten sie in sämtliche Richtungen eine hochwirksame Flüssigkeit, irgendeine Mischung aus Diäthyläther und Benzin, die schnell Feuer fing und dann heiß und lang brannte. Nachdem der Kanister seinen Inhalt versprüht hatte, ging er in Flammen auf. Die Explosion allein genügte nicht, um selbst irgendwelchen Schaden anzurichten. Sie reichte nur aus, um das Feuer zu entfachen, das allerdings fast nicht mehr zu stoppen war, wenn es erst einmal ausgebrochen war. Alles, was mit der Flüssigkeit in Berührung kam, verbrannte zu Asche.

Donald zielte auf das erste Fenster und wartete auf das Kommando.

Alle außer Addy schliefen. Sie lag im Bett, konnte aber nicht einschlafen. In ihrem Kopf geisterten zu viele Fragen herum. Was würden sie jetzt tun, nachdem Christopher weg war? Wie würden sie alle bei der Stange halten? Was würden sie sagen? Was würde sie Evan erzählen? Sie lag regungslos da und zwang sich, sich nicht hin und her zu wälzen. Sie wollte nicht riskieren, die anderen Frauen im Zimmer aufzuwecken, da sie nicht gezwungen sein wollte, sich mit ihnen unterhalten zu müssen. Also hielt sie ihren Körper still, doch ihre Gedanken drehten sich im Kreis. Sie war nicht in der Lage, sie zu stoppen. Sie sah immer und immer wieder Christophers Gesicht, sämtliche verschiedene Versionen davon: sein Gesicht, als er mit Max zum ersten Mal auf Reggies Stützpunkt auftauchte; sein Gesicht, als er Addy mit rot gefärbtem Haar aus dem Badezimmer kommen sah; sein Gesicht, nachdem Max getötet worden war; sein Gesicht, kurz bevor er zur Tür hinausgegangen war. Sie fragte sich, ob sie aus all diesen Gesichtern mehr hätte lernen sollen.

Addy war noch immer wach, als das Fenster in ihrem Zimmer zersplitterte und überallhin Glasscherben flogen. Die anderen drei Frauen schliefen, als es passierte. Das Geräusch der berstenden Scheibe und das Gefühl der scharfkantigen Scherben auf ihrer Haut weckten sie. Niemand, nicht einmal Addy, wusste, was die Fensterscheibe hatte zersplittern lassen. Dann kam der Sprühnebel.

Der Sprühnebel war transparent und beinahe geruchlos, trotzdem wussten alle, dass sie ihn meiden mussten. Sie bewegten sich schnell, duckten sich hinter Möbelstücken oder versuchten, den Sprühnebel mit Decken abzuhalten, doch alles geschah blitzschnell. Nicht alle reagierten schnell genug. Addy hielt eine Decke hoch, um sich vor dem Sprühnebel zu schützen. Einer der anderen Frauen gelang es, hinter ihrem Bett in

Deckung zu gehen. Sie wussten nicht, worum es sich bei dem Sprühnebel handelte, ob es Säure oder Gift war. Zwei von ihnen bekamen etwas davon ab, ohne dass es sofort Wirkung zeigte. Eine der Frauen, der es nicht gelang, den Sprühnebel mit ihrem Kissen vollständig abzuwehren, bekam etwas davon ans Hosenbein. Gesicht und Körper blieben jedoch verschont. Die vierte Frau hatte weniger Glück. Der Kanister war ganz in ihrer Nähe gelandet, und der Sprühnebel erwischte sie, bevor sie überhaupt reagieren konnte. Ein oder zwei Sekunden lang sah es so aus, als sei alles in Ordnung. Der Sprühnebel verebbte, und alle Frauen sahen Ruth an. Sie sahen die dunklen Flecken auf ihrer Kleidung, wo der Sprühnebel sie erfasst hatte. Sie hob eine Hand, um sich ein paar Tropfen von der Flüssigkeit aus dem Gesicht zu wischen. Die anderen rochen nichts, sie dagegen schon. Ein paar Tropfen des Sprühnebels waren genau unter ihren Nasenlöchern gelandet. Sie konnte einen leichten Ei-Geruch ausmachen.

Addy starrte Ruth noch immer an, als das Feuer ausbrach. Keine von ihnen hatte sich von der Stelle gerührt. Sie waren immer noch zu überrascht und geschockt, um zu realisieren, was vor sich ging. Aus den anderen Zimmern ertönten Geräusche, das Rascheln von Füßen und gedämpfte Stimmen. Ihr Zimmer ging nicht als erstes in Flammen auf. Addy hörte, wie es zuerst in einem der anderen Räume passierte: das Zischen, mit dem die Luft aus dem Zimmer gesaugt wurde, als das Feuer ausbrach und den Sauerstoff im Zimmer verschlang. Dabei wurde ihr bewusst, worum es sich bei der Flüssigkeit handelte. Sie sah, wie Ruth abermals die Hand hob, um sich ein paar Tropfen der Flüssigkeit aus den Augen zu wischen. Alles schien sich wie in Zeitlupe abzuspielen. Dann sah Addy das schimmernde Licht der vier kleinen Flammen, die aus dem Kanister aufflackerten.

Dann spürte sie die Hitze. Dann hörte sie das Zischen in ihrem Zimmer. Dann hörte sie die Schreie. Addy wandte den Blick von Ruth ab, als diese ihre eigene Haut umklammerte, die sich von ihrem Körper schälte. Es ging schnell. Es war alles andere als schmerzfrei, doch es ging schnell. Nachdem die Schreie verstummt waren, blieb nur noch der Geruch übrig.

Die Frau, die etwas von dem Sprühnebel auf die Hose bekommen hatte, schaffte es zwar, ihre Hose auszuziehen, allerdings erst nachdem sie am Bein schwere Brandverletzungen erlitten hatte, und beim Ausziehen der Hose bekam sie etwas von der Flüssigkeit an die Hände. Addy spürte Übelkeit in sich aufsteigen. Sie wollte helfen, wusste jedoch, dass sie nichts tun konnte. Stattdessen rannte sie aus dem Zimmer. Das ganze Gebäude füllte sich bereits rasch mit Rauch. Auf dem Korridor ließ sich Addy blitzartig auf alle viere nieder. Dann hörte sie die ersten Schüsse.

Donald sah zu, wie die Flammen wuchsen. Er hatte mit allen seinen vier Kanistern in das Gebäude getroffen und mit dem fünften aufs Dach gezielt. Kurz nach seinem landete noch ein weiterer Kanister auf dem Dach. Dann der dritte. Alle drei Pyrotechniker hatten perfekte Arbeit geleistet. Zwölf Kanister waren im Gebäude gelandet. Das war zu viel des Guten, daran bestand für Donald kein Zweifel. Sorgen machte er sich deshalb allerdings keine. Was ihn beunruhigte, war, dass die Leiche des Jungen unkenntlich sein würde, wenn das Feuer sie erwischte. Er fragte sich, ob sie ein Odontogramm des Jungen besaßen oder irgendetwas anderes, womit sie seine Leiche identifizieren konnten. Doch das war vermutlich nicht sein Problem, dachte er. Ihm war bewusst, dass er nur ein Werkzeug war. Und Regeln waren Regeln. Und Befehle waren Befehle. Er war kein Typ, der Staub aufwirbelte.

Donald beobachtete, wie die Ersten von ihnen zur Tür hinauslaufen wollten. Ironischerweise sorgte ausgerechnet das Feuer für das Licht, das die Scharfschützen brauchten. Selbst diejenigen, denen es gelang, den Flammen zu entfliehen, schafften es nicht, dem Licht zu entkommen. Der Erste kam aus dem Gebäude gerannt. Er stach heraus, ein schwarzer Schatten vor dem hellen Schein, und machte gerade einmal drei Schritte, ehe er niedergeschossen wurde. Die Kugeln kamen von überall her, aus mindestens drei Richtungen. Beim Ersten war das immer so. Alle waren übermotiviert. Bald würde sich jedoch ein Schema entwickeln, bei dem die Scharfschützen sich abwechselten, damit niemand durch die Lücken entkommen konnte. Falls es doch jemandem gelang zu entwischen, waren die Infanteristen für ihn zuständig. Sie waren ebenfalls bewaffnet. Einige trugen eine Pistole, andere ein Gewehr, und ihre Aufgabe bestand darin, sich um den Überschuss zu kümmern. Als der zweite Flüchtige herausgelaufen kam, wurden nur zwei Gewehre abgefeuert, die ihn fast an derselben Stelle zu Fall brachten wie den ersten.

Donald legte sein Equipment beiseite und huschte zurück zum Highway. Er hatte zwar nicht vor zu schießen, wollte sich aber ein Gewehr holen, damit er sich nützlich machen konnte, falls er gebraucht wurde. Außerdem fragte er sich, mit welcher Art von Belohnung derjenige rechnen konnte, der den Jungen erschoss. Das Gewehrfeuer hallte noch immer um ihn herum wider, während er den Hügel hinaufkletterte. Es hatte eine beinahe unheimliche Ähnlichkeit mit einem Feuerwerk – mit all dem Lärm, aber ohne dessen Schönheit.

Der einzige Gedanke, der Addy durch den Kopf ging, als sie sich auf den Boden warf, um den Rauchschwaden zu entgehen, war der, dass sie Evan finden musste. Sie versuchte sich einzureden, dass das an dem Versprechen lag, das sie Christopher gegeben hatte. Sie versuchte sich einzureden, dass sie nur um der Sache willen die Schreie und das schreckliche Chaos um sich herum ignorierte und nach Evan suchte. Sie wusste, wo sich Evans Zimmer befand, und bahnte sich in der Hoffnung, mehr als nur seine verkohlte Leiche zu finden, den Weg dorthin. Als sie die ersten Schüsse hörte, war sie verwirrt, aber um zu Evans Zimmer zu gelangen, musste sie an der Eingangstür vorbeikriechen. Innen an der Tür standen bereits mehrere Leute und warteten. Addy wurde rasch klar, was vor sich ging: Sie versuchten, ihre Flucht aus dem Gebäude so zu timen, dass vielleicht wenigstens ein paar von ihnen dem Kugelhagel entkommen würden. Addy wusste nicht, wie die Chancen standen, am Leben zu bleiben, war sich aber darüber im Klaren, dass die Wahrscheinlichkeit nicht groß sein konnte. Als sie den Korridor entlangkroch, war erneut Gewehrfeuer zu hören. Sie wandte sich von der Eingangstür ab. Jede Salve verriet ihr, dass einer ihrer Freunde niedergemäht wurde. Sie hätte gerne um jeden von ihnen getrauert, und sie würde auch um jeden von ihnen trauern. Ihr blieb nur jetzt keine Zeit, um zu trauern.

Als Addy Evan schließlich fand, lag er unter den Rauchwolken auf dem Fußboden und rief Christophers Namen. Er erhielt natürlich keine Antwort, weil niemand da war, der ihm hätte antworten können. Christopher war weg. Das wusste nur Addy, und jetzt war nicht der richtige Zeitpunkt, um Geheimnisse preiszugeben. Jetzt war der richtige Zeitpunkt, um das Weite zu suchen.

Das Gebäude hatte drei Eingänge. Zwei davon führten zum Highway hinaus, der dritte befand sich auf der Südseite des Gebäudes. Alle drei waren gesichert. Niemand konnte durch eine dieser drei Türen treten, ohne sich dem Gewehrfeuer professioneller Schützen auszusetzen. Donald ging im oberen Bereich des

Hügels in Stellung. Er holte ein Fernglas hervor, um damit einen Blick von den Gesichtern der Personen zu erhaschen, die aus dem Gebäude rannten. Er hielt Ausschau nach dem Jungen und kontrollierte jedes Gesicht. Die Scharfschützen arbeiteten schnell und effizient. Jeder Einzelne, den Donald durch eine der Türen laufen sah, wurde niedergeschossen, bevor er aus dem rötlichen Schein des Feuers entkommen konnte. Donald sah viele von ihnen, doch denjenigen, nach dem er Ausschau hielt, entdeckte er nicht. Die Flammen wurden höher, und bald leuchtete der ganze Hügel orangefarben bis auf einige dunkle, mit Schatten gefüllte Ecken. Donald blieb wachsam, obwohl er eigentlich nicht mehr damit rechnete, Christopher zu entdecken. Er rechnete nicht damit, den Helden spielen zu müssen. Er rechnete nicht damit, dass er als Erster auf die Rauchwolke aufmerksam werden würde, die aus einem der seitlichen Fenster drang.

Donald wusste genug über Feuer, um sich darüber im Klaren zu sein, was das bedeutete: Jemand hatte die Fensterscheibe eingeschlagen. »Auf der Seite!«, rief er den Scharfschützen zu. Diejenigen, die der Wand am nächsten waren, durchsiebten sie in der Nähe des Fensters mit Kugeln, doch der Winkel war ungünstig, worunter ihre Treffsicherheit litt. Donald rannte los, um bessere Sicht auf das Fenster zu haben. Einer der Infanteristen folgte ihm, war jedoch langsam. In den Plänen, die sie besaßen, waren auf dieser Seite des Gebäudes keine Fenster eingezeichnet, doch es gab ein Fenster, das jemand eingeschlagen hatte, und Donald sah sie vor allen anderen.

Als Erstes warfen sie etwas zum Fenster hinaus. Auf dieser Seite des Gebäudes war es dunkler, deshalb konnte Donald nicht genau erkennen, worum es sich handelte, doch es sah aus wie ein kleines Möbelstück. Das herabfallende Möbelstück wurde von einer weiteren Gewehrsalve begleitet, allerdings war der Schusswinkel der Scharfschützen immer noch so ungünstig, dass sie ihr Ziel verfehlten. Donald hob sein Fernglas gerade rechtzeitig, um eine Person mit schulterlangem, unnatürlich rotem Haar aus dem Fenster springen zu sehen. Einen Augenblick später sprang eine zweite Person heraus. Donald bekam das Gesicht der zweiten Person gut zu sehen. Es handelte sich um einen jungen Mann: nicht um den Jungen, aber um einen ungefähr gleichaltrigen Jugendlichen. Die beiden Springer landeten auf dem Boden. Der erste zog den zweiten auf die Beine, dann rannten sie los.

Donald richtete sein Fernglas wieder auf die rothaarige Person. Wenn er ihr Gesicht zu sehen bekäme, könnte er ausschließen, dass es sich bei den roten Haaren um einen Teil der Verkleidung handelte. Wenn es sich bei keinem der beiden Flüchtigen um den Jungen handelte, brauchte Donald sie auch nicht zu verfolgen. Er konnte allerdings nichts ausschließen. Er bekam das Gesicht der rothaarigen Person nicht deutlich genug zu sehen, um sich sicher sein zu können, dass es sich nicht um Christopher in Verkleidung handelte. Also rannte Donald ebenfalls los und folgte den beiden.

Evan und Addy liefen den Hügel zum Highway hinauf, weg von ihren Angreifern. Addy schlug diesen Weg ein, denn ihr war bewusst, dass sie leichte Beute gewesen wären, wenn sie in die andere Richtung gerannt wären. Sie hätten im Schein des Feuers geleuchtet und wären den Heckenschützen genau vors Visier gelaufen. Da sie allerdings in die andere Richtung liefen, mussten sich die bewaffneten Männer von dem brennenden Gebäude wegdrehen, um sie sehen zu können. Sie versuchte, das periodische Trommelfeuer der Gewehre zu ignorieren, und konzentrierte sich nur aufs Laufen. Keiner der Scharfschützen schoss auf sie, doch sie waren noch nicht in Sicherheit. Addy erspähte zwei Männer, die sich von den übrigen abgesondert hatten – zwei Männer, die sie verfolgten. Der eine von ihnen befand sich weit vor dem anderen. Beide trugen die SWAT-Uniform der Polizei von Los Angeles, und der vordere der beiden schloss schnell zu ihnen auf.

Donald rannte. Er rannte, so schnell er konnte. Und er holte auf. Als er sich umblickte, sah er, dass der Infanterist, der ihm gefolgt war, immer weiter zurückfiel. Donald konnte ihm das kaum übel nehmen. Aller Wahrscheinlichkeit nach gab es Ruhm ausschließlich beim Feuer zu ernten, und nicht bei der Verfolgung zweier Jugendlicher, die in die Nacht flüchteten. Völlig ausgeschlossen war es allerdings nicht. Donald wusste, dass es nicht völlig ausgeschlossen war.

Donald blickte auf. Er war den beiden jetzt ganz nahe. Möglicherweise hätte er einfach stehen bleiben und mit seinem Gewehr auf sie zielen können, aber er war kein ausgebildeter Scharfschütze. Falls er es versuchte und sie verfehlte, würden sie bestimmt entkommen. Außerdem war er nicht den ganzen Weg gelaufen, um zwei x-beliebige Jugendliche zu erschießen. Er wollte zuerst ganz sichergehen, deshalb rannte er den Hügel weiter hinauf. Die dunkelhaarige Person lief voraus. Die rothaarige, auf die es Donald eigentlich abgesehen hatte, folgte ein Stück dahinter. Donald war sich darüber im Klaren, dass er die beiden einholen musste, bevor sie oben auf dem Hügel angelangt waren, da sie anschließend verschwinden konnten. Er holte tief Luft und bereitete sich darauf vor, ihnen zuzurufen, dass sie stehen bleiben sollten. Er war sich nicht sicher, ob das funktionieren würde, da er nicht wusste, ob seine Stimme sie erschrecken und zögern lassen würde oder ob sie dann noch schneller laufen würden. Was auch immer die Folge wäre, Donald war bereit, es zu versuchen. Bevor er allerdings die Gelegenheit dazu bekam, passierte es. Die rothaarige Person stolperte über eine abgestorbene Wurzel und stürzte genau vor ihm zu Boden. Das verschaffte ihm den nötigen Schub. Es gelang ihm, noch einmal zu beschleunigen und binnen Sekunden zu der rothaarigen Person aufzuschließen.

Als Donald sich seiner Zielperson näherte, hob er sein Gewehr an und zielte auf das rote Haar. Er verspürte kein Bedürfnis, den Actionhelden zu spielen. Er hatte keine witzigen Sprüche in petto. Er hatte nicht vor, seine Sicherheit gegen Ruhm einzutauschen. Trotzdem hatte er sich eingeredet, er würde den Jungen verfolgen. Er war zu der Überzeugung gelangt, dass er unter der roten Perücke das Gesicht des Jungen von den Fotos zu sehen bekommen würde. Donald war es egal, was Christopher zu sehen bekam, bevor er den Abzug betätigte. Ihm war egal, ob er Eindruck hinterließ. Er wollte sich nur vergewissern, dass es sich um den Jungen handelte. Donald machte noch einen Schritt auf den gestürzten Rebellen zu, der bereits auf einem Bein kniete und kurz davor war, wieder aufzustehen. *Schau mich an*, dachte Donald, während er das rote Haar anstarrte. Dann war plötzlich Donalds Gewehr weg. Seine Hände waren leer. Er blickte auf. Der dunkelhaarige Junge war umgekehrt. Er hatte Donald das Gewehr aus den Händen gerissen und stand jetzt vor ihm. Flackernde Schatten tanzten über das Gesicht des jungen Mannes, das die Flammen reflektierte, die hinter Donald immer höher emporloderten. Donald konnte zwei Schläge landen, zuerst mit der rechten Faust, dann mit der linken. Der junge Mann verschwendete keine Energie damit, den Schlägen auszuweichen. Donalds Fäuste trafen den jungen Mann nicht richtig, und er war weit davon entfernt, irgendeinen Schaden anzurichten. Dann ging Donald zu Boden, als würde er nach unten gezogen. Dann spürte er Schmerzen. Dann sah er Dunkelheit. Dann nichts mehr.

Addy ließ Evan keine Sekunde, um darüber nachdenken, was er getan hatte. Sie ließ ihm keine Sekunde, um überhaupt über irgendetwas nachzudenken. Stattdessen packte sie ihn am Handgelenk und zerrte ihn weg. Sie zerrte ihn weg von der Leiche des Polizisten, den er getötet hatte. Sie zerrte ihn weg von dem Feuer. Sie zerrte ihn weg von den Schreien und den Schüssen. Nach einer Weile dachte Evan über gar nichts mehr nach und ließ sich einfach von Addy führen.

ZWEIUNDDREISSIGSTES KAPITEL

Christopher glaubte, Brian würde ihn zurück zum Stützpunkt in Florida bringen. Die beiden waren lange gefahren. Bei Christopher machte sich langsam das Gefühl breit, als bestünde sein ganzes Leben nur noch aus einer Reihe langer Autofahrten, unterbrochen von Momenten heftiger Gewalt. Brian brachte Christopher allerdings nicht zum Stützpunkt in Florida. Reggie hatte den Stützpunkt sofort verlassen, als er erfuhr, dass Christopher unterwegs war, um sich mit ihm zu treffen.

»Wo sind wir?«, erkundigte sich Christopher bei Brian, als sie eine schnurgerade Straße entlangrasten, die durch ein schier endloses Meer von Kiefern führte.

»In New Jersey«, erwiderte Brian. Christopher war bewusst, dass er nicht darauf geachtet hatte, wohin sie fuhren, aber er hatte nicht realisiert, wie weit sie vom Kurs auf das Ziel in seinem Kopf abgewichen waren. Er hatte sich von seinen Gedanken an Addy und Evan ablenken lassen. Auch wenn er sich dagegen sträubte, hatte er sich ferner von dem Gedanken ablenken lassen, wie lange er schon nicht mehr mit seinen Eltern gesprochen hatte. Selbst wenn es ihm gelang, mit dem Nachdenken aufzuhören, huschten Bilder der Toten an seinem inneren Auge vorbei – von den Männern, die ihm in Maine im Wald aufgelauert hatten, von Max und den anderen in Kanada, von dem Mann, den er in der Nähe des Death Valley erschossen hatte, von dem Mann, den Addy erschossen hatte, nachdem ihm bewusst geworden war, um wen es sich bei Christopher handelte.

»Das ist New Jersey?«, fragte Christopher, während er durchs Fenster auf die endlosen Baumreihen starrte. Er hatte das Gefühl, überrascht sein zu müssen, doch es gab immer weniger, was ihn zu überraschen vermochte.

»Ja.«

»Hier sieht es aus wie in Maine«, stellte Christopher fest.

»Möchtest du wissen, wohin ich dich bringe?«, fragte Brian.

Die Bäume flogen an ihnen vorbei. »Ich glaube, ich weiß, wohin wir fahren«, sagte Christopher. Reggie holte ihn an die Küste von New Jersey, an die Christophers Vater immer gefahren war, als er sich in Christophers Alter befand. »Ist das nicht riskant? Werden sie hier nicht nach mir suchen?«

»Es ist überall riskant. Reggie hatte in der Nähe ein paar Dinge zu erledigen. Wir sind der Meinung, dass du hier genauso sicher bist wie irgendwo anders.«

»Das ist nicht gerade die enthusiastischste Empfehlung, die ich je gehört habe.«

»Vertrau uns, Christopher. Wir haben kein Interesse daran, noch mehr Leute zu Märtyrern zu machen.«

»Das klingt gut. Dann haben wir wenigstens was gemein.« Christopher versuchte zu lachen. »Sind Sie wegen dem, was mit meinem Vater geschehen ist, aus dem Krieg ausgestiegen?«

Brian nahm die Augen nicht von der Straße. »Nein. Ich bin

aus dem Krieg ausgestiegen, weil ich mir ziemlich sicher war, dass sie mich töten würden.«

»Und warum wollten sie Sie töten?«

»Weil sie dachten, ich wäre ein Spion.«

»Waren Sie das?«

»Nein. Ich war nicht perfekt, aber ich war kein Spion. Was aus mir geworden ist, haben sie sich selbst zuzuschreiben.«

»Aber Sie haben versucht, meinem Vater zu helfen, als er auf der Flucht war?«

Brian warf Christopher einen flüchtigen Blick zu, dann konzentrierte er sich wieder auf die Straße. »Wie ich schon sagte, ich war nicht perfekt, aber wer einem Freund hilft, ist nicht gleich ein Spion.«

»Wenn Sie nicht wären, säße ich jetzt vielleicht gar nicht hier.« Christopher sagte diese Worte genauso zu sich selbst wie zu Brian. »Wenn mein Vater früher erwischt worden wäre, hätte meine Mutter niemals erfahren, was sie wissen musste, um mich zurückzuholen. Mein Vater wäre nicht als Held, sondern als Versager gestorben. Und ich wäre nur ein weiterer Jugendlicher im Krieg, der es nicht besser weiß und denkt, er wäre gut, und diejenigen, gegen die er kämpft, wären böse. Wenn Sie nicht wären, würde sich niemand für mich interessieren.«

»Wäre dir das lieber?«, fragte Brian.

Christopher wusste nicht, was er darauf antworten sollte. Er fragte sich, ob es sich bei der Frage womöglich um eine Art Test handelte. Anstatt zu antworten, fragte er: »Sind wir bald da?«

»Noch ungefähr anderthalb Stunden«, sagte Brian.

Christopher beobachtete, wie die Bäume vorbeiflogen, und war kaum in der Lage, einen einzelnen von ihnen herauszupicken. »Und Reggie wartet auf uns, wenn wir ankommen?«

»Ja«, bestätigte Brian.

Reggie legte den Hörer auf und starrte zum Fenster hinaus auf die Boote im Hafen. Der Wind, der über den Hafen wehte, ließ die Boote auf den Wellen hin und her schaukeln. Dieser Ort hatte eine Geschichte. Reggie war zugesagt worden, dass es sicher sei, sich mit Christopher auf dieser Insel zu treffen. Wenn er den Leuten nicht vertrauen konnte, die solche Zusagen machten, würden Christopher und er ohnehin nicht weit kommen. Ein gewisses Risiko bestand natürlich, doch in Reggies Augen war die Geschichte von Bedeutung. Er wollte, dass Christopher eine Verbindung spürte. Christophers Vater war früher mit seinen Freunden regelmäßig hierhergekommen: mit dem, der ihn schließlich tötete, und mit dem, der bei der Suche nach Christopher getötet wurde. Diese kleine Insel war der Ort, an dem Christophers Vater es sich in den Kopf gesetzt hatte, dass Loyalität gegenüber den Menschen, denen er am Herzen lag, wichtiger war als Regeltreue. Diese kleine Insel war der Ort, an den Michael Christophers Mutter gebracht hatte und an dem Maria klar geworden war, was sie tun musste, um Christopher zu finden und zu retten. Jetzt war die winzige Insel der Ort, an dem Reggie Christopher für einen verrückten Plan verpflichten wollte, der die beiden um die ganze Welt führen würde und der sich auf die Hoffnung stützte, Christopher könne etwas schaffen, wozu niemand sonst in der Lage war.

Draußen wurde es langsam dunkel, doch Reggie machte sich nicht die Mühe, das Licht einzuschalten. Er fand Gefallen an der einsetzenden Dämmerung, da sie beruhigend auf ihn wirkte. Dann griff er abermals zum Telefon und wählte. Der verrückte Plan, den sie ausgebrütet hatten, war nicht Reggies Plan, zumindest war er das am Anfang nicht gewesen. Jetzt war er es allerdings, nahm er an. Jetzt gehörte er ihm, nachdem er ihn mit hunderten Telefongesprächen und tausenden Versprechen erworben hatte. Er musste ihn besitzen – ganz, vollständig –, um ihn anderen verkaufen zu können. So hatte es vermutlich schon immer funktioniert. Reggie nahm an, dass sich noch nie jemand allein an etwas so Großes herangewagt hatte. Alle waren nur Rädchen im Getriebe, doch wenn man ein Rädchen entfernte, funktionierte das ganze Getriebe nicht mehr. Nach dem dritten Freizeichen hob am anderen Ende der Leitung jemand ab. Reggie erkannte die Frauenstimme.

»Er ist unterwegs«, sagte Reggie zu der Frau. »Läuft alles nach Zeitplan, Annie?«

»Den Erwartungen entsprechend«, erwiderte Annie. »Seid ihr sicher, dass ihr bereit seid, morgen aufzubrechen?«

»Was anderes bleibt uns gar nicht übrig«, entgegnete Reggie. »Nach allem, was passiert ist, sehe ich keinen Vorteil mehr darin, noch länger zu warten.« *Zumindest nicht hier*, dachte Reggie, während er beobachtete, wie ein altes Fischerboot in den Hafen einfuhr und dabei dem Anbruch der Dunkelheit knapp zuvorkam. »Was ist unser erstes Ziel?«

»Singapur«, antwortete Annie. »Ich weiß allerdings nicht, wohin ihr anschließend fliegt. Das wollten sie mir nicht sagen. Sie haben mir nur gesagt, dass euch jemand vom Flughafen abholt.«

»Das ist alles? Sollen wir etwa dem erstbesten Typen vertrauen, der uns abholen kommt?« Reggie ließ sie über einem Haifischbecken auf dem Seil tanzen. Manchmal zweifelte er an seiner Fähigkeit, die ganze Angelegenheit zu koordinieren.

»Ich arbeite noch daran, mehr Details zu bekommen«, sagte Annie entschuldigend.

»Und unsere Papiere? Wie bekommen wir unsere Papiere?«

»Daran arbeite ich auch. Wir schicken morgen einen Wagen,

der euch abholt. Der Fahrer sollte eure Papiere bei sich haben. Wenn nicht, dann sind sie am Flughafen hinterlegt.«

»Ich habe Bedenken, ich könnte den Jungen in ein Riesenschlamassel reinreiten, Annie.«

»Konzentrier dich einfach auf Singapur. Mehr können wir momentan nicht tun.« Annie klang genauso müde, wie Reggie sich fühlte. Sie hatten bereits hart an dem Plan gearbeitet, und die Sache hatte noch nicht einmal angefangen.

»Gibt's irgendwelche Neuigkeiten, was Kalifornien anbelangt?«, fragte Reggie. Das war die letzte Frage, die Reggie allen stellte, seit er selbst die Neuigkeiten erfahren hatte. Er wusste, Christopher tappte noch immer im Dunkeln. Brian hatte sichergestellt, dass Christopher nichts von dem Überfall und seinen Opfern erfuhr. Er hatte darauf verzichtet, das Autoradio einzuschalten, und Christopher immer beobachtet, wenn dieser einen Blick auf sein Handy warf. Reggie würde Christopher auch nichts erzählen, es sei denn, er war dazu gezwungen. Ihm war bewusst, er musste Christopher dazu bringen, auf sein Telefon zu verzichten. Wenn Christopher mit der Welt verbunden war, verhieß das nichts Gutes.

»Keine Neuigkeiten«, sagte Annie. »Es ist schwierig, zwischen Tatsachen, Gerüchten und Lügen zu unterscheiden.«

»Das ist es immer.« Reggie hatte Evans Foto in den Nachrichten gesehen wie jeder andere auch, doch keiner von ihnen wusste genau, wer Evan war und wie viel er Christopher bedeutete. Reggie war einfach froh, dass überhaupt jemand den Überfall überlebt hatte. Tief in seinem Inneren glaubte er, in diesem Fall könnte Addy ihn womöglich auch überlebt haben. Max hatte Reggie bereits verloren. Er musste einfach daran glauben, dass Addy noch am Leben war. Er war müde. *Mein Schwanengesang*, dachte er. Allerdings war er nicht nur müde.

Reggie hatte Addy einen Job gegeben und wollte sich nicht vorstellen, dass er einen Geist mit einer derart wichtigen Aufgabe betraut hatte. Wenn er schon sein Versprechen an die Frau brechen musste, die ihm das Leben gerettet hatte, konnte er ihr zumindest davon erzählen. Reggie überlegte kurz, ob er noch irgendwelche Fragen an Annie hatte. »Danke, Annie«, sagte er dann, als ihm nichts mehr einfiel. »Pass auf dich auf.«

»Du auf dich auch, Reggie. Ich maile dir, wenn ich mehr Einzelheiten weiß.«

Annie legte auf, und Reggie saß wieder alleine da, starrte zum Fenster hinaus und bewegte sich kaum. Er saß seit fast drei Stunden am Schreibtisch, ohne ein einziges Mal aufzustehen, und fragte sich, wen er noch anrufen könnte, der womöglich etwas wusste, was Kalifornien anbelangte, doch er hatte Bedenken, sich zu verzetteln. Außerdem fiel ihm ohnehin niemand ein, der mehr auf dem Laufenden war als Annie. Einen Anruf musste Reggie allerdings noch tätigen, bevor Christopher ankam. Anschließend konnte er sich ausruhen. Er griff zum Telefon und wählte Georges Nummer.

George hob nach dem zweiten Freizeichen ab. »George, hier ist Reggie. Wie ist die Lage?«

»Alles ruhig«, erwiderte George. Reggie lauschte, ob er an Georges Ende der Leitung irgendwelche Geräusche auf dem Stützpunkt hören konnte, aber es war wirklich alles ruhig. »Was gibt's Neues?«

»Christopher ist unterwegs«, sagte Reggie.

»Das ist ja toll«, entgegnete George. »Darauf hatten wir alle gehofft.« Wenngleich Georges Worte aufrichtig waren, konnte er die Angst in seiner Stimme nicht verbergen. George wusste, was die Worte bedeuteten.

»In meiner obersten Schreibtischschublade liegt ein Brief«, sagte Reggie. »Wenn ihr Addy findet, gebt ihn ihr.«

»Und was ist, wenn wir Addy nicht finden?«, fragte George, weil er das Gefühl hatte, die Frage stellen zu müssen.

»Er ist ausschließlich für Addy bestimmt«, sagte Reggie und ließ es dabei bewenden. Ein Moment des Schweigens verstrich, während beide darauf warteten, dass der andere etwas sagte. »Seid ihr bereit?«, fragte Reggie schließlich, als er sich sicher war, dass George nichts mehr sagen würde.

»Bist du dir sicher, dass wir das tun sollen?«

»Brennt ihn nieder«, befahl ihm Reggie. George kannte den Plan. Reggie war sich allerdings darüber im Klaren, dass George die Worte zu hören bekommen musste. Alle wussten, dass Reggie den Stützpunkt in Schutt und Asche legen lassen wollte, damit sie sich keine Sorgen darüber zu machen brauchten, irgendwelche Hinweise zurückzulassen, wo sie die vielen hundert Menschen versteckt hatten, denen sie dabei geholfen hatten, dem Krieg zu entfliehen. Das war jedoch nicht die ganze Geschichte. Reggie wollte den Stützpunkt auch deshalb in Schutt und Asche legen lassen, damit er nicht gegen die Versuchung ankämpfen musste, dorthin zurückzukehren. Wenn Christopher zu ihm kam, musste Reggie bereit sein, sich voll einzubringen. Er musste von ganzem Herzen an den Plan glauben, ansonsten war er zum Scheitern verurteilt.

»Bist du dir wirklich ganz sicher?«, fragte George noch einmal.

Reggie hatte Verständnis für Georges Zögern. Wenn sie den Stützpunkt niederbrannten, hätten sie alle keine Anlaufstelle mehr. Das gehörte ebenfalls zum Plan: Niemand hatte ein Recht auf Behaglichkeit. Rebellion war nicht behaglich. »Bekommst du das hin, George, oder muss ich mit Sam sprechen?«

»Ich bekomme das hin«, erwiderte George.

»Viel Glück, George«, sagte Reggie zu seinem alten Freund und Gefährten. »Ich hoffe, wir sehen uns, wenn ich wieder zurück bin.« Reggie wartete nicht, bis George darauf etwas entgegnete. Er wollte nicht hören, dass George ihm ebenfalls viel Glück wünschte. Reggie hatte zu viel am Hals, als dass ihm Glück etwas genützt hätte. Nachdem Reggie aufgelegt hatte, erhob er sich vom Schreibtisch. Er dehnte seine Schultermuskulatur und ging zum Fenster. Dort betrachtete er den sich verdunkelnden Himmel, während er auf das Geräusch von Brians Wagen wartete.

DREIUNDDREISSIGSTES KAPITEL

Die ersten Schüsse wurden bereits abgefeuert, bevor sie überhaupt aus dem Boot gestiegen waren. Damit hatten sie nicht gerechnet. Zuerst hörten sie nur ein Zischen und sahen Ringe auf der Wasseroberfläche, als hätte es begonnen zu regnen. Dann wurde Sokhem von einer Kugel getroffen, stieß einen Schrei aus und stürzte über die Reling in den Fluss. Sokhem hatte am Bug des Bootes gesessen, in der Hoffnung, als einer der Ersten aussteigen zu können, in der Hoffnung, als einer der Ersten das Informationszentrum zu erreichen. Er hatte davon geträumt, zum Helden zu werden. Er hatte davon geträumt, seinen Enkeln von seiner Tapferkeit erzählen zu können und davon, wie er den Angriff angeführt hatte, der den Krieg beendete. Die anderen mussten über seinen treibenden Leichnam springen, um im Wasser Schutz vor dem Kugelhagel zu suchen.

Um kurz vor ein Uhr sahen sie die erste Kugel im Wasser einschlagen. Sie hinkten fast anderthalb Stunden hinter dem Zeitplan her. Sie hatten nicht damit gerechnet, auf Gegenwehr zu stoßen, bevor sie an Land gegangen waren und sich dem Informationszentrum näherten, doch diejenigen, die dort arbeiteten, waren auf sie vorbereitet. Vielleicht lag es daran, dass sie Verspätung hatten. Das wäre besser gewesen als die andere Möglichkeit: dass sich ein Verräter in ihren Reihen befand. Falls dem so war, waren sie alle todgeweiht.

Sie hatten Verspätung, weil der Sangker trotz der jüngsten Regenfälle stellenweise seichter war, als sie gedacht hatten. Zweimal musste über die Hälfte der dreiundzwanzig Kämpfer ins Wasser springen und neben dem Boot herschwimmen, um zu verhindern, dass es im Schlamm auf Grund lief. Und einmal mussten die Männer, die ins Wasser gesprungen waren, das Boot befreien, damit es sich wieder in Bewegung setzte. Erst als sie auf dem Tonle-Sap-See ankamen, wurde die Fahrt einfacher. Inzwischen hatten sie jedoch schon zu viel Zeit verloren, um das wieder wettmachen zu können.

Sun Same war als Erster im Wasser gewesen, als das Boot im schlammigen Flussbett des Sangker auf Grund lief. Die anderen lachten und feuerten ihn an, als er hineinsprang. Die Stimmung war gut. Sun Same machte sich Sorgen, dass den anderen nicht bewusst war, welche möglichen Folgen es hätte, wenn sie sich verspäteten. Das Versagen einer Gruppe konnte alles ruinieren. Sun Same wollte nicht, dass Kambodscha versagte. »Los!«, rief er den anderen zu. »Wir müssen das Boot freibekommen! Springt zu mir ins Wasser!« Heng stürzte sich als Zweiter in die Fluten. Er legte seine Pistole im Boot auf den Boden und sprang über Bord. Tep folgte ihm. Serey sprang als Erste der neun Frauen ins Wasser. Nachdem sie gesprungen war, folgten die anderen, bis das Boot wieder leicht genug war, um aufzuschwimmen.

»Ein Hoch auf Sun, den Helden!«, rief Serey, als das Boot wieder zu treiben begann. Sie schenkte ihm ein Lächeln, und er vergab ihr sofort jeglichen gewollten Sarkasmus. Diejenigen, die sich im Wasser befanden, schwammen neben dem Boot her und hoben dabei die Füße an, um nicht in den Schlamm zu treten. Eine Gruppe von Jungen, die mit einem Netz auf ihre bevorzugte Fischfangstelle zusteuerten, paddelte an ihnen vorbei. Der jüngste der drei Jungen, der nicht älter als fünf Jahre gewesen sein konnte, deutete auf die Männer und Frauen, die neben dem Boot schwammen, und lachte. Vermutlich handelte es sich bei den drei Jungen in dem kleinen Boot um Brüder. Sie konnten unmöglich wissen, welches Waffenarsenal die Zielscheiben ihres Spotts in ihrem Boot transportierten. Sie konnten unmöglich wissen, dass das Gewicht dieser Waffen genauso wie das der Passagiere schuld daran war, dass das Boot auf Grund gelaufen war. Wäre das Boot nur mit den Passagieren beladen gewesen, hätte es niemals auf dem schlammigen Grund aufgesetzt. Doch nicht nur das Gewicht der Gewehre ließ sie steckenbleiben, sondern auch das Gewicht der Sprengsätze, die aus moderner Elektronik und alten Landminen bestanden. Die Rebellen wussten, wie man mit dem Gewicht der Passagiere umging. Fast die Hälfte von ihnen war an diesem Fluss aufgewachsen und an dem See, in den er mündete. Sie waren kambodschanische Flussanwohner. Manche von ihnen hatten schwimmen gelernt, bevor sie laufen konnten. Drei hatten noch nie zuvor in einem Auto gesessen, nur in Booten und auf Motorrollern. Trotzdem hatte der Krieg sie gefunden und ließ sie nicht mehr los – zumindest nicht kampflos.

Sun Same schwamm durch den Fluss zum nächsten Boot. Narith, der Bootsführer, navigierte es langsam durch die seichten Gewässer, da er wusste, dass ein schnelles Auflaufen Stunden kosten konnte. Sun betrachtete die Umgebung, die an ihnen vorbeizog: das grüne Laub der Bäume, die kleineren Boote in Blau, Rot und Braun, die auf Bambusrohren gebauten Häuser. Alle Kinder, an denen sie vorbeikamen, winkten ihnen zu. Alle alten Männer und Frauen falteten wie zum Gebet die Hände vor der Brust und verneigten sich. Sun und Narith hatten Apsara, die die Angriffe in Asien koordinierte, versprochen, die Bootsfahrt würde weniger als sechs Stunden dauern. Sie hatten das sogar für eine vorsichtige Schätzung gehalten. Auf dem Höhepunkt der Regenzeit dauerte die Fahrt nur vier Stunden. Jetzt hatte es allerdings den Anschein, als würden nicht einmal sechs Stunden genügen. Sun fragte sich, was passieren würde, wenn sie sich verspäteten. Er fragte sich, was passieren würde, wenn die Angriffe nicht exakt koordiniert wären. Dann versuchte er, diese Gedanken zu verdrängen. Umzukehren kam nicht infrage. Sie hatten ihre Gewehre und ihre Bomben und ihre Hoffnung, und das musste genügen.

Heng kam zu Sun geschwommen. »Du bist beunruhigt?«, fragte er Sun, als die beiden nebeneinander schwammen.

»Wir hätten uns mehr Zeit nehmen sollen«, erwiderte Sun.

»Ganz egal, wie viel Zeit man sich nimmt, mein Freund«, sagte Heng zu ihm, »es ist nie genug.« Heng und Sun hatten als Jungen gemeinsam im Kloster gelebt. Heng war immer der Weise von ihnen gewesen. Kurz nach ihrem achtzehnten Geburtstag fanden sie heraus, dass sie dazu bestimmt waren, Todfeinde in einem Krieg zu sein, den keiner von ihnen verstand.

Sun dachte einen Moment über die Weisheit seines Freundes nach. »Wir hätten uns mehr Zeit nehmen sollen«, wiederholte er. Christophers Plan bedurfte perfekter Koordination. Er bedurfte einer nicht unterbrochenen Kette. Als das Wasser wieder tief genug wurde, kletterten alle erneut ins Boot, und Narith warf den Motor an.

Nachdem Sokhem von einer Kugel getroffen wurde, sprangen die meisten von ihnen mit ihren Gewehren ins Wasser. Sie schwammen zum Ufer, wobei sie ihre Gewehre über dem Kopf hielten, damit sie nicht nass wurden. Dadurch wurden sie zu noch größeren

Zielscheiben. Heng wurde im Wasser getroffen. Sie feuerten einen zweiten Schuss auf seinen treibenden Körper, um sicherzugehen, dass er auch wirklich tot war. Ein paar Rebellen blieben im Boot, da sie das Boot und ihre Bomben an Land bekommen mussten, damit der Plan Aussicht darauf hatte zu funktionieren. Das Problem war, dass Gewehrfeuer aus der Informationszelle den Zugang zum Strand effektiv abschnitt und die Männer und Frauen im Wasser der Reihe nach erschossen wurden. Zum Glück traf der Helikopter ein, als die Lage immer düsterer aussah. Sun hatte ihn erst einen Augenblick zuvor über Funk gerufen, kurz bevor er ins Wasser gesprungen war. Als der Helikopter eintraf, kam er mit Wind und Feuer. Sein Luftstoß beutelte die Blätter der Bäume und sorgte für kräftige Wellen auf der Wasseroberfläche des Sees. Dann sein Feuer: Die erste Rakete des Helikopters traf die Informationszelle mit einem Krachen, dann flackerten seine Maschinengewehre auf und boten Sun und den anderen genug Deckung, um das Boot an Land ziehen zu können.

Als sie die Sprengsätze aus dem Boot luden, hatten sie bereits elf Leute verloren, doch zumindest bestand noch Hoffnung.

VIERUNDDREISSIGSTES KAPITEL

Reggie warf einen Blick zu Christopher hinüber und sah, dass er anscheinend endlich eingeschlafen war. Die beiden hatten gegenüberliegende Gangplätze. Der Flug vom JFK International Airport nach Frankfurt dauerte etwa acht Stunden, anschließend stand ihnen noch ein zwölfstündiger Flug von Frankfurt nach Singapur bevor. Reggie hatte nicht gewusst, dass Christopher noch nie geflogen war. Er gab sich alle Mühe, nicht an seiner Entscheidung zu zweifeln, und rief sich in Erinnerung, dass Christopher sich selbst dafür entschieden hatte zu kämpfen und dass er dem Jungen jede Möglichkeit gelassen hatte, einen Rückzieher zu machen. Nachdem Christopher sich nun einmal dazu entschieden hatte zu kämpfen, half ihm Reggie nur dabei sicherzustellen, dass sein Kampf nicht vergeblich sein würde. Zumindest redete Reggie sich das ein. Er war sich nicht sicher, ob Maria es genauso sehen würde.

»Warum starrst du mich die ganze Zeit an?«, fragte Christopher Reggie, ohne die Augen aufzumachen.

»Ich dachte, du würdest schlafen«, erwiderte Reggie.

»Ich kann nicht mal in einem Bett richtig schlafen«, sagte Christopher. »Wie soll ich da auf diesem Sitz schlafen?«

Reggie lachte. »Wenn du müde genug bist und dich genug langweilst, wirst du schon einschlafen«, sagte er zu Christopher. »Du solltest es wenigstens versuchen. Du musst dich ausruhen. Wir haben eine Menge zu erledigen, wenn wir in Singapur ankommen, und wir müssen während unseres Zwischenstopps ein paar Dinge besprechen.«

»Ich habe versucht zu schlafen«, verteidigte sich Christopher, »aber das ist nicht so leicht, wenn du mich dauernd anstarrst.«

»Verstanden«, sagte Reggie und schloss selbst die Augen.

Wie sehr Christopher sich auch bemühte, er fand einfach keinen Schlaf. Allerdings war es nicht der Sitz, der ihn wach hielt. Es war seine Unfähigkeit, seine Gedanken dazu zu bringen, sich um die Gegenwart zu drehen. Seine Gedanken wanderten in der Zeit vor und zurück und übersprangen die Gegenwart dabei wie ein Tänzer auf der Bühne. Er versuchte sich vorzustellen, wie es sein würde, wenn sie in Singapur landeten, doch die Bilder in seinem Kopf waren abstrakt und verschwommen.

Reggie hatte sich Mühe gegeben, ihm alles zu erklären, aber Christopher hatte schließlich einfach so getan, als habe er verstanden, um nicht dumm zu wirken. Sobald das Rätseln um seine eigene Zukunft seine Gedanken zu sehr durcheinanderbrachte, sprangen sie in die Vergangenheit zurück. Seine Augenlider fühlten sich schwer an, und er dachte an das Gespräch zurück, das Reggie und er in dem Haus an der Küste von New Jersey geführt hatten.

»Also, ich weiß, warum ihr mich wollt«, hatte Christopher zu Reggie gesagt, als er in dem Haus am Strand angekommen war. »Ich weiß, dass ihr glaubt, ich wäre der Einzige, dem alle vertrauen würden, weil ich der Einzige in diesem Krieg bin, der keiner Seite angehört. Aber wie sieht der Plan aus? Wie groß ist unsere Chance wirklich, den Krieg zu beenden?«

Reggie hatte das Licht im Zimmer noch immer nicht eingeschaltet. Er und Christopher saßen in der Dunkelheit. Die Boote, die noch in der Bucht fischten, bewegten sich wie rote und grüne Leuchtkäfer über das Wasser. Reggie wollte keine Lampe einschalten, um keine Aufmerksamkeit zu erregen. Er hatte damit gerechnet, dass Christopher ihn womöglich bitten würde, das Licht einzuschalten, doch diese Bitte blieb aus. »Es gibt einen Plan«, sagte Reggie.

»Das will ich hoffen«, entgegnete Christopher. »Ich fände es schlimm, wenn ich meine beiden einzigen Freunde für nichts im Stich gelassen hätte.«

Reggie hielt inne. Die Gelegenheit wäre günstig gewesen, um Christopher zu erzählen, was Evan zugestoßen war, doch Reggie ließ sie ungenutzt verstreichen. »Es gibt einen Grund, warum wir jemanden brauchen, dem alle vertrauen, und der ist nicht, dass Leute von verschiedenen Seiten des Krieges nicht gemeinsam kämpfen oder gemeinsam davonlaufen oder zusammenarbeiten. Ich weiß nicht, was Brian dir gesagt hat, aber das tun sie. Beim Untergrund arbeiten ehemalige Rivalen aus dem Krieg schon seit Generationen zusammen. Allerdings hat sie bislang niemand um das gebeten, worum du sie bitten wirst.«

Die Dunkelheit vor dem Fenster schien sich ihnen zu nähern. Christopher spürte sein Herz in seiner Brust schlagen. Er fragte sich, welche Bitte so schrecklich sein könnte, dass sie bei paranoiden Killern Furcht auslösen würde. Was könnte schlimmer sein als die Gewalt, die sie bereits gesehen hatten? Christopher zog in Erwägung, die Sache vorerst auf sich beruhen zu lassen, doch für Verwirrung fehlte ihm die Ausdauer. »Und was genau soll ich sie fragen?«

»Was weißt du darüber, wie die beiden Seiten des Krieges strukturiert sind?«

Christopher schüttelte den Kopf. »Ich verstehe die Frage nicht.«

»Deine Mutter hat in ihren Tagebüchern doch bestimmt etwas darüber geschrieben, wie die beiden Seiten des Krieges strukturiert sind. Sie hat bestimmt erwähnt, was sie in Erfahrung brachte, bevor sie sich Zugang zu der Informationszelle in New York verschaffte, um herauszufinden, wo du dich befindest. Was die beiden getan haben – in eine Informationszelle einzubrechen und Informationen zu stehlen –, ist nichts Alltägliches. Sie wusste etwas. Und sie hat doch bestimmt erwähnt, was sie wusste.«

»An eine Sache erinnere ich mich. Sie hatte eine Unterhaltung mit einer Frau namens Dorothy. An die Einzelheiten erinnere ich mich allerdings nicht mehr. Ich weiß nur noch, dass sie ihr Leben aufs Spiel setzen mussten, um an ein Stück Papier mit meiner Adresse zu gelangen.«

Reggie bohrte weiter. Er wollte, dass Christopher selbst die Antworten fand. Er wusste, Christopher würde auf diese Weise wesentlich stärker und überzeugender werden. Sie würden den Plan ohnehin als Christophers Plan verkaufen müssen. Anders würde es nicht funktionieren. »Das stimmt nicht, Christopher. Diese Einzelheiten haben dir alles bedeutet. Das war dir damals nur nicht bewusst.«

»Warum sprichst du in Rätseln, Reggie? Ich habe meine Freunde nicht für irgendwelche verdammten Rätsel im Stich gelassen. Ich bin hierhergekommen, weil ich dachte, du könntest mir Antworten geben.«

»Erinnerst du dich noch an die Passage im Tagebuch deiner Mutter, als Dorothy ihr von Informationszellen wie der erzählt hat, in die sie und Michael später eingebrochen sind?«

»Klar«, entgegnete Christopher. Er blickte zu Reggie auf. Reggies grüne Augen leuchteten beinahe in der Dunkelheit.

»Damals besaß jede Seite etwa fünfzehn Informationszellen. Aufgrund dessen, was deine Mutter und Michael getan haben, sind es heutzutage sogar noch mehr. Sie haben die Redundanz seitdem noch erhöht. Ihr habt vor ein paar Tagen eine Informationszelle zerstört. Das ist nicht einfach, aber durchaus möglich. Dort befinden sich sämtliche Daten. Diese Daten verraten beiden Seiten, wer ihre Freunde sind, wen sie töten müssen und wen sie hassen sollten.«

»Soll das heißen, wir haben eine gute Tat vollbracht, als wir dieses Gebäude in der Wüste zerstört haben?«

»Nein«, erwiderte Reggie. »Ihr habt gar nichts zerstört. Sämtliche Daten, die sich dort befanden, werden auch noch in anderen Informationszellen aufbewahrt. Es gibt dreifache, vielleicht sogar vierfache Redundanz. Wenn man das große Ganze betrachtet, wart ihr nicht mehr als ein kleines Ärgernis. Ihr wart eine Mücke, die ihnen im Ohr gesummt hat. Die Informationszelle lassen sie innerhalb einer Woche anderswo wieder aufbauen. Weltweit gibt es ungefähr fünfzig von der Sorte.«

»Okay«, sagte Christopher. Er war ein wenig verwirrt, wohin das führen sollte. »Und warum erzählst du mir das alles?«

»Weil der Schlüssel zum Erfolg nicht das Zerstören von Informationen ist.«

Christopher schüttelte den Kopf. Beim Lesen der Tagebücher seiner Eltern hatte er nicht versucht, das Rätsel zu lösen, wie man den Krieg beenden konnte. Er hatte versucht herauszufinden, wer er war und weshalb er solche Angst hatte. Dann erwachte ein kleiner Funke in Christophers Erinnerung zum Leben. »Es gibt noch andere Gebäude, oder? Zentren, in denen alles aufgezeichnet und organisiert wird.«

Ein Lächeln huschte über Reggies Gesicht. »Genau«, sagte er. »Die Daten in den Informationszentren sind der Schlüssel, den man braucht, um zu verstehen, wie die Daten in den Informationszellen organisiert sind. Ohne die Informationen aus den Informationszentren könnte eine normale Person keinen Unterschied zwischen Dokumenten über einen Freund und Dokumenten über einen Feind erkennen. Ein paar von den älteren Historikern wären vielleicht in der Lage, einige winzige Stücke des Puzzles zusammenzusetzen, aber ihretwegen machen wir uns keine allzu großen Sorgen. Es geht nicht darum, die Informationen zu vernichten. Es geht darum sicherzustellen, dass sie niemand versteht. In diesem Krieg geht es ausschließlich um Geschichte. Wenn man die Geschichte nimmt und sie zu einem unzusammenhängenden Durcheinander vermischt, weiß niemand mehr, wen er hassen soll.«

»Dann brauchen wir also nur die Informationszentren zu zerstören, und der Krieg zerbröckelt?«

»So lautet die Theorie.«

»Hat Dorothy meiner Mutter nicht gesagt, die Informationszentren wären mehr oder weniger unzugänglich?«

»Ja.« Reggie nickte langsam.

»Wie viele davon gibt es denn?«, fragte Christopher.

»Sieben.«

»Und du möchtest, dass ich mit Leuten spreche, damit …?«

»Weil du der Beweis dafür bist, dass sie auch ohne Geschichte überleben können, dass sie ihre eigene Geschichte schreiben können, dass sie mehr als nur Rädchen im Getriebe einer Kriegspartei sein können.«

»Ich bin der Beweis für all das?«, fragte Christopher.

»Du bist hier, oder etwa nicht? Das ist vorerst genug Beweis.« Reggie beließ es dabei, obwohl er wusste, dass sie bald mehr brauchen würden.

Das Flugzeug geriet in ein Luftloch und holte Christopher in die Gegenwart zurück, indem es gefühlte fünfzehn Meter oder mehr absackte. Er riss die Augen auf, und sein Magen machte einen Satz nach oben. Er streckte die Hände aus und umklammerte die Armlehnen seines Sitzes. Dann sah er sich um. Die Beleuchtung im Flugzeug war ausgeschaltet, und alle hatten die Jalousien an ihren Fenstern nach unten gezogen. Die meisten anderen Passagiere rührten sich nicht, geschweige denn, dass sie aufwachten. Christopher versuchte sich auf den Moment zu konzentrieren. Was zum Teufel tat er da eigentlich? Das war doch lächerlich. Wie sollten sie einen Krieg beenden, indem sie einen Stapel Papier zerstörten?

FÜNFUNDDREISSIGSTES KAPITEL

Evan wartete, bis er sich sicher war, dass Addy schlief. Ihm war bewusst, er musste ganz leise sein, da sie einen sehr leichten Schlaf hatte. Schon das geringste Geräusch weckte sie auf, und wenn Addy aufwachte, war sie sofort hellwach. Eine Übergangsphase nach dem Schlaf gab es bei ihr nicht. Addy wachte kampfbereit oder fluchtbereit auf – je nachdem, wonach die Situation gerade verlangte. Seit sie das zweite Mal Sex miteinander gehabt hatten, schliefen sie dicht nebeneinander und berührten sich manchmal sogar im Schlaf. Als Evan von ihr wegrutschte, spürte er ihr Bein seines streifen. Er zog sein Bein langsam von ihr weg und rechnete beinahe damit, dass Addy in dem Moment aufwachen würde, in dem sich seine Haut von ihrer trennte. Falls sie aufwachte, musste er so tun, als würde er sich nur im Schlaf hin und her wälzen. Solange sie nicht bemerkte, dass er die Augen offen hatte, gab es für sie auch keinen Grund, Verdacht zu schöpfen.

Evan gefiel diese Heimlichtuerei Addy gegenüber nicht. Es gefiel ihm nicht, seine Lügen zu planen. Was er vorhatte, verursachte ihm ein schlechtes Gewissen, doch er musste es tun. Sie waren bereits seit drei Tagen unterwegs. Drei Tage waren seit dem Überfall auf den Stützpunkt in Los Angeles vergangen, drei Tage seit ihrer Flucht, drei Tage, seit Evan den Polizisten getötet hatte, und die einzige Information, die er aus Addy herausbekam, war die, dass ein Foto von ihm veröffentlicht worden war und dass sie in Bewegung bleiben mussten, weil sie sonst jemand aufspüren würde. Als er nach Christopher fragte, weigerte sich Addy, irgendetwas zu sagen. Sie behauptete, es gäbe keine Liste der Toten und keine Liste der Verhafteten. Es gäbe nur Zahlen – achtundzwanzig Tote, eine noch größere Anzahl von Verhafteten –, doch selbst diese seien nicht vollständig. Evan wusste, warum sie das tat. Er wusste, dass sie versuchte, ihn zu schützen. Allerdings war es schwierig, sich schützen zu lassen, wenn man nicht wusste, wovor man geschützt wurde. Evan musste unbedingt wissen, was sich auf Addys Handy befand.

Drei Tage, und Evan wusste nicht einmal, wo sie sich befanden. Er wusste, wohin sie unterwegs waren. Er wusste, Addy wollte ihn nach Florida bringen, um ihn mit einem gewissen Reggie bekanntzumachen, mit dem Addy früher zusammengearbeitet hatte. Sie hatte gesagt, er sei einer der Anführer beim sogenannten Untergrund. Zwischen Los Angeles und Florida lag eine große Entfernung, und zu trampen war nicht die direkteste Art zu reisen. Evan versuchte, der Beschilderung zu folgen, doch das war nicht einfach, wenn sie von einem Auto ins nächste stiegen, wie sie es bislang getan hatten, und sich kaum darum kümmerten, in welche Richtung sie das jeweilige Fahrzeug mitnahm. Addy vertrat die Ansicht, dass Bewegung immer besser wäre als Stillstand, solange sie sich nicht rückwärts bewegten. Evan war sich ziemlich sicher, dass sie sich in Louisiana befanden. Es war nicht so, dass Addy gar nichts sagte. In den vergangenen drei Tagen hatte sie ihm eine Menge über ihre Vergangenheit erzählt, über den Krieg und seine Geschichte und darüber, welche Rolle Christopher darin spielte. Wenn sie ihm doch nur erzählen würde, was, in aller Welt, heute los war.

Es war stockdunkel. Sie schliefen in einer nicht mehr genutzten Scheune. Solche Orte boten ihnen jetzt Unterschlupf: Orte, die andere verlassen hatten. Draußen war es still. Das einzige Geräusch, das Evan hörte, war der Rhythmus der Zikaden, Grillen und Frösche, die den Takt angaben wie ein geheimnisvoller Herzschlag. Er kannte das Geräusch aus seinen Nächten in Maine, doch hier war es anders, träger und langsamer. Evan rutschte von Addy weg. Er spürte den Moment, in dem sich die Haut an seinem Bein von der Haut an ihrem Bein löste. Er spürte die Wärme weichen. Er spürte den Luftzug zwischen ihnen. Addy spürte es ebenfalls. Ihr Körper folgte seinem unbewusst. Evan entfernte sich vorsichtig noch weiter von ihr, stellte sicher, dass sie sich nicht berührten. Addy drehte sich im Schlaf von ihm weg, dann lag sie wieder still da.

Evan schob sich an Addy vorbei, ohne aufzustehen, und griff nach ihrem Telefon. Es lag neben ihrem Kopf – ganz nahe, damit sie es sofort griffbereit hatte, falls sie aus irgendeinem Grund die Flucht ergreifen musste. Das hatte Evan bereits von ihr gelernt: Sei stets bereit wegzulaufen. Er nahm ihr Telefon in die Hand und schaltete es ein, worauf es unheimlich blau zu leuchten begann. Der schwache blaue Schein erleuchtete die ganze Scheune. Evans gesamte Umgebung füllte sich mit gespenstischem Licht und mit Schatten. Er holte tief Luft und hoffte, dass das Licht draußen keine Aufmerksamkeit erregte. Addy bestand darauf, dass nachts kein Licht eingeschaltet wurde. Sie sagte ihm, sie habe diesen Fehler in der Vergangenheit begangen, wollte jedoch nicht näher darauf eingehen. Und Evan bohrte auch nicht weiter nach. Manche Fragen stellte man nicht.

Addys Handy war mit einem Passwort geschützt, doch Evan hatte sie jedes Mal beobachtet, wenn sie es einschaltete, was sie recht häufig tat. Meistens schaltete sie es dann ein, wenn sie glaubte, Evan würde sie nicht beobachten, doch er beobachtete sie immer dabei. Er beobachtete sie und versuchte, das Passwort über ihre Schulter hinweg zu lesen. Er beobachtete ihre Finger. Obwohl ihr Passwort überhaupt keine Bedeutung für ihn hatte, war er sich ziemlich sicher, dass er es entschlüsselt hatte. Er tippte das ein, was er für ihr Passwort hielt: *canossa*. Dann drückte er »Eingabe«. Es war, als hätte Evan einen Geheimschlüssel gefunden: Er hatte jetzt uneingeschränkten Zugang.

Wenngleich die Verlockung groß war, öffnete er keine von Addys E-Mails und warf keinen Blick in ihre persönlichen Dateien. Er versuchte, ihre Privatsphäre zu wahren. Schließlich wollte er nur ins Internet. Schließlich wollte er nur wissen, was alle anderen auf der Welt bereits wussten.

Er fand das Foto von sich binnen Sekunden. Es handelte sich um das Foto aus seinem Führerschein – der sich in dem Portemonnaie befunden hatte, das er bei seiner Flucht mit Addy auf dem Stützpunkt zurückgelassen hatte. Das Foto war überall. Ihm war klar, dass er keine Zeit hatte, um sämtliche Artikel zu lesen. Er konnte sie nur überfliegen und nach Beschreibungen und Meinungen Ausschau halten. *Killer. Gefährlich. Terrorist.* Zunächst verwirrte es ihn, überall Fotos von sich zu sehen, seinen Namen abgedruckt und sich als Monster abgestempelt zu sehen, wo er doch nichts anderes getan hatte, als ein Mädchen zu retten. Ein Artikel hätte ihn beunruhigt. Zehn Artikel hätten ihm Angst eingejagt. Aber tausende … Sein Foto und seinen Namen in tausenden Artikeln zu sehen, war derart absurd, dass er es beinahe lustig fand. Als er weitersuchte, wurde seine Situation immer grotesker. Er fragte sich, was all die Jugendlichen in seiner Heimatstadt in Maine wohl über ihn dachten. Er fragte sich, wie viele Berichte er im Lauf seines Lebens in den Nachrichten gesehen hatte, die genauso weit von der Wahrheit entfernt gewesen waren. Jetzt musste er an allem zweifeln. Keine der Websites, die er anklickte, nannte irgendwelche von den Details, nach denen er wirklich suchte. Er fand einen Artikel vom Tag nach dem Überfall auf den Stützpunkt. Addy hatte ihm die

Wahrheit gesagt: Außer seinem Namen und dem des Polizisten, den er getötet hatte, wurden keine Namen genannt. Evan las den Namen des Polizisten nicht. Er wollte ihn nicht wissen. Abgesehen davon war alles in Zahlen beschrieben: so viele Tote, so viele Gefangene – fast wie ein Code.

Evan suchte weiter. Er wollte etwas – irgendetwas – über Christopher finden, doch es gab einfach nichts. Christopher wurde nirgendwo namentlich erwähnt. Evan fragte sich, ob er vielleicht zu einer Nummer reduziert worden war. War es nach all der Zeit, die sie beide in ihrer Kindheit und Jugend damit verbracht hatten zu trainieren, und der an Anbetung grenzenden Bewunderung, die Christopher in den letzten Tagen erfahren hatte, überhaupt möglich, dass er zu einer Nummer reduziert worden war? Und wenn er tatsächlich nur noch eine Nummer war, gehörte er dann zu den Verhafteten oder zu den Toten? Evan sah zu Addy hinüber. Er beobachtete sie einen Moment lang, um sich zu vergewissern, dass sie nach wie vor fest schlief. Sie lag da, schwach beleuchtet vom blauen Schein ihres Telefons. Ihre Atmung war gleichmäßig. Auf ihrem Gesicht lag der gleiche ernste Ausdruck, den es immer hatte, wenn sie schlief. Ihr Körper war völlig regungslos. Evan lauschte der Nacht. Das Verstörendste für ihn war die Dissonanz zwischen seiner Umgebung und dem, was er auf Addys Telefon sah. Er wusste, Addy würde schließlich aufwachen und ihn ertappen, wenn er weitersuchte, deshalb gab er sich noch fünf Minuten.

Acht Minuten später fand er in einem Artikel, der auf nach dem Überfall datiert war, einen Hinweis auf Christopher. Er erwähnte ihn zwar nicht namentlich, enthielt aber das Foto von ihm, das erst vor ein paar Tagen überall zu sehen gewesen war. Es handelte sich um das Foto von Christopher, auf dem er mit verschmiertem Gesicht eine Pistole auf einen Mann richtete, der im Fenster eines Gebäudes stand. Bevor das Foto von Evan es verdrängt hatte, schien es das einzige Foto gewesen zu sein, das alle interessierte. Inzwischen waren die Fotos von Christopher praktisch verschwunden, waren dem kollektiven Bewusstsein entronnen wie der Text eines Popsongs. Evan fand nur eine Website, auf der das Foto mit einem Update versehen war, nachdem er selbst Christopher als meistgeschmähte Person in ganz Amerika abgelöst hatte. Selbst in diesem Fall stand das Foto von Christopher nicht alleine da.

Evan entdeckte ein Editorial, in dem sich sein Führerscheinfoto am Seitenanfang genau neben dem Foto von Christopher befand, auf dem dieser mit seiner Pistole zielte. Bei dem Editorial, bei dem Evan sich nicht die Mühe machte, es zu lesen, handelte es sich um eine moralisierende Abhandlung über Gewalt und den Zustand der amerikanischen Jugend. Evan war der Artikel egal. Nachdem er fünfzehn Minuten auf Addys Telefon gesucht hatte, war es ihm egal, was alle sagten. Das Einzige, was ihn interessierte, waren die Fotos. Das Foto von sich und das von Christopher auf der Website nebeneinander zu sehen, verschaffte ihm irgendwie Genugtuung. Da waren sie, Waffenbrüder. Sie waren beide gleichermaßen berüchtigt, waren Soldaten für eine Sache. Evan beschloss in diesem Augenblick, was auch immer mit Christopher geschah, er würde es wieder in Ordnung bringen. Welchen Beweggrund andere auch hatten, das war in Zukunft sein Ziel. Allerdings nicht sofort. Er wusste, dass er im Moment nichts unternehmen konnte. Er wusste, dass momentan Addy alle richtigen Entscheidungen traf. Sie verstand diese Welt viel besser als er. Sie mussten es nach Florida schaffen. Sie brauchten Verbündete. Ohne Addy wäre er inzwischen bereits tot gewesen. Sie hatte ihn gerettet, rettete ihn immer wieder. Er hatte kein Recht zu glauben, selbst jemals so zäh zu sein, wie sie es war. Aber er glaubte auch – musste glauben –, dass sie an seiner Seite kämpfen würde, wenn die Zeit kam. Evan wusste, dass Christopher Addy fast genauso viel bedeutete wie ihm.

Evan warf noch einen letzten Blick auf die Fotos und prägte sie sich ins Gedächtnis ein. Dann schaltete er das Telefon aus, und alles wurde dunkel. Er wartete einen Moment, bis sich seine Augen angepasst hatten, damit er das Telefon genau dorthin zurücklegen konnte, wo Addy es hingelegt hatte. In der Dunkelheit wirkten die Geräusche der Nacht lauter. Evan musste versuchen, ein wenig zu schlafen. Addy und er wollten am Morgen in einem Lebensmittelgeschäft in der Nähe ein paar Vorräte einkaufen. Sie hatten kaum noch Geld, würden aber versuchen, genug zusammenzukratzen, um sich etwas zu essen kaufen zu können. Addy hatte Evan gesagt, er solle sich keine Sorgen um Geld machen, die Dinge würden sich schon irgendwie von selbst regeln. Er wusste, sie versuchte nur, ihn zu beruhigen. Also machte er sich keine Sorgen um Geld. Als er wieder etwas sehen konnte, legte er Addys Telefon zurück. Dann legte er sich wieder neben sie. Er bewegte sein Bein, sodass es das ihre erneut berührte. Als sie seine Berührung spürte, drehte sie sich auf die Seite, ohne dabei aufzuwachen, und legte ihm eine Hand auf die Brust.

SECHSUNDDREISSIGSTES KAPITEL

Reggie und Christopher setzten sich auf dem Frankfurter Flughafen nicht hin. Sie hatten zwei Stunden Aufenthalt, doch Reggie ließ nicht zu, dass sie zur Ruhe kamen. Er sagte, es sei sicherer, in Bewegung zu bleiben. Also gingen sie umher. Sie gingen an Touristen, Geschäftsleuten und an Läden vorbei, in denen überteuerte alkoholische Getränke und Parfüms verkauft wurden, dann drehten sie um und gingen abermals an allem vorbei. »Warum setzen wir uns nicht einfach hin und ruhen uns ein bisschen aus?«, wollte Christopher von Reggie wissen.

»Ich kenne mich hier nicht aus«, entgegnete Reggie, als sie an einer Frau hinter einer Theke vorbeischlenderten, die Kaffee und Donuts verkaufte. »Alles an diesem Plan ist fragil. Schließlich und endlich müssen eine Menge Leute eingeweiht werden, aber wenn der falschen Person das Falsche zu Ohren kommt, sind wir geliefert. Dann ist alles vorbei.« Reggie sah Christopher an, ohne aus dem Tritt zu geraten. »Und wenn dir irgendwas zustößt, habe ich es für alle vermasselt.«

Zwei Stunden später gingen sie an Bord eines anderen Flugzeugs mit dem Ziel Singapur. Dann landeten sie abermals ohne Zwischenfälle.

Sie passierten problemlos den Zoll und betraten die gigantische Flughafenhalle. Christopher hatte noch nie etwas Vergleichbares gesehen. Er hatte noch nie von etwas Vergleichbarem gehört. Sie marschierten los. »Wohin gehen wir?«, fragte Christopher.

»Wir spazieren einfach herum«, erklärte ihm Reggie. »Ausgemacht ist, dass sie uns ausfindig machen.« Annie hatte ihm keine weiteren Instruktionen geben können. Die Leute, mit denen sich Reggie und Christopher trafen, wollten es so. Niemand traute irgendjemandem.

Der Flughafen von Singapur war makellos sauber, überfüllt, und es war dort beinahe beunruhigend leise. In New York war Reggie durchschnittlich groß, doch hier überragte er jeden, an dem sie vorbeigingen. Er wirkte beinahe wie ein Riese. »Tja, uns ausfindig zu machen, sollte nicht allzu schwierig sein«, stellte Christopher fest. »In deinem Fall sollte es sogar ziemlich einfach sein.«

»Erinnere mich nicht«, sagte Reggie im Flüsterton. Sie bogen in einen langen, überfüllten, aber trotzdem stillen Gang ein. Christopher erkannte, dass die Menschen um sie herum viele verschiedene asiatische Nationalitäten hatten, doch er hätte nicht sagen können, wer woher stammte. Für ihn handelte es sich schlichtweg um ein Durcheinander aus fremden Gesichtern. Sie kamen an ein paar anderen Weißen vorbei. Reggie war der einzige Schwarze weit und breit. Ein Asiat in einem bordeauxroten Anzug mit Namensschild am Revers kam auf sie zu. Er verneigte sich leicht in ihre Richtung.

»Kann ich Ihnen behilflich sein, Sir?«, fragte der Mann.

Reggie war einen Moment verwirrt und fragte sich, ob es sich um eine Fangfrage oder um einen Code handelte. »Ich glaube nicht«, murmelte er, nachdem er sich wieder gefangen hatte. »Können Sie?«

»Falls Sie gerade angekommen sind, finden Sie in dieser Richtung Beförderungsmittel«, sagte der Mann und deutete zum Ausgang, vorbei an dem riesigen künstlichen Koi-Teich, der sich in der Mitte der Flughafenhalle befand.

»Danke«, entgegnete Reggie. Ihm wurde bewusst, dass es sich bei dem Mann nur um einen Flughafenangestellten handelte, mehr nicht. Sie gingen trotzdem in die Richtung, die ihnen der Flughafenangestellte empfohlen hatte, und zwar allein deshalb, damit der Mann keinen Verdacht schöpfte. Außerdem wussten sie ohnehin nicht, wohin sie gehen sollten.

Als sie sich dem Koi-Teich näherten, sah Christopher die riesigen orange-weißen Fische unter der Wasseroberfläche schwimmen. Um den Teich wuchsen Pflanzen, die so groß wie kleine

Bäume waren. Über dem Teich war eine Plattform errichtet worden, auf der Bänke standen, und eine kleine Holzbrücke wölbte sich über einen Wasserfall. Sie gingen auf den Teich zu, dann hörten sie eine Stimme. »Reggie?«, fragte sie kaum lauter als im Flüsterton. Sie kam von der Brücke über dem Koi-Teich. Ein kleiner Mann stand auf der gewölbten Brücke, wodurch er sowohl an Größe als auch an Übersicht gewann. Seine Haut war hellbraun und faltig an den Augenwinkeln. Bekleidet war er mit einer beigefarbenen Leinenhose und einem kurzärmligen weißen Hemd. Reggie sah zu ihm hinauf. Als sich die Blicke der beiden Männer trafen, nickte der Asiat und winkte sie auf die Brücke.

»Reggie?«, fragte der Mann noch einmal.

Dieses Mal nickte Reggie dem Mann zu und reichte ihm die Hand. Der Asiat schüttelte sie. Christopher beobachtete, wie sich die Hände der beiden Männer umschlossen. Reggie war über einen Kopf größer als der Asiat, doch ihre Hände waren erstaunlicherweise von ähnlicher Größe.

»Ich heiße Jin.« Jin drehte sich zu Christopher. »Und Sie müssen der Junge sein.« Er sagte das nicht so, wie die Leute auf dem Stützpunkt es gesagt hatten. Seine Stimme war voller Neugier und ohne Ehrfurcht.

»Der muss ich wohl sein«, entgegnete Christopher ohne Sarkasmus.

»Ich habe auf Sie gewartet«, sagte Jin zu ihnen.

»Gut«, erwiderte Reggie, »dann sollten wir keine Zeit mehr verlieren.« Er blickte sich um. Reggie war sich darüber im Klaren, dass er beobachtet wurde, doch alle in ihrer Umgebung schienen Experten darin zu sein zu beobachten, ohne sich dabei anmerken zu lassen, dass sie jemanden beobachteten. »Ich habe Zweifel, dass es hier sicher ist. Können Sie uns an unser Ziel in Singapur bringen?«

»Da haben Sie recht.« Jin lachte. »Hier ist es nicht sicher. Aber wir bleiben nicht in Singapur.«

»Wohin bringen Sie uns dann?«, wollte Reggie von Jin wissen.

»Wir nehmen eine Fähre nach Indonesien«, teilte Jin ihnen mit. »Folgen Sie mir. Ich bringe Sie hin.« Dann setzte sich Jin ohne weitere Erklärungen in Bewegung und schlängelte sich rasch durch die Menschenmassen in den stillen Hallen des Flughafens von Singapur. Reggie und Christopher folgten ihm.

Christopher hätte sich am liebsten versteckt. Er hätte sich am liebsten hinter Jin versteckt, doch Jin war nicht groß genug, um ihm Deckung bieten zu können. Hinter Reggie hätte er sich ebenfalls gerne versteckt, doch was hätte das schon gebracht? Es wäre dasselbe gewesen, als hätte er sich in einer Wüste hinter dem einzigen Baum versteckt.

Sie gingen aus dem Flughafengebäude in die Parkgarage. Reggie und Christopher hatten sich ihre Taschen über die Schulter geworfen. Jin hielt einen Moment inne, bevor er die Parkgarage betrat. Er griff in die Hosentasche, holte seinen Autoschlüssel hervor und hielt ihn wie eine Waffe. Sein Blick wanderte über die Reihen von Autos vor ihnen. Es war das erste Mal, dass er stehen blieb. Reggie und Christopher blieben hinter ihm stehen.

Reggie warf Christopher einen Blick zu. »Möchten Sie uns vielleicht irgendetwas sagen, Jin?«, fragte Reggie.

Jin lächelte verschwörerisch, ohne die Augen von den Autos abzuwenden. »Das Beste ist zu wissen, dass man nichts weiß. So zu tun, als wüsste man etwas, wenn man nichts weiß, ist eine Krankheit«, sagte Jin mit diesem Lächeln.

»Okay«, sagte Reggie zu Jin im Flüsterton. »Möchten Sie uns vielleicht etwas sagen, das einen Sinn ergibt?«

»Kommen Sie«, keuchte Jin und rannte dann ohne Vorwarnung los. Da Reggie und Christopher längst den Punkt überschritten hatten, an dem es noch ein Zurück gab, rannten sie ihm hinterher. Reggie wartete einen Moment, bevor er loslief, und schob Christopher vor sich, sodass dieser sich zwischen ihm und Jin befand.

»Los«, flüsterte Reggie Christopher zu, ehe er ihn anstieß, und das Wort klang für Christopher wie eine Entschuldigung. Christopher rannte los, ohne zu wissen, ob ihn jemand verfolgte, ohne zu wissen, wovor er davonlief. Seine Füße trommelten auf dem Betonboden. Jin lief lautlos vor ihm, viel schneller, als Christopher es ihm zugetraut hätte. Christopher hörte auch das Poltern von Reggies Füßen, der hinter ihm lief, doch abgesehen von Reggies Schritten und seinen eigenen, die durch die dunkle Parkgarage hallten, hörte er nichts. Jin erreichte den Wagen deutlich vor Christopher und Reggie. Als Christopher dort ankam, hielt Jin die hintere Tür auf und signalisierte ihm, dass er einsteigen solle. Christopher hechtete auf die Rückbank. Jin sprang auf den Fahrersitz und ließ sofort den Motor an. Er legte den Rückwärtsgang ein und fuhr mit quietschenden Reifen aus der Parklücke. Dann bremste er abrupt ab und brachte den Wagen in Richtung Ausfahrt zum Stehen.

»Halt!«, schrie Christopher und griff nach vorne, um Jins Hand zu packen, damit dieser nicht losfahren konnte. Einen Moment lang glaubte er, Jin wolle ihn entführen, doch er verfehlte Jins Hand, da diese über seine hinweggriff und die Beifahrertür aufstieß.

»Steigen Sie ein!«, rief Jin Reggie zu.

Reggie sprang auf den Beifahrersitz, und Jin stieg aufs Gaspedal, bevor Reggie die Tür zumachen konnte. Allein die Schwerkraft sorgte dafür, dass die Tür ins Schloss fiel, als der

Wagen einen Satz nach vorn machte und sie auf die Ausfahrt zurasten. Christopher sah zum Fenster hinaus. Er hatte immer noch nichts entdeckt, wusste immer noch nicht, was in Jin gefahren war. Als er den Kopf drehte und nach vorn blickte, sah er Licht, das durch die Einfahrt in die Parkgarage fiel. Dann trat links von ihnen ein Mann zwischen den Autos hervor. Wie bei Jin handelte es sich bei dem Mann um einen Asiaten, doch er war wesentlich größer als Jin. Vermutlich war er beinahe so groß wie Reggie. Der Mann stellte sich ihnen direkt in den Weg und streckte die Hand aus, als würde er ihnen befehlen anzuhalten. Jin fuhr nicht einmal langsamer. Ihr Wagen raste mit voller Geschwindigkeit in den Mann, der mit einem dumpfen Schlag gegen die Motorhaube prallte und in die Luft geschleudert wurde. Christopher war sich nicht sicher, ob der Körper des Mannes nach hinten flog oder ob der Wagen einfach unter ihm hindurchraste, er schlug jedoch einmal auf dem Autodach auf und fiel dann hinter ihnen zu Boden. Christopher blickte gerade noch rechtzeitig zurück, um zu sehen, wie der Körper des Mannes hinter dem Wagen auf den Beton knallte. In diesem Moment tauchten zwei weitere Männer zwischen den Autos auf. Einer rannte auf den deformierten Körper zu, der andere rannte hinter ihrem Wagen her.

»Hinter uns!«, schrie Christopher Jin zu, bevor er sich auf der Rückbank duckte. Jin riss das Lenkrad scharf nach links, worauf der Wagen um die Kurve schlitterte und sich gerade noch rechtzeitig wieder fing, bevor er seitlich gegen geparkte Autos geprallt wäre. Christopher glaubte, Jin würde auf eine andere Ausfahrt zusteuern. Er rechnete damit, Schüsse zu hören, doch das Geräusch blieb aus. Jin fuhr noch eine scharfe Linkskurve. Dann noch eine. Er bog so oft ab, bis sie sich wieder im selben Abschnitt der Parkgarage befanden und auf den deformierten Körper zurasten, den Jin bereits hinter sich gelassen hatte. Einer der anderen Männer stand bei dem Verletzten und versuchte ihm zu helfen. Es herrschte ohrenbetäubender Lärm: das Quietschen der Reifen, das Aufheulen des Motors. Jin streifte den zweiten Mann und musste dabei scharf einlenken, um nicht den ersten Mann zu überfahren, der ausgestreckt auf dem Betonboden lag. Der Wagen war Jin egal, aber er wollte nicht riskieren, dass der Körper des Mannes unter die Räder geriet und sie an der Flucht hinderte. Den anderen Mann zu streifen, genügte offenbar. Er wurde weggeschleudert und prallte gegen ein geparktes Auto. Christopher hielt nach dem dritten Mann Ausschau, der jedoch nirgendwo zu sehen war. Jin fuhr keine weitere Runde, sondern beschleunigte noch mehr und steuerte auf die Ausfahrt zu.

»Was war das, verdammt?«, fragte Reggie, nachdem der Wagen ins Licht gerast war und sich in den Verkehr einfädelte. Christophers Brust hob und senkte sich. Sein Herz hämmerte. Reggie schien es genauso zu gehen.

»Ihre Reise hierher ist leider nicht unbemerkt geblieben«, erklärte Jin ruhig.

»Wussten Sie, dass das passieren würde? Ist Ihnen eigentlich klar, was hier auf dem Spiel steht? Ist Ihnen klar, wie wichtig er ist?«, schrie Reggie Jin an.

Jin nickte. »Deshalb bleiben wir nicht in Singapur«, sagte er mit einigem Nachdruck, als er plötzlich von der Schnellstraße in eine Nebenstraße abbog.

»Woher kamen die denn?«, fragte Christopher von der Rückbank.

Jin warf Christopher im Rückspiegel einen Blick zu. Christopher duckte sich noch immer auf der Rückbank, da er von draußen nicht gesehen werden wollte. »Von deutlich weniger weit weg als Sie beide«, antwortete Jin.

»Was Sie nicht sagen«, entgegnete Christopher und warf einen Blick durchs Fenster auf die seltsame, gigantische graue Stadt voller riesiger Gebäude, die aussahen wie Kreuzfahrtschiffe, und hoher Glastürme, die in den Himmel emporragten.

Jin warf Christopher erneut einen Blick im Rückspiegel zu. »Waren Sie schon mal in Singapur?«, fragte er ihn und ignorierte Reggie dabei völlig.

»Ich war noch nie irgendwo«, sagte Christopher. Jin lachte. Er fuhr inzwischen langsamer und schlängelte sich durch die Seitenstraßen von Singapur.

»Sind wir dort, wo Sie uns hinbringen, in Sicherheit?«, erkundigte sich Reggie bei Jin.

»Wer jede Angst durchschaut, wird immer in Sicherheit sein«, erwiderte Jin. Christopher spürte selbst auf der Rückbank Reggies Verärgerung, die dieser ausstrahlte wie Wärme.

»Stammen Sie aus Singapur?«, wollte Christopher von Jin wissen.

»Sehe ich so aus, als würde ich aus Singapur stammen?«, fragte Jin zurück.

»Ich habe keine Ahnung«, antwortete Christopher ehrlich.

Jin schüttelte den Kopf. »Ich bin Chinese«, sagte er. »Ich war früher, als ich noch dem Krieg angehörte, oft geschäftlich hier.« Jin ging nicht näher darauf ein, was diese Geschäfte beinhalteten. Er hielt an einer Straßenkreuzung an und blickte in alle Richtungen, bevor er weiterfuhr. »Als ich beschloss, aus dem Krieg auszusteigen, lag es nahe, dass ich hierher umsiedle.«

»Wie lange ist es denn schon her, dass Sie aus dem Krieg ausgestiegen sind?«, erkundigte sich Christopher.

»Sieben Jahre«, erwiderte Jin.

»Und warum sind Sie ausgestiegen?«, fragte Reggie.

»Weil man vielleicht dort landet, wohin man unterwegs ist, wenn man die Richtung nicht ändert«, erklärte Jin.

»Wollen Sie die ganze Zeit so mit mir reden, solange wir hier sind?«, fragte Reggie.

»Waren Sie schon mal in Singapur?«, erkundigte sich Jin bei Reggie.

»Nein.«

»Waren Sie schon mal in Indonesien?«

»Nein.«

»Waren Sie schon mal in Asien?«

»Nein«, gestand Reggie.

»Das habe ich befürchtet«, sagte Jin. »Dort legt die Fähre an.« Jin deutete ein paar Häuserblocks nach vorn. »Wir lassen den Wagen hier stehen. Eine Zeit lang sollten wir in Sicherheit sein, aber seien Sie stets fluchtbereit. Können Sie schwimmen?«, fragte Jin Christopher.

Christopher nickte, wenngleich es ihn nervös machte, was die Frage implizierte. »Begleiten Sie uns?«, fragte er.

»Ich bringe Sie noch zur Fähre, aber ich fahre nicht mit. Ich muss mich noch um eine andere Angelegenheit kümmern.«

»Die wichtiger ist, als Christopher sicher zu dem Treffen zu bringen?«, wollte Reggie von ihm wissen.

»Nichts ist wichtiger, als Christopher sicher zu dem Treffen zu bringen«, erwiderte Jin. »Wir sollten uns hier verabschieden. An der Anlegestelle sollten wir kein Aufsehen erregen.« Jin drehte sich zu Reggie und hielt ihm die Hand hin. Reggie schüttelte sie. Christopher beobachtete die beiden. Der Größenunterschied zwischen ihnen schien zwischen dem Flughafen und hier geschrumpft zu sein. »Wenn Sie in Indonesien ankommen, wird Sie jemand in

Empfang nehmen. Sein Name lautet Galang. Sein Englisch ist etwas holprig, aber er wird Sie zu Ihrem nächsten Ziel bringen.«

»Wo ist das?«, fragte Reggie.

»Das brauchen Sie nicht zu wissen, bevor Sie dort ankommen«, entgegnete Jin.

Dann drehte sich Jin zu Christopher, und Christopher hielt ihm die Hand hin. Jin schüttelte sie nicht. Stattdessen kniete er sich hin, breitete die Arme aus, legte die Handflächen auf den asphaltierten Bürgersteig und senkte den Kopf, bis er mit der Stirn den Boden berührte. Christopher wollte, dass Jin wieder aufstand, da ihm das Ganze unangenehm war. Doch anstatt sich wieder zu erheben, verbeugte sich Jin noch zweimal und senkte dabei jedes Mal den Kopf mit der Stirn bis zum Boden. Als er schließlich aufstand, sah Christopher auf Jins Stirn einen Abdruck des Asphalts. Christopher stand immer noch unbeholfen mit ausgestreckter Hand da, die ihm Jin nach wie vor nicht schütteln wollte. Jin sah Christopher unverwandt an und sagte dann: »Wenn Armeen mobilisiert werden und man die Konfrontation sucht, wird derjenige gewinnen, der das bedauert.«

Aus irgendeinem Grund erinnerten Christopher diese Worte an seinen Vater – nicht an seinen Vater in Maine, sondern an den Mann, dessen Gene er in sich trug, an den Mann, den Christopher nie kennengelernt hatte. »Ich weiß nicht, wovon Sie sprechen«, erwiderte Christopher.

Jin nickte. »Sie sind noch jung. Sie werden es rechtzeitig wissen.« Jin blickte die Straße hinauf und hinab. »Gehen wir«, sagte er zu den beiden. Sie ließen den Wagen am Straßenrand an einer Stelle stehen, an der Parken mit Sicherheit verboten war. Christopher stellte jedoch keine Fragen mehr. Er wollte nicht noch eine Antwort bekommen, die er nicht verstand.

Der Anlegeplatz der Fähre befand sich auf einer Art Einkaufspassage, die sich abgesehen von ein paar bizarren Essensständen kaum von den Einkaufspassagen in Maine unterschied. Ohne viel zu sagen, führte Jin Reggie und Christopher durch die Einkaufspassage und hinauf zum Anlegeplatz der Fähre. Er kaufte ihnen ihre Tickets und zeigte ihnen, wo sie an Bord gehen mussten, dann verschwand er auf genauso geheimnisvolle Weise, wie er aufgetaucht war.

Reggie und Christopher sprachen nicht über ihn, bis sie sich auf der Fähre befanden. Es handelte sich um eine große Pendlerfähre, die hunderte Menschen von Singapur nach Indonesien brachte. Christopher hatte nicht einmal gewusst, dass sich Indonesien in der Nähe von Singapur befand, doch die Überfahrt dauerte nur eine Stunde. Die Fähre besaß kein Außendeck. Alle Passagiere drängten sich im Innenbereich auf Sitzen, die das Boot von innen wie einen Bus aussehen ließen. Auf einem riesigen Fernseher im vorderen Bereich lief ein Kung-Fu-Film. Reggie suchte die Sitze für Christopher und sich selbst aus, im hinteren Drittel neben einem Fenster. Kurz darauf legte die Fähre vom Kai ab und lief in den Hafen aus. »Was sollten die Verbeugungen?«, flüsterte Christopher Reggie zu, während er Singapur hinter ihnen verschwinden sah wie eine vergessene Sequenz eines langen Traums.

»Magst du die Verbeugungen nicht?«, fragte Reggie.

»Nein.«

»Warum nicht?«

»Weil ich nichts getan habe, um sie zu verdienen«, sagte Christopher.

»Finde dich einfach damit ab«, empfahl ihm Reggie, »denn du wirst sie dir schon noch verdienen müssen. Und wenn du das tust, wird es nicht genug Verbeugungen geben, um die Waage ins Gleichgewicht zu bringen.« Reggie blickte an Christopher vorbei zum Fenster hinaus. »Ich wünschte nur, ich wüsste, wohin wir unterwegs sind.«

Christopher sah ebenfalls zum Fenster hinaus und fragte sich, ob es überhaupt eine Rolle spielte, wohin sie fuhren.

SIEBENUNDDREISSIGSTES KAPITEL

Evan setzte sich im Bett auf. Er schwitzte. Es war zwei Uhr morgens an der Ostküste der Vereinigten Staaten. Evan spürte, wie ihm Schweißtropfen die Schläfen hinunterliefen. Im Zimmer war es nicht heiß. Er war plötzlich aufgewacht und seinem Traum auf die einzige Art und Weise entkommen, die sein Gehirn kannte: indem es ihn aus dem Schlaf riss. Evan versuchte, seine Atmung zu beruhigen. Seine Brust hob sich bei jedem ausgedehnten Atemzug fast bis zum Kinn. Addy wachte ebenfalls auf, als sie die Bewegung im Bett spürte. »Was ist los?«, fragte sie Evan, als sie die Bestürzung in seinem Gesicht sah. Sie schliefen zum ersten Mal zusammen in einem Bett. Inzwischen hatten sie etwas Geld. Reggie hatte Addy Geld gegeben, damit sie die Aufgabe erledigen konnte, mit der er sie betraut hatte. Er wusste allerdings nicht, dass sie die Aufgabe nicht allein erledigte. Evan und Addy hatten sich ein billiges Hotel gesucht, das in ihr neues Budget passte, und rechtfertigten die Ausgabe, indem sie sich einredeten, sie müssten sich ausruhen, bevor sie mit der Suche nach Maria begannen.

»Ich habe nur geträumt«, sagte Evan erleichtert halb zu sich selbst. »Ich träume ständig von Feuer.«

»Was passiert in deinem Traum?«, fragte Addy. Sie streckte

den Arm aus und versuchte ihn zu beruhigen, indem sie ihm mit den Fingern über den Rücken strich.

»Das weiß ich nicht genau«, antwortete Evan. »Zuerst wirkt alles ganz normal. Zuerst ist es fast wie eine Erinnerung. Ich sehe Christopher und mich als Kinder, und wir spielen im Wald. Ich erkenne den Wald. Es ist der Wald bei uns zu Hause, in dem Christopher und ich in unserer Kindheit immer gespielt haben. Christopher hat sich immer total verrückte Kriegsspiele ausgedacht. Wir haben uns aus Felsbrocken und Ästen ausgeklügelte getarnte Festungen gebaut, in denen wir uns versteckt haben, und wir sind rumgerannt und über umgestürzte Bäume gehechtet und haben so getan, als würden wir einen Überfall abwehren. Das sehe ich in meinem Traum alles ganz klar. Es ist, als wäre ich wieder dort, mit dem Unterschied, dass ich es diesmal nicht erlebe. Stattdessen beobachte ich es. Dann geht alles aus heiterem Himmel in Flammen auf: die Bäume, der Boden, sogar der Himmel. Das Feuer bewegt sich schnell und ist unglaublich laut. Es klingt wie eine riesige Welle, die nie aufhört, sich zu brechen. Dann spüre ich die Hitze. Dann erfasst das Feuer Christopher. Dann kommen die Flammen auf mich zu.«

»Dann hast du sicher deshalb Schweißausbrüche«, sagte Addy. Evan nickte. »Ich glaube, das ist normal«, versicherte ihm Addy. »Nach allem, was wir durchgemacht haben, ist das bestimmt ganz normal. Zuerst die Sache in L.A., und dann haben wir auch noch die Überreste meines alten Stützpunkts in Florida gesehen. Nach allem, was wir erlebt haben, kommt es mir manchmal – selbst wenn ich wach bin – so vor, als würde die ganze Welt in Flammen stehen. Vielleicht säubert sich die Welt mit Feuer. Das würde zumindest alles erklären.«

»Ich weiß. Du hast recht, aber das Feuer in meinem Traum ist anders. Es kommt aus dem Nichts. Mein Verstand ist nie darauf vorbereitet.« Allein bei der Erinnerung an den Traum lief Evan ein Schauer über den Rücken.

»Was passiert denn nach dem Feuer? In deinem Traum, was passiert da als Nächstes?«

»Es gibt kein nach dem Feuer. Wenn die Flammen Christopher erfassen, wache ich jedes Mal auf. Ich wache auf, kurz bevor…« Evan hielt inne. Er wollte den Satz nicht vollenden. »Tut mir leid, dass ich dich geweckt habe«, sagte er stattdessen und warf Addy einen Blick zu, die hinter ihm in ihrem gemeinsamen Bett lag. »Das wollte ich nicht.«

»Ist doch kein Problem«, entgegnete Addy. »Ich habe sowieso nicht gut geschlafen.«

»Hast du auch Albträume?«

Addy setzte sich im Bett auf. Sie presste die Brust gegen Evans Rücken, schlang die Arme um ihn und verschränkte die Hände vor seiner Brust. Dann küsste sie ihn einmal auf den Nacken – aus keinem anderen Grund als dem, dass sie ein plötzliches Bedürfnis verspürte zu sehen, wie sich die Härchen an seinem Hals nach ihrem Kuss aufstellten. »Nein«, sagte Addy. »Ich weiß nur nicht, wie wir sie finden sollen, das ist alles.«

»Wir finden sie schon«, versicherte ihr Evan. »Dein Freund Reggie hat uns alles gegeben, was wir brauchen, um loslegen zu können. Er hat uns gesagt, wo wir nach ihr suchen müssen. Er hat uns gesagt, wie sie aussieht und wie sie sich nennt.«

»Und du denkst, das genügt?«, fragte Addy.

»Ja, das denke ich. Außerdem glaube ich, dass ich sie erkennen werde.« Evan versuchte, sich eine fünfunddreißigjährige Frau mit Christophers Gesicht vorzustellen. »Wenn sie Christopher irgendwie ähnlich sieht, kann ich sie bestimmt aus der Menge herauspicken.«

»Ich kann immer noch nicht glauben, dass Maria am Leben

ist«, sagte Addy. »Alle dachten, sie wäre tot. Es hieß, das wäre eine Tatsache, aber Reggie wusste die ganze Zeit, dass sie noch lebt. Ich weiß nicht, wie er das geheim gehalten hat. Dazu wäre ich nicht in der Lage gewesen. Ich frage mich, wie sie ist.«

Das fragte sich Evan ebenfalls, allerdings aus völlig anderen Gründen. »Was, glaubst du, will Reggie überhaupt von Christophers Mutter?«, fragte er.

»Das weiß ich nicht«, entgegnete Addy. »Vermutlich finden wir das nur raus, wenn wir sie zu ihm bringen.«

Evan nickte. »Wir sollten jetzt wieder schlafen«, sagte er. »Wir haben morgen eine weite Strecke vor uns.«

»Ja, das sollten wir«, erwiderte Addy, doch dann küsste sie ihn noch einmal auf den Nacken, dieses Mal länger und fester. Anschließend dauerte es noch eine ganze Weile, bis einer der beiden wieder einschlief.

ACHTUNDDREISSIGSTES KAPITEL

Die Sonne ging langsam unter, als sich die Fähre ihrem Ziel näherte. Die Luft war warm. Das Schaukeln des Bootes auf den Wellen wiegte Christopher beinahe in den Schlaf, doch er gab sich alle Mühe, wach zu bleiben. Er hatte Angst davor, einzuschlafen. Er hatte Angst davor, nicht zu wissen, wo er sich befand, wenn er wieder aufwachte. Galang sprach besser Englisch, als Jin ihm zugebilligt hatte. An der Anlegestelle der Fähre fand er Reggie und Christopher mit erschreckender Leichtigkeit. Sich dort in der Menge zu verstecken, war völlig unmöglich. Reggie und Christopher hatten damit gerechnet, dass Galang sie mit dem Auto abholen würde. Stattdessen brachte er sie zu Fuß von der Anlegestelle weg. Die drei gingen über den Parkplatz der Anlegestelle, schlüpften durch eine Lücke in einem Maschendrahtzaun und marschierten eine unbefestigte Straße entlang, die parallel zum Wasser verlief. Sie legten ungefähr eine Meile zurück. Beim Gehen sprach Galang nicht mit ihnen. Er verriet ihnen nicht, wohin er sie brachte, sondern drehte sich nur alle hundert Meter um, vergewisserte sich, dass sie noch hinter ihm waren, und signalisierte ihnen mit Handzeichen, dass sie ihm folgen sollten. Sie bewegten sich schnell voran. Inzwischen war später Nachmittag, doch es war noch immer heiß, und Reggie und Christopher schwitzten beim Gehen. Galang machte die Hitze nichts aus. Er schien sich allein für ihr Tempo zu interessieren.

Je weiter sie marschierten, desto stiller wurde es. Reggie warf immer wieder einen Blick über die Schulter, um sich zu vergewissern, dass ihnen niemand folgte. Christopher blickte nur nach vorne und gab sich alle Mühe, sich auf das zu konzentrieren, was vor ihnen lag. Letzten Endes kamen sie zu einem einsamen Steg, der aus zusammengebundenen Bambusrohren bestand und ins Südchinesische Meer hinausragte. Am Ende des Stegs war ein kleines Boot festgemacht, das sich in den Wellen hob und senkte, die gegen das Ufer schlugen. »Mein Boot«, sagte Galang zu Reggie und Christopher mit einem Lächeln, das seine Erleichterung verriet, dass das Boot noch da war.

»Wohin bringen Sie uns?«, fragte Reggie erneut. Für Christopher klang es langsam wie der Refrain eines Songs, den er schon zu oft gehört hatte.

»An einen sicheren Ort«, beteuerte Galang. Auch wenn Christopher dieser Antwort keinen Glauben schenkte, sorgte sie dafür, dass er sich besser fühlte. »Kommen Sie.« Galang winkte sie mit einer weiteren Handbewegung zu dem Steg.

Reggie und Christopher folgten Galang hinunter zum Wasser. Der Steg bebte, als die drei Männer ihn betraten, und bog sich unter ihrem Gewicht, vermittelte aber nicht den Eindruck, als würde er einstürzen. Sie gingen zum Ende des Stegs. Galang half Reggie in das Boot. Dann drehte er sich zu Christopher. Bevor er Christopher ins Boot half, verneigte er sich tief. »Es ist mir eine Ehre«, sagte er, als er nach seiner Verbeugung den Kopf wieder hob. Dann half er ihm dabei, an Bord zu klettern, machte das Boot los und sprang selbst hinein.

Galangs Boot war lang und schmal. Es wirkte nicht groß, hätte aber leicht noch zehn weiteren Passagieren Platz geboten. Das Boot war holzfarben und verfügte nur über eine grüne Persenning als Sonnenschutz. Galang steuerte das Boot auf das stark befahrene Meer und reihte sich rasch in den Verkehrsfluss Dutzender kleiner Holzboote ein, die über das Wasser sausten und sich zwischen riesigen Schiffen mit stählernem Rumpf hindurchschlängelten, die mit hunderten Containern von der Größe von Lastwagen beladen wurden. Neben ihren großen Verwandten wirkten die kleinen Holzboote winzig. Christopher kam alles um ihn herum fremd vor, und er konnte sich nicht vorstellen, noch weiter von zu Hause weg zu sein. Er beobachtete zwei Männer, die zwischen den riesigen Schiffen breitbeinig in ihren Ruderboten standen und mit einer langen Bambusstange im Meer stocherten.

»Was machen die beiden da?«, fragte Christopher Galang und deutete auf die Männer.

»Sie suchen nach Metallschrott«, erklärte Galang. »Wenn sie auf etwas stoßen« – Galang tat so, als würde er eine lange Stange in den Händen halten –, »tauchen sie nach dem Metall.«

»Wo haben sie denn ihre Tauchausrüstung?«

Galang schüttelte den Kopf. »Keine Ausrüstung. Sie atmen

durch einen Schlauch.« Christopher sah ihn, einen ganz normalen Gartenschlauch, der zusammengerollt in ihrem Boot lag.

»Das ist ja total abgefahren«, sagte Christopher. Galang lächelte und nickte. Christopher war sich ziemlich sicher, dass Galang seine Bemerkung nicht verstanden hatte. Er warf Reggie einen Blick zu, der am Bug des Bootes saß. Christopher hatte sich noch immer nicht an den ganzen Wahnsinn gewöhnt. Er fragte sich, ob er Reggie vertrauen sollte. Max hatte es getan, und es würde schrecklich einsam für Christopher werden, wenn er sich dagegen entschied.

»Wie fühlst du dich?«, rief Reggie Christopher zu, als er dessen Blick bemerkte.

»Müde«, entgegnete Christopher.

Sie saßen fast zwei Stunden in Galangs Boot, ehe sie sich ihrem Ziel näherten. Je weiter sie fuhren, desto weniger Boote sahen sie. Schließlich sahen sie nur noch winzige Fischerboote, die sich an den Küsten der Inseln drängten, an denen sie vorbeikamen. Dann, als die Sonne hinter den Inseln am Horizont versank und der Himmel sich blutrot färbte, erreichten sie ihr Ziel. Menschen warteten auf einem Landungssteg auf sie; Reggie und Christopher sahen ihre Silhouetten in der Ferne.

Der Ort, an den Galang sie brachte, sah von Weitem aus wie eine schwimmende Ortschaft, die über Bambusbrücken mit einer ansonsten unbewohnten Insel verbunden war. Ein paar Dutzend Hütten standen auf Pfählen im Wasser und waren auf dieselbe Art und Weise miteinander verbunden, wie sie letztendlich mit dem Ufer verbunden waren. Galang steuerte geradewegs auf die größte Hütte zu, auf deren Rückseite ein Anlegesteg hinausragte. An dem Steg waren bereits vier andere Boote festgemacht, und Christopher fragte sich, wie viele Leute schon eingetroffen waren, wie viele Leute schon auf sie warteten. Galang umrundete einmal den Steg, sodass sie alle deutlich zu sehen bekamen. Reggie nahm an, dass das geplant war, dass Galang die Anweisung bekommen hatte, nahe heranzufahren und sich zu vergewissern, dass sie von den richtigen Leuten empfangen wurden. Er war sich sicher, dass Galang den Befehl hatte, sofort wieder abzudrehen, falls nicht die richtigen Personen warteten. Nachdem Galang beim ersten Mal nahe an den Steg herangefahren war, wendete er das Boot wieder und warf einem der vier Wartenden ein Tau zu.

Obwohl es sich bei allen vier Wartenden um Asiaten handelte, fielen Christopher die Unterschiede zwischen ihnen auf. Er erinnerte sich daran, als Jin ihn gefragt hatte, ob er fände, Jin würde so aussehen, als stamme er aus Singapur. Christopher war sich nach wie vor nicht sicher, was es bedeutete, so auszusehen, als stamme man aus Singapur oder aus China oder aus Indonesien. Die Wartenden auf dem Steg unterschieden sich in Bezug auf ihre Körpergröße und ihre Hautfarbe, und auch die Form ihrer Augen war nicht dieselbe. Es handelte sich um drei Männer und eine Frau. Die Frau war kleiner als die Männer, doch ihre Augen waren lebendig, und die Art und Weise, wie sie dastand, erinnerte Christopher an eine zusammengerollte Schlange.

Galang sprang auf den Steg. Zwei der Männer zogen an dem Tau, das Galang ihnen zugeworfen hatte, und manövrierten das auf den Wellen schaukelnde Boot nahe an den Steg. Dann trat der größte der Männer vor und streckte die Hand aus, um Reggie aus dem Boot zu helfen. Reggie drehte sich um und wollte nach seiner Tasche greifen, doch der große Mann sagte mit tiefer Stimme: »Schon okay, wir kümmern uns um Ihr Gepäck.« Also reichte Reggie dem Mann die Hand und ließ sich von ihm auf den Steg ziehen. Christopher war als Nächster an der Reihe. Der Griff des Mannes ließ ihn beinahe zusammenzucken, als er dessen immense Kraft in seiner Hand spürte.

Nachdem seine Passagiere sicher an Land geholt worden waren, sprang Galang zurück ins Boot, um ihre Taschen zu holen. Als er das tat, trat die Frau nach vorn und hielt Reggie die Hand hin. »Schön, Sie endlich kennenzulernen«, sagte sie mit einem Lächeln, das gefährlich echt wirkte.

»Ganz meinerseits«, erwiderte Reggie. »Zeitweise hatte es den Anschein, als würde es nie dazu kommen.«

Die Frau warf einen flüchtigen Blick auf Christopher und sah dann wieder Reggie an. »Ich hoffe, Sie hatten eine angenehme Reise?«

»In Singapur hatten wir ein kleines Abenteuer mit Ihrem Freund Jin. Aber wir sind in einem Stück hier angekommen.«

Die Frau nickte. »Ja. Das von Jin haben wir gehört. Er hätte eigentlich morgen hier zu uns stoßen sollen. Wir werden ihn vermissen.« Christopher gab sich alle Mühe, nicht zusammenzuzucken. Er warf Reggie einen Blick zu und war fest entschlossen, genauso zu reagieren wie er. Reggies Gesicht zeigte keine Regung.

»Christopher«, sagte Reggie, legte ihm die Hand auf den Rücken und führte ihn zu der Frau, »das ist Sara.«

»Sara?«, sagte Christopher und schüttelte der Frau die Hand.

»Apsara«, erwiderte die Frau, »aber wenn ich mit Leuten aus dem Westen zusammenarbeite, nenne ich mich Sara.«

»Mir gefällt Apsara besser«, sagte Christopher.

»Wenn hier alles nach Plan läuft, können Sie mich nennen, wie Sie möchten«, sagte Apsara.

»Wer sind Ihre Freunde?«, erkundigte sich Reggie bei Apsara und drehte sich zu den Männern. Apsara stellte ihm alle mit ihrem Namen und ihrem Herkunftsland vor. Der große Mann war Chinese. Der zierliche, Katsu, kam aus Japan. Derjenige, der Galang beim Festmachen des Boots geholfen hatte, war Indonesier. Apsara selbst stammte aus Thailand. Sie schüttelten Reggie nacheinander die Hand. Vor Christopher verneigten sich alle. Christopher gab sich Mühe, sich ihre Namen zu merken, vergaß sie jedoch beinahe so schnell wieder, wie er sie gehört hatte. Das war einer der Nachteile daran, ohne Freunde aufgewachsen zu sein: Für Christopher war der Name das Unwichtigste an einem Menschen.

»Sind das alle?«, fragte Reggie und erntete damit ein tiefes Lachen von dem großen Chinesen.

»Nein«, sagte Apsara zu Reggie. »Es sind noch andere hier. Wir wollten zuerst den Jungen willkommen heißen. Wir wollten ihn nicht überwältigen.«

»Er ist nicht aus Zucker«, sagte Reggie und ignorierte dabei, wie leicht Christopher in diesem Moment zu überwältigen gewesen wäre.

Apsara nickte abermals. Ihr Gesichtsausdruck verriet keine Reue. »Er wird sie alle kennenlernen. Sie beide werden alle kennenlernen.« Dann sah sie Christopher an. »Sie sind bereit, die Menschen auf diesem Kontinent, die der Welt nichts bewiesen haben, außer dass sie Kriege verabscheuen, davon zu überzeugen, einen Krieg in Ihrem Namen zu führen?« Das traf Christopher unvorbereitet. Er wusste nicht, was er darauf erwidern sollte. Deshalb sah er Reggie an und flehte mit seinem Blick um einen Rettungsanker.

»Wenn das nur so einfach wäre«, scherzte Reggie. Alle Männer, die bei ihnen standen, lachten daraufhin. Nur Apsara zeigte keine Regung.

»Wie sieht der Plan aus, Sara?«, fragte Reggie die Frau.

»Wir zeigen Ihnen als Erstes Ihre Hütte. Sie haben eine lange

Reise hinter sich. Ruhen Sie sich aus. Wir feiern heute Abend Ihnen zu Ehren ein Fest am Strand. Dort können Sie alle kennenlernen. Ich bin sicher, Sie sind beide dazu bereit.«

Der Indonesier brachte Reggie und Christopher zu ihrer Hütte. Galang trug ihre Taschen. Die Bambusbrücken knarrten und schwankten unter ihren Füßen. Reggie und Christopher hörten die Stimmen anderer Personen in den Hütten, an denen sie vorbeigingen. Sie unterhielten sich unnötigerweise im Flüsterton. Für Christopher waren ihre Sprachen – genau wie ihre Gesichter – markant, aber nicht zuzuordnen. Jedes Flüstern erinnerte Christopher daran, wie überfordert er war.

»Mach dir keine Sorgen wegen Sara«, sagte Reggie zu Christopher, sobald sie sich allein in ihrer Hütte befanden und die Tür hinter sich geschlossen hatten. »Sie ist auf unserer Seite.«

»Wessentwegen sollte ich mir dann Sorgen machen?«

»Wegen allen anderen. Das hier ist nicht Duttys Land der unangepassten Rebellen, wo alle einfach nach einer besseren Ausrede suchen, um zu sterben.« Reggie unterbrach sich selbst, da ihm einfiel, dass er Christopher immer noch nicht von dem Überfall erzählt hatte und immer noch nicht wusste, was aus Addy und Evan geworden war. »Versteh mich nicht falsch, Christopher. Sie möchten an dich glauben. Deshalb sind wir hier. Aber du musst es ihnen verkaufen. Sie müssen etwas in dir sehen, was ich dir nicht geben kann.«

»Apsara denkt, ich wäre dafür noch nicht bereit, oder?«

»Mach dir keine Sorgen darüber, was sie denkt. Sie hat dich erst vor zehn Minuten kennengelernt. Außerdem ist sie mehr auf dich angewiesen, als du dir vorstellen kannst.«

»Was soll das heißen?«

»Sagen wir einfach, dass es für sie bei ihrer Vorgeschichte nicht einfach ist, sich vor dem Krieg zu verstecken. Die Leute hören aus gutem Grund auf sie. Ganz egal, was du tust, bevor der Krieg nicht beendet ist, wird sie nie denken, du wärst bereit.«

»Glaubst du, ich bin bereit?«, wollte Christopher von Reggie wissen.

»Ich weiß zwar nicht viel über deine Eltern, die dich großgezogen haben, aber ich weiß ein bisschen was über das Blut, das in deinen Adern fließt. Ich weiß, wie stark und wie mutig dieses Blut ist. Das habe ich mit eigenen Augen gesehen. Du wurdest für diese Aufgabe geboren, Christopher. Ich weiß, das klingt wie ein Klischee, aber es stimmt.«

»Aber denkst du, dass ich bereit bin?«

»Deine Mutter hat mir in der kurzen Zeit, die ich sie kannte, eine Menge beigebracht. Ganz besonders wichtig war, dass die Welt nicht auf einen wartet, bis man bereit ist. Du bist hier. Hier ist besser als bereit.«

Christopher gab sich Mühe, mit Reggies Antwort zufrieden zu sein. »Was, denkst du, ist mit Jin passiert?«, fragte er, um das Thema zu wechseln.

»Ich habe gelernt, keine Fragen zu stellen, bei denen ich die Antwort nicht hören möchte«, sagte Reggie, ohne zu zögern. »Ruhen wir uns ein bisschen aus, bevor wir uns dem stellen müssen, was uns da draußen erwartet.«

NEUNUNDDREISSIGSTES KAPITEL

Zu Christophers Begrüßung war jemand engagiert worden, der in den Flammen tanzen sollte. Alle begaben sich zum Strand, wo ein großes prasselndes Feuer die einzige Lichtquelle war. Es war glühend heiß und tauchte alles in ein leuchtendes Orange: den Sand, das Meer, die Haut der Menschen, die Bäume in der Umgebung. Christopher blickte aufs Wasser hinaus. Weiter draußen wich das Orange schließlich der nächtlichen Schwärze. Bei Tageslicht war er in der Lage gewesen, ein paar in der Ferne über das Meer verteilte Inseln zu sehen, doch jetzt, bei Nacht und ohne Licht, waren sie vollkommen allein. Das Einzige, was auf der Welt existierte, waren die Sterne über ihnen und das Feuer. Dann lief der erste Tänzer, der bis auf einen langen, um die Taille gewickelten Rock nackt war, ins Feuer.

»Normalerweise wird gesungen«, erklärte Apsara Christopher. »Normalerweise singen mindestens fünfzig Männer, um den Tanz mit Musik zu untermalen, aber wir konnten es natürlich nicht riskieren, fünfzig Sänger herzubestellen. Mit ihrer Anwesenheit setzen alle hier ihr Leben aufs Spiel. Geheimhaltung ist also unerlässlich.«

Christopher nickte. Er betrachtete die Gesichter der Leute, die ihm auf der anderen Seite des Feuers gegenübersaßen. Insgesamt waren neunundzwanzig Personen anwesend, von denen jeder Einzelne für diesen Moment sein Leben riskierte. Sie stammten aus fast allen Ländern Asiens, aus allen Ecken des Kontinents. Jeder von ihnen war Christopher vorgestellt worden. Er erfuhr allerdings nicht die Verehrung, die ihm bei Dutty zuteil geworden war. Hier begrüßten ihn alle mit trotzigem Stolz. Christopher erinnerte sich, wie Duttys Leute ihn berührt hatten und dass Evan gesagt hatte, Christopher sei wie ein Gott für sie. Falls er in Asien ebenfalls ein Gott war, dann war diese Insel voller Agnostiker und Skeptiker. Selbst die Gläubigen verbargen ihren Glauben vor den anderen. Er fragte sich, wie er ihr Vertrauen gewinnen sollte, was er tun, was er sagen könnte. Ein paar von ihnen begegneten seinem

Blick. Die Schatten, die das Feuer warf, tanzten über ihre Gesichter.

Als der Mann in die Flammen lief, löste er eine Fontäne orangefarbener und gelber Funken aus, die in der schwarzen Nacht wie ein lautloses Feuerwerk hoch in den Himmel flogen. Der Tänzer schnaubte und stampfte mit den Füßen im Sand auf, als befände er sich in Trance. »Dieser Tanz ist eine Form von Exorzismus und soll böse Geister abwehren«, erklärte Apsara Christopher. »Es ist ein balinesischer Tanz, obwohl dieser Teil von Indonesien muslimisch ist. Normalerweise geht ein anderer Tanz voran, ein epischer Tanz, der sich um Hanuman, den Affengott, und seine Suche nach der wunderschönen, entführten Gemahlin eines weisen Prinzen dreht.«

»Was passiert dann?«, fragte Christopher. »Mit dem Affengott?«

»Er wird gefasst, nachdem er die Gemahlin des Prinzen gefunden und begonnen hat, die Stadt zu zerstören, in der sie gefangen gehalten wird. Der Affengott wird ergriffen und festgebunden, um verbrannt zu werden.« Der Tänzer lief abermals ins Feuer, trampelte barfuß auf den brennenden Holzscheiten herum und rannte durch die Glut, die in der Luft tanzte wie Sternschnuppen. Die Hitze brachte ihn zum Schwitzen. Christopher sah seine Haut im orangefarbenen Licht des Feuers schweißnass glänzen. Seine Füße waren schwarz vor Ruß. Jedes Mal, nachdem er durchs Feuer gelaufen war, jedes Mal, nachdem er mit nackten Füßen durch die Glut getrampelt war, brachte ein anderer Mann das Feuer mit einem langen Stock wieder in Ordnung, indem er die brennenden Holzscheite zusammenschob, bis die Flammen erneut in den Nachthimmel emporloderten. Währenddessen schnaubte der Tänzer und stampfte mit den Füßen im Sand auf, um sich darauf vorzubereiten, ein weiteres Mal durch die Flammen zu laufen.

»Holt er sich denn keine Verbrennungen?«, erkundigte sich Christopher bei Apsara.

»Nein, er wendet Magie an und entkommt.«

»Und was passiert dann?«

»Nichts. Dann endet der Tanz.«

»Das ist aber kein besonders tolles Ende«, beklagte sich Christopher.

»Was hätten Sie denn bevorzugt?«

»Irgendeine Art von Auflösung. Was passiert denn mit dem Prinzen und seiner Frau?«

Das Feuer brannte langsam herunter. Mit jedem Mal, wenn der Tänzer durch die Flammen lief, wurde es kleiner, die Nacht wurde dunkler, und die Gesichter der Fremden wurden schemenhafter. Unter den neunundzwanzig Anwesenden waren zwanzig Männer und neun Frauen. Inzwischen nutzten einige von ihnen die Dunkelheit, um Christopher anzustarren. Er spürte ihre Blicke. Dabei spielte es keine Rolle, dass er sich am anderen Ende der Welt befand: Beobachtet zu werden, fühlte sich überall gleich an.

»Sie möchten eine Auflösung?«, wollte Apsara von Christopher wissen.

»Möchte das nicht jeder?«, fragte Christopher zurück. Nachdem das Feuer heruntergebrannt war, konnte Christopher den Tänzer atmen hören. Bei dem Tanz handelte es sich nicht um einen Trick, dessen war sich Christopher bewusst. Der einzige Schutz des Tänzers gegen das Feuer bestand darin, rasch durch die Flammen zu laufen und sich darüber im Klaren zu sein, dass einer Verbrennung Schmerz voranging, wenn auch nur um den Bruchteil einer Sekunde. Schmerz war eine Warnung. »Was ist mit Jin passiert?«, fragte Christopher Apsara im Flüsterton, nachdem das Prasseln des Feuers verebbt war.

»Er hat die Leute, die Sie verfolgt haben, dazu gebracht, ihm zu folgen, und sie vom Anlegeplatz der Fähre weggelockt. Nachdem er sie auf seine Fährte gelockt hatte, gab es für ihn kein Entkommen mehr. Ist das genug Auflösung für Sie?«

Der Tanz endete, als von dem Feuer nichts mehr übrig war, als der Tänzer es mit seinen nackten Füßen und schierer Willenskraft erstickt hatte. Nachdem der Schein des Feuers erloschen war, wurden Petroleumfackeln geholt und am Strand aufgestellt, damit alle noch etwas sehen konnten. Sobald sich der Tänzer wieder ein wenig erholt hatte, wurde er zu Christopher gebracht. Er sprach kein Englisch und verneigte sich wortlos vor Christopher, der den Blick nicht von den geschwärzten, aber brandblasenfreien Füßen des Mannes lösen konnte. Dieses Mal verneigte sich Christopher ebenfalls.

»Wie hat Ihnen der Tanz gefallen?«, erkundigte sich der Indonesier bei Christopher, nachdem der Tänzer wieder gegangen war. Christopher war zu dem Schluss gekommen, dass dem Mann die Insel gehörte.

»Ich fand ihn inspirierend«, entgegnete Christopher. Der Mann lächelte, und Christopher hatte zum ersten Mal seit langem das Gefühl, das Richtige gesagt zu haben.

»Es wird Zeit, zum Geschäftlichen zu kommen«, sagte der Indonesier. Er sah zu Reggie hinüber, der sich bislang alle Mühe gegeben hatte, sich unsichtbar zu machen, um Christopher in den Mittelpunkt zu rücken. »Sollen wir Stühle holen?«, fragte der Indonesier Reggie.

»Nicht nötig«, entgegnete Reggie. »Wir können uns auch so unterhalten.«

Also setzten sie sich in einem großen Kreis in den Sand, und alles, woran Christopher denken konnte, war die Frage: *Wie soll man einen Krieg beenden, indem man einen Stapel Dokumente zerstört?*

Christopher war gespannt, wer sich als Erstes zu Wort melden würde. Er vermutete, dass es entweder Reggie oder Apsara sein würde, die eine Führungsrolle innezuhaben schien. Letzten Endes war es jedoch der Indonesier, ihr Gastgeber. »Ihnen allen vielen Dank für Ihr Kommen«, sagte er auf Englisch zu den Anwesenden. Christopher war bewusst, dass er ihm und Reggie zuliebe Englisch sprach. »Ich hoffe, Sie fühlen sich hier sicher. Wir wissen alle, wie gefährlich es ist, sich zu versammeln, aber wir sind alle professionelle Lügner und Hüter von Geheimnissen, daher glaube ich daran, dass uns niemand finden wird. Wir sind auf dieser Insel unter uns. Die nächstgelegene Ortschaft befindet sich auf einer anderen Insel, die mindestens zwanzig Minuten mit dem Boot entfernt ist. Wir können hier frei miteinander sprechen. Ich hoffe, das werden wir auch tun.« Als der Mann fertig war, sah er Christopher an, als wollte er dessen Zustimmung hören. Christopher nickte ihm zu, ohne zu wissen, wonach die Gebräuche verlangten, und in der Hoffnung, nicht selbst das Wort ergreifen zu müssen.

Das Nicken schien zu genügen. Apsara sprach als Nächste, als handle es sich bei der Reihenfolge um ein Ritual. »Vielen Dank für Ihre Gastfreundlichkeit, Bejo.« Dann wandte sie sich an die Übrigen. »Wir wissen alle, warum wir hier sind. Gemeinsam repräsentieren wir den Untergrund in Asien. Ich habe mich an jeden Einzelnen von euch gewandt, weil ich weiß, welchen Einfluss jeder Einzelne von euch hat. Doch wir sind keine Könige. Wir besitzen keine Königreiche. Wir sind Anführer, und Anführer, die nicht führen, sind bedeutungslos. Uns allen ist bewusst, wie gefährlich es ist, hier zu sein. Also lasst uns dafür sorgen, dass es sich lohnt.« Sie sah nicht Christopher an, nachdem sie gesprochen hatte. Sie sah Reggie an.

»Uns ist zu Ohren gekommen, dass der Junge einen Plan hat, um den Krieg zu beenden«, rief jemand. Jemand anders lachte. Christopher spürte seine Wangen glühen. »Wir wollen ihn hören.« Zustimmendes Murmeln war zu hören.

Reggie warf Christopher einen Blick zu, um zu sehen, ob er reagierte, doch Christophers Gesichtsausdruck verriet Reggie alles, was er wissen musste. Also ergriff Reggie selbst das Wort. »Wir haben einen Plan. Es ist nicht allein Christophers Plan, aber ohne ihn lässt er sich nicht umsetzen.«

»Raus damit!«, rief der riesige Chinese.

»Wir wissen alle, wie die beiden Seiten des Krieges ihre Geschichte und ihre Informationen organisiert haben«, fuhr Reggie mit bewundernswerter Gelassenheit fort. »Die Strukturen sind erstaunlich ähnlich.«

»Was für ein Zufall!«, rief einer der Männer. Es war der Kambodschaner namens Sun Same, wie Christopher sich erinnerte. Die Hälfte der im Kreis Sitzenden lachte. Christopher hatte sich noch nie Gedanken darüber gemacht, was es bedeutete, dass beide Seiten mehr oder weniger gleich strukturiert waren. Er war sich nicht sicher, ob es überhaupt von Bedeutung war, doch viele der Anwesenden schienen der Meinung zu sein, dass es von großer Bedeutung war.

»Überall auf der Welt gibt es Informationszellen«, fuhr Reggie fort und ignorierte die Zwischenrufe. »Wir wissen nicht, wo sie sich befinden. Aber das kann uns auch egal sein. Sie kommen und gehen. Sie verändern sich. Wir wissen, dass bestimmte Zellen in der Vergangenheit immer wieder von Rebellen angegriffen wurden.« Reggie warf Christopher abermals einen Blick zu. »Auch wenn ein solcher Angriff erfolgreich ist, wird dadurch nichts erreicht. Es ist, als würde man eine einzelne Ameise töten. Es hat keinen Einfluss auf die Kolonie. Es ist kein Beweis für die eigene Stärke, sondern untermauert die Stärke der anderen und demonstriert die eigene überwältigende Machtlosigkeit. Ameisen wird man nur los, wenn man die Königin tötet und dafür sorgt, dass niemand anders ihren Platz einnimmt.«

»Parabeln sind etwas für Mönche und Träumer!«, rief eine Frau.

Reggie nickte. »Informationszellen gibt es überall auf der Welt, aber es gibt nur sieben Informationszentren. Die eine Seite besitzt drei, die andere vier. Wir wissen, wo sich diese Informationszentren befinden: Costa Rica, Tokio, Istanbul, Rio de Janeiro, Kambodscha, Paris und New York. Das sind die Königinnen. Das sind die Schlüssel zur Organisation der Informationen auf beiden Seiten des Krieges. Ohne die Informationszentren sind die Informationszellen nutzlose Lagerhallen voller unbrauchbarer Daten.«

»Nutzlos?«, fragte einer der Männer aus dem Kreis.

»Machtlos«, erklärte Reggie. »So unnütz wie ein paar beliebige Sätze aus einem Geschichtsbuch.«

»Also zerstören wir die Informationszentren?«, fragte jemand.

»Ja«, erwiderte Reggie.

»Das wäre nicht das erste Mal«, sagte ein älterer Mann, der Christopher im Kreis fast genau gegenübersaß. »Damals waren es nicht Rebellen. Es ist vor über hundert Jahren im Krieg passiert. Aber es wurde wieder aufgebaut. In den anderen Informationszentren befanden sich alle Daten, die dazu nötig waren.«

Reggie nickte. »Deshalb brauchen wir globale Koordination. Deshalb müssen wir alle sieben genau zur selben Zeit angreifen.« Daraufhin kehrte Stille ein.

»Was ist, wenn eine Gruppe scheitert?«, fragte schließlich jemand und brach damit das Schweigen. Ein paar der Anwesenden begannen, in anderen Sprachen miteinander zu diskutieren.

Reggie sprach lauter, um alle dazu zu bringen, ihm zuzuhören. »Wenn eine Gruppe scheitert, scheitern wir alle.«

»Woher wissen wir, dass wir allen vertrauen können?«, rief ein Mann.

»Woher wissen wir, dass wir allen hier Anwesenden vertrauen können?«, schoss Apsara zurück.

»Ich weiß es nicht«, erwiderte der Mann.

»Und woher wissen wir, dass sie nicht wieder mit den Daten aus den Informationszellen aufgebaut werden?«, fragte eine Frau dazwischen. »Das wäre extrem schwierig, aber nicht unmöglich. Es würden sich Fehler einschleichen, aber auf lange Sicht wäre es machbar.«

Das Gemurmel wurde lauter. »Deshalb brauchen wir den Jungen!«, rief Reggie, um das Flüstern in fremden Sprachen zu übertönen. Das war das erste Mal, dass Christopher Reggie seinen Beinamen verwenden hörte. Alle verstummten. »Wir können allen vertrauen, weil alle daran glauben werden, dass der Plan funktionieren kann. Wir können uns sicher sein, dass niemand die Informationszentren wieder aufbauen wird, weil sich niemand umsonst die Mühe wird machen wollen, da alle glauben werden, dass der Krieg vorbei ist.«

»Und das werden alle wegen dieses *nutzlosen* Jungen glauben?«, rief einer der Männer und zog das Wort dabei in die Länge. Alle Blicke richteten sich wieder auf Christopher.

»Sie werden es glauben, weil sie es glauben wollen. Sie werden es glauben, weil es die einzige Möglichkeit ist, um die Legende zu vervollständigen. Sie werden es glauben, weil es die einzige Möglichkeit ist, um die Geschichte zu beenden, ohne sie bedeutungslos zu machen.«

»Sie werden sie glauben, weil man einen Narren nur dazu bringen kann, etwas noch einmal zu versuchen, woran er bereits mehrmals gescheitert ist, indem man ihn davon überzeugt, dass dieses Mal etwas anders ist«, sagte der Japaner Katsu, der Christopher und Reggie zuvor am Steg begrüßt hatte, ohne eine Spur von Hohn oder Sarkasmus in der Stimme.

»Und wer sind die Narren?«, fragte jemand.

»Wir sind alle Narren. Sonst hätte der Krieg schon vor Generationen geendet. Diesmal macht der Junge den Unterschied.« Katsu sagte die Worte, als würde er sich plötzlich für diese Idee erwärmen.

»Dann soll er sprechen!«, rief der Mann, der Christopher als nutzlos bezeichnet hatte. »Dann soll der Junge sprechen.«

Die Worte rissen Christopher aus seiner Trance. Er sah den Mann an, der sie gesagt hatte. Der Mann war nicht groß, wirkte jedoch kräftig und wettergegerbt. Christopher wünschte, er hätte sich erinnern können, woher der Mann stammte. War es Hongkong gewesen? Die Mongolei? Korea? Christopher konnte sich nur noch daran erinnern, dass der Mann nicht gelächelt hatte, als er ihm vorgestellt worden war. Er überlegte, was er sagen könnte, um die Anwesenden glauben zu machen, dass er in der Lage war, bei anderen Hoffnung zu wecken, doch ihm fiel nichts ein. Stattdessen fragte er den Mann: »Was soll ich denn sagen?«

Der Mann lachte verächtlich und blickte sich unter seinen Kollegen um, um zu sehen, ob noch jemand das alles für einen schlechten Scherz hielt.

»Sie haben ihn als nutzlos bezeichnet«, sagte Reggie zu dem Mann, »aber wann haben Sie alle sich das letzte Mal versammelt?«

Achtundzwanzig Personen sahen sich gegenseitig an. »Das ist das erste Mal«, sagte Apsara.

»Wäre irgendjemand von Ihnen hier, wenn Christopher nicht hier wäre?«, fragte Reggie.

Alle sahen sich abermals an und schüttelten den Kopf. »Nein, niemand!«, rief Sun Same, der Kambodschaner.

»Nein«, stimmte ihm der riesige Chinese zu, »aber uns hierherzulocken und andere glauben zu machen, der Krieg würde seinetwegen beendet werden können, sind zwei unterschiedliche Dinge.«

Reggie warf Christopher einen Blick zu. Christopher sah das Licht der Fackeln in Reggies grünen Augen flackern. Es wurde Zeit, dass Christopher etwas sagte. Das war ihm bewusst. Jedem, der in dem Kreis saß, war das bewusst. Das Problem war allerdings, dass Christopher immer noch nicht wusste, was er sagen sollte. Er wusste nur, was er sagen wollte. Er wollte allen von seiner Paranoia erzählen. Er wollte ihnen sagen, dass seine Paranoia sich von ihrer unterschied, weil er für seine Paranoia nicht selbst verantwortlich war. Er wollte ihnen sagen, dass sie alle verrückt waren und dass er jedem Einzelnen von ihnen für alles die Schuld gab. Er gab ihnen die Schuld dafür, dass er auf der ganzen Welt nur einen wahren Freund hatte. Er gab ihnen die Schuld dafür, dass er diesen einen Freund in Lebensgefahr gebracht hatte und dass er das allein dadurch wiedergutmachen konnte, indem er den Krieg beendete. Er wollte ihnen die Schuld dafür geben, dass er nicht nach Hause zu seinen Eltern zurückkehren konnte, bis der Krieg beendet war, und dass er sich selbst dann nicht sicher wäre, was er tun konnte. Er wollte ihnen sagen, dass er den Krieg hasste und sie alle ebenso. Er gab ihnen die Schuld dafür, dass sie ihn brauchten, doch er konnte nichts von alledem sagen, da er sie ebenfalls brauchte.

Deshalb dachte er stattdessen über Dutty nach. Er erinnerte sich an Duttys Fähigkeit, andere mit Worten zu inspirieren. Doch Christopher hatte nicht den Wunsch, wie Dutty zu sein. Dann dachte er an den von Dutty geplanten Überfall auf die Informationszelle in der Wüste und ergriff das Wort. »Für mich ist das alles Neuland. Ich kenne diesen Krieg erst seit ein paar Wochen, habe aber bereits mit eigenen Augen gesehen, wie sinnlos symbolische Gewalt ist«, begann Christopher. »Sogar während sie ausgeübt wird, ist allen außer den Ideologen und den Verzweifelten bewusst, dass symbolische Gewalt den Feind mehr anspornt als die Verbündeten.« Dann dachte Christopher an Addy. Er fragte sich, was Addy und Evan wohl in diesem Moment machten. Er fragte sich, ob Addy Evan beschützte, wie sie versprochen hatte. An die anderen dachte er ebenfalls – an diejenigen, die einen solchen Hoffnungsdurst hatten, dass sie sich allein über die Gelegenheit freuten, Christopher ihren Namen zu nennen und die Hand auszustrecken, um ihn zu berühren. »Außerdem habe ich gesehen, wie hoffnungslos es ist, sein ganzes Leben lang davonzulaufen und sich zu verstecken. Das ist keine Art und Weise, sein Leben zu leben.« Schließlich dachte Christopher an Max – an Max, aus dessen Hals ein Pfeil ragte. »Und ich weiß aus eigener Erfahrung, dass der Tod eines Märtyrers sinnlos ist, wenn niemand da ist, der sich von diesem Märtyrertod inspirieren lassen könnte.« Alle im Kreis schwiegen, sahen Christopher gebannt an und warteten auf seine nächsten Worte. Christopher wünschte, er hätte gewusst, was er noch sagen könnte. Vielleicht wäre es besser gewesen, wenn er aufgehört hätte, solange er dazu noch in der Lage war, doch er tat es nicht. »Also musste jemand einen Plan schmieden«, sagte er und spürte, wie wenig überzeugend seine Worte klangen, noch bevor er sie ausgesprochen hatte. »Ich mag kein Anführer und kein Held sein, aber Reggies Plan ist gut, und es ist der Einzige, den wir haben.« Bevor jemand darauf antworten konnte, spürte Christopher, dass der Bann, mit dem er seine Zuhörer beinahe belegt hätte, wieder gebrochen war. Sie wollten von ihm geführt werden, und er hatte sie stattdessen aufgefordert, sich nicht auf ihn zu verlassen.

»Zu einem guten Plan gehört ein guter Anführer«, sagte eine Frau, die rechts von Christopher saß. Sie war Inderin. Als sie einander vorgestellt worden waren, hatte sie Christopher mit beiden Händen die Hand geschüttelt. Christopher warf Reggie einen Blick zu, da er auf irgendeine Form von Erlösung hoffte. Er glaubte, Reggie könnte sie anführen, wenn sie auf ihn hören würden. Doch Reggie war damit beschäftigt, den kleinen Mann, der Christophers Rolle infrage gestellt hatte und für alle Probleme verantwortlich war, mit Blicken zu erdolchen. Der Mann hielt Reggies Blick stand und starrte zurück. Die Gruppe zerfiel in ein Dutzend Diskussionen in mindestens acht verschiedenen Sprachen.

»Das reicht jetzt!«, rief Apsara, um das Gemurmel zu übertönen. Sie warf Christopher einen eisigen Blick zu. »Niemand erwartet von uns, dass wir bereits heute Abend eine Antwort auf alles haben.« Das war eine Lüge, und alle wussten es, doch keiner widersprach. »Unterhalten wir uns morgen weiter.« Daraufhin verstummten die Gespräche und Diskussionen, und alle gingen über die langen Bambusbrücken vom Strand zu ihren Hütten. Bald waren die Schritte auf den Bambusrohren und das Plätschern des Wassers darunter die einzigen Geräusche.

Christopher ging alleine. Als er sich umdrehte, sah er, wie sich Reggie im Flüsterton mit Apsara unterhielt. Dann trennten sich die beiden, und Reggie schloss zu Christopher auf.

»Was sollte das alles?«, wollte Christopher von Reggie wissen.

»Schadensbegrenzung«, entgegnete Reggie. Er sah nicht erfreut aus, wirkte allerdings auch nicht wütend. Christopher beschloss, eine Weile zu schweigen.

VIERZIGSTES KAPITEL

Christopher fand Schlaf, obwohl er gescheitert war. Die Insel vermittelte ihm ein Gefühl von Sicherheit. Zum ersten Mal, seit er sich erinnern konnte, fühlte er sich tatsächlich vor den forschenden Blicken verborgen, die ihn schon sein ganzes Leben lang verfolgten. Sie waren weit vom Rest der Welt entfernt. Außerdem schlief Reggie ganz in seiner Nähe in dem anderen Bett. Eine Meeresbrise wehte durch die Fenster ihrer Hütte, und Christopher hörte unter ihnen das Plätschern der Wellen. Reggie zeigte sich wortkarg, bevor sie sich schlafen legten. Er sagte nur: »Wir versuchen es morgen noch mal. Nimm das Ganze locker.« Christopher glaubte nicht daran, dass es etwas bringen würde, es noch einmal zu versuchen oder das Ganze locker zu nehmen. Er konnte sich nicht vorstellen, dass sich innerhalb eines Tages etwas verändern würde. Doch anstatt sich den Kopf darüber zu zerbrechen, schlief er. Er schlief tief und friedlich, bis er mitten in der Nacht von einem Fremden aus dem Schlaf gerüttelt wurde.

In der Hütte war es so dunkel, dass Christopher sich nur mit Mühe erinnerte, wo er sich befand. Er konnte kaum etwas sehen, geschweige denn die Gesichter der Männer erkennen, die ihn packten. Erst als er ihre Stimmen hörte, erinnerte er sich wieder. »Wir bringen dich von hier weg«, sagte eine Stimme. »Leiste keinen Widerstand.« Als er die Akzente hörte, erinnerte er sich an Asien. Er erinnerte sich an alles, was geschehen war. Er erinnerte sich, was gesagt worden war.

»Reggie!«, schrie Christopher, bevor sich eine Hand über seinen Mund legte.

»Reggie ist weg«, flüsterte eine Stimme Christopher ins Ohr. »Es gibt keinen Grund zu kämpfen.«

Christopher antwortete nicht. Er wusste, wie wichtig es war, dass er sich seine Atemluft für den Kampf aufsparte. Anstatt etwas zu sagen, verpasste er dem Mann, der ihn an den Füßen packen wollte, einen festen Tritt. Christopher spürte, wie die Muskeln des Mannes nachgaben, als er ihm den Fuß in die Niere rammte, und hörte ihn vor Schmerz aufstöhnen. Dann entriss er seine Hand mit aller Kraft der Person, die sie gepackt hielt. Christopher führte mit der Hand eine ähnliche Bewegung aus, wie er sie mit dem Fuß ausgeführt hatte. Da es zu dunkel war, um Details erkennen zu können, zielte er einfach auf den größten Schatten. Seine Hand traf auf etwas Hartes. Er spürte Schmerz in seine Hand schießen, am Handgelenk vorbei bis zum Ellbogen hinauf. Was auch immer er getroffen hatte, bewegte sich kaum. Christopher vermutete, dass er jemanden seitlich am Kopf oder am Hinterkopf getroffen hatte. Einen Augenblick später packte ihn wieder jemand am Handgelenk, und dieses Mal war der Griff wie ein Schraubstock. In der Dunkelheit konnte Christopher nicht einmal erkennen, gegen wie viele Männer er kämpfte. Von allen Seiten schienen ihn Hände zu packen.

Der Mann, den Christopher mit seinem Tritt zu Boden geschickt hatte, stand wieder auf und versuchte, Christophers Füße festzuhalten, obwohl dieser immer noch mit aller Kraft um sich trat. Mindestens zwei Hände hielten seine Handgelenke gepackt, und eine dritte hielt ihm den Mund zu. Anstatt zu treten, riss Christopher dann das Knie, so fest er konnte, nach oben und traf einen der Angreifer an der Brust. Er hörte, wie sämtliche Luft aus der Lunge des Mannes entwich, und nutzte die Gelegenheit. Mit all seiner verbliebenen Kraft warf er seinen ganzen Körper herum und schüttelte damit die beiden Angreifer ab, die mit seinen Händen gekämpft hatten. Durch die Drehung fiel Christopher aus dem Bett. Einen Moment lang spürte er keine Hände. Er rappelte sich hoch, da er wusste, dass ihm zur Flucht nicht mehr als ein oder zwei Sekunden bleiben würden. Inzwischen konnte er ein wenig besser sehen. Zumindest konnte er die Umrisse der Tür zu seiner Hütte ausmachen. Sie war nur ein paar Schritte entfernt. Als er sich halb aufgerichtet hatte, stürzte sich erneut einer der Angreifer auf ihn. Vielleicht hätte Christopher dem Gewicht des Mannes standhalten können, wenn er nicht schon so viel Energie verbraucht gehabt hätte, doch die Last war zu groß für ihn, und er brach unter ihr zusammen.

Christopher versuchte, wieder aufzustehen, doch das Gewicht, das auf ihm lastete, war einfach zu schwer. Dann holten die Angreifer Riemen und Klebeband hervor. Als Erstes fesselten sie ihm die Füße. Christopher spürte, wie sie ihm fest zusammengebunden wurden. Er konnte nach wie vor treten, aber ohne jede Kraft und Zielgenauigkeit, und selbst wenn es ihm gelungen wäre, alle Angreifer durch Tritte fernzuhalten, hätte er nicht fliehen können. Als Nächstes kamen seine Hände an die Reihe. Sie drehten ihm die Arme auf den Rücken und fesselten ihm dann die Handgelenke. Als Letztes klebten sie ihm den Mund mit Klebeband zu, damit er nicht schreien oder um Hilfe rufen konnte.

Wie sich herausstellte, waren die Männer nur zu dritt. Christopher sah sie, nachdem sie ihn hochgehoben hatten und ihn aus der Hütte hinaus ins Mondlicht trugen. Er erkannte zwei der Männer von den Ereignissen des Abends wieder. Sie hatten nichts gesagt, zumindest nicht zu allen Versammelten. Sie hatten nur im Kreis gesessen und Christophers scheinbar unvermeidliches Scheitern beobachtet. Christopher war sich nicht sicher, ob er den dritten Mann wiedererkannte, weil er sein Gesicht nicht richtig zu sehen bekam. Er versuchte zu schreien, aber durch das Klebeband drang nur ein leises, gedämpftes Geräusch. Er ließ den Blick über die anderen Hütten schweifen und hielt Ausschau nach jemandem – irgendjemandem –, der ihm zu Hilfe hätte kommen können, doch alles wirkte wie ausgestorben. *Alle*, dachte er. *Alle waren eingeweiht*. Dann fragte er sich, ob sie Reggie ebenfalls geschnappt hatten oder ob Reggie ihn aufgegeben und zugestimmt hatte, dass sie ihn mitnahmen.

Sobald sie sich im Freien befanden, hievten die Männer Christopher auf ihre Schultern und trugen ihn über die Brücke. Christopher sah das Meer unter sich und hörte auf, sich zu wehren, da er befürchtete, sie würden ihn sonst womöglich ins Wasser werfen, wo er untergehen würde, da er gefesselt nicht schwimmen konnte. Die drei Männer trugen ihn bis zum Ende der Brücke, wo ein einzelnes Boot festgemacht war. Dort angekommen, nahmen sie ihn von den Schultern und warfen ihn in das Boot. Da Christopher sowohl an den Händen als auch an den Füßen gefesselt war, hatte er keine Möglichkeit, um seinen Sturz abzufangen. Er fiel nicht weit, landete aber hart auf dem Holzboden des Bootes. Dort blieb er regungslos liegen, das Gesicht gegen den feuchten Boden gepresst, als die drei Männer ins Boot kletterten, die Leinen lösten, den Motor anließen und es aus dem Hafen steuerten. Sobald sie Fahrt aufgenommen hatten, hörte Christopher vom Bug des Bootes das Knistern eines Funkgeräts. Einer seiner Entführer sprach in das Funkgerät, und am anderen Ende antwortete jemand, doch Christopher verstand nicht, in welcher Sprache sie sich unterhielten, geschweige denn, was gesagt wurde.

Meng, einer der drei Männer, die mit der Entführung von Christopher beauftragt worden waren, teilte Galang und Apsara über Funk mit, dass der Auftrag erledigt war. Als Galang die Nachricht über sein knisterndes Funkgerät empfing, jagte er mit seinem Boot bereits mit Höchstgeschwindigkeit über das dunkle Wasser. Galang kannte sein Boot und dessen Grenzen gut. Apsaras Boot raste etwa dreißig Meter zu seiner Linken neben ihm her, aber in der Dunkelheit war von ihm außer den Schaumkronen seines Kielwassers nichts zu erkennen. Galang befürchtete, dass sie womöglich zu schwer beladen waren. In seinem Boot saßen sieben Männer und eine Frau, während sich in dem Boot, das sie verfolgten, nur eine Person befand: Jung-Su, der vor ihnen allen flüchtete, war allein. Apsaras Boot hatte sieben Insassen, eine Person weniger als Galangs Boot, und drei davon waren Frauen. Ihr Boot setzte sich bereits langsam von seinem ab. Einen Vorteil hatte Galang allerdings gegenüber allen anderen: Er kannte diese Gewässer. Das war durchaus von Bedeutung, vor allem im Dunkeln. Dieser Teil des Meeres war mit winzigen Inseln übersät, und wenn man mit den Gewässern nicht vertraut war, konnte das Fahrwasser zwischen den Inseln schnell zu einer Art Labyrinth werden.

Galang griff abermals zum Funkgerät. »Bleib ihm auf den Fersen«, sagte er über Funk zu Apsara. »Ich werde versuchen, ihm den Weg abzuschneiden.«

»Viel Glück«, erwiderte Apsara. Damit riss Galang das Steuerrad seines Boots nach links und drehte hinter Apsara ab. Galang ging nicht vom Gas, als er auf die Heckwelle von Apsaras Boot zusteuerte, sondern fuhr mit voller Geschwindigkeit darauf zu. Sein Boot hob ab, als es auf die Heckwelle traf, und nachdem es wieder gelandet war, sprang es noch einmal hoch wie ein Stein, den man über die Wasseroberfläche springen lässt. Galang ging ein Risiko ein. Er konnte sich nicht sicher sein, ob ihm Jung-Su tatsächlich in die Falle gehen würde, wusste jedoch, wohin die Inseln Jung-Su führen würden, wenn er sich auf der Flucht verirrte. Galang war davon überzeugt, es kam allein darauf an, dass er vor Jung-Su an dieser Stelle war.

Jung-Su drückte gegen den Gashebel, um seinem Boot noch mehr Tempo zu entlocken, doch der Hebel befand sich bereits am Anschlag. Er fuhr bereits so schnell es ging. Ihm war bewusst, dass er dabei einen Motorschaden riskierte oder, schlimmer noch, Gefahr lief, in der Dunkelheit auf den Strand aufzulaufen oder gegen einen Felsen zu prallen. Er ignorierte die Risiken nicht. Er wusste, dass ihm seine Verfolger auf den Fersen waren, und entschied sich dafür, nicht langsamer zu fahren, seinen Kurs nach Gutdünken zu wählen und zu hoffen, noch vor Tagesanbruch aus ihrem Blickfeld verschwinden zu können. Jung-Su sah Galangs Boot nicht nach links abdrehen. Die beiden Boote, die ihn verfolgten, fuhren ohne Beleuchtung und waren zu weit hinter ihm, als dass er sie hätte ausmachen können, ohne aus den Augen zu verlieren, was vor ihm lag. Hätte er Galangs Boot ausscheren sehen, wäre er anders an die Sache herangegangen. Er wäre bei jeder Gelegenheit, die sich bot, nach rechts abgedreht, auch wenn er dabei riskiert hätte, im Kreis zu fahren. Stattdessen raste Jung-Su weiter geradeaus, als hinge sein Leben von seiner Flucht ab, und Apsaras Boot folgte ihm.

Trotz des zusätzlichen Gewichts war Apsaras Boot in der Lage, mit dem von Jung-Su mitzuhalten, vermutlich holte es sogar auf. Für die höhere Geschwindigkeit war die Tatsache verantwortlich, dass sie in dem flachen Wasser zwischen Jung-Sus

Heckwellen fuhren. Apsara war nicht am Steuer ihres Bootes, sondern stand mit einem Fernglas in der Nähe des Bugs und versuchte, die Entfernung zwischen ihrem Boot und dem von Jung-Su zu schätzen. Aufgrund der Dunkelheit waren die Umrisse seines Boots für sie nur mit Mühe auszumachen, sie durfte ihn aber auf keinen Fall entkommen lassen. Alle wussten, worauf sie sich eingelassen hatten, indem sie hierhergekommen waren. Flucht war für keinen von ihnen eine Option.

Galangs Boot kam zu langsam voran. Das spürte er. Die Beladung sorgte dafür, dass es zu tief im Wasser lag. Auch wenn Jung-Su genau den Kurs fuhr, den Galang vorhergesagt hatte, nützte das nichts, wenn sie nicht schneller fuhren. »Wir sind zu schwer!«, rief er seinen Passagieren auf Englisch zu, da er nicht wusste, ob es eine andere Sprache gab, die alle im Boot verstanden. »Wir müssen das Boot leichter machen.«

Die Männer hinter ihm begannen, nach überflüssigen Ausrüstungsgegenständen zu suchen, doch das Boot war ohnehin schon abgespeckt worden, da es überwiegend zum Transport von Personengruppen auf die Insel verwendet wurde. »Hier ist nichts, was wir abwerfen könnten«, verkündete einer der Männer. »Wir können das Boot nicht leichter machen.«

Galang blickte nach hinten zu seinen Passagieren. Selbst in der Dunkelheit fürchtete er die Gewässer vor sich nicht. Er wusste, wann er seinen Kurs würde ändern müssen. »Unter den Sitzen sind Rettungswesten«, sagte er zu seinen Mitfahrern. »Jung-Su ist allein. Wir brauchen nur zu dritt zu sein.« Die Männer sahen einander an, während das Boot über das pechschwarze Wasser schoss. Dann warfen sie einen Blick seitlich über Bord. »Ich gebe über Funk Bescheid, damit sie euch aufsammeln.« Niemand rührte sich vom Fleck. »Wir haben keine Zeit!«, schrie Galang. »Die schwersten fünf!« Er fuhr ihretwegen nicht langsamer. Das konnte er sich nicht erlauben. Nachdem Galang sie angeschrien hatte, setzten sie sich in Bewegung. Dann ging alles ganz schnell. Niemand diskutierte darüber, wer über Bord gehen und wer im Boot bleiben sollte. Galang spürte, wie das Boot beschleunigte, noch bevor er das Platschen hörte, mit dem die Männer im Wasser landeten. Galang griff zum Funkgerät und versuchte der Stimme am anderen Ende zu erklären, wo die Männer über Bord gesprungen waren. Er hoffte, dass sie bei dem Aufprall aufs Wasser alle bei Bewusstsein geblieben waren. Das Boot fuhr schnell, und bei diesem Tempo war das Wasser für die Springer hart. Falls sie nicht bei Bewusstsein geblieben waren, hoffte Galang, dass die Rettungswesten sie über Wasser halten würden, da er wusste, sie würden vor Tagesanbruch vermutlich nicht gefunden werden. Doch das Boot war jetzt wirklich in Fahrt gekommen und schoss wie eine Kugel über das schwarze Wasser. Für Galang und die anderen war das wichtiger als alles andere. Er griff abermals zum Funkgerät, um in Erfahrung zu bringen, ob Apsara ihm ihre Position durchgeben konnte.

Jung-Su konnte Apsaras Boot sehen und war sich darüber im Klaren, dass es zu ihm aufschloss. Ihm war bewusst, was vor sich ging: Sie holten auf, obwohl sie schwerer beladen waren, weil er durch die Wellen pflügte, während sie ihm in seinem Kielwasser folgten. Er musste irgendetwas dagegen unternehmen, sonst würden sie ihn einholen. Deshalb begann er, einen Slalomkurs zu fahren und sich gerade genug in diese und in jene Richtung zu schlängeln, um die Fahrlinie seiner Verfolger durcheinanderzubringen. Bald darauf wurde Apsaras Boot immer wieder von Jung-Sus Heckwelle gebremst, wodurch er sich immer weiter absetzen konnte.

Jung-Su sah vor sich einen schmalen Kanal zwischen zwei

Inseln und steuerte in dem Glauben darauf zu, er könne ihn durchfahren und das Boot hinter ihm abschütteln. Dann hoffte er, aus dem Schneider zu sein. Sicher, Apsara hatte noch Jung-Sus Handy: Bei ihrer Ankunft auf der Insel waren sämtliche Mobiltelefone und Waffen konfisziert worden. Kein Handy und damit keine Liste mit Kontakten zu haben, war ein Ärgernis, aber wenn Jung-Su bis zum Morgen aufs Festland gelangte, ohne erwischt zu werden, würde er schon irgendwie mit jemandem Kontakt aufnehmen können. Dann wäre er in der Lage, allen zu sagen, dass sie es nicht glauben sollten. Dann konnte er sie warnen. Der Kanal zwischen den beiden Inseln war schmal, und Jung-Su näherte sich ihm rasch. Sein Slalomkurs hatte den Abstand zwischen ihm und seinen Verfolgern vergrößert, aber jetzt fuhr er wieder in einer Linie und steuerte geradewegs auf die Lücke zu. Mit seiner Slalomfahrt hatte Jung-Su Apsara abschütteln können; was er nicht wusste, war jedoch, dass er Galang damit Zeit gegeben hatte, um aufzuholen.

Jung-Su war den Inseln jetzt ganz nahe. Nahe genug, um das andere Ende der Durchfahrt sehen zu können, hinter der sich nichts als wunderschönes schwarzes Meer befand. Er hielt darauf zu. Einen Moment lang glaubte er tatsächlich, er würde es schaffen. Er fuhr in den Kanal ein, und ein paar Augenblicke später schoss er am anderen Ende wieder heraus. Jung-Su hörte nicht, wie sich Galang mit seinem Boot näherte. Galangs Boot war jetzt leicht, und Galang selbst, der nach wie vor am Steuerrad stand, drosselte sein Tempo nicht. Er kam mit perfektem Timing von der anderen Seite um eine der Inseln herangerauscht und hielt genau auf Jung-Sus Boot zu. Es war dunkel, doch Galang ließ sich davon nicht irritieren. Er zögerte nicht und zielte mit seinem Boot wie mit einer Rakete durch die Finsternis auf das Boot von Jung-Su. Einen Sekundenbruchteil später kollidierten die beiden Boote mit Höchstgeschwindigkeit. Galangs Boot rammte die hintere Hälfte von Jung-Sus Boot, wurde in die Luft geschleudert und spuckte seine drei Passagiere aus, ehe es kenterte.

Nach der Kollision stand Jung-Su noch immer vorne in seinem Boot. Er klammerte sich am Steuerrad fest, während sich sein Boot um die eigene Achse drehte. Im Gegensatz zu Galang hatte Jung-Su das Glück, dass sein Boot nicht kenterte und er sich auf den Beinen halten konnte. Als die Welt um ihn herum wieder aufhörte, sich zu drehen, warf Jung-Su einen Blick auf sein Boot, um den Schaden zu begutachten. Das Boot war mehr oder weniger intakt. Das einzige Problem bestand darin, dass es Galang gelungen war, den Außenbordmotor vollständig abzureißen. Jung-Su war gestrandet, und sein Traum von Flucht sank auf den Grund des Südchinesischen Meeres. Er blickte abermals nach hinten, gerade rechtzeitig, um zu sehen, wie Apsaras Boot direkt auf ihn zuhielt.

EINUNDVIERZIGSTES KAPITEL

Christopher gelang es, sich am Heck des Bootes aufzusetzen. Dazu bedurfte es allerdings einiger Verrenkungen. Seine Hände waren noch immer hinter dem Rücken gefesselt und seine Füße zusammengebunden, sodass er sich mit dem Kinn und der Schulter an der Seitenwand des Bootes abstützen musste. Seine drei Entführer ignorierten seine Anstrengungen. Sie standen alle drei in der Nähe des Bugs. Einer von ihnen hielt ein Funkgerät in der Hand, in das er in regelmäßigen Abständen etwas in einer Sprache sagte, der Christopher nicht mächtig war. Die anderen beiden suchten unentwegt die Wasseroberfläche um sie herum ab, einer mit einem Fernglas, der andere mit bloßem Auge. Die drei verharrten seit einer gefühlten Ewigkeit an ein und derselben Stelle, wobei Christopher seinem momentanen Zeitgefühl nicht traute. Nichts ergab einen Sinn. Seine Entführer waren mit dem Boot zu dieser Stelle mitten auf dem Meer gefahren, hatten den Motor abgestellt und ließen das Boot lautlos auf dem Wasser treiben. Christopher hatte im Boot auf dem Boden gelegen und jede noch so kleine Welle in seinem Körper nachhallen gespürt. Er hatte nicht gewusst, wohin sie fuhren, war aber davon ausgegangen, dass sie zu irgendeinem Ziel unterwegs waren. Zunächst war es ihm nur gelungen, sich umzudrehen, sodass er auf die Sterne am Himmel blicken konnte, während das Boot übers Wasser glitt. Es handelte sich dabei um andere Sterne als diejenigen, die er gewohnt war. Zwar konnte er keinen bestimmten Stern ausmachen, der sich am falschen Platz befand, doch der ganze Himmel sah anders aus. Als das Boot zum Stehen kam, bemühte sich Christopher, seinen Körper in eine aufrechte Position zu bringen. Er wusste nicht, was er zu sehen glaubte, wenn er aufrecht saß, doch mit dem, was er schließlich sah, hatte er nicht gerechnet. Als er über die Seitenwand des Bootes blicken konnte, sah er endloses Nichts. Sie befanden sich mitten im Nirgendwo. Seine Entführer waren mit ihm zu einer Stelle auf dem Meer gefahren, von der kein Fleckchen Land und kein einziges Licht von einem anderen Boot zu sehen war. Die Welt bestand hier aus schwarzem Wasser und schwarzem Himmel, und irgendwo in der Ferne hörte das Wasser auf und der Himmel begann. Christopher hätte sie am liebsten angeschrien. Er hätte sie gerne gefragt, was sie mit ihm vorhatten, aber nicht einmal dazu war er in der Lage. Auf seinem Mund befand sich noch immer Klebeband.

Nachdem Christopher bereits eine Weile aufrecht saß, der Unterhaltung der drei Männer lauschte und sich dazu zwang, das Unbegreifliche zu begreifen, fiel einem seiner Entführer auf, dass es ihm gelungen war, sich aufzusetzen. »Sollen wir ihm die Fesseln an den Handgelenken lösen?«, fragte der Mann. Offenbar sprach er Christopher zuliebe Englisch.

Die beiden anderen Männer sahen Christopher daraufhin ebenfalls an. »Das geht nicht«, sagte einer von ihnen. Die Tatsache, dass sie Englisch sprachen, war Christopher unangenehm. »Wenn er die Arme frei hat, wird er vielleicht übermütig, springt ins Wasser und versucht wegzuschwimmen.«

»Wohin soll er denn schwimmen?«, fragte der erste Mann lachend und warf einen Blick auf die schier endlose schwarze Wasseroberfläche.

»Der kleine Mistkerl hat sich ganz schön gewehrt«, stellte der dritte Mann fest. Er fluchte auf Englisch mit derselben Leichtigkeit, wenn auch nicht mit demselben Akzent wie ein Amerikaner.

»Reggie hat uns davor gewarnt«, sagte der Mann, der Bedenken hatte, Christopher würde womöglich versuchen, schwimmend zu entkommen, und sah ihn mit einem gewissen Respekt an. Die Worte taten weh. *Also steckt Reggie mit ihnen unter einer Decke*, dachte Christopher.

»Reggie sagt viel, wenn der Tag lang ist«, merkte der erste Mann an. »Sollen wir das Klebeband von seinem Mund entfernen?«

»Und was ist, wenn er schreit?«, fragte der Skeptiker.

»Wer soll ihn schon hören?«, fragte derjenige mit einem Talent für englische Schimpfwörter. »Schreist du, wenn wir dir das Klebeband vom Mund nehmen?«, wollte er von Christopher wissen. Er war der größte der drei Männer. Christopher vermutete, dass er derjenige war, der ihn so fest an den Handgelenken gepackt hatte.

Christopher schüttelte den Kopf. Er wusste nicht, was es ihm genutzt hätte zu schreien. Also kam der große Mann zu ihm ans Heck und zog ihm mit einem Ruck das Klebeband vom Mund. Es schmerzte, als ihm das Klebeband sämtliche Haare im Gesicht ausriss. Christopher zog in Erwägung, sich auf den Mann zu stürzen. Er zog in Erwägung, ihn zu beißen, ihm mit den Zähnen ein Stück Fleisch herauszureißen. Doch was hätte das gebracht? Hatte nicht erst vor kurzem jemand von der Sinnlosigkeit symbolischer Gewalt gesprochen? Anstatt den Mann anzugreifen, holte Christopher tief Luft. Er war froh, noch tief durchatmen zu können.

»Was habt ihr mit mir vor?«, fragte Christopher seine Entführer.

»Das wissen wir noch nicht«, entgegnete der Mann mit dem Funkgerät und hielt es hoch, um Christopher zu zeigen, dass sein Schicksal in den Händen von jemandem lag, der nicht einmal anwesend war.

»Wer weiß es dann?«, fragte Christopher und befürchtete, dass er die Antwort bereits kannte.

»Was machen wir mit ihm?«, fragte Reggie Apsara, als sie Jung-Su zu sich ins Boot zogen. Bislang hatte Reggie versucht, sich herauszuhalten. Das war nicht sein Revier. Er wollte nur mit auf dem Boot sein, um sich zu vergewissern, dass der Job tatsächlich erledigt wurde.

»Ich weiß nicht«, erwiderte Apsara. »Das entscheide nicht ich. Wir müssen ihn zurück auf die Insel bringen. Wir bringen alle zurück.« Sie hatten Galangs Leiche und die Leiche der Frau, die in seinem Boot mitgefahren war, im Wasser gefunden.

Den dritten Mann aus Galangs Boot hatten sie lebend und bei Bewusstsein aus dem Meer gefischt. Jemand würde sich auf die Suche nach den Männern machen müssen, die Galang unterwegs zurückgelassen hatte. Dann konnten sie alle zur Insel zurückkehren – zumindest alle, die noch übrig waren.

ZWEIUNDVIERZIGSTES KAPITEL

»Glaubst du, das ist sie?«, flüsterte Addy Evan zu. Sie hatten in einer dunklen Ecke des Pubs Platz genommen und starrten von dort die zierliche dunkelhaarige Frau hinter der Bar an. »Glaubst du, das ist Maria? Sie wirkt zu alt, um Maria zu sein.«

»Das muss sie sein«, flüsterte Evan. Es war nicht ein bestimmtes äußerliches Merkmal, das ihn davon überzeugte, dass er die Mutter seines besten Freundes vor Augen hatte, wenngleich einiges an ihr Evan an Christopher erinnerte. Es war eher die Art und Weise, wie sie sich gab, als versuche sie zu verbergen, dass sie auf einem Drahtseil über dem Abgrund balancierte. Kleinigkeiten verrieten sie, wie zum Beispiel die Tatsache, dass sich ihre Hände auch dann nicht entspannten, wenn sie glaubte, niemand würde sie ansehen, oder dass sie ihren Blick alle paar Sekunden durch den Raum huschen ließ, um ihre Umgebung zu taxieren. Evan hatte diese Dinge auch bei Christopher beobachtet. Maria nahm einen Lappen und begann, die Bar abzuwischen. Wenn jemand, den sie kannte, den Raum betrat, begrüßte sie die betreffende Person mit einem fröhlichen Lächeln, aber ausdruckslosen Augen. Evan spürte den Schmerz in ihrem Blick. Der Schmerz war das entscheidende Argument.

»Das muss Christophers Mutter sein«, wiederholte er genauso für sich selbst wie für Addy.

Fünf Tage waren vergangen, seit Addy und Evan in Florida aufgebrochen waren. Sie hatten auf der Fahrt lediglich eine Pause eingelegt. Abgesehen davon hatten die beiden nur im Auto etwas Schlaf bekommen, wo sie sich mit Fahren und Schlafen abgewechselt hatten. Die knapp zweitausend Meilen von Florida nach Quebec City hatten sie in etwas mehr als zwei Tagen zurückgelegt. Beim Überqueren der Grenze nach Kanada hatte sich Evan im Kofferraum des Wagens unter einer Decke und ihren Taschen versteckt. Sie wussten, er wäre niemals über die Grenze gekommen, wenn er seinen Pass vorgezeigt hätte. Er war ein gesuchter Mann. Seit er in Los Angeles einen Polizisten getötet hatte, galt er als Terrorist. Sein Foto war noch immer überall in den Medien. Sie zogen in Erwägung, auf Nummer sicher zu gehen, indem er die Grenze zu Fuß passierte und sich später mit Addy traf, hatten aber Bedenken, dass sie das zu viel Zeit kosten würde. Sie hatten keine Deadline, nur Reggies Instruktionen: »Maria finden und sie nach New York bringen«, doch inzwischen passierte alles so schnell, dass sie sich nicht vorstellen konnten, mindestens einen ganzen Tag mit Evans Fußmarsch durch den Wald zu vergeuden, also versteckte er sich stattdessen im Kofferraum. Sie kauften eine schwarze Decke. Ungefähr fünf Meilen vor der Grenze hielt Addy an, und Evan kletterte in den Kofferraum. Addy deckte ihn zu und lud anschließend ihre Taschen wieder ein. Sie schaffte es, die Decke und die Taschen so zu arrangieren, dass selbst bei weit geöffnetem Kofferraumdeckel nur das scharfsichtigste Auge die darin verborgene Person entdeckt hätte.

Nachdem Addy die dicke schwarze Decke über Evan ausgebreitet hatte, hielt er sich so still wie möglich. Er wusste, er lief nur dann Gefahr, entdeckt zu werden, wenn sie aufgehalten wurden und jemand den Kofferraum öffnete, was ziemlich unwahrscheinlich war. Es bestand kein Grund zu der Annahme, dass mit dem Auto, das sie zusammen mit Reggies Anweisungen von Addys ehemaligen Kollegen bekommen hatten, irgendetwas nicht in Ordnung war. Trotzdem befürchtete Evan, die Illusion zu zerstören, die Addy auf ihm erschaffen hatte, um ihn zu verstecken, wenn er sich bewegte. Er blieb nur eine halbe Stunde im Kofferraum, doch diese fühlte sich zehnmal so lang an. Es war ruhig und dunkel, und er versuchte, keinen einzigen Muskel zu bewegen. Nur das Rumpeln des Wagens auf dem Highway erinnerte ihn daran, dass er bei Bewusstsein war. Dann spürte er, wie das Auto abbremste und an der Grenze sanft zum Stehen kam, damit der Grenzpolizist Addy befragen konnte. Evan hatte sich dem Tod noch nie so nahe gefühlt wie in diesen fünf Minuten, daran bestand für ihn kein Zweifel. Er hatte in der Schusslinie gestanden und war durch Feuer gerannt, aber diese Momente hatten ihn nicht an den Tod denken lassen. Sie hatten dafür gesorgt, dass er sich lebendig fühlte. Völlig passiv dazuliegen und zu warten, das war der Tod. Glücklicherweise hatte Addy für den Grenzpolizisten alle richtigen Antworten parat. Evan hatte nichts anderes erwartet. Bald setzte sich der Wagen wieder in Bewegung, und Evan erwachte wieder zum Leben. Zehn Meilen später hielt Addy am Straßenrand und ließ Evan aus dem Kofferraum.

Addys und Evans erstes Ziel wurde nie infrage gestellt. Reggie hatte ihnen gesagt, wohin sie sich als Erstes begeben sollten. Er hatte ihnen erzählt, dass er Maria seit Jahren Briefe an ein Postfach in Quebec City schickte, die er an eine gewisse Sophie Escolla adressierte. Addy konnte diese Geschichte kaum glauben. Sie hatte unzählige Fragen an Reggie, doch Reggie war nicht da, um sie zu beantworten. Reggie war irgendwo mit Christopher unterwegs und versuchte, eine Armee aufzubauen. Also stellte Addy ihre Fragen zurück und machte sich mit Evan auf den Weg nach Quebec City – auf der Suche nach Sophie Escolla und in der Hoffnung, dass Evan eine Frau erkennen würde, die er noch nie gesehen hatte.

»Was machen wir denn jetzt?«, fragte Addy. Sie starrte die Frau hinter der Bar an und hoffte insgeheim, dass sie die Heldenrolle einnehmen würde, die Christopher nicht hatte ausfüllen können. »Woher wissen wir, dass sie es wirklich ist?«

Evan rutschte auf seinem Stuhl hin und her und machte sich bereit aufzustehen. »Ich spreche sie an. Sie wird schon mit mir reden. Ich sage ihr einfach, dass ich Christopher kenne.«

Addy legte Evan die Hand auf den Arm. »Das geht nicht. Womöglich erkennt sie dich aus den Fernsehnachrichten. Vielleicht verscheuchen wir sie dann.« Evan hielt inne. Er würde nicht mehr in den Spiegel schauen können, wenn er sie verscheuchte. »Ich gehe«, erklärte Addy.

»Was willst du denn zu ihr sagen?«, wollte Evan von Addy wissen, bevor sie sich erhob.

»Ich frage sie, ob sie ihren Sohn wiedersehen möchte.«

Es war nicht einfach gewesen, die Frau zu finden, die Evan und Addy für Maria hielten. Keiner von beiden war je zuvor in Quebec City gewesen. Und keiner von beiden hatte eine Vorstellung, was sie dort erwartete. Sie hatten auf jeden Fall nicht mit dem gerechnet, was sie vorfanden: eine winzige, von Mauern umgebene Stadt, die über einem tosenden Fluss auf Felsen thronte und die jungen Rebellen eher an ein riesiges mittelalterliches Schloss erinnerte als an eine Stadt. Sie fanden bald heraus, dass es sich bei dem Teil der Stadt, der wie ein Schloss aussah, inzwischen um ein Luxushotel handelte. Der Rest der Stadt war so idyllisch und perfekt, dass Evan und Addy sich beinahe unwohl fühlten. Sieben Jahre zuvor hatte die Stadt die gleiche Wirkung auf Maria gehabt. Inzwischen kam sie nur noch einmal im Monat in die Stadt, um ihre Post zu holen. Das wussten Evan und Addy allerdings nicht. Die Stadt war ihr einziger Anhaltspunkt, deshalb wollten sie dort so lange bleiben, bis sie ein neues Ziel hatten.

Addy und Evan waren drei Tage lang in der Stadt umhergewandert, bis sie endlich eine Spur gefunden hatten, der sie folgen konnten. Nachdem die anfängliche Aufgeregtheit über ihre Ankunft in der Stadt wieder verflogen war, machten sich bei ihnen Bedenken breit, dass ihr Auftrag womöglich nicht zu erfüllen war. Alles, was sie hatten, waren ein falscher Name und Reggies Beschreibung, wie Maria aussah. Sie gaben trotzdem nicht auf. Jugend ist ein Patentrezept für das Unmögliche. Sie trennten sich: Evan blieb in der Nähe des Postamts und beobachtete die Leute, die kamen und gingen. Er versteckte sich und studierte die Gesichter von Fremden. Addy durchkämmte zur selben Zeit die Straßen. Sie ging in Hotels, Bars und Restaurants und fragte jeden – jeden, bis auf diejenigen, die den Eindruck machten, als gehörten sie dem Krieg an –, ob er jemanden mit dem Namen Sophie Escolla kenne. Evan und Addy trafen sich jeden Abend zum Essen, anschließend setzten sie ihren Streifzug durch die Stadt bei Mondlicht fort, lauschten Unterhaltungen und beteten, irgendwelche Hinweise zu finden. Die Person, die ihre Gebete schließlich erhörte, sah ganz und gar nicht wie ein Engel aus. Es handelte sich um einen korpulenten Biker, der in einer der schäbigeren Bars saß, die Evan und Addy in der idyllischen Stadt gefunden hatten. Er trank Bier und beklagte sich beim Barkeeper. Der Großteil seiner Beschwerden galt einer Barkeeperin in einer anderen Bar in irgendeiner Ortschaft mitten im Nirgendwo nördlich der Stadt. »Sie ist eine zierliche Person«, sagte der Mann zum Barkeeper, »aber sie hat richtig Haare auf den Zähnen.«

»Was hat sie denn gemacht?«, fragte der Barkeeper. Er interessierte sich nicht wirklich dafür, wusste aber genau, wann er so tun musste, als interessiere ihn etwas, um möglichst viel Trinkgeld zu bekommen.

»Ich frage sie, wie sie heißt, worauf sie sagt: ›Sophie.‹ Ich sage ihr, dass ich finde, Sophie klingt wie ein Hundename.« Der korpulente Mann lachte und schüttelte den Kopf. »Also sagt sie zu mir: ›Ich hatte auch schon andere Namen. Du solltest wissen, dass ich mir den Namen selber ausgesucht habe. Und ich bin vieles, aber bestimmt kein Hund.‹ Dann geht sie zum Ende der Theke, steckt sich eine Kippe an und weigert sich, mir noch was zu trinken zu geben. Sie hockt einfach da, raucht ihre Zigarette und sieht mich nicht mehr an, bis ich gehe. Sie ist echt ein richtiges Miststück.«

Addy und Evan saßen ein paar Hocker neben ihrem Engel an der Bar. Evan beugte sich zu dem Mann und fragte: »Haben Sie ihren Nachnamen auch erfahren?«

»Anschließend habe ich gar nichts mehr erfahren.« Der Mann lachte erneut. »Das Miststück hat kein Wort mehr gesagt.«

»Wo ist diese Bar?«, fragte Evan den Mann, und Addy merkte sich alles, was der Kerl sonst noch sagte. Am nächsten Morgen fuhren Addy und Evan über Land nach Norden in die kleine Ortschaft Saint-Joachim.

Das lange Suchen hatte sie hierher geführt. Addy erhob sich und ging auf die Bar zu. Sie warf einen Blick auf die Frau, die dahinter stand, und versuchte, ihre Nervosität zu unterdrücken. Sie rief sich in Erinnerung, was sie ihre Nervosität beim letzten Mal gekostet hatte. Sie rief sich in Erinnerung, wie schwindelig ihr geworden war, als sie herausfand, dass es sich bei dem Jungen, den sie durch den Stützpunkt hatte marschieren sehen, um Christopher gehandelt hatte. Die Umstände waren allerdings andere. Bei Christopher handelte es sich um ein zielloses Kind. Das dagegen war Maria. Das war die Frau, die den Krieg bereits einmal besiegt hatte. Wie klein oder persönlich dieser Sieg gewesen sein mochte, spielte keine Rolle. Immerhin war es ein Sieg. Aus kleinen Siegen entsteht Großes.

Addy kam an der Bar an und setzte sich auf einen der Hocker. Es war Nachmittag und draußen immer noch hell. Der Raum fast leer. Außer Addy saß noch ein älterer Mann an der Bar, ungefähr drei Hocker von ihr entfernt, der ein Bier in den Händen hielt. Zwei weitere Männer, beide etwa dreißig Jahre alt, saßen in einer der Sitznischen, unterhielten sich auf Französisch und lachten dabei unangenehm laut. Addy beobachtete die Barkeeperin, als diese auf sie zukam, um ihre Bestellung entgegenzunehmen. Als sie sich näherte, fragte sich Addy, ob es sich bei ihr tatsächlich um Maria handelte. Wäre sie überhaupt in der Lage, das zu beurteilen? Evan mochte Christopher länger kennen, als sie ihn kannte, aber sie hatte ebenfalls viel Zeit mit Christopher verbracht. Sie hatte ihn sogar einmal geküsst, oder etwa nicht? Würde sie Christophers Züge nicht in Marias Gesicht erkennen?

»Was kann ich euch bringen?«, fragte die Barkeeperin Addy auf Englisch und griff damit ihre Sprachpräferenz von zuvor wieder auf, als Addy und Evan ihre ersten Getränke bestellt hatten.

Addy verlor ihren Gedankengang einen Moment lang. Diese Frau sah nicht aus wie Christopher. Sie war zu Addys und Evans Sitzecke gekommen, um ihre Bestellung entgegenzunehmen, nachdem sie sich gesetzt hatten, doch sie waren zu nervös gewesen, um sie sich genauer anzusehen. Aus der Nähe fiel Addy jetzt auf, wie viel kleiner als Christopher die Barkeeperin war. Sie wirkte beinahe zerbrechlich im Vergleich zu ihm. Christopher hatte Addys Erwartungen nicht in jeder Hinsicht erfüllen können, doch er hatte auf sie immer respekteinflößend gewirkt, selbst wenn er Angst hatte – manchmal sogar erst recht, wenn er Angst hatte. Dann blickte Addy der Frau in die Augen und war sich sicher, diese Augen schon einmal gesehen zu haben. Allerdings waren diese Augen jünger gewesen, und anstelle von Traurigkeit hatte Verwirrung in ihnen gelegen. »Wir haben noch was zu trinken«, sagte Addy zu der Barkeeperin und deutete auf die beiden fast vollen Biere, die vor Evan standen. Sie sprach leise, damit der ältere Mann an der Bar ihre Unterhaltung nicht mitbekam. »Ich hätte gern gewusst, ob Sie mir eine Frage beantworten können.«

Es dauerte nur einen Sekundenbruchteil, doch Addy hätte schwören können, dass sie einen anderen Ausdruck über das Gesicht der Barkeeperin huschen sah, einen Ausdruck von Verärgerung gemischt mit Angst. Bevor die Barkeeperin antwortete, warf sie einen langen Blick auf das Gesicht jeder Person im Raum und blieb an Evans Gesicht eine zusätzliche Sekunde hängen. Anschließend drehte sie sich wieder zu Addy. »Wie lautet die Frage?«

»Wie heißen Sie?«, fragte Addy in einem Tonfall, der nahelegte, dass je nachdem, was die Barkeeperin auf diese Frage erwiderte, möglicherweise viele weitere Fragen folgen würden. Maria schöpfte sofort Verdacht. Sie hasste es, Fragen gestellt zu bekommen.

»Sophie«, antwortete sie.

»Sophie Escolla?«

Maria hielt einen Moment inne. Dann drehte sie sich zur Kasse und griff nach einer Schachtel Zigaretten. Sie war verunsichert. So direkt war noch nie jemand gewesen. Sie folgten ihr seit sechs Jahren ohne Unterbrechung, doch das war das erste Mal, dass jemand von ihnen kam und Fragen stellte. Maria fischte eine Zigarette aus der Schachtel. »Ja«, antwortete sie der jungen Frau. Maria fiel auf, wie viel jünger sie und ihr Freund im Vergleich zu allen anderen waren. Der Freund wirkte sogar noch jünger als sie. Wahrscheinlich war er etwa genauso alt wie Christopher. Maria schob sich die Zigarette zwischen die Lippen. »Ihr seid Amerikaner, oder?

»Ja«, erwiderte Addy.

»Wir bekommen hier oben nicht viele Amerikaner zu Gesicht. Warum seid ihr denn hier?«

Nach dieser direkten Frage beschloss Addy, die Karten auf den Tisch zu legen. Sie sprach mit gedämpfter Stimme: »Reggie hat uns geschickt, um Sie zu finden, Maria. Er hat uns geschickt, um Sie zu holen.«

Maria nahm die nicht angezündete Zigarette aus dem Mund. Sie fühlte sich, als hätte sie einen Schlag gegen den Kopf bekommen. Einen Moment lang war sie wie gelähmt, doch dann sammelte sie sich wieder. »Ich weiß nicht, wovon Sie sprechen«, sagte sie. Es konnte sich um eine Falle handeln, oder, schlimmer noch, die junge Frau sagte womöglich die Wahrheit. So oder so wollte Maria nichts mit ihr zu tun haben. »Also, möchten Sie noch was zu trinken, oder gehen Sie wieder zurück an Ihren Tisch?«

Addy hätte auf Marias Reaktion besser vorbereitet sein sollen, als sie es war. Aus irgendeinem Grund hatte sie geglaubt, sie bräuchten nicht mehr zu tun, als Maria zu finden, und ihr Job wäre erledigt. Sie hatten Maria gefunden. Was nun? Addy zog in Erwägung, zurück zu ihrem Tisch zu gehen und es Evan versuchen zu lassen. Das war eine Option, doch Addy war noch nicht bereit dafür. Stattdessen beugte sie sich zu Maria vor – die sich auf wundersame Weise von einer zierlichen, sanften Frau in eine Naturgewalt verwandelt hatte – und sagte in ihrem ernstesten und aufrichtigsten Tonfall: »Sie können uns vertrauen, Maria. Wir sind auf Ihrer Seite.«

Es waren nicht die Worte der jungen Frau, die Maria erreichten und sie packten; es war die Verzweiflung in ihrer Stimme. Maria war sich nicht sicher, ob es mehr Dinge in ihrem Leben gab, die sie vergessen wollte, oder mehr Dinge, an die sie sich um jeden Preis erinnern wollte. Die Verzweiflung in Addys Stimme ließ Maria an beides denken. Plötzlich erinnerte sie sich daran, wie sie mit einem Messer an der Kehle in einer dunklen Gasse gestanden und versucht hatte, den Mann, der das Messer in der Hand hatte, davon zu überzeugen, dass er ihr vertrauen konnte. Maria hatte sich selbst einmal in der gleichen Situation befunden wie die beiden.

Addy sah zu, wie Maria abermals kurz den Raum absuchte, um sicherzugehen, dass sie niemand beobachtete. Dann sah sie zum Fenster hinaus. Als Letztes musterte sie Evan mit einem langen, strengen Blick. Als Maria fertig war, drehte sie sich zur Kasse, griff nach ihrem Quittungsblock und einem Stift und notierte etwas. Addy war sich sicher, dass Maria ihre Rechnung schrieb und sie fortschicken würde. Dann riss Maria die oberste Seite ab und gab sie Addy. Auf der Seite standen die Worte: »Wer seid ihr?«, mit der Direktheit, die Addy ursprünglich gefürchtet hatte.

Addy war bewusst, dass das womöglich ihre einzige Chance

war, deshalb nahm sie Maria den Stift aus der Hand und schrieb unter die Frage: »Freunde von Christopher.«

Maria las die Worte. Dann hob sie den Kopf. Sie starrte Evan lange Zeit an. Anschließend starrte sie Addy genauso lange an. Addy musste ihre gesamte Kraft aufbringen, um sich unter Marias Blick nicht zu winden. Maria schrieb erneut etwas auf den Block. Während sie das tat, sagte sie laut: »Es ist ein Stück die Straße runter auf der linken Seite. Ihr könnt es gar nicht verfehlen. Es ist das höchste Gebäude weit und breit.« Addy senkte den Blick auf das, was Maria schrieb. Die Nachricht auf dem Block lautete: »Kann hier nicht sprechen. Zu gefährlich. Kommt heute nach Mitternacht zu mir. Wartet, bis das Licht aus ist. Geht durch die Hintertür, die zum Wald führt. Ich lasse sie auf. Geht durch die Tür gegenüber der Hintertür, hinunter in den Keller. Vergewissert euch, dass euch niemand folgt. Schaltet kein Licht ein.« Sie notierte ihre Adresse am unteren Seitenrand. Dann riss sie die Seite aus dem Block und reichte sie Addy, als würde sie ihr eine Wegbeschreibung geben.

»Vielen Dank«, sagte Addy aufrichtig, als sie das Stück Papier von Maria entgegennahm. Sie fragte sich, wie diese winzige, fast leere Bar mitten im Nirgendwo gefährlich sein konnte. Sie fragte sich, ob Maria nach allem, was sie durchgemacht hatte, den Verstand verloren hatte. Schließlich kannte Addy die Legende. Sie wusste, dass Maria keine genetische Veranlagung für Paranoia hatte. Addy ging mit dem Zettel zurück zu Evan und sagte ihm, dass sie aufbrechen mussten. Evan stellte keine Fragen. Er legte Geld für das Bier auf den Tisch, dann erhob er sich und folgte Addy aus der Bar. Auf dem Weg nach draußen drehte sich Evan noch einmal um und warf Maria einen letzten Blick zu. Maria beobachtete die beiden. Sie beobachtete, wie sie zur Tür hinausgingen. Sie würde sie durchs Fenster beobachten, sobald sie draußen waren. Sie würde beobachten, wie sie in ihren Wagen stiegen. Sie würde sie beobachten, wenn sie wegfuhren, und hoffen, dass die Leute, die sie beschatteten – die sie seit sechs Jahren beschatteten –, dem Wagen des jungen Pärchens nicht ebenfalls folgen würden. Als Maria sie nicht mehr sehen konnte, nahm sie ihre Zigarettenschachtel, überlegte, ob sie sich eine Zigarette anzünden sollte, und erinnerte sich dann an den Rat, den ihr ein alter Freund vor achtzehn Jahren gegeben hatte: dass man sich nicht verstecken kann, wenn man nach Rauch riecht. Dieser Rat war plötzlich wieder von Bedeutung für sie. Anstatt sich eine Zigarette anzuzünden, warf Maria die ganze Schachtel in den Abfalleimer.

DREIUNDVIERZIGSTES KAPITEL

Sie ließen Jung-Su gefesselt in einer der Hütten zurück, während sie sich überlegten, was sie mit ihm tun sollten. Durch das Fenster der Hütte sah er den Mond, der tief über dem Meer hing. Unter dem Fußboden hörte er das leise Plätschern der Wellen. Er fragte sich, ob er länger hätte warten sollen. Hätte er so tun sollen, als wäre alles in Ordnung, und dann nach Korea zurückkehren und den ganzen Plan verraten sollen? Auf diese Weise hätte er ihnen allerdings nicht dabei helfen können, Christopher zu schnappen. Helfen konnte er ihnen nur, wenn er sich nachts davonschlich und jemanden verständigte, solange sich Christopher noch auf der Insel befand. Also hatte er es versucht und war daran gescheitert. Jetzt versuchte er, nicht darüber nachzudenken, welche Strafe ihm für sein Scheitern drohte.

»Ich möchte mit ihm sprechen«, sagte Christopher, während

alle um ihn herum über Jung-Sus Schicksal diskutierten. Sie hatten sich in der größten Hütte versammelt, die auch für gemeinsame Mahlzeiten genutzt wurde, um zu entscheiden, was sie mit Jung-Su machen sollten. Inzwischen waren sie nicht mehr zu neunundzwanzigst, sondern nur noch zu sechsundzwanzigst. Die drei, die fehlten, waren Galang, das andere Todesopfer aus Galangs Boot und natürlich Jung-Su. Diejenigen, die von Galangs Boot ins dunkle Wasser gesprungen waren, hatten sie gefunden. Zum Teil hatten sie ein Schleudertrauma davongetragen, und alle waren unterkühlt gewesen, aber sie waren geborgen worden. Sie hatten sich die Hände gereicht und einen Kreis gebildet, als sie im Meer trieben, und gehofft und gewartet, dass jemand nach ihnen suchen würde. »Ich möchte ihn sehen und mich mit ihm unterhalten«, wiederholte Christopher lauter. Niemand hatte ihn nach seiner Meinung gefragt. Es kam ihm beinahe so vor, als hätten sie vergessen, dass er überhaupt da war.

»Ich glaube, das ist keine gute Idee«, sagte Reggie leise zu Christopher, in der Hoffnung, dass ihn niemand anders hören würde.

Christopher starrte Reggie wütend an. »Ich finde, das ist eine bessere Idee, als mich mitten in der Nacht zu entführen, um mich zu schützen«, sagte Christopher laut in der gegenteiligen Hoffnung.

Reggie zuckte mit den Schultern. »Wenn du gewusst hättest, was los ist, hättest du darauf bestanden, auf einem der Boote mitzufahren, die Jung-Su verfolgt haben, und dieses Risiko konnten wir nicht eingehen. Wir mussten dich von der Insel bringen, für den Fall, dass es Jung-Su gelingt, jemanden zu verständigen. Wir können es uns nicht leisten, dich zu verlieren, Christopher.«

Das Gespräch zwischen Reggie und Christopher zog inzwischen auch die Aufmerksamkeit der anderen auf sich. Ein paar von ihnen nickten. Etliche starrten Christopher verblüfft an, als versuchten sie, in ihm zu sehen, was Reggie in ihm sah. Reggies Worte konnten Christophers wütendes Starren nicht mildern. »Was habt ihr denn von mir, wenn ihr mich wie ein Kind behandelt? Wenn ich Leute inspirieren soll, dann müsst ihr auch riskieren, mich etwas Inspirierendes tun zu lassen.«

Jetzt nickten mehr Leute. Sie wollten glauben, aber Reggie war es nicht gelungen, ihnen irgendetwas zu präsentieren, an das sie glauben konnten. »Was kann es schon schaden, die beiden miteinander reden zu lassen?«, fragte Apsara Reggie. »Er sollte dem Mann gegenübertreten dürfen, der ihn verraten hat.«

Nach und nach wurde aus dem Nicken Gemurmel. Bald konnte Reggie gar nicht mehr nein sagen, auch wenn er gewollt hätte. Er hatte immer noch Angst. Er hatte Angst, dass schon der geringste Zweifel genügen würde, um Christopher den zarten Glauben an ihre Sache, den er inzwischen hatte, wieder zu nehmen. »Das ist vermutlich nicht meine Entscheidung«, sagte Reggie laut zum ganzen Raum. »Ihr meint alle, Christopher sollte mit ihm sprechen?« Reggies Frage erntete gemurmelte Zustimmung. »Okay, können wir wenigstens zwei Männer als Leibwächter mit ihm reinschicken?«

Die anderen schienen mit dieser Forderung einverstanden zu sein, bis sie abermals von dem Jungen unterbrochen wurden. »Nein«, sagte Christopher. »Ich möchte allein mit Jung-Su sprechen.« Christopher hatte Schwierigkeiten, dieses Bedürfnis zu verstehen. Er war sich nicht einmal sicher, ob er nicht nur aus Boshaftigkeit Forderungen stellte. Doch Jung-Su hatte irgendetwas an sich, das in Christopher den Wunsch weckte, mit ihm zu sprechen. Jung-Su hatte irgendetwas an sich, was Christopher bewunderte. *Jun-Su hat wenigstens eine Entscheidung getroffen*, dachte Christopher. *Jung-Su hat wenigstens ohne Zögern gehandelt.* »Das war keine Frage.«

Christopher hatte geglaubt, dort draußen auf dem Meer sterben zu müssen. Er hatte die Sterne betrachtet und darauf gewartet, dass die drei Männer sich auf den Zeitpunkt und auf die Art und Weise seines Ablebens einigten. Doch er hatte sich getäuscht. Er hatte nicht sterben müssen. Die drei Männer hatten ihn beschützen wollen. Worin hatte er sich noch getäuscht?

»Können wir wenigstens jemanden vor der Tür postieren?«, fragte Reggie Christopher.

»Ihr könnt euch alle vor die Tür stellen, wenn ihr wollt.« Christophers Antwort galt nicht nur Reggie, sondern auch den Übrigen. »Solange ich die Hütte allein betreten darf und niemand unser Gespräch belauscht.«

Drei der Männer brachten Christopher zu der Hütte, in die sie Jung-Su gesperrt hatten. Es handelte sich um die Hütte, die sich am weitesten draußen im Südchinesischen Meer befand. Um auf irgendeine andere Weise zu fliehen als durch einen Sprung ins Wasser, hätte Jung-Su an der Versammlung vorbeigehen müssen, die über sein Schicksal beriet. Einer von Christophers Begleitern öffnete die Tür und signalisierte ihm, dass er die Hütte betreten solle. Sobald er sich in der Hütte befand, schloss sein Begleiter die Tür und trat einen Schritt zurück.

Die Hütte war völlig leer. Christopher fragte sich, ob das immer so war, ob diese Hütte immer als Gefängniszelle diente. Sie enthielt kein einziges Möbelstück. Das Einzige in der Hütte waren drei Fenster, die Tür und Jung-Su. Er hockte in einer knienden Position auf dem Boden. Sie hatten ihm seine Hose und sein Hemd abgenommen und nur seine Unterwäsche gelassen. Seine Beine waren zusammengebunden, und die Hände hatten sie ihm auf dem Rücken gefesselt. Das Seil an seinen Handgelenken war an einem Haken an der Wand festgebunden. Christopher fragte sich, ob es in der Hütte, in der Reggie und er untergebracht waren, auch einen solchen Haken gab oder ob nur diese Hütte einen besaß. Er betrachtete Jung-Sus Gesicht. Jung-Sus Augen waren kalt. Sie hatten ihm als Knebel einen Lumpen um den Kopf gebunden, um ihn am Schreien zu hindern. Christopher trat einen Schritt auf ihn zu. Er hätte den Lumpen gerne entfernt, befürchtete jedoch, Jung-Su würde versuchen, ihn zu beißen wie ein tollwütiger Hund ohne Maulkorb. »Darf ich Ihnen ein paar Fragen stellen?«, fragte Christopher.

Jung-Su rührte sich nicht.

»Sie brauchen sie nicht zu beantworten, wenn Sie nicht möchten«, sagte Christopher, wobei es sich allerdings fragte, welchen Sinn es hatte, Fragen zu stellen, die nicht beantwortet werden würden.

Jung-Su senkte das Kinn auf die Brust. Einen Moment lang glaubte Christopher, er würde sich verneigen oder beten. Dann wurde ihm bewusst, dass Jung-Su ihm den Knoten des Lumpens zeigte, damit er diesen löste. Christopher trat noch einen Schritt näher und fragte sich, weshalb er solche Angst vor diesem Mann hatte, der gefesselt und bewegungsunfähig vor ihm kauerte. Christopher blieb in einem gewissen Abstand vor ihm stehen, sodass er die Hand ausstrecken und den Knoten des Lumpens über Jung-Sus Mund lösen konnte. Er ging nicht davon aus, dass Jung-Su ihn aus dieser Entfernung würde beißen können, zumindest nirgendwo anders hin als in die Hand. Christopher zog an dem Knoten, der sich daraufhin löste. Der Lumpen fiel zu Boden, und Christopher trat schnell einen Schritt zurück, weg von Jung-Sus Mund.

Christopher hatte gehofft, Jung-Su würde jetzt etwas sagen, doch der Mann schwieg nach wie vor. Er hob nur den Kopf an und sah Christopher in die Augen. Christopher war beeindruckt, dass Jung-Su, der von seinen Feinden gefesselt und an der Wand festgebunden worden war, anscheinend weniger Angst hatte als er selbst. »Haben Sie vor, mir zu antworten?«, fragte Christopher.

Jung-Su reagierte nicht.

»Soll ich Ihnen den Lumpen wieder vor den Mund binden?«, fragte Christopher in leicht verärgertem Tonfall.

Jung-Su reagierte nicht.

Als Christopher schließlich bewusst wurde, dass Jung-Su von seinem Angebot Gebrauch machte, Fragen nicht zu beantworten, die er nicht beantworten wollte, sagte er: »Was, denken Sie, sollen wir mit Ihnen machen?«

»Ich denke, ihr solltet mich gehen lassen«, erwiderte Jung-Su.

»Aber Sie wollten Ihre Freunde verraten«, stellte Christopher fest. »Wenn Sie entkommen wären, hätten alle sterben können.«

»Meine Freunde haben sich selbst verraten«, entgegnete Jung-Su.

»Inwiefern haben sie sich selbst verraten?«

Jung-Sus angewiderter Gesichtsausdruck war unmissverständlich. »Sie akzeptieren Lügen als Wahrheit. Sie stellen ihre eigenen Interessen über ihre wahre Bestimmung. Ich hätte beinahe das Gleiche gemacht, und das nur wegen dir.«

»Wie kann ich daran schuld sein?«, wollte Christopher von ihm wissen.

»Weil du ein falscher Prophet bist«, sagte Jung-Su.

Christopher schüttelte den Kopf. »Ich habe nie behauptet, ein Prophet zu sein. Ich habe nie behauptet, irgendetwas zu sein. Ich habe nicht mit alldem angefangen. Ich möchte nur, dass dieser Krieg zu Ende geht, damit ich wieder nach Hause kann.«

Jung-Su schwieg. Er starrte wortlos zum Fenster hinaus ins Mondlicht.

»Sie haben gesagt, Ihre Freunde hätten ihre eigenen Interessen über ihre wahre Bestimmung gestellt. Was ist denn ihre wahre Bestimmung?«

»Der Krieg«, erwiderte Jung-Su.

»Das ist doch lächerlich. Dieser beschissene Krieg kann niemandes wahre Bestimmung sein.«

Jung-Su spuckte auf den Fußboden der Hütte. Seine Spucke landete nur wenige Zentimeter neben Christophers Füßen. »Meine schon«, sagte Jung-Su. Dann blickte er wieder zu Christopher auf. »Welche ist deine?«

»Wie ich schon gesagt habe«, murmelte Christopher. »Nach Hause zurückzukehren.«

»Warum kehrst du dann nicht nach Hause zurück? Warum bist du hier und gibst vor, etwas zu sein, was du nicht bist?«

»Was hätten Sie getan, wenn ich eine große Rede gehalten hätte? Wenn ich Sie davon überzeugt hätte, dass ich ein Prophet bin, wären Sie mir dann gefolgt?«

Jung-Su sah ihn nicht an und antwortete ihm auch nicht.

»Warum waren Sie bereit, das Leben aller auf dieser Insel zu opfern? Weil Sie gehofft hatten, ich könnte Ihnen den Sieg garantieren? Weil Sie gehofft hatten, ich könnte was tun? Sie von Ihren Sünden reinwaschen?« Jung-Su sah ihn immer noch nicht an. Christopher verlor langsam die Geduld. Er versuchte es noch mit einer letzten Frage: »Zwei Menschen sind heute Abend ums Leben gekommen, als sie Ihnen gefolgt sind. Fühlen Sie sich deshalb schuldig? Würden Sie sich schuldig fühlen, wenn alle auf dieser Insel Ihretwegen gestorben wären?«

Diese Frage erregte Jung-Sus Aufmerksamkeit. Er sah Christopher wieder an, und in seinem Blick lag nichts als Wut. »Würdest du dich schuldig fühlen?«, erwiderte Jung-Su.

Christopher stand in der leeren Hütte und starrte den dreisten, beinahe nackten Mann an, der wie ein Tier an der Wand festgebunden war. »Ich bin gekommen, weil ich Bewunderung für Sie hatte und gehofft hatte, ich könnte Ihnen vielleicht helfen.« Christopher leckte sich über seine trockenen Lippen. »Sie werden Sie töten. Ich dachte, Sie sagen mir womöglich etwas, das ich verwenden kann, um Ihnen das Leben zu retten.«

Jung-Su wandte den Blick von Christopher ab und sah wieder zum Fenster hinaus. »Ich will deine Hilfe nicht.«

Christopher hatte genug gehört. Er ging zurück zur Tür der Hütte. Die drei Männer, die ihn hierher begleitet hatten, standen immer noch draußen. »Knebelt ihn wieder«, trug Christopher ihnen auf. Sie bestätigten die Anweisung mit einem Nicken und betraten die Hütte, als Christopher sie verließ.

Christopher ging zurück zu der Hütte, in der gegessen wurde. Der Fußmarsch dorthin kam ihm lang vor. Der Fußmarsch ließ ihn altern. Als Christopher die Hütte erreichte, war er deutlich älter als zu Beginn dieses Fußmarschs. Die Minuten ließen sich nicht in Sekunden messen, nur in Momenten, und diese Momente dauerten ewig an. Christopher konnte noch immer nicht glauben, dass er als Prophet galt, doch ihm wurde langsam bewusst, dass er womöglich nie wieder nach Hause würde zurückkehren können, wenn er es weiterhin leugnete. So oder so war er sich inzwischen sicher, dass er es sich nicht leisten konnte, Zweifler zu dulden.

Als Christopher die große Hütte wieder betrat, wurde immer noch diskutiert. Niemand hob bei seiner Rückkehr den Blick – zumindest so lange nicht, bis er das Wort ergriff. Er sprach so laut und so deutlich, wie es ihm mit dem Kloß, den er im Hals hatte, möglich war. Jeder vernahm die zwei Worte, die er sagte: »Tötet ihn.« Dann ging er zu Reggie und setzte sich neben ihn. Er war zu dem Schluss gekommen, dass er nicht mehr wütend auf Reggie war, da er jetzt das Gefühl hatte zu verstehen, wovor Reggie ihn schützen wollte.

Im Raum wurde es still. Alle Blicke folgten Christopher, als er sich setzte. Einer der Männer brach das Schweigen. »Was hast du da gesagt?«

Christopher erhob sich wieder und wandte sich an den ganzen Raum, indem er den Kopf drehte und mit allen Blickkontakt aufnahm. »Ich habe gesagt: ›Tötet ihn.‹ Ihr wisst alle, dass ihr ihn töten müsst. Ihr wisst alle, dass das unvermeidlich ist. Ihr könnt ihn nicht mit euch herumtragen wie ein Haustier. Ihr habt kein Gefängnis für ihn. Ihr könnt ihn auf gar keinen Fall hier zurücklassen. Jede Option bis auf eine ist zu riskant. Ihr wisst alle, dass ihr ihn töten müsst, aber ihr sitzt hier rum und diskutiert und tut so, als hättet ihr eine Wahl, da ihr euch alle zu gut dafür seid. Das ist der Grund, warum ihr überhaupt hier seid: um den Krieg zu beenden, um das Töten zu beenden, aber dafür seid ihr noch nicht zu gut. Noch nicht. Also gebe ich euch eine Hintertür. Ich gebe euch eure Option. Ihr braucht nicht die Entscheidung zu treffen, ihn zu töten, weil ich das bereits getan habe. Ich nehme das auf mich. Ich nehme das auf meine Kappe. Tötet ihn, damit wir weitermachen und diese Sache zu Ende führen können.«

Das Schweigen, das folgte, nachdem Christopher gesprochen hatte, dauerte lange an. Christopher machte sich nicht die Mühe, sich wieder zu setzen. Er blieb stehen und wartete auf eine Reaktion. »Wer soll es denn tun?«, fragte jemand.

»Das spielt keine Rolle«, entgegnete Christopher, »denn wer

auch immer es tut, tut es mit meinen Händen, also soll es schnell und schmerzlos sein. Wenigstens dafür sind wir gut genug.« Er blickte von einem Gesicht zum nächsten. Alle waren ausdruckslos. »Falls niemand mehr etwas zu sagen hat, gehe ich wieder in meine Hütte«, erklärte er. Er war mit einem Mal unglaublich müde. Als sich niemand zu Wort meldete, ging Christopher.

Eine Stunde später kam Reggie in die Hütte. Christopher lag auf seinem Bett, starrte zum Fenster hinaus und konnte nicht einschlafen. Er drehte sich zu Reggie, als dieser zur Tür hereinkam. Reggie hatte eine Flasche Schnaps und zwei Gläser in der Hand. »Jung-Su ist tot«, sagte er zu Christopher. Er kam herüber und stellte die beiden Gläser auf den Tisch zwischen den Betten. Dann öffnete er die Schnapsflasche und füllte die Gläser. Eines davon reichte er Christopher.

»Was ist das?«, erkundigte sich Christopher.

»Das nennt man *arak*. Es ist ein indonesisches Getränk, das aus Palmen hergestellt wird. Apsara hat in der Küche einen kleinen Vorrat.«

»Haben wir was zu feiern?«, fragte Christopher.

»Nein«, erwiderte Reggie. Nichts an seinem Tonfall klang, als wäre ihm zum Feiern zumute. »Ich hoffe, der Schnaps hilft dir dabei, ein bisschen zu schlafen.«

»Ich habe schon Menschen getötet«, sagte Christopher. »Jung-Su ist nicht mal mein zweiter.« Christopher zählte im Kopf nach. »Er ist mein fünfter.«

»Ja«, sagte Reggie und nippte an seinem Glas, »aber du musstest noch nie vorher drüber nachdenken. Wenn man nachdenken muss, ist es was ganz anderes.«

Christopher trank sein Glas in einem Zug halb leer. Der Schnaps brannte in seinem Hals. Er war kurz davor, Reggie zu fragen, ob er das Richtige getan hatte, beherrschte sich jedoch.

Es spielte keine Rolle, was Reggie dachte. Es war ohnehin zu spät, um noch etwas zu ändern. »Wie haben sie es gemacht?«, fragte er stattdessen.

»Sie haben ihn über dem Wasser ausbluten lassen.«

»Was soll das heißen?«, fragte Christopher

»Sie haben ihn mit dem Kopf über den Steg gehalten und ihm die Kehle durchgeschnitten.« Reggie sah Christophers angewiderten Gesichtsausdruck. »Jung-Su wollte es so. Sie haben ihm die Wahl gelassen. Er hat gesagt, er möchte mit seinem Blut das Meer füttern.«

»Was ist nur los mit diesen Leuten, Reggie?« Christopher trank sein Glas leer, dann hielt er es Reggie hin, damit dieser ihm nachschenkte.

»Das sind auch meine Leute«, erwiderte Reggie. »Vielleicht brauchen wir dich, damit du uns sagst, was mit uns los ist.« Er rang sich ein Lächeln ab. »Lass uns versuchen, ein wenig zu schlafen. In ein paar Stunden geht die Sonne auf, und wir brechen am Morgen von hier auf.«

»Brechen alle auf?«

»Nein«, sagte Reggie. »Nur wir. Die anderen brauchen Zeit, um über uns zu sprechen, wenn wir weg sind, und um sich zu entscheiden, ob sie bei dem Plan mitmachen möchten.«

»Und was ist, wenn nicht?«

Reggies Blick verriet Christopher alles, was er wissen musste. »Diese Leute repräsentieren ein Drittel der Welt, Christopher«, sagte er. »Lass uns versuchen, ein wenig zu schlafen. Wir brechen in fünf Stunden nach Istanbul auf.«

Als der Alkohol Christopher schließlich traf, traf er ihn hart. Er schlug ihn bewusstlos. Reggie hatte weniger Glück. Er blieb wach, machte sich Sorgen, dass ihn noch jemand hintergehen könnte, machte sich Sorgen, was er Marias Sohn antat.

Reggie ließ Christopher am nächsten Tag schlafen, solange es ging. Als er ihn weckte, hatte Christopher mehr als vier Stunden geschlafen. Ihre Taschen waren bereits gepackt und befanden sich auf dem Boot. Reggie hatte Christopher eine Garnitur herausgelegt, damit er etwas zum Anziehen hatte. Als es Zeit wurde zu gehen, rüttelte Reggie Christopher sanft wach. »Wir müssen los«, sagte er und legte ihm eine Hand auf die Schulter. »Wir haben einen weiten Weg vor uns.«

Als Christopher die Augen öffnete, blickte er in das grelle Licht des Morgens. Seine gesamte Umgebung leuchtete goldfarben im Sonnenlicht. Selbst Reggie leuchtete goldfarben. »Ich bin eingeschlafen«, sagte Christopher, während er versuchte, den Schlaf abzuschütteln.

»Ja«, erwiderte Reggie, »so war das auch gedacht. Das Boot steht jetzt bereit. Wir müssen los.«

Christopher setzte sich im Bett auf und blickte sich um. »Echt schade, so weit zu reisen und nichts zu Gesicht zu bekommen«, murmelte er nur halb im Scherz.

»Tja, du kannst ja jederzeit noch mal herkommen, wenn alles vorbei ist«, sagte Reggie. »Auf der Kommode liegen Klamotten für dich. Wir treffen uns in zehn Minuten draußen.«

Christopher wartete, bis Reggie die Tür hinter sich geschlossen hatte, ehe er aus dem Bett kletterte. Er ging zum Fenster und warf einen Blick nach draußen. Das Meer präsentierte sich in einem makellosen Blau. In Gedanken sortierte er langsam auseinander, was in der vergangenen Nacht tatsächlich passiert war und was er geträumt hatte. Doch es war alles echt. Der Traum war der Leerraum inmitten des Wahnsinns. Er ging zu der Kommode, auf der seine Kleidungsstücke lagen, und zog sich langsam an. Dabei versuchte er nach wie vor, alles zu begreifen, was er gesehen und was er gehört hatte, was er gesagt und was er getan hatte.

Als Christopher hinaus in die Helligkeit trat, die der Ausblick vom Fenster nur hatte andeuten können, warteten sie bereits auf ihn. Das Licht kam aus allen Richtungen, wurde vom Wasser fast genauso hell reflektiert, wie es vom Himmel schien. Sie standen aufgereiht da, entlang der Bambusbrücken, die von Christophers Hütte bis zu dem Steg führten, an dem das Boot festgemacht war. Alle waren da – zumindest alle Überlebenden. Christopher musste wegen der Sonne blinzeln, um sie alle sehen zu können. Er setzte sich in Bewegung und kam alle paar Schritte an jemandem vorbei. Niemand sagte etwas. Stattdessen legten sie einfach die Hände vor der Brust zusammen und verbeugten sich, als er ihnen vorbeiging. Christopher war sich unsicher, was all das zu bedeuten hatte. Er war sich unsicher, ob er sich bei ihnen bedanken oder sich von ihnen verabschieden sollte. Sicher war er sich nur, dass er sich nicht ebenfalls verbeugen sollte.

Insgesamt ging Christopher an zweiundzwanzig Personen vorbei, die sich wortlos vor ihm verneigten. Die Einzigen, die sich nicht aufgereiht hatten, waren Reggie, Apsara und derjenige, der als Ersatz für Galang ausgesucht worden war und sie zurückbringen sollte. Christopher war langsam gegangen und hatte versucht, ihre Verbeugungen zumindest durch seine Anwesenheit anzuerkennen. Trotzdem war er letzten Endes erleichtert, als er das Boot sah, in dem Reggie bereits saß. Apsara stand daneben. Bejo, dem die Insel gehörte, saß am Steuerrad des Bootes, und bei Christopher machten sich Schuldgefühle breit, als er zuerst an Galang und anschließend an Jin und Max dachte. Dann dachte er an Jung-Su und wartete darauf, dass er sich schuldig fühlte, doch das Schuldgefühl blieb aus.

Christopher ging auf Apsara zu, und zu seiner Erleichterung

reichte sie ihm die Hand, anstatt sich zu verbeugen. »Viel Glück in Istanbul, Christopher«, sagte sie.

»Danke«, erwiderte er.

»Wir zählen darauf, dass Sie sie davon überzeugen können, Ihnen zu folgen, so wie Sie auch uns überzeugt haben.«

Christopher stand wortlos da und spürte einen Anflug von Freude, bei der er sich nicht sicher war, ob sie gerechtfertigt war. Er hatte Angst, dass er Apsara womöglich falsch verstanden hatte. Doch das hatte er nicht.

Apsara lächelte und nickte. »Wir haben uns letzte Nacht entschieden«, sagte sie. »Wenn der Rest der Welt ebenfalls zustimmt, werden wir kämpfen.« Christopher warf Reggie über Apsaras Kopf hinweg einen Blick zu. Er lächelte nicht und schien nicht einmal zur Kenntnis zu nehmen, dass Christopher ihn ansah, doch Christopher spürte, dass Reggie die Nachricht bereits vernommen hatte. »Passen Sie auf sich auf, Christopher«, sagte Apsara zum Abschied.

»Sie auch«, erwiderte Christopher. »Sie alle.« Dann stieg er ins Boot, und sie legten vom Steg ab.

VIERUNDVIERZIGSTES KAPITEL

In Paris war geplant, das Informationszentrum zuerst zum Einsturz zu bringen und dann in Stücke zu sprengen. Die Rebellen hatten geglaubt, das Informationszentrum sei unzugänglich, doch dann stellten sie fest, dass es auf einem alten, in Vergessenheit geratenen Teil der Katakomben errichtet worden war. Da sie keinen Weg fanden, um in das Gebäude zu gelangen, mussten sie einen Weg finden, um das Gebäude zu ihnen nach unten zu holen. Im Grunde genommen handelte es sich dabei um Abrissarbeit, um die strategische Verteilung von Sprengsätzen in verschiedenen dunklen Ecken der unterirdischen Tunnel, die unter der Stadt verliefen. Wenn es so weit war, würden die Sprengsätze detonieren und das Informationszentrum zum Einsturz bringen. Sie würden die Säulen zerstören, auf denen das Informationszentrum ruhte, sodass dieses durch sein Eigengewicht in die Tunnel stürzen würde. Dann würde der zweite Satz Bomben explodieren und sicherstellen, dass alles, was in die Tiefe gestürzt war, zerstört wurde. Erst dann würden die Rebellen eintreffen, um das zu vernichten, was übrig geblieben war.

»Bist du dir sicher, dass du weißt, was du tust?«, wollte Anouk von Xavier wissen, als er mit fünfundzwanzig Kilo Sprengstoff auf dem Rücken tiefer in die Finsternis des Tunnels hinabstieg. Sie leuchtete mit dem roten Strahl ihrer Infrarot-Taschenlampe an ihm vorbei und hoffte, ihn damit davor zu bewahren, zu stolpern oder irgendwo anzustoßen. Anouk war sich ziemlich sicher, dass eine Kollision, an der die Sprengsätze beteiligt waren, für keinen von ihnen beiden gut ausgehen würde.

»Sie hatten schon einen Grund, warum sie mich damit beauftragt haben«, feuerte Xavier zurück. Er ging vor ihr her und leuchtete im Strahl ihrer Taschenlampe rot wie ein Teufel.

»Ja«, entgegnete Anouk, »dich und noch fünf andere.«

Xavier blieb stehen und drehte sich zu Anouk um. »Pass du lieber mal auf, dass sich niemand an uns ranschleicht und mich abknallt, okay?«, sagte er und deutete auf Anouks Hand, nicht auf die, die die Taschenlampe hielt, sondern auf diejenige, die eine Pistole hielt.

»Mach dir deshalb keine Sorgen«, sagte Anouk. »Sie hatten schon einen Grund, warum sie mich damit beauftragt haben, weißt du?«

»Ich weiß«, erwiderte Xavier plötzlich ernst. Er erinnerte sich, wie sehr er sich gefreut hatte, Anouk als Führerin durch die Tunnel zugeteilt bekommen zu haben. Sie war die Beste, die sie hatten. Er hatte schon von ihr gehört, bevor er sie kennenlernte. Sie hatte in Frankreich mehr Leute für den Untergrund rekrutiert als irgendjemand sonst. Doch nicht nur das: Sie hatte sie oft genau dann aus dem Krieg geholt, als ihre Lage besonders brenzlig war. Sie war diejenige gewesen, die von den vergessenen Tunneln wusste. Sie hatte schon früher Menschen darin versteckt. Die Liste derer, die Anouk ihr Leben zu verdanken hatten, war lang. Xavier hoffte, nicht auch noch auf dieser Liste zu landen, doch er wusste, dass es eine Menge schlimmere Listen gab, auf denen man stehen konnte. Xavier war selbst auch kein Versager – nicht, wenn es um das Sprengen von Dingen ging, und genau das hatten sie vor.

Insgesamt streiften sechs Zweierteams durch die Finsternis der Tunnel. Jedem Team war eine bestimmte Sektion zugeteilt worden, wobei sich jede Sektion unmittelbar unter einem der wichtigsten Auflagepunkte des Informationszentrums befand. Xavier gehörte zu den Personen, die zu Rate gezogen worden waren, als die Tunnel für den Plan in Sektionen unterteilt wurden. Anhand der Karten, die sie von den Tunnels besaßen, war allerdings nicht genau auszumachen, an welchen Stellen die Sprengsätze platziert werden mussten. Die Karten waren zu alt, als dass man ihnen hätte vertrauen können. Die Teams mussten sich dazu in die Tunnel begeben. Genau das taten sie gerade. Sie würden die Sprengsätze deponieren und dann so schnell wie möglich das Weite suchen, bevor alles in die Luft flog. Alles war genau getimt. Sie hatten zwei Stunden Zeit.

»Findest du das, was wir tun, auch ein bisschen extrem?«, wollte Anouk von Xavier wissen, als sie zu ihm aufschloss, um sich so leise mit ihm unterhalten zu können, dass kein Echo entstand.

»Wie meinst du das?«, fragte Xavier, dessen Gesicht jetzt im Licht ihrer Taschenlampe leuchtete.

»Ich meine, wir zerstören einen ganzen Häuserblock in einem

historischen Viertel von Paris, um einen Krieg zu beenden, von dem die meisten Leute gar nicht wissen, dass er überhaupt existiert.«

Xavier zuckte mit den Schultern. »Tja, jetzt werden sie davon erfahren, nehme ich an. Vielleicht hätten sie schon längst davon erfahren sollen. Jetzt ist es sowieso zu spät, um Zweifel zu haben. Wir hatten alle genug Zeit, um zu zweifeln, aber wir haben dabei nur wie Narren ausgesehen.«

In diesem Moment hörten sie in dem Tunnel hinter sich ein Geräusch. Mit einer schnellen Bewegung schob Anouk Xavier in eine dunkle Nische, schaltete ihre Taschenlampe aus und zielte mit ihrer Pistole in die Richtung, aus der das Geräusch gekommen war. Das Infrarotlicht sollte ihren Augen dabei helfen, sich schneller an die Dunkelheit zu gewöhnen, doch kein Auge konnte sich an den Ort anpassen, an dem sie sich befanden: inmitten der völligen Abwesenheit von Licht. Weder Anouk noch Xavier bewegten auch nur einen Muskel. Sie erstarrten und warteten auf ein weiteres Geräusch. Dann hörten sie wieder etwas, nicht weit von ihnen entfernt in einem der Tunnel unter ihnen. Xavier hätte Anouk gerne zugeflüstert, dass sie Zeit verloren und dass sie sich wahrscheinlich nicht in den Tunneln aufhalten sollten, wenn die anderen begannen, ihre Sprengsätze zu zünden, wagte es aber nicht, auch nur einen Laut von sich zu geben.

Anouk tat, was sie konnte. Sie entfernte sich von Xavier, damit sie ihn nicht sahen, wenn sie gesehen wurde. Sie schaltete für einen Sekundenbruchteil ihre Taschenlampe ein, dann wieder aus. Während dieses Sekundenbruchteils leuchtete der Tunnel in dem unheimlichen Rot der Taschenlampe auf, und das Bild des Tunnels während dieses winzigen Moments brannte sich in Xaviers Gedächtnis ein. Das Bild zeigte einen leeren Tunnel. Dann wurde der Tunnel abermals erleuchtet, wieder nur für einen Sekundenbruchteil, und dieses Mal war Anouk weiter von Xavier entfernt. Anschließend wurde es wieder schwarz. Das Geräusch wurde lauter. Dann ging das Licht ein drittes Mal an und drängte die Finsternis für einen Augenblick zurück wie der rote Blitz einer Kamera. Dann ein viertes und ein fünftes Mal, bis Xavier den Eindruck hatte, Anouk in einem blutgetränkten Daumenkino zu sehen. Der Vorteil, den Anouk sich gegenüber ihren Verfolgern verschafft hatte, war der, dass nur sie wusste, wann das Licht wieder angehen würde. Doch nach dem siebten Mal hörte sie auf und ging in der Dunkelheit zu Xavier zurück.

»Das waren nur Ratten«, flüsterte sie Xavier zu, als sie wieder bei ihm war.

»Bist du sicher?«, fragte er.

»Jetzt ist nicht der richtige Zeitpunkt, um zu zweifeln«, sagte Anouk. Xavier fand langsam Gefallen an Anouks Talent, anderen deren Worte zurückzuwerfen.

»Lass uns die Bomben deponieren«, sagte Xavier, »und diesen Krieg endgültig begraben.«

Also bahnten sie sich ihren Weg durch die Tunnel, tasteten sich an den Wänden entlang und verwendeten das Licht jetzt seltener, obwohl ihnen nur Nagetiere zu folgen schienen. Sie schalteten das Licht ein, als Xavier glaubte, eine geeignete Stelle gefunden zu haben, um einen Sprengsatz zu deponieren. Jede Bombe war mit einem Zeitzünder versehen, damit alle genau im selben Moment zur Explosion gebracht werden konnten. Sie hatten in Erwägung gezogen, ein Funksignal zu verwenden, hatten jedoch Bedenken gehabt, dass dieses nicht tief genug in die stillgelegten Tunnel reichen würden. Mit jedem Sprengsatz, den sie deponierten, verringerte sich die Zeit, die ihnen noch blieb, um wieder herauszukommen, aber sie machten trotzdem weiter, da sie wussten, wenn es ihnen misslang, das Informationszentrum zum Einsturz zu bringen, käme das dem Scheitern des gesamten Aufstands gleich.

In den Tunneln war es feucht, kühl, still und dunkel. Als Xavier seine fünfundzwanzig Kilo Sprengstoff deponiert hatte, blieben Anouk und ihm nur noch fünfzehn Minuten, um den Weg aus den Katakomben zu finden. Sie waren ohne Licht so weit gegangen, waren so oft nach Gefühl und Klang abgebogen, dass es schwierig war, den Weg zurückzuverfolgen. Zweimal wurde beiden bewusst, dass sie im Kreis gegangen waren und wertvolle Minuten damit vergeudet hatten, dorthin zurückzukehren, wo sie losgegangen waren. Das rote Licht war jetzt ununterbrochen eingeschaltet, und die Tunnel leuchteten wie Adern in einem Körper. Xavier und Anouk gaben sich Mühe, nicht in Panik zu geraten, nachdem sie sich verirrt hatten und ihre Chancen zu entkommen immer geringer wurden.

Sie bogen noch einmal ab, gingen noch einmal das Risiko ein, einen Tunnel zu nehmen, der nach unten führte und den sie nur vielleicht wiedererkannten. Dann rannten sie plötzlich los, ohne ein Wort zueinander zu sagen. Die Bomben waren nicht perfekt koordiniert. Sie explodierten kurz nacheinander, aber nicht genau gleichzeitig. Deshalb hörten Xavier und Anouk das Echo der ersten Bomben durch die Tunnel hallen, bevor sie das Licht sahen und die Wände um sie herum beben spürten. Ob es daran lag, dass das Timing der Sprengsätze annähernd stimmte, oder daran, dass eine Explosion die nächste auslöste, nachdem die erste Bombe detoniert war, die übrigen folgten jedenfalls in Form einer Kettenreaktion. Selbst im Rennen lauschte Xavier dem Lärm der Explosionen. Ganz egal, ob sie es schafften, rechtzeitig aus den Tunneln zu kommen oder nicht, er wollte wissen, ob es funktioniert hatte. Er wollte wissen, ob das Informationszentrum wie geplant einstürzen würde. Was er zwischen den Geräuschen der Explosionen hörte, war das Kreischen von Stein, der an Stein rieb, und das Krachen von zerbröckelndem Fels. Das waren die Geräusche, die er hören wollte. Das waren die ersten Geräusche des Einsturzes. Das waren die Geräusche, die bedeuteten, dass es ihnen gelungen war.

Dann erbebten alle Wände um sie herum, und das rote Licht von Anouks Taschenlampe wurde vom weißen Licht von Explosionen in der Nähe verschluckt. Die Zerstörung war Xavier und Anouk auf den Fersen, hatte sie allerdings noch nicht eingeholt, daher rannten sie noch schneller.

FÜNFUNDVIERZIGSTES KAPITEL

Maria konnte sich nicht mehr erinnern, wann sie das letzte Mal ins Bett gegangen war, ohne vorher alle Türen abzuschließen. An diesem Abend ließ sie die Hintertür unabgesperrt. Alles andere machte sie genauso wie an jedem anderen Abend. Sie kam von der Arbeit in der Bar nach Hause – nicht früh, aber nach Barkeeper-Maßstäben auch nicht spät. Sie ging in die Küche, öffnete eine Konservendose mit Suppe und goss den Inhalt in einen Topf auf dem Herd. Während sie ihre Suppe umrührte, schaltete sie den Fernseher ein, dann setzte sie sich an den Küchentisch, aß aus dem Topf und sah dabei fern. Als sie fertig war, ging sie nach oben in ihr Schlafzimmer und schlüpfte in eine dunkelgraue Jogginghose und ein farblich passendes Kapuzensweatshirt. Anschließend machte sie wie jeden Abend einen Rundgang durchs Haus und kontrollierte jede Tür und jedes Fenster, um sich zu vergewissern, dass sie alle geschlossen waren. Als sie bei der Hintertür ankam, die zum Wald hinausführte, tat sie dieses Mal allerdings nur so, als würde sie sie kontrollieren. Stattdessen drehte sie das Schloss, sodass der Riegel offen war. Dann blickte sie für einen Augenblick zum Fenster hinaus in den dunklen Wald, sah jedoch nichts. Sie hoffte, dass es niemandem aufgefallen war.

Als Maria mit ihrer Routine fertig war, ging sie die Treppe zu ihrem Schlafzimmer hinauf und schaltete auf dem Weg die Lichter aus. Im Schlafzimmer angekommen, schlug sie die Bettdecke zurück. Sie tat bewusst alles genau so, wie sie es seit Jahren unbewusst tat, um sicherzugehen, dass man ihren Bewegungen nichts anmerkte. Das letzte Licht, das sie ausschaltete, war die Lampe in ihrem Schlafzimmer. Dann legte sie sich ins Bett.

Addy und Evan warteten draußen im Wald. Sie hatten ihren Wagen wie angewiesen ein paar Meilen entfernt geparkt und sich zu Fuß den Weg durch den Wald gebahnt. Addy war sich sicher, dass ihnen niemand gefolgt war. Nachdem sie am Nachmittag die Bar verlassen hatten, waren sie aus der Ortschaft hinausgefahren. Evan fuhr über eine Stunde lang nach Norden, während Addy die Karte studierte und eine Route zurück ausklügelte, die sie über Nebenstraßen und alte Brücken führte. Während sie auf dem Hinweg in nördlicher Richtung eineinhalb Stunden gebraucht hatten, dauerte die Rückfahrt drei Stunden. Addy behielt die ganze Zeit die Straße hinter ihnen im Auge, um nach Anzeichen Ausschau zu halten, dass ihnen jemand folgte. Niemand fuhr hinter ihnen her. Falls sie erwischt würden, läge es nicht daran, dass ihnen jemand gefolgt war. Es läge daran, dass jemand auf sie wartete.

Bei Maria brannte noch Licht, als Addy und Evan weit genug durch den Wald marschiert waren, um ihr Haus sehen zu können. Sie kannten ihre Instruktionen. *Wartet, bis das Licht aus ist.* Also kauerten sie sich im Wald hin, um sicherzustellen, dass sie nicht zu sehen waren. Dann warteten sie. Sie befanden sich nahe genug am Haus, um Bewegungen darin gerade noch ausmachen zu können, und beobachteten, wie im Haus ein Licht nach dem anderen ausging. Dann wurde die einzige Lampe im ersten Stock ausgeschaltet, und im ganzen Haus herrschte Dunkelheit. Selbst dann rührten sich Addy und Evan nicht von der Stelle. Sie warteten, da sie glaubten, es müsse endlich irgendetwas passieren, nachdem das Licht aus war. Nichts geschah. Alles war ruhig.

»Sollen wir reingehen?«, fragte Evan im Flüsterton über den pulsierenden Rhythmus des Waldes hinweg.

»Noch nicht«, erwiderte Addy. Sie erinnerte sich an Marias Gesichtsausdruck am Nachmittag. »Ich meine, wir sollten noch ein bisschen warten.« Sie wollte glauben, dass hinter Marias Verhalten mehr steckte als pure Paranoia. Also warteten sie noch einmal eine halbe Stunde, sahen oder hörten aber immer noch nichts Verdächtiges.

»Lass uns gehen«, sagte Evan, als ihm klar war, dass ihr Warten nichts brachte.

Addy gab nach. »Also gut.« Sie machte sich Sorgen, dass das, was Maria durchgemacht hatte, sie womöglich gebrochen hatte. Die beiden erhoben sich und näherten sich Marias Haus. Sie waren nach wie vor vorsichtig, da sie nach wie vor Angst hatten. Sie hatten zwar keine Angst mehr, dass ihnen jemand auflauerte, doch sie fürchteten Maria, fürchteten, was sie denken oder tun könnte. Sie bewegten sich lautlos voran. Aus dem Haus war kein Geräusch zu hören. Der Wald reichte fast bis an die Rückseite des Hauses heran. Sie sahen die Tür, von der Maria ihnen versprochen hatte, sie nicht abzuschließen. Jetzt ging es nur noch um Vertrauen. Durch das Fenster in der Hintertür sahen sie die Tür, die in den Keller führte. Sie stand einen Spaltbreit offen.

»Ich gehe als Erster rein«, sagte Evan zu Addy. Dann trat er aus dem Schutz der Bäume und machte zwei Schritte zur Hintertür. Sie schwang wie versprochen auf und gab dabei nur ein ganz leises Quietschen von sich. Evan betrat das Haus. Bevor er durch die Tür zum Keller ging, warf er einen Blick zurück zu Addy und winkte sie zu sich. Als sie auf ihn zukam, schlüpfte er durch die Kellertür und stieg die dunkle Treppe hinunter.

Im Keller war es noch dunkler als im Wald. Es gab dort keine Fenster, die wenigstens etwas Mondlicht eingelassen hätten. Nur durch die geöffnete Tür am oberen Ende der Treppe fiel etwas Licht, und dieses Licht wurde schon nach ein paar Treppenstufen von der Finsternis verschluckt. Es war so dunkel, dass Evan erstarrte, als er am unteren Ende der Treppe anlangte und unschlüssig war, was er als Nächstes tun sollte. Als dann Addy durch die Tür zum Keller trat und sie hinter sich schloss, war die Schwärze vollständig. Addy hielt sich am Geländer fest, als sie die Treppe hinunterstieg. Unten angekommen, spürte sie Evans Hand, die er nach ihr ausstreckte. Sie erkannte an der Berührung, dass es sich um Evans Hand handelte, doch das war nur ein schwacher Trost.

»Evan?«, fragte Addy laut, da sie vom Klang seiner Stimme beruhigt werden wollte.

Bevor Evan etwas erwidern konnte, antwortete jedoch jemand anders: »Seid ihr sicher, dass euch niemand gefolgt ist?« Aus der Finsternis ertönte die Stimme einer Frau, die nur ein kleines Stück von ihnen entfernt war.

»Ja«, sagte Addy, »wir sind uns sicher.« Sie hörte ein Klicken, dann ging das Licht an.

Addy und Evan brauchten einen Moment, bis sich ihre Augen an das Licht gewöhnten. Sie hatten sich zu lange in der Dunkelheit aufgehalten. Als sie endlich wieder etwas erkennen konnten, sahen sie Maria allein an einem schlichten Holztisch sitzen. Über ihrem Kopf brannte eine nackte Glühbirne.

Das Licht im Raum war grell und klar. Evan bekam Maria zum ersten Mal deutlich zu Gesicht. Für ihn war die Ähnlichkeit unverkennbar. »Sie sind Christophers Mutter«, murmelte er. Er war geschockt, in der Frau mittleren Alters vor ihm so viel von seinem besten Freund zu erkennen.

Maria musterte Evan. Er war noch ein Junge. »Nehmen wir mal an, das stimmt«, sagte Maria, ohne etwas zu verraten. »Warum ist das für euch beide von Interesse?«

»Reggie hat uns geschickt, um Sie zu holen.« Addy wiederholte die Worte, die sie bereits am Nachmittag zu Maria gesagt hatte. Maria warf Addy daraufhin einen Blick zu, der Wasser in Gift hätte verwandeln können. Addy war sich nicht sicher, was dieser Blick zu bedeuten hatte, er schnürte ihr jedoch die Kehle zu. Sie überlegte, was sie noch sagen konnte.

Bevor Addy etwas einfiel, ergriff Evan das Wort. »Er ist mein bester Freund«, sagte er zu Maria. »Er ist seit unserer frühen Kindheit mein bester Freund. Ich erkenne ihn in Ihnen.« Evan hielt inne und versuchte sich zu sammeln. »Ich möchte nur, dass ihm nichts zustößt«, fügte er hinzu.

Maria starrte Evan an, allerdings nicht mit dem eisigen Blick, mit dem sie Addy bedacht hatte. Ihr Blick für Evan ging tiefer und war sanfter. »Wie lange kennst du meinen Sohn schon?«, fragte sie ihn, und zum ersten Mal schlich sich Verletzlichkeit in ihre Stimme.

Evan zuckte mit den Schultern. »Solange ich mich erinnern kann.«

»Wie ist er denn so?«, fragte Maria. Selbst wenn Addy Marias Worte nicht verstanden hätte, ihr Tonfall hätte genügt, um sie zum Weinen zu bringen.

Evan wusste nicht, was er sagen sollte. Christopher war der komplizierteste Mensch, der ihm je begegnet war. Er glaubte nicht, dass sie genug Zeit hatten, damit er Maria die Antwort geben konnte, die Christopher verdient gehabt hätte, und entschied sich deshalb für ein einziges Wort, um Christopher zu beschreiben. »Anders«, murmelte er, kaum lauter als ein Hauchen. Maria erwiderte nichts darauf. Sie starrte Evan einfach weiter an. »Anders als alle anderen«, fügte Evan unter der Last von Marias Blick erklärend hinzu.

Maria schien das zu akzeptieren. »Ist er glücklich?«, fragte sie Evan.

Evan überlegte diesmal lange, ehe er Marias Frage beantwortete. Er suchte nach einer Möglichkeit, um seine Antwort zu relativieren oder abzuschwächen. Die Ähnlichkeit zwischen den beiden sorgte dafür, dass Evan Maria gegenüber ähnliche Beschützerinstinkte spürte wie Christopher gegenüber. Anlügen konnte er sie allerdings auch nicht. »Nein«, antwortete Evan. »Als glücklich würde ich ihn nicht bezeichnen.«

Marias Augen begannen, im Licht zu schimmern. »Und du …?« Maria wandte sich wieder an die junge Frau mit dem feuerroten Haar. Ihr war bewusst, dass die Farbe nicht echt war, und erinnerte sich an eine Zeit, in der sie sich ebenfalls verkleiden musste. »Woher kennst du meinen Sohn?«

Addy spürte, wie es ihr abermals die Kehle zuschnürte, doch sie kämpfte dagegen an. »Ich habe versucht, ihm dabei zu helfen, dem Krieg zu entfliehen, nachdem *sie* ihn gefunden hatten«, erklärte sie, »aber das hat nicht funktioniert.«

Maria erhob sich und begann, auf und ab zu gehen, achtete dabei allerdings darauf, dass sich der Tisch zwischen ihr und Evan und Addy befand. »Wann haben sie ihn gefunden?«, fragte sie die beiden.

»Sie haben gleich an dem Tag Jagd auf ihn gemacht, an dem er achtzehn wurde«, antwortete Addy.

»Aber er hat schon viel früher gespürt, dass sie ihn beschatten – seit ich mich erinnern kann«, fügte Evan hinzu.

Maria ging inzwischen schneller auf und ab. Evan rechnete beinahe damit, dass sie anfangen würde zu rennen. »Alles für nichts und wieder nichts«, murmelte Maria. Dann blieb sie stehen und sah die beiden an. »Wo ist er im Moment?«, erkundigte sie sich. »Wo hält sich mein Sohn zurzeit auf?«

»Er ist bei Reggie«, erwiderte Addy. »Deshalb hat Reggie uns geschickt, um Sie zu holen.«

»Bei Reggie?«, wiederholte Maria, als zweifelte sie daran. »Was macht er denn bei Reggie?«

»Sie planen einen Aufstand«, sagte Addy. »Sie versuchen, den Krieg zu beenden.«

Daraufhin ließ sich Maria auf ihren Stuhl fallen. Ihre Augen schimmerten inzwischen nicht nur, sondern verwandelten sich in die Quellen zweier Tränenflüsse. Sie vermittelte den Eindruck, als sei jegliche Kraft aus ihr gewichen. »Und wohin sollt ihr mich bringen?«, fragte sie.

»Nach New York«, sagte Addy. »Kommen Sie mit uns?«

»Ich würde gerne«, entgegnete sie. »Ihr könnt euch gar nicht vorstellen, wie gerne ich das tun würde, aber es geht nicht.«

»Warum denn nicht?«, wollte Evan wissen. Er wollte die Sache Christopher zuliebe durchziehen. »Sie haben gar keine andere Wahl. Christopher braucht Sie.«

Evan sah, dass seine Worte Maria wehtaten, vielleicht sogar mehr, als er beabsichtigt hatte, doch sie hatten zweifellos ins Schwarze getroffen. »Ich kann nicht mitkommen, weil ich beschattet werde«, erklärte Maria. »Seit ich vor fünf Jahren aus dem Gefängnis entlassen wurde, werde ich fast jeden Tag beschattet. Deshalb bin ich nie zurück, um Christopher zu holen. Ich dachte, sie beschatten mich, weil sie hoffen, dass sie ihn mit meiner Hilfe finden würden, dass ich sie zu ihm führen würde.« Maria schüttelte den Kopf. »Aber ihr erzählt mir, sie wussten die ganze Zeit, wo er sich befindet?« Evan nickte. »Warum beschatten sie mich dann?«

Das war eine rhetorische Frage, aber Addy beantwortete sie trotzdem. »Weil sie Angst vor Ihnen haben«, sagte Addy. »Sie haben Angst vor dem, was Sie ihm beibringen könnten.« Nachdem Addy gesprochen hatte, herrschte eine Minute lang Schweigen, das Addy schließlich selbst brach. »Sie können ihm noch immer etwas beibringen, wissen Sie?«

Maria schüttelte den Kopf. »Sie würden mir folgen. Ich würde sie direkt zu ihm führen. Das gilt zumindest jetzt, auch wenn es früher nicht so war. An Christophers achtzehntem Geburtstag ist mir niemand gefolgt, aber schon am nächsten Tag waren sie zurück.«

»Wir kümmern uns schon um sie«, versprach Evan aus heiterem Himmel. »Wir kümmern uns um sie, und Addy sorgt dafür, dass uns niemand anders folgt.«

»Bist du dazu in der Lage?«, fragte Maria Addy.

Addy nickte. »Das bin ich.«

»Und woher willst du das wissen?«, fragte Maria.

»Weil mir Reggie beigebracht hat, wie man wegläuft, und er hat das von der Besten gelernt.«

»Wo sind denn die Leute, die Sie beschatten, im Moment?«, fragte Evan, der es kaum erwarten konnte, voranzukommen und seinen Freund wiederzusehen.

»In diesem Moment sind sie draußen«, entgegnete Maria, »und beobachten das Haus.«

SECHSUNDVIERZIGSTES KAPITEL

Reggie und Christopher saßen in einem Flugzeug, das von Kuala Lumpur nach Istanbul unterwegs war. Nach dem, was Jin zugestoßen war, wollten sie es nicht riskieren, noch einmal über Singapur zu fliegen. Stattdessen fuhren sie mit dem Boot von Indonesien nach Malaysia. Anschließend legten sie die dreieinhalbstündige Fahrt von der Küste nach Kuala Lumpur zurück. Ihr Fahrer hatte bereits von den Ereignissen in Indonesien gehört. Er hatte bereits gehört, dass die Anführer des Untergrunds beschlossen hatten, Christopher zu folgen. Er war begeistert. Darauf habe er sein ganzes Leben gewartet, sagte er. Christopher hätte den Mann am liebsten davor gewarnt, was Leuten zustieß, bei denen die Aussicht auf eine Zusammenarbeit mit ihm zu große Begeisterung auslöste, doch dann erinnerte er sich daran, dass Begeisterung wichtig war. Der Plan war darauf angewiesen.

Sie erreichten den Flughafen und starteten ohne Zwischenfälle. Sobald sie sich in der Luft befanden, versuchte Christopher zu schlafen. Reggie fragte sich noch immer, wie es Christopher gelungen war, die anderen davon zu überzeugen, an ihn zu glauben. *Das Erste ist geschafft, fehlen noch zwei*, dachte er. *Dann kommt der schwierige Teil.* »Warum starrst du mich denn schon wieder so an, Reggie?«, fragte Christopher und sah Reggie mit halb geschlossenen Augen an.

»Darf ich dich mal was fragen?«

»Klar«, entgegnete Christopher, »wenn du mir versprichst, dass du mich dann nicht mehr anstarrst und mich ein bisschen schlafen lässt.«

»Wie kommt es, dass du nie Fragen über den Krieg stellst?«

»Wie zum Beispiel?«

»Wie zum Beispiel, worum es dabei eigentlich geht und wie er angefangen hat.«

Christopher machte keine Bewegung. Er öffnete nicht einmal die Augen. »Warum sollte mich das interessieren? Was hat das alles mit mir zu tun?«

»Möchtest du nicht wissen, warum sie deinen Vater getötet und dich deiner Mutter weggenommen haben?«

Christopher schüttelte den Kopf. »Ganz egal, was mir alle sagen, ich werde nie glauben, dass das, worum es in diesem Krieg angeblich geht, irgendetwas mit meiner Mutter, meinem Vater oder mir zu tun hat. Ich verstehe auch nicht, wie das irgendetwas mit dir zu tun haben soll, Reggie. Schließlich hattest du ebenfalls kein Mitspracherecht. Ich verstehe nicht, warum es überhaupt irgendjemanden interessiert. Ich mache mir nur Gedanken, wie wir den Krieg beenden können, und nicht darüber, wie diese gottverdammte Sache angefangen hat. Warum machst du dir Gedanken darüber?«

»Ich habe immer geglaubt, ich hätte gar keine andere Wahl«, sagte Reggie.

»Tja, ich glaube schon«, entgegnete Christopher. »Darf ich jetzt ein bisschen schlafen?«

SIEBENUNDVIERZIGSTES KAPITEL

»Wir haben draußen niemanden gesehen«, sagte Evan zu Maria.

»Das heißt nicht, dass sie nicht da draußen sind«, entgegnete Maria prompt.

»Woher wissen Sie das?«, fragte Evan.

»Weil sie immer da draußen sind«, sagte Maria. »Die ersten beiden habe ich getötet. Ich dachte, ich hätte keine andere Wahl. Ich dachte, das wäre die einzige Möglichkeit für mich, um davonzukommen, aber sie tauchten einfach immer wieder auf. Nach meiner Entlassung aus dem Gefängnis bin ich nach Kansas gezogen – sprichwörtlich mitten ins Nirgendwo. Ich dachte, ich könnte dort wieder auf die Beine kommen und mich dann auf die Suche nach Christopher machen. Ich hätte ihm nicht gesagt, wer ich bin. Ich wollte ihn nur sehen. Dann sind sie aufgetaucht und mir überallhin gefolgt.«

»Also haben Sie sie getötet?«, fragte Evan.

»Es war leichter, als ich es in Erinnerung hatte«, entgegnete Maria. »Ich dachte, es wäre die einzige Möglichkeit für mich, um Christopher zu sehen. Es dauerte nur zwei Tage, bis die nächste Einheit auftauchte. Dieses Mal kämpfte ich nicht gegen sie. Sie haben mich nie angesprochen. Sie sind einfach immer da.« Maria warf Addy einen Blick zu. »Warst du schon mal in Kansas?«

»Nein«, erwiderte Addy. Sie versuchte, sich darüber klar zu werden, ob draußen tatsächlich jemand auf der Lauer lag oder ob Maria verrückt war.

»Es ist eine gottverlassene Gegend. Das Merkwürdigste ist, wie flach es dort ist, dass man unendlich weit sehen kann, wenn man zum Horizont schaut. Und dann der Wind. Da es nichts gibt, was ihn aufhalten könnte, weht er über die Prärie und gewinnt an Geschwindigkeit und Kraft wie ein Güterzug. Wenn er einen trifft, ist das, als würde jemand versuchen, einen umzustoßen.«

»So entstehen auch Tornados, oder?«, sagte Evan und kramte damit das Einzige hervor, was er über Kansas wusste.

»Das ist richtig, Evan.« Maria sprach mit ihm in dem mütterlichen Tonfall, den sie seit über einem Jahrzehnt vor dem Spiegel übte. »Solange man den Wind spürt, braucht man keine Angst vor einem Tornado zu haben. Erst wenn der Wind einschläft, wird es gefährlich.«

»Okay«, mischte sich Addy ein. »Angenommen, da draußen ist jemand, was sollen wir dann Ihrer Meinung nach tun?«

»Man entkommt ihnen nur, wenn man sie loswird, bevor sie merken, dass was im Busch ist, bevor sie die Gelegenheit haben, Verstärkung anzufordern«, erklärte Maria.

»Was soll das heißen, ›sie loswird‹?«, fragte Evan.

Maria warf Addy einen Blick zu und sah dann wieder Evan an. »In der Welt, in der wir leben, bedeutet ›jemanden loswerden‹ nur eines. Du wurdest nicht in den Krieg hineingeboren, oder?«

Evan schüttelte den Kopf. »Nein. Ich möchte nur Christopher helfen.«

»Ich wurde auch nicht in den Krieg hineingeboren«, sagte Maria. »Letzten Endes spielt das aber keine Rolle mehr.«

»Können wir nicht irgendwas anderes mit ihnen machen? Müssen wir sie unbedingt töten?«, fragte Evan.

»Was sollen wir denn sonst tun?«, entgegnete Addy.

»Keine Ahnung. Sie bekehren. Vielleicht hassen sie den Krieg ja genauso wie ihr. Vielleicht wollen sie sich dem Aufstand anschließen.« Evan hatte nicht einmal selbst Vertrauen in seine Idee.

»Wenn dem so wäre, hätten sie dem Krieg längst den Rücken kehren können. Andere haben das schließlich auch getan. Irgendwann ist es eben zu spät«, sagte Addy hastig, als versuche sie, die Idee so schnell wie möglich aus dem Weg zu räumen.

»Dieses Risiko können wir nicht eingehen«, sagte Maria in sanftem Ton zu Evan. »Also, seid ihr dabei?«

Evan und Addy warfen sich einen Blick zu. Keiner von beiden hatte Probleme damit, die Gedanken des anderen zu lesen. »Ja«, bestätigte Addy Maria, »das sind wir. Wie sieht der Plan aus?«

»Sie haben jetzt dann Schichtwechsel. Seit Christophers Geburtstag teilen sie den Tag in zwei Schichten auf. Jede Schicht besteht aus zwei Leuten. Heute Nacht sind sie zu zweit. Morgen sind sie wieder zu zweit. Ich könnte mir vorstellen, dass sie inzwischen etwas nachlässig geworden sind. Ich meine, sie beschatten mich seit fünf Jahren, und es ist mehr als vier Jahre her, seit irgendwas passiert ist. Wenn sie euch nicht haben reinkommen sehen, solltet ihr lieber hierbleiben. Heute Nacht wieder zu gehen, wäre ein unnötiges Risiko. Ihr könnt hier unten bleiben. Ich schleiche mich wieder nach oben. Morgen früh verhalte ich mich ganz normal. Ich habe morgen frei und muss dringend mal wieder nach Quebec City fahren, um meine Post zu holen. Wenn ich losfahre, werden sie mir folgen. Ihnen ist egal, ob ich sie sehe. Manchmal denke ich, sie möchten sogar, dass ich sie sehe, einfach nur, um mich einzuschüchtern. Habt ihr ein Handy?«

»Ich habe eins«, sagte Addy.

»Ich schicke euch eine SMS, sobald ihr euch gefahrlos auf den Weg machen könnt. Ich fahre nicht direkt nach Quebec City, sondern gehe vorher noch frühstücken. Ich werde mir dabei Zeit lassen. Ich werde sie warten lassen. Auf diese Weise habt ihr einen Vorsprung. Ungefähr auf halber Strecke von hier nach Quebec City gibt es eine kleine Tankstelle. Ich kenne den Typen, der dort arbeitet. Er arbeitet allein. Er verkauft in seinem Laden Softdrinks und Süßigkeiten. Ich werde reingehen, um mir was zu trinken zu holen, und er wird mitkommen, damit ich bei ihm bezahlen kann. Ich möchte, dass einer von euch im Laden auf uns wartet. Wer auch immer es ist, sperrt ihn in der Toilette ein und tut so, als würde er mich kidnappen. Wenn die Sache bekannt wird, werden beide Seiten des Krieges denken, die andere Seite hätte schließlich die Geduld verloren und mich geschnappt.«

»Was ist mit den zwei Leuten, die Ihnen folgen?«, erkundigte sich Addy.

Maria senkte den Blick zum Boden, und Schatten verbargen ihr Gesicht. »Ich habe schon öfter an dieser Tankstelle gehalten. Sie kennen sie auch. Sie werden direkt hinter mir anhalten. Wie ich euch schon gesagt habe, ich habe manchmal den Eindruck, sie wollen mir zeigen, dass sie mir folgen. Wer auch immer von euch beiden nicht im Laden ist… es muss schnell gehen. Sie dürfen nicht merken, was geschieht. Wir dürfen ihnen keine Gelegenheit geben, Hilfe zu holen.« Evan und Addy war klar, dass sich Maria diesen Plan nicht spontan ausgedacht hatte.

Addy und Evan schliefen Hand in Hand in dem dunklen Keller auf dem Fußboden.

Als Maria am nächsten Morgen aufwachte, verhielt sie sich so, als sei alles normal, obwohl bei ihr seit fast zwanzig Jahren nichts mehr normal war. Sie wachte auf, schälte sich aus dem Bett, putzte sich die Zähne, duschte und zog sich an. Sie versuchte, nicht daran zu denken, dass die Kleidungsstücke, für die sie sich entschied, möglicherweise die Kleidungsstücke waren, die sie trug, wenn sie ihren Sohn nach mehr als siebzehn Jahren zum ersten Mal wiedersah. Sie versuchte, nichts zu schnell zu tun. Sie gab sich Mühe, nichts zu langsam zu tun. Sie versuchte, nicht an die beiden Jugendlichen zu denken, die bei ihr im Keller schliefen. Sie versuchte zu vergessen, dass Evan ihr gesagt hatte, Christopher wäre nicht glücklich.

Maria wünschte sich nichts mehr auf der Welt, als dass Christopher glücklich war.

Maria ging aus dem Haus und machte dabei jeden Schritt ganz bewusst. Dann stieg sie in ihren Wagen, ließ den Motor an und fuhr los. Weniger als eine Minute später setzte sich ein neben der Straße geparktes Auto ebenfalls in Bewegung. Es hatte an einer Stelle gestanden, wo es fast unsichtbar gewesen war. Es bog in die Richtung auf die Straße ein, in die Maria gefahren war, und folgte ihr.

Addy hatte ihr Telefon auf Vibrieren gestellt. Evan und sie waren beide wach, als es zwischen ihnen auf dem Fußboden summte. Addy nahm es in die Hand und las die Nachricht. Sie lautete: »Die Luft ist rein. Fahrt jetzt los.« Addy wusste nicht, dass Maria die Nachricht bereits vergangene Nacht im Bett getippt hatte, damit sie nur noch auf »Senden« zu drücken brauchte, wenn der richtige Zeitpunkt gekommen war.

»Gehen wir«, sagte Addy zu Evan. Die beiden verloren keine Zeit. Sie gingen aus dem Keller nach oben und verließen Marias Haus durch die Hintertür. Sie folgten dem Pfad durch den Wald, den sie am Abend zuvor gegangen waren. Sie kamen bei ihrem Wagen an und stiegen ein. Maria hatte ihnen in der Nacht erklärt, wie sie zu der Tankstelle kamen. Sie wussten, wie sie fahren mussten, und sprachen kaum miteinander. Die Straße, die sie nahmen, schlängelte sich hin und her und führte am St. Lawrence River entlang. Auf der anderen Seite der Straße standen Bäume, alte, knorrige Bäume, an denen junge, leuchtend grüne Blätter sprossen.

Wie versprochen ließ sich Maria beim Frühstücken Zeit. Sie saß allein in dem Restaurant und bestellte Pfannkuchen mit echtem Ahornsirup. Das war eine der wenigen Freuden, die sie sich gestattete. Die Männer, die sie beschatteten, kamen nicht herein, während sie aß. Manchmal taten sie das, aber nicht heute. Stattdessen warteten sie draußen in ihrem Wagen, bis sie wieder ging. Maria konnte es kaum erwarten, die Sache anzugehen, wusste jedoch, dass sie Evan und Addy genug Zeit geben musste. Sie war sich darüber im Klaren, dass die beiden die Tankstelle nicht so leicht finden würden wie sie. Durch das Warten hatte Maria Zeit für Dinge, die ihr nicht gefielen, wie zum Beispiel Nachdenken. Deshalb konzentrierte sie sich auf das Geräusch, das ihr Besteck auf dem Teller machte, und gab sich Mühe, nicht an Reggie und an das Versprechen zu denken, das er ihr gegeben, aber nicht gehalten hatte. Sie gab sich Mühe, nicht an Christopher, Michael und an Joseph zu denken. Sie gab sich Mühe, nicht an ein siebzehnjähriges Mädchen mit gelocktem Haar namens Maria und alle seine Hoffnungen und Träume zu denken. Sie gab sich Mühe, nicht darüber nachzudenken, wie vergeudet ihr die vergangenen siebzehn Jahre erschienen. Sie gab sich wirklich große Mühe.

Als sich nur noch Krümel und ein paar Tropfen des Ahornsirups auf Marias Teller befanden, ließ sie sich die Rechnung bringen. Sie bezahlte und gab Trinkgeld in einer Höhe, wie man es gibt, wenn man nicht beabsichtigt, jemals wieder zurückzukommen. Dann ging sie hinaus auf den Parkplatz. Sie sah die Männer in ihrem Auto sitzen und auf sie warten. Sie hatten auf der anderen Straßenseite geparkt. Sie vermied es, Blickkontakt mit ihnen aufzunehmen: genau wie an jedem anderen Tag. Seit vier Jahren gab sie vor, nicht zu wissen, dass sie ununterbrochen beschattet wurde. Sie stieg wieder in ihren Wagen, bog auf die Straße ein und fuhr mit ihren Beschattern im Schlepptau nach Süden.

Addy und Evan hatten keine Probleme, die Tankstelle zu finden. Sie verfügte nur über eine Zapfsäule, befand sich neben der Straße und sah aus wie aus einem 50er-Jahre-Spielfilm. Hinter der Zapfsäule befand sich der kleine Laden, in dem der Besitzer Softdrinks und Süßigkeiten verkaufte. Daneben stand eine Doppelgarage, in der verschiedenes Werkzeug an den Wänden hing. Alles, was aus Metall bestand, war leicht angerostet. Obwohl Evan und Addy die Tankstelle sofort sahen, fuhren sie zuerst daran vorbei. Nach einer Meile hielten sie am Straßenrand an.

»Du gehst rein«, sagte Addy zu Evan, sobald der Wagen zum Stehen gekommen war. Es war das Erste, was einer von beiden sagte, seit sie Marias Haus verlassen hatten. »Ich bleibe draußen.«

Evan wusste, was das bedeutete. Sie wussten beide, was das bedeutete. Addy würde töten. »Okay«, sagte Evan. Er war erleichtert, dass er nicht mehr zu tun brauchte, als einen Unschuldigen zu bedrohen und einzusperren.

»Wie kommst du in den Laden?«, fragte Addy.

Evan war sich darüber im Klaren, dass es sich dabei nur um einen Test handelte. Addy wollte sichergehen, dass Evan sich Gedanken gemacht hatte. »Ich warte in der Werkstatt«, erklärte er ihr. »Wenn der alte Mann rauskommt, um Maria beim Tanken zu helfen, schlüpfe ich rein.«

»Das müsste funktionieren«, sagte Addy.

»Was hast du vor?«, fragte Evan. Er testete sie nicht.

»Wie ich es mache, spielt wirklich keine Rolle, solange es schnell geht«, entgegnete Addy. »Mach mal den Kofferraum auf.«

Evan beugte sich vor und zog an dem Hebel, mit dem sich der Kofferraumdeckel öffnen ließ. Addy und er stiegen aus. Addy griff in den Kofferraum und holte die Schrotflinte heraus, die Evan und sie aus dem Lebensmittelgeschäft in Louisiana mitgenommen hatten. Evan holte eine der Pistolen aus dem Kofferraum, die Sam und George ihnen gegeben hatten, bevor sie in Florida aufgebrochen waren. »Alles okay mit dir?«, erkundigte sich Addy.

Evan betrachtete die Pistole in seiner Hand und wie er sie hielt. »Mir ging's noch nie schlechter«, sagte er zu Addy und lächelte. »Aber ich komme schon zurecht.«

»Gehen wir«, sagte Addy. »Wir dürfen das nicht vermasseln, indem wir zu lange rumstehen und uns unterhalten.«

Sie gingen gemeinsam die Meile zurück zu der Tankstelle, jederzeit bereit, sich im Wald zu verstecken, falls irgendein Auto vorbeikam. Sie trennten sich erst, als sie nur noch etwa hundert Meter von der Tankstelle entfernt waren. Dann bewegte sich Evan in Richtung Werkstatt, während Addy an der Tankstelle vorbeiging.

Maria fuhr nie mit überhöhter Geschwindigkeit. Sie hatte es nie eilig, schnell irgendwohin zu gelangen. Auch an diesem Tag fuhr sie nicht schneller als erlaubt und gab sich größte Mühe, alles, was sie tat, so zu tun, wie es die Frau getan hätte, die sie gestern Morgen gewesen war. Am liebsten hätte sie jedoch das Gaspedal durchgetreten, da sie nicht mehr die Frau war, die sie gestern Morgen gewesen war. Maria sah weder Addy noch Evan, als sie an der Tankstelle ankam. Sie spürte jedoch ihre Anwesenheit. Die beiden waren da.

Maria hielt an der einzigen Zapfsäule und stieg aus ihrem Wagen. Der korpulente grauhaarige Tankstellenbesitzer kam hinter seiner Theke hervorgeeilt, als er Maria sah, um ihr anzubieten, ihren Wagen für sie zu betanken. Normalerweise hätte Maria schon mit dem Tanken begonnen gehabt, als er bei ihr ankam. Dieses Mal wartete sie, damit der alte Mann beschäftigt war, während Evan von der Werkstatt, wo er gewartet hatte, in den Laden schlüpfte. Maria erhaschte nur einen flüchtigen Blick von Evan. Addy bekam sie gar nicht zu Gesicht. Dafür war Addy zu gut.

Sobald sich Maria sicher war, dass sich Evan an Ort und Stelle befand, sagte sie dem alten Mann, dass sie etwas zu trinken kaufen wolle. »Selbstverständlich«, entgegnete er und führte sie zu seinem Laden. Zwei Minuten, nachdem Maria an der Tankstelle gehalten hatte, blieb der Wagen ihrer Beschatter unmittelbar hinter ihrem stehen.

Der alte Mann bemerkte Evan nicht, der voll sichtbar in der Ecke stand. Er sprach Französisch mit Maria, daher verstand Evan nicht, was er zu ihr sagte. Seine Stimme war allerdings voller Begeisterung. Evan nahm an, dass entweder nur selten weibliche Kundschaft zu ihm kam oder dass er ein Faible für Maria hatte. Evan hielt seine Pistole auf Höhe der Taille und machte sich bereit. Er wünschte sich, dass alles reibungslos ablaufen würde, da er nicht den Abzug betätigen wollte. Die Unterscheidung zwischen *uns*, den im Krieg Involvierten, und *ihnen*, den Unschuldigen, hatte er bereits verinnerlicht.

»Cola«, sagte Maria zu dem Mann in Erwiderung auf dessen Frage. Der alte Mann drehte sich daraufhin zu dem Standkühlschrank voller Flaschen mit nichtalkoholischen Getränken um und streckte die Hand aus, um die Kühlschranktür aufzumachen. Dann hielt er inne und erstarrte. Er hatte Evan mit einer Pistole in der Hand in der Ecke stehen sehen.

Einen Moment lang machte sich Evan Sorgen wegen der potenziellen Sprachbarriere. Einen Moment lang machte er sich Sorgen, der alte Mann würde ihn womöglich nicht verstehen. Dann erinnerte sich Evan an die Pistole. Die Pistole bedurfte keiner Übersetzung.

»Los, in die Toilette!«, schrie Evan, hob die Pistole und zielte damit auf die Brust des Mannes. Die Augen des Mannes waren voller Angst. Evan gewöhnte sich langsam daran, dass andere Angst vor ihm hatten, doch dieses Mal war es etwas anderes. Dieses Mal ging die Angst nicht auf einen Zeitungsartikel mit einem Foto von Evan zurück. Sie ging nicht auf eine künstliche Beschreibung zurück, die Evan als »Monster« bezeichnete. Dieses Mal war die Angst des alten Mannes gerechtfertigt. Der Mann warf Maria einen Blick zu. »Los, in die Toilette!«, schrie Evan noch einmal, und diesmal deutete er mit der Hand, in der er die Pistole hielt, auf die Toilettentür. Der alte Mann rührte sich nicht von der Stelle. Er warf Maria abermals einen Blick zu. Für einen Augenblick befürchtete Evan, der alte Mann könnte den Helden spielen wollen. Was würde Evan dann tun?

Der alte Mann machte einen kleinen Schritt auf Maria zu und stellte sich damit zwischen sie und Evan. Er hatte Angst, war aber tapfer. Als Evan das erkannte, hoffte er noch mehr, dass er ihn nicht würde erschießen müssen. »*Allez!*«, flehte Maria den Mann an, wobei sie ihre Angst so authentisch vortäuschte, dass selbst Evan es glaubte. Vielleicht hatte sie auch tatsächlich Angst. Vielleicht hatte sie Angst, dass der alte Mann ihretwegen würde sterben müssen. »*Je vais être bien.*« Der alte Mann sah Maria mit einem warmen, traurigen Blick an, als sie diese Worte sagte, und es war klar, dass er sie Evan nicht kampflos überlassen würde. Dann hörten sie den ersten Schrotflintenschuss, und das änderte alles.

Die Männer, die Maria gefolgt waren, stiegen nicht aus, nachdem sie an der Tankstelle gehalten hatten. Addy sah sie. Sie entsprachen genau Marias Beschreibung. Sie waren echt. Addy nahm an, sie hatten ihren Wagen vor Beginn ihrer Schicht betankt, sodass es jetzt nicht erforderlich war. Sie hielten einfach ungefähr drei Meter hinter Marias Wagen an und warteten. Addy fragte sich, wie es wohl war, seit vielen Jahren so zu leben: zu wissen, dass ununterbrochen jemand hinter einem war und einem folgte, aber nicht zu wissen, was derjenige jeden Moment tun könnte. Diese Gedanken gingen ihr durch den Kopf, als sie mit der Schrotflinte auf Schulterhöhe aus dem Wald trat.

Die beiden sahen Addy nicht kommen. Genau so sollte es sein. Sie erfuhren nie, dass eine junge Frau mit feuerrotem Haar ihr Leben auslöschte. Sie hörten die Scheibe zersplittern und spürten ein Brennen, als der Schuss aus der Schrotflinte kam und die Glasscherben in ihre Hinterköpfe eindrangen. Addy stand hinter ihrem Wagen und feuerte ein Mal, wobei sie auf den Mann auf dem Beifahrersitz zielte. Sie nahm an, dass er schneller zum Telefon hätte greifen und Hilfe holen können, deshalb wollte sie sich zuerst um ihn kümmern. Nach dem ersten Schuss lud sie die Schrotflinte durch, zielte auf den Kopf des Fahrers und schoss erneut.

Evan, Maria und der alte Mann hörten insgesamt vier Schrotflintenschüsse – alle innerhalb von etwa zehn Sekunden. Sie sahen allerdings nicht, dass Addy zweimal durch die Heckscheibe des Wagens der beiden Männer schoss und dann zur Beifahrertür rannte, sie aufriss und aus kürzester Entfernung zwei weitere Schüsse auf die Männer im Wagen abfeuerte, um sicherzugehen, dass sie tot waren. Evan, Maria und der alte Mann hörten die Schüsse nur. Sie sahen nichts. Die Schüsse waren laut und beängstigend und erreichten bei dem alten Mann, was Evan allein nicht zustande gebracht hatte: Der alte Mann hörte die Schrotflintenschüsse, warf Maria noch einen traurigen Blick zu, als wolle er sich bei ihr entschuldigen, und ging dann ohne eine weitere Aufforderung von Evan zur Toilette.

Evan verlor keine Zeit. Er stieß einen kurzen Seufzer der Erleichterung aus, dann schlug er die Toilettentür hinter dem alten Mann zu. Anschließend schob er den Schreibtisch, den der alte Mann als Ladentheke verwendete, vor die Toilettentür. Er würde dem alten Mann nicht ewig den Weg nach draußen versperren, aber er würde ihn lange genug versperren. Der Plan war, dass sie die Nummer des Notrufs wählen würden, wenn sie wegfuhren, und melden würden, sie hätten Schüsse gehört und gesehen, wie eine Frau in einen Wagen gezerrt wurde, dessen Beschreibung nicht auf den Wagen passte, mit dem sie unterwegs waren.

Im Badezimmer setzte sich der alte Mann auf den Deckel der Toilette, ließ die Schultern hängen und starrte im Dunkeln auf seine zitternden Hände. Er hätte das Licht einschalten können, machte sich aber nicht die Mühe, da er gar nicht besser sehen wollte, als er es tat. Er wollte sich nicht im Spiegel sehen können. Er hatte nicht einmal vor zu versuchen, die Tür aufzudrücken. Er tat nichts anderes, als in der Dunkelheit dazusitzen und zu warten, bis die Polizei kommen und ihn befreien würde.

Fast im selben Moment, in dem Evan den Schreibtisch vor die Toilettentür schob, öffnete Addy die Tür zum Laden. Sie hatte noch immer die Schrotflinte in der Hand, und Evan sah ein paar winzige Blutspritzer auf ihrem T-Shirt. »Los! Gehen wir!«, flüsterte sie Evan und Maria aufgeregt zu. Die drei machten sich gemeinsam auf den Weg. Maria und Evan sahen im Vorbeilaufen den beschädigten Wagen der Männer, dessen Heckscheibe zersplittert war und dessen Beifahrertür offen stand. Die zusammengesackten Leichen der beiden Männer sahen sie auf den Vordersitzen. Sie rannten weiter, und Maria gab sich alle Mühe, bei dem Anblick keine vergrabenen Erinnerungen in ihrem Gedächtnis aufsteigen zu lassen. Sie brauchten nur noch bis zu Addys und Evans Wagen zu laufen. Als sie an der Straße entlangrannten, fuhren keine Autos an ihnen vorbei. Sie erreichten den Wagen ohne Zwischenfälle.

Sobald sie im Auto saßen und losfuhren, wählte Maria auf ihrem Telefon die Nummer des Notrufs und sagte genau das, was sie sich überlegt hatten: Sie seien die Straße entlanggefahren und hätten Schüsse gehört. Dann hätten sie gesehen, wie eine Frau in eine graue, viertürige Limousine gezerrt wurde, die in nördlicher Richtung losfuhr. Nachdem Maria sämtliche Details durchgegeben hatte, legte sie auf und warf ihr Telefon zum Fenster hinaus.

Sie fuhren nach Süden, ohne von jemandem verfolgt zu werden. Maria betrachtete durchs Heckfenster die leere Straße hinter ihnen und atmete tief durch – so tief, wie sie seit Jahren nicht mehr hatte durchatmen können. Sie würde ihren Sohn sehen, wo auch immer er sich befand.

ACHTUNDVIERZIGSTES KAPITEL

Während sich Christopher in Asien wie auf einem anderen Planeten gefühlt hatte, kam er sich in Istanbul vor wie in einem völlig anderen Universum. Er hatte das Gefühl, die Kulissen eines Science-Fiction-Spielfilms über ferne Galaxien zu betreten. In erster Linie lag das am Geruch – an dem üppigen, würzigen Duft, der jede Ecke der Stadt durchdrang –, aber auch am Gebetsruf. Als Christopher diesen zum ersten Mal aus den überall in der Stadt angebrachten Lautsprechern dröhnen hörte, zuckte er zusammen. Er hielt das Ganze für eine Art Notfall-Warnsystem, das er nicht verstand. Der Klang war für ihn völlig fremd. Christopher hatte in seinem ganzen Leben noch nie etwas Ähnliches gehört. Reggie lachte ihn aus, als er den ängstlichen Ausdruck auf seinem Gesicht bemerkte. »Du gewöhnst dich schon noch daran«, sagte Reggie. »Das passiert fünfmal am Tag.«

Die beiden traten hinaus auf den Balkon des Hotels, in dem sie wohnten. Von dort sah Christopher die Stelle, wo das Marmarameer, das Goldene Horn und der Bosporus aufeinandertrafen. Im Marmarameer waren riesige Schiffe unterwegs, und als Christopher eines davon betrachtete, sah er neben ihm einen Delfin aus dem Wasser springen. Er ließ den Blick über die Stadt und die riesigen, von Türmen umgebenen Moscheen wandern.

»Lass uns vor unserem ersten Treffen noch was essen gehen«, sagte Reggie zu Christopher und warf einen Blick auf die Uhr. »Wir sind in zwei Stunden mit Umut verabredet.« Anders als in Asien wussten Reggie und Christopher hier, mit wem sie sich treffen würden. Sie wussten wann, und sie wussten wo. Sie hatten an Glaubwürdigkeit gewonnen. Andere fingen langsam an, daran zu glauben, dass der Aufstand tatsächlich Wirklichkeit werden könnte.

»Okay«, erwiderte Christopher. »Ich bin am Verhungern.«

Sie aßen in einem Dachrestaurant hoch über der Stadt. Obwohl erst früher Nachmittag war, herrschte in dem Restaurant bereits reges Treiben. Die Kellner schleppten riesige Metalltabletts voller Fleisch und anderen Gerichten heran, und Reggie und Christopher bestellten, indem sie auf das deuteten, was sie haben wollten. Sie aßen Lammfleisch und Fisch und gefüllte Paprika. Alles schmeckte, als befänden sie sich in einem Traum. Alles roch wie in einem Traum. Und alles klang wie in einem Traum: die Sprache, in der sich die Menschen so schnell unterhielten, der Gebetsruf, der am Nachmittag abermals über die Stadt schallte. »Wie kommt es, dass nicht alle beten gehen, wenn sie den Gebetsruf hören?«, wollte Christopher von Reggie wissen.

»Viele tun das«, entgegnete Reggie. Von ihrer Warte hoch über der Stadt sah Christopher Männer in die Moscheen strömen und wieder herauskommen.

»Aber nicht alle«, sagte Christopher zur Bestätigung.

Reggie schüttelte den Kopf. »Nein, nicht in dieser Stadt«, sagte er. »Es gibt hier Gläubige, aber auch viele Nichtgläubige.«

Christopher und Reggie trafen Umut später am Abend in dessen Wohnung, die sich mitten im Herzen der Stadt befand, meilenweit von den Touristenattraktionen entfernt – der Blauen Moschee, der Hagia Sophia, dem Topkapi-Palast –, die ihr Hotel umgaben. Dieses Mal reisten sie ohne Begleitung und hielten ein beliebiges Taxi an, das sie das für die sicherste Art der Fortbewegung hielten. Reggie gab dem Taxifahrer sein Mobiltelefon, damit Umut ihm auf Türkisch Anweisungen geben konnte. Dann fuhren sie los, einen steilen Hügel hinauf und durch die schier unendlich große Stadt Istanbul. »Angeblich leben in dieser Stadt mehr als zwanzig Millionen Menschen«, sagte Reggie zu Christopher, nachdem er ihn dabei ertappt hatte, wie er mit offenem Mund zum Fenster hinausstarrte. Je weiter sie sich vom Zentrum entfernten, desto niedriger wurden die Gebäude, bis sie an etwas vorbeikamen, das aussah wie ein Slum mit übereinandergestapelten provisorischen Behausungen. »Wenn man die Meerenge überquert, kommt man von Europa nach Asien, ohne Istanbul zu verlassen«, erklärte Reggie. Christopher starrte die ganze Fahrt über zum Fenster hinaus, während Reggie den Taxifahrer nicht aus den Augen ließ. Schließlich hielten sie vor einem kleinen, bescheidenen Wohnblock an.

Umut wartete draußen auf sie, als sie ankamen. Er war ein

durchschnittlich großer Mann mit dunklem Haar und buschigen Augenbrauen. Gekleidet war er wie ein Amerikaner, mit langer Hose und Hemd. Umut schüttelte Reggie die Hand, als dieser aus dem Taxi stieg, und bezahlte den Taxifahrer. Dann wandte er sich Christopher zu. Christopher befürchtete, dass Umut sich vor ihm verbeugen würde, was dieser jedoch nicht tat. Er streckte Christopher einfach die Hand hin, und Christopher schüttelte sie. »Freut mich, dass ihr hier seid«, sagte Umut in fast perfektem Englisch. »Kommt rein. Ich habe Tee gemacht.«

Die drei betraten die Wohnung. Sie war spärlich möbliert. In der Mitte des Hauptraums stand ein kleiner Tisch auf einem wunderschönen Läufer. Der Teppich schien die Farbe zu wechseln, wenn man ihn aus verschiedenen Blickwinkeln betrachtete. Umut führte Christopher und Reggie hinein und forderte sie auf, sich zu setzen. Dann servierte er beiden ein Glas heißen Tee.

»Ich habe gehört, der Ferne Osten war ein ziemliches Abenteuer«, sagte Umut mit einem leichten Lächeln zu Reggie.

»Das Abenteuer hat sie letzten Endes überzeugt, sich uns anzuschließen«, vertraute Reggie Umut an. »Es hat dem Jungen hier die Gelegenheit verschafft, seinen Mut unter Beweis zu stellen.« Reggie deutete auf Christopher. »Sonst hätten sie dem Plan nicht zugestimmt.«

Umut sah Christopher unverwandt an. »Ich vermute, nur Propheten erkennen den Unterschied zwischen Glück und Pech, bevor alle Karten auf dem Tisch liegen.«

»Ich bin kein Prophet«, erwiderte Christopher und erinnerte sich daran, was Jung-Su zu ihm gesagt hatte, bevor er dessen Hinrichtung angeordnet hatte.

»Allah sei Dank dafür«, sagte Umut mit einem lauten, dröhnenden Lachen. Dann stand er auf und gab Christopher einen Klaps auf den Rücken, der sich daraufhin an seinem Tee verschluckte. Reggie stimmte in Umuts Lachen ein. Christopher hustete nur und räusperte sich.

»Womit haben wir es hier zu tun?«, erkundigte sich Reggie bei Umut.

»Geschichte«, antwortete Umut.

»Was soll das heißen?«, fragte Christopher, der wieder zu Atem gekommen war.

»Wir bringen unseren Fall morgen vor ein Tribunal«, sagte Umut.

»Wer ist *wir?*«, fragte Christopher.

»Wir drei«, entgegnete Umut. »Ich bin bereits dabei. Die anderen sind es, die wir noch überzeugen müssen.«

»Und wie schwierig wird es, sie zu überzeugen?«, wollte Reggie wissen.

»Ich habe gehört, sie glauben nach den Ereignissen in Asien an Christophers Fähigkeiten, aber sie sind sich noch nicht sicher, was sie von dem Plan halten sollen.«

»Worin bestehen denn meine Fähigkeiten?«, fragte Christopher, der selbst noch versuchte, das herauszufinden.

»Das kommt darauf an, wen man fragt«, erklärte Umut. »Und schon allein das ist eine Fähigkeit. Wenn man ihnen keine undichten Stellen zeigt, werden sie glauben, dass der Damm hält.«

»Aber sie glauben nicht, dass der Plan funktionieren wird?«, fragte Reggie.

Umut schüttelte den Kopf. »Sie machen sich nicht mal Sorgen, was passiert, wenn der Plan nicht funktioniert. Darüber sind sie längst hinweg. Sie machen sich Sorgen, was passiert, wenn er funktioniert.«

Nach dreistündiger Vorbereitung entließ Umut Reggie und Christopher in die Nacht. Die drei vereinbarten, sich am nächsten Tag in der Nähe der Süleymaniye-Moschee bei der Universität zu treffen, wo sie sich ein letztes Mal austauschen wollten, ehe sie sich am Nachmittag dem Tribunal stellten.

Christopher fragte Reggie nicht, was passieren würde, wenn es ihnen nicht gelang, das Tribunal zu überzeugen, sich ihnen anzuschließen. Er wusste, was auf dem Spiel stand. Bei einem Plan wie diesem war jeder Stein ein Grundstein. Sie fuhren mit dem Taxi zurück zum Hotel. Christopher fand die Stadt bei Nacht noch schöner. Er konnte sich einfach nicht sattsehen an den Moscheen, die wie riesige, auf der Erde gelandete Monde leuchteten. Die beiden betraten ihr Hotel und fuhren mit dem Aufzug auf ihre Etage. Reggie überprüfte das Zimmer, bevor er Christopher hineingehen ließ. Obwohl es noch nicht spät war, schlug Reggie vor, dass sie versuchen sollten, etwas zu schlafen. Für einen Abend hätten sie genug gesprochen. Christopher willigte ein, wenngleich er nicht müde war. Stattdessen wartete er, bis Reggie eingeschlafen war. Dann stand er wieder auf und schlich sich hinaus in die Stadt, was ein Junge im Teenageralter eben manchmal tun musste.

Als Christopher zur Tür hinaustrat, wurde ihm bewusst, dass er das erste Mal allein war, seit er am Morgen nach seinem achtzehnten Geburtstag Max kennengelernt hatte. So spät abends war die Stadt ruhiger, aber nicht weniger lebendig. Christopher entfernte sich schnell von seinem Hotel und ging durch Straßen, die von Jugendherbergen und billigen Lokalen gesäumt waren, in denen es von jungen Touristen wimmelte. Er wusste nicht, wohin er ging, und es war ihm auch egal. Er wollte einfach allein sein und spazieren gehen und vergessen. Dabei war er sich nicht einmal ganz sicher, was er vergessen wollte. Vermutlich alles. Ein paar Minuten lang wollte er alles vergessen.

Wenngleich es auf Mitternacht zuging, war es in der Stadt nicht dunkel. Christopher bezweifelte, dass es in der Stadt – oder zumindest in diesem Teil – jemals dunkel wurde. Er kam an weiteren Touristen und an einem Freiluftrestaurant vorbei, in dem Mevlevi-Derwische für die Gäste tanzten. Männer in langen weißen Röcken drehten sich zu merkwürdig klingender Musik im Kreis, wobei sich der weiße Stoff ihrer Röcke aufbauschte. Christopher dachte darüber nach, wie dunkel es zu Hause zu dieser Uhrzeit wäre. Er erinnerte sich an die Nächte in Maine. Er erinnerte sich daran, Leuchtkäfer gejagt und mit den Händen gefangen zu haben, als handle es sich bei ihnen um winzige Sternschnuppen. Manchmal waren die Leuchtkäfer das Hellste in der Nacht gewesen. Er erinnerte sich, wie er sich mit Evan gemessen hatte, wer von ihnen mehr fangen konnte. Das war eine Sache gewesen, bei der Evan ihm immer überlegen war.

In Istanbul gab es keine Leuchtkäfer. Bei all dem Licht hätten sie sich ohnehin verirrt. Das Licht schien von überall her zu kommen. In den Bäumen hingen Lampen. Gebäude mit Restaurants oder Bars auf ihren Dächern beleuchteten die Straßen von oben. In erster Linie kam das Licht jedoch von den Moscheen. Das bedeutete allerdings nicht, dass es keine Dunkelheit gab – sie war nur auf die Ecken und Nischen beschränkt. Die Ecken und Nischen waren wegen des Lichts sogar noch dunkler. Christopher ignorierte die Dunkelheit, zumindest für den Moment, und ging weiter. Er war noch nicht bereit, um nachzusehen, was sich in der Dunkelheit verbarg, auch wenn es ihm folgte.

Christopher ging noch zwei weitere Straßen entlang, wobei er willkürlich abbog und die Momente der Freiheit genoss. *Was wäre, wenn ich einfach immer weitergehen würde?*, dachte er, als er die leere Straße hinunterblickte, die vor ihm lag. *Wenn es wirklich zwanzig Millionen Menschen in dieser Stadt gibt, was wäre, wenn ich einfach immer weitergehen würde? Würden sie mich finden? Würde es überhaupt eine Rolle spielen?* Einen Moment lang erschien das durchaus möglich. Es erschien ganz und gar real. Christopher würde weitergehen und verschwinden. Hätte er nur nach vorne geblickt, hätte er es womöglich getan. Hätte er den Blick nur ins Licht gerichtet, hätte er womöglich alles hinter sich gelassen – doch er konnte die Dunkelheit nicht völlig übersehen. Deshalb warf Christopher noch einen Blick in die Schatten hinter ihm, bevor er für immer fortging. Die Schatten waren dunkel, aber nicht leer.

Alles, was Christopher zu vergessen versucht hatte, kehrte blitzartig zurück. Er erinnerte sich an jede Fertigkeit, die er sich jemals angeeignet hatte. Er erinnerte sich an jede Trainingsstunde, die er jemals genommen hatte. Er erinnerte sich, weshalb er all das überhaupt gelernt hatte. Sie beschatteten ihn ununterbrochen. Christopher ging schneller und tat so, als habe er den Mann, der ihm in den Schatten folgte, nicht bemerkt. Der Mann war nicht groß, aber breitschultrig und hatte dunkle Haut, dunkles Haar und dunkle Augen. Christopher bog um eine Ecke und drehte erst dann den Kopf, um sich seinen Verfolger genauer anzusehen. Der Mann war jung, wirkte aber nur jung, was sein Alter anbetraf, nicht seine Erfahrung. Christopher dachte an die Männer im Wald zu Hause in Maine und fragte sich, ob sein Verfolger bewaffnet war. Er versuchte, einen Blick auf die Hände des Mannes zu werfen, die jedoch in Dunkelheit gehüllt waren. Nachdem Christopher um die Ecke gebogen war, ging er noch schneller.

Christopher verfluchte sich selbst, während er seine Schritte beschleunigte, bis er beinahe rannte. Er hoffte, noch um eine weitere Ecke biegen zu können, bevor der Mann sah, in welche Richtung er sich bewegte. Wie konnte er nur so dumm gewesen sein? Er fragte sich, ob Reggie noch schlief, ob er noch immer im Bett lag, ohne zu wissen, wie schnell Christopher alles ruiniert hatte. Waren nicht gerade noch andere Geräusche zu hören gewesen? War die Stadt nicht gerade noch voller Musik und Lärm gewesen? Jetzt hörte Christopher nur das Geräusch seiner Füße auf dem Kopfsteinpflaster, Schritt für Schritt gefolgt vom Geräusch der Füße des Mannes hinter ihm. Es gab auch noch andere Geräusche, daran hatte Christopher keinen Zweifel. Er konnte sie nur nicht mehr hören.

Inzwischen handelte es sich um einen Wettlauf zur nächsten Straßenecke. Die beiden Männer rannten, um herauszufinden, wer als Erster um die nächste Ecke biegen konnte. Wenn Christopher gewann, würde er seinen Verfolger vielleicht abschütteln können. Wenn der Mann gewann, würde die Jagd weitergehen. Auch die Straßen kamen Christopher jetzt dunkler vor. Die Geräusche und das Licht traten in den Hintergrund. Jetzt reduzierte sich alles auf Schritte, die ihn durch die dunklen, geheimnisvollen Straßen dieser fremden Stadt jagten. Der Mann gewann Rennen um Rennen, bog schneller um Ecken als Christopher und verringerte den Abstand zwischen ihnen. Christopher konnte ihn jetzt nicht mehr in einer der Gassen abschütteln. Er überlegte, dass es womöglich das Sicherste wäre, wenn er zu der Straße mit den Jugendherbergen rannte oder zu den Mevlevi-Derwischen oder zu den Moscheen, doch keine Route schien dorthin zu führen.

Als sich Christopher abermals umdrehte, sah er beide Hände seines Verfolgers. Aus einer von dessen Fäusten ragte die kurze, breite Klinge eines Messers hervor, die in der Dunkelheit aufleuchtete wie eine Lichtquelle. Christopher atmete inzwischen schwer, allerdings nicht, weil er müde wurde. Sein Körper nahm zusätzlichen Sauerstoff auf, um sich für einen Kampf zu wappnen. Plötzlich befand sich Christopher wieder in Maine, rannte an seinem achtzehnten Geburtstag durch den Wald und wusste genau, was er zu tun hatte. Er musste stehen bleiben. Er musste kämpfen. Doch zuerst musste er sich verstecken und darauf warten, dass der Mann zu ihm kam.

Christopher bog in eine weitere dunkle und menschenleere Straße ein. Er wusste, das würde sein letzter Richtungswechsel sein, bevor sein Verfolger ihn einholte. Das einzige Licht, das er sah, stammte von einem kleinen Teil der Blauen Moschee, der über der hohen Mauer auf einer Straßenseite zu sehen war. Auf der anderen Seite der Mauer befanden sich mehrere Gebäude mit geschlossenen Türen und Fensterläden. Christopher musste in diese Leere verschwinden.

Der Mann mit dem Messer bog um die Ecke. Er schwenkte seine Waffe, hielt sie hoch, damit sie zu sehen war und damit er schnell zustechen konnte. Der Mann war mit diesen Straßen vertraut. Er kannte sie besser als die Person, die er verfolgte, und war sich dessen auch bewusst. Was Zeugen betraf, brauchte er sich hier keine Sorgen zu machen, nicht, wenn er schnell handelte. Also bog er um die Ecke und hob sein Messer, um blitzschnell über sein Opfer herzufallen. Er biss vor Anspannung die Zähne zusammen, doch die Straße, in die er einbog, war leer. Der Mann wusste, dass es nur einen Ausweg aus dieser Straße gab, deshalb rannte er schneller, um sein Opfer nicht entkommen zu lassen.

Christopher wartete und lauschte den Schritten. Das richtige Timing war von größter Wichtigkeit, sonst war alles verloren. Als sein Verfolger nur noch ein kleines Stück von ihm entfernt war, sprang Christopher. Er war die Mauer hinaufgeklettert, so hoch er konnte, ohne herunterzufallen. In der Dunkelheit war er kaum zu sehen. Als er sprang, tauchte er wie der Teufel höchstpersönlich aus der Finsternis auf.

Christopher landete mit den Ellbogen voran auf dem Mann mit dem Messer, und rammte ihm seinen linken Ellbogen in die Halsbeuge. Er spürte Fleisch nachgeben und hörte den Mann vor Schmerz aufstöhnen, ehe er zu Boden fiel. Der Mann hatte noch immer sein Messer in der Hand, als er auf dem Kopfsteinpflaster lag, doch Christopher kümmerte sich auch darum blitzschnell. Er trat auf die Hand des Mannes und brach ihm dabei mindestens einen Finger, wahrscheinlich sogar mehrere. Der Mann ließ das Messer los, und Christopher hob es auf. Christopher war erstaunt, wie einfach alles war. Er war davon ausgegangen, gegen einen Profi kämpfen zu müssen. Max hatte zu ihm gesagt, er solle nicht damit rechnen, dass sie ihn jemals wieder unterschätzen würden.

Christopher hielt das Messer in einer Hand, griff nach unten und packte den Mann mit der anderen Hand am Genick. Dann zog er ihn hoch, schob ihn gegen die Mauer und hielt ihm das Messer an den Hals. Der Mann fing an zu weinen, schnell und hemmungslos. Zuerst kamen die Tränen, dann der Geruch. Christopher blickte nach unten und sah, dass der Mann in die Hose uriniert hatte.

»Sagen Sie mir, was Sie wissen«, befahl Christopher dem Mann, wobei die Klinge des Messers dessen Haut berührte. Irgendetwas stimmte nicht.

»Ich weiß gar nichts«, wimmerte der Mann in gebrochenem Englisch zwischen verängstigten Schluchzern. »Bitte tun Sie mir nicht weh.«

»Wenn Sie nichts wissen, warum verfolgen Sie mich dann?«

Christopher presste das Messer fester gegen die Haut des Mannes. Er sah, wie sie unter dem Druck nachgab, sie platzte aber nicht auf. Noch nicht.

»Ich weiß nichts«, wiederholte der Mann, und Christopher erkannte die Verwirrung in seinem Blick. »Tut mir leid.«

»Warum haben Sie mich verfolgt?«, schrie Christopher den wimmernden Mann an. Er wirkte plötzlich viel kleiner als zuvor.

»Geld«, erwiderte der Mann. »Ich wollte Ihr Geld. Sie sind Amerikaner, oder? Tut mir leid. Tut mir leid.«

»Sie sind also ein Dieb?«, sagte Christopher mit Abscheu und spuckte die Worte förmlich aus. »Ist es das? Sie sind mir gefolgt, weil ich hellhäutig bin, und nicht, weil Sie wissen, wer ich bin?«

»Ich weiß gar nichts«, flehte der Mann zum dritten Mal.

Christopher trat einen Schritt zurück. Der Mann rollte sich sofort zu einer Kugel aus Tränen und Urin zusammen, um sich zu schützen. »Wie kann ich mir sicher sein?«, fragte sich Christopher laut. Er berührte mit dem Daumen die Messerklinge. Sie war scharf. »Raten Sie mal, wie ich heiße«, forderte Christopher den Mann auf.

»Das weiß ich nicht!«, rief der Mann verzweifelt.

»Raten Sie«, sagte Christopher und hielt das Messer wieder in Richtung des Mannes.

Der Mann sah Christopher an und blickte dann zum Himmel. »George«, riet der Mann, und es handelte sich nicht um einen Bluff. Er war sich tatsächlich nicht sicher, ob es besser war, falsch zu raten oder richtig.

»Scheiße«, murmelte Christopher. Dieser Mann war ein Niemand, ein Nichts. Er war bedeutungslos, zumindest für Christopher. Christopher befand sich nicht zu Hause in Maine, sondern weit entfernt. Er warf das Messer neben den wimmernden Mann auf den Boden. »Folgen Sie mir nicht«, befahl er und entfernte sich, zuerst rückwärts, um den Mann im Auge behalten zu können. Dieser machte keinerlei Anstalten, auch nur aufzustehen, geschweige denn, ihm zu folgen. Dann drehte Christopher sich um und entfernte sich schneller. Erst nach mehreren Häuserblocks konnte er sich wieder orientieren. Er benutzte die Meerenge und die Blaue Moschee als visuelle Wegweiser. Als Christopher wieder wusste, wo er sich befand, verlor er keine Zeit und lief geradewegs zum Hotel zurück. Dieses Mal ging er mit gesenktem Kopf und versuchte, sich möglichst in den Schatten zu halten.

Reggie war wach, als Christopher wieder im Hotel ankam. »Wo warst du?«, wollte er wissen und klang dabei eher wie ein Vater als wie ein Freund.

»Ich bin spazieren gegangen, um ein bisschen nachzudenken«, entgegnete Christopher.

»Und wie war's?«

»Gut«, erwiderte Christopher.

»Mir wär's lieber, du würdest das in Zukunft nicht mehr tun«, sagte Reggie. Er versuchte, mit seinen Worten die richtige Balance zwischen Respekt und Autorität zu finden.

»Keine Sorge«, versprach Christopher. »Damit habe ich abgeschlossen. Ich mache erst dann wieder einen Spaziergang, wenn dieser Krieg vorbei ist.«

»Gut«, sagte Reggie. Er fragte nicht genauer nach. »Ich weiß, dass ich zu viel von dir verlange, dass du für all das noch zu jung bist«, murmelte er, als wolle er sich entschuldigen.

»Die Welt wartet nicht, bis man bereit ist«, entgegnete Christopher. Dann schaltete er das Licht aus und stieg wieder ins Bett.

NEUNUNDVIERZIGSTES KAPITEL

Jared ging mit einer Mappe voller Dokumente, die er genehmigen lassen musste, durch die Korridore des New Yorker Bürogebäudes, in dem er arbeitete. *Aktionspunkte* wurden sie genannt, doch Jared fand, dass nichts diesen Namen weniger verdient gehabt hätte. Jared war so gekleidet, wie er im Büro immer gekleidet war: mit Khakihose, dunkelbraunen Schuhen und einem dunkelblauen Hemd mit weißem Kragen. Früher hatte er immer einen Anzug getragen, aber jetzt, mit vierundvierzig Jahren, hatte er die Hoffnung aufgegeben, dass ihn das weiterbringen würde. Wenn er heutzutage hinunter in die Grand Central Station ging oder die Park Avenue hinaufspazierte, um zu Mittag zu essen, konnte ihn niemand von den anderen menschlichen Arbeitsbienen unterscheiden, die in Büros hineintrotteten oder aus ihnen herausgestapft kamen. Jareds Haar, das schon vor Jahren grau geworden war, wurde am Hinterkopf langsam dünn, und seine ehemals imposante Statur geriet inzwischen in der Mitte etwas aus der Form. Er war allerdings davon überzeugt, dass sein Verstand noch immer genauso scharf war wie eh und je. Das Problem war, dass das niemand zu bemerken oder es allen egal zu sein schien.

Der Mann in einem der Eckbüros telefonierte gerade, als Jared kam, obwohl Jared genau zum vereinbarten Zeitpunkt auftauchte. Die Bürotür war geschlossen, doch Jared sah den Mann durch das Fenster neben der Tür. Er hob einen Finger, um Jared zu signalisieren, dass es nur noch eine Minute dauere und er draußen warten solle. Jared wusste, dass es bei dem Mann nie nur noch eine Minute dauerte. Er schätzte sich jedes Mal glücklich, wenn er weniger als fünf Minuten vor dem Büro des

Mannes warten musste. In der Vergangenheit hatte er häufig länger warten müssen. Zehn Minuten. Fünfzehn Minuten. Jared wäre jedes Mal am liebsten wieder gegangen, er wusste jedoch, dass das ein unerfreuliches Nachspiel haben würde. Er hätte wieder die übliche Standpauke bekommen, die Lektion, dass er lernen müsse, ein Teamplayer zu sein. Die Entscheidungen, die Jared früher getroffen hatte, hatten echte Konsequenzen gehabt – hatten über Leben oder Tod bestimmt –, doch was er jetzt am meisten auf der Welt fürchtete, war, einen langweiligen, herablassenden Vortrag gehalten zu bekommen. Es war nicht so sehr der Vortrag selbst, den er fürchtete, sondern die Tatsache, dass der Vortrag ihn daran erinnerte, was aus seinem Leben geworden war. Deshalb wartete Jared im Korridor, bis der Mann, der mindestens sieben Jahre jünger war als Jared, aufhörte zu telefonieren. Dann legte der Mann auf und winkte Jared zu sich herein.

Jared machte die Tür auf und betrat das Büro. »Jared«, sagte der Mann, »tut mir leid wegen eben. Das war meine Frau.« Der Mann lächelte, und Jared fragte sich, ob der Mann jemals aufrichtig gelächelt hatte. Er fragte sich, ob der Mann dazu überhaupt in der Lage war. »Sie wissen ja, wie Ehefrauen sein können, oder?«, fragte der Mann mit einem Lachen, obwohl er wusste, dass Jared nicht verheiratet war.

»Sicher.« Jared nickte und lachte ebenfalls.

»Also, was haben Sie denn da für mich?«

»Wir wollten Sie bitten, diese Aktionspunkte hier abzusegnen«, sagte Jared und reichte dem Mann hinter dem Schreibtisch die Mappe. Er sagte *wir*, obwohl ihm persönlich die Aktionspunkte vollkommen egal waren, doch der Typ im Eckbüro auf der anderen Seite des Gebäudes marschierte nicht selbst mit Mappen los, um sich Unterschriften zu besorgen.

»Dann wollen wir mal sehen«, sagte der Mann, klappte die Mappe auf und blätterte die Dokumente durch. Beim Lesen legte er die Füße auf den Schreibtisch. Er hob seinen Stift an die Lippen und saugte Luft durch dessen Kappe, wodurch ein fürchterliches, pfeifendes Geräusch entstand. Dann schüttelte er den Kopf. Jared wusste, dass es ein schlechtes Zeichen war, wenn er den Kopf schüttelte. »Nein, nein, nein«, sagte der Mann. Er setzte sich in seinem Stuhl auf und schrieb mit seinem Stift etwas auf eines der Dokumente. »Das sieht mir ganz und gar nicht richtig aus. Darauf hatten wir uns nicht geeinigt.« Jared beobachtete, wie der Mann ganze Abschnitte auf der Seite durchstrich und dann Anmerkungen an den Rand kritzelte. »Ich glaube, daran müsst ihr noch arbeiten«, sagte der Mann und reichte Jared die einzelne Seite.

»Was ist mit den anderen?«, fragte Jared und warf einen Blick auf die übrigen sieben Seiten in der Mappe, die der Mann noch keines Blickes gewürdigt hatte.

»Lassen Sie uns erst mal das hier in Ordnung bringen«, sagte der Mann. »Dann schaue ich mir die anderen an, okay?«

»Sicher«, entgegnete Jared. Der Mann gab ihm daraufhin die ganze Mappe zurück.

»Danke, Jared. Sie können die Tür hinter sich zumachen, wenn Sie gehen«, sagte der Mann, bevor Jared sich entfernte.

»Sicher«, sagte Jared. Dann ging er und machte die Tür hinter sich zu, wie er gebeten worden war. Wahrscheinlich hätte er die mit Anmerkungen versehene Seite in das andere Eckbüro bringen sollen. Wahrscheinlich hätte er mit allen anderen zusammenarbeiten sollen, um die Unterschiede auszubügeln und seine Dokumente endgültig fertigzustellen. Aber was hatte das für einen Sinn? Er würde den ganzen Tag in den Korridoren zwischen einer Ecke des Gebäudes und einer anderen hin und her marschieren. Die ganze Woche? Den ganzen Monat? Das ganze Jahr? Selbst wenn Jared die Dokumente fertigstellen und genehmigt bekommen würde, lägen morgen neue Dokumente auf seinem Schreibtisch. Also klemmte er sich die Mappe unter den Arm und ging zurück in sein Büro. Im Gehen warf er einen Blick zum Fenster hinaus. Die Büros befanden sich in der siebenunddreißigsten Etage des MetLife Building. Der Ausblick hätte einen Atheisten an Gott glauben lassen. Jedes Fenster blickte auf einen anderen Ausschnitt von New York City, sodass man die ganze Stadt sah, wenn man einmal ringsherum ging. Früher hatten sich die Büros in einer der unteren Etagen befunden, aber als andere Mieter auszogen, waren sie langsam aufgestiegen. Sie hatten insgesamt fünf Etagen, wobei die siebenunddreißigste die oberste davon war. Bevor sie ganz oben ankamen, hatten sie allerdings noch einen weiten Weg vor sich. Jared glaubte langsam, dass das womöglich ihr wirkliches Ziel war. Wer wollte schon den Krieg gewinnen? Was wirklich zählte, war der Ausblick.

Jareds Büro befand sich nicht an einer Ecke. Sein Büro befand sich nicht einmal an einer Außenwand. Jared hatte ein kleines Innenbüro mit einem Fenster zum Korridor. Wenn er den Hals reckte, konnte er durch das Fenster ins Büro der Frau auf der anderen Seite des Korridors und durch ihr Fenster einen schmalen Streifen Himmel sehen. Jared warf die Mappe auf seinen Schreibtisch und schloss seine Bürotür hinter sich. Wenigstens hatte er eine Tür, die er zumachen konnte. Er war froh, keinen so großen Mist gebaut zu haben, dass sie sich geweigert hatten, ihm eine Tür zu geben.

Jared setzte sich an seinen Schreibtisch. Er starrte seinen leeren Computerbildschirm an und fragte sich wie schon unzählige Male zuvor, wohin die letzten achtzehn Jahre verschwunden waren. Wegen Joseph hatten sie ihm verziehen. Was Joseph getan hatte, hatte Jared nicht geschadet. Genau genommen hatte es eine Zeit lang sogar so ausgesehen, als würde die Art und Weise, wie er mit dem Verrat seines besten Freundes umgegangen war, seiner Karriere Vorschub leisten. Natürlich war es nicht gerade toll, mit jemandem in Verbindung gebracht zu werden, der ein solches Chaos angerichtet hatte, doch wenn man derjenige war, der das Chaos wieder aufräumte, wurde einem eine solche Verbindung nachgesehen. Wenn Joseph das einzige Chaos gewesen wäre, in das Jared involviert gewesen war, hätte sein aufsteigender Stern auch anschließend noch gestrahlt. Schließlich kann jeder einmal ins Fettnäpfchen treten. Das erste Fettnäpfchen ist Zufall. Das zweite ist ein Schandfleck. Jared wusste, er konnte dafür nur sich selbst die Schuld geben. Er wusste, er hätte Michael niemals die Informationen geben dürfen, die Maria zu Christopher geführt hatten. Wenn er Michael die Informationen nicht gegeben hätte, wäre dieser vielleicht noch am Leben, und aus ihm selbst wäre jemand geworden – jemand, der Entscheidungen traf, die eine Rolle spielten –, und nicht die Hülle von einem Mann, die er war. Und der Junge? Josephs Sohn? Christopher? Jared glaubte tatsächlich, es wäre besser für ihn gewesen, dem Krieg anzugehören, als ein Aushängeschild für unangebrachte Hoffnung zu sein. Doch was Jared glaubte und was er sich wünschte, anders gemacht zu haben, spielte keine Rolle mehr.

Jareds Telefon läutete.

Jared ließ es zweimal läuten, ehe er abhob. Er wusste, dass das Läuten seines Telefons durch die dünnen Wände seines Büros zu hören war, und wollte nicht übereifrig wirken. »Hallo?«, sagte er, als er schließlich dranging.

»Steht unsere Verabredung für heute Abend noch?«, fragte die Stimme am anderen Ende der Leitung.

»Ja«, erwiderte Jared. Dann warf er einen Blick auf die Mappe mit den Aktionspunkten auf seinem Schreibtisch. »Aber wir können uns auch früher treffen, wenn Sie möchten.«

»Wie früh?«, fragte die Stimme.

Jared warf einen Blick auf die Uhr. »Geben Sie mir eine Stunde.«

»Möchten Sie sich am selben Ort wie letztes Mal treffen?«

»Ja«, entgegnete Jared. »Das müsste nach wie vor funktionieren.«

»Okay. Dann sehen wir uns in einer Stunde.«

»In einer Stunde«, echote Jared, ehe er auflegte. Er warf einen Blick durch das kleine Fenster seines Büros, um zu sehen, ob ihn jemand beobachtete, und trommelte einen Moment lang nervös mit den Fingern auf dem Schreibtisch. Dann erhob er sich. Wenn er es in einer Stunde zum Battery Park schaffen wollte, durfte er nicht viel Zeit verlieren. Es hatte achtzehn Jahre gedauert, doch Jared war letzten Endes zu dem Schluss gekommen, dass selbst unangebrachte Hoffnung um Welten besser war als gar keine Hoffnung.

FÜNFZIGSTES KAPITEL

Umut wartete bis zum Gebetsruf am Mittag, bevor er auf Christopher und Reggie zuging. Er benutzte den Gebetsruf als Deckung. Christopher und Reggie standen auf dem großen Vorplatz der Süleymaniye-Moschee, umgeben von Straßencafés und vorbeigehenden Studenten. Als der Gebetsruf über die Stadt hallte, kam Umut beiläufig und scheinbar aus dem Nichts auf Reggie zu und flüsterte ihm etwas ins Ohr. Der Gebetsruf sorgte dafür, dass niemand außer Reggie hören konnte, was Umut sagte. Reggie signalisierte Umut mit einem schnellen Nicken, dass er verstanden hatte. Dann winkte er Christopher zu sich. »Folge Umut«, sagte Reggie zu Christopher. »Er bringt dich zum Tribunal.«

»Und was ist mit dir?«, fragte Christopher, obwohl er fürchtete, dass er die Antwort auf seine Frage bereits kannte.

Reggie schüttelte den Kopf. »Sie möchten dich allein treffen.«

»Wir können das ablehnen«, sagte Christopher. »Wir können auch Forderungen stellen.«

Der Gebetsruf endete. Einen Moment lang herrschte in der Zwanzig-Millionen-Metropole Stille. Nachdem ihre Deckung weg war, schüttelte Reggie feierlich den Kopf und entfernte sich. Christopher richtete den Blick wieder auf Umut mit seinen buschigen Augenbrauen. Umut reagierte auf Christophers Blick mit einem Nicken, das tausend Worte übermitteln sollte. Es sollte Christopher Trost spenden, doch das tat es nicht. Christopher folgte Umut trotzdem.

Sie gingen die schmalen steilen Straßen entlang, die von der Süleymaniye-Moschee wegführten. Umut bog immer wieder ab, und Christopher kam sich langsam so vor, als würde er durch ein Labyrinth gehen. »Wohin bringen Sie mich denn?, fragte er Umut schließlich.

»Man kann gar nicht vorsichtig genug sein«, erwiderte Umut und bog weiterhin immer wieder ohne ein erkennbares Muster ab, um zu verhindern, dass ihnen jemand folgte.

Sie marschierten fast vierzig Minuten lang, ehe sie vor einem unscheinbaren Gebäude in einer Straße anhielten, die für Christopher aussah wie jede andere Straße, die sie entlanggegangen waren. Was Christopher betraf, war es auch durchaus möglich, dass sie im Kreis gegangen waren. Umut drückte auf die Klingel, worauf ein großer Mann mit dunkler, wettergegerbter Haut die Tür öffnete. Der Mann sah zuerst Umut an und dann Christopher und trat anschließend zur Seite, damit die beiden eintreten konnten. Sobald sie sich im Haus befanden, schloss der große Mann die Tür, allerdings nicht ohne vorher ein paarmal die Straße hinauf- und hinunterzublicken.

Als die Tür zu war, wandte sich der große Mann an Umut. »Alle sind oben«, sagte er mit tiefer, rauer Stimme auf Englisch.

»Wie viele sind gekommen?«, erkundigte sich Umut.

»So viele, wie wir erlaubt haben. Fünfzehn sind hier. Etwa dreißig weitere mussten wir wieder fortschicken. Wir wollten den Jungen nicht überfordern«, sagte der große Mann und warf Christopher einen Blick zu.

Der Mann führte sie einen langen Flur entlang zu einer Holztür, die zu einem uralten Aufzug führte. Als die drei in den Aufzug stiegen, hatten sie kaum noch genug Platz, um zu atmen. »Wie haben Sie entschieden, wer bleiben darf?«, fragte Christopher den großen Mann, während der Aufzug die drei langsam in den zweiten Stock des Gebäudes hievte.

»Alle wurden nach Regionen aufgeteilt, und dann musste jede Region Streichhölzer ziehen.«

»Und Sie haben ein langes Streichholz gezogen?«, fragte Christopher.

Der große Mann lächelte. »Ich musste nicht ziehen. Aus meiner Region war niemand anders da.«

»Woher kommen Sie?«

»Aus Afghanistan«, antwortete der Mann.

»Sie sind Tor Baz?«, fragte Umut den großen Mann mit einem Lächeln.

»Der bin ich«, entgegnete Tor Baz und lächelte ebenfalls. Der Aufzug blieb stehen, und die Tür öffnete sich zu einem Raum mit weißen Wänden, der das gesamte Stockwerk einnahm. Tor Baz hielt die Tür auf, damit Umut und Christopher den Raum betreten konnten.

Christopher zählte die Anwesenden. Wie Tor Baz gesagt hatte, waren es vierzehn. Er selbst machte die Fünfzehn voll. Ungefähr die Hälfte von ihnen hatte dunkle Haut, manche sogar noch dunklere als Tor Baz. Die andere Hälfte hatte helle Haut. *Europa*, dachte Christopher, als er die Gesichter der Anwesenden musterte. *Afrika. Mittlerer Osten.* Die Anwesenden – neun Männer und sechs Frauen – erwiderten seinen Blick.

»*C'est le Garçon*«, flüsterte ein Mann im hinteren Bereich. »Das ist der Junge«, wiederholte Xavier dann auf Englisch, als ihm bewusst wurde, dass in der beinahe erdrückenden Stille alle sein Flüstern hören konnten.

»Willkommen«, sagte eine Frau und trat vor, um Christopher zu begrüßen. Sie sprach mit starkem Akzent und hatte eine rauchige Stimme. Für Christopher klang sie genauso, wie Istanbul roch.

»Ist das Ihr Haus?«, fragte Christopher die Frau.

»Ja«, entgegnete sie.

»Es ist sehr schön«, sagte er.

»Danke«, sagte die Frau zu Christopher. Dann drehte sie sich zu Umut. »Sollen wir anfangen, Umut?«

Umut schien zu denken, dass zuerst noch mehr Formalitäten kommen würden, dass sie vielleicht sogar einander vorgestellt werden würden. Christopher konnte das an Umuts Gesichtsausdruck ablesen. Allerdings war Umut bewusst, dass alles, was er sagte, auf Christopher zurückfallen würde. Also wandte er sich wieder an die Frau. »Wenn Sie bereit sind…«, sagte er.

Christopher war so sehr damit beschäftigt gewesen, die Gesichter zu betrachten, dass ihm die Stühle gar nicht aufgefallen waren. In der Mitte des Raums standen sechzehn hohe, mit Leder bezogene Stühle. Fünfzehn davon waren im Halbkreis nach innen gewandt aufgestellt. Der sechzehnte stand alleine dort, wo sich der Mittelpunkt des Kreises befunden hätte, und war den anderen zugewandt.

Christopher wusste, welcher der Stühle für ihn bestimmt war. Er wusste, was auf dem Spiel stand, und er hatte Angst. Das Davonlaufen und das Kämpfen, das Töten und das Verstecken machten ihm Angst, aber nichts davon machte ihm solche Angst wie das, was ihm bevorstand. Deshalb tat Christopher, was er immer tat, wenn er Angst hatte. Ohne auf eine Einladung zu warten, ging er zu dem sechzehnten Stuhl in der Mitte und setzte sich. »Fangen wir an«, sagte er zu niemand Bestimmtem. Christopher entging das Lächeln auf den Gesichtern von Umut, Tor Baz und Xavier nach dieser Dreistigkeit, denn nachdem er sich gesetzt hatte, blickte er auf die fünfzehn leeren Stühle.

Die Stühle füllten sich schnell. Jeder wusste, wo er saß. Offenbar waren die Sitzplätze im Voraus zugeteilt worden. Umut hatte keinen Stuhl und musste sich mit der Rolle eines Zuschauers begnügen. Er blieb in der Nähe der Aufzugstür stehen. Tor Baz hatte an einem Ende des Halbkreises Platz genommen. Die Gastgeberin saß in der Mitte. Xavier saß zwei Stühle weiter zu ihrer Linken. Die zwölf anderen nahmen die übrigen Plätze ein.

»Was wir über deine Reise in den Fernen Osten gehört haben, hat uns beeindruckt«, sagte die Gastgeberin, »und wir haben alle von dem Plan gehört.« Sie blickte sich um und sah die anderen an, die alle den Blick auf Christopher gerichtet hatten. »Aber wir haben Fragen.«

»Das möchte ich hoffen«, erwiderte Christopher kühl. Er versuchte, sich alles ins Gedächtnis zu rufen, was Umut Reggie und ihm am Abend zuvor erzählt hatte, damit er zufriedenstellende Antworten würde geben können. *Sie glauben an Christophers Fähigkeiten, aber sie sind sich noch nicht sicher, was sie von dem Plan halten sollen*, hatte Umut ihnen gesagt. Christopher wünschte, Reggie wäre bei ihm gewesen und hätte ihm geholfen, den Plan zu erklären, oder Addy wäre bei ihm gewesen und hätte ihm geholfen, tapfer zu sein, oder Evan wäre als wahrer Verbündeter bei ihm gewesen. Er war allein, ließ sich seine Angst aber nicht anmerken. »Schießen Sie los«, sagte er und musterte die Gesichter der ihm Gegenübersitzenden.

Zunächst waren die Fragen ganz einfach. Am Anfang hatte Christopher Antworten parat. Es handelte sich um Antworten auf Fragen, die Reggie und er bereits besprochen hatten.

»Wie wird die Zerstörung der jeweiligen Informationszelle geplant?«

»Die Planung überlassen wir den Leuten vor Ort. Sie wissen besser als jeder andere, was funktioniert. Niemand kann ein so großes Unterfangen bis ins Detail leiten.« Christopher war sich selbst nicht sicher, ob er diese Antwort glaubte. Er war sich nicht sicher gewesen, als Reggie sie ihm erstmals genannt hatte. Reggie hatte ihm allerdings erklärt, warum es so gehandhabt werden musste. Die Gründe dafür waren ebenso sehr politischer wie praktischer Natur. Reggie war sich darüber im Klaren, dass sie die Leute niemals dazu bringen würden, Untertanen auf ihrem eigenen Territorium zu sein. Zumindest nicht diese Leute. Schließlich waren alle in diesem Raum Rebellen.

»Woher wissen wir, ob die Leute in anderen Städten ihre Arbeit ordentlich erledigen?«

»Jeder ist sich der Tragweite unseres Unterfangens bewusst. Alle wissen, was wäre, wenn wir scheitern würden. Und wir rekrutieren für diese Sache keine x-beliebigen Leute von der Straße. Unsere Leute haben sich bereits bewährt. Sie haben Führungspositionen im Untergrund inne.«

»In welcher Reihenfolge kommen die Städte dran?«

»Alles muss simultan passieren. Sie dürfen keine Zeit haben, um sich gegenseitig zu warnen. Sie dürfen keine Gelegenheit haben, um Sicherheitsmaßnahmen zu treffen. Wir sind zahlenmäßig und waffentechnisch unterlegen. Das Überraschungsmoment ist unsere einzige echte Waffe.«

»Und dann soll der Krieg einfach zu Ende sein?«

»Nein«, erwiderte Christopher. »Er endet nicht einfach so. Der Krieg endet, weil wir den Menschen einen Grund geben zu glauben, dass er vorbei ist. Das ist es, was die meisten Menschen möchten. Wir liefern ihnen die Ausrede, auf die sie gewartet haben. Wie können sie einen Krieg führen, wenn sie nicht mehr wissen, wer ihr Feind ist? Was tut man, wenn man nicht mehr weiß, wen man hassen soll? Fremde können wieder zu Fremden werden. Die Paranoia kann endlich aufhören. Das ist es, was die Menschen glauben möchten, und wir denken, wir können sie dazu bringen, es zu glauben.«

»Werden sich denn nicht manche daran erinnern, wer ihre Feinde sind?«

»Ein paar Vereinzelte sicher, aber ihre Anzahl wird gering sein. Ein paar Leute werden sich an ein paar Feinde erinnern. Manche werden sogar weiterkämpfen, aber wie lange werden sie weiterkämpfen können, wenn sie keine Unterstützung bekommen und keine Hoffnung haben, jemals zu gewinnen?«

»Aber was dürfen wir behalten?«

Christopher sah den Mann an, der ihm die Frage gestellt hatte. Er war untersetzt und hatte einen Akzent, der osteuropäisch klang. Zum ersten Mal nach fast zwei Stunden mit Fragen wusste Christopher nicht, was er antworten sollte. Bislang war es hervorragend gelaufen. »Ich verstehe Ihre Frage nicht«, sagte Christopher.

»Nachdem wir die Informationszentren zerstört haben«, erklärte der Mann, »was dürfen wir behalten?«

»Nichts«, erwiderte Christopher noch immer verwirrt. Im Raum herrschte völlige Stille. »Alles muss zerstört werden.«

»Wir können nicht alles zerstören«, stieß eine Frau keuchend hervor.

Christopher drehte sich zu ihr und fragte: »Warum nicht?«

»Das ist unsere Geschichte«, warf einer der Schwarzen ein. »Wir können nicht einfach alles vernichten.«

»Ihre *Geschichte*« – Christopher spuckte das Wort regelrecht aus – »ist das, was den Krieg nährt. So beenden wir den Krieg: Wir hungern ihn aus. Die Geschichte behalten und trotzdem den Krieg beenden, funktioniert nicht. Genau das ist der Punkt.«

»Das ist eine Bücherverbrennung!«, rief eine schockierte Stimme. Christopher sah nicht, wer das gerufen hatte.

Christopher blickte in die Runde. »Was hoffen Sie in dieser Geschichte zu finden? Was, glauben Sie, beinhaltet sie, das es wert wäre, bewahrt zu werden?« Im Raum kehrte Stille ein. Niemand wollte etwas sagen. Dann erinnerte sich Christopher an seine Unterhaltung mit Reggie auf ihrem Flug von Malaysia nach Istanbul. Reggie hatte ihn gefragt, weshalb er sich nie erkundigt hätte, wie der Krieg begonnen habe. Reggie hatte Christophers Schwachpunkt erwischt. Jetzt sah Christopher die Leute an, die vor ihm saßen. Sie wussten alle, was sie in der Geschichte zu finden hofften, doch niemand wollte es aussprechen. »Sie hoffen, darin Absolution zu finden«, sagte Christopher zu der Reihe schweigender Gesichter, nachdem ihm ein Licht aufgegangen war. »Selbst Sie, ein Raum voller Rebellen, die behaupten, den Krieg zu hassen, glauben immer noch, dass Sie in dieser Vergangenheit etwas finden werden, was die Dinge rechtfertigt, die Sie getan haben, bevor Sie dem Krieg den Rücken gekehrt haben, die Dinge, die Ihre Freunde getan haben, die Dinge, die Ihre Angehörigen getan haben. Sie möchten sich von der Geschichte von Ihren Sünden reinwaschen lassen. Haben Sie denn noch immer nicht verstanden, dass das nicht funktioniert?«

Wenn Christopher sie nicht dazu brachte zu begreifen, war der ganze Plan hoffnungslos. »Nichts von alledem spielt eine Rolle. Sie denken, dass es eine Rolle spielt, dass es einen Unterschied macht, aber das tut es nicht. Es spielt keine Rolle, warum der Krieg angefangen hat. Sie alle denken noch immer, irgendetwas in dieser Geschichte wird beweisen, dass Sie immer die Guten waren. Aber zu wissen, wie der Krieg begonnen hat und wer ihn begonnen hat, würde nichts ändern. Es würde nicht ändern, was Sie getan oder angeordnet haben, was Sie geschehen ließen, ohne zu versuchen, es zu verhindern. Nichts von dem, was in der Vergangenheit passiert ist, kann Sie von Sünden befreien, die Sie bereits begangen haben. Das Einzige, was eine Rolle spielt, ist, was wir jetzt tun.«

»Dann werden wir die Wahrheit also nie erfahren?«, fragte jemand.

»Sie werden selbst zur Wahrheit werden«, entgegnete Christopher, da er ihnen zumindest irgendetwas geben musste. Die Gesichter der Männer und Frauen im Raum waren ausdruckslos – vollkommen leer. »Wir werden alle selbst zur Wahrheit werden«, fügte Christopher hinzu.

Die Spätnachmittagssonne sank am Himmel und schien durch die Fenster in den Raum, der sich daraufhin aufzuheizen begann. Eine gefühlte Ewigkeit sagte niemand ein Wort. Christopher spürte Schweiß aus seinen Poren treten. Er hätte gerne noch etwas gesagt, hatte aber nichts mehr zu sagen. Dann schnaubte der untersetzte Osteuropäer: »Er ist doch noch ein Kind. Was weiß er schon?« Christopher rechnete damit, dass die Bemerkung nickende Köpfe und zustimmendes Gemurmel auslösen würde, doch es folgte noch größere Stille. Lange Zeit danach machte niemand auch nur eine Bewegung. Es hatte beinahe den Anschein, als stünden alle im Raum unter Schock.

»Sind wir hier fertig?«, fragte Umut schließlich, ging zu Christopher und legte ihm beruhigend eine Hand auf die Schulter.

»Ich denke schon«, sagte die Frau, der das Haus gehörte.

Also stand Christopher auf. Er wandte sich den anderen zu, um sich zu verabschieden und ihnen zu sagen, er hoffe, sie würden die richtige Entscheidung treffen. Als er sich umdrehte, packte Umut ihn mit einem Griff an der Schulter, wie Christopher ihn noch nie zuvor gespürt hatte. Er hielt Christopher fest und hinderte ihn daran, sich dem Tribunal noch einmal zuzuwenden. »Sag nichts mehr«, flüsterte Umut ihm zu. »Du hast genug gesagt.« Mit der Hand, die seine Schulter gepackt hielt, lenkte Umut Christopher zum Aufzug. Keiner von beiden blickte noch einmal zurück. Dann betraten sie den Aufzug. Einen Augenblick später schloss sich die Tür hinter ihnen, und sie fuhren wieder hinab in die Stadt.

EINUNDFÜNFZIGSTES KAPITEL

Evan, Addy und Maria hatten sich in einem Motel in der Nähe von Albany eingemietet und warteten auf die Anweisung, nach New York zu fahren. Das Motel erinnerte Maria an die Unterkünfte, in denen Joseph und sie gewohnt hatten, während sie mit Christopher schwanger gewesen war und sie sich auf der Flucht befunden hatten: billige namenlose Hotels, die sich gefährlich nahe am Rand der Existenz befanden. Die Wände des Motels bestanden aus gestrichenem Beton. Das Wasser war nie wärmer als lauwarm. Die drei einigten sich darauf, die Jalousien immer unten zu lassen, damit niemand hineinsehen konnte, wenngleich es keine Anzeichen dafür gab, dass jemand ihre Fährte aufgenommen hatte. Sie gelangten ohne Zwischenfälle über die Grenze, wobei sich Evan abermals im Kofferraum versteckte.

Sie teilten sich zu dritt ein Zimmer, in dem zwei Betten standen. Addy und Evan schliefen zusammen in einem davon, Maria in dem anderen. Evan und Addy sorgten dafür, dass Maria sich alt vorkam. Sie musste sich beherrschen, die beiden nicht zu fragen, ob sie nicht glaubten, sie wären noch zu jung, um sich ein Bett zu teilen, und hatte das Bedürfnis vorzuschlagen, dass sie und Addy in einem Bett schlafen sollten und Evan in dem anderen, doch sie biss sich auf die Zunge. Sie rief sich immer wieder in Erinnerung, dass sie jünger als Addy gewesen war, als Joseph und sie sich auf der Flucht befunden hatten. Die beiden waren Joseph und ihr sehr ähnlich. Sie waren jung und verliebt. Ihre Liebe war eine verrückte, »Jugend gegen die Welt«-Liebe. Es war eine Liebe wie die zwischen Romeo und Julia, eine Art von Liebe, die nie ein gutes Ende nehmen würde. Es war die gleiche

Art von Liebe wie die zwischen Maria und Joseph, wenngleich diese eine Ewigkeit zurückzuliegen schien, beinahe so lange, als gehöre sie einem anderen Leben an. Sie machte sich Sorgen, dass die Liebe zwischen Evan und Addy genauso zum Scheitern verurteilt war wie ihre Liebe zu Joseph.

Maria gab sich Mühe, nicht zu viel zu reden, wenn sie zu dritt waren. Sie wollte nicht in Evans und Addys Zweisamkeit eindringen. Sie redete nur, wenn einer von den beiden aus dem Zimmer ging, unter der Dusche stand oder etwas erledigte. Viel zu sagen hatte sie ohnehin nicht. Sie hatte nur Fragen, und wirklich wichtig war ihr nur die Antwort auf eine von diesen Fragen. Also wartete Maria, bis Addy losging, um etwas zu essen zu kaufen, und sie sich sicher sein konnte, dass Addy eine Weile unterwegs sein würde, bis sie Evan diese eine Frage stellte. »Erzähl mir von meinem Sohn«, forderte sie Evan auf, nachdem Addy gegangen war.

»Was möchtest du denn wissen?«, fragte Evan im Gegenzug.

Alles, dachte Maria, doch sie wusste, dass das zu viel war. Sie wusste, dass sie Evan führen musste. Schließlich war er noch so jung. »Wie war seine Mutter denn so?«, fragte sie.

Evan lächelte. »Seine Eltern sind echt nett. Sie sind großartig. Sie lieben ihn.« Er antwortete im Präsens, als könne Christopher zu ihnen zurückkehren. Maria wusste es besser.

»Und Christopher?«

Evan nickte. »Er liebt sie auch. Er versucht, sie vor all dem zu schützen.«

»Sie hätten es verdient zu erfahren, wo er ist«, sagte Maria und dachte an ihre eigenen Eltern, die inzwischen beide tot waren. »Erzähl mir mehr.«

»Was denn?«

»Weiß er, dass sie nicht seine leiblichen Eltern sind?«

»Ja«, entgegnete Evan. »Sie haben es ihm gesagt, als er noch klein war. Ich glaube, er hätte es sowieso irgendwann gemerkt.«

»Hat er sich jemals gefragt, was aus mir geworden ist? Hat er überhaupt an mich gedacht? War er wütend auf mich?«

Evan nickte. »Ich glaube schon, dass er sich gefragt hat, was aus dir geworden ist, aber es ging so viel vor sich, was er nicht verstanden hat. Er war zu sehr damit beschäftigt, sich einen Reim auf alles zu machen.«

»Meinst du, er freut sich darauf, mich zu treffen?«

»Ja«, entgegnete Evan, ohne zu zögern. »Ich glaube schon.«

Maria kämpfte mit den Tränen. Sie wusste nicht, ob Evan ihr die Wahrheit sagte. Sie hoffte zwar, dass er ehrlich war, war aber auch dankbar, falls er es nicht war. »Danke«, sagte sie.

Evan sah die Tränen in Marias Augen. »Du darfst mich noch mehr fragen«, sagte er. »Du darfst mich alles über ihn fragen.«

Maria lächelte. Sie lächelte so selten, dass die Muskeln in ihrem Gesicht fast sofort ermüdeten. »Was mag er denn? Was hat er am liebsten?« Und es ging noch eine Stunde so weiter, bis Addy zurückkam. Dann verstummte Maria wieder und versuchte aufs Neue, im Hintergrund zu verschwinden.

ZWEIUNDFÜNFZIGSTES KAPITEL

Brian saß auf einer Bank im Battery Park und blickte auf den Hudson River. Jared sah ihn bereits, als er noch zwei ganze Häuserblocks entfernt war. Er erkannte das graue Haar und die Augenfalten und fragte sich, wie Brian es geschafft hatte, so lange zu überleben. Wahrscheinlich war Brian erst ungefähr fünfzig Jahre alt, doch in seiner Branche galt das als steinalt. Es war schwer genug, alt zu werden, wenn man dem Krieg angehörte. Normalerweise setzten sich diejenigen, die bis zu ihrem vierzigsten Lebensjahr überlebt hatten, zur Ruhe, ließen sich nieder und bekamen Kinder. Die sogenannten Züchter. Rebellen kamen erst gar nicht dazu, sich zur Ruhe zu setzen. Nur eine Handvoll von ihnen schaffte es, fünfunddreißig zu werden – von fünfzig konnte gar keine Rede sein. Jared traf sich gerne mit Brian, der einer der wenigen Menschen war, in deren Gegenwart Jared sich jung fühlte. Außerdem erinnerte sich Jared, was Brian für Joseph getan hatte. Ohne Brians Hilfe wäre Joseph womöglich vor achtzehn Jahren getötet worden, bevor Jared ihn hatte schützen können. Ohne Brians Hilfe hätte jemand anders Joseph getötet, und Joseph hatte etwas Besseres verdient als das. Jared hatte nie gewollt, dass Joseph ein gewöhnliches Ende findet. Für ihn sollte Joseph einen Heldentod sterben. Wenn Jared ihn selbst töten musste, um das möglich zu machen, war er bereit, dieses Opfer zu bringen, auch wenn niemand anders das verstand. Was Jared allerdings nicht vorhergesehen hatte, war der Bumerangeffekt. Wäre Joseph der Einzige gewesen, hätte Jared als Star aus der Sache hervorgehen können, und Joseph und er hätten bekommen, was Jared sich für sie beide gewünscht hatte. Sie wären beide zu Helden geworden – nicht für eine gemeinsame Sache, aber dennoch beide Helden. Doch Jared hatte es versäumt, an Michael zu denken. Das war sein Fehler gewesen. Und wegen dieses Fehlers war nur einer von ihnen zum Helden geworden. Michael hatten die Leute inzwischen fast vergessen, und die Einzigen, die sich an Jared erinnerten, hassten ihn.

Jared ging auf die Bank zu und setzte sich neben Brian. Die beiden sahen einander nicht an. Sie gaben sich nicht die Hand. »Danke fürs Kommen«, sagte Brian.

»Keine Ursache«, entgegnete Jared. »Worum geht es bei diesem Treffen?«

»Sie haben angeboten, uns zu helfen«, sagte Brian. »Wir denken, wir sind nun bereit, Ihre Hilfe anzunehmen.«

»Ich vermute, Sie haben keine besseren Angebote bekommen?«, scherzte Jared.

Brian antwortete mit einem verärgerten Blick. »Gilt Ihr Angebot noch oder nicht?«

»Ich habe Ihnen doch gesagt, dass ich bereit bin zu helfen, aber ich habe kein Interesse daran, ein gewöhnlicher Spion zu werden. Wenn ich Ihnen helfen soll, sollten Sie besser etwas richtig Großes geplant haben. Ich habe gesehen, was es für Auswirkungen hat, ein Spion zu sein.«

Brian wusste, dass Jared auf ihn und sein graues Haar und seine Augenfalten anspielte. »Ich war nie ein Spion«, sagte Brian. »Ich habe nur auf einen Freund aufgepasst.«

Jared lachte. »Wie Sie meinen. Also, arbeiten Sie jetzt an etwas Großem oder nicht?«

Brian nickte. »Erinnern Sie sich an den Plan, von dem ich Ihnen beim letzten Mal erzählt habe?«

Jared blickte aufs Wasser hinaus. »Ja. Ich dachte nicht, dass Sie es ernst meinen, aber ich erinnere mich.«

»Wir meinen es ernst. Ernster kann eine Angelegenheit nicht sein. Asien ist mit im Boot«, sagte Brian. Er sprach leise. »Heute Morgen habe ich erfahren, dass Europa, Afrika und der Mittlere Osten ebenfalls zugestimmt haben, bei dem Plan mitzumachen. Die Entscheidung fiel gestern Abend nach einem Treffen mit Christopher. Wenn sie alle mit von der Partie sind, dann sind Nord- und Südamerika eine ausgemachte Sache. Christopher wird sich trotzdem mit ihnen treffen müssen, aber das ist nur eine Formalität.«

»Der Junge muss ja ein ziemlicher Heißsporn sein«, sagte Jared und dachte an das Baby, das er vor achtzehn Jahren seinem besten Freund weggenommen hatte.

»Ich habe mir sagen lassen, dass er in die Aufgabe hineinwächst.«

»Kann ich ihn mal treffen?«, fragte Jared.

Die Bitte traf Brian unvorbereitet. »Ich weiß nicht, ob das eine gute Idee ist.«

»Warum denn nicht?«, fragte Jared und dachte an die unzähligen möglichen Begründungen, die Brian anführen konnte.

»Wir wissen nicht, wie Christopher auf ein Treffen mit Ihnen reagieren würde. Außerdem sind wir uns noch nicht einmal sicher, ob wir Ihnen überhaupt vertrauen können.«

»Das ist ein Argument«, sagte Jared. Er war bereit, sein Anliegen vorerst zurückzustellen – zumindest so lange, bis seine Position gestärkt war. »Was soll ich denn eigentlich für Sie tun?«

»Wir möchten, dass Sie uns helfen, einen Plan zur Zerstörung des New Yorker Informationszentrums zu entwickeln.«

»Mein Büro?« Jared lachte abermals. »Sie denken, Sie könnten den Krieg besiegen, indem Sie mein Büro zerstören? Die Leute, die dort arbeiten, sind Bürokraten. Sie sind keine Krieger.«

»Sie wissen genauso gut wie wir alle, dass ein Bürokrat mehr Schaden anrichten kann als hunderte Soldaten. Uns geht es ausschließlich darum, die dort aufbewahrten Informationen zu vernichten. Also, sind Sie daran interessiert, uns zu helfen?«

Jared blickte sich um. Er sah am Fluss und an Brian vorbei und nahm zum ersten Mal eine Frau zur Kenntnis, die rechts von ihm im Gras saß und so tat, als würde sie eine Zeitschrift lesen. Dann drehte er den Kopf nach links und sah einen Mann auf einer Bank sitzen, der ein Buch las. Beide blickten alle paar Sekunden auf und starrten Brian und ihn an. »Habe ich eine Wahl?«, fragte Jared. Er war bewaffnet: Er hatte eine kleine Pistole in der Tasche. Das Problem bestand darin, dass er seit Jahren Schreibtischtäter war. Bereits bevor er hierhergekommen war, hatte er gewusst, dass ihm die Pistole allein dazu dienen würde, einen von ihnen mit in den Tod zu nehmen, falls sie ihn aufs Kreuz gelegt hatten. Die Zeiten, in denen er allein gegen drei kämpfen und gewinnen konnte, waren lange vorbei.

»Man hat immer eine Wahl«, sagte Brian. »Es gibt nur keine Garantie, dass einem alle Optionen gefallen.«

»Wenn ich Ihnen dabei helfe, wie sieht der Rest des Plans aus?«

Brian schüttelte den Kopf. »Den Rest des Plans brauchen Sie nicht zu kennen.«

»Warum bitten Sie mich um Hilfe, wenn Sie mir nicht vertrauen?«

»Weil Sie über das Wissen verfügen und den Groll hegen, wie wir es von Informanten erwarten. Wenn man Ihre persönliche Vergangenheit außer Acht lässt, passen Sie nicht nur ins Profil eines Informanten – Sie *sind* das Profil.«

Jared war bewusst, dass Brian recht hatte. Sie fragten ihn aus denselben Gründen, aus denen Jared in Erwägung zog, ja zu sagen. »Ich werde Ihnen helfen«, erklärte er.

»Gut«, entgegnete Brian. »Gehen Sie jetzt wieder zur Arbeit. Sorgen Sie dafür, dass niemand Verdacht schöpft. Ich werde Sie bald wieder kontaktieren, damit wir mit der Arbeit an den Details beginnen können.«

Jared erhob sich, um zu gehen. »Sie können mich nicht leiden, oder, Brian?«, fragte er, bevor er sich entfernte.

Brian sah ihn nicht an. »Mir fällt niemand auf der Welt ein, den ich weniger leiden kann«, antwortete er.

»Tja, das kann ja ein Spaß werden«, sagte Jared und ließ Sarkasmus jedes seiner Worte vergiften. Dann drehte er sich nach rechts und ging davon. Er blinzelte der Frau zu, die im Gras saß, als er an ihr vorbeikam. Sie reagierte nicht. *Wahrscheinlich hat sie gehofft, dass sie mich töten darf*, dachte Jared, als er zur Straße ging, um ein Taxi herbeizuwinken.

DREIUNDFÜNFZIGSTES KAPITEL

Ihnen war gesagt worden, es sei zu riskant, Christopher am Flughafen zu treffen. Es würde zu viel Aufsehen erregen, wenn sie sich in der Öffentlichkeit trafen. Stattdessen erhielt Addy die Adresse einer Lagerhalle in Brooklyn. Sie wurden angewiesen, sich zu der Lagerhalle zu begeben und dort zu warten. Sie hatten keine Ahnung, wie lange sie würden warten müssen. Und sie wussten nicht, wer sie bei der Lagerhalle empfangen würde. Niemand wollte ihnen versprechen, dass Christopher überhaupt kommen würde. Trotzdem waren Maria, Evan und Addy extrem aufgeregt, als sie das Motel verließen und ins Auto stiegen. Jeder von ihnen war aus einem anderen Grund aufgeregt, doch das bedeutete nicht, dass ihre Aufregung sie nicht zusammenschweißte. Sie wollten alle Christopher finden, doch keiner von ihnen konnte vorhersagen, wie es anschließend weitergehen würde.

Christopher und Reggie saßen einmal mehr gemeinsam in einem Flugzeug und flogen um die halbe Welt. Doch dieses Mal waren sie auf dem Weg nach Hause. Ihr Flug ging von Istanbul ohne Zwischenlandung nach New York. »Du machst mich nervös«, sagte Christopher zu Reggie, als sie sich bereits ein gutes Stück über dem Atlantik befanden. Seit er erfahren hatte, dass sich die Reise nach Istanbul als Erfolg erwiesen hatte, erlebte er ein beinahe übernatürliches Stimmungshoch.

»Warum denn?«, fragte Reggie.

»Weil du mich ausnahmsweise mal nicht anstarrst. Sonst starrst du mich in Flugzeugen immer an, wenn ich versuche einzuschlafen. Warum starrst du mich denn nicht an?«

»Ich habe mir gedacht, du hast genug geleistet, und wollte dir eine Pause gönnen«, log Reggie. In Wahrheit fühlte Reggie sich zu schuldig, um Christopher auch nur anzusehen. Er konnte kaum sämtliche Halbwahrheiten und Geheimnisse herunterrasseln, die er Christopher vorenthalten hatte, und zählte auf Maria. Sie war Reggies Geschenk an Christopher, das ihn verzeihen lassen sollte, dass Reggie ihm nicht von dem Überfall auf den Stützpunkt in Kalifornien erzählt hatte, auf dem Evan und Addy sich aufgehalten hatten. Marias plötzliches Auftauchen sollte wiedergutmachen, dass Reggie ihm nie erzählt hatte, dass sie überhaupt noch am Leben war. Zu guter Letzt – und vielleicht am allerwichtigsten – sollte Marias Existenz Christopher von der Tatsache ablenken, dass sie Jared angeheuert hatten, damit er ihnen bei der Zerstörung des New Yorker Informationszentrums half. »Schlaf jetzt«, sagte Reggie. »In New York wartet eine Menge Arbeit auf uns.«

»Zu Befehl, Captain«, erwiderte Christopher. Dann schloss er die Augen.

Als Addy, Evan und Maria die Lagerhalle in Brooklyn zum ersten Mal zu Gesicht bekamen, glaubten sie, sie befänden sich am falschen Ort. Die Lagerhalle stand in einem Industriegebiet in der Nähe des Gowanuskanals. Die Gegend glich einer Geisterstadt. Die Straße war von Gebäuden gesäumt, die alle mit Graffiti beschmiert waren und allem Anschein nach nicht mehr genutzt wurden. Die Gehsteige waren leer. Kein Auto fuhr vorbei. Addy, Evan und Maria hatten das Gefühl, an den einzigen menschenleeren Ort in ganz New York City geschickt worden zu sein.

»Das kann doch nicht stimmen«, sagte Evan und betrachtete die völlige Leblosigkeit, von der sie umgeben waren. Zu Hause in Maine bedeutete die Abwesenheit von Menschen Bäume und Tiere. Hier gab es nur Beton, so weit das Auge reichte.

»Das ist die Adresse, die sie mir gegeben haben«, sagte Addy. Sie blickte zum Autofenster hinaus auf das Gebäude, vor dem sie gehalten hatten. Es handelte sich um eine zweigeschossige Lagerhalle. Fenster gab es nur ein paar kleine, völlig verdreckte ganz oben an dem Gebäude. Addy konnte dahinter keine Bewegung ausmachen.

»Ich sehe mal nach, ob wir hier wirklich richtig sind«, sagte Maria. Sie öffnete die Autotür und stieg aus. Als sie den Fuß auf den Gehsteig setzte, brachen ihre Erinnerungen an New York, an Brooklyn, über sie herein, als wäre sie von einer Welle überrollt worden. Achtzehn Jahre waren vergangen, seit sie beobachtet hatte, wie ein Mann mit Pistole Reggie über die Brooklyn Bridge bis zu einer Stelle jagte, die nicht weit von dort entfernt war, wo sie gerade stand. Achtzehn Jahre waren vergangen, seit sie mit Michael zusammen mit der U-Bahn nach Rhode Island gefahren war, um den Spion zu treffen, der Türen aufsperrte, um ihr und Michael dabei zu helfen, Christopher zu finden. Sie erinnerte sich, wie sie in der U-Bahn durchs Fenster auf das scheinbar endlose Brooklyn geblickt hatte, als der Zug auf erhöhten Gleisen fuhr, und sich gedacht hatte, dass Christopher unter den Menschen entkommen könnte, wenn es so viele von ihnen gab. Achtzehn Jahre waren wie im Flug vergangen. Jetzt war sie zurück. Christopher war nicht entkommen, und wie sich herausstellte, war das endlose Brooklyn ein weiteres Kriegsopfer. Sie drückte auf die Klingel neben der Tür zu der Lagerhalle.

Niemand antwortete. Sie hörte keine Geräusche von innen. *Hat dieses durchgeknallte Mädchen die Sache vielleicht vermasselt?*, dachte Maria über Addy. Sie drehte sich zum Auto um, bereit, das Kommando zu übernehmen und herauszufinden, wo sie sich tatsächlich hätten befinden sollen, als hinter ihr die mächtige Tür der Laderampe aufging.

Maria sah zu, wie sich die Tür ganz öffnete. Dahinter standen zwei Männer. »Maria?«, rief ihr einer der beiden zu.

»Das bin ich«, entgegnete sie. »Ich nehme an, wir sind hier richtig.«

Der Mann, der ihr zugerufen hatte, lachte. »Sagen Sie Addy, sie soll den Wagen reinfahren. Wir haben schon auf euch gewartet.«

»Ist *er* auch hier?«, fragte Maria zögernd.

»Wer? Christopher?«

Maria nickte. Er schien die einzige Person zu sein, für die sich jemand interessierte.

»Noch nicht. Wir erwarten sie erst in ein paar Stunden. Gehen wir erst mal alle rein. Wir wollen schließlich keine Aufmerksamkeit erregen.«

Also ging Maria zurück zum Wagen, öffnete die hintere Tür und sagte zu Addy: »Wir sind richtig. Sie wollen, dass wir reingehen.« Addy fuhr den Wagen durch das Tor an der Laderampe. Sobald sie sich in der Lagerhalle befanden, schlossen die beiden Männer, die sie hereingewinkt hatten, das Tor und sperrten es ab.

Es dauerte nicht lange, bis sich mehrere Dutzend Menschen um Addy, Evan und Maria geschart hatten. Reggie und Christopher befanden sich nicht in der Lagerhalle, aber alle anderen schienen da zu sein. Die Lagerhalle war zu einer Kombination aus Bürogebäude und Wohnheim umgebaut, ihr Inneres in provisorische Zimmer aufgeteilt worden. Einige davon dienten als Schlafzimmer, andere als Konferenzräume. Männer und Frauen aus mindestens elf verschiedenen Ländern waren anwesend: aus Mittel- und Südamerika, der Karibik und Kanada. Sie kamen auf Maria, Evan und Addy zu und stellten sich vor. Mit Maria sprachen sie anders als mit Evan und Addy, mit mehr Ehrfurcht und Respekt.

»Ich hatte Sie mir immer viel größer vorgestellt«, sagte eine Südamerikanerin zu Maria, die sich als Simone vorgestellt hatte.

»Warum denn?«, fragte Maria. Die besondere Aufmerksamkeit, die ihr zuteil wurde, verwirrte sie.

»Ich weiß nicht«, sagte Simone. »Vermutlich liegt es daran, dass die Geschichten über Sie so groß sind, wissen Sie?«

»Nein.« Maria schüttelte den Kopf. »Ich weiß nicht, wovon Sie sprechen.«

Simone war kurzzeitig sprachlos. In diesem Moment kam Addy herbei, führte Simone weg und flüsterte ihr im Gehen irgendetwas ins Ohr. Brian wartete bis ganz zum Schluss, bis er auf Maria zuging. Bis dahin hatte Maria auf den Respekt und die Ehrfurcht, die ihr entgegengebracht wurden, mit Sarkasmus und Spott reagiert. »Freut mich, Sie kennenzulernen, Maria«, sagte Brian. »Sie wissen es vielleicht nicht, aber wir haben eine gewisse gemeinsame Vergangenheit.«

Maria war schwindlig von all der Aufmerksamkeit, die ihr

zuteil wurde. Sie wollte nur ihren Sohn sehen; um alles andere hatte sie nicht gebeten. »Kenne ich Sie?«, fragte sie.

»Ich war Josephs Kontaktperson, bevor er Sie kennenlernte. Nachdem er Sie kennengelernt hatte, wurde mir nicht mehr zugetraut, ihn zu betreuen.« Brian schenkte Maria ein Lächeln. »Ich bin mir ziemlich sicher, sie hatten recht.«

»Sie haben uns einmal gewarnt, dass wir in Gefahr sind.« Maria erinnerte sich an jene Nacht in Charleston, als sie die Flucht ergriffen, nachdem sie am Straßenrand eine blutige Leiche gefunden hatten.

»Ich habe Joseph als Freund betrachtet«, sagte Brian. »Ich hoffe, wir können ebenfalls Freunde sein.«

»Bislang steht es bei mir fünfzig-fünfzig, was Josephs alte Freunde anbelangt«, sagte Maria und dachte an Michael und Jared. »Ich bin mir nicht sicher, ob ich mein Glück herausfordern soll.«

»Ich bin auch mit Reggie befreundet«, erklärte Brian, »und vor ungefähr zwei Wochen habe ich Ihren Sohn von Kalifornien nach New Jersey gefahren.«

»Okay«, sagte Maria. »Unterhalten wir uns.«

Jared setzte sich in seinem winzigen, spärlich möblierten Zwei-Zimmer-Apartment in New Jersey an seinen Schreibtisch. An diesem Morgen war er wie an jedem Morgen mit dem Bus zur Arbeit gefahren, als hätte sich nichts geändert. Er ging seiner täglichen Routine auf dieselbe Art und Weise nach, wie er ihr jeden Tag nachging, auf dieselbe Art und Weise, wie er es getan hätte, wenn er sich nicht dazu entschlossen hätte, alles aufzugeben, worauf er jemals hingearbeitet hatte. Er fuhr ins Büro. Er stellte sich in der Küche für einen Kaffee an. Er setzte sich an seinen Schreibtisch und starrte auf seinen Computerbildschirm.

Jared kam es so vor, als würde er aus seinem Leben aussteigen und zum ersten Mal von außen betrachten können, wie deprimierend monoton es geworden war. Doch an diesem Tag hatte er nicht das Gefühl, in der Monotonie zu ertrinken. An diesem Tag war die Monotonie nur Tarnung. Neun Stunden Monotonie, die als Tarnung für jene zwanzig Minuten dienten, als er in Zimmer schlüpfte, in denen er sich nicht hätte aufhalten sollen, und Akten durchblätterte, die er nicht zu Gesicht hätte bekommen sollen. Jareds Leben war wieder zu etwas geworden, was es seit über einem Jahrzehnt nicht mehr gewesen war: Es war bedeutsam geworden.

Als der Tag vorbei war, nahm Jared den Bus zurück zu seinem Apartment in New Jersey. Allerdings verließ er das Büro an diesem Tag nicht mit leeren Händen. Er hatte Dokumente bei sich, Pläne und Verzeichnisse. In zwanzig Minuten hatte er das meiste von dem zusammengesucht, von dem er glaubte, er würde es brauchen. Jared erinnerte sich wehmütig an eine Zeit in seinem Leben, als er den Ruf genossen hatte, besonders gut Pläne schmieden zu können. Michael hatte für die Party gesorgt. Joseph hatte den Mut besessen. Jared hatte die Pläne geschmiedet. Den Mut und die Party gab es schon lange nicht mehr. Er nahm an, dass er noch eine letzte Chance bekam, um das zu tun, wofür er geboren war.

Jared sah zum Fenster seines Apartments hinaus. Er blickte über die Baumkronen vor dem Fenster und über den Fluss zu den Lichtern auf den höchsten Gebäuden von Manhattan. Bei einem davon handelte es sich um das Gebäude, in dem sich sein Büro befand. Es war seine Aufgabe, sich etwas einfallen zu lassen, wodurch sich dieses Licht auspusten ließ wie eine Kerze. Jared öffnete seine Aktentasche und fuhr mit den Fingern über das Filz-Innenfutter, bis er die Falte fand. Dann packte er die Falte mit zwei Fingern und zog, bis sich das Futter von der Aktentasche löste, wo er es zuvor festgeklebt hatte. Hinter dem Futter befanden sich die Dokumente, die er gestohlen hatte. Er nahm sie heraus und legte sie vor sich auf den Schreibtisch.

Schon bevor Jared überhaupt anfing, wusste er, dass es nicht genügen würde, nur das Gebäude zu treffen. Sie mussten mehr tun als das. Die Dokumente bestätigten das. Die Dokumente bestätigten, was Jared immer nur als Gerücht gehört hatte: dass ein Angriff auf das Informationszentrum eine stadtweite Reaktion hervorrufen würde. Diese Reaktion würde auch von zivilen Kräften erfolgen, von Kräften, die den wahren Grund, weshalb sie gerufen wurden, nicht kannten. Das stadtweite Eingreifen war eingerichtet worden, als der Untergrund außer Kontrolle geriet. Da der Untergrund kein Teil des Krieges war, fühlte man sich auch nicht verpflichtet, sich an die Regeln des Krieges zu halten, wenn man den Untergrund bekämpfte. Schließlich sprach auch kein vernünftiger Mensch von Tierschutz, wenn jemand die Fliegenklatsche zückte. Sie hatten genügend Leute bei der Polizei, um das möglich zu machen. Jared wusste, dass die Rebellen weder genug Leute noch genug Zeit hatten, um eine solche Reaktion zu überstehen – es sei denn, sie sorgten im Vorfeld für eine Ablenkung. Falls die Polizei bereits an einem anderen Ort beschäftigt war, konnte ihr Eingreifen bei einem Angriff auf das Informationszentrum um bis zu fünfundsiebzig Prozent reduziert werden. Jareds Gehirn arbeitete auf Hochtouren, als er in Gedanken die Möglichkeiten durchging. Sie durften nicht nur das Informationszentrum angreifen. Sie mussten ganz New York City angreifen. Sie mussten die Stadt in ihren Grundfesten erschüttern.

Niemand holte Christopher und Reggie vom Flughafen ab. Christopher wusste, es war albern, damit zu rechnen, dass jemand auf sie wartete, und es störte ihn nicht, als niemand auftauchte. Sie waren zu Hause. Das spürte er, obwohl er noch nie in New York gewesen war. Christopher und Reggie konnten endlich wieder durch einen Flughafen gehen, ohne aus der Menge herauszustechen wie Wesen von einem anderen Stern. Reggie war nicht mehr einen Kopf größer als alle, an denen sie vorbeigingen. Christophers Haut war nicht zwei Stufen blasser als die Haut aller anderen um sie herum. Sie waren wieder normal, wenn auch nur an der Oberfläche. Am JFK Airport herrschte reger Betrieb, und Reggie und Christopher bahnten sich schnell und bestimmt einen Weg durch die Menge. Reggie ging voraus, Christopher folgte ihm mit ein bis zwei Schritten Abstand. Am Taxistand vor der Flughafenhalle stiegen sie in ein Taxi. »Brooklyn«, sagte Reggie dem Fahrer. »Eighth Street, Ecke Second Avenue.«

Der Taxifahrer drehte sich auf seinem Sitz um und sah Reggie an. »Sind Sie sicher, dass Sie die richtige Adresse haben?«, fragte er mit starkem pakistanischem Akzent, den Christopher tatsächlich erkannte. »Ich kann Sie schon da hinbringen, aber ich muss Sie warnen. Da gibt es nichts außer Lagerhallen und leer stehenden Gebäuden. Vielleicht meinten Sie Eighth Avenue, Ecke Second Street, am Park? Nein?«

Reggie signalisierte dem Taxifahrer mit einer Handbewegung, er solle sich umdrehen und losfahren. »Nein, Eighth Street, Ecke Second Avenue. Wir wissen, wohin wir wollen. Sie brauchen sich keine Sorgen zu machen. Ich komme von hier.«

»Okay«, sagte der Taxifahrer und setzte den Wagen in Bewegung.

Zu Beginn der Fahrt sagte keiner ein Wort. Christopher

starrte zum Fenster hinaus. Nichts, was Christopher bislang zu Gesicht bekommen hatte, war mit dem zu vergleichen, was er jetzt sah – weder Istanbul noch Singapur. Nirgendwo sah es aus wie in New York. Reggie rutschte neben ihm auf seinem Sitz hin und her. »Alles in Ordnung, Reggie?«, erkundigte sich Christopher. Reggies Gesicht sah fahl und abgespannt aus.

»Alles okay«, erwiderte Reggie. »Es liegt nur daran, dass wir uns schließlich dem Ende nähern.«

»Auf die eine oder die andere Weise, nicht wahr?« Christopher lachte süffisant.

»Auf die eine oder die andere Weise«, stimmte Reggie leise zu.

Sie brauchten vierzig Minuten vom Flughafen in die niedrig bebaute Gegend um den Gowanuskanal. Als sie über den Pulaski Skyway fuhren, hatte Christopher zum ersten Mal freie Sicht auf die Skyline von Manhattan, die ihm unwirklich vorkam. Sie sah eher aus wie aus einem Comicheft oder wie die Kulisse eines Science-Fiction-Spielfilms. Christopher hätte dem Taxifahrer am liebsten gesagt, er solle anhalten, solle mitten auf der Brücke stehen bleiben, dem Verkehr zum Trotz, damit er die Aussicht auf die hohen Gebäude und die Brücken länger genießen könne. Sein Blick huschte von Wolkenkratzer zu Wolkenkratzer. Bis zu diesem Augenblick hatte sich Christopher nie Gedanken darüber gemacht, was die Bezeichnung *Wolkenkratzer* wörtlich bedeutete, doch jetzt wurde es ihm bewusst, als er die wahren Giganten vor sich emporragen sah. Diese Gebäude schienen tatsächlich an den Wolken zu kratzen. Zu diesem Zeitpunkt wusste er es noch nicht, doch es würde seine Aufgabe sein, eines dieser Gebäude aus dem Himmel zu sprengen. Christopher bat den Taxifahrer letzten Endes nicht anzuhalten. Er blickte zum Fenster hinaus und dachte keine Sekunde darüber nach, was passieren würde, wenn die Fahrt endete. Und irgendwann endete sie.

»Sind Sie sicher, dass ich Sie hier absetzen soll?«, fragte der Taxifahrer erneut, als er vor der mit Graffiti besprühten Lagerhalle anhielt.

Reggie holte einen Hundertdollarschein aus der Hosentasche. »Stimmt so«, sagte er und reichte den Geldschein dem Taxifahrer. »Und jetzt vergessen Sie, dass Sie hier jemanden abgesetzt haben.« Sie stiegen aus und sahen vom Gehsteig aus dem Taxi hinterher, als es wegfuhr. Als es aus dem Blickfeld verschwunden war, drehte sich Reggie zu dem Gebäude und winkte. Erst dann begann sich das Tor der Laderampe zu öffnen.

Nach Indonesien und Istanbul hatte Christopher geglaubt, ihn könne nichts mehr überraschen. Er hatte nur zwei Wochen gebraucht, um zu diesem Schluss zu kommen, doch das war eben so, wenn jeder Tag begann, als würde man über den Rand eines Achterbahnwagens schauen. Deshalb war Christopher nicht überrascht, als sich das Tor der Lagerhalle öffnete und ein Innenleben offenbarte, das nichts mit einer verlassenen Lagerhalle gemein hatte. Er war nicht überrascht, Brian hinter dem Tor stehen und auf sie warten zu sehen. »Willkommen zurück«, sagte Brian zu Christopher und Reggie, als er sie mit einem Verkäuferlächeln begrüßte. Er streckte Christopher die Hand hin. »Wir haben erstaunliche Dinge gehört«, sagte Brian zu Christopher. »Du hast hervorragende Arbeit geleistet. Dein Vater wäre stolz auf dich.« Christopher schüttelte Brian wortlos die Hand. »Ich hoffe, du glaubst jetzt, das Richtige getan zu haben, als du mit mir gekommen bist.«

»Das glaube ich«, gab Christopher schließlich zu. »Haben Sie irgendwas von Evan und Addy gehört?« Er hatte vermieden, Reggie diese Frage zu stellen, da er wusste, dass er ohnehin nichts hätte unternehmen können, solange er sich am anderen Ende der Welt befand, doch jetzt war er zurück.

Brian legte Christopher die Hand auf die Schulter. »Von ihnen gehört? Sie sind hier«, sagte Brian zu Christophers Erleichterung. »Sie können es kaum erwarten, dich zu sehen.« Brian drückte Christophers Schulter und bugsierte ihn sanft in das Gebäude. Sobald Christopher über die Schwelle getreten war, drehte sich Brian zu Reggie. Er schüttelte ihm die Hand, beugte sich vor und flüsterte ihm etwas ins Ohr. Als Christopher Reggie und Brian zum ersten Mal zusammen sah, schien sich alles um ihn herum zusammenzuziehen. Er hatte irgendwo gelesen, der Unterschied zwischen Angst und Paranoia bestünde darin, dass Angst rational sei, und sich immer gefragt, was das nützte, wenn die ganze Welt völlig verrückt war. Reggie nickte Brian zu und flüsterte ihm eine Antwort ins Ohr.

»Geheimnisse?«, fragte Christopher laut, um Brian und Reggie zu ermahnen.

»Nichts, was du nicht noch früh genug erfahren wirst«, versprach ihm Reggie. Christopher fragte sich, ob Brian und Reggie sich ohne seine leiblichen Eltern überhaupt kennen würden.

Als Christopher das Gebäude betrat, war er nicht überrascht, die Gesichter von zwei Dutzend Menschen zu sehen, die ihn wortlos anstarrten. Alejandro aus Costa Rica war anwesend. Simone aus Rio de Janeiro ebenfalls. Und viele andere. Während sich Christophers Welt ausdehnte, schien sie gleichzeitig zu schrumpfen. Seine Vergangenheit wurde zu einem Teil seiner Gegenwart, und seine Gegenwart schien nur ein Vorgeschmack darauf zu sein, was die Zukunft für ihn bereithielt.

»Brian bringt dich zu Evan und Addy«, sagte Reggie zu Christopher. »Ich muss mich um ein paar Dinge kümmern.«

»Okay«, entgegnete Christopher, der sich zu sehr darauf freute, seine alten Freunde zu sehen, um zu widersprechen. Er folgte Brian eine Treppe hinauf und in einen kleinen fensterlosen Raum. Der Raum war komplett weiß gestrichen und mit einem weißen Konferenztisch und weißen Stühlen eingerichtet.

»Warte hier«, forderte Brian ihn auf. Christopher nickte, und Brian ging wieder aus dem Raum. Christopher setzte sich auf einen der Stühle. Er wusste nicht warum, doch sein Herz klopfte heftig in seiner Brust. Er hatte das Gefühl, seinen Herzschlag von den Wänden widerhallen zu hören. Da Christopher so viele Gründe hatte, nervös zu sein, verstand er nicht, weshalb ihn ausgerechnet die Aussicht auf ein Wiedersehen mit seinen Freunden nervös machte. Sie waren am Leben. Brian hatte gesagt, sie könnten es kaum erwarten, ihn zu sehen. Christopher wusste, wenn das, was Brian gesagt hatte, der Wahrheit entsprach, mussten Evan und Addy ihm verziehen haben, dass er sie im Stich gelassen hatte. Keine der vernünftigen Begründungen, die sich Christopher in Gedanken zurechtlegte, änderten etwas an seinem Herzklopfen. Reggie hatte sich äußerst merkwürdig verhalten. Irgendetwas anderes war im Busch – etwas, das Christophers neu erworbene Immunität gegen Überraschungen auf die Probe stellen würde. Christopher war sich allerdings ziemlich sicher, dass er nicht mehr überrascht werden wollte.

VIERUNDFÜNFZIGSTES KAPITEL

Maria stand allein auf dem Dach der Lagerhalle und wartete auf Reggie. Brian hatte sie hierhergebracht und ihr gesagt, Reggie wolle zuerst mit ihr sprechen. Das Dach war der einzige Ort, an dem sie allein sein konnten. Es war nicht besonders hoch, aber Maria war überrascht, wie viel sie von ihrer Warte sehen konnte. In diesem Teil der Stadt war alles niedrig. Ihr wehte ein warmer Wind entgegen, und die Brise brachte die fernen Geräusche der Stadt mit. Sie ging zum Rand des Daches, blickte hinunter auf die leeren Straßen unter ihr und wartete.

Maria erinnerte sich noch an den ersten Brief von Reggie, den sie im Gefängnis bekommen hatte. Es war überhaupt der erste Brief gewesen, den sie bekam. Während der ganzen Zeit, die sie im Gefängnis war, insgesamt acht Jahre, schrieb ihr niemand außer Reggie. Maria war nervös gewesen, als sie diesen ersten Brief bekam. Sie war nervös gewesen, dass er von ihrem Vater sein könnte, nervös, dass ihr Vater herausgefunden haben könnte, was aus ihr geworden war. Doch sie hörte nie von ihrem Vater. Ihr Vater fand es nie heraus, und als Maria entlassen wurde, brauchte sie sich keine Sorgen mehr zu machen, dass er es herausfinden könnte: Er war in der Mitte ihrer Haftstrafe gestorben.

In seinem ersten Brief nannte Reggie keine Details. Maria war nicht einmal bewusst, dass er von ihm war, bis sie den Namen »Reggie«, mit Anführungszeichen, am unteren Seitenrand sah. Zuerst war sie sich nicht sicher, welche Gefühle es bei ihr auslöste, einen Brief von Reggie zu bekommen. Nachdem sie Christopher gerettet hatte, wollte sie sich vom Krieg distanzieren. Aber sie war froh zu erfahren, dass Reggie am Leben war und dass es ihm gut ging, und überglücklich, Kontakt zu jemandem zu haben. Also schrieb sie Reggie zurück. Die beiden sprachen in ihren Briefen nicht über vieles, weder während Maria im Gefängnis war noch danach. Den Krieg oder Christopher erwähnten sie nur selten. Sie schrieben sich wie zwei Menschen, die ein gewöhnliches, idyllisches Leben führten.

Das war ein Spiel, eine angenehme Abwechslung, eine Möglichkeit für beide, um die Welt erträglich erscheinen zu lassen.

Die Briefe waren fast vollkommen fiktional, aber manchmal sickerte ein wenig Wahrheit durch. Letzten Endes vermutete Maria aufgrund verschiedener versteckter Details in Reggies Briefen, dass er für den Untergrund arbeitete. Also unterbrach Maria das Spiel für einen Brief. Sie schrieb einen Brief als sie selbst, als Christophers Mutter und als die Frau, die Reggie einmal das Leben gerettet hatte. Sie richtete eine Bitte an Reggie, der dieser, ohne zu zögern, zustimmte. Eine Bitte, auf die Maria baute, seit sie sie geäußert hatte.

Maria hörte die Tür zum Dach hinter ihr aufgehen. Es handelte sich um eine alte Tür mit verrosteten Scharnieren, die quietschten, als sie aufschwang. Zuerst drehte Maria sich nicht um. Sie wollte etwas sagen, bevor sie Reggie gegenüberstand und ihre Entschlossenheit verlor. Sie hörte Reggie ein paar Schritte auf sie zugehen. »Du hast mir versprochen, ihn zu beschützen«, sagte Maria zu Reggie, ohne sich umzudrehen und ihm ins Gesicht zu sehen. »Du hast mir versprochen, ihn aus dem Krieg herauszuhalten.«

»Ich weiß«, entgegnete Reggie, und sie erinnerte sich an seine Stimme. »Dieses Versprechen hätte ich niemals geben sollen. Ich hatte kein Recht, Versprechen zu geben, die ich nicht halten konnte. Damals hatte ich keine Ahnung, was aus Christopher werden würde, was aus euch beiden werden würde.«

Maria drehte sich schließlich um und sah Reggie an. Sie war geschockt, wie alt er aussah, nachdem sie beinahe damit gerechnet hatte, sich umzudrehen und einen Teenager hinter sich stehen zu sehen. Stattdessen sah sie einen Mann, einen kräftigen, aber verwitterten Mann. »Aus Christopher ist gar nichts *geworden*«, sagte Maria zu ihm. »Er ist doch nur ein Junge, Reggie.«

Reggie schüttelte den Kopf. »Da täuschst du dich, Maria. Christopher ist ein Junge, aber er ist nicht *nur* ein Junge. Er ist viel mehr.«

»Du wirst ihn zerbrechen, Reggie. Ihr alle werdet ihn zerbrechen.«

»Ich habe versucht, ihn aus all dem herauszuhalten, Maria. Du musst wissen, dass ich es versucht habe.« Reggie trat näher auf Maria zu. Die beiden sahen sich in die Augen.

»Was soll das heißen, du hast es versucht? Du bist mit ihm um die Welt geflogen, um Leute davon zu überzeugen, sich irgendeiner Revolution anzuschließen. Was hat das mit beschützen zu tun? Du hast ihn benutzt, Reggie.«

»Ja«, gab Reggie zu, »aber wenigstens war ich derjenige, der ihn benutzt hat, und nicht irgendjemand anders. Ich werde ihn nicht verbrauchen, wie andere das tun würden. Wir werden das tatsächlich durchziehen, Maria. Wir werden den Krieg tatsächlich beenden.«

»Und was ist, wenn nicht? Was passiert dann?«

»Ich habe ihm die Chance gegeben wegzulaufen, Maria. Ich habe meine besten Leute darauf angesetzt. Aber er hat diese Chance nicht wahrgenommen.« Reggie beschloss, Maria nicht von Max zu erzählen und wie Max ums Leben gekommen war, weil er Christopher beschützt hatte. Er sah darin keinen Nutzen. Er benutzte Christopher und würde die Auseinandersetzung auf diese Weise nicht für sich entscheiden können. »Hast du dir jemals vorgestellt, dass dein Sohn den Sonnenaufgang in Indonesien sehen oder in Istanbul auf einem Dach zu Abend essen würde?«

»Nein«, gab Maria zu. »Denkst du, das ist es wert?«

»Das musst du Christopher fragen.«

»Aber *denkst* du, dass es das wert ist?«, bohrte Maria nach.

»Nein«, erwiderte Reggie, »aber es ist zumindest etwas.«

Maria überlegte kurz. »Brauchst du ihn noch? Hat er seine Rolle denn nicht schon gespielt? Könnt ihr den Rest nicht ohne ihn zu Ende bringen?«

Reggie nickte. »Das können wir. Christopher hat seine Rolle schon gespielt. Er hat sie wunderbar gespielt. Er muss sich morgen hier mit ein paar Leuten treffen, aber das ist reine Formsache. Sie sind aus ganz Nord- und Südamerika gekommen, um ihn zu sehen – um die Legende mit eigenen Augen zu sehen. Wenn du ihn anschließend davon überzeugen kannst aufzuhören, dann darf er aufhören.« Reggie hielt einen Moment inne. »Aber es wird dir nicht gelingen, ihn zu überzeugen. Ich habe es bereits versucht. Er möchte diese Sache zu Ende führen.«

»Und wenn du ihn nicht überzeugen kannst, welche Chance habe ich dann?«, sagte Maria mit einem Hauch von Sarkasmus.

Reggie nahm ihre sarkastische Bemerkung gelassen hin. »Er ist stur«, sagte Reggie. »Wie seine Mutter.«

»Wo ist er jetzt?«, fragte Maria.

»Er ist unten und wartet dort in einem der Räume. Wir möchten, dass du gemeinsam mit Addy und Evan reingehst. Wir glauben, das könnte den Schock mildern.«

»Den Schock?« Maria zuckte zusammen. »Weiß er von mir? Weiß er überhaupt, dass ich noch am Leben bin?« Ihre Stimme wurde plötzlich schwach.

»Nein«, entgegnete Reggie. »Ein paar von meinen Versprechen konnte ich halten.«

FÜNFUNDFÜNFZIGSTES KAPITEL

Christopher wartete gefühlte Stunden in dem weißen Raum, wenngleich es in Wirklichkeit nur etwas mehr als vierzig Minuten waren. Dann ging ohne Vorwarnung die Tür auf, und Evan betrat den Raum. Christopher sah ihn an. Evan wirkte gesund, aber älter – älter, als er hätte aussehen sollen. Christopher ging einen kleinen Schritt auf Evan zu. Bevor er sich weiter nähern konnte, streckte Evan die Arme aus und zog ihn in eine stürmische Umarmung. Die beiden sagten nichts. Als die Kraft ihrer Umarmung nachließ, blickte Christopher auf und sah die beiden anderen Personen an, die hinter Evan zur Tür hereingekommen waren. Er hatte damit gerechnet, Addy und Brian zu sehen. Addy war da. Ihr Haar verblasste langsam wieder zu seiner natürlichen Farbe, hatte aber noch immer eine dunkelrote Tönung. Bei der Person hinter Addy handelte es sich um einen Geist. Offenbar konnte man es doch nicht ganz ablegen, überrascht zu sein, zumindest dann nicht, wenn die nächste Überraschung größer war als die letzte.

Christopher konnte nicht sagen, woran er die Frau erkannte, die hinter Addy stand. Er konnte sich nicht erinnern, sie jemals gesehen zu haben. Vielleicht hatte er irgendwo Erinnerungen abgespeichert, von deren Existenz er nichts wusste. Vielleicht waren diese Erinnerungen so stark, dass sie Tote auferstehen lassen konnten. Christopher ließ Evan los, und Evan trat zur Seite. Als Nächstes ging Addy auf Christopher zu. Christopher stand vor Schock wie versteinert da. Addy versuchte nicht, den Bann zu brechen. Sie stellte sich einfach auf die Zehenspitzen und flüsterte ihm zu: »Wir sind froh, dass du wieder da bist«, und gab ihm einen sanften Kuss auf die Wange. Dann trat auch sie zur Seite.

Maria betrachtete Christophers Gesicht. Seit sie den Raum betreten hatte, konnte sie den Blick nicht von seinem Gesicht abwenden. Sie hatte lange auf diesen Moment gewartet und dann noch länger vergeblich versucht, sich damit abzufinden, dass dieser Moment nie stattfinden würde. Jetzt war der Moment gekommen, und Maria machte sich solche Sorgen, was er bei Christopher anrichten könnte, dass sie ihn gar nicht genießen konnte. Alles, was sie über ihren Sohn wusste, hatte Evan ihr in den letzten zwei Tagen erzählt. Er sah seinem Vater so ähnlich und war gleichzeitig ein so eigener Typ, dass Maria es beinahe unheimlich fand. Und er sah aus wie ein Mann und nicht wie das Kind, das sich Maria all die Jahre vorgestellt hatte. Als Christopher sie ansah, wirkte er nicht wütend, und dafür war sie dankbar, doch sie wappnete sich für die Wut, mit der sie rechnete, sobald sich die Verwirrung gelegt hatte. Sie erinnerte sich, wie es sich angefühlt hatte, ihn zum ersten Mal im Arm zu halten, nachdem sie ihn in Kalifornien ausfindig gemacht hatte, als er erst ein Jahr alt gewesen war. Sie erinnerte sich, wie er sich gewehrt und nach jemand anderem geschrien hatte. Zu sagen, sie erinnerte sich, traf es nicht ganz, weil es geheißen hätte, sie hätte aufgehört, darüber nachzudenken. Doch sie hatte nie aufgehört, darüber nachzudenken, und jetzt erinnerte sie sich nicht nur daran, sie spürte es wieder, spürte denselben Schmerz in ihrem Herzen. Mit dem Unterschied, dass sie ihn dieses Mal nicht rettete. Addy trat zur Seite, und Christophers Blick fiel auf Maria. »Das ist falsch«, murmelte Maria. »Ich sollte dir das nicht noch einmal antun.« Dann drehte sie sich um und steuerte auf die Tür zu. Eine Hand packte sie am Arm, bevor sie die Türklinke erreichte. Sie wusste, dass es Christophers Hand war. Sie spürte seinen Vater in seinem Griff.

Bis Maria etwas sagte, konnte sich Christopher nicht bewegen. Er war wie gelähmt. Er hatte einen Geist vor sich – sowohl in seiner Erinnerung als auch in der Wirklichkeit. Maria war tot. Max hatte ihm gesagt, dass sie tot war. Jeder wusste, dass sie tot war. Christopher wollte nicht einmal darüber nachdenken, was es bedeuten würde, wenn sie noch am Leben war, wenn sie die ganze Zeit am Leben gewesen war. Er starrte sie an, und sie starrte zurück, und er wusste nicht, was er tun oder sagen oder denken sollte. Er wusste nur, er wollte nicht, dass sie ging, als er ihre Stimme hörte. Der Teil seines Gedächtnisses, dessen Existenz er sich nicht bewusst gewesen war, explodierte förmlich, als er Marias Stimme hörte. Deshalb ging Christopher ihr nach, als sie sich zur Tür umdrehte. Er streckte die Hand nach ihr aus und packte sie am Arm, bevor sie ihn abermals verlassen konnte. Seine Haut berührte ihre Haut. Da Maria nicht weitergehen konnte, drehte sie sich zu ihrem Sohn um.

Christopher wäre gern wütend gewesen, doch er hatte keine Wut mehr in sich. Es gab bereits zu viele Menschen, auf die er wütend sein musste. Als sich Maria zu ihm umdrehte, sah sie in seinem Gesicht, was noch von seiner Wut übrig war. Wenn jemand keine Wut mehr in sich trug, war nur noch Verzweiflung vorhanden. Mit einem Mal sah Christopher nicht mehr wie ein Mann für sie aus, sondern wie das Kind, das sie einst in den Armen gehalten hatte. Als Maria dieses Kind sah, ihr Kind, hatte sie keine andere Wahl als zu ihm zu gehen, die Arme auszubreiten und es zu trösten.

Als Maria die Arme um Christopher schlang, ließ er sich fallen. Er wollte nicht verletzlich sein, hatte aber nicht den Willen, um sich zu beherrschen. Von ihm wurde jetzt erwartet, dass er ein Anführer war. Von ihm wurde jetzt erwartet, dass er ein Kämpfer war. Zumindest wollten ihn alle anderen in dieser Rolle sehen. Das war die Maske, die sie ihm aufsetzten. Doch tief in seinem Inneren wusste er, dass er nichts von alledem war. Tief in seinem Inneren hatte er keine Ahnung, wer er war. In diesem Moment war er jedoch ein verängstigtes Kind in den Armen seiner Mutter. In diesem Moment spielte es keine Rolle, dass diese Frau nicht seine einzige Mutter war. Sein Körper erinnerte sich daran, wie es sich anfühlte, von ihr gehalten zu werden, und brach zusammen. Und er weinte wie ein Kind.

»Schon gut, schon gut«, flüsterte Maria Christopher zu, während sie seinen Rücken streichelte.

»Man hat mir gesagt, du wärst tot«, sagte Christopher zwischen Schluchzern.

»Ich weiß«, entgegnete Maria, die ihm nach wie vor sanft den Rücken streichelte, um ihn zu beruhigen. »Das wollte ich so. Tut mir leid. Ich habe nur versucht, dich zu schützen. Ich wollte dir nie wehtun.« Sie hätte ebenfalls geweint, wenn ihr nicht bewusst gewesen wäre, dass sie in diesem Moment ihrem Sohn zuliebe stark bleiben musste. »Du hast deine eigene Familie. Ob ich tot bin oder lebe, sollte für dich nicht so viel bedeuten.«

»Das tut es aber«, sagte Christopher und vergrub sein tränenüberströmtes Gesicht in Marias Halsbeuge. »Das tut es.«

»Ich weiß«, sagte Maria erneut. Sie hielt seinen Kopf an sich gedrückt, um seine Tränen aufsaugen zu können. »Ich bin am Leben, und ich bin hier bei dir, und ich werde dich nie wieder verlassen.«

»Versprochen?«, fragte Christopher. Er klang wie ein kleiner Junge, der im Kaufhaus seine Mutter verloren hatte.

»Versprochen«, sagte Maria und streichelte Christopher übers Haar. Dann hielt sie ihn von sich weg und sah ihm in die Augen.

»Wir müssen uns wahrscheinlich über eine Menge unterhalten. Evan? Addy? Könnt ihr uns ein bisschen allein lassen?«

»Klar«, erwiderte Addy. Sie und Evan gingen zur Tür, doch bevor sie den Raum verließen, drehte sich Addy noch einmal um. »Alles in Ordnung mit dir, Christopher?«, fragte sie und klang dabei beinahe genauso mütterlich wie Maria.

»Ja«, versicherte ihr Christopher verlegen. »Alles in Ordnung.« Evan und Addy gingen weiter in Richtung Tür. »Hey, ihr beiden«, rief Christopher ihnen zu. Sowohl Addy als auch Evan drehten sich zu ihm um. »Ich freue mich, euch wiederzusehen. Ich freue mich, dass ihr in Sicherheit seid. Wir unterhalten uns später, ja?«

»Sicher«, erwiderte Evan. »Mach dir um uns mal keine Sorgen, Chris.« Evans Worte bedeuteten Christopher alles, und Evan meinte alles so, wie er es sagte. Einen Moment später schlüpften Evan und Addy zur Tür hinaus.

»Als ich dich das letzte Mal gesehen habe«, sagte Maria zu Christopher, »hast du noch Windeln getragen.« Sie erinnerte sich daran, was Addy in jener Nacht in ihrem Keller in Quebec zu ihr gesagt hatte: dass es noch Dinge gäbe, die Maria Christopher beibringen konnte. Was auch immer es war, das sie ihm beibringen konnte, sie würde es tun.

»Warum?«, fragte Christopher, da er nicht wusste, wo er anfangen sollte. Er hätte unzählige Fragen stellen können, deshalb entschied sich Maria für die Antwort, von der sie wusste, dass sie jede davon beantworten konnte.

»Weil ich dich so sehr liebe. Weil ich wollte, dass du glücklich bist, und weil es mir egal war, wie sehr ich mir wehtun musste, um dir dabei zu helfen, glücklich zu sein.«

»Kennst du meine Eltern?«, fragte Christopher.

»Ja«, entgegnete Maria. »Ich kannte sie, als ich jung war. Ich wusste, dass sie sich liebevoll um dich kümmern würden. Und ich hoffte, dir einen Neuanfang zu ermöglichen, indem ich dich ihnen anvertraute.«

»Einen Neuanfang gibt es nicht«, sagte Christopher zu seiner verloren geglaubten Mutter.

»Das kannst du nicht wissen«, entgegnete Maria. »Du weißt nur, dass wir ihn noch nicht gefunden haben.«

»Ich habe so viele Fragen«, sagte Christopher. »Erzähl mir von meinem Vater. Erzähl mir von dir. Erzähl mir, warum du nie nach mir gesucht hast. Erzähl mir von dem Paar in Kalifornien, bei dem ich gelebt habe. Erzähl mir alles.«

»Ich weiß nicht, was du gehört hast, Gutes oder Schlechtes. Dein Vater war ein anständiger Mensch, der versucht hat, ein guter Mensch zu werden, und ich habe ihn geliebt. Und er hat dich geliebt. Das sind die Dinge, die wirklich eine Rolle spielen.«

»Kann ich dir ein Geheimnis anvertrauen?«, fragte Christopher. Obwohl sie erst eine seiner Fragen hatte beantworten können, hatte er bereits das Gefühl, ihr Dinge sagen zu können, die er niemand anderem sagen konnte.

»Selbstverständlich.«

»Ich hasse alle. Ich hasse alle, die an diesem verdammten Krieg beteiligt sind. Ich hasse sogar die Leute, die gegen ihn kämpfen. Ich hasse sie alle.«

»Nein, das tust du nicht«, entgegnete Maria. »Du möchtest sie hassen, aber du tust es nicht. Das war bei mir genauso. Ich wollte alle hassen bis auf deinen Vater. Dann habe ich Michael kennengelernt. Dann habe ich Dorothy und Reggie kennengelernt. Sehr bald hasst man nur noch diejenigen, die man nicht kennt, und das bedeutet, dass man eigentlich gar niemanden hasst.«

»Dann hasst du also niemanden, nach allem, was du durchgemacht hast?«, fragte Christopher.

»Nur einen«, sagte sie. »Aber jetzt ist nicht der richtige Zeitpunkt, um über ihn zu sprechen.« *Ich möchte über dich sprechen*, dachte Maria. *Ich möchte darüber sprechen, dass du mit alldem abgeschlossen hast. Den Krieg zu bekämpfen, ist nur eine andere Art von Krieg.* Doch jetzt war auch dafür nicht der richtige Zeitpunkt. Sie musste zuerst sein Vertrauen gewinnen. Sie musste Geduld haben. Ihr war bewusst, dass sie für Christopher nicht dasselbe war, was er für sie war. Das Problem war, dass sie nicht viel Zeit hatte. Deshalb musste sie aus der wenigen Zeit, die ihr zur Verfügung stand, das meiste machen. »Du hast doch bestimmt noch andere Fragen an mich«, sagte sie. »Du darfst mich alles fragen.« Und so beantwortete Maria alle von Christophers Fragen, so gut sie konnte. Evan und Addy bekamen ihn weitere fünf Stunden nicht zu Gesicht.

SECHSUNDFÜNFZIGSTES KAPITEL

Dave war noch nie so weit oben auf der Brooklyn Bridge gewesen. Überquert hatte er die Brücke natürlich unzählige Male, und als Kind war er sogar ein paar Mal heimlich an den Drahtseilen hochgeklettert; er war aber nie weit gekommen, bis er Angst bekam und wieder herunterkletterte. Er hätte sich nie träumen lassen, dass er eines Tages oben auf einem der Türme sitzen und sich Sprengsätze umschnallen würde.

Dave war nicht der Einzige. In dieser Nacht erklommen sie überall in der Stadt Brücken und Hochhäuser: die George Washington Bridge; die Manhattan Bridge; die Williamsburg Bridge; die Verrazano-Narrows Bridge; das Dach des Flatiron Building; das Dach des Chrysler Building; das Dach des Empire State Building; und sogar den Triumphbogen im Washington Square Park.

Dave warf einen Blick auf das dunkle Wasser, das weit unter ihm vorbeifloss, und beobachtete, wie sich die Lichter der Stadt in den Wellen spiegelten. Es sah aus, als würden weit unter der Wasseroberfläche Sterne funkeln. Dann hob Dave den Kopf und ließ den Blick über das Original schweifen, über die Stadt. Für Dave hatte die Stadt nachts etwas Magisches. Das hatte er schon immer so empfunden. Ihre schiere Unmöglichkeit beeindruckte ihn. Er wollte sich nicht die vielleicht einzige Chance entgehen lassen, die sich ihm jemals bieten würde, um die Stadt von seinem Aussichtspunkt hoch über dem East River zu betrachten. Verdammt, er fühlte sich wie Spiderman!

»Dave?« Plötzlich drang von weiter unten ein Flüstern an sein Ohr. »Bist du bereit?«, erkundigte sich Hector, der sich etwa sechs Meter unter Dave befand. Hector saß auf einem der Drahtseile und hatte sich ein Nylonseil mit Karabinerhaken an einem Ende umgewickelt. Unter ihm baumelte eine Kiste mit zwanzig Kilo Sprengstoff in der Luft.

»Ja, hak es ein!«, rief Dave Hector zu, ehe er ihm ein Ende eines etwa zehn Meter langen Seils hinunterließ. Hector hielt sich mit einer Hand an dem Drahtseil fest, auf dem er saß, und griff mit der anderen in die dunkle Leere und packte das Seilende. Unter ihnen fuhren Autos über die Brücke. Hector und Dave hörten ihre Motoren und sahen ihre Scheinwerfer. Ein paar Nachtschwärmer – Touristen und Pärchen, die wahren Romantiker – spazierten noch immer über die Brücke. Sie alle waren von seliger Ahnungslosigkeit, was die Ereignisse über ihren Köpfen anbelangte. Hector nahm das Ende des Seils, das Dave zu ihm heruntergelassen hatte, und befestigte die Kiste mit Sprengstoff daran.

»Hier kommt sie!«, rief Hector zu Dave hinauf. Dave nickte und wappnete sich. Dann ließ Hector die Kiste los, die daraufhin durch die leere Nachtluft schwang. Dave wartete, bis sie aufhörte, hin und her zu schwingen, und unter ihm hing, dann begann er, am Seil zu ziehen. Er brauchte fünf Minuten, um die Kiste aus der Dunkelheit auf den Vorsprung zu ziehen, auf dem er saß. Hector war in der Zwischenzeit ebenfalls nach oben gestiegen. Die beiden waren auf diese Weise fast den gesamten Weg hinaufgeklettert und hatten dabei die Kiste mit Sprengstoff hinter sich her gezogen. Zuvor hatten sie die Kiste von Brooklyn auf einem Fußweg zur Brücke getragen. Dann warteten sie einen Moment ab, in dem keine Passanten zu sehen waren. Es war spät, weit nach Mitternacht, daher hatte der Fußgängerverkehr auf der Brücke Lücken. Als der richtige Zeitpunkt kam, sprang Dave auf das untere Ende eines der dicken Drahtseile und kletterte, so schnell er konnte, weit genug nach oben, dass ihn niemand auf der Brücke für irgendetwas anderes als für einen merkwürdig geformten Schatten halten würde. Dann ließ er das Seil herab, damit Hector die Sprengstoffkiste daran befestigen konnte, und schon befanden sie sich auf dem Weg nach oben. Sie brauchten mehr als eine Stunde, um zu der Spitze des Turms zu gelangen. Möglicherweise hätten sie es auch schneller schaffen können, doch sobald sie in den Schatten verschwunden waren, ließen sie sich Zeit. Keiner von ihnen hatte es besonders eilig, den Job zu Ende zu bringen.

»Wenn ich gewusst hätte, dass es so einfach ist, hier raufzukommen, wäre ich als Kind ständig hier rumgeturnt«, sagte Hector zu Dave, als er sich neben ihn setzte. Die beiden ließen die Beine über den Rand des Turms baumeln und betrachteten die Stadt. Von ihrem geheimen Aussichtspunkt hatten sie freie Sicht. Ohne ein Wort miteinander zu sprechen, machten sie in Gedanken eine Bestandsaufnahme der Ziele und stellten sich vor, dass die Leute, die diesen anderen Zielen zugeteilt waren, in diesem Moment genau das Gleiche taten. Sie waren der Manhattan Bridge so nahe, dass sie glaubten, ihre Pendants womöglich in deren Seilen klettern sehen zu können. Die Williamsburg Bridge befand sich nicht allzu weit nördlich davon. Der East River würde zum Katastrophengebiet werden. In südlicher Richtung stand die Verrazano-Narrows Bridge, ganz klein in der Ferne, aber sie konnten ihre Lichter ausmachen, die sich über das Wasser erhoben. Sie konnten sogar fast die George Washington Bridge am anderen Ende von Manhattan sehen. Und dann war da noch Manhattan selbst, gespickt mit Gebäuden, die sie ins Visier genommen hatten. »Wusstest du, dass P. T. Barnum einmal einundzwanzig Elefanten über diese Brücke marschieren ließ, nur um zu beweisen, dass sie nicht einstürzen würde?«, fragte Hector, während sie dasaßen und die Füße in der Luft baumeln ließen.

»Echt?«, erwiderte Dave.

»Das war vor ungefähr hundert Jahren.«

»Ich nehme an, sie ist nicht eingestürzt?«

»Nein.«

»Hundert Jahre sind eine lange Zeit«, sagte Dave zu Hector.

»Findest du, was wir tun, ist verrückt?«, wollte Dave von Hector wissen, während er die hunderttausenden erleuchteten Fenster in zehntausenden Gebäuden betrachtete.

»Ja«, entgegnete Dave, »aber manchmal muss man Verrücktes mit Verrücktem bekämpfen. Bist du bereit, dieses Ding zu verkabeln?« Dave deutete auf die schwarze Kiste.

»Lass uns loslegen«, sagte Hector.

Der Inhalt der Kiste war bereits vorbereitet. Hector und Dave brauchten sie nur noch in die richtige Position zu bringen und zu befestigen, damit sie im Wind nicht verrutschte. Sie war darauf ausgelegt, dass man sie mit einer Fernbedienung detonieren lassen konnte. Irgendwo in der Stadt hatte jemand einen Knopf. Als sie fast fertig waren, ließ Dave den Blick ein letztes Mal über die Stadt wandern. »Denkst du, es gibt einen Knopf, der alles auf einmal explodieren lässt?«

Hector zog den letzten Knoten zu, der die Kiste an Ort und Stelle hielt. »Das wäre echt ein krasser Knopf«, sagte er, als er ihre Arbeit begutachtete. »Lass uns von hier verschwinden.«

Die beiden Männer kletterten an den Seilen der Brücke wieder nach unten. Als sie fast unten angekommen waren, zogen sie die Kapuzen ihrer Sweatshirts erneut über den Kopf. Dann warteten sie kurz, bis niemand hersah, und glitten von den Seilen zurück in den Fluss von Menschen, die über die Brücke gingen.

SIEBENUNDFÜNFZIGSTES KAPITEL

Brian und Jared trafen sich dieses Mal nicht im Battery Park. Sie hatten zu viel zu besprechen, um es im Freien tun zu können. Für Brian kam auch nicht infrage, Jared auf den Stützpunkt zu bestellen, nachdem Christopher und Maria da waren. Brian und Reggie waren sich des Pulverfasses, das sie bauten, sehr wohl bewusst. Das war allerdings nicht der einzige Grund. Reggie war noch immer nicht überzeugt, dass sie Jared trauen konnten. Sie setzten alle Hebel in Bewegung, um Jared von mehreren Personen beschatten zu lassen. Das Problem war, dass diese Personen nicht die Befugnisse besaßen, über die Jared verfügte. Er war der Einzige, der sie dorthin bringen konnte, wohin sie sich begeben mussten. Die Personen, die Jared beschatteten, hatten allerdings ihre Anweisungen: ihn beim ersten Anzeichen verdächtigen Verhaltens sofort zu eliminieren. Bislang hatte Jared überlebt. Anstatt im Battery Park trafen sich

Brian und Jared deshalb in einer abgelegenen Bar in Red Hook, wo sie einigermaßen sicher sein konnten, dass sie niemand beobachtete.

»Muss die Sache so unschön werden?«, fragte Brian, nachdem ihm Jared seinen gesamten Plan unterbreitet hatte. Brian betrachtete die Unterlagen, die Jared vorbereitet hatte. Jared hatte darauf geachtet, Brian keine ganz genauen Details zu nennen, da er sichergehen musste, dass sie ihn trotzdem noch brauchten. Wenn sie seinen Plan haben wollten, mussten sie ihn ebenfalls nehmen.

Jared trank einen Schluck von seinem Bier und wischte sich mit dem Handrücken den Schaum von den Lippen. »Dachtet ihr tatsächlich, ihr könntet den Krieg beenden, ohne euch die Hände schmutzig zu machen?«

»Aber davon ist die ganze Stadt betroffen. Davon sind unschuldige Menschen betroffen.« Brian betrachtete den Stadtplan, auf dem Jared sämtliche Ziele markiert hatte.

Jared lachte. »Ihr seid doch Rebellen. Ihr seid nicht an die Regeln gebunden. Wenn ihr das wärt, wäre Christopher kein Held. Er würde gemieden werden.«

»Es geht nicht um die Regeln«, sagte Brian mit einem Kopfschütteln. »Es geht darum, dass unschuldige Menschen zu Schaden kommen.«

Jareds Verärgerung war aus seiner Stimme herauszuhören. »Ich glaube, wir beide haben unterschiedliche Auffassungen davon, was *unschuldig* bedeutet. Sie wissen genauso gut wie ich, dass die absichtliche Blindheit dieser ›unschuldigen Menschen‹ der einzige Grund dafür ist, warum der Krieg schon so lange andauert.« Jared wartete darauf, dass Brian etwas sagte. Als dieser das nicht tat, verlor Jared die Geduld. »Gut«, erwiderte auf Brians Schweigen. »Ihr könnt machen, was ihr wollt. Aber dieser Plan« – er tippte mit dem Finger auf die Dokumente auf dem Tisch – »stellt die einzige Möglichkeit dar, wie sich sicherstellen lässt, dass es funktionieren wird. Wenn wir sie nicht mit Chaos ablenken, wenn wir diese Stadt nicht in Flammen aufgehen lassen, dann werden all diese unschuldigen Menschen, um deren Sicherheit Sie sich Sorgen machen, auf uns losgehen, und sie werden heftig auf uns losgehen. Sind Sie sich darüber im Klaren, was das bedeutet?«, fragte Jared. Er war jetzt in Fahrt wie schon seit Jahren nicht mehr.

»Was denn?«, fragte Brian mit ausdruckslosem Gesicht, da er genau wusste, dass er als Stichwortgeber benutzt wurde.

»Es bedeutet, dass wir das Informationszentrum nicht zerstören können, weil wir nicht genug Zeit haben. Es bedeutet, dass sich der Krieg weiterschleppen wird und all die Arbeit, die Sie geleistet haben, umsonst war. Der Krieg wird sogar noch schlimmer werden, nachdem Ihre kleine Rebellion geendet hat. Wenn Sie dieses Mal scheitern, wird Ihnen in Zukunft niemand mehr folgen, weil alle die Hoffnung in die Sache verlieren werden, die Christopher repräsentiert, und einen anderen Christopher wird es nie geben. Der Krieg wird das nicht zulassen. Und all das, um ein paar Menschen zu verschonen, deren einzige Rettung es ist, dass sie die Kinder von Eltern sind, die das Glück hatten, dem Krieg nicht anzugehören. Wollen Sie das wirklich?«

Brian lehnte sich auf seinem Stuhl zurück und nippte an seinem Bier, das dunkel und bitter war. »Nein«, antwortete er.

»Wer hat hier das Sagen?«, erkundigte sich Jared und nahm Brian die Unterlagen wieder ab, da er ihm nicht einmal die allgemeinen Informationen überlassen wollte.

»Reggie«, entgegnete Brian.

»Was ist mit dem Jungen? Was ist mit Christopher?«

»Er hat bereits genug getan.«

Jared lachte. »Wollen Sie mir etwa sagen, dass der Junge bei seiner eigenen Revolution kein Mitspracherecht hat?«

»Er ist fast noch ein Kind.«

Jared hielt inne, da er sich nicht sicher war, dass das der richtige Zeitpunkt war, um seine Forderung zu stellen. Er glaubte, es wäre womöglich besser zu warten, bis Brian den Plan Reggie unterbreitet hatte. Vielleicht hätte Jared dann mehr Druckmittel. Doch er beschloss, nicht zu warten. Er nahm sein Bier in die Hand und leerte das letzte Drittel, das sich noch im Glas befand, in zwei Schlucken. Dann stellte er das Glas auf den Tisch und starrte Brian an. »Wussten Sie, dass ich derjenige war, der Sie gefeuert hat, als Sie Josephs Kontaktperson waren?«

»Ich hatte so meinen Verdacht«, entgegnete Brian.

»Ich war der Meinung, Sie hätten einen schlechten Einfluss auf ihn. Ich war der Meinung, Sie würden ihn weich machen.«

»Ich habe gar nichts mit ihm gemacht.«

»Ja, ich weiß.« Jared signalisierte der Bedienung, dass sie ihm noch ein Bier bringen solle. »Maria war schuld, aber das wusste ich damals nicht. Und dann kam der Junge.«

»Wohin soll das alles führen, Jared?«, fragte Brian, der langsam selbst die Geduld verlor. Er hatte nicht so viel Zeit wie Jared.

Jared starrte auf den Tisch. »Ich möchte Christopher treffen«, sagte er.

»Auf keinen Fall.« Brian schüttelte den Kopf.

»Sie brauchen ihm ja nicht mal zu sagen, dass ich es bin«, feilschte Jared. »Ich möchte nur sehen, worum so viel Aufhebens gemacht wird.«

»Warum sollten wir jemanden mit Ihrer Vorgeschichte in Christophers Nähe lassen? Wir sind uns noch nicht einmal sicher, ob wir Ihnen trauen können.«

»Sie können mir trauen, Brian. Denn Sie möchten die Geschichte auslöschen, und niemand hat mehr Grund, sich zu wünschen, dass die Geschichte ausgelöscht wird, als ich.«

»Ich werde mit Reggie sprechen, aber ich würde mir an Ihrer Stelle keine großen Hoffnungen machen.« Brian stand auf. »Ich melde mich wieder«, sagte er und ging dann davon.

Jared blieb in der Nische sitzen und trank sein Bier aus. Als er fertig war, bestellte er sich noch eines.

ACHTUNDFÜNFZIGSTES KAPITEL

Alles lief nach Plan, bis das Licht ausging. Christopher unterhielt sich gerade mit Alejandro, als es im Raum plötzlich dunkel wurde. Alejandro reagierte schnell auf die Dunkelheit, schob Christopher in eine Ecke und stellte sich schützend vor ihn, um ihn vor einem möglichen Angriff abzuschirmen. Christopher bewegte sich, ohne zu wissen, was vor sich ging. Er sah nichts. Sein Körper prallte gegen die Wand, als Alejandro ihn schubste. Nachdem er sich umgedreht hatte, konnte er in der Dunkelheit nichts anderes ausmachen als Alejandros Rücken.

Irgendetwas lief falsch. Eigentlich hätte es dieses Mal einfach werden sollen. »Diesmal gibt es keine Inquisition«, hatte Reggie Christopher versprochen. Die Zusage von Amerika hatte eigentlich von vornherein festgestanden. Reggie bereitete einen Raum im hinteren Bereich der Lagerhalle vor, der groß genug war, um allen Platz zu bieten. Natürlich war es gefährlich, mitten in Brooklyn alle in einem einzigen Raum unterzubringen, doch manchmal musste man die Balance zwischen Risiko und Nutzen finden. Das Risiko war hoch, doch Reggies Ansicht nach würde der Nutzen es rechtfertigen. Außerdem stellte das Ganze eine Selbstvertrauensdemonstration dar. Falls in dieser Nacht alles gut ging, wäre die ganze Welt vereinigt.

Christopher betrat mit Addy am Arm den bereits gefüllten provisorischen Bankettsaal. Sie hatte ihn eine halbe Stunde zuvor ausfindig gemacht, als er sich noch auf den Abend vorbereitet hatte. Reggie hatte Christopher gebeten, sich dem Anlass entsprechend zu kleiden: ohne Krawatte, aber mit Hemd und Jackett. Die einzige andere Gelegenheit, an die Christopher sich erinnern konnte, bei der er ein Jackett getragen hatte, war die Beerdigung einer Großtante gewesen. Sie war mit zweiundachtzig zu Hause gestorben. Damals hatte Christopher gar nicht gewusst, dass Menschen so alt werden konnten. Christopher zog das Jackett an und betrachtete sich im Spiegel. An den Schultern war es etwas zu weit, ansonsten passte es aber gut. Brian hatte es irgendwann im Lauf des Tages liefern lassen. Er hatte Christophers Konfektionsgröße einfach geschätzt. Christopher betrachtete sich noch immer im Spiegel, als er in der Nähe des Eingangs zu dem Raum, der ihm zugeteilt worden war, ein Klopfen hörte. Christopher rechnete mit Reggie oder Brian oder vielleicht auch mit Evan oder Maria. »Herein!«, rief er und starrte auf das Spiegelbild des Eingangs zu seinem Raum.

Addy trat ein. Christopher sah sie im Spiegel, wo sich ihre Blicke trafen. Sie bemerkte, dass Christopher noch dabei war, sich fertig zu machen. »Darf ich reinkommen?«, fragte sie.

»Klar«, erwiderte Christopher. Addy und er hatten nicht mehr als ein paar Worte gewechselt, seit er zurückgekommen war. Sie hatte sich auf Evan und Maria verlegt, da sie sich ihrer Nebenrolle in Christophers Leben bewusst war.

»Wichtiger Abend«, sagte Addy, als sie sich Christopher näherte.

»Wieso denn?«, fragte Christopher. Er beobachtete, wie sich ihr Spiegelbild ihm näherte, und versuchte zu erkennen, ob sie seinen Scherz verstanden hatte.

»Das war's dann«, entgegnete Addy. »Nach heute Abend ist alles offiziell.«

»Dann ist es wohl tatsächlich ein wichtiger Abend«, stimmte Christopher zu, als er sich der echten Addy zuwandte.

»Du siehst gut aus«, sagte Addy und musterte Christopher. Sie stellte sich vor ihn und streckte die Hand aus, um die Bügelfalte an seinem Revers zu korrigieren.

Christopher war froh, dass Addy zu ihm gekommen war. Er wollte sich etwas von der Seele reden. »Hör mal, Addy«, begann er, »ich wollte dir sagen, wie leid es mir tut, dass ich dich und Evan so im Stich gelassen habe. Ich wusste nichts von dem Überfall. Reggie hat mir erst gestern davon erzählt. Er hat beteuert, er hätte im Voraus nichts davon gewusst. Er hat beteuert, es wäre reiner Zufall gewesen, dass ich ausgerechnet in dieser Nacht aufgebrochen bin.«

»Beteuerungen …«, sagte Addy und zog im Spaß eine Augenbraue hoch.

»Na ja, zumindest wusste ich nichts davon«, sagte Christopher. »Ich hätte euch nicht im Stich gelassen, wenn ich davon gewusst hätte.«

»Und dann wäre jetzt keiner von uns hier.« Addy lachte. »Du brauchst dich bei Evan und mir nicht zu entschuldigen. Wir sind so oder so auf deiner Seite.«

Addys Worte waren eine Erleichterung für Christopher. »Also, du und Evan, hm?«

»Ja«, sagte Addy und fügte verschämt hinzu: »Aber das wusstest du doch schon, bevor du verschwunden bist.«

»Sicher, aber ich dachte nicht, dass es halten würde.«

»Bei mir war es genau umgekehrt«, sagte Addy mit einem Lächeln. »Ich dachte nicht, dass es passieren würde, aber nachdem es passiert war, wusste ich, dass es halten würde.« Christopher sah, dass ihre Wangen leicht erröteten. »Wir wollten damit nichts bewirken, Christopher. Falls das der Grund war, warum du gegangen bist, meine ich.«

»Du und Evan, ihr braucht euch nicht bei mir zu entschuldigen. Ich freue mich für euch beide. Ich bin nicht euretwegen gegangen.«

»Warum bist du dann gegangen?«

»Keine Ahnung. Ich habe es mit der Angst zu tun bekommen. Mir ist aufgefallen, wie mich alle angesehen haben. Mir ist aufgefallen, wie du mich angesehen hast, und ich wusste, ich kann nicht derjenige sein, den ihr alle in mir gesehen habt.«

»Aber sieh dich doch jetzt mal an«, sagte Addy. Sie konnte die Begeisterung in ihrer Stimme kaum unterdrücken.

»Es ist nicht so, wie du denkst«, sagte Christopher. Addy war in Indonesien und Istanbul nicht dabei gewesen. Sie wusste nicht, dass Christopher nichts anderes getan hatte, als Leuten die Wahrheit zu sagen, die lange darauf gewartet hatten, sie zu hören. Er war kein Held. Er hatte nichts geleistet. Aufgrund glücklicher Umstände war er der einzige Mensch, dem alle zuhörten. Trotzdem war er nur ein Rädchen im Getriebe. Doch darüber wollte er nicht diskutieren. Er wollte gar nicht über sich selbst reden. Das lag nicht nur daran, dass er sich nicht wie ein Held oder ein Prophet oder ein Anführer vorkam. Es lag auch daran, dass er nichts davon sein wollte. Nach allem, was Christopher erlebt hatte, nachdem er sein ganzes Leben lang paranoid gewesen war und dann erfahren musste, dass seine Paranoia gerechtfertigt war, war er sich immer noch nicht darüber im Klaren, was er wollte – abgesehen vom Ende des Krieges, damit er wie andere Leute ein einfaches Leben führen konnte. Also wechselte er das Thema. »Und, was steht bei Evan und dir an, wenn alles vorbei ist?«

»Keine Ahnung. Was meinst du? Vielleicht sollten du und ich und Evan auf irgendeine Insel ziehen, wo sich niemand an dein Gesicht und an das von Evan erinnert.« Christopher hatte beinahe vergessen, dass er nicht nur der meistgesuchte Mann des Krieges war. Auch in der wirklichen Welt war er ein Flüchtiger – und Evan ebenfalls. Christopher hatte gehört, was Evan für Addy getan hatte und wie das durch alle Medien gegangen war. »Vielleicht finden wir dort ja ein nettes einheimisches Mädchen für dich, damit du nicht für immer das fünfte Rad am Wagen bleibst«, neckte ihn Addy.

»Klingt gut«, sagte Christopher und lächelte bei der Vorstellung. »Deine Haare – das Rot wächst raus. Färbst du sie dir wieder?«

Addy griff sich ins Haar und zog ein paar Strähnen vors Gesicht, um ihre Farbe zu betrachten. »Ich habe mich noch nicht entschieden. Evan gefällt meine natürliche Farbe.« Sie hielt inne und warf einen Blick auf die Uhr. »Und, bist du bereit?«, fragte sie und deutete auf die Tür.

Reggie hatte sich größte Mühe gegeben, um das Ereignis möglichst förmlich zu gestalten. Im hinteren Teil des Raums gab es Getränke – nichts Ausgefallenes, nur Bier aus dem Kühlschrank, aber das war zumindest etwas. Als Addy und Christopher den Raum betraten, war er bereits fast ganz gefüllt. Einige tranken Bier. Da Christopher und Addy nicht an der Tür stehen blieben, dauerte es eine Weile, bis jemandem auffiel, dass sie eingetroffen waren. Als sie schließlich jemand entdeckte, setzte Applaus ein. Zunächst spärlich, dann wurde er jedoch lauter, als jedes Augenpaar im Raum Christopher ausfindig machte.

Nachdem etwa die Hälfte der Anwesenden begriffen hatte, wich Addy von Christophers Seite, sodass er alleine dastand. Dann begann sie ebenfalls zu klatschen. Kurz darauf applaudierten fast alle. Christopher sah sich im Raum um. Sein Blick traf sich mit dem von Reggie und Brian. Evan sah er ganz hinten stehen. Für einen Moment gestattete sich Christopher zu vergessen, dass sie eigentlich noch nichts erreicht hatten. Nur eine Person im Raum klatschte nicht: Maria stand mit tränenfeuchten Augen in einer Ecke und hatte die Arme vor der Brust verschränkt.

Reggie nahm eine Gabel und schlug damit gegen eine Bierflasche, um jedermanns Aufmerksamkeit zu erregen. Christophers Blick wanderte von seiner Mutter zu Reggie. Im Raum kehrte Stille ein. »Ich möchte unseren Ehrengast willkommen heißen«, sagte Reggie, und sein Blick fiel auf Christopher. »Ich bin sicher, er wird sich die Zeit nehmen, um mit jedem von euch zu sprechen, wenn ihr möchtet. Aber bevor wir uns unters Volk mischen, sollte ich noch erwähnen, mir wurde zugetragen, dass sich der amerikanische Doppelkontinent bei dieser einmaligen Möglichkeit, den Krieg zu beenden, offiziell uns und dem Rest der Welt angeschlossen hat.« Auf Reggies Worte folgte weiterer Applaus, der dieses Mal sogar noch lauter war als zuvor. Reggie hielt sein Bier hoch. »Auf das Ende der Paranoia!«, rief er. Alle im Raum hoben zu Reggies Toast ebenfalls ihr Glas. Christopher sah zu Maria hinüber. Dieses Mal lächelte sie und hielt ihr Glas ebenfalls hoch.

Nach dem Toast begann der inoffizielle Teil. Die Leute scharten sich um Christopher wie die Motten ums Licht. Sie erzählten ihm Geschichten aus ihrer eigenen Jugend, über ihre Eltern und über ihre eigenen Revolten gegen den Krieg. Als alle Geschichten erzählt waren, stellten sie ihm Fragen. Sie fragten ihn um Rat, was ihre eigenen Pläne anbelangte, die Pläne ihrer jeweiligen Heimatstadt zur Befreiung der Welt von den Informationszentren. Er erfuhr, dass Boote an der Küste von Costa Rica entlangfuhren, anlandeten und bewaffnete Männer absetzten wie bei einem Miniatur-D-Day. Er erfuhr von einem Frontalangriff auf ein Gebäude in den Slums von Rio. Dann hörte er Gerüchte über New York, über Explosionen, über stadtweites Chaos und über Massenhysterie, erfuhr aber keine Details. Reggie hatte Christopher bislang noch nichts über New York erzählt. Christopher hörte alles aus dritter Hand. Er wollte mehr wissen. Er wollte wissen, was in seinem Namen geschah. Dass Reggie ihm etwas verheimlichte, hatte er bereits geahnt. Als Christopher Maria traf, glaubte er, das könnte es womöglich gewesen sein, doch jetzt wusste er, dass noch mehr dahintersteckte.

Aus heiterem Himmel wurde eine weitere Bierflasche hochgehalten und wie eine Glocke angeschlagen. Christopher stellte mit Bestürzung fest, dass es dieses Mal Evan war, der die Aufmerksamkeit der Anwesenden auf sich lenkte. Er bekam deren Aufmerksamkeit offenbar schneller, als er erwartet hatte, denn er stand ein paar Sekunden lang wie erstarrt da, als sich alle Blicke auf ihn richteten. »Leg los!«, rief Addy von ganz hinten. Das schien Evans Trance zu brechen. Er räusperte ich und erklärte: »Ich wollte nur sagen, dass Christopher immer wie ein Bruder für mich war. Keiner von uns beiden hat Geschwister. Wir hatten immer nur uns beide.« Evans Augen suchten Christopher in der Menschenmenge. Als sich sein Blick mit dem von Christopher traf, fuhr er fort: »Ganz egal, was passiert, Christopher wird immer wie ein Bruder für mich sein. Ich bin bereit, meinen Bruder mit euch allen zu teilen, um diese Sache zu Ende zu führen. Aber wenn es vorbei ist, will ich meinen Bruder zurück.«

Nach Evans Ansprache kam Alejandro als Erster bei Christopher an. Dieser schüttelte Alejandro die Hand, der ihm sagte, woher er stammte. »Costa Rica«, wiederholte Christopher und erinnerte sich daran, was ihm früher am Abend erzählt worden war. »Wirst du in dem Boot mitfahren?«

»Nein«, entgegnete Alejandro stolz, »ich werde das Boot am Strand in Empfang nehmen«, und Christopher konnte es sich nicht verkneifen, ebenfalls stolz zu sein. Dann gingen ohne Vorwarnung die Lichter aus, und im Raum wurde es dunkel.

Panik sieht anders aus, wenn man sich in einem Raum voller Menschen befindet, denen von jungen Jahren an beigebracht wurde, niemals in Panik zu geraten. Sie ist nicht laut und chaotisch, sondern lautlos und flink. Alle im Raum bewegten sich durch die Finsternis, als gehörten sie einem einstudierten, lautlosen Ballett an. Binnen Sekunden fand jeder von ihnen Deckung – in einer Ecke oder hinter einem Möbelstück – oder kauerte sich hin, um ein möglichst kleines Ziel abzugeben. Diejenigen, die im Besitz einer Waffe waren, was die meisten waren, zückten diese. Alejandro zog ein Messer aus der Hosentasche. Christopher sah die Klinge funkeln. Alles andere war von Alejandros Körper verdeckt, den er wie einen Schutzschild einsetzte und vor Christopher positionierte und damit Christophers Leben über sein eigenes stellte. Christopher verabscheute das. Nachdem sich alle in Position befanden und ihre Waffen gezückt hatten, erstarrten sie und warteten. Sie alle wussten, dass es kein Entkommen gab. Sie würden sich hier stellen und kämpfen, und sie würden hier gewinnen oder sterben.

Eine Stimme durchschnitt die Dunkelheit, die in einem unerwarteten Flüsterton sprach. »Ruhe bewahren«, sagte die Stimme. »Vor dem Gebäude sind Leute. Wir wissen nicht, was sie hier suchen, aber wir beobachten sie. Bleibt in Alarmbereitschaft.« Dann verstummte die Stimme, und im Raum herrschte wieder Stille. Ein paar Leute nutzten die Gelegenheit, um sich neu zu positionieren, sodass sie der Tür zugewandt waren und sich bei Bedarf auf Eindringlinge stürzen konnten.

»Du brauchst mich nicht zu beschützen«, flüsterte Christopher Alejandros Rücken zu.

Alejandro hob die Hand, um Christopher zu signalisieren, dass er leise sein solle. Evan befand sich im hinteren Teil des Raums, nicht weit von der Stelle entfernt, wo er seinen Toast ausgebracht hatte, und kauerte auf dem Fußboden. Addy stand mit angespannten Muskeln in der Nähe der Tür und war bereit, zur Tür zu stürmen, wenn es nötig war. Maria befand sich gegenüber von Christopher auf der anderen Seite des Raums und fixierte die Stelle, an der sich ihr Sohn befand, da sie nicht bereit war, ihn abermals zu verlieren. Die Stille und die Dunkelheit dauerten noch zwanzig Minuten an. Zwanzig Minuten lang bewegte sich niemand und gab niemand einen Laut von sich. Dann gingen die Lichter genauso plötzlich und unerwartet wieder an, wie sie ausgegangen waren. Der Raum präsentierte sich vor Christophers Augen wie ein Statuengarten, und jeder außer ihm hatte Kampfhaltung eingenommen.

»Fehlalarm«, meldete sich die flüsternde Stimme zurück, die offenbar jemandem aus Reggies Security-Team gehörte. »Das waren nur ein paar Jugendliche, die das Gebäude nebenan mit Graffiti besprüht haben. Sie sind jetzt weg.«

»Sind Sie sicher?«, rief Reggie noch immer im Flüsterton.

»Ja«, entgegnete der Wachmann. »Sie sind weg. Das war nichts.«

»Okay«, sagte Reggie mit normaler Stimme zu den Anwesenden. »Vielleicht sollte das ein Zeichen für uns sein, für heute Schluss zu machen. Ich denke, die meisten von uns können auf weitere Abenteuer verzichten, bis wir selbst für welche sorgen.« Reggies Ankündigung erntete zustimmendes Gemurmel, und die Leute bewegten sich zügig in Richtung Ausgang.

Auch Alejandro machte sich schweigend auf den Weg zur Tür. Christopher schloss zu ihm auf und legte ihm eine Hand auf die Schulter, um ihn aufzuhalten. »Das wäre nicht nötig gewesen«, sagte Christopher.

Alejandro drehte sich zu Christopher um. »Doch, das war es«, erklärte er. Dann wandte er sich wieder um und ging ohne ein weiteres Wort zur Tür.

Christopher blieb und sah zu, wie sich der Raum langsam leerte. Er wartete, bis fast alle gegangen waren, bis auf Reggie und ein paar Nachzügler, doch sein Blick ruhte auf Reggie und nicht auf den anderen. Christopher ging auf Reggie zu. Er verschwendete keine Zeit mit Formalitäten. »Ich will wissen, wie der Plan für New York aussieht«, sagte er.

»Das habe ich dir doch bereits gesagt. Wir werden schon eine Aufgabe für dich finden, irgendwas Wichtiges, aber Ungefährliches.«

»Ich möchte nicht, dass ihr eine Rolle für mich aussucht. Ich möchte die Details erfahren. Ich möchte ein Mitspracherecht haben. Ich will nicht, dass noch jemand in meinem Namen stirbt, während ich am Rand stehe und nichts anderes tue als zu reden.«

»Das geht nicht«, erwiderte Reggie. »Du hast bereits alles getan, Christopher. Du solltest stolz auf das sein, was du für uns getan hast. Ich werde dir eine Aufgabe geben, aber ich darf dich nicht in Gefahr bringen. Ich habe schon genug Versprechen gebrochen, was dich anbelangt.« Reggie wandte sich von Christopher ab und wollte sich entfernen.

»Welche Versprechen?«, rief ihm Christopher verwirrt hinterher. Er hatte es satt, im Dunkeln zu tappen. »Was verheimlichst du mir noch?«

»Versprechen, die er mir gegeben hat«, sagte eine Stimme hinter ihm. Sie gehörte Maria. »Vor vielen Jahren habe ich Reggie das Versprechen abgenommen, dich davor zu bewahren, dass du in den Krieg verwickelt wirst. Aber jetzt bist du trotzdem hier.«

»Ist das der Grund, warum du mich zunächst gedrängt hast wegzulaufen?«, wollte Christopher von Reggie wissen.

Reggie nickte. »Aber dann bist du bei Dutty gelandet. Also habe ich mir gedacht, wenn du dich sowieso dafür entscheidest zu kämpfen, sollte ich dir zumindest eine bessere Chance verschaffen zu gewinnen.«

Maria mischte sich wieder ins Gespräch ein. »Aber ein Versprechen bleibt ein Versprechen. Reggie war mir einen Gefallen schuldig, und dafür habe ich mir von ihm versprechen lassen, dass er dich von jeder Gefahr fernhält. Du hast bereits genug getan, Christopher. Du solltest nicht noch mehr tun. Lass die anderen die Sache zu Ende bringen. Schließlich ist das ihr Krieg, nicht unserer.«

»Vielleicht ist es nicht dein Krieg«, sagte Christopher zu Maria, »aber es ist meiner – zumindest so lange, bis er vorbei ist. Er hat immer in mir gewohnt. Ich versuche schon mein ganzes Leben lang, ihn aus mir rauszubekommen. Niemand kann das für mich tun.« Christopher drehte sich wieder zu Reggie. »Ich muss den Plan kennen. Ich habe es satt, dass andere Leute Entscheidungen für mich treffen. Außerdem verheimlichst du mir etwas, Reggie. Das merke ich.«

»Einige Teile des Plans werden dir nicht gefallen«, entgegnete Reggie.

»Das sind die Teile, die mich am meisten interessieren.« Christophers Stimme bebte. Reggie sah Maria an und wartete auf ein Zeichen von ihr, dass es in Ordnung war, wenn er etwas sagte, doch sie verzog keine Miene. »Schau nicht sie an«, sagte Christopher zu Reggie. »Sie hat in der Angelegenheit nichts zu sagen.«

»Aber ich bin deine Mutter, Christopher«, protestierte Maria.

Die drei standen in der Mitte des leeren Raums. Christopher warf Maria einen Blick zu. Er war zu gutmütig, um auf irgendeine andere Weise zu reagieren. Doch der Blick genügte. Er riss an Marias Herzen. »Sag mir, was mir an dem Plan nicht gefallen wird«, verlangte Christopher von Reggie.

Reggie sah abermals zu Maria, da er sich ihr gegenüber verpflichtet fühlte, und flehte sie mit Blicken an.

»Sag es mir!«, verlangte Christopher erneut, als Maria sich weigerte, auf Reggies Starren zu reagieren.

»Um sicherzugehen, dass der Plan funktioniert, werden viele unschuldige Menschen verletzt werden und wahrscheinlich auch viele sterben«, sagte Reggie zu Christopher. »Wir legen zur Ablenkung überall in der Stadt Bomben. Ohne diese Ablenkung haben wir keine Chance.«

»Und das ist dein Plan?«, fragte Christopher. Für ihn klang das nicht nach einem Plan, den Reggie sich ausgedacht hatte.

»Nein«, gab Reggie zu. »Wir haben einen Informanten, mit dem wir zusammenarbeiten.« Reggie hoffte, das Nachfragen hätte damit ein Ende.

Es hätte beinahe funktioniert. Christopher dachte nicht mehr weiter darüber nach. Seine Gedanken waren bei dem Plan, doch Marias Gedanken drehten sich um den Informanten. »Wer ist es denn?«, fragte sie, obwohl sie es tief in ihrem Inneren bereits wusste.

»Wir haben das nicht mit Absicht getan«, sagte Reggie und

entschuldigte sich bei Maria und bei Christopher, bevor sich die beiden überhaupt sicher waren, wofür er sich entschuldigte. »Wir konnten es uns nicht erlauben, irgendwelche Kompromisse einzugehen. Von allen, die uns hätten helfen können, ist er mit Abstand der Beste. Er besitzt die erforderlichen Kenntnisse, und niemand ist verbitterter als er.«

»Von wem sprichst du?«, fragte Christopher, der immer noch nicht eins und eins zusammenzählte, aber trotzdem nervös war.

»Unser Informant …«, setzte Reggie an.

»Wer ist es?«, forderte Christopher.

»Es ist Jared«, sagte Reggie. Maria zuckte sichtlich zusammen, als sie den Namen hörte.

»Der Mann, der meinen Vater getötet hat?«

»Der Mann, der dich mir weggenommen hat«, sagte Maria.

»Er ist ein Spion?«, fragte Christopher entgeistert.

»Inzwischen, ja.«

Christopher stand unter Schock. Er reagierte wie ein in die Enge getriebenes Tier und stürzte sich als Erstes auf die größte Bedrohung. »Ich möchte ihn treffen«, sagte er und weitete seine Forderungen damit aus. Jetzt wollte er alles, jede gottverdammte Kleinigkeit. »Ich will Jared treffen, und er soll mir den Plan erklären.«

Reggie sah Christopher mit einem tieftraurigen Blick an. »Wenn er Jared trifft, begleite ich ihn«, verkündete Maria. Sie würde ihn diesen Teufel nicht allein treffen lassen.

»Das ist nicht verhandelbar, Reggie«, erklärte Christopher. Was hatte Addy einmal zu ihm gesagt? Niemand bekommt das, was er haben will, und diejenigen, die es bekommen, wollen dann sofort etwas anderes. Doch was war, wenn man sich nur wünschte, dass alles einen Sinn ergab?

NEUNUNDFÜNFZIGSTES KAPITEL

Jared war überrascht, als Brian ihn anrief, um das Treffen zu vereinbaren. Er hatte geglaubt, bei seiner Bitte, Christopher zu treffen, habe es sich nur um einen Schuss ins Blaue gehandelt, doch hier war er, in einem kleinen Apartment in der Hundertdreißigsten Straße an der West Side in Manhattan, und wartete. Ein Mann namens George hatte ihn abgetastet, bevor er das Apartment betreten durfte. Jared beklagte sich nicht. »Tasten Sie die anderen auch ab?«, fragte er, als er George die Pistole gab, die er bei sich trug, bevor dieser die Gelegenheit hatte, sie an seinem Gürtel zu ertasten.

»Nein«, erwiderte George nüchtern. Also würde Jared nicht nur die einzige Person in diesem Raum sein, die von allen anderen gehasst wurde, sondern vermutlich auch die einzige Person im Raum, die unbewaffnet war. George hielt die Tür auf, und Jared trat ein.

Jared überlegte, was er zu ihnen sagen sollte. Er hatte diese Sache nicht richtig durchdacht. Manche Dinge konnte man einfach nicht planen. Brian hatte ihm gesagt, dass Maria ebenfalls kommen würde. Jared wusste allerdings nicht, wer noch da sein würde. Es konnte sich durchaus auch um eine Falle handeln. Es konnte durchaus sein, dass er dieses Apartment nicht mehr lebend verlassen würde. Doch damit hatte er sich abgefunden. Nach Soldaten-Maßstäben war er ein alter Mann. *Wenn das das Ende sein soll*, dachte Jared, *dann hat es wenigstens eine gewisse Dramatik*.

Jared ging in dem Apartment auf und ab, während er auf die anderen wartete, und war nicht in der Lage, sich länger als ein paar Sekunden hinzusetzen. Er versuchte, nervöse Energie zu verbrennen. Er ging bereits mehr als zwanzig Minuten auf und ab, als er endlich vor der Tür ein Geräusch hörte und sah, wie sich der Türknauf zu drehen begann. Erst dann setzte er sich hin. Er suchte sich einen Sitzplatz aus, welcher der Tür zugewandt war, und beobachtete, wie sich der Türknauf zu Ende drehte. Dann beobachtete er, wie die Tür aufging. Als Nächstes wurde er in der Zeit zurückversetzt.

Als die Tür aufschwang, sah Jared seinen alten Freund Joseph vor sich stehen, doch das Seltsame war, es handelte sich nicht um den Joseph, wie Jared ihn das letzte Mal lebend gesehen hatte. Es war der Joseph aus der Zeit, als sie beide noch heranwachsende Jugendliche gewesen waren. Es war der Joseph aus der Highschool in New Jersey. Jared wollte gerade etwas zu seinem alten Freund sagen, als die beiden Personen, die hinter Joseph standen, seine Trance brachen. Dann handelte es sich plötzlich nicht mehr um Joseph, sondern um einen Jungen. Die Ähnlichkeit war noch immer da, aber es gab auch Unterschiede. Der Junge war kleiner als Joseph, und er hatte eine Intensität an sich, die Joseph in Jareds Erinnerung nicht besessen hatte – zumindest nicht beim letzten Mal, als sie sich gesehen hatten.

»Du musst Christopher sein«, sagte Jared zu dem Jungen, als dieser den Raum betrat. Maria folgte unmittelbar hinter ihm. Sie sah wesentlich älter aus, als Jared sie in Erinnerung hatte. Die Zeit hatte sie hart gemacht. Hinter Maria befand sich ein großer Schwarzer. Jared erkannte Reggie ebenfalls, aber nur deshalb, weil er bei der Arbeit Fotos von ihm gesehen hatte. Reggie war einer der meistgesuchten Rebellen des Krieges.

»Sie sind Jared?«, fragte Christopher und starrte den alten Mann an, der vor ihm saß. Er war dünn, beinahe zerbrechlich. Sein Haar war schütter, und seine Haut war mit Altersflecken gesprenkelt. Der Mann im Sessel entsprach nicht dem kraftvollen Bild von Jared, das Christopher im Kopf hatte.

»Der bin ich«, sagte Jared zu Christopher. Dann wandte er sich an Reggie. »Und Sie müssen der berüchtigte Reggie sein.«

»Tja, ich nehme an, damit hätten wir uns einander vorgestellt«, sagte Reggie.

»Noch nicht alle«, sagte Maria. Sie trat nach vorn und sah Jared an. »Erinnerst du dich noch an mich?«

»Selbstverständlich«, entgegnete Jared. »Wie könnte ich die Frau vergessen, die meine zwei besten Freunde gegen mich aufgehetzt hat?«

»Genug jetzt«, mischte Reggie sich ein. »Dafür sind wir nicht hier. Wir haben jetzt keine Zeit für die Vergangenheit.«

»Schön und gut«, sagte Jared. »Wofür sind wir dann hier?«

»Christopher möchte mehr über den Plan erfahren«, sagte Reggie.

»Dann haben Sie ihn also hierhergebracht, damit ich ihm sage, was Sie sich ihm nicht zu sagen trauen?«

»Ich habe es ihm gesagt. Er wollte es aus Ihrem Mund hören«, erwiderte Reggie. »Wir haben ihm gesagt, dass es Ihr Plan ist.«

»Sie haben ihm alle Details genannt?«, fragte Jared Reggie mit einem Lächeln.

»Nein«, gab Reggie zu. »Nicht alle Details.«

»Okay«, sagte Jared. »Setz dich.« Jared deutete auf den Sessel, der ihm gegenüberstand. Christopher ging langsam darauf zu. »Keine Sorge, Christopher«, sagte Jared. »Ich wurde abgetastet, bevor ich reingelassen wurde. Du hast nichts zu befürchten. Also, du möchtest mehr über den Plan erfahren?«

»Ja«, entgegnete Christopher.

»Du bist nicht hier, weil du eine Entschuldigung möchtest?«

Jared sah Maria an. »Sie ist nicht hier, weil sie eine Entschuldigung möchte? Du möchtest nur etwas über den Plan erfahren?«

»Ja«, wiederholte Christopher.

»Okay«, sagte Jared. »Das ist gut. Ich werde mich nämlich weder bei dir noch bei ihr entschuldigen.«

»Okay«, sagte Christopher mit erhobenem Kinn.

»Meiner Meinung nach gibt es nur eine Person, der ich vielleicht eine Entschuldigung schuldig bin, und das bist nicht du, und das ist nicht sie.« Jared deutete auf Maria.

»Ich habe Ihnen doch gesagt, dass ich keine Entschuldigung verlange. Ich möchte nur über den Plan sprechen. Ich möchte nur, dass alles bald vorbei ist.«

»Ich auch«, sagte Jared. Das genügte als Drohung, damit sich alle aufs Wesentliche konzentrierten. Jared fing an, Christopher seinen Plan zu erklären. Er erzählte ihm von den Zielen, von den Gebäuden, von den Brücken und von den Bomben. Christopher stellte sich Explosionen und Schreie in allen Teilen der Stadt vor, die allesamt allein als Ablenkung dienten, damit niemand dem wirklichen Ziel Aufmerksamkeit schenkte. Christopher nahm an, dass dort ebenfalls Sprengsätze zum Einsatz kommen würden. Mit einer Explosion konnten alle vier Etagen zerstört werden.

»Das ist doch Wahnsinn«, sagte Christopher. »Warum müssen wir so vielen unschuldigen Menschen Schaden zufügen?«

»Unschuldig?« Jared sprach mit Christopher, als sei dieser die einzige andere Person im Raum. Maria und Reggie ignorierte er völlig. Er interessierte sich nur für den Jungen, für den Sohn seines besten Freundes.

»Sie sind unschuldig«, wiederholte Christopher. »Sie haben nichts mit diesem Krieg zu tun.«

»Dass sie nicht an diesem Krieg beteiligt sind, heißt nicht, dass sie unschuldig sind«, sagte Jared. »Jeder hasst irgendjemanden. Die meisten Menschen führen nur keine Liste. Sag mir, wer unschuldiger ist: der Zehnjährige, der in den Krieg hineingeboren wurde, aber noch nichts über ihn erfahren hat, oder der Dreißigjährige, der den größten Teil seines Lebens damit zugebracht hat, die Indizien zu ignorieren, dass dieser Krieg existiert. Wer ist unschuldiger? Sag es mir.«

»Ich löse keine Rätsel«, erwiderte Christopher.

»Tja, solltest du aber«, sagte Jared, »denn Antworten auf Fragen bekommt man hier nur, wenn man Rätsel löst.«

»Es muss eine bessere Methode geben«, sagte Christopher.

»Die gibt es nicht. Natürlich können wir Kompromisse eingehen, um das Leben von einigen Fremden zu retten, aber jeder Kompromiss, den wir eingehen, macht es unwahrscheinlicher, dass der Plan funktioniert. Wir bekommen dafür nur eine Chance. Brian und Reggie haben bereits zugestimmt.« Jared blickte zu Reggie auf. »Ich habe mir sagen lassen, dass sie diejenigen sind, die das Kommando haben. Wie kommst du eigentlich darauf, dass du in dieser Angelegenheit überhaupt was zu sagen hast? Wie lange bist du schon Teil dieses Krieges? Seit vier Wochen?« Jared schüttelte den Kopf. »Was weißt du denn schon? Dein Vater hat verstanden, wie wenig er wusste, und er hat jahrelang bis über beide Ohren im Krieg gesteckt, bis er gestorben ist.«

»Bis Sie ihn getötet haben«, sagte Christopher, bevor Maria es sagen konnte.

»Bis ich ihn getötet habe«, bestätigte Jared.

Christopher spürte Wut in sich aufsteigen. »Was ich weiß, spielt keine Rolle. Ein Mitspracherecht habe ich, weil das meine Revolution ist«, sagte Christopher und ballte die Fäuste. »Das ist mein Aufstand. Es ist meiner und der von Addy und von

Evan. Nicht Ihrer. Sie hatten Ihre Chance. Sie alle hatten ihre Chance, aber sie haben sie vergeudet. Sie hätten Ihre eigene Revolution haben können, aber Sie haben sich stattdessen dafür entschieden, Ihren besten Freund zu töten. Also sagen Sie mir nicht, wie wenig ich weiß.«

»Dein Aufstand?«, fragte Jared mit einem Lächeln. Ihm gefiel das Feuer des Jungen.

»Ja«, sagte Christopher durch zusammengebissene Zähne. Ihm wurde endlich bewusst, was er wollte. Plötzlich spürte er es. Er wollte weder Macht noch Ruhm. Er wollte keine Berühmtheit. Er wollte, dass alles zu Ende ging, sicher, aber bevor es so weit war, wollte er noch etwas anderes. »Nach allem, was ich mitgemacht habe«, sagte Christopher und warf Reggie und Maria einen Blick zu, »möchte ich eine gewisse Kontrolle über mein Leben. Ich weiß, ihr habt getan, was ihr konntet, um mich zu beschützen, und ich weiß das zu schätzen, aber damit ist es jetzt vorbei.«

Jared lachte. »Du willst Kontrolle?«

»Ja«, entgegnete Christopher.

»Lass dir von jemandem, der sich auskennt, sagen, Kontrolle ist eine Illusion, Kleiner«, erklärte Jared.

»Hör nicht auf ihn, Christopher«, schrie Maria beinahe. »Du kannst dein Leben kontrollieren. Das kannst du.« Sie lief zu Christopher, nahm seine Hand und sah ihm in die Augen. »Das ist es, was ich immer für dich wollte. Das ist es, was dein Vater immer für dich wollte. Er selbst hatte es nie. Ich genauso wenig. Aber du kannst es haben, und wenn es das ist, was du dafür tun musst, dann hör nicht auf ihn«, sagte Maria und erdolchte Jared mit Blicken.

Christopher blickte zu Reggie auf, und dieser sagte: »Ich weiß, es war eine Gratwanderung von mir, dich zu benutzen, um diesen Aufstand ins Rollen zu bringen, und gleichzeitig zu versuchen, dich zu beschützen. Ich dachte, es wäre das Beste für dich, aber das ist dein Aufstand. Ohne dich existiert er nicht. Denk daran, wofür auch immer du dich entscheidest, hat für viel mehr Menschen Auswirkungen als nur für uns vier.«

Christopher sagte nichts darauf. Er nahm in sich auf, was Maria und Reggie zu ihm gesagt hatten, und wandte sich dann wieder Jared zu.

»Also gut«, sagte Jared, »wenn das dein Aufstand ist, dann lass mich dir einen guten Rat geben. *Sie* werden sich nicht um Kollateralschäden oder um das Wohl unschuldiger Menschen scheren, wenn sie dich kommen sehen. Sie werden alles tun, was nötig ist, um *deinen* Aufstand zu zerschlagen. Sie halten sich an Regeln, wenn sie gegeneinander kämpfen, aber nicht, wenn sie gegen dich kämpfen. Sie wissen sehr wohl, was sie haben – was du ihnen wegnehmen willst. Es geht nicht nur um irgendeine Geschichte. Es geht um eine Geschichte, die sämtlicher positiver Aspekte beraubt wurde. Es geht um eine Geschichte von Hass und Angst. Wer diesen Teil der Geschichte kontrolliert, verfügt über die gesamte Macht.« Jared beugte sich nach vorn, näher zu Christopher. »Ich habe gesehen, was sie mit Dissidenten machen. Ich war dabei. Sie haben es mir gezeigt. Sie wollten, dass ich es sehe, falls ich auf die Idee kommen sollte, in die Fußstapfen meines Freundes zu treten. Ich habe die Schreie gehört. Ich habe das Blut und das zerrissene Fleisch gesehen. Du bist noch ein Kind. Du kennst den Zorn nicht, gegen den du angehen möchtest. Ich kenne ihn. Ich weiß, was uns allen blüht, wenn du scheiterst. Also, wenn das dein Aufstand ist, dann schlage ich vor, dass du auf Sentimentalität verzichtest und tust, was nötig ist, um zu gewinnen.«

SECHZIGSTES KAPITEL

Bis zum Beginn des Aufstands waren es nur noch zwölf Stunden, und es herrschte überall Ruhe. In Tokio war es ruhig. In Kambodscha, in Istanbul und in Paris war es ruhig. In Rio und in Costa Rica war es ruhig. Sogar in New York herrschte Ruhe. Die Ruhe würde allerdings nicht anhalten. Eine Woche war seit dem Abend vergangen, an dem Christopher sich zum ersten Mal mit Jared getroffen hatte. Zunächst glaubte Christopher, eine Woche würde nicht genügen. Dann erklärte ihm Reggie, dass die Planung fast abgeschlossen sei und dass es eigentlich nur noch um kleine Details und Logistik ginge. »Das Gefährlichste ist jetzt das Warten«, sagte Reggie. »Je länger wir warten, desto wahrscheinlicher ist es, dass jemand, der etwas weiß, geschnappt wird. Und wenn jemand geschnappt wird, besteht eine hohe Wahrscheinlichkeit, dass er Informationen weitergibt. Unter extremem Druck brechen die besten Leute zusammen.«

»Bist du sicher, dass die Zeit ausreicht?«

»Viele Leute warten schon so lange, wie du am Leben bist. Das ist genug Zeit.«

»Okay«, sagte Christopher. Sein Herz klopfte heftig. »Dann sag allen, sie sollen sich bereit machen.«

Also verbreiteten Reggie und Brian die Nachricht. Alle eilten zu ihren Ausgangsstützpunkten zurück, um sich vorzubereiten. Ihnen blieben sieben Tage, und inzwischen waren diese sieben Tage auf zwölf Stunden zusammengeschrumpft. In New York ging es auf zwölf Uhr mittags zu. Die Sprengsätze waren in der Nacht zuvor in der ganzen Stadt deponiert worden. Ganz egal, wie die Nacht enden würde, mit der Ruhe wäre es vorbei.

Evan ging auf der Suche nach Christopher durch die provisorischen Flure der Lagerhalle in Brooklyn. Er hatte gehört, dass Christopher mit ihm reden wollte. Die Lagerhalle wirkte leer, nachdem die meisten nach Hause zurückgekehrt waren: nach Süd- oder Mittelamerika oder wo auch immer sie sich für ihre Rolle beim Aufstand vorbereiteten. Nur zehn waren übrig: Christopher, Evan, Addy, Reggie, Brian, Maria und vier weitere, die keine andere Anlaufstelle hatten. Evan war bei Addy gewesen. Die beiden hatten noch einmal miteinander allein sein wollen, für den Fall, dass es das letzte Mal war. Sie ließen sich Zeit und waren geduldig und taten so, als würde es nie enden. Dann endete es.

In den Fluren herrschte Stille. Das lauteste Geräusch, das Evan hörte, war das Geräusch seiner eigenen Schritte auf dem Betonfußboden. Er ging langsam in den hinteren Bereich des Gebäudes, wo Christopher schlief und sich aufhielt, wenn er allein sein wollte. »Chris?«, rief Evan, als er um eine weitere Ecke bog. »Bist du da?«

»Ich bin hier«, hörte Evan eine Stimme sagen, die von rechts aus dem provisorischen Büro kam. Es enthielt nicht viel mehr als einen billigen Schreibtisch und drei Stühle, erfüllte aber seinen Zweck.

Evan spähte durch die Türöffnung. »Ich habe gehört, du hast nach mir gesucht«, sagte Evan zu Christopher, der am Schreibtisch saß und auf einen Stapel Dokumente starrte, die vor ihm lagen. Er fühlte sich überwältigt und überfordert, aber er tat zumindest etwas. Immerhin war er beschäftigt.

»Das habe ich«, sagte Christopher. »Ich wollte mit dir über heute Abend sprechen, über den Plan. Ich habe mich mit Reggie unterhalten. Es gibt da etwas, worum wir dich bitten möchten.«

»Ich habe dir doch gesagt, dass ich dich begleiten möchte.

Ich will nicht im Abseits stehen. Ich bin nur deinetwegen hier. Wir sollten das gemeinsam durchziehen.«

»Du hast jetzt andere Gründe, um hier zu sein«, sagte Christopher. Evan wusste, dass Christopher von Addy sprach. »Aber ich habe dir gesagt, ich würde eine Aufgabe für dich finden«, erklärte Christopher. »Das habe ich dir versprochen.«

»Welche Aufgabe ist das?«, fragte Evan. »Und wage es nicht, mir irgend so einen Blödsinnsjob zu geben, damit du sagen kannst, du hättest dein Versprechen gehalten.«

»Es ist kein Blödsinnsjob«, erwiderte Christopher. »Aber ich muss dir erst den Plan erklären.« Er warf einen Blick auf die Dokumente, die vor ihm auf dem Schreibtisch lagen. »Ich glaube, es steckt ein bisschen mehr dahinter, als du wahrscheinlich weißt.«

»Ich höre.«

»Erzähl du mir zuerst, was du weißt.«

»Ich weiß von den Bomben«, sagte Evan. »Ich weiß, sie sollen als Ablenkung dienen, um zivile Kräfte vom Informationszentrum fernzuhalten. Ich weiß, dass ein Team das Informationszentrum angreifen wird, sobald diese Bomben explodiert sind. Ich habe gehört, der Plan lautet, das Informationszentrum ebenfalls in die Luft zu sprengen.«

»Ist das alles, was du weißt?«, fragte Christopher

»Ich wurde nicht wirklich auf dem Laufenden gehalten.«

»Ich weiß«, sagte Christopher. »Ich wollte dich schützen. Nur weil ich keine Wahl hatte, ob ich an der Sache beteiligt sein wollte oder nicht, bedeutet das nicht, dass du auch keine haben sollst. Dann wurde mir bewusst, dass ich dich brauche, und deshalb sind wir jetzt hier.«

»Du brauchst mich?«, wiederholte Evan, um sicherzugehen, dass er Christopher richtig verstanden hatte.

»Ja«, sagte Christopher.

»Wozu?«, fragte Evan.

»Wir haben Angst, im Informationszentrum Bomben einzusetzen«, erklärte Christopher. »Das ist einfach zu riskant. Selbst wenn wir das ganze Gebäude zum Einsturz bringen, werden es womöglich einige Dokumente überstehen. Wir müssen sichergehen, dass wir alles zerstören. Es gibt keine moralischen Siege.«

»Was habt ihr dann vor? Ihr könnt schließlich nicht alles schreddern.«

»Nein. Anstelle von Bomben werden wir ein entzündliches Gas verwenden, von dem Jared uns erzählt hat. Er hat gesagt, er hätte gehört, dass es bereits in der Vergangenheit eingesetzt wurde, allerdings nur in kleinerem Umfang. Es ist hochentzündlich. Es fängt leicht Feuer. Es brennt extrem heiß, und es verbrennt sehr schnell.«

»Und wofür wurde es in der Vergangenheit verwendet?«, fragte Evan. Selbst er traute Jared nicht.

»Das habe ich ihn nicht gefragt. Ich wollte es gar nicht wissen, aber Brian wusste auch davon. Er hat bestätigt, dass sich das Gas für unsere Zwecke eignen würde«, sagte Christopher. »Das Informationszentrum nimmt fünf Etagen ein. Für jede Etage ist eine Flasche Gas nötig. Wir gehen zu sechst rein – jeder von uns mit einer Gasflasche. So haben wir eine Flasche Ersatz, falls es einer von uns nicht schafft. Sobald wir drin sind, dichten wir alles ab, damit das Gas nicht entweichen kann. Und wir stellen sicher, dass sämtliche Schubladen und Innentüren geöffnet sind. Dann setzen wir das Gas frei. Es wird nur ein paar Minuten dauern, bis sich sämtliche Räume damit füllen. Wir nehmen an, höchstens fünfzehn Minuten. Dann ist nur noch ein einziger kleiner Funke nötig, und alles wird binnen Sekunden in Flammen stehen. Alles wird sich in Staub verwandeln. Deshalb werden wir sofort verschwinden, nachdem wir das Gas freigesetzt haben.«

»Und wofür brauchst du mich?«

»Du bist der Funke. Wenn wir draußen sind, brauchen wir jemanden, der das Feuer entzündet. Erinnere dich, es ist nur ein Funke nötig. Wir möchten, dass du dich auf das Dach des Gebäudes auf der anderen Straßenseite begibst. Wir haben ein Gewehr für dich. Du brauchst nur einen Schuss in das Gebäude abzugeben. Du musst nicht einmal irgendwas Bestimmtes treffen. Ein Schuss, und alles steht in Flammen.«

»Warum brauchst du mich dafür, Chris? Das könnte doch jeder tun.«

»Ja, Reggie hatte die Aufgabe ursprünglich jemand anderem zugeteilt. Ich habe ihn gebeten, sie dich übernehmen zu lassen.«

»Warum?«

»Weil derjenige, der sich auf dem Dach befindet, mit einem Funkgerät ausgerüstet ist. Wer auch immer sich auf dem Dach befindet, muss für uns sehen. Du musst uns sagen, was draußen passiert.«

»Ich verstehe immer noch nicht, warum du dazu mich brauchst.«

Christopher sah Evan an. »Ich möchte deine Stimme über Funk hören, weil du mein einziger echter Freund bist.« Christopher zögerte und erklärte dann: »Ich möchte deine Stimme über Funk hören, weil ich Angst habe.« Christophers Stimme bebte. »Ich glaube, deine Stimme zu hören, wird mir etwas von meiner Angst nehmen.«

»Was machen wir, wenn der Krieg vorbei ist, Chris?«, fragte Evan. »Schließlich können wir nicht einfach wieder nach Hause gehen. Wir sind keine zwei Loser-Kids mehr in Maine. Wir sind jetzt Flüchtige. Der heutige Abend wird daran nichts ändern. In vieler Hinsicht passen wir besser in den Krieg als in die normale Welt. Im Krieg sind wir Revoluzzer. Da draußen sind wir einfach nur zwei Kriminelle.«

»Wenn der Krieg vorbei ist, wird vieles anders«, versprach ihm Christopher und versuchte dabei, sich selbst davon zu überzeugen, dass das tatsächlich stimmte. »Addy hat vorgeschlagen, dass wir alle auf eine Insel ziehen sollten, wo uns niemand erkennt.«

»Klingt gut«, sagte Evan, obwohl er es sich nicht vorstellen konnte.

»Also, möchtest du den Schuss abgeben, der den Krieg beendet?«

Bis zum Beginn des Aufstands waren es nur noch zwölf Stunden, und Jared saß in seinem Büro und tat so, als sei alles ganz normal. Als er sich gerade fertig machte, um zum Mittagessen zu gehen, erhielt er einen Anruf von einer der Sekretärinnen. Er wurde in eines der Eckbüros zitiert. Warum, erfuhr er nicht.

Jared legte auf. Er nahm sich einen Moment Zeit, um sich zu sammeln. Zu lügen stellte kein Problem für ihn dar. Er tischte jeden Tag Lügen auf: sich selbst, anderen. Lügen zu müssen, machte ihn nicht nervös, aber er hatte gehofft, den Tag ohne irgendwelche Heucheleien herumzubringen. An den meisten Tagen waren die Heucheleien einfach ein Ärgernis, doch heute konnten sie echte Schwierigkeiten bedeuten. Jared hatte einen Zeitplan einzuhalten und einige Dinge zu erledigen, wobei nichts von dem, was er zu erledigen hatte, so wichtig war, wie alles normal erscheinen zu lassen. Dessen war er sich bewusst. Also sammelte er sich, stand auf und machte sich wie angewiesen auf den Weg zu dem Eckbüro.

Die Tür des Büros stand halb offen. Jared klopfte trotzdem

an, bevor er den Kopf hineinsteckte. »Ich wollte gerade zum Mittagessen gehen, aber ich habe gehört, Sie möchten mich sehen«, sagte Jared zu dem Mann hinter dem Schreibtisch. Der Mann war ein weiterer Wunderknabe, ein weiterer Jüngling, der zehn Jahre jünger war als Jared und Entscheidungen traf, für die Jared niemals die Befugnis bekommen würde.

»Jared«, sagte der Mann, als er Jared in der Türöffnung auftauchen sah. »Ja, kommen Sie rein. Ich wollte mit Ihnen sprechen.« Jared trat ein paar Schritte in das Büro. »Machen Sie die Tür hinter sich zu.«

Jared tat, wie ihm aufgetragen, schloss die Tür und schnitt sie damit vom Rest des Büros ab.

»Setzen Sie sich«, befahl der Mann und deutete auf einen der vornehmen Ledersessel auf der anderen Seite seines Schreibtischs.

»Kann das denn nicht warten?«, protestierte Jared. »Können wir uns nicht nach dem Mittagessen unterhalten?«

»Nein. Das kann nicht warten«, sagte der Mann todernst. »Nehmen Sie Platz.«

»Also gut.« Jared setzte sich. »Was ist los, Peter?«

Peter trommelte mit den Fingern auf der Tischplatte. »Haben Sie in letzter Zeit etwas von Christopher gehört?«, fragte er.

Jared hätte auf diese Frage besser vorbereitet sein sollen, als er es war, doch er hatte keine Anzeichen dafür gesehen, dass irgendjemand Verdacht geschöpft hatte. »Nicht, seit wir ihn in Singapur aus den Augen verloren haben«, log er. »Seitdem herrscht Funkstille.«

»Ich habe heute Morgen einen Bericht bekommen, dass er vor über einer Woche in Istanbul gesichtet wurde und dass er an Bord eines Flugzeugs nach New York ging, als ihn das letzte Mal jemand gesehen hat. Sie wissen gar nichts darüber?«

Jared zuckte mit den Schultern. »Wir hören dauernd irgendwelche Gerüchte. Die Leute sehen den Jungen überall. Das ist mit ihm so ähnlich wie mit Elvis oder Bigfoot. Mir ist nichts zu Ohren gekommen, was sich nachweisen ließe. Warum halten Sie dieses Gerücht denn für wahr?«

»Das ist kein Gerücht. Es existieren Fotos aus einer Flughafen-Überwachungskamera. Ich habe sie selbst gesehen. Wie ist es möglich, dass Sie nichts davon gehört haben?«

»Mir wird nichts gezeigt, was nicht zuerst Ihnen gezeigt wird«, sagte Jared. Er beschloss, es als Erstes mit Schmeichelei zu versuchen. »Was hat es überhaupt zu bedeuten? Selbst wenn es stimmt, ist es über eine Woche her, wie Sie sagten. Inzwischen ist er wahrscheinlich längst über alle Berge.«

»Ja«, stimmte ihm Peter zunächst zu, »aber er könnte sich auch noch in New York aufhalten und irgendwas aushecken.«

»Etwas aushecken?« Jared lachte. »Er ist doch noch ein Kind. Er ist schlimmer als ein Kind. Er ist ein Kind ohne Erfahrung. Wie sollte er irgendwas aushecken? Haben Sie tatsächlich Angst vor dem Jungen?«

»Er hat lange überlebt. Damit hat niemand gerechnet«, sagte Peter und sah Jared dabei unverwandt an.

»Glück«, entgegnete Jared, dem nicht gefiel, welche Richtung dieses Gespräch einschlug.

»Vielleicht«, räumte Peter ein. »Vielleicht arbeitet er aber auch mit anderen zusammen.« Peter beugte sich zu Jared vor. »Vielleicht hat er Informanten, die ihm helfen wollen.«

»Sie denken, wir haben hier Spione?« Jared täuschte Überraschung vor.

»Ich weiß nicht. Was denken Sie? Sie sind schon länger hier als irgendjemand anders.«

Deshalb war Jared also herbeizitiert worden: weil er alt war.

»Ich denke, er ist noch ein Kind. Ich denke, alle geraten in helle Aufregung wegen eines ganz gewöhnlichen Jungen. Sein Glück wird ihm irgendwann ausgehen, und dann werden sich alle dumm vorkommen, weil sie sich solche Sorgen gemacht haben. Und ich spreche nicht nur von uns. Ich spreche auch von den Rebellen. So was kommt und geht…« Jared machte eine Handbewegung vor seinem Gesicht, als wolle er eine Fliege verscheuchen.

»Sie haben wahrscheinlich recht«, sagte Peter zu Jareds Erleichterung. »Dieser Laden hier ist sowieso ein verdammter Tresorraum. Hier kommt niemand rein – zumindest nicht lebendig. Erinnern Sie sich noch an die letzte Gruppe, die es versucht hat? Wie weit sind sie gekommen? Bis zur Eingangstür? Hier drin glich es einem Kriegsschauplatz, und sie haben nicht mal die Tür aufbekommen.«

Jared erinnerte sich und nickte. Bei der letzten Gruppe von Leuten, die es versucht hatten, hatte es sich nicht um Rebellen gehandelt. Sie hatten der anderen Seite angehört. Normalerweise wurden Einrichtungen verlegt, wenn die andere Seite eine davon entdeckte. In diesem Fall nicht. In diesem Fall war sie als Zeichen der Stärke an Ort und Stelle verblieben. Das war eine Botschaft: *Uns ist egal, dass ihr wisst, dass wir hier sind, weil ihr ohnehin nicht reinkommt.* Doch diese Leute wussten nicht, was Jared wusste. Sie kannten die Lücken im System nicht. Sie hatten nicht den richtigen Plan.

Peter sprach weiter. »Erinnern Sie sich noch, was Sie mit diesem einen Typen gemacht haben, um ihn zum Sprechen zu bringen?« Jared nickte erneut. Er erinnerte sich. »Ich habe noch nie jemanden so schnell um Gnade winseln sehen.«

»Ich fackle nicht lange«, sagte Jared. »Apropos: Kann ich jetzt gehen? Sind Sie jetzt überzeugt, dass wir uns keine Sorgen zu machen brauchen?«

»Sie können gehen«, sagte Peter und entließ Jared mit einer Handbewegung. Jared erhob sich und ging in Richtung Tür. »Ich werde trotzdem die Sicherheitsvorkehrungen verdoppeln«, sagte Peter. »Nur für den Fall.« Jared blieb stehen. Wenn sie die Sicherheitsvorkehrungen verdoppelten, würde sein Plan nicht funktionieren. Darüber war sich Jared im Klaren. Wenn sie die Sicherheitsvorkehrungen verdoppelten, würde kein Plan funktionieren. Sie würden scheitern, und alle anderen würden mit ihnen scheitern.

Jared drehte sich wieder zu Peter um. Noch konnte er die Sache retten. »Okay, möchten Sie, dass ich die Anweisungen gebe? Wahrscheinlich können wir die Sicherheitsmaßnahmen bis morgen Abend aufstocken.« *Alles, was wir brauchen, ist heute Abend*, dachte Jared.

»Nein«, entgegnete Peter. »Ich werde es allen sagen. Nichts für ungut, aber wenn ich es ihnen sage, werden die zusätzlichen Vorkehrungen sofort getroffen. Dann brauchen wir nicht bis morgen Abend zu warten. Wenn ich ihnen sage, dass sie springen sollen, fragen sie mich nicht, wie hoch. Sie springen einfach.«

Jared dachte über seine Optionen nach. Er überlegte, welche Karte er spielen sollte. »Sie möchten die Vorkehrungen sofort haben? Ich sage Ihnen, Peter, Sie gehen zu weit. Sie jagen den Leuten Angst ein.«

»Es stört mich nicht, wenn ich den Leuten Angst einjage«, sagte Peter. »Wer Angst hat, arbeitet härter.«

Jared musste einen anderen Kurs einschlagen, brauchte einen anderen Plan. »Wissen Sie, da Sie gerade Spione erwähnt haben … Ich habe da etwas, das ich Ihnen mal zeigen sollte. Bislang war mir das gar nicht bewusst, aber es könnte vielleicht interessant sein.«

Peter sah Jared skeptisch an. »Was denn?«, fragte er.

»Ich habe es in meinem Büro«, sagte Jared. »Soll ich es kurz holen und Ihnen zeigen?«

»Sie sagen mir, Sie haben etwas über Spione, und dann fragen Sie mich, ob ich es sehen möchte? Was glauben Sie denn? Hören Sie auf, meine Zeit zu verschwenden. Holen Sie es und bringen Sie es her.«

»Ich bin gleich wieder da«, sagte Jared. Dann drehte er sich um, öffnete die Tür zu Peters Büro und warf einen Blick auf die Schreibtische, die das Büro umgaben. Sie waren alle leer. Fast alle waren beim Mittagessen. »Geben Sie mir zwei Minuten!«, rief Jared Peter zu und eilte zurück zu seinem kleinen, beengten Büro. Bald würden die Ersten vom Mittagessen zurückkommen. Auf Jareds Schreibtisch lag Papier. Leeres Papier. Und ein Kugelschreiber aus Metall. Jared schnappte sich beides. Er notierte schnell etwas auf einem der leeren Blätter, dann klemmte er sich alle wieder unter den Arm. Den Kugelschreiber steckte er in die Hosentasche. Dann ging er zurück zu Peters Eckbüro. Jared überlegte kurz, was genau er zu Peter sagen sollte. Er war sich darüber im Klaren, dass er wesentlich besser dran wäre, wenn er im Falle ihres Scheiterns nicht mit den Rebellen in Verbindung gebracht werden könnte.

Wieder bei Peters Büro angekommen, klopfte Jared an die Tür und wartete auf die Aufforderung einzutreten. »Kommen Sie doch rein, verdammt!«, schrie Peter, der zehn Jahre jünger war als Jared, ihn an.

Jared hielt die Seiten hoch, von denen nur die oberste beschrieben war. »Wir sollten das vertraulich behandeln«, sagte Jared zu Peter. »Darf ich Ihre Jalousien zumachen?«

»Ich hoffe, an der Sache ist was dran«, sagte Peter und stimmte Jareds Bitte mit einem Nicken zu. Jared ging von Fenster zu Fenster und schloss die Jalousien. Dann machte er die Bürotür zu. Es hatte jetzt den Anschein, als befänden sie sich in einer Höhle.

In einer Ecke des Büros, gegenüber von Peters Schreibtisch, stand ein kleiner dunkler Holztisch, um den sich drei Stühle drängten, perfekt für kleine Meetings. Jared ging zu dem Tisch hinüber und legte die Blätter darauf ab. »Würden Sie bitte mal herkommen, damit ich Ihnen zeigen kann, was Sie sich meiner Meinung nach ansehen sollten?«, fragte Jared und gab sich dabei Mühe, den Hass in seiner Stimme zu verbergen.

»Gut«, entgegnete Peter. Er stand von seinem Schreibtisch auf und ging zu Jared hinüber. Peter hegte keinen Verdacht. Dazu war er nicht in der Lage. Er hatte gesehen, wozu Jared imstande war, doch dieser hatte dabei immer auf Peters Anweisung oder auf Anweisung von jemand anderem gehandelt. Für Peter war Jared nicht mehr als ein Werkzeug, bei dem es genauso unwahrscheinlich war, dass es sich gegen ihn richtete wie bei einem Hammer oder einer Pistole, die auf dem Tisch lagen. Peter fragte sich nur, welche Informationen Jared hatte. Spione. Wenn Peter Spione enttarnen konnte, würde er mit Sicherheit einen weiteren Schritt in Richtung Spitze machen.

Jared stand neben dem Tisch und zog einen Stuhl zurück, damit Peter sich setzen konnte. Er verteilte die leeren Blätter auf dem Tisch und drehte die beschriebene Seite zu Peters Stuhl. Dann steckte er eine Hand in die Hosentasche und umschloss den Kugelschreiber. Niemand würde heute die Sicherheitsmaßnahmen verdoppeln. Jared war sich nicht sicher, ob der Plan, den er für Christopher und Reggie ausgearbeitet hatte, funktionieren würde. Andere hatten es in der Vergangenheit versucht und waren gescheitert. Das Einzige, woran Jared keinen Zweifel hatte, war, dass er ihn Peter nicht durchkreuzen lassen würde. »Sie sollten sich dazu besser hinsetzen«, sagte Jared. Dann wartete er darauf, dass Peter Platz nahm.

Bei Peter machte sich Aufregung breit. *Vielleicht wusste der alte Hase tatsächlich etwas. Vielleicht hatte ihm jemand wegen seiner Verbindung zu dem Jungen etwas anvertraut.* Peter machte einen weiteren Schritt zu dem Stuhl, neben dem Jared stand, und setzte sich. Nachdem er Platz genommen hatte, schob Jared den Stuhl mit einem Ruck näher an den Tisch, und Peter war überrascht, wie kräftig der alte Mann zu sein schien.

Jared lauschte, ob vor Peters Büro irgendetwas zu hören war. Er versuchte zu bestimmen, ob sich draußen jemand aufhielt, und wenn ja, ob derjenige würde hören können, was drinnen vor sich ging. Er hörte nichts. Entweder war draußen niemand, oder die Wände schluckten die Geräusche. So oder so würde niemand etwas hören.

»Okay, was haben Sie für mich?«, fragte Peter, ohne einen Blick auf die Seiten auf dem Tisch zu werfen.

»Lesen Sie«, befahl Jared dem Mann, der sonst ihm Befehle gab. Das fühlte sich gut an.

Peter senkte den Blick auf die Seiten. Zuerst war er verwirrt. Die meisten auf dem Tisch verteilten Seiten waren leer. Dann fiel sein Blick auf die Seite, die unmittelbar vor ihm lag, diejenige, auf der etwas stand. Die Worte waren handgeschrieben wie bei einer vertraulichen Nachricht. Er las die hastig in Tinte und ausschließlich in Großbuchstaben hingekritzelten Worte: GEGENWEHR MACHT ES NUR SCHLIMMER. Peter blickte zu Jared auf, der sich jetzt über ihn beugte. »Was soll das heißen?«, fragte er in wütendem Tonfall. Noch war ihm nicht bewusst, dass er allen Grund hatte, Angst zu haben.

Jared holte den Kugelschreiber aus der Hosentasche. Er

legte Peter seine freie Hand auf die Schulter und hielt ihn fest. »Das soll heißen, was da steht«, flüsterte Jared Peter ins Ohr. Als Peter Jareds Tonfall hörte, wurde ihm schließlich klar, dass Angst durchaus angemessen war.

Peter blickte verwirrt zu Jared auf. Was gerade vor sich ging, ergab für ihn immer noch keinen Sinn. »Warum?«, fragte er.

»Weil ich diese ganze Scheiße satt habe«, entgegnete Jared. Dann rammte er Peter den Kugelschreiber, den er in der Hand hielt, tief in den Hals. Er achtete darauf, dass sich die Wunde auf der ihm abgewandten Seite befand, damit er kein Blut auf seine Kleidung bekam. Er zielte mit dem Blut, so gut es ging, auf die Seiten auf dem Tisch. Ein Teil davon gelangte auf den Fußboden, aber nicht allzu viel. Mit seiner freien Hand hielt Jared Peter den Mund zu, damit dieser keinen Laut von sich geben konnte, obwohl das wegen des Lochs in seinem Hals ohnehin schwierig gewesen wäre. Dann zog Jared den Kugelschreiber wieder aus Peters Hals, ohne die Hand von dessen Mund zu nehmen, und rammte ihm diesen in die Brust. Anschließend brauchte er Peter nur noch ausbluten zu lassen.

Jared hielt Peter über die Seiten, bis kein Blut mehr kam. Tot war er bereits lange vorher.

Als Jared Peters Büro verließ, schloss er die Tür hinter sich. Das Büro erweckte den Eindruck, als sei es leer. Die einzigen Anzeichen dafür, dass darin etwas passiert war, waren die Leiche im Schrank, die blutverschmierten Seiten im Papierkorb unter dem Schreibtisch und die kleinen Blutflecken neben dem Tisch auf dem Teppich. Jared ging auf die Frau zu, die vor Peters Büro saß. »Peter musste in einer wichtigen Angelegenheit weg«, sagte Jared. »Er wollte, dass ich da drin etwas fertig mache, und hat mich gebeten, Ihnen zu sagen, dass niemand reingehen soll. Er kommt morgen zurück.«

Die Frau blickte zu Jared auf. »Okay«, sagte sie mit einem Schulterzucken und einem Nicken.

Jared ging zurück in sein winziges Büro, um dort noch vier Stunden abzusitzen, wobei er wieder so tat, als wäre alles normal, bevor er ein paar Minuten früher Feierabend machte.

EINUNDSECHZIGSTES KAPITEL

Bis zum Beginn des Aufstands waren es noch sechs Stunden, als der Wagen von Evan und Addy vor der Lagerhalle in Brooklyn hielt. Maria saß am Steuer. Sie hatte zwei Mitfahrerinnen im Wagen, eine auf dem Beifahrersitz und eine auf dem Rücksitz. »Hier ist es«, sagte sie. »Er ist da drin.« Die Frau auf dem Rücksitz nickte. Die Umgebung schien sie nicht zu beunruhigen. Die Frau auf dem Beifahrersitz sah aus, als wäre sie den Tränen nahe, doch so hatte sie fast die ganze Fahrt über ausgesehen. Maria nahm an, dass sie jetzt bereits eine ganze Weile so aussah.

In der Lagerhalle schreckte Evan aus dem Schlaf hoch. Er war eingenickt, da er sich bis zum Einbruch der Dunkelheit so gut wie möglich ausruhen wollte. Schließlich wusste er nicht, wie lange die Umsetzung des Plans dauern würde. Er wusste nicht, wann er die Anweisung bekommen würde, eine Kugel in das Informationszentrum abzufeuern und damit ein Feuer zu entfachen, das hunderte Jahre Geschichte auslöschen würde. Deshalb versuchte er, sich jetzt auszuruhen, um sicherzugehen, dass er später in Bestform war. Er hatte keine Skrupel, die Geschichte zu vernichten. Es war keine gute Geschichte. Es war eine Geschichte absurder Gewalt, eine Geschichte, die nichts als Hass hervorgebracht hatte. Und es war ohnehin nicht seine Geschichte. Trotzdem war Evans Schlaf voller Albträume. Als er schließlich aufwachte, war er schweißnass und spürte seinen Herzschlag in den Fingern und den Zehen. Er setzte sich in seinem Feldbett auf.

»Wieder der gleiche Albtraum?«, fragte ihn Addy. Sie saß auf der anderen Seite des provisorischen Raums auf ihrem Feldbett. Je länger sie sich in der Lagerhalle aufhielten, desto mehr erinnerte diese Evan an einen Atombunker.

»Ja«, antwortete Evan. »Ich dachte, das würde aufhören, sobald wir Christopher gefunden haben.«

Addy schüttelte den Kopf. »Nach heute Abend wird es aufhören. Nach heute Abend wird alles vorbei sein.«

»Glaubst du das wirklich?«, fragte Evan. Alle außer ihm schienen große Hoffnung auf das Ergebnis des Abends zu setzen. Addy zog es vor, ihm darauf keine Antwort zu geben.

»Ich begleite dich heute Abend«, ließ sie Evan wissen.

»Was soll das heißen?«

»Ich begleite dich. Ich werde bei dir sein, wenn du den Schuss abgibst. Ich glaube nicht, dass es gut ist, wenn du alleine gehst. Während du Christopher im Auge behältst, behalte ich dich im Auge.« Evan hätte Addy beinahe gefragt, wer sie im Auge behalten würde, kannte die Antwort aber bereits. Addy brauchte niemanden, der sie im Auge behielt.

»Bist du sicher, dass das in Ordnung ist?« Evan wusste, wie kompliziert der Plan war.

»Ich habe Reggie bereits gefragt, und er ist damit einverstanden.«

»Du hast Reggie gefragt, oder du hast es Reggie gesagt?« Evan lächelte Addy an. Das Rot war inzwischen fast ganz aus ihrem Haar verschwunden, und ihr natürliches Dunkelblond kam wieder durch. Evan gefiel ihre natürliche Haarfarbe besser. Es sah echter aus. Er konnte es immer noch kaum glauben, dass er inmitten all des Wahnsinns Addy gefunden hatte, das Beste, was ihm in seinem Leben passiert war.

Addy erwiderte sein Lächeln. »Ich habe mit Reggie gesprochen«, sagte sie. »Lass uns versuchen, noch ein bisschen zu schlafen.« Dann lehnte sie sich in ihrem Feldbett zurück, starrte die Decke an und tat so, als gäbe es irgendeine Möglichkeit für sie einzuschlafen.

Jared fuhr nach der Arbeit nicht nach Hause. Er sah keinen Sinn darin, nach New Jersey zurückzukehren, wenn sich das ganze Geschehen in der Stadt abspielen würde. Stattdessen ging er in eine Bar im Stadtzentrum, die ungefähr zehn Häuserblocks von seinem Büro entfernt war. Er kam gegen fünf Uhr nachmittags dort an und begann zu trinken. Um sieben hatte er bereits fünf Drinks intus. Er hatte aus seinem Büro alles mitgenommen, bei dem es sich lohnte, es aufzuheben, da er wusste, wenn alles nach Plan lief, würde alles, was sich noch dort befand, eingeäschert werden. Jared besaß allerdings nicht viel, bei dem es sich lohnte, es aufzuheben. Er hatte ein paar alte Fotos – ohne Rahmen, nur Fotos auf Papier, die am Rand ausgefranst waren. Bei einem davon handelte es sich um ein Foto von einer Exfreundin. Die Sache war nie besonders ernst gewesen, kam aber einer festen Bindung näher als alle anderen Beziehungen, die Jared bislang eingegangen war. Das zweite Foto zeigte ihn im Alter von ungefähr zwanzig Jahren an einem Strand. Er stand mit nacktem, gebräuntem Oberkörper da und hatte seinen zwei besten Freunden, Joseph und Michael, die Arme um die Schultern gelegt. Alle drei lächelten. Das war das einzige Mal gewesen, dass sie sich zu dritt hatten fotografieren lassen.

Fotos dieser Art durften eigentlich gar nicht gemacht werden. Ihnen war gesagt worden, es sei zu riskant und brächte die anderen beiden in Gefahr, wenn einer von ihnen irgendwann geschnappt würde. Jetzt lachte Jared darüber. Er erinnerte sich, wie das Foto entstanden war. Es war mit Jareds Kamera aufgenommen worden. Deshalb war das Foto auch letzten Endes bei ihm gelandet. Normalerweise hatte er die Kamera dazu benutzt, um die Häuser seiner Zielpersonen auszukundschaften. An diesem Tag waren jedoch ein paar hübsche Mädchen am Strand gewesen. Auf die Idee war Michael gekommen. Das Foto war seine Finte, um bei den Mädchen das Eis zu brechen. »Bitte einfach eine von ihnen, uns zu fotografieren«, hatte Michael Jared angefleht. »Dann müssen sie mit uns reden.«

»Kommt nicht infrage«, hatte Jared erwidert. »Wir dürfen uns nicht gemeinsam fotografieren lassen.«

»Ja, aber wir dürfen eigentlich auch nicht in unserer Freizeit gemeinsam rumhängen«, hatte sich Joseph eingemischt.

»Komm schon«, hatte Michael Jared gedrängt. »Wir sollten das unbedingt machen. Das ist der perfekte Plan. Dann müssen sie nicht nur mit uns sprechen, sondern uns auch durch die Kamera anschauen. Das wird wie ein besonderer Moment wirken, und jeder möchte an einem besonderen Moment teilhaben. Nachdem wir die Mädels kennengelernt haben und der Film entwickelt ist, kannst du das Foto ja wegwerfen.« Jared gab schließlich nach. Michael bat das hübscheste der Mädchen, das Foto zu machen. Sein Plan funktionierte. Er und das Mädchen verbrachten die Nacht miteinander. Jared warf das Foto nie weg. Damals war er sich nicht sicher, warum er es aufbewahrte. Damals hätte er nie damit gerechnet, dass das Foto zwei der darauf abgebildeten Personen, Jareds beste Freunde, um fast zwei Jahrzehnte überleben würde.

Jared gab dem Barkeeper ein Zeichen und sagte: »Noch einen Scotch.«

»Vielleicht sollten Sie es lieber etwas langsamer angehen«, entgegnete der Barkeeper.

»Ich glaube, dafür ist es schon ein wenig zu spät«, erwiderte Jared.

Addy mitgerechnet hatten fünfundzwanzig Personen eine aktive Rolle bei der Umsetzung des Plans. Addy und Evan waren diejenigen, die letzten Endes für den Todesstoß zuständig waren. Zehn Personen waren an verschiedenen Stellen in der Stadt positioniert. Ihre Aufgabe war es, auf dem Boden Augen und Ohren offen zu halten. Was sie sahen oder hörten, sollten sie Evan und Addy melden. Sie sollten sicherstellen, dass sich in das Chaos keine Ordnung einschlich. Sie sollten sicherstellen, dass niemand aus dem Chaos abberufen wurde, um bei der Verteidigung des Informationszentrums zu helfen. Falls doch jemand zum Informationszentrum abberufen wurde, waren sie angewiesen zu tun, was nötig war, um die Betreffenden aufzuhalten. Brian war der dreizehnte Mann: Er war derjenige, der die Sprengsätze detonieren lassen würde. Diese ließen sich mit einem Mobiltelefon zünden. Eine einzige Telefonnummer würde den Nachthimmel über New York erleuchten wie noch nie zuvor. Brian würde auf einem Dach in Gramercy Park stehen. Von dort konnte er die Nummer wählen und sich davon überzeugen, dass alles funktionierte. Falls einer der Sprengsätze nicht detonierte, nachdem Brian die Nummer gewählt hatte, war es die Aufgabe eines der Männer auf dem Boden, die Explosion herbeizuführen.

Damit blieben noch zwölf Personen. Sechs von den zwölf würden als Wachleute um die Grand Central Station positioniert sein. Das gesamte Gebäude sollte gegen dreiundzwanzig Uhr dreißig an diesem Abend evakuiert werden. Jared hatte ihnen den Evakuierungsablauf für das Gebäude beschrieben und erklärt, wie sich der Alarm am einfachsten auslösen ließ. Außerdem hatte er sie gewarnt, dass zwar alle angewiesen wären, das Gebäude zu verlassen, wenn der Alarm ausgelöst wurde, man sich jedoch nicht darauf verlassen könne, dass das tatsächlich auch jeder tat. Im Informationszentrum würde ein ausgebildetes Team von Wachleuten zurückbleiben. Diese würden sogar dann bleiben, wenn es sich bei ihrer Mission um ein Himmelfahrtskommando handelte. Sie waren die gefährlichsten Gegner von allen. Die sechs Männer auf dem Boden brauchten sich ihretwegen jedoch keine Sorgen zu machen. Ihre Aufgabe bestand allein darin sicherzustellen, dass alle anderen das Gebäude verließen und niemand es wieder betrat.

Die letzten sechs – fünf Männer und eine Frau – waren diejenigen, die mit den Gasflaschen in das Gebäude eindringen würden. Unter ihnen waren auch Reggie und Christopher. Christopher legte die Schusswaffen, die er für diese Mission bekommen hatte, vor sich auf sein Feldbett. Jeder von ihnen würde ein automatisches Gewehr und eine Pistole bei sich tragen. Diese würden sie brauchen, um in das Informationszentrum zu gelangen. Sie würden in das Gebäude schlüpfen können, während alle anderen hinauseilten, aber anschließend würden sie ihre Waffen brauchen. Außerdem waren sie mit Rucksäcken ausgerüstet, die groß genug waren, um alles zu fassen, was sie auf ihre Mission mitnahmen: allem voran ihr Gewehr, ihre Gasmaske und ihre Flasche mit entzündlichem Gas, die ungefähr so groß war wie eine kleine Taucherflasche. Christopher öffnete seinen Rucksack. Die Gasflasche hatte er bereits darin verstaut. Er nahm das Gewehr, schraubte den Lauf ab und verstaute es ebenfalls im Rucksack. Dann nahm er seine Gasmaske und setzte sie noch einmal auf, um sicherzugehen, dass sie richtig eingestellt war. Als er die Maske aufsetzte, hatte er das Gefühl, aus der Welt herauszutreten, als wäre die Realität nicht mehr als ein Film oder ein Videospiel. Die Maske war perfekt eingestellt. Er setzte sie wieder ab und verstaute sie ebenfalls in seinem Rucksack. Dann hob er den Rucksack hoch, um sein Gewicht zu testen. Er war schwer. Sie würden ihre Rucksäcke mehr als fünfunddreißig Treppen hinauftragen müssen. Christopher tröstete sich damit, dass sein Rucksack auf dem Weg nach unten wesentlich leichter sein würde.

Als Christopher den Rucksack wieder auf dem Fußboden abstellte, hörte er hinter sich eine Stimme. »Christopher?«, fragte sie leise.

Christopher drehte sich um. Es war Maria. »Hey«, sagte er. »Ich habe vorhin nach dir gesucht. Man hat mir gesagt, du wärst unterwegs.«

»Ja«, erwiderte Maria. »Ich musste noch was erledigen. Ich musste noch etwas besorgen.« Sie hielt inne. »Für dich«, fügte sie hinzu.

»Du hättest mir doch nichts zu besorgen brauchen«, entgegnete Christopher. »Du hast schon genug für mich getan. Ich weiß, ich habe vielleicht undankbar geklungen …«

»Ich musste dir das besorgen«, fiel ihm Maria ins Wort. »Ob du es haben möchtest oder nicht.«

»Ich verstehe nicht ganz.«

»Das wirst du, wenn du mit mir kommst«, sagte Maria zu ihrem Sohn. Und er war ihr Sohn. Sie war womöglich keine Mutter für ihn gewesen, aber er war ihr Sohn. Das war unabänderlich. Er war ihr Sohn, und aus irgendeinem Grund liebte sie ihn jetzt noch mehr als damals, als sie ihn nach seiner Geburt in den Armen hielt. Sie liebte ihn mehr als damals, als sie gegen die ganze Welt gekämpft hatte, nur um ihr Glück für den unwahrscheinlichen Fall zu opfern, dass er dem Krieg würde entkommen können. Ihre Liebe zu ihm hatte ihr den größten Schmerz in ihrem Leben bereitet, doch sie hegte diese Liebe und auch den Schmerz, der mit ihr einherging. Und der Schmerz war noch nicht vorbei. Darüber war sie sich im Klaren. »Kommst du mit mir mit?«, fragte sie Christopher.

»Sicher«, erwiderte er, »aber wir haben nicht viel Zeit. Ich muss mich bald fertig machen.«

»Ich weiß«, sagte Maria. »Ich weiß, du denkst, du musst das tun, und ich werde nicht mehr versuchen, dich davon abzuhalten. Ich verspreche dir, dass dafür genug Zeit ist.«

»Okay«, sagte Christopher und folgte Maria, als sie den Korridor entlangging.

Brian schüttelte Reggie die Hand. Die beiden standen in der Nähe des Tors der Lagerhalle. Brian war dabei aufzubrechen, um Stellung zu beziehen und sich zu vergewissern, dass er alle Explosionen gleichzeitig sehen konnte. »Wir sehen uns morgen früh wieder hier«, sagte Brian.

»Wir sehen uns morgen früh wieder hier«, echote Reggie. Es war geplant, dass sich am Morgen alle in der Lagerhalle versammelten, um den Erfolg des Aufstands zu bewerten, damit die nächsten Schritte beschlossen werden konnten. Wenn alles gut ging, würden sie einfach wieder auseinandergehen und abwarten, ob all die Zerstörung tatsächlich ihren Zweck erfüllt hatte.

»Das war eine ganz schöne Achterbahnfahrt«, sagte Brian zu Reggie und dachte dabei an die Zeiten zurück, als er noch mit Joseph zusammengearbeitet hatte – vor Christopher, vor Maria, vor Reggie. Er fühlte sich alt. In der Welt, in der sie lebten, war er auch alt. Früher hatte er sich gefragt, was all das zu bedeuten hatte – der Krieg, die Regeln, einfach alles –, doch das war vor langer Zeit gewesen. Er hatte genug gesehen. Jetzt wollte er nur noch sehen, dass es endete.

»Man sollte eine Achterbahnfahrt erst beurteilen, wenn sie vorbei ist«, entgegnete Reggie.

Brian nickte. Dann drehte er sich um und ging durch das Tor der Lagerhalle in die anbrechende Nacht hinaus.

ZWEIUNDSECHZIGSTES KAPITEL

Nachdem Brian die Lagerhalle verlassen hatte, brachen die übrigen Rebellen jeweils zu zweit ebenfalls auf. Jeder von ihnen hatte seinen Auftrag. Einige der Zweierteams würden sich später trennen, wenn sie sich ihrem letztendlichen Einsatzort näherten. Addy und Evan würden die gesamte Nacht zusammenbleiben, wie auch drei andere Zweierteams, die damit beauftragt waren, das Informationszentrum zu umstellen, sowie die drei Zweierteams, die es stürmen sollten. Sie verließen die Lagerhalle in Abständen, um nicht mit einem Massenexodus Aufsehen zu erregen. Draußen angekommen, machte sich jedes Zweierteam auf individuelle Art und Weise auf den Weg zu seinem Ziel. Addy und Evan gehörten zu den Ersten, die aufbrachen. Sie hatten vor, zu Fuß über die Manhattan Bridge zu gehen und dann ein Taxi nach Norden zu nehmen. Sie besaßen Schlüsselkarten und alles andere, was sie brauchten, um auf das Dach des Gebäudes zu gelangen, auf dem sie still und heimlich die Nacht verbringen sollten. Christopher umarmte Addy und

Evan, bevor sie aufbrachen. Die drei sprachen kein Wort miteinander. Keiner von ihnen hatte noch etwas zu sagen. Reggie und Addy umarmten sich ebenfalls, da ihnen beiden bewusst war, dass sie sich verbündet hatten, um diesen Aufstand möglich zu machen, dass sie sich verbündet und Christopher zu dem Menschen gemacht hatten, der er jetzt war. »Für Max«, flüsterte Addy Reggie ins Ohr, als sie sich umarmten.

»Für Max und all die anderen«, flüsterte Reggie zurück.

Christopher und Reggie brachen als letztes Zweierteam auf. Reggie wollte zuerst alle verabschieden. Als alle anderen gegangen waren, schulterten Christopher und Reggie ihre Rucksäcke und machten sich zu Fuß auf den Weg zur U-Bahn. Nachdem auch alle anderen Zweierteams bereits unterwegs waren, herrschte in der Lagerhalle so tiefe Stille, als wäre sie ganz leer gewesen. Sie war allerdings nicht leer: Drei Personen beobachteten Christopher und Reggie schweigend. Diese drei würden bis zum Morgen kaum ein Wort miteinander wechseln. Sie würden schweigend auf die Rückkehr ihres Sohnes warten. Jede von ihnen war es gewohnt zu warten.

Die Rucksäcke, die Christopher und Reggie trugen, waren schwer. Christopher spürte, wie die Gurte an seinen Schultern einschnitten. Als sie aufbrachen, ging er hinter Reggie und ließ sich von ihm durch die dunklen Straßen von Brooklyn führen. Christopher betrachtete Reggies Rucksack und versuchte zu beurteilen, ob man ihm sein Gewicht ansah. Er ging nicht davon aus. Sie marschierten durch die Straßen, und nur eine dünne Lage Segeltuch verbarg ihre Schusswaffen und Gasflaschen vor den Augen der Welt. Niemand, der sie sah, würde irgendeinen Verdacht hegen. Niemand würde das Ausmaß an Zerstörung vermuten, das sie planten. »Meinst du, unsere Rucksäcke werden in der U-Bahn Verdacht erregen?«, wollte Christopher von Reggie wissen.

Reggie drehte sich zu ihm um und lächelte. »Es ist weit mehr nötig als zwei große Rucksäcke, um in der U-Bahn Verdacht zu erregen.«

»Dir erscheint es doch bestimmt richtig«, sagte Christopher und ging schneller, bis er so weit zu Reggie aufgeschlossen hatte, dass er flüstern konnte, »das Ganze hier zu beenden, nachdem du hier aufgewachsen bist. Damit schließt sich der Kreis.«

»Mir erscheint es richtig, das Ganze zu beenden«, sagte Reggie, »Kreis hin oder her.«

»Ich nehme an, wenn es ein geschlossener Kreis wäre, würde es nie enden.«

»Machen wir uns später philosophische Gedanken, Chris. Wir müssen einiges in die Luft jagen.«

Nachdem sie um eine weitere Ecke gebogen waren, kamen sie zu einer Treppe, die hinunter zur U-Bahn führte. Reggie blieb stehen und ließ Christopher vorausgehen. Er ließ noch ein letztes Mal den Blick über die Straßen in der Umgebung wandern, ehe er Christopher unter die Erde folgte. Die U-Bahn-Haltestelle war fast menschenleer. Nur eine Handvoll Fahrgäste wartete auf dem Bahnsteig. Sie blickten kurz auf, als Reggie und Christopher die Treppe herunterkamen, sahen dann aber wieder weg, in ihr Buch, auf ihre Füße oder wohin auch immer sie vor Christophers und Reggies Eintreffen geschaut hatten. Christopher folgte Reggie zu einem leeren Teil des Bahnsteigs.

»Ich bin noch nie mit einer U-Bahn gefahren«, gestand Christopher, während die beiden auf den Luftzug warteten, der den Zug ankündigen würde.

»Du hast in deinem Leben noch einige Premieren vor dir, Christopher«, erwiderte Reggie, doch der letzte Teil seines Satzes wurde vom Geräusch einer einfahrenden U-Bahn verschluckt. Sie stiegen ein und suchten sich Sitzplätze. Christopher ahmte alles nach, was Reggie tat, nahm seinen Rucksack von den Schultern und stellte ihn zwischen den Knien vor sich auf den Boden. Dann lehnte er sich in seinem Sitz zurück, spürte den Fußboden in der U-Bahn beben und fragte sich, wie in aller Welt er dorthin gelangt war, wo er sich befand. Dabei fiel ihm ein, dass er vergessen hatte, nach dem Namen der ersten Frau zu fragen.

Christopher hatte die Frau erkannt. Er musste sie erkannt haben, denn fremde Gesichter machten ihn nervös. Ihres nicht. Ihr Gesicht vermittelte ihm ein Gefühl von Sicherheit. Sie hatte weiche, faltige Haut und graues, gelocktes Haar. »Wer sind Sie?«, fragte Christopher unbeholfen, als Maria sie hereinführte. Die Frau sagte zunächst gar nichts. Sie stand nur da und starrte Christopher an, als habe sie das Sprechen verlernt.

»Sie war auch einmal deine Mutter«, erklärte Maria. »Bevor ich dich ihr weggenommen habe.«

Jetzt war Christopher derjenige, dem es die Sprache verschlug. Die Frau nickte. »Das stimmt«, sagte sie. »Ich war bei dir, als du deine ersten Worte gesprochen hast.« Ihre Stimme bebte. »Du hast Mama zu mir gesagt.«

Christopher hatte keine Ahnung, was er tun oder sagen sollte. Er drehte sich wieder zu Maria, in der Hoffnung, sie würde ihn leiten, würde ihm sagen, wie er reagieren solle, würde ihm erklären, weshalb sie das tat. »Erinnerst du dich an sie?«, wollte Maria von Christopher wissen.

Christopher wusste nicht, was er auf Marias Frage erwidern sollte. Er erinnerte sich nicht an sie, aber was auch immer es war, was er empfand, es war tiefer als eine Erinnerung. Genauso hatte er sich gefühlt, als er in Marias Armen zusammengebrochen war. Er hatte das Gefühl, der Welt anzugehören. Christopher drehte sich wieder zu der Frau, zu seiner zweiten Mutter. »Wie bist du hierhergekommen?«, fragte er sie.

Die Frau deutete auf Maria. »Maria hat mich ausfindig gemacht«, sagte sie. »Sie hat mich hierhergebracht.«

»Es war nicht schwer, sie zu finden«, sagte Maria. »Sie gehört seit mehr als zehn Jahren dem Untergrund an.« Christopher sah die Frau an. Sie sah nicht wie eine Rebellin aus.

»Warum?«, fragte Christopher die Frau. »Nach allem, was geschehen ist?« Und jeder im Raum wusste, was Christopher damit meinte. Nachdem Maria ihren Ehemann getötet und ihr Kind mitgenommen hatte, warum sollte sie sich den Leuten anschließen, die Maria dabei geholfen hatten?

Die Frau ging einen Schritt auf Christopher zu und streckte die Hand langsam zu seiner Schulter aus, als würde sie ihn wortlos fragen, ob es für ihn in Ordnung sei, wenn sie ihn berührte. Christopher bewegte sich ganz langsam nach vorn, sodass ihre Hand auf seiner Schulter zu ruhen kam. Er spürte, wie sich die Muskeln der Frau entspannten, als sie sich berührten. »Mir ist keine andere Möglichkeit eingefallen, um dir näher zu kommen.« Sie trat noch näher zu ihm hin, winkelte den Arm an und legte ihm die Hand um den Hals. »Ich habe all die Gerüchte gehört. Ich habe gehört, dass sie dich ›den Jungen‹ nennen. Ich habe sie deinen Namen benutzen hören – deinen echten Namen, nicht denjenigen, den ich dir gegeben hatte. Niemand wusste, wer ich bin. Niemand wusste, dass ich in den acht wunderbarsten Monaten meines Lebens deine Mutter war. Ich wollte dir wieder nahe sein. Ich war auf niemanden wütend, nachdem Maria dich mir weggenommen hatte.« Sie schüttelte den Kopf. »Zuerst war ich wütend, aber dann wurde mir bewusst, dass es richtig war, was sie getan hatte.« Ihr Tonfall wurde noch sanfter. »Das hätte mir schon früher bewusst werden sollen. Ich war drauf und dran zuzulassen, dass sie dich in ein Monster verwandeln wie alle anderen auch. Das wollte ich wiedergutmachen. Ich dachte, wenn ich dem Untergrund beitrete, kann ich vielleicht ein bisschen zu deiner Sicherheit beitragen.«

»Sicherheit war nie eine echte Option für mich.«

Die Augen der Frau füllten sich bei Christophers Worten mit Tränen. »Ich erinnere mich, wie gerne du als Baby Musik gehört hast. Wenn ich dir bestimmte Lieder vorgespielt habe, hast du in die Hände geklatscht und gelacht. Ich erinnere mich, dass ich mir gedacht habe, wenn alles anders wäre, könntest du vielleicht später einmal Komponist oder Musiker werden. Ich habe mir vorgestellt, ich sehe dich aufwachsen und später einmal in einem Orchester oder einem Jazzclub spielen.« Sie hielt gedankenverloren inne. »Magst du Musik immer noch so gern?«

Christopher durchsuchte sein Gedächtnis nach irgendeiner Erinnerung, nach irgendeiner Möglichkeit, um zu zeigen, dass das Kind, das diese Frau beschrieb, immer noch ein Teil von ihm war. Mochte er Musik noch immer so gern? Mochte er überhaupt irgendetwas wirklich gern? »Das wird schon wieder kommen«, entgegnete Christopher und gab damit sowohl der Frau als auch sich selbst ein Versprechen. »Es tut mir leid, wenn es dein Leben ruiniert hat, mich zu kennen«, sagte er schließlich zu der Frau, die ihn vor siebzehn Jahren acht Monate lang versorgt und die ihren Mann verloren hatte und die deshalb seit damals ihr Leben auf der Flucht verbrachte.

Die Frau zog Christopher in ihre Arme. »Du hast gar nichts ruiniert. Mein Leben hatte noch nicht mal angefangen, bevor ich dir begegnet bin.« Dann blickte sie an Christopher vorbei. »Vielen Dank, dass du mir das ermöglicht hast, Maria.«

Christopher und Reggie fuhren eine Zeit lang mit der U-Bahn.

Nach der zehnten Haltestelle hörte Christopher auf mitzuzählen. »Da wären wir«, sagte Reggie, als sie bei der Zweiundvierzigsten Straße ankamen, und holte Christopher damit aus seiner Trance. Reggie stand auf und schulterte seinen Rucksack. Christopher imitierte Reggies Bewegungen. Als sie aus dem Zug stiegen, warf Christopher einen Blick auf die Uhr: noch eine gute Stunde bis Mitternacht. »Bist du bereit?«, fragte Reggie, bevor sie wieder hinauf zu den Straßen der Stadt stiegen.

»Ich bin bereit«, antwortete Christopher, und die beiden erklommen die Treppe.

Brian stand auf dem Dach des ihm zugewiesenen Gebäudes und ließ den Blick über die Stadt schweifen. Dann nahm er das Mobiltelefon aus der Tasche. Es handelte sich um ein Handy mit Prepaidkarte, das nicht einer bestimmten Person zugeordnet werden konnte. Um ihn herum funkelten die Lichter der Stadt, die sich meilenweit in alle Richtungen erstreckten. Im Süden und Osten hörten sie erst dort auf, wo der schwarze Ozean begann, und selbst dort waren die Lichter der Schiffe zu erkennen, die vor der Küste unterwegs waren. Im Westen und Norden nahmen die Lichter überhaupt kein Ende.

Brian warf einen Blick auf die Uhr und zählte abermals die Ziele. Insgesamt waren es zehn: die Brooklyn Bridge, die George Washington Bridge, die Manhattan Bridge, die Williamsburg Bridge, die Verrazano-Narrows Bridge, das Flatiron Building, das Chrysler Building, das Empire State Building, der Triumphbogen im Washington Square Park und das Yankee Stadium in der Bronx. Die meisten der Ziele konnte Brian von seinem Standpunkt sehen. Und auch wenn er ein Ziel nicht sehen konnte, wusste er, dass er die Explosion würde sehen können. Er sah noch einmal auf die Uhr. Achtundvierzig Sekunden waren vergangen. Die Stadt war ruhig und wunderschön. In weniger als zehn Minuten musste Brian den Code wählen.

Christopher und Reggie marschierten auf der Zweiundvierzigsten Straße in Richtung Osten. Kurz darauf deutete Reggie nach oben in den Himmel auf einen der Wolkenkratzer, die um sie herum emporragten. »Das ist es«, sagte er. »Das ist das Gebäude.«

Christopher blickte nach oben, und die Höhe des Gebäudes sorgte dafür, dass ihm beinahe schwindlig wurde. Er versuchte, die Stockwerke zu zählen, wobei er unten anfing und nach oben zählte. Er wollte sehen, ob er herausfinden konnte, welche fünf Etagen sie in Brand stecken würden, gab jedoch bereits bei etwa zwanzig auf.

Sie gingen nicht auf direktem Weg zu dem Zielgebäude. Der Plan war, dass sie unterirdisch eindringen würden, und zwar über einen Service-Tunnel, der von einem der benachbarten Gebäude in ihr Zielgebäude führte. Jared hatte ihnen versichert, dass der Lieferanteneingang des benachbarten Gebäudes offen und unbewacht war. Er hatte die nötigen Hebel in Bewegung gesetzt, um das möglich zu machen. Als Christopher und Reggie beim Lieferanteneingang des fraglichen Gebäudes ankamen, holte Reggie seine Pistole aus dem Rucksack und hielt sie so tief, dass sie nicht zu sehen war. Das lag nicht daran, dass Reggie Jared nicht traute. In Momenten wie diesem traute Reggie niemandem. Reggie stürmte mit vorgehaltener Pistole durch den Lieferanteneingang, doch der Raum, in den die Tür führte, war leer. Er blickte sich in dem Raum um und entdeckte die Treppe, die nach unten führte. »Da«, sagte Reggie zu Christopher und deutete auf die Treppe.

»Sollten wir uns nicht zuerst bewaffnen?«, fragte Christopher. Sein Herz klopfte bereits heftig, und er versuchte, es zu beruhigen, indem er seine Atmung verlangsamte. Ihm war bewusst, dass er Energie für das Erklimmen der Treppen sparen musste. Reggie nickte. Die beiden nahmen ihre Rucksäcke von den Schultern und stellten sie vor sich auf den Fußboden. Christopher öffnete den Reißverschluss seines Rucksacks und holte seine Pistole sowie die Einzelteile des automatischen Gewehrs heraus. Er begann, das Gewehr zusammenzubauen, was inzwischen ziemlich schnell ging, da er es in den letzten Tagen immer und immer wieder geübt hatte. Er war dabei sogar schneller als Reggie. Als er fertig war, schulterte er seinen Rucksack wieder, der inzwischen deutlich leichter war. Der einzige schwerere Gegenstand, der sich jetzt noch darin befand, war die Gasflasche. Christopher steckte seine Pistole in das Halfter, das er sich am Oberschenkel befestigt hatte. Dann hob er das Gewehr. Für einen Moment fühlte er sich stark, doch er kämpfte gegen dieses Gefühl an. Er wollte sich nicht stark fühlen. Er würde sich mit tapfer begnügen und hoffen, dass ihn das durch die Nacht bringen würde.

Als Christopher fertig war, trat Reggie identisch ausgerüstet neben ihn. »Gehen wir«, sagte Reggie. Die beiden machten sich, auf alles vorbereitet, auf den Weg zur Treppe.

Der Servicetunnel, der die beiden Gebäude miteinander verband, war nur schwach beleuchtet. Die Hälfte der Lampen in dem Tunnel war ausgeschaltet, weshalb er sich in einem fahlen Grau präsentierte. Der Fußboden bestand aus Beton, die Wände und die Decke waren mit verstaubten weißen Fliesen verkleidet. Soweit Reggie und Christopher es beurteilen konnten, war der Tunnel menschenleer. Sie sahen nichts außer Fußabdrücken auf dem staubigen Boden und Papierfetzen, die überall herumlagen. Sie gingen schnell durch den Tunnel, da sie wussten, dass sie keine Deckung haben würden – keine Versteckmöglichkeit –, bis sie am anderen Ende ankamen. Im Gehen hörten sie ihre eigenen Schritte von den Wänden widerhallen. Es war unmöglich, leicht aufzutreten, wenn man so viel Gewicht bei sich trug. Christophers Herz pochte im Takt mit seinen Schritten. Es spielte keine Rolle, dass sie sich in einem Tunnel unter New York City befanden: Für ein paar Sekunden waren diese Schritte das einzige Geräusch auf der Welt. Sie mussten in die Sicherheitszentrale unter ihrem Zielgebäude gelangen. Dort konnten sie einen Alarm auslösen, der zur Evakuierung sämtlicher Etagen aufforderte. Während anschließend fast alle, die sich in dem Gebäude aufhielten, die Treppen hinunterliefen, würden sich Reggie, Christopher und die anderen auf den Weg nach oben machen. Die einzigen anderen Personen, die sich dann noch in dem Gebäude befänden, wären die Wachmänner, die für den Schutz des Informationszentrums während eines Notfalls zuständig waren.

Am Ende des Tunnels kamen Christopher und Reggie zu einer weiteren Tür. Hinter ihr begann das Gebäude, in dem das Informationszentrum untergebracht war. In wenigen Augenblicken würden sie sich darin befinden, nur siebenunddreißig Etagen unter ihrem Ziel. Nicht wissend, was sie auf der anderen Seite der Tür erwartete, hielten sie abermals inne.

»Wir gehen schnell und leise rein«, sagte Reggie zu Christopher, der Schweiß auf Reggies Stirn glänzen sah. Er hatte Reggie noch nie zuvor schwitzen sehen. »Ich gehe als Erster rein. Wenn du nichts hörst, wartest du fünf Sekunden und folgst mir dann. Wenn du etwas hörst« – Christopher war sich darüber im Klaren, dass Reggie mit *etwas* Schüsse meinte –, »wartest du, bis ich dir die Tür aufmache.«

»Und was ist, wenn du die Tür nicht aufmachst?«, fragte Christopher.

Reggie zuckte mit den Schultern. »Dann bist du auf dich allein gestellt und musst irgendwie selbst ins Gebäude gelangen.« Reggie wartete nicht, ob noch eine weitere Frage folgte. Er trat auf die Tür zu, öffnete sie und schlüpfte lautlos hindurch.

Christopher zählte in Gedanken fünf Sekunden wie ein Kind beim Versteckspiel, während er gleichzeitig um Stille betete. Einundzwanzig. Zweiundzwanzig. Dreiundzwanzig. Vierundzwanzig. Fünfundzwanzig. Da er nichts hörte, ging er zur Tür und drückte sie auf.

Reggie befand sich bereits auf der anderen Seite des Raums und presste sich mit dem Rücken gegen die Wand. Sein Gewehr hatte er sich um die Schultern geschlungen, und er hielt seine Pistole in der Hand. Hinter Reggie befand sich ein weiterer Korridor. Reggie legte den Finger an die Lippen, um Christopher zu signalisieren, dass er still sein solle. Dann winkte er ihn zu sich. Christopher huschte durch den Raum und versuchte dabei, sich lautlos zu bewegen, wie er es bei Addy und Max gesehen hatte. Sekunden später stand er neben Reggie. Jeder ihrer Schritte brachte sie näher zur Sicherheitszentrale.

»Ich habe da unten jemanden gesehen«, flüsterte Reggie Christopher zu. »Wir können es uns nicht erlauben, Schüsse abzugeben, wenn es nicht unbedingt nötig ist. Das Überraschungsmoment ist unsere beste Waffe. Die dürfen wir nicht verlieren.« Christopher nickte. »Wir gehen gleichzeitig durch den Korridor, jeder auf einer Seite. Wenn du jemanden angreifen musst, versuche es zuerst mit den Händen und benutze deine Pistole nur als letzten Ausweg.« Christopher nickte abermals. Mehr fiel ihm nicht ein. Dann setzten sie sich in Bewegung.

Als sie durch den Korridor eilten, sah Christopher, was Reggie gesehen hatte. Es handelte sich nicht um Personen, sondern nur um Schatten, die sich bewegten. Sie hatten etwa zwei Drittel des Korridors zurückgelegt, als die Schatten plötzlich größer wurden und zwei bewaffnete Männer in den Korridor einbogen. Christopher hob seine Pistole. Ihm war genau bewusst, was es bedeuten würde zu schießen, aber er war dazu trotzdem genauso bereit, wie er bereit war, sich wie ein Stier auf ein flatterndes rotes Tuch zu stürzen. Reggie bewegte sich schnell auf die beiden Männer zu. Christopher folgte ihm – Schritt für Schritt für Schritt –, beide mit vorgehaltener Pistole. Die Männer am Ende des Korridors sahen sie auf sich zukommen und hoben ebenfalls ihre Pistolen. Alle zielten, aber niemand schien feuern zu wollen. Dann hielten alle inne.

»Reggie«, sagte einer der anderen Männer in lautem Flüsterton.

»Hector«, erwiderte Reggie erleichtert. Bei den beiden Männern handelte es sich um Hector und Dave. Sie gehörten ebenfalls zu den sechs Rebellen, die den Auftrag hatten, in das Gebäude einzudringen. Jetzt hatten sich vier von ihnen getroffen. »Habt ihr die anderen gesehen?« Zwei fehlten noch, dann wäre das Team vollständig.

Hector nickte wortlos und deutete um die Ecke in die Richtung, in der sich die Sicherheitszentrale befand. Reggie warf einen Blick auf die Uhr. Ihnen blieb noch eine Viertelstunde, bis in New York und an allen anderen Orten die Explosionen begannen. Alles lief genau nach Zeitplan.

Das Team aus vier Männern und einer Frau machte Reggie Platz, damit er sich den Weg zur Tür der Sicherheitszentrale bahnen konnte. Als er dort ankam, legte er das Ohr ans Türblatt und lauschte, ob dahinter irgendwelche Geräusche zu hören waren. Er hörte nichts. Die Tür war dick und praktisch schalldicht. Gewehrschüsse im Inneren wären zu hören gewesen, aber sonst nicht viel. Reggie drehte sich wieder zu seinem Team um. »Ihr wisst ja, was Sache ist«, sagte er. »Sie sind da drin zu fünft. Wir sind zu sechst. Sie haben Schusswaffen. Wir haben größere Schusswaffen. Einer von ihnen gehört dem Krieg an, aber wir haben keine Möglichkeit, um herauszufinden, welcher. Bei den anderen handelt es sich um Unschuldige. Falls einer von ihnen versucht, den Helden zu spielen, sind wir uns alle einig, welchen Schluss wir ziehen müssen, oder?« Alle nickten, sogar Christopher. »Anderenfalls sollten wir in der Lage sein, das ohne allzu viel Blutvergießen über die Bühne zu bringen.«

»Wir beeilen uns und sind auf alles gefasst«, sagte Hector zu der Gruppe. Alle nickten erneut und hoben gleichzeitig ihre Waffen. Dann ging Reggie wieder zur Tür.

Durch die Tür passten immer nur zwei Personen gleichzeitig. Sobald Reggie die Tür aufzog, würden Dave und Hector als Erste in den Raum stürmen. Sie würden Schüsse abgeben, dabei aber nicht auf Personen oder Sicherheitsausrüstung zielen. Versehentlich Alarm auszulösen, war das Letzte, was sie gebrauchen konnten. Die Schüsse waren nur als Ablenkung gedacht, um die fünf Wachleute lange genug außer Gefecht zu setzen, damit die anderen in der Zwischenzeit durch die Tür gelangen konnten. Linda und Mike würden als Nächste hineinstürmen. Reggie und Christopher würden als Letzte folgen. Je früher man den Raum betrat, desto gefährlicher war es, doch an der Reihenfolge hatte niemand etwas auszusetzen.

Reggie öffnete die Tür, und Hector und Dave rannten hinein. Christopher hörte die Schüsse – drei kurz hintereinander und dann noch zwei in bewusst größeren Abständen. Linda und Mike stürmten als Nächste hinein. Christopher hörte zwar keine Schüsse mehr, dafür aber Geschrei. Zuerst eine Stimme, die er nicht erkannte und die etwas rief, was er nicht verstand, und dann brüllte Dave: »Alle hinstellen und die Hände über den Kopf!«

Dann waren Reggie und Christopher an der Reihe. Sie stürmten Schulter an Schulter und mit vorgehaltener Waffe los. Als sie durch die Tür waren, schien bereits alles unter Kontrolle zu sein. Christopher sah als Erstes die fünf Wachleute. Sie standen an einer Wand mit dem Rücken zum Raum aufgereiht da, die Hände über dem Kopf an die Wand gelegt. Ihre Gesichter konnte Christopher nicht sehen. Dann warf er einen Blick auf ihre Ausrüstung. An der Wand vor ihm befanden sich Dutzende Bildschirme, die in Farbe Eingänge und Treppenhäuser zeigten. Davor stand ein Pult voller Knöpfe und Hebel. Christopher betrachtete die Bildschirme. Sämtliche Treppenhäuser waren leer. Auf den Monitoren, die Eingänge zeigten, regte sich überwiegend nichts; nur alle paar Minuten ging irgendeine Person durchs Bild. Es war kurz vor Mitternacht. Das Bild auf den Monitoren war ruhig und glich einem abstrakten Kunstwerk über die Monotonie des Alltagslebens.

»Okay, wo sind die Knöpfe?«, fragte Reggie und trat vor das Bedienpult. Linda ging zu ihm. Sie hatte die Aufgabe gehabt, sich mit den Plänen vertraut zu machen, die Jared für sie gestohlen hatte, mit den Plänen, die ihnen verrieten, welche Knöpfe gedrückt werden mussten.

»Da drüben«, sagte Linda und deutete auf die rechte Seite des Bedienpults. »Jeder dieser roten Knöpfe löst den Alarm für eine der Etagen aus.«

»Und wenn wir wollen, dass der Alarm auf allen Etagen gleichzeitig ausgelöst wird?«, fragte Reggie.

»Dazu legt man diesen Schalter hier um«, sagte Linda und deutete, »und dann drückt man den obersten Knopf.«

Reggie warf erneut einen Blick auf die Uhr. Ihnen blieben noch acht Minuten. »Okay, und wo ist der Knopf für die Evakuierungsdurchsage?«

»Da drüben beim Mikrofon«, erklärte Linda und deutete auf einen anderen Teil des Pults. »Man braucht nichts zu sagen. Man drückt einfach rechts auf den obersten gelben Kopf.«

»Und dann verlassen alle das Gebäude?«

»Dann verlassen alle das Gebäude«, bestätigte Linda. Noch sieben Minuten.

Christopher stand noch immer ganz hinten im Raum. Hector, Dave und Mike blieben bei den Wachleuten stehen und hielten ihre Gewehre auf sie gerichtet. »Gibst du mir mal die Fesseln?«, bat Hector Christopher, der daraufhin hinter ihn trat und den Reißverschluss seines Rucksacks öffnete. Als Erstes sah Christopher Hectors Gasflasche, dann griff er in den Rucksack hinein, ganz nach unten, und schob Hectors Gasmaske beiseite. Unter der Maske lagen ein paar Dutzend Kunststoff-Kabelbinder. Darunter befanden sich drei Rollen Klebeband. Christopher nahm die Kabelbinder und das Klebeband aus dem Rucksack, die Gasmaske und die Gasflasche ließ er drin. »Gib mir das«, sagte Hector und nahm Christopher alles ab. Das entsprach genau dem Plan: Christopher sollte den Wachleuten nicht zu nahe kommen. »Nimm meinen Platz ein«, sagte Hector zu Christopher, bevor er zu dem ersten Mann ging, der die Handflächen an die Wand gelegt hatte. Christopher nahm Hectors Position neben Dave und Mike ein und richtete seine Pistole auf den Rücken der Wachleute.

»Wir haben nicht den ganzen Tag Zeit, Hector!«, rief Reggie und warf abermals einen Blick auf die Uhr. Reggie hatte sich in der Nähe des Alarmschalters positioniert, während Linda bei dem Knopf stand, mit dem sich die Evakuierungsdurchsage abspielen ließ.

Hector ging zum ersten Wachmann. »Gib mir deine Hände«, befahl er. Der Wachmann nahm die Hände von der Wand und hielt sie Hector hinter dem Rücken hin. Dieser packte sie und fesselte sie blitzschnell mit einem der Kabelbinder. »Und jetzt umdrehen und auf den Boden setzen«, befahl Hector. Der Mann befolgte die Anweisungen. Hector half ihm beim Hinsetzen, anschließend fesselte er ihm die Fußgelenke. Als Letztes nahm Hector das Klebeband und wickelte es dem Wachmann so um den Kopf, dass sein Mund abgedeckt war.

»Was haben Sie mit uns vor?«, fragte der dritte Wachmann in der Reihe nervös, als er zusah, wie Hector seinen Kollegen knebelte.

»Nichts«, erwiderte Hector. Dann ging er zum zweiten Wachmann und begann die Prozedur von vorn.

»Was soll das heißen, *nichts*?«, wollte der dritte Wachmann von Hector wissen, während dieser dem zweiten Wachmann die Füße fesselte. Die Panik in seiner Stimme nahm zu.

»Das soll heißen nichts, wenn du den Mund hältst«, erwiderte Hector. »Wir haben weiter oben zu tun. Wir schaffen einfach alle Leute aus dem Gebäude und lassen euch hier unten. Morgen findet euch schon jemand.« Hector wickelte dem zweiten Wachmann Klebeband um den Kopf.

»Morgen?«, fragte der dritte Wachmann, als Hector sich ihm mit Kabelbindern näherte.

Was als Nächstes geschah, geschah so schnell, dass Christopher nicht einmal sah, was genau passierte, bevor es vorbei war. Er sah ein Blitzen und hörte ein Krachen und sah Blut gegen die Wand spritzen, registrierte alles aber erst nach ein paar Sekunden. Der vierte Wachmann sackte zu Boden. Ihm lief Blut übers Gesicht, und wo sich seine Stirn befunden hatte, klaffte jetzt ein Loch. Daves Pistole rauchte noch. Der vierte Wachmann hatte selbst eine Pistole in der Hand. In dem Moment, als Dave ihn erschoss, hatte er sich bereits ganz zu ihnen umgedreht gehabt. Weiß Gott, was er zu erreichen glaubte. Bestenfalls hätte er einen der Rebellen erschießen können, bevor sie ihn gestoppt hätten. Vielleicht hatte er geglaubt, das würde genügen, um stolz aus dem Leben scheiden zu können. Stattdessen war er jetzt tot, ohne etwas erreicht zu haben. »Da haben wir unseren Insider«, sagte Dave leise und starrte die Leiche des Mannes über seine rauchende Pistole hinweg an. Alle stimmten zu, da sie sich vorgenommen hatten, das zu glauben. Ob es stimmte oder nicht, spielte keine Rolle. Hector beeilte sich und fesselte den dritten Wachmann. Dieser begann zu schreien: keine Worte, sondern nur Laute. Das Geschrei hörte erst auf, als Hector dem Mann Klebeband um den Kopf wickelte. Als Hector schließlich mit dem fünften Wachmann fertig war, hatten sie nur noch zwei Minuten. Sie ließen die vier gefesselt und geknebelt an die Wand gelehnt sitzend neben ihrem toten Kollegen zurück. Sobald sie fertig waren, würden sie die vier hinaus in den Korridor schaffen, um sicherzustellen, dass keiner von ihnen an das Bedienpult gelangte. »Gehen wir«, sagte Hector. »Drück den Alarmknopf.«

»Noch nicht«, protestierte Christopher und sah Reggie an. »Wir dürfen nicht zu früh sein. Das muss alles genau gleichzeitig passieren.«

Reggie warf einen Blick auf die Uhr und nickte Christopher zu. »Noch achtzig Sekunden«, sagte er und legte die Hand neben den Knopf, den er drücken würde, um den Alarm auszulösen.

Sie würden die Geräusche von draußen nicht hören, wenn der Aufstand schließlich begann. Dazu waren sie viel zu weit entfernt, befanden sich zu weit unter der Stadt. Die Bomben, die überall in der Stadt explodierten, würden sie nicht hören. Sie würden auch nicht hören, wenn im Radio und im Fernsehen die ersten unbestätigten Berichte über Explosionen und Gewaltausbrüche gesendet wurden, die sich offenbar überall auf der Welt gleichzeitig ereigneten. Sie würden die Übertragung der Überwachungskameras beobachten, während alle bis auf eine Handvoll hochmotivierter, abgebrühter Soldaten fluchtartig das Gebäude verließen. Anschließend würden Christopher, Reggie und die anderen beginnen, die Treppen zu erklimmen.

Christopher nahm seinen Ohrhörer aus dem Rucksack und steckte ihn sich ins Ohr. Ihm war bewusst, dass er jetzt noch nichts würde hören können, da sie sich zu weit unter der Erde befanden, aber er wollte bereit sein. Nachdem er die ersten zwei Treppen erklommen hatte, wollte er Evans Stimme hören, die ihn über sämtliche Geschehnisse auf dem Laufenden halten würde.

DREIUNDSECHZIGSTES KAPITEL

Der Barkeeper schlenderte zu Jared, der zusammengesackt am Tresen saß. »Es ist fünf vor zwölf«, informierte er Jared.

»Was ist los?«, fragte Jared. Er sah den Barkeeper mit zusammengekniffenen Augen an und versuchte, seine Augen wieder scharfzustellen. Seit er die Bar um fünf Uhr nachmittags betreten hatte, trank er ununterbrochen. Nicht einmal das Tempo, mit dem er trank, hatte sich merklich verringert.

»Sie hatten mich gebeten, Ihnen zu sagen, wenn es fünf vor zwölf ist.«

»Stimmt«, sagte Jared, als er sich schließlich durch den Alkoholnebel hindurch erinnerte. »Es wird Zeit.«

»Zeit wofür?«, fragte der Barkeeper, der skeptisch zu sein schien, ob sein betrunkener Gast tatsächlich noch einen Termin hatte, den er einhalten musste.

»Zeit, um sich anzusehen, wie das Chaos beginnt«, entgegnete Jared und lächelte den Barkeeper an. Er warf zwei Hundertdollarscheine auf den Tresen. »Der Rest ist für Sie«, sagte er und rutschte von seinem Barhocker. Er brauchte einen Moment, um mit den Füßen Halt zu finden und sich ganz aufzurichten. Dann torkelte er zur Tür. Als Jared die Tür öffnete und hinaus auf den Gehsteig trat, war der Himmel still.

Brian sah auf die Uhr. Es wurde Zeit. Er stand auf dem Dach eines Gebäudes in der Nähe des East River und ließ den Blick ein letztes Mal über die Ziele schweifen. Die Nummer hatte er bereits in sein Telefon eingetippt. Er brauchte jetzt nur noch auf die Eingabetaste zu drücken, und es würde losgehen. Brian strich mit dem Daumen über die Taste und blickte auf die dunkle, aber lebendige Stadt. Dann drückte er die Taste.

Jared stand auf dem Gehsteig und blickte gebannt in den Himmel, als er das erste Grollen hörte. Die frische Luft hatte ihn so nüchtern gemacht, dass er nach oben schauen konnte, ohne umzukippen. Das erste Donnern erklang aus der Ferne. Jared konnte nicht einmal bestimmen, aus welcher Richtung das Geräusch kam, das in den Straßen widerhallte. Von der George Washington Bridge? Von der Verrazano-Narrows Bridge? Jared wartete, lauschte und fragte sich, was er als Nächstes hören würde. Er fragte sich, ob er zuerst Schreie oder Sirenen oder vielleicht auch eine weitere Explosion hören würde.

Die nächste Explosion war weniger weit weg, nicht weiter als ein paar Dutzend Häuserblocks von Jared entfernt. Sie klang wie eine Reihe krachender Donnerschläge, einer nach dem anderen, die in der ganzen Stadt zu hören sein mussten. Hinter Jared drängten die Gäste der Bar an die Fenster, um nachzusehen, was los war, doch keiner von ihnen ging tatsächlich nach draußen. Jared hatte den Blick nach wie vor nach oben gerichtet und fragte sich, ob er die Explosionen oben auf dem Empire State Building und auf dem Chrysler Building würde sehen können. Er fragte sich, wie der Rest der Welt darauf reagieren würde, in das Chaos einzutreten, das ihn schon sein ganzes Leben lang begleitete. Dann leuchtete der Himmel bunt auf.

Als Erstes war ein Violett zu sehen, das von den grauen Nachtwolken reflektiert wurde. Dann ein Grün, ein unnatürliches Grün, das beinahe chemisch aussah. Jared hörte ein weiteres Grollen – näher als das erste, aber weiter entfernt als das zweite – und ein weiteres und ein weiteres, als sich die gesamte Stadt in jeder Richtung mit donnerndem Lärm zu füllen begann. Er war gekommen. Der Anfang vom Ende war gekommen, doch die Farben … Jared konnte sich einfach keinen Reim auf die Farben machen. Es dauerte nicht lange, bis er die erste Sirene hörte, die zu der Kakophonie beitrug. Das Heulen der Sirenen vermischte sich mit dem polternden Geräusch der Explosionen.

Als Jared um eine Ecke bog, blickte er nach oben und fiel auf die Knie. Endlich sah er, worauf ihm die Gebäude vor ihm die Sicht versperrt hatten. *Dieser idealistische Scheißkerl*, sagte Jared zu sich selbst, als er einen gelben Funkenregen vom Himmel fallen sah wie Dutzende winziger funkelnder Sterne. Als Jared die Straße hinunterblickte, sah er eine ganze Palette von Farben den Himmel erleuchten, die von den Gebäuden aufstiegen, welche er selbst zur Zerstörung bestimmt hatte. Außerdem sah er Menschen – unzählige Menschen, die auf den Bürgersteigen standen und in den Himmel starrten. Eine weitere Rakete startete von einem der Gebäude, stieg pfeifend auf und explodierte dann zu einem riesigen Kreis aus hunderten von winzigen roten Fackeln. Feuerwerk. Christopher hatte Jareds Plan genommen und die Sprengsätze durch Feuerwerkskörper ersetzt, die jetzt überall über der Stadt am Himmel, auf Brücken und auf den höchsten Gebäuden in einem noch nie dagewesenen Spektrum von Licht, Farbe und Geräusch explodierten. Jared war bereits bei Feierlichkeiten in dieser Stadt gewesen, beim Feuerwerk am vierten Juli, doch nichts, was er jemals gesehen hatte, hatte den Himmel so erhellt wie das. Und dieses Mal hatte niemand damit gerechnet. Weitere Sirenen heulten durch die Stadt, die inmitten des Lärms des Feuerwerks kaum zu hören waren und weiß Gott wohin eilten, um weiß Gott was zu tun, um überhaupt irgendetwas zu tun als Reaktion auf diesen Akt der … Nicht der Gewalt. Des Wunders?

Jared, der sich noch immer auf den Knien befand und in den Himmel starrte, flüsterte die Worte erneut: »Dieser idealistische Scheißkerl.« Dann fing er an zu lachen. Trotz der Wirkung des Feuerwerks wusste er, dass sein Plan ruiniert war. Nach allem, was er Christopher gesagt hatte – nach allem, was er ihm hatte beibringen wollen –, hatte dieser den Plan trotzdem ruiniert. Das Feuerwerk würde zwar ein Chaos auslösen, doch dessen Ausmaß würde nicht genügen. Das Chaos nach echten Explosionen, hervorgerufen von Tod und Zerstörung, hätte Stunden angedauert. Wie lange würde dieses Chaos nach der Explosion der letzten Rakete währen? Eine Stunde, während die Menschenmassen versuchten herauszufinden, was sie soeben erlebt hatten? Eine Stunde, während die Einsatzkräfte zu jedem Schauplatz eilten, um sich zu vergewissern, dass tatsächlich nichts anderes als ein Feuerwerk stattgefunden hatte? »Ich hoffe, du hast dir selber genug Zeit gegeben, Kleiner«, flüsterte Jared diesmal nicht sich selbst, sondern Christopher zu, wo auch immer dieser sich befinden mochte. Wenn das Chaos endete, würde sich sofort jeder an das Informationszentrum erinnern, dessen war sich Jared sicher.

Jared blieb knien, bis das Feuerwerk vorbei war, und beobachtete, wie sich der Himmel immer und immer wieder erhellte. Für ihn sah es aus, als wäre der Himmel flüssig. Jede neue Farbexplosion breitete sich von ihrem Zentrum aus wie ein Regentropfen, der im Meer landete, was bedeutete, dass sich Jared, und der Rest der Welt mit ihm, unter Wasser befand. Als knapp zwanzig Minuten, nachdem es begonnen hatte, alles vorbei war, kämpfte sich Jared wieder auf die Füße. Christopher hatte alles aufs Spiel gesetzt. »Er ist dein Junge, Joe«, flüsterte Jared, der jetzt mit Geistern sprach und sich nicht die Mühe machte, sich daran zu erinnern, dass er Joseph vor achtzehn Jahren eigenhändig getötet hatte. »Ich hoffe, du bist stolz auf ihn.«

Addy und Evan beobachteten das Feuerwerk ebenfalls. Während Jared auf dem Bürgersteig kniete und den Blick in den Himmel gerichtet hatte, sahen sie vom Dach des Gebäudes gegenüber vom Informationszentrum zu. Die beiden waren nicht eingeweiht worden. Christopher hatte keinem von ihnen von seiner Planänderung erzählt. Kaum jemand wusste davon. Nicht einmal Brian wusste davon, und er war derjenige, der bei dem Ganzen den Abzug betätigen musste. Christopher hatte es nur denjenigen erzählt, bei denen er es für unbedingt erforderlich hielt: Reggie und einigen anderen, die ihm dabei halfen, die Kisten mit Feuerwerkskörpern herzurichten. Reggie hatte zunächst dagegen protestiert, doch Christopher hatte sich bereits entschieden gehabt. Eine Sache. Christopher hatte die Forderung gestellt, diese eine Sache entscheiden zu dürfen, und damit gedroht, den ganzen Aufstand zu Fall zu bringen, wenn Reggie nicht einwilligte. Reggie brauchte jedoch nicht gedroht zu werden. Er brauchte nur zu sehen, wie viel Christopher daran lag. Reggie wollte dabei helfen, Christopher zu retten, und nicht dabei, ihn zu zerstören. Also willigte er ein.

Für Addy und Evan war das Feuerwerk mehr als ein lautes und farbenfrohes Spektakel am Himmel. Von ihrer Warte war das Ausmaß des Feuerwerks enorm. Addy und Evan betrachteten jede Explosion, die den Himmel unmittelbar vor ihren Augen füllte. Bald war die gesamte Stadt nur noch durch den Schleier zu sehen, der von den endlosen Farbexplosionen hervorgerufen wurde. »Das sind keine richtigen Explosionen, das sind nur Feuerwerkskörper«, sagte Evan zu Addy. Er hielt bei jeder Farbexplosion nach der echten Explosion einer echten Bombe Ausschau. »Das ist alles.« Evan machte sich Sorgen, dass das womöglich nicht genügen würde.

Addy trat neben Evan an den Rand des Daches. Die beiden standen Seite an Seite und betrachteten Christophers Werk, wobei ihre Haut die Farben des Feuerwerks reflektierte. Addy griff nach Evans Hand. »Ja, aber es ist wunderschön«, sagte sie zu ihm, während sie beobachteten, wie der Himmel immer und immer wieder seine Farbe wechselte. Weit unter ihnen, auf den Straßen und von Wohnungsfenstern in der ganzen Stadt, blickten Menschen in den Himmel, um das Spektakel der Lichtexplosionen zu verfolgen. Zunächst hatte sie der Lärm erschreckt, doch als sie sahen, was vor sich ging, wurde ihre Furcht von Ehrfurcht abgelöst. Millionen von Menschen sahen zu, wie jede Explosion in den Himmel auffuhr, funkelte und dann fiel oder verlosch, um der nächsten Explosion Platz zu machen und der übernächsten. Jeder hatte schon einmal ein Feuerwerk gesehen, aber niemals eines von diesem Ausmaß. Dieses hatte völlig überraschend begonnen. Und es war auf magische Weise überall: über ihnen, neben ihnen, vor ihnen, hinter ihnen. Millionen Menschen blickten in den Himmel und sahen, was Addy und Evan sahen. Und trotzdem standen Addy und Evan gemeinsam allein auf dem Dach, Hand in Hand, und betrachteten das Spektakel, als fände es ausschließlich für sie statt.

VIERUNDSECHZIGSTES KAPITEL

Sie rannten zu sechst die Treppe hinauf. Im Treppenhaus war es heiß, und ihre Rucksäcke fühlten sich schwer an. Christopher spürte, wie ihn sein Rucksack bei jeder Stufe, die er erklomm, nach unten zog. Bei dem Treppenhaus handelte es sich um ein Innentreppenhaus ohne Fenster. Was draußen vor sich ging, konnten die sechs bei ihrem Aufstieg daher nicht sehen. Sie konzentrierten sich auf eine Stufe nach der anderen, auf eine Treppe nach der anderen. Bald hatten sie die zweite Treppe erklommen und nur noch fünfunddreißig Etagen vor sich. Über Christopher schwangen Dave und Mike ihre Rucksäcke von den Schultern und durchwühlten sie auf der Suche nach den winzigen Sprengsätzen, die sie benutzen würden, um die Türen aufzusprengen, sobald sie oben angelangt waren. Als sie die Sprengsätze gefunden hatten, behielten sie diese in der Hand und schulterten ihre Rucksäcke wieder. All das taten sie, ohne dabei aufzuhören zu laufen. Ihnen allen war bewusst, wie wenig Zeit sie hatten. Ihnen allen war bewusst, dass die Ablenkungen, für die sie sowohl im Gebäude als auch draußen gesorgt hatten, nicht ewig andauern würden. Ihnen allen war bewusst, dass diese Ablenkungen das Einzige waren, was ihre unlösbare Aufgabe lösbar machte. Anstatt gegen dreißig bewaffnete Männer kämpfen zu müssen, würden sie nur gegen fünf kämpfen müssen, doch das würde nur so lange gelten, solange die Ablenkungen andauerten und solange ihre Kollegen auf dem Boden die Verstärkung daran hindern konnten, in das Gebäude zu gelangen. Also rannten sie, und noch während sie rannten, wussten nur Reggie und Christopher von dem Feuerwerk. Nur sie wussten, dass die Ablenkungen außerhalb des Gebäudes nicht so lange andauern würden, wie alle anderen erwarteten. Reggie, der mindestens zehn Jahre älter war als alle anderen in der Gruppe, steigerte das Tempo und setzte sich an die Spitze, sodass er den Angriff anführte und alle anderen mitzog.

Christopher hielt sein Gewehr mit beiden Händen gepackt. Seine Pistole hatte er wieder ins Halfter gesteckt. Um die Balance zu halten, schwang er das Gewehr beim Laufen hin und her. Er hielt den Blick auf die Treppe gesenkt, konzentrierte sich auf jeden Schritt und gab sich Mühe, einen Rhythmus zu finden, nicht auszurutschen und nicht an das Chaos zu denken, das sie erwartete, wenn sie oben ankamen, oder an das Chaos, das anschließend auf ihn wartete. Er blieb Linda dicht auf den Fersen und sah nicht nach oben. Er weigerte sich, nach oben zu sehen, da er versuchte, alles aus seinen Gedanken zu verdrängen außer Stufe, Stufe, Stufe. Bald befand er sich in einer Art Trance, und seine Gedanken schweiften erneut ab: zurück zu der Lagerhalle, zurück zu Maria, zurück zu ihrem zweiten Geschenk für ihn.

Nachdem Maria Christopher die Frau vorgestellt hatte, die fast ein Jahr lang seine Mutter gewesen war und anschließend ihr ganzes Leben für ihn aufgegeben hatte, führte Maria ihn in einen anderen Raum. »Ich habe keine Zeit mehr«, protestierte er. Der Zeitpunkt des Aufstands rückte immer näher. Er musste sich fertig machen. Doch sein Protest galt eigentlich nicht der Zeit. Er hatte einfach Angst davor, was Maria noch für ihn parat hatte. Er hatte Angst davor, dass er keine weitere Überraschung mehr würde verkraften können. Er fürchtete weitere Ablenkungen, da er immer noch damit zu kämpfen hatte, die erste zu verdauen.

»Dafür hast du noch Zeit«, versprach ihm Maria, und so, wie sie es sagte, wusste Christopher, dass er gar keine andere Wahl hatte. Also folgte er ihr um Ecken und durch Türen, bis sie vor der Tür zu einem Raum standen, den Christopher bislang noch nicht betreten hatte. »Geh rein«, forderte Maria ihn sanft auf. Er öffnete die Tür und trat ein.

Christopher blickte sich in dem Raum um. Dann drehte er sich zu Maria um. »Was macht sie hier?«, fragte er. Er klang verwirrt und wütend. Da er keine Antwort bekam, stellte er die Frage noch einmal, dieses Mal lauter. »Maria, was macht sie hier?« Seine Stimme bebte. »Sie sollte nicht hier sein. Sie darf nicht hier sein. Das ist viel zu gefährlich.«

Maria trat hinter ihn und legte ihm eine Hand auf die Schulter, sagte jedoch nichts, da sie sich unsicher war, was sie sagen sollte. Sie brauchte allerdings auch gar nichts zu sagen; die Frau auf der anderen Seite des Raums wusste, was sie sagen sollte. Die Frau auf der anderen Seite des Raums hatte wesentlich mehr Übung als Maria. »Schon okay, Chris.« Die Frau ging auf sie zu. »Ich bin hier. Maria hat mir alles erzählt. Ich weiß über alles Bescheid. Mach dir um mich keine Sorgen. Es macht mir nichts aus, mich in Gefahr zu begeben. Ich möchte für dich da sein.«

»Aber …«, setzte Christopher an.

Die Frau schüttelte den Kopf, um ihm das Wort abzuschneiden. »Kein ›Aber‹, Christopher. Nichts, was du sagst, kann mich dazu bringen, dich im Stich zu lassen. Das würde ich niemals übers Herz bringen.«

»Tut mir leid, Mom«, sagte Christopher, der inzwischen den Tränen nahe war und sich nicht wie die Inspiration für eine Revolution fühlte, sondern wie ein kleiner Junge. Und das fühlte sich wunderbar an. Christopher wollte nicht, dass dieses Gefühl wieder verschwand.

»Komm her, Christopher. Komm zu mir.« Die Frau breitete die Arme für Christopher aus, und er lief ihnen entgegen. Seine Mutter umarmte ihn, wie sie ihn seit Jahren nicht mehr umarmt hatte.

»Was ist mit Dad?«, fragte Christopher, während er sich nach wie vor an der Bluse seiner Mutter festklammerte.

»Er weiß von nichts. Ich durfte ihm nichts erzählen«, sagte Christophers Mutter und hob den Blick in Marias Richtung.

»Männer stellen einfach eine zu große Gefahr dar«, sagte Maria als Antwort auf ihren Blick. »Ich habe schon genug damit riskiert, dass ich deine beiden Mütter hierhergebracht habe.«

»Hast du die anderen kennengelernt?«, fragte Christopher seine Mutter verlegen, als habe er sie hintergangen.

Christophers Mutter nickte. »Maria kannte ich schon als kleines Mädchen. Wir sind zu dritt hierhergefahren.« In ihrer Stimme lag nur eine Spur von Schwäche, ein Hauch von Verletzlichkeit.

»Keine Sorge, Mom. Du bist meine einzige Mutter.« Christopher dachte nicht darüber nach, welche Wirkung seine Worte auf Maria haben könnten, seine Mutter dagegen schon. Sie warf Maria einen Blick zu und erkannte in ihrem Gesicht den Schmerz, den die Worte ihr zufügten.

»Es sieht so aus, als könntest du im Moment mehr als eine Mutter gebrauchen«, sagte Christophers Mutter zu ihm. »Maria war so nett, dich zu teilen, und ich kann das ebenfalls tun.« Sie stieß ein trauriges, gequältes Lachen aus. »Nicht viele Menschen können von sich behaupten, drei Mütter zu haben.« Sie senkte den Blick und nahm Christophers Gesicht in die Hände. »Du wirst sehr geliebt, Christopher.«

Maria trat einen Schritt auf Christopher zu. »Deshalb habe ich die beiden hierhergebracht, Christopher«, sagte sie. »Ich wollte, dass du siehst, wie viel mehr als den Krieg du hast. Du brauchst dich nicht darauf zu beschränken, wie sie dich haben wollen.«

Christopher ließ die Mutter los, die ihn großgezogen hatte, und sah die Mutter an, die ihn geboren hatte. »Doch, das muss ich«, sagte er zu beiden. »Bis das alles vorbei ist, lassen sie mich niemand anders sein. Deshalb muss ich das heute Abend tun. Ihr müsst das verstehen. Ich tue es nicht für sie.«

Christophers Mutter entgegnete: »Ich erinnere mich noch, wie deine Albträume begannen, als du noch ein kleiner Junge warst. Ich erinnere mich noch, dass ich mir die Schuld dafür gegeben habe. Ich dachte, ich hätte irgendwas falsch gemacht. Ich dachte, du hättest meinetwegen Albträume.«

»Tja, jetzt weißt du, woran es lag«, versicherte Christopher seiner Mutter. »Jetzt weißt du, dass es nicht deine Schuld war.«

»Aber es war meine Schuld, dass ich sie nicht stoppen konnte. Deshalb hatte Maria dich mir ja anvertraut – damit ich sie stoppe. Aber ich konnte sie damals nicht stoppen, und ich kann sie heute immer noch nicht stoppen.« Die Tränen, die sie zurückgehalten hatte, strömten ihr jetzt über die Wangen. »Das tut mir so leid, Christopher.«

Christopher streckte die Arme aus und legte sie um seine Mutter. Die beiden standen da, schwankten gemeinsam hin und her. Er wünschte, er hätte irgendetwas sagen können, um ihre Traurigkeit zu lindern. Er wünschte, ihm wären die richtigen Worte eingefallen, um ihr zu sagen, wie dankbar er war, dass sie und sein Vater sich so sehr bemüht hatten, ihm ein normales Leben zu ermöglichen. Doch diese Worte blieben aus. Er hatte Bilder im Kopf, wie er auf den Schultern seines Vaters saß und von ihm über Jahrmärkte getragen wurde, Bilder, wie er heiße Schokolade trank, die ihm seine Mutter gemacht hatte, nachdem er mit Evan im Schnee gespielt hatte, Bilder, wie sie an Herbstabenden zu dritt vor dem offenen Kamin Brettspiele gespielt hatten. Sein Kopf war voller Bilder, doch die Worte wollten nicht kommen. Letzten Endes war Christopher noch ein Junge, deshalb fiel ihm nichts anderes ein, als zu sagen: »Wein nicht, Mom. Bitte wein nicht. Bald ist alles vorbei«, während sie sich gegenseitig festhielten, wie nur eine Mutter ihren Sohn festhalten und wie sich nur ein Sohn von seiner Mutter festhalten lassen kann.

Plötzlich knisterte es in Christophers Ohr. Dann hörte er eine Stimme. Christopher richtete den Blick nach wie vor nach unten auf die Stufen, die er hinaufrannte. »Chris? Hörst du mich, Chris?«, sagte die Stimme in seinem Ohr. Es handelte sich um Evans Stimme, die aus dem Ohrhörer ertönte. Sie befanden sich inzwischen so weit oben im Treppenhaus, dass ihn Evans Funksignal erreichte. Christopher lief weiter, hatte nie aufgehört zu laufen: Stufe, Stufe, Stufe.

»Ich höre dich, Evan. Wir sind auf dem Weg nach oben«, sagte Christopher schwer atmend. »Wie ist die Lage draußen?«, erkundigte er sich, da er glaubte, außer Evans Stimme Explosionen zu hören.

»Verrückt«, sagte Evan, während er auf das explodierende Farbenmeer blickte, das ihn umgab. Christopher glaubte, ein Lächeln aus Evans Stimme heraushören zu können. »Hier ist der Teufel los. Überall Sirenen und Blaulicht. Tausende Menschen laufen auf den Straßen herum, und anscheinend weiß niemand, was er tun soll.«

»Dann haben wir also noch Zeit?«

»Ja«, sagte Evan, »aber ich weiß nicht, wie viel. Das sind nur Feuerwerkskörper.«

»Ich weiß«, keuchte Christopher. Wenn er nicht so außer Atem gewesen wäre, hätte er Evan erklärt, weshalb es Feuerwerkskörper sein mussten, doch er konnte kaum genug Luft holen, geschweige denn sprechen. Die Erklärung musste warten. »Behalt das Gebäude im Auge und lass mich wissen, wenn wir in Gefahr sind.«

»Mach ich«, versprach Evan. Dann sagte er nichts mehr, damit sich Christopher seinen Atem für den Weg nach oben aufsparen konnte. Evan hörte Christopher über Funk keuchen, als er die Treppe hinauflief – fünfzehn Etagen und noch kein Ende in Sicht –, während um Evan herum nach wie vor Feuerwerkskörper explodierten.

Während Reggie, Christopher und die anderen die Treppen erklommen, begannen in weiter Ferne die Explosionen unter den Straßen von Paris und in den Slums von Rio de Janeiro. In Tokio marschierten Menschen durch die Straßen und schossen mit Maschinengewehren und Flammenwerfern. In Istanbul holte eine kleine Armee verkleideter Rebellen Schusswaffen unter ihren Burkas hervor und marschierte langsam einen Hügel empor auf ihr Ziel zu. In Costa Rica landeten bewaffnete Männer mit ihrem Boot an einem ansonsten friedlichen und menschenleeren Strand und stürmten dann in den Dschungel. Nur Kambodscha hinkte hinter dem Zeitplan her. Die sechs Personen, die die Treppe erklommen, wussten nichts von alledem. Sie würden es erst Stunden später erfahren. Alles, was sie wussten, war: Stufe, Stufe, Stufe.

Als sie die zwanzigste Etage erreicht hatten, ging Christopher den Plan noch einmal in Gedanken durch. Er blickte kurz auf, um zu sehen, ob er die Überwachungskameras im Treppenhaus entdeckte. »Natürlich werden sie wissen, dass ihr kommt«, hatte Jared ihnen gesagt. »Sie werden auf den Bildschirmen der Überwachungskameras verfolgen, wie ihr die Treppen hinauflauft. Sie werden sich auf euch vorbereiten.«

»Gibt es irgendeine Möglichkeit, wie wir das verhindern können?«, fragte Christopher.

»Nein«, erwiderte Jared, »aber sie sind nur zu fünft, Herrgott noch mal. Genau darum geht es ja bei dem Plan: Sie werden wissen, dass ihr kommt, aber sie werden euch nicht aufhalten können – zumindest nicht ohne fremde Hilfe. Sie werden Verstärkung anfordern. Deshalb habt ihr nicht viel Zeit. Deshalb brauchen wir die Ablenkung und die Wachposten auf der Straße, damit sie die Verstärkung in Schach halten, bis ihr euren Job erledigt habt. Aber solange es fünf von ihnen gegen euch heißt, habt ihr zwei entscheidende Vorteile.«

»Die da wären?«, fragte Reggie.

Jared hob die Faust und hielt einen Finger hoch. »Ihr seid in der Überzahl.« Dann hielt er einen zweiten Finger hoch. »Sie sind gut ausgebildet. Ganz egal, wie wir sie angreifen, sie wissen, wie man am besten darauf reagiert. Das wurde ihnen einprogrammiert.«

»Und warum ist das ein Vorteil?«, fragte Christopher.

»Weil ich derjenige bin, der sie programmiert hat«, prahlte Jared. »Ich kann euch genau sagen, wie sie auf euren Angriff reagieren werden. Ich kann euch genau sagen, wohin sie sich begeben werden.« Jared hielt inne, erinnerte sich an sein bisheriges Leben und konnte es sich nicht verkneifen, aufgrund der Ironie eine gewisse perverse Genugtuung zu empfinden. »Ich habe gelernt, dass es manchmal die größte Schwäche sein kann, einen Plan zu haben – wie gut dieser Plan auch sein mag. Es hat lange gedauert, bis mir das bewusst wurde.«

»Also was tun wir, wenn wir beim Informationszentrum ankommen?«, fragte Reggie.

»Ganz einfach«, entgegnete Jared. »Ihr benutzt eure Sprengsätze, um die Hintertüren der oberen und der unteren Etage aufzusprengen.«

»Und dann?«, bohrte Reggie nach.

»Und dann, während sie damit beschäftigt sind, die Türen zu verteidigen, die ihr aufgesprengt habt, nehmt ihr die hier« – Jared hielt eine elektronische Schlüsselkarte hoch – »und spaziert zum Vordereingang rein.«

»Und das wird funktionieren?«, fragte Reggie. Er nahm die Schlüsselkarte entgegen, ohne seine Skepsis zu verbergen.

»Die Schlüsselkarten werden eigentlich deaktiviert, wenn der Evakuierungsalarm ausgelöst wird, aber darum habe ich mich gekümmert.«

»Das klingt beinahe zu einfach«, stellte Reggie fest. Christopher fragte sich, was daran einfach war, halb New York zur Ablenkung in die Luft zu jagen, in die Sicherheitszentrale eines Wolkenkratzers einzubrechen, um den Evakuierungsalarm auszulösen, die Treppe bis in die siebenunddreißigste Etage hinaufzulaufen und dann fünf bewaffnete und ausgebildete Wachmänner zu überwältigen.

»Beklagen Sie sich nicht darüber, dass etwas zu einfach ist«, sagte Jared zu ihm. »Alles fühlt sich einfach an, wenn es funktioniert. Erst wenn etwas schiefgeht, erscheint es plötzlich schwierig. Befolgen Sie meinen Plan, dann ist es unwahrscheinlich, dass etwas schiefgeht.«

Als sie schließlich bei der untersten der fünf Etagen des Informationszentrums ankamen, teilten sie sich auf. David, Hector und Linda blieben auf der untersten Etage. David und Mike waren im Besitz der Sprengsätze, die sie zur Sprengung der Türen brauchten. Mike ging mit Reggie und Christopher die letzten fünf Etagen hinauf. Nachdem sie die Türen aufgesprengt hatten, würden sie sich vor dem Haupteingang auf der mittleren Etage treffen. Christopher hatte ein merkwürdiges Gefühl dabei, zu laufen und dabei zu wissen, dass jede ihrer Bewegungen von ihren Feinden beobachtet wurde. Obwohl er den Kopf gesenkt hielt, fragte er sich, ob die Leute, die sie beobachteten, ihn genauso erkennen würden, wie ihn jeder andere am Krieg Beteiligte zu erkennen schien. Und wenn sie ihn erkannten, dann fragte er sich, ob sie bereits mit den Hufen scharrten, weil sie sich auf ihn stürzen wollten wie auf einen Preis oder eine Trophäe.

Reggie, Christopher und Mike gelangten an die Tür, die sie sprengen sollten. Es handelte sich dabei um eine Stahltür unmittelbar neben dem Eingang zum Treppenhaus. Wenn ihnen Jared nicht die Grundrisspläne der Büroräume gegeben hätte, wäre keiner von ihnen auf die Idee gekommen, dass sie nach innen führte. Auf der Außenseite gab es weder einen Türgriff noch irgendeine andere Möglichkeit, wie sie sich hätte öffnen lassen, zumindest nicht ohne Sprengstoff. »Sind wir bereit?«, wollte Reggie von Mike wissen, als sie bei der Tür ankamen. Christopher sah den Schweiß auf ihren Gesichtern. Alle drei atmeten schwer. Sie hatten keine Zeit, um Atem zu schöpfen. Mike hielt die Sprengsätze in der Hand. Er hatte sie schon in der Hand, seit sie die Treppe zur Hälfte erklommen hatten. Der Sinn und Zweck davon war gewesen, ihren Beobachtern die Sprengsätze zu zeigen.

»Bereit«, bestätigte Mike. Christopher nickte. Dann ging Mike zu der Tür hinüber und brachte im unteren Bereich die Sprengsätze an, in der Nähe der Stelle, wo sich Jared zufolge das Hauptschloss befand. Allem Anschein nach verließen sie sich in jeder Hinsicht und bei jedem Detail des Plans auf Jared. Sie setzten all ihre Hoffnung auf einen Mann, der im Namen des Krieges seinen besten Freund getötet hatte. Doch das war vor langer Zeit gewesen. Aus Christophers Sicht war es ein ganzes Leben her.

Die drei wichen von der Tür zurück, allerdings nicht allzu weit. Sie wollten genug Abstand zu der Explosion haben, um sich nicht in Gefahr zu begeben, aber gleichzeitig nahe genug bei der Tür bleiben, um nach wie vor von der Überwachungskamera erfasst zu werden. Ihr Plan war, noch ein paar Sekunden an Ort und Stelle zu verharren, nachdem die Explosion die Tür geöffnet hatte, und dann im Rauch zu verschwinden. Das Krachen der Explosion ließ Christopher zusammenzucken. Es kam schneller und war lauter, als er erwartet hatte, und klang wie das Knallen einer Peitsche. Rauch stieg auf, dann war alles vorbei. »Gehen wir«, sagte Christopher, als der Rauch sie einhüllte, da er es kaum erwarten konnte, von dort wegzukommen, wohin ihre Beobachter unterwegs waren.

»Halt«, sagte Mike und hob die Hand. Reggie und Christopher folgten seinem Blick zur Tür. Die Tür hatte sich nicht geöffnet, obwohl die Explosion dafür hätte sorgen sollen. Sie waren allerdings darauf angewiesen, dass sie offen war, da sonst die Irreführung nicht funktionieren würde.

»Scheiße«, murmelte Reggie. Sie hätten sich eigentlich in etwa dreißig Sekunden zwei Etagen tiefer mit den anderen drei treffen sollen. Deshalb tat Mike das Einzige, was ihnen in diesem Moment einfiel: Er machte drei Schritte nach vorn und trat, so fest er konnte, gegen die Tür. Christopher hörte ein schreckliches knirschendes Geräusch, als Mikes Fuß auf die Tür traf. Mike machte einen Schritt rückwärts und verlagerte prüfend sein Gewicht auf den Fuß. Fast wie durch ein Wunder schwang die Tür langsam auf. Sie offenbarte den leeren Raum dahinter, Raum, der nur noch für einen kurzen Augenblick leer sein würde, ehe ihn wütende Kugeln füllten.

»Los, verschwinden wir«, sagte Reggie. Er und Christopher drehten sich zur Treppe um. Mike bewegte sich nicht.

»Mein Fuß«, sagte Mike und starrte seine gebrochene Gliedmaße an, die ihn über fünfunddreißig Treppen nach oben getragen hatte, ihn aber jetzt nicht einmal mehr zwei nach unten tragen würde. »Geht ohne mich. Ich stelle mich ihnen hier. Das macht die Ablenkung noch glaubwürdiger.« In seinem Tonfall lag keine Frage.

»Wir brauchen dich vielleicht, wenn es einer der anderen nicht schafft«, sagte Reggie, da er wusste, dass jeder von ihnen nur genug Gas für eine Etage bei sich trug.

Mike schüttelte den Kopf. »Ihr braucht mich nicht. Ihr braucht das hier.« Er streifte seinen Rucksack ab und reichte ihn Christopher. Die Sprengsätze und die Schusswaffen hatte Mike bereits herausgenommen. Es befand sich nur noch die Gasflasche darin. Mike schickte Reggie und Christopher mit einem einzigen Wort weg: »Geht.« Also gingen sie und ließen Mike zurück.

Reggie und Christopher waren gerade beim Treppenhaus angelangt, als sie hinter sich die ersten Schüsse hörten. Während sie die zwei Treppen zum Haupteingang hinunterliefen, ertönten weitere Schüsse, wenn auch leiser, je weiter sie sich entfernten. Solange Reggie und Christopher über sich die Geräusche einer Schießerei hörten, wussten sie zwei Dinge: dass Mike noch am Leben war und dass er sich heftig wehrte. Hector, Linda und Dave warteten bereits auf sie, als sie ankamen. Niemand fragte, wo Mike sei. Sie alle wussten genug, um keine Frage zu stellen, auf die sie die Antwort nicht hören wollten. Ohne ein Wort zu sagen, holte Reggie die Schlüsselkarte hervor, die Jared ihm gegeben hatte. Er ging zur Tür und zog sie durch den daneben angebrachten Kartenleser. Das Licht über dem Kartenleser wechselte von Rot zu Grün. »Wir sind drin«, sagte Reggie, und die anderen stürmten mit der Ungeduld soeben freigelassener Häftlinge durch die jetzt unverriegelte Tür.

Jareds Taschenspielertricks schafften das Problem der Wachmänner nicht aus der Welt; sie veränderten nur die Kräfteverhältnisse. Um die Wachmänner mussten sie sich trotzdem kümmern. Alle wussten, was das bedeutete. Alle wussten, dass die Wachmänner bereit waren, für ihre Sache ihr Leben zu opfern. Schließlich waren diese Wachmänner die einzigen Personen, die sich noch in einem ansonsten evakuierten Gebäude aufhielten. Allen war klar, dass der Kampf zwischen ihnen und den Wachmännern nur im Tod enden konnte. Und währenddessen tickte unentwegt die Uhr.

Im Inneren des Informationszentrums sah es weder wie in einer Einsatzzentrale noch wie in einem Bunker aus. Es hatte eine beinahe unheimliche Ähnlichkeit mit einem ganz normalen Büro. Sie standen zu fünft auf einem nichtssagenden dunkelgrünen Teppich und starrten auf den leeren Empfangsbereich vor ihnen. In der Mitte des Empfangsbereichs standen eine Ledercouch und ein paar Ledersessel um einen dunklen, mit Zeitschriften bestückten Couchtisch herum. Der Tisch, hinter dem normalerweise die Empfangsdame sitzen würde, war leer, und ihr Computer war ausgeschaltet. Zu ihrer Rechten erstreckte sich ein riesiges Fenster vom Fußboden bis zur Decke und bot einen Ausblick über die Dächer der Gebäude im Zentrum von Manhattan. Zu ihrer Linken führten vom Empfangsbereich ein paar Korridore in ein Labyrinth aus Büros und Aktenschränken.

In Inneren war es still – still und hell. Die Schüsse hatten entweder aufgehört oder waren zu weit entfernt, als dass man sie noch hätte hören können. Reggie und Christopher hofften auf Letzteres. Sie hofften, dass die Schüsse zu weit entfernt waren, um noch zu hören zu sein, waren sich jedoch darüber im Klaren, dass die Schießerei vermutlich zu Ende war. Sie wussten, dass Mike wahrscheinlich tot war und dass sie als Nächstes ebenfalls angegriffen werden würden. Überall in den Büroräumen brannte Licht. Christopher warf einen Blick zu dem riesigen Fenster. Aufgrund der Helligkeit im Inneren war es fast unmöglich, hinaus in die Dunkelheit zu sehen.

»Denkt daran«, sagte Reggie zu den anderen, als sie in die leeren Korridore starrten, »kein Gas, bevor wir uns nicht sicher sind, dass wir sämtliche Wachmänner ausgeschaltet haben. Als Erstes sichern wir hier alles. Dann setzen wir das Gas frei. Anschließend verschwinden wir von hier. Wenn jemand einen Schuss abgibt, nachdem wir auch nur ein bisschen Gas freigesetzt haben, geht der ganze Laden mit uns in Flammen auf.« Alle nickten. Sie hörten diese Ansprache nicht zum ersten Mal.

»Also, wer geht nach oben, und wer geht nach unten?«, fragte Dave, da Mikes Fehlen eine Veränderung des Plans erforderlich machte.

»Linda und ich gehen nach oben«, sagte Reggie zu Dave, während alle anderen zuhörten. »Du gehst mit Hector nach unten.« Zu Christopher sagte Reggie: »Du bleibst hier und kümmerst dich darum, dass Wachmänner, die sich absetzen wollen, nicht weit kommen.«

Christopher nickte. Ihm war klar, was Reggie vorhatte. Reggie versuchte, ihn aus den Kampfhandlungen herauszuhalten. Christopher protestierte nicht, da er wusste, es wäre das letzte Mal, dass jemand versuchte, ihn zu beschützen. Es wäre das letzte Mal, dass er etwas Besonderes war. Bald würde er ein ganz normaler Mensch sein – oder zumindest so normal, wie es ihm möglich war. »Okay«, willigte Christopher ein. Die anderen teilten sich daraufhin in zwei Gruppen auf und rannten die leeren Korridore hinunter.

Allein im sprichwörtlichen Epizentrum eines sich über viele Meilen erstreckenden Chaos, drehte sich Christopher um und ging zum Fenster. Je weiter er sich näherte, desto mehr sah er. Das Feuerwerk war vorbei. Christopher vermisste es. Er vermisste seine Farben, sein Licht und seine Geräusche. Den Dunst, der über der Stadt hing, konnte er noch sehen: die rauchenden Überreste des prächtigen Spektakels, das er geschaffen hatte. Der Rauch, der sich erstreckte, so weit das Auge reichte, ließ sich erst jetzt langsam in den Schatten zwischen den zigtausenden Gebäuden von New York nieder. Christopher trat noch näher ans Fenster und blickte durch den Dunst hinunter. Mit Mühe konnte er noch die Menschen ausmachen, die sich unten auf den Straßen drängten, in den Himmel starrten und sich fragten, was sie wohl als Nächstes zu sehen bekämen. Zum ersten Mal, seit Christopher sich erinnern konnte, war er stolz auf etwas, das er getan hatte.

»Chris«, hörte er plötzlich eine Stimme sagen. Er hatte beinahe vergessen, wo er sich befand, und fuhr herum, um zu sehen, wer ihn angesprochen hatte. Niemand war da. »Chris, ich bin's«, sagte die Stimme. Dieses Mal erkannte Christopher die Stimme, doch das verwirrte ihn nur noch mehr. Er drehte sich abermals um.

»Evan?«, fragte Christopher. Erst dann fiel ihm sein Ohrhörer ein. »Verdammt, hast du mich erschreckt. Ich hatte das Funkgerät für einen Moment ganz vergessen.«

»Was machst du gerade, Chris?«, erkundigte sich Evan.

»Wie meinst du das?«, entgegnete Christopher.

»Ich sehe dich, Chris. Ich sehe dich am Fenster stehen, aber du tust gar nichts. Du darfst keine Zeit verlieren, Chris.«

Christopher blickte auf. Ihm war nicht bewusst gewesen, dass er das Gebäude, auf dem sich Evan und Addy befanden, vor sich hatte. Sie beobachteten ihn mit dem Fernglas und sahen ihn am Fenster stehen und nach draußen schauen. Christopher hob die Hand und winkte seinen Freunden zu. »Warum?«, fragte er, nachdem ihn das Winken aus seiner Trance geholt hatte. »Wie ist die Lage?«

»Wir hören Schüsse, Chris, überall in der Stadt. Das heißt, sie sind zu euch unterwegs. Das heißt, unsere Leute versuchen, sie aufzuhalten, aber sie werden sie nur eine Zeit lang aufhalten können. Das Feuerwerk hat seinen Zweck erfüllt, Chris. Es hat nur nicht so lange Wirkung gezeigt, wie wir es uns erhofft hatten. Du darfst also nicht einfach nur rumstehen. Du musst was unternehmen. Sie sind auf dem Weg.«

»Es gibt nichts, was ich tun kann«, sagte Christopher zu Evan. »Ich muss hier warten, bis die anderen die Wachmänner getötet haben. Ich darf noch nicht mal Gas freisetzen, bevor wir uns nicht sicher sind, dass nicht mehr geschossen wird, oder ich würde riskieren, alles in die Luft zu jagen.«

»Es muss doch irgendwas geben, was du tun kannst«, flehte Evan.

Christopher blickte sich um und überlegte. Es kam ihm seltsam vor, dass diese nüchternen Büroräume der Schlüssel zur Beendigung des Krieges waren. Jared hatte sie davor gewarnt. Er hatte ihnen erklärt, dass das Informationszentrum ziemlich unspektakulär aussah, aber dass sich darin überall Daten verbargen. Was, hatte Jared gesagt, müssten sie tun? »Macht jede Schranktür auf«, hatte er ihnen gesagt. »Macht jede Schublade auf. Vergewissert euch, dass das Gas überall hingelangt. Vergewissert euch, dass alles brennt.«

»Ich kann Türen und Schubladen aufmachen«, sagte Christopher, halb zu Evan und halb zu sich selbst. Dann ging er zur ersten Schublade, auf die sein Blick fiel, und zog sie auf. In der Schublade befanden sich Dokumente – nichts als Dokumente in Hängeregistern. Christopher griff hinein, holte eine Handvoll Dokumente heraus und betrachtete sie. Auf jeder Seite befanden sich farblich gekennzeichnete Listen mit Namen und dazugehörigen Zahlenreihen. Die erste Zahl bestand aus zehn Ziffern. Die anderen Zahlen wirkten völlig willkürlich. Die Namen waren entweder in Rot oder in Blau gedruckt. Christopher konnte darin überhaupt keine Bedeutung erkennen. Dann ging er zu einem anderen Schreibtisch und zog eine weitere Schublade auf. Er griff hinein und holte wieder eine Handvoll Dokumente aus der Schublade, die genauso aussahen wie die anderen: eine Liste mit farblich gekennzeichneten Namen und scheinbar beliebigen Zahlen. Auf jeder Seite waren Dutzende Namen aufgelistet. Insgesamt wurden auf den fünf Etagen vermutlich zigtausende Seiten aufbewahrt.

»Frag ihn, was er sieht«, sagte Addy zu Evan, als die beiden Christopher dabei beobachteten, wie er von Schreibtisch zu

Schreibtisch ging, Schubladen aufzog und die darin aufbewahrten Dokumente durchwühlte.

»Addy will wissen, was sich in den Schubladen befindet«, sagte Evan zu Christopher.

Christopher sah zum Fenster hinaus in die Richtung, in der sich seine Freunde befanden. »Nichts«, sagte er und ahnte, wie enttäuscht Addy darüber sein würde. »Nur Namen. Alles andere ist verschlüsselt.« Evan warf Addy wortlos einen Blick zu. Er brauchte ihr die Details nicht zu nennen, sondern schüttelte nur den Kopf.

Die Schüsse kamen näher. Evan und Addy hörten sie unten auf der Straße, wo sie sich von allen Seiten näherten. Evan ließ den Blick über die anderen Fenster des Büros wandern, um zu sehen, ob er Reggie oder die anderen irgendwo entdeckte, um zu sehen, ob sie die Wachmänner ausgeschaltet hatten, um zu sehen, ob er es riskieren konnte, Christopher grünes Licht zu geben. Dann sah er sie – alle vier – zu Christopher zurücklaufen. »Sie sind fertig, Chris. Reggie und die anderen sind fertig. Sie kommen zu dir zurück.«

Einen Augenblick später stürmten alle vier in den Raum, in dem Christopher gewartet hatte. »Wir sind mit den Wachmännern fertig«, verkündete Reggie. »Wir können jetzt anfangen, das Gas freizusetzen.« Christopher sah die vier an. David blutete an der Schulter, die übrigen schienen unverletzt zu sein. »Jeder auf seine Etage«, befahl Reggie. »Wenn wir fertig sind, treffen wir uns wieder hier.«

»Nein«, sagte Christopher und hielt damit alle auf, bevor sie sich entfernten. »Wir haben keine Zeit, um uns neu zu formieren. Die Ablenkung hat nicht lange genug angehalten. Sie sind bereits auf dem Weg hierher. Wir müssen sofort verschwinden, sobald jeder seine Gasflasche geleert hat und mit seiner Etage fertig ist.«

David, Reggie, Hector und Linda verstanden und reagierten mit einem Nicken. Dann griffen sie in ihre Rucksäcke und holten ihre Gasmasken hervor. »Gehen wir«, sagte Reggie. Jeder von ihnen setzte sich seine Gasmaske auf. Mit Gasmaske und gezückter Waffe sahen sie aus wie Monster aus einem Science-Fiction-Film, fand Christopher.

Bevor sich auch Christopher seine Gasmaske überzog, flüsterte er: »Das war's, Evan. Ich werde dich zwar noch hören können, aber ich kann ab jetzt nicht mehr sprechen.« Hinter der Maske hatte Christopher den Eindruck, als würde die Welt auf ihn eindringen. Mit einem Mal wirkte alles zweidimensional. Jegliche Tiefe war verschwunden.

Jeder kannte seine Aufgabe. Da David ursprünglich als Ersatzmann eingeteilt gewesen war, übernahm er Mikes Etage. Trotz der Arbeit, die Christopher bereits auf der mittleren Etage erledigt hatte, wurde ihm das oberste Geschoss zugeteilt. Er lief zur Treppe. »Sie kommen näher«, informierte ihn Evan, während er die zwei Treppen hinaufrannte. »Beeil dich.« Christopher hörte Evan und rannte noch schneller. Er wusste, weshalb Reggie ihm die oberste Etage zugeteilt hatte: weil es am längsten dauerte, sie zu erreichen, wenn man in das Gebäude eindrang. Wenn jemand von außen kam, musste er sich den Weg dorthin durch die unteren Etagen bahnen.

Christopher erreichte das obere Ende der Treppe und streifte beide Rucksäcke ab – seinen eigenen und den von Mike. Er griff in beide hinein und holte die Gasflaschen heraus. Diese waren aufgrund ihrer Füllung schwer. Christopher hatte noch nie verstanden, wie das möglich war, doch jetzt war nicht der richtige Zeitpunkt, um darüber nachzugrübeln. Er entfernte sich von der Treppe und begab sich in die Mitte der Etage. Seine Schusswaffen ließ er zurück. Welchen Nutzen hätten sie schon gehabt?

Sobald Gas freigesetzt war, konnte er sie ohnehin nicht mehr abfeuern. Dann, nachdem Christopher allen Ballast abgeworfen hatte bis auf seine Gasmaske, machte er sich auf die Suche. In der Mitte der Etage befand sich ein Archiv. Jared hatte ihnen gesagt, sie sollten die Archivtüren öffnen und blockieren und das Gas in den Archiven freisetzen. Christopher öffnete auf der Suche nach dem Archiv Türen, ließ jede Tür, die er aufmachte, offen stehen und blockierte diejenigen, die sich von selbst wieder schlossen. Er hörte in der Gasmaske seine eigene Atmung. Bei der fünften Tür landete er einen Volltreffer.

Christopher betrat das Archiv. Allein dieser Raum enthielt vermutlich abertausende Namen. Er stellte die Gasflaschen in die Mitte des Raums und drehte bei beiden das Ventil auf, sodass das Gas entweichen konnte. Dann öffnete er sämtliche Schubladen der Aktenschränke. Dieses Mal machte er sich nicht die Mühe, einen Blick auf die darin befindlichen Dokumente zu werfen. Er wusste ohnehin, was darauf zu lesen stand. Als er das Archiv verließ, um alle übrigen Schranktüren und Schubladen auf der obersten Etage zu öffnen, hörte er das Gas noch immer zischen. Er machte jetzt Fortschritte, echte Fortschritte, als er sich an allen Aktenschränken und Wandschränken in jedem Büro und jedem anderen Raum zu schaffen machte. Als er etwa die Hälfte geschafft hatte, warnte ihn Evan. »Chris«, sagte Evan, »sie haben einen Helikopter. Sie steuern aufs Dach zu. Ich werde versuchen, sie aufzuhalten, aber ich werde sie nicht stoppen können.« Christopher warf einen Blick durch das nächstgelegene Fenster. Er sah die Positionsleuchten des Helikopters blinken, als dieser sich auf das Gebäude zubewegte. Sie würden von oben kommen. Reggies Plan, Christopher zu schützen, indem er ihm die oberste Etage zugeteilt hatte, war nach hinten losgegangen. Christopher steigerte das Tempo und stürmte in Büros, wo er wie ein Besessener Schreibtische umwarf und Schranktüren aufriss.

Addy und Evan waren nicht davon ausgegangen, dass sie für mehr als ein Gewehr Verwendung hätten. Dem Plan zufolge brauchten sie nur einen einzigen Schuss abzugeben. Evan griff trotzdem zu seinem Gewehr und zielte damit auf den Helikopter. Einen Moment lang erinnerte er sich an jene Tage, die Christopher und er im Wald verbracht hatten. Jeder von ihnen hatte mit seinem Gewehr auf Felsbrocken geschossen, die der andere so hoch wie möglich in die Luft geworfen hatte. Christopher hatte sich immer als der bessere Schütze erwiesen, doch der Abstand zu Evan war nicht groß gewesen. Bevor Evan den Abzug betätigte, warf er einen Blick über den Rand des Gebäudes hinunter auf die Straße, um einschätzen zu können, wie viel Schaden er anrichten würde, falls er den Helikopter zum Absturz brachte. Auf der Straße wimmelte es von Menschen, die in den Himmel blickten und auf das nächste Spektakel warteten. Dann richtete Evan das Gewehr erneut auf den Helikopter und legte den Finger an den Abzug.

Zunächst zielte Evan auf den Piloten des Helikopters. Er war zu diesem Schuss durchaus in der Lage. Mit dem Zielfernrohr, das sein Gewehr besaß, würde es nicht einmal allzu schwierig werden. Ein Schuss, dachte er, und er konnte den Helikopter zum Absturz bringen. Andererseits hatte er all die Menschen auf der Straße gesehen. Anstatt den Piloten zu erschießen, zielte Evan auf die Front des Helikopters und gab einen Warnschuss ab. Er hoffte, sie damit zur Vernunft zu bringen. Er hoffte, dass es sich bei ihnen um normale Menschen handelte, die klug genug waren, eine Angstreaktion zu zeigen. Er hoffte, dass es sich bei ihnen nicht um Menschen handelte, die mit Paranoia aufgewachsen waren. »Flieg weg«, flüsterte er, und zunächst drehte der Helikopter tatsächlich vom Dach ab, als würde er umkehren. Bevor er sich jedoch allzu weit entfernt hatte, machte er kehrt und setzte erneut zur Landung auf dem Dach an.

»Chris!«, schrie Evan in sein Funkgerät. »Du musst da raus, Chris! Du hast genug getan!« Christopher gab ihm keine Antwort. Er konnte ihm allerdings auch gar nicht antworten, solange er die Gasmaske aufhatte. Evan warf Addy einen panischen Blick zu, wollte den Helikopter aber nicht länger als einen Sekundenbruchteil aus den Augen lassen. »Siehst du, was Christopher macht? Sag mir, was er tut. Haut er ab?«

Addy hob ihr Fernglas und versuchte, Christopher hinter einem der Fenster ausfindig zu machen. Als sie ihn schließlich entdeckte, lief er noch immer in dem Gebäude umher. Der Schlauch seiner Gasmaske hing vor ihm herab wie ein fremdartiges Anhängsel. Er sah nicht einmal wie ein Mensch aus, und trotzdem erkannte Addy an der Art und Weise, wie er sich bewegte, dass es sich um Christopher handelte. »Nein«, sagte sie zu Evan. »Er haut nicht ab.«

Christopher hörte, dass Evan ihm sagte, er solle das Weite suchen. Evans Stimme war jedoch nicht die einzige, die Christopher hörte. Jareds Stimme hörte er ebenfalls. »Mach jede Schublade auf. Vergewissere dich, dass das Gas überall hingelangt. Vergewissere dich, dass alles brennt.« Christopher konnte diesen Job nicht halb erledigt lassen. Er konnte es nicht riskieren, am nächsten Tag in einer unveränderten Welt aufzuwachen. *Jede Schublade. Jeder Schrank. Jede Tür. Vergewissere dich, dass alles brennt.* Es waren ohnehin nur noch ein paar Büros übrig. Dann war er fertig. Dann konnte er sich aus dem Staub machen.

Der Helikopter stach zu einem zweiten Landeversuch herab, und Evan gab einen weiteren Warnschuss ab. Dieses Mal beachtete der Helikopter die Warnung allerdings nicht. Stattdessen hob er seine Nase an und zielte mit seinen Landekufen auf das Dach. In dieser Position wirkte der Helikopter auf Evan wie ein in die Enge getriebenes Tier, das sich aufbäumte, bevor es zum Angriff überging. Evan feuerte erneut – und dieses Mal handelte es sich nicht um einen Warnschuss –, doch aufgrund des neuen Winkels bekam Evan nur die weiße Unterseite des Helikopters zu sehen. Er registrierte, wo die Kugel ins Metall eingedrungen war und ein winziges Loch im Bauch des Helikopters zurückgelassen hatte, doch dieses Loch hinderte ihn nicht an der Landung. Evan hätte Christopher am liebsten noch einmal angeschrien, tat es aber nicht. Er wusste, Christopher würde gehen, sobald er dazu bereit war, und Evan wollte ihm keine Zeit rauben, indem er ihn ablenkte. Der Helikopter landete jetzt, wobei seine Kufen nur leicht abprallten, bevor er endgültig aufsetzte. Evan zielte und feuerte erneut. Dieses Mal hatte er völlig freie Bahn. Der Kopf des Piloten wurde nach hinten gerissen, und der Mann war tot, doch es war zu spät. Die übrigen Besatzungsmitglieder kletterten bereits aus dem Helikopter auf das Dach. Evan versuchte, einen von ihnen ins Visier zu nehmen. Er empfand keine Reue, weil er den Piloten getötet hatte. Er empfand gar nichts. Auch wenn er noch einen von ihnen erschoss, würde er keine Reue empfinden. Er würde sich wie betäubt fühlen, bis er sie alle erschossen hatte, und dann würde er nur noch Erleichterung verspüren.

Evans nächster Schuss verfehlte sein Ziel. Aus dem Helikopter kletterten fünf Personen, die schwer zu treffen waren. Sie rannten im Zickzack über das Dach, als hätten sie trainiert, Kugeln auszuweichen, während sie Deckung suchten. Evan schoss allerdings nur einmal vorbei. Sein nächster Schuss traf einen der Männer ins Bein, der daraufhin zu Boden fiel. Evan hob sein Gewehr unmerklich an, feuerte erneut und beendete das Leben des Mannes mit einer Kugel in die Brust.

»Ich kann sie nicht alle erwischen«, stellte Evan ernüchtert fest.

»Ich glaube, ihm fehlt nur noch ein Büro«, berichtete Addy, die Christopher folgte, während er sich schnell, aber methodisch durch die Büroetage bewegte. »Da in der Ecke.« Sie ließ Christopher nicht aus den Augen. »Du brauchst sie nur noch für ein oder zwei Minuten aufzuhalten.«

Evan feuerte erneut. Dieses Mal verfehlte er sein Ziel, doch die Kugel erfüllte trotzdem ihren Zweck. Einer der Männer war aus seinem Versteck auf dem Dach gestürmt, wo er sich hinter einem Abluftventilator hingekauert hatte, und der Schuss ließ ihn wieder in Deckung gehen. Inzwischen hatten sich alle hingekauert, um Evans Kugeln zu entgehen. Evan war sich sicher, sie noch ein oder zwei Minuten in Schach halten zu können.

Christopher lief in das letzte Büro. Es handelte sich um ein großes Eckbüro mit einem großen Schreibtisch auf der einen Seite, einem kleinen Tisch in einer Ecke und einem Wandschrank mit geschlossener Tür in einer anderen Ecke. Sämtliche Jalousien waren heruntergelassen. Es handelte sich um das erste Büro, das Christopher betrat, in dem die Jalousien heruntergelassen waren. Für den Fall, dass damit etwas verborgen werden sollte, riss Christopher sämtliche Jalousien gewaltsam herunter und gab das Büro damit der Außenwelt preis. Er war beinahe fertig. Als Erstes ging er zum Schreibtisch und zog alle Schubladen auf. Die unterste Schublade war abgeschlossen, aber er zerstörte das Schloss, indem er einmal fest an der Schublade riss. Jared hatte recht gehabt: Die Dokumente waren überall. Ein farblich markierter Name nach dem anderen, aber jetzt waren sie freigelegt. Sie würden brennen, und jede schreckliche

Tat, die mit diesen Namen verbunden war, würde in Vergessenheit geraten. Christopher ging zu der Tür des Wandschranks und öffnete sie. Er rechnete damit, weitere Dokumente vorzufinden. Dann erstarrte er.

»Was macht er denn?«, fragte Evan, nachdem drei und dann vier Minuten verstrichen waren und Addy ihm noch immer nicht berichtet hatte, dass Christopher die Flucht ergriff.

»Ich weiß nicht«, entgegnete Addy. »Er steht einfach da.«

Christopher stand da, starrte in den Wandschrank und versuchte, sich einen Reim auf das zu machen, was er sah. Dabei vergaß er, wo er sich befand. Er vergaß, was er tat. Und er verlor die Fähigkeit, sich zu bewegen. *Warum*, fragte er sich, *liegt in diesem Schrank ein blutiger Leichnam?* Selbst an einem Ort, an dem so vieles keinen Sinn ergab, ergab das überhaupt keinen Sinn. Um wen handelte es sich? Wie war er dorthin gelangt? Christopher packte die starre Leiche an den Handgelenken, zog sie aus dem Wandschrank und streckte sie auf dem Fußboden aus.

Die Männer aus dem Helikopter kamen alle gleichzeitig aus der Deckung und rannten zu der Tür, die zum Treppenhaus führte. Sie waren schließlich auf die Idee gekommen, ihr Handeln zu koordinieren, zu kooperieren, ein paar von ihnen für die größere Sache zu opfern. Evan zielte und feuerte – Schuss um Schuss. Zwei der Männer traf er schnell, die anderen beiden schafften es jedoch zur Tür. Sie standen hintereinander da, einer vor dem anderen, wobei der erste Evan die Sicht auf den zweiten versperrte. Der vordere zog die Tür auf. Evan feuerte noch einmal und traf den zweiten Mann am Rücken zwischen den Schulterblättern. Dann wollte er auf den vorderen Mann schießen. Der Mann, den Evan getroffen hatte, krümmte sich nach hinten und fiel dann auf die Knie. Als er zu Boden ging, zeigte sich, dass niemand vor ihm war. Die Tür stand offen. Ein Mann hatte es ins Gebäude geschafft. »Chris! Sie sind drin! Bitte!«

Im Gebäude befand sich Christopher immer noch in einer seltsamen Trance. Er wollte einen genauen Blick auf den Toten werfen, deshalb griff er nach oben und zog sich die Gasmaske vom Gesicht. Er roch, dass sich das Gas überall um ihn herum ausbreitete, allerdings nur vage. Eigentlich hätte man es überhaupt nicht riechen sollen, doch das bedeutete nicht, dass es sich nicht überall befand. Christopher atmete, inhalierte Gas in seine Lunge und in seinen Körper und spürte ein ganz leichtes Schwindelgefühl. Er wollte die Gasmaske gleich wieder aufsetzen, doch zuerst musste er einen Blick auf das Gesicht des Toten werfen. Er war der Meinung, dass der Tote das verdient hatte, bevor sein Körper und sämtliche Beweise in Flammen aufgingen.

Christopher betrachtete den Leichnam. Der Mann war hässlich, aber es war schwer zu beurteilen, ob sein Leben oder sein Tod für seine Hässlichkeit verantwortlich war. Sein Gesicht gesehen zu haben, genügte Christopher. Er hob seine Gasmaske an, um sie wieder aufzusetzen. Als Christopher dabei langsam aus seiner Trance auftauchte, hörte er endlich Evan in seinem Ohrhörer etwas rufen. Auf Evans Stimme folgte ein leises Geräusch, das hinter Christopher ertönte. Anstatt seine Gasmaske aufzusetzen, drehte er sich deshalb langsam um, weil er nachsehen wollte, was sich hinter ihm befand.

Addy und Evan hatten den Mann vom Dach hinter den Bürofenstern vorbeilaufen sehen. Nachdem er auf Christophers Etage angekommen war, hatte Evan sein Gewehr auf ihn gerichtet. Evan war bereit, den Mann durchs Fenster zu erschießen, als Addy plötzlich schrie: »Halt!«

»Warum?«, fragte Evan.

»Weil deine Kugel einen Funken auslösen wird, und dann wird alles in Flammen aufgehen, während Christopher noch drin ist.« Evan durfte also nicht schießen. Die beiden mussten hilflos zusehen, ohne helfen zu können.

»Er ist auf dem Weg zu dir«, sagte Evan in sein Funkgerät in der Hoffnung, dass Christopher ihn noch hören konnte. Dieses Mal hörte Christopher ihn tatsächlich, doch es war bereits zu spät.

Der Mann hatte eine Waffe – eine Pistole –, die er auf Christophers Rücken richtete, bevor dieser sich umdrehte. »Nicht schießen«, sagte Christopher zu dem Mann. »Wenn Sie schießen, sterben wir beide, und alles, was Sie schützen wollen, verbrennt.«

»Was soll das heißen?«, wollte der Mann von Christopher wissen, da ihn dessen Taktik verwirrte.

»Riechen Sie das Gas?«, fragte Christopher.

»Ich rieche gar nichts«, entgegnete der Mann, der sich fast sicher war, dass Christopher bluffte.

»Es ist überall«, warnte Christopher den Mann, »und Sie können nichts dagegen tun.«

Als Reaktion auf diese unheilvolle Warnung hob der Mann seine Pistole an und richtete sie auf Christophers Kopf. Der Mann musste schießen. Er hatte die Anweisung, jeden in den Büroräumen zu eliminieren und die Dokumente um jeden Preis zu schützen. Er roch ohnehin nichts. Trotzdem zögerte der Mann einen Augenblick, als Christopher scheinbar ins Leere sprach, als würde er beten. »Tut mir leid, dass ich nicht rechtzeitig abgehauen bin«, sagte Christopher laut.

»Schon okay.« Evan verzieh ihm und sprach dabei so laut, dass Christopher ihn hören konnte.

Christopher sah dem Mann, der eine Pistole auf ihn richtete, in die Augen, sprach aber weiterhin mit Evan. »Ich möchte, dass du ihn erschießt, bevor er mich erschießt«, sagte er zu Evan. Seine Stimme war ruhig. »Ich möchte, dass du derjenige bist, der den Krieg beendet.«

Den Krieg beenden – als ob das alles wäre, was Evan tun musste. Evan richtete sein Gewehr auf den Mann, der eine Pistole auf Christopher richtete, und beobachtete dessen Finger am Abzug. Er würde erst dann schießen, wenn er diesen Finger zucken sah. Er würde erst dann schießen, wenn er keine andere Wahl mehr hatte. Weder Evan noch Addy machten sich die Mühe, nach den anderen Ausschau zu halten. Sie hatten nicht die Gelegenheit zu sehen, dass es zwei von ihnen bereits nach draußen geschafft hatten und die Treppe hinunterliefen. Sie sahen nicht, wie kurz Linda davor war, nach draußen zu gelangen. Und sie sahen Reggie nicht, der sich nach wie vor im Informationszentrum befand und die Treppe hinauflief, um nach Christopher zu sehen. Reggie versuchte noch immer, das Versprechen einzulösen, das er Maria vor vielen Jahren gegeben hatte…

Der Finger des Mannes krümmte sich am Abzug, doch Evan war schneller. Evan betätigte den Abzug seines Gewehrs, und dann… Feuer. Das Feuer war sofort überall. Alle fünf Etagen standen in Flammen, in heißen, hellen Flammen, die alles auffraßen. Dann, einen Augenblick später, erlosch das Feuer wieder, und alles war verschwunden. Sämtliche Dokumente waren verschwunden. Die farblich markierten Namen waren verschwunden. Der Tote aus dem Wandschrank war verschwunden. Der Mann mit der Pistole war verschwunden. Reggie war verschwunden. Christopher war verschwunden. Das Blitzfeuer hatte alles verschlungen, und Evan und Addy hatten es mit eigenen Augen gesehen.

Evan und Addy standen gemeinsam auf dem Dach, geschockt und sprachlos. Es sollte Stunden dauern, bis sie schließlich akzeptierten, was geschehen war. Diese Stunden nutzten sie dafür zu entscheiden, was sie als Nächstes tun würden. Es konnte nicht einfach vorbei sein. Nicht für sie. Nicht so.

FÜNFUNDSECHZIGSTES KAPITEL

Als am nächsten Tag überall auf der Welt langsam die Sonne aufging, erwachten die Kinder der Paranoia in einer neuen Realität. Zunächst wussten sie gar nicht, was sich geändert hatte. Einige fanden es innerhalb von ein paar Wochen heraus, andere innerhalb von ein paar Monaten. Sie sahen in den Medien Berichte über terroristische Anschläge in verschiedenen Städten und Ländern rund um die Welt, konnten jedoch unmöglich sofort wissen, was mit diesen Anschlägen erreicht worden war. Das dauerte. Sie waren sich erst dann sicher, dass der Krieg zu Ende war, nachdem eine gewisse Zeit vergangen war, in der niemand versucht hatte, sie zu töten. Sie waren sich erst dann sicher, dass der Krieg zu Ende war, nachdem eine gewisse Zeit vergangen war, in der sie keine neuen Anweisungen bekommen hatten, jemand anderen zu töten. Von dieser Nacht an wussten abertausende Menschen überall auf der Welt nicht mehr, wen sie hassen sollten.

Der Krieg war vorbei. In ihm würden keine Söhne und keine Töchter mehr sterben. Es würde kein Blut mehr vergossen werden. Der Krieg hatte in Flammen und Bomben und Kugeln und Blut geendet, aber er hatte geendet. Die Kinder der Paranoia waren endlich frei.

SECHSUNDSECHZIGSTES KAPITEL

»Warte«, sagte das Mädchen und hob die Hand, um die alte Frau zu unterbrechen, ehe sie noch ein weiteres Wort sagen konnte. »Das ergibt keinen Sinn. Du hast doch versprochen, mir zu erzählen, wie der Krieg begonnen hat.«

Die alte Frau schenkte dem kleinen Mädchen ein Lächeln. »Die Geschichte ist noch nicht zu Ende«, sagte sie. »Es gibt noch ein bisschen was zu erzählen.«

SIEBENUNDSECHZIGSTES KAPITEL

Am Tag nach dem Aufstand trafen sich alle Überlebenden wie vereinbart in der Lagerhalle in Brooklyn. Nur zwölf von fünfundzwanzig kehrten zurück. Als sie dort ankamen, wurden sie von drei trauernden Müttern empfangen. Die Mütter trauerten bereits, bevor ihnen jemand sagte, was geschehen war. Außerdem sollte sich ein ungebetener Gast in der Lagerhalle einfinden.

Brian traf als Erster bei der Lagerhalle ein. Er hatte auf dem Dach des ihm zugewiesenen Gebäudes gewartet, bis das Feuerwerk vorbei war. Anschließend war er noch geblieben und hatte den Atem angehalten, bis er den Lichtblitz aus dem Informationszentrum kommen sah. Dieser Lichtblitz erlosch sehr schnell wieder, vor allem im Vergleich zu dem Feuerwerk, das unendlich lange gedauert zu haben schien. Er war wenig mehr als eine Sekunde grellen Lichts, auf die Dunkelheit folgte. Danach herrschte Stille, und Brian ging wieder vom Dach nach unten. Auf dem Weg zurück nach Brooklyn vergewisserte er sich immer wieder, dass ihm niemand folgte.

Es war Brians Aufgabe herauszufinden, ob die anderen Rebellen ebenfalls erfolgreich gewesen waren. Dazu richtete er in einer hinteren Ecke der Lagerhalle ein Büro ein, in dem er telefonieren und E-Mails schreiben konnte. Die Neuigkeiten trudelten nur langsam ein. Als Erstes erhielt er die Bestätigung aus Paris und Costa Rica. Dann wurde er aus Tokio, Rio und Istanbul benachrichtigt. Am längsten musste Brian auf eine Nachricht aus Kambodscha warten. Die Sonne ging bereits auf, als er informiert wurde, dass die Mission in Kambodscha ebenfalls erfolgreich verlaufen war. Niemand sprach über Opfer und Kosten. Niemand sprach über Verluste. Es wurden nur Erfolge vermeldet. Als Brian endlich die Nachricht aus Kambodscha erhielt, sickerte bereits das Licht des Morgens durch das verbarrikadierte Fenster neben ihm. Brian legte den Hörer auf. Er ging zum Fenster und entfernte die Bretter, die es verdeckten, sodass die Sonne zu sehen war. Dann setzte er sich wieder hin, starrte zum Fenster hinaus und wartete darauf, dass ihn irgendeine Emotion überkam.

Die Überlebenden trafen im Lauf der Nacht nach und nach ein. Brian hatte nicht vor, einem von ihnen gegenüberzutreten, bevor er von überall Bescheid bekommen hatte. Stattdessen nahmen Maria und Christophers andere beiden Mütter jeden von ihnen in Empfang. Die drei Mütter kümmerten sich um die Verwundeten, und zwar sowohl um deren körperliche Verletzungen als auch – wenn es ihnen möglich war – um ihre seelischen. Sie stellten keine Fragen, nicht einmal die eine Frage, die allen dreien unter den Nägeln brannte: *Wissen Sie, was aus meinem Sohn geworden ist?* Ihnen war klar, dass sie die Antwort noch früh genug bekommen würden, und jede von ihnen wusste genug, um sich davor zu fürchten. Doch die Überlebenden begannen nach ihrem Eintreffen auch ohne Nachfragen der drei Mütter damit, sich zu unterhalten.

Die drei Mütter brachten jeden Überlebenden in den großen Raum, in dem sich ein paar Tage zuvor alle versammelt hatten, um die weltweite Zustimmung zur Rebellion zu feiern. Nachdem sich jetzt deutlich weniger Personen in dem Raum befanden, wirkte dieser größer und kälter als zuvor. Keiner der Überlebenden hatte schwere Verletzungen davongetragen. Die wirklich schwer Verletzten waren nicht mehr zurückgekehrt. Die drei Mütter behandelten ein paar Schusswunden an Extremitäten, ein paar Schnittwunden von zersplittertem Glas und eine Verbrennung seitlich am Gesicht einer Frau. Die Mütter wussten nicht, wo sich die jeweiligen Überlebenden aufgehalten hatten. Sie wussten nicht, ob irgendeiner der Überlebenden mit ihrem Sohn zusammen gewesen war.

»Was hatte es mit dem Feuerwerk auf sich? Wusste jemand von euch, dass wir Feuerwerkskörper deponiert haben?«, fragte ein Mann, während Maria ein Einschlussloch an seinem Oberschenkel mit Desinfektionsmittel behandelte. »Ich dachte, das hätten Bomben sein sollen.« Niemand gab ihm darauf eine Antwort. Keiner der Überlebenden hatte von Christophers Planänderung gewusst.

»So war es besser«, meldete sich schließlich jemand zu Wort. »Auf diese Weise gab es weniger Verletzte.«

»Sicher«, stimmte der Mann mit der Schussverletzung am Bein zu, »aber uns hätte wenigstens jemand warnen können. Vielleicht wären mehr von *uns* wieder zurückgekommen, wenn wir gewarnt worden wären.«

»Vielleicht wäre das Ganze auch schiefgegangen, wenn wir

alle von den Feuerwerkskörpern gewusst hätten«, sagte die Frau mit der Verbrennung im Gesicht.

»Wissen wir überhaupt, ob es funktioniert hat?«, fragte jemand die Frau.

»Ja«, entgegnete Linda, die sich einen Eisbeutel ans Gesicht hielt. Sie warf Hector einen Blick zu. Keiner der beiden war so stolz auf ihren Erfolg, wie er es gerne gewesen wäre. »Wir haben es geschafft.« Sie beide waren die Einzigen, die es vom Informationszentrum zurückgeschafft hatten. Dave war erschossen worden, als sie sich von dem Gebäude entfernt hatten.

»Woher willst du das denn wissen?«, fragte jemand anders.

»Weil ich da war«, erwiderte Linda. »Ich habe das Feuer gespürt, das alles niedergebrannt hat.« Dann zeigte sie allen die Brandblasen in ihrem Gesicht. Als die anderen diese sahen, jubelten sie.

Während der Jubel andauerte, kam die kleine ältere Frau, die Linda den Eisbeutel gegeben hatte, zu ihr zurück. »Waren Sie mit Christopher zusammen?«, wollte sie von Linda wissen. Linda hatte keine Ahnung, wer die Frau war und was sie hier zu suchen hatte. Sie wusste nicht, dass die Frau für Christopher bis kurz nach dessen erstem Geburtstag gesorgt hatte.

»Das war ich«, antwortete Linda.

»Wissen Sie, was aus ihm geworden ist?« Die ältere Frau flüsterte ihre Frage, als sei diese an sich schon ein Geheimnis.

Linda schüttelte den Kopf. »Nein«, flüsterte sie und unterdrückte ihre Tränen, da sie wusste, welche Schmerzen ihre Brandwunden verursachen würden, wenn sie anfing zu weinen.

Brian zeigte sich vor Addys und Evans Rückkehr. Die beiden waren die einzigen Überlebenden, die noch nicht zurückgekehrt waren, als er die provisorische Krankenstation betrat, um die guten Nachrichten zu verkünden. Brian hätte auf die beiden gewartet, wenn er gewusst hätte, dass sie noch am Leben waren, doch das wusste niemand. Niemand konnte es wissen. Jeder wusste nur von den Opfern, die er mit eigenen Augen gesehen hatte. Bis Addy und Evan den Raum betraten, nahmen alle an, sie hätten die Nacht nicht überlebt.

Als Brian den Raum betrat, verstummten alle. Nachdem Reggie nicht mehr da war, war Brian derjenige, der in den Augen aller einem Anführer am nächsten kam. Sie warteten darauf, dass er das Wort ergriff. »Wir haben gewonnen«, sagte er laut genug, dass alle im Raum ihn hören konnten. »Ich habe für jedes Ziel die Bestätigung bekommen. Sie sind alle zerstört.«

»Dann ist der Krieg also vorbei?«, fragte jemand.

»Wenn die Menschen wollen, dass der Krieg vorbei ist«, entgegnete Brian, »dann ist er vorbei.« Abermals ertönte Jubel, dieses Mal jedoch gedämpfter, da den Anwesenden immer deutlicher bewusst wurde, dass einige fehlten, und für sie immer weniger Zweifel daran bestand, dass von denen, die fehlten, aller Wahrscheinlichkeit nach keiner mehr zurückkommen würde.

Linda winkte die ältere Frau noch einmal zu sich. »Er hätte Zeit gehabt, um das Gebäude zu verlassen«, versicherte Linda der Frau. »Ich weiß, er hätte genug Zeit gehabt.« Die ältere Frau nickte, doch die Verzweiflung in Lindas Stimme beunruhigte sie nur noch mehr.

Ohne Reggie oder Christopher als Anführer wusste niemand, wie es weitergehen sollte. Niemand war sich sicher, wie lange sie warten sollten, bis sie die Hoffnung aufgaben, dass noch mehr Überlebende zurückkehren würden. Dann, als sich langsam Resignation unter den Überlebenden breitmachte, ging die Tür auf, und Addy und Evan kamen herein. Die beiden kehrten ganz bewusst so spät zurück. Das lag nicht daran, dass sie Angst hatten, womöglich beschattet zu werden, obwohl ihnen ohne ihr Wissen tatsächlich jemand gefolgt war. Sie hatten sich mit ihrer Rückkehr zur Lagerhalle so viel Zeit gelassen, weil sie sich nicht sicher waren, wie sie auf die Geschehnisse reagieren sollten. Sie hatten die Nacht damit verbracht, durch menschenleere Stadtviertel zu marschieren und darüber zu diskutieren, was sie jetzt tun sollten, was sie jetzt tun mussten, nachdem es Christopher nicht mehr gab. Sie kehrten erst dann zurück, nachdem sie ihre Entscheidung getroffen hatten.

Die Hoffnung im Raum keimte kurzzeitig wieder auf, als Addy und Evan hereinkamen. Wenn die beiden noch am Leben waren, dann waren andere Personen vielleicht ebenfalls noch am Leben, dann war Reggie vielleicht noch am Leben, und dann war *er* vielleicht noch am Leben. Niemand sprach es aus, doch alle wussten, wie wichtig es plötzlich war, dass *er* noch lebte. Was war schon gut daran, den Krieg zu beenden, wenn sie dazu den einzigen Unschuldigen in ihren Reihen opfern mussten?

Die Hoffnung war allerdings nicht von langer Dauer. Evan zerschmetterte sie binnen Sekunden in unzählige Stücke. »Christopher ist tot«, verkündete er, ohne gefragt oder gedrängt worden zu sein. »Sie haben ihn getötet.« Evans Stimme klang nicht traurig. Sie klang wütend. Sie klang wütender, als sie jemals geklungen hatte.

»Was? Nein!«, klagte eine der Mütter.

»Woher weißt du das?«, fragte jemand anders. Im Gegensatz zu Linda hatte Evan keine Narben als Beweis – zumindest keine sichtbaren.

»Wir beide haben gesehen, wie es passiert ist.« Er deutete auf Addy, die bestätigend nickte. »Er ist zusammen mit allen euren wertvollen Informationen verbrannt.« Evan behielt für sich, dass er derjenige gewesen war, der die Kugel abgefeuert hatte, die das Feuer entfacht hatte, in dem Christopher gestorben war. Addy schwieg ebenfalls. Die beiden waren zu dem Schluss gekommen, dass es ohnehin keine entscheidende Rolle spielte. Hätte Evan nicht abgedrückt, hätte es jemand anders getan, und das Gebäude wäre genauso in Flammen aufgegangen, während sich Christopher noch darin aufhielt.

Während Evan sprach, schlüpfte der Mann, der Addy und Evan die ganze Nacht durch die Stadt gefolgt war, in den Raum. In der Unruhe, die Evans Worte auslösten, bemerkte ihn niemand außer Maria. Jared war inzwischen fast nüchtern. Er hatte Addy und Evan in der Nacht zuvor an ihm vorbeigehen sehen und Evan von Überwachungsfotos von Christopher wiedererkannt, die er Jahre zuvor gesehen hatte. Jared hatte Evans Gesicht nie vergessen, da Evan Christophers bester Freund war und Jared die Bedeutung des besten Freundes nie vergessen hatte. Deshalb hatte sich Jared an Addys und Evans Fersen geheftet, in der Hoffnung, einen letzten Blick auf das Ende des Krieges zu erhaschen, ehe dieser ein für alle Mal ausgelöscht wurde.

Als Maria Jared sah, sammelte sie all ihre Kräfte und stürmte auf ihn zu. Sie hatte in dieser Nacht bereits ihren Sohn verloren. Was auch immer Jared im Schilde führte, Maria war entschlossen, ihn daran zu hindern. Das war nicht die richtige Zeit und der richtige Ort für eine weitere Grausamkeit von Jared. Maria erinnerte sich daran, als sie Jared Joseph hatte töten sehen. Wenn Jared dazu bei seinem besten Freund imstande war, wollte sie lieber nicht wissen, was er mit den Menschen in diesem Raum vorhatte. Dieses Mal würde sie nicht erstarren. Nichts konnte sie aufhalten. Sie würde nicht noch einmal versagen. Maria war so auf Jared fokussiert, dass sie gar nicht zur Kenntnis nahm, was Evan sagte, als sie auf ihren alten Erzfeind zustürmte. Wenn sie ihren Sohn schon nicht hatte beschützen können, wollte sie zumindest versuchen, Addy und Evan zu beschützen.

»Was hast du hier zu suchen?«, fragte Maria und stellte sich zwischen Jared und Evan und Addy.

Maria gefiel nicht, wie Jared Evan ansah. Evan stand in der Mitte des Raums, umringt von den anderen Überlebenden. Als Maria sprach, wanderte Jareds Blick von Evan zu ihr, und Maria sah in seinen Augen etwas, mit dem sie niemals gerechnet hätte. Sie sah Reue. Zum ersten Mal sah sie in Jareds Augen Reue. »Was macht er da?«, fragte Jared Maria mit schwacher Stimme. Er deutete auf Evan. »Sorg dafür, dass er aufhört«, flehte er Maria an.

Achtzehn Jahre zuvor, an dem Tag, an dem sie auf einen Schlag Joseph und ihren Sohn verlor, waren es der kalte Hass und die Wut in Jareds Augen gewesen, die Maria Angst gemacht hatten. Der Ausdruck in seinen Augen an diesem Morgen war noch schlimmer. Die Reue und das Mitleid in Jareds Blick machten ihr mehr Angst, als sie jemals gehabt hatte. Sie drehte sich wieder zu Evan, ohne zu wissen, was sie erwarten sollte. Sie rechnete beinahe damit, Gewalt zu sehen. Sie war darauf geschult, Gewalt zu sehen. Letzten Endes hätte sie es vorgezogen, sich umzudrehen und Gewalt zu sehen. Stattdessen sah Maria, wie sich die Anwesenden um Evan und Addy scharten. Dann lauschte sie schließlich dem, was Evan sagte. Er schrie beinahe und reckte dabei eine geballte Faust über den Kopf. »Wir dürfen sie nicht damit davonkommen lassen, was sie Christopher angetan haben!«, rief er. »Er hat es nicht verdient, so zu sterben. Jemand muss für seinen Tod bezahlen.«

Im Raum kehrte für einen Moment Stille ein – aber nur für einen Moment.

»Was sollen wir tun?«, rief Hector den neuen Anführern zu und brach damit das Schweigen.

»Genug von uns wissen etwas«, erwiderte Addy auf Hectors Frage. Addy und Evan spielten sich den Ball gegenseitig zu. »Wie viele von euch erinnern sich an die Gesichter von einigen der Leute, die letzte Nacht gegen uns gekämpft haben?« Alle Überlebenden hoben die Hand. »Sie sind für Christophers Tod verantwortlich. Einige von euch kennen vielleicht sogar den einen oder anderen Namen. Wer kann Namen nennen?« Diesmal hoben ein paar Überlebende die Hand. Addy prägte sich jeden von ihnen ein. »Das ist ja großartig«, sagte sie. »Dann brauchen wir nur alle Informationen zusammenzutragen, die wir haben.«

Daraufhin ergriff Evan wieder das Wort. »Die anderen können uns dabei helfen«, sagte er. »Die anderen Rebellen in Europa, in Asien und in Südamerika, die mit uns gekämpft haben, die für Christopher gekämpft haben. Sie können uns helfen. Sie wollen sicher auch nicht, dass Christophers Tod ungerächt bleibt.«

Addy nickte begeistert. »Wir müssen noch eine letzte Schlacht gemeinsam schlagen – für Christopher. Wie das geht, wissen wir ja. Wir bewahren die Namen unserer Feinde auf und alles andere, was wir über sie wissen. Wir dürfen sie damit nicht davonkommen lassen.«

»Sorg dafür, dass sie aufhören«, sagte Jared noch einmal zu Maria. Er hoffte, dass sie tun konnte, wozu er, wie er insgeheim wusste, nicht in der Lage war. »Du musst sie stoppen.«

Doch Maria sah den Ausdruck in Addys und Evans Augen und wusste, dass sie machtlos war. »Ich kann nicht«, sagte sie mit bebender Stimme.

»Versuch es!«, schrie Jared Maria an. Er packte sie an den Schultern und schüttelte sie.

Maria schüttelte den Kopf. »Sie werden nicht auf mich hören«, sagte sie zu Jared. »Alles, was ich sage, wird es nur noch schlimmer machen. Sie sind noch jung«, fügte sie hinzu, als sei das eine Entschuldigung. *Sie kennen nichts anderes als Gewalt*, dachte sie. *Wie konnten wir irgendetwas anderes erwarten?*

Also stieß Jared Maria zur Seite. »Aufhören!«, schrie er, als er auf Evan zustürmte. »Ihr werdet das bereuen!« Jared erhob seine whiskeygetränkte Stimme so laut, wie seine müden Muskeln es zuließen.

»Wer sind Sie?«, wollte Evan wissen, als Jared auf sie zulief.

Jared hatte darauf keine Antwort. Wer war er für sie? Er war der Bösewicht aus ihren Märchen. »Ihr werdet das bereuen«, wiederholte Jared, anstatt Evans Frage zu beantworten. »Ich verspreche euch, ihr werdet das noch bereuen.«

»Was wissen Sie denn schon, alter Mann?«, sagte Evan zu Jared. »Sie kannten Christopher nicht. Deshalb können Sie das nicht verstehen.« Dann kehrte Evan Jared den Rücken zu und fragte in die Runde: »Wer ist dabei?«

Von den zwölf Überlebenden erklärten sich neun bereit, Addy und Evan zu helfen. Brian und zwei andere enthielten sich, unternahmen aber auch nichts, um dem, was unmittelbar vor ihren Augen geschah, Einhalt zu gebieten. International war der Prozentsatz der Rebellen, die sich Addy und Evan anschlossen, geringer, doch insgesamt beteiligten sich genug Personen, um die Sache schnell und effektiv ins Rollen zu bringen. In anderen Ländern willigten vor allem diejenigen ein, mit Addy und Evan die Waffen zu erheben, die Christopher bei seinen Besuchen in Indonesien und Istanbul begegnet waren. Christopher hatte Spuren hinterlassen. Die drei Mütter sahen fassungslos zu. Sie trauerten um ihren Sohn, und sie betrauerten ihre Unfähigkeit, diesen anderen Kindern die Konsequenzen ihres Handelns verständlich zu machen. Addy und Evan waren so jung und so leidenschaftlich und wollten so viel erreichen. Die drei Mütter wussten, es würde Addy und Evan nur anspornen, wenn man sie anflehte aufzuhören. Wenn Leidenschaft im Spiel ist, hören die Jungen nicht auf die Alten. Jede Generation glaubt, sie wäre die erste, die das empfindet, was sie empfindet. Damit blieb nur Jared, der Addy und Evan anflehte, dem Wahnsinn ein Ende zu setzen, ehe er außer Kontrolle geriet. Doch auf Jared hörte niemand mehr. Er fiel in der Mitte des Raums auf Hände und Knie und wiederholte immer und immer wieder die Worte: »Tut das nicht. Lasst es sein. In Gottes Namen, lasst es sein.« Doch die jungen Rebellen gingen um ihn herum, als existiere er nicht.

Die Überlebenden scharten sich stattdessen um Addy und Evan, da sie mehr hören wollten. Sie wussten, dass es noch nicht vorbei war, denn wie konnte es vorbei sein? Sie hatten noch eine Mission. Nur noch eine, versprach ihnen Evan, und *dann* wäre es vorbei.

ACHTUNDSECHZIGSTES KAPITEL

»So hat der Krieg also begonnen?«, fragte das Mädchen und konnte dabei die Skepsis in seiner Stimme kaum verbergen.

»Glaubst du etwa, ich erzähle dir Märchen?«, entgegnete die alte Frau.

»Ich weiß nicht. Das klingt einfach zu …«

Die alte Frau fiel dem Mädchen ins Wort. »Es klingt zu simpel? Zu schnell?« Das Mädchen nickte. »Du denkst, weil es so schwierig ist, einen Krieg zu beenden, sollte es auch schwierig sein, einen zu beginnen?« Die alte Frau erinnerte sich an die blutigen Details, die sie beschönigte: die Schlachten, die Verluste, die Siege. Selbstverständlich steckte mehr hinter dem Beginn des Krieges, als sie durchblicken ließ, doch nichts davon spielte eine Rolle. Der Krieg war von dem Augenblick an unvermeidbar, in dem Evan und Addy den Entschluss fassten weiterzukämpfen.

»Sollte es denn nicht schwierig sein, einen Krieg zu beginnen?«, fragte das Mädchen.

»Das sollte es«, entgegnete die alte Frau. »Ist es aber nicht. Das war es noch nie. Vielleicht wird es eines Tages schwierig sein.«

»Wenn der Krieg so begonnen hat, auf welcher Seite stehen wir dann?«, fragte das Mädchen. »Stehen wir auf der Seite von Addy und Evan, oder stehen wir auf der anderen Seite?«

Die alte Frau seufzte und fragte sich, ob das überhaupt von Bedeutung war. »Im Lauf der Zeit wird es immer schwieriger, sich daran zu erinnern. Es ist bereits zwei Generationen her, dass der alte Krieg geendet und der neue Krieg begonnen hat. Mit jeder Generation scheinen sich beide Seiten zahlenmäßig zu verdreifachen, ganz egal, wie viele Menschen getötet werden. Beide Seiten wissen nur zu gut, wie man einen Krieg wachsen lässt.«

»Ich weiß immer noch nicht, ob ich dir glauben soll«, sagte das Mädchen.

Die alte Frau blickte an dem Mädchen vorbei zu ihrem Haus. Sie zog in Erwägung, die alte Truhe zu öffnen, die sie in ihrem Schlafzimmer aufbewahrte, um dem Mädchen zu zeigen, was sich darin befand. Vielleicht würden die alten Tagebücher das Mädchen überzeugen. Aber nein, beschloss die alte Frau, die

Tagebücher sollten in ihrem Versteck bleiben. Das Mädchen musste selbst entscheiden, was es glauben wollte. »Warum glaubst du mir nicht?«, fragte die alte Frau.

»Weil die Geschichte zu traurig ist, um wahr zu sein«, erwiderte das Mädchen.

»Warum sollte eine Geschichte weniger glaubwürdig sein, nur weil sie traurig ist?«

»Na ja, wenn die Geschichte wahr ist, dann bedeutet das, dass alles umsonst war. Das heißt dann, dass jeder entweder ein Bösewicht oder ein Versager war.«

»Ist es das, was du denkst?«, fragte die alte Frau.

Das Mädchen zuckte mit den Schultern. »Na ja, es hat doch keinen Sinn, den Krieg zu beenden, wenn das nur zu einem anderen Krieg führt.«

»Pass auf«, sagte die alte Frau, »ich werde dir die wichtigste Lektion beibringen, die du jemals lernen wirst.« Das Mädchen beugte sich zu ihr vor. »Bist du bereit?« Das Mädchen nickte energisch.

Die alte Frau begann langsam und gab sich Mühe, die richtigen Worte zu finden. »Man darf Menschen nicht nach den Folgen ihres Handelns beurteilen. Dafür hängt viel zu viel auf der Welt vom Zufall ab. Wenn man Menschen nur nach den Folgen ihres Handelns beurteilt, wird man irgendwann zum verbitterten Zyniker.«

»Wie sollte man Menschen dann beurteilen?«, fragte das Mädchen verwirrt.

»Beurteile sie nur danach, was sie zu erreichen versuchen und wie viel sie dabei riskieren. Beurteile sie danach, wie viel Mut sie aufbringen müssen, um zu würfeln, wenn es wirklich zählt, und nicht danach, wie die Würfel fallen.«

»Und was bewirkt das?«

»Es macht all die Menschen, die du als Bösewichte oder Versager bezeichnest, zu Helden – jeden Einzelnen von ihnen.«

Das Mädchen dachte darüber nach. Sie dachte an die Geschichten, die die alte Frau erzählt hatte. Sie dachte an Joseph und Maria und Christopher. Sie dachte an Michael, Reggie und Brian. Dann dachte sie an Addy und Evan und sogar an Jared. »Kann wirklich jeder ein Held sein?«, fragte das Mädchen die alte Frau.

Das Herz der alten Frau pochte, da sie die Art von kriegsgeschundener Welt kannte, in der das Mädchen würde aufwachsen müssen, da sie die Paranoia, die Einsamkeit und die Traurigkeit, die es sein ganzes Leben lang umgeben würden, nur allzu gut kannte. »Würdest du denn nicht gern in einer Welt voller Helden leben?«, erwiderte die alte Frau.

»Das wäre schön«, sagte das Mädchen und blickte mit einem Lächeln voller naiver Hoffnung zu der alten Frau auf.

Trevor Shane

studierte am Columbia College und am Georgetown Law Center, arbeitete lange Zeit als Berater für einen großen international tätigen Finanzkonzern und lebt heute in Brooklyn, New York. Weitere Informationen zum Autor unter: www.paranoia-buch.de.

Von Trevor Shane lieferbar:

Der Hinterhalt. Paranoia 1. Thriller
Die Rache. Paranoia 2. Thriller
Der Aufstand. Paranoia 3. Thriller

(Alle Romane sind auch als E-Book erhältlich.)

GOLDMANN
Lesen erleben